U0438214

中國古代小說學史

谭帆　王冉冉　李军均　著

图书在版编目（CIP）数据

中国古代小说学史 / 谭帆，王冉冉，李军均著.
上海：上海古籍出版社，2024. 9. -- ISBN 978-7-5732-1245-0

Ⅰ.I207.409

中国国家版本馆 CIP 数据核字第 2024A7J218 号

中国古代小说学史

谭　帆　王冉冉　李军均　著
上海古籍出版社出版发行
（上海市闵行区号景路 159 弄 1-5 号 A 座 5F　邮政编码 201101）
（1）网址：www.guji.com.cn
（2）E-mail: guji1@guji.com.cn
（3）易文网网址：www.ewen.co
金坛市古籍印刷有限公司印刷
开本 710×1000　1/16　印张 30.5　插页 5　字数 468,000
2024 年 9 月第 1 版　2024 年 9 月第 1 次印刷
印数：1—1,500
ISBN 978-7-5732-1245-0
I·3852　定价：168.00 元
如有质量问题，请与承印公司联系

前　言

早在20世纪八九十年代，中国文学批评史学科就形成了四种比较典型的研究格局：中国文学批评通史研究、中国文学思想史研究、中国各体文学理论史研究和中国文体学史研究。且形成了四个相对比较集中的研究阵地：复旦大学的中国文学批评通史研究、南开大学的中国文学思想史研究、华东师范大学的中国各体文学理论史研究和中山大学的中国文体学史研究。[①] 故以"各体"（或"分体"）为研究路径，在学术史上由来已久，实际上是对中国文学批评史学科领域的延伸和拓展，取得了颇为丰硕的研究成果。[②] 但也应看到，数十年来的各体（或"分体"）文学批评史研究在理论方法上还并不成熟，各体文学批评自身的独特价值和内涵特色也尚未厘清，故而研究格局虽有所突破，但本质上仍然与传统的文学批评史研究没有太大的差异，都以"理论思想"的揭示和阐释为其最为重要乃至唯一的目的，只是研究对象集中于一种文体而已。这一现象在小说批评史研

[①] 中国文体学史研究发端于20世纪八九十年代，活跃于21世纪以来，在吴承学教授引领下成就突出，已成为中国文学史和文学批评史研究领域的"显学"，中山大学也成了中国文体学史研究的中心。

[②] 分体文学批评史研究以三部丛书影响最大，其中最早的是安徽教育出版社出版的"通论"丛书，包括：《中国诗学通论》（袁行霈、孟二冬、丁放著，1994）、《中国戏剧学通论》（赵山林著，1995）、《中国小说学通论》（宁宗一主编，1995）和《中国散文学通论》（朱世英、方遒、刘国华著，1995）。徐中玉主编"中国各体文学理论史丛书"，含：《中国古典小说理论史》（方正耀著、郭豫适审订，华东师范大学出版社，2005）、《中国古典戏剧理论史》（谭帆、陆炜著，华东师范大学出版社，2005）、《中国古典词学理论史》（方智范、邓乔彬、周圣伟、高建中著，华东师范大学出版社，2005）、《中国古典诗学理论史》（萧华荣著，华东师范大学出版社，2005）和《中国古典散文理论史》（陈晓芬著，华东师范大学出版社，2011）。黄霖主编"中国分体文学学史丛书"，山西教育出版社2013年出版，分别为：《中国分体文学学史（诗学卷）》（周兴陆著）、《中国分体文学学史（词学卷）》（彭玉平著）、《中国分体文学学史（散文学卷）》（罗书华著）、《中国分体文学学史（小说学卷）》（谭帆、王冉冉、李军均著）和《中国分体文学学史（戏曲学卷）》（刘明今著）。

究中同样也是如此，甚至更为突出。

一、学术史的回顾与省思

翻检中国小说批评研究史，以下两个现象值得关注：

首先，中国小说批评史研究发端、成熟于 20 世纪八九十年代，但 21 世纪以来逐步趋于寥落。

如在小说批评史研究领域，叶朗的《中国小说美学》（北京大学出版社，1982）首开研究小说批评史之新域，该书虽不以"小说批评史"命名，但实际上有明显的史的脉络，而所谓"小说美学"也基本不脱小说理论研究之范围。故该书的出版奠定了从"理论"角度研究小说批评的传统，在学术界和读者群中均有很大的影响，并在小说批评史的研究中确认了以理论思想为主体的书写格局。《中国小说美学》在学术界和读者群中的成功深深刺激了小说批评史研究的开展，在 1982—1992 年的短短十年间，小说批评史的著述竟有七八种之多，代表者如黄霖《古小说论概观》（上海文艺出版社，1986），王先霈和周伟民合著《明清小说理论批评史》（花城出版社，1988），陈谦豫《中国小说理论批评史》（华东师范大学出版社，1989），方正耀著、郭豫适审订《中国小说批评史略》（中国社会科学出版社，1990），刘良明《中国小说理论批评史》（武汉大学出版社，1991）和陈洪《中国小说理论史》（安徽文艺出版社，1992）等。无疑，这些陆续出版的小说批评史著作都是在《中国小说美学》影响下的产物，其研究路径和研究对象也一脉相承。[①] 但令人费解的是，小说批评史研究的兴盛期仅有短短的十多年光景，21 世纪以来的小说批评史研究已颇为冷寂，仅有王汝梅、张羽合著的《中国小说理论史》（浙江古籍出版社，

---

① 戏曲批评史研究也有相近的遭遇。1980 年，上海文艺出版社出版了赵景深的《曲论初探》，这是最早梳理中国古代戏剧批评史的论著，奠定了古代戏剧批评史研究的基本格局。以后陆续出版的论著有：夏写时《中国戏剧批评的产生和发展》（中国戏剧出版社，1982）、齐森华《曲论探胜》（华东师范大学出版社，1985）、叶长海《中国戏剧学史稿》（上海文艺出版社，1986）、谭帆和陆炜合著《中国古典戏剧理论史》（中国社会科学出版社，1993）、傅晓航《戏曲理论史述要》（文化艺术出版社，1994）、吴毓华《古代戏曲美学史》（文化艺术出版社，1994）和李昌集《中国古代曲学史》（华东师范大学出版社，1997）。短短十多年间出版了八种戏曲批评史论著，其研究之境况不可谓不红火。

2001)、韩进廉《中国小说美学史》（河北大学出版社，2004）、罗书华《中国小说学主流》（上海书店出版社，2007）、吕玉华《中国古代小说理论发展研究》（山东教育出版社，2016）等少数几种，且影响均不大。①

其次，在小说批评史研究中，术语的使用非常随意甚至混乱，且少有辨析；而究其实，乃直接承续了文学批评史研究的传统，包括研究视角、研究对象和价值评判，但对统括这些内涵的研究术语缺乏相应的梳理、规范和界定。

如在小说批评史研究中，常用的术语是"小说学""小说理论""小说批评"和"小说美学"。四者各自的内涵是什么，相互之间的关系如何，均缺乏相应的考释和定义。我们举宁宗一主编的《中国小说学通论》为例，该书将"小说学"分解为"观念学""类型学""美学""批评学"和"技法学"五个部分。但若细加分析，上述五个部分所涵盖的内涵其实仅是借用当今文艺学观念作横向展开而已，其研究对象没有越出传统小说理论的研究范围。这种对"小说学"的内涵理解相对比较偏狭的境况，致使"小说学"徒有其名，而难以真正改变小说批评史研究的固有格局。至于"小说理论"与"小说批评"，同样也是两个内涵不确定、外延十分模糊的概念，且在 20 世纪以来的小说批评史研究中并无相应的区分。如方正耀《中国小说批评史略》的术语使用就非常典型，该书在书名中标为"批评"，从术语本身而言，应该以小说的文本批评为主体；但总观全书，还是以理论观念为核心。我们举第一编"小说批评的萌发时期"（先秦至宋元）为例，这一编共分四章，依次为："朦胧的小说观念""幻奇理论的产生""实录理论的形成""小说功能的发现"。不难看出，这四章之标题都是关乎"理论"的内涵，而少"批评"之特色，实际上也是以传统文学批评史之名来行小说理论史研究之实。相对来说，陈洪《中国小说理论史》的"名实"较为相符，该书主要从理论思想角度清理中国小说理论史的发

---

① 戏曲批评史亦然，21 世纪以来，"从戏曲理论全局出发，展开的曲论史写作成果明显减少，甚至有些冷清，仅建建新等《中国戏曲理论批评简史》和俞为民等《中国古代戏曲理论史通论》寥寥几种。前者相较于以往的曲论史著作在论述对象方面有所细化，后者在补充了新材料的同时，试图体现戏曲理论各组成要素的互动性，勾勒出古代戏曲理论逻辑演进的规律，但从根本上难以超出八九十年代戏曲理论史的叙述模式"。张建雄：《新世纪中国古代曲论研究的回顾与反思》，《中华戏曲》2017年第 2 期。

展。由于术语辨析的缺乏，不少小说批评史论著干脆将"理论"和"批评"作为组合词同为书名，如陈谦豫《中国小说理论批评史》、王先霈与周伟民合著《明清小说理论批评史》和刘良明《中国小说理论批评史》等。①

综合上述两点情况，我们或许可以解释小说批评史研究之盛况，何以在21世纪伊始就戛然而止这一颇为特殊的现象。我们的基本看法是，这一局面的形成跟研究术语及其背后的研究对象和理论方法有着密切的关系。如上所述，小说批评史研究所采用的术语主要有四个，即"小说学""小说理论""小说批评"和"小说美学"。这四个术语除"小说学"之外，其余三者的内涵和外延均十分明确，也都形成了一个约定俗成的内涵，即以对小说的理论思想研究为中心。但相对而言，小说批评中的理论思想无法与历史久远的诗文批评相比，无论是延续的长度还是理论的深度都远逊于诗文批评。且长期以来，文学批评史的研究格局和研究对象都是以诗文批评为主体，好多适合于诗文批评的研究内涵在小说批评中并不突出，甚至缺乏，这无疑是影响小说批评史研究进程的一个重要因素。故一味以理论思想为研究对象，相对短暂的历史和有限的理论资料就成了研究的"瓶颈"，故小说批评史研究在一阵高光之后归于冷寂，或许也在情理之中。因为对于研究者而言，再以"理论思想"作为小说批评研究之核心实有"巧妇难为"之窘迫。而我们应该反思的是如何冲破这个"瓶颈"，如何建立新的研究格局，如何运用新的研究术语及其理论方法。我们提倡"小说学"这一术语，并对其作出新的界定，正是针对上述背景而作出的思考。

二、小说学史的书写原则

关于"小说学"的历史书写，首先要强化的是研究领域的拓展，尤其是对于薄弱环节的研究要有针对性，以改进以往研究的不足和弥补以往研

---

① 戏曲批评史研究使用的基本术语与小说批评史研究非常相似，以"戏剧学""戏剧理论""戏剧批评"和"戏剧美学"四个术语为主体，但四者之间的关系也是模糊的、不明确的。除此之外，戏曲批评史研究中所使用的本体术语也是多样态的，如"戏剧"与"戏曲"、"曲论"与"曲学"等，而实际内涵并无大的区别。

究的缺失。如对于小说存在方式（改订、选本、著录、禁毁）的研究是小说学研究的一大特色，也是小说学史研究的重心之所在。为了使这一领域的研究更为充分，可以根据具体情况大幅度增加研究的比重。如"改订"问题，这是古代小说学的一个重要内涵，在小说史上有其特殊的地位和价值。但历来的小说史研究常常把小说创作和小说评点分而论之，梳理古代小说史一般不涉及评点对小说文本的影响（有时还从反面批评），而研究小说评点史又每每局限于小说评点的理论内涵。于是，小说评点家对于小说文本的改订就成了一个两不关涉的"空白地带"，这实在是一个研究的"误区"。对此，一方面要开阔研究的视野，将"改订"作为小说学史上的一个重要现象加以研究，深入探讨"改订"的小说史意义，凸显其独特的文本价值和在古代小说史上的地位。同时，在小说文本尤其是文言小说文本中寻求"改订"的文献资料及具体操作的方法和意义。又如小说的"著录"问题也是古代小说学的重要内涵，尤其对通俗小说的"著录"更需广泛梳理。在书目中著录通俗小说以明代最为突出，梳理和探究这一现象有很高的历史价值，从中可以看出明人对小说价值、功能、地位等进行重新认识与评判的历史轨迹。因此，也有必要将其从明代小说存在方式研究中单独析出，详细探究明人是如何著录小说的，以显示"著录"的小说史意义。

其次，"小说学"的历史书写要重视研究观念的梳理，尤其对一些重要命题要作出反思，提出新的观点，以改变长期以来的认识偏颇。兹举一例：一般认为，评点是小说学的重要载体，故对于小说评点的梳理也是小说学研究的重要内涵。但长期以来，小说评点研究有不少"误判"，其中最典型的是忽略文言小说评点的历史地位。对小说评点的评价，笔者就曾有过如下议论：

> 中国古代小说由文言小说和通俗小说两大门类所构成，小说评点则主要就通俗小说而言。虽然小说评点之肇始——署为刘辰翁评点的《世说新语》是文言小说，清代《聊斋志异》亦有数家评点。但一方面，明清两代的文言小说在整体上已无力与通俗小说相抗衡，其数量和质量都远逊于通俗小说。同时，小说评点在明万历年间的萌兴从一

开始就带有明显的商业意味,在某种程度上可看作是通俗小说在其流传过程中的一种"促销"手段。因此,哪一种小说门类能够拥有最多的读者,在一定程度上也便成了小说评点的存在依据。据此,通俗小说能够赢得评点者的广泛注目也就自然而然了。而这同样也从另一个方面证明了小说评点何以不萌生于文言小说复苏的明初,而兴起于通俗小说渐兴的万历时期。①

现在看来,这一段议论对文言小说及其评点的认识偏差是非常明显的,确实是"误判"。因为文言小说评点同样源远流长、作品繁多,且不乏优秀的评点作品。同时,以"商业性"为标准来看待白话通俗小说评点与文言小说评点之差异,其实也不准确,因为晚明时期文言小说评点的商业特性、传播手段与白话通俗小说评点没有太大的区别;甚至可以说,文言小说评点的商业性和商业手段比白话通俗小说评点更为规范和有效。文言小说评点的商业化特征主要表现在三个方面:一是与白话小说评点一样,强化商业传播是文言小说评点的重要特性,故敦请(也冒用)名人评点来打造广告效应的文言小说评点在晚明时期非常风行。二是此时期的书坊主人常常把内容相同或相关的小说戏曲之评点合并刊出,如晚明"书林萧腾鸿师俭堂刊本"就有《鼎镌陈眉公先生批评绣襦记》与《陈眉公批评汧国传》的合刊本;同署"陈眉公"评点的还有《鼎镌陈眉公先生批评西厢记》与《鼎镌陈眉公先生批评会真记》的合评本,这种现象本是书坊用于"促销"的伎俩和手段,但在文言小说评点中,我们已不见因一味追求商业传播而产生的低俗气息。三是晚明的一些文言小说被反复刊印或收录进不同的选本,这些新刊本、新选本对于评点有意识的更新或袭用,凸显了评点之于出版、销售的重要意义。② 对于这样一些重要问题,需要特别关注,以补正学界的认识偏差。

第三,"小说学"的历史书写还要追求自身独特的研究方法和研究路径。从宏观角度言之,小说学史的梳理有多种路径和方法可以选择,但仍

---

① 谭帆:《中国小说评点研究》,华东师范大学出版社2001年版,第13—14页。
② 详见谭帆、林莹:《中国小说评点研究新编》下编第一章《文言小说评点的分期与特点》(林莹撰写),华东师范大学出版社2013年版。

以"历史"与"逻辑"相结合的格局最为适合。这种研究体制以"历史"为经,以"问题"为纬,首先将小说学史分为"先唐""唐代""宋元""明代"和"清代"五个时段,而重心在明清两代。然后在每一时段的研究中,以横向的"问题"展开论述,将小说学研究分解为"小说文体研究""小说存在方式研究""小说的文本批评"和"小说评点的历史研究";同时,又据以各个历史时段的特殊性来安排小说学的研究内涵。这种研究方式的好处是框架比较完整,理论观念也比较清晰,且具有较强的"问题意识"。小说学史的梳理还可考虑一些技巧层面的内涵,如小说学史的撰写要注意首尾呼应,扣住"何谓'小说学'"和"'小说学'何为"两个基本问题。前者开宗明义,提出"小说学"的研究内涵;后者卒章显志,揭示以"小说学"为视角的小说批评史研究究竟有哪些突破、哪些价值。

总体来说,本书对"小说学"的内涵界定和对"小说学史"的历史梳理是一次新的尝试,相对缺乏可资借鉴的研究成果。而既为尝试,则势必会有不尽合理的思想观点和尚未成熟的理论方法,我们敬请读者诸君指谬匡正。

目　录

前言 ··· 1
　一、学术史的回顾与省思 ······························· 2
　二、小说学史的书写原则 ······························· 4

第一章　何谓"小说学" ······························· 1
　一、小说之"名实" ······································· 2
　二、小说文体研究 ··· 8
　三、小说存在方式研究 ··································· 12
　四、小说的文本批评 ······································ 16
　五、评点：小说学的重要载体 ·························· 18

第二章　先唐小说学 ····································· 21
　一、先唐小说之构成与小说学之特征 ················ 22
　二、小说学的思想源头 ··································· 25
　三、子书与小说学 ··· 29
　四、史学与小说学 ··· 34
　五、小说家的"自供" ···································· 40

第三章　唐代小说学 ····································· 46
　一、唐代小说和小说学之新变 ························· 46
　二、初盛唐史学与小说学建构 ························· 51

三、"史意""史法"的小说化 ·············· 60
　　四、小说的文学性和趣味性 ·············· 66
　　五、传奇文体与小说叙事传统的独立 ·············· 76
　　六、小说选本的产生 ·············· 81

第四章　宋元小说学 ·············· 89
　　一、宋元小说和小说学之特性 ·············· 90
　　二、"小说"由史至子的回归 ·············· 95
　　三、《太平广记》的成书与传播 ·············· 107
　　四、小说类型观与"说话"的近代性 ·············· 115
　　五、小说功用观与艺术观 ·············· 131
　　六、小说评点的萌兴 ·············· 141

第五章　明代小说学的基础观念 ·············· 145
　　一、基础观念与明代小说学 ·············· 145
　　二、"小说"与"演义" ·············· 148
　　三、"补史"与"通俗" ·············· 157
　　四、"虚实"与"幻真" ·············· 164
　　五、从"奇书"到"才子书" ·············· 176

第六章　明代的小说著录 ·············· 189
　　一、"小说"类目著录的"小说" ·············· 189
　　二、"史部"中著录的"小说" ·············· 195
　　三、"小说"在其他类目中的著录 ·············· 198
　　四、"小说"在方志目录中的著录 ·············· 203

第七章　明代的小说选本与小说禁毁 ·············· 211
　　一、明代小说选本的流变与特性 ·············· 212
　　二、"邪说异端"：《剪灯新话》的被禁 ·············· 217

三、"诲盗诲淫":《水浒传》与《金瓶梅》的禁毁 …………… 223

第八章 明代以降的小说改订及其意义 …………………… 232
    一、小说改订的源流与内涵 …………………………………… 233
    二、小说改订的成因 …………………………………………… 239
    三、改订的小说史意义 ………………………………………… 241

第九章 明人对"四大奇书"的文本阐释 …………………… 245
    一、"庶几乎史":《三国演义》的文本阐释 ………………… 246
    二、"忠义"之辨:《水浒传》的文本阐释 …………………… 253
    三、"逸典":《金瓶梅》的文本阐释 ………………………… 257
    四、"求放心":《西游记》的文本阐释 ……………………… 262

第十章 明代小说评点的兴起与繁盛 ……………………… 269
    一、小说评点释义 ……………………………………………… 269
    二、小说评点与传统文学批评 ………………………………… 272
    三、万历时期的小说评点 ……………………………………… 281
    四、金圣叹与明末小说评点 …………………………………… 291

第十一章 清代小说观念之变迁 …………………………… 295
    一、小说观念与清代小说学 …………………………………… 295
    二、从"史"到"文":小说观念的一大变迁 ……………… 297
    三、从"文"到"学":传统小说观念的回归 ……………… 304
    四、清后期小说观念的多元化 ………………………………… 319

第十二章 清代的小说著录 ………………………………… 336
    一、藏书界对通俗小说的著录 ………………………………… 337
    二、通俗小说的其他著录方式 ………………………………… 342
    三、图书分类方式与文言小说著录 …………………………… 349

第十三章　清代的小说禁毁与小说选本 …… 358
　　一、清代禁毁小说的缘由与书目 …… 359
　　二、清代禁毁小说的举措与效果 …… 367
　　三、清代的小说选本 …… 370

第十四章　清人对"四大奇书"的文本阐释 …… 377
　　一、延续与"颠覆"：清人对《水浒传》的文本阐释 …… 377
　　二、一枝独秀：《三国演义》的文本阐释 …… 383
　　三、从张竹坡到文龙：《金瓶梅》的文本阐释 …… 388
　　四、"三教"与《西游记》在清代的文本阐释 …… 395

第十五章　清人对小说"新经典"的多元阐释 …… 406
　　一、"新经典"的产生及其文本阐释 …… 407
　　二、传统阐释方法之延续 …… 417
　　三、经史之学、考据之学在文本阐释中的渗透 …… 422

第十六章　清代小说评点的衍流与新变 …… 431
　　一、清初小说评点的持续繁盛 …… 432
　　二、清中叶小说评点之延续 …… 437
　　三、清后期小说评点之新变 …… 442

结语　"小说学"何为 …… 454

参考书目 …… 459

后记 …… 471

第一章

何谓"小说学"

"小说学"一词较早见于近代小说批评，其指称内涵凡三变。如"然则小说学之在中国，殆可增七略而为八，蔚四部而为五者矣"，①此处所谓"小说学"其实即指"小说"本身，并没有涉及小说的研究问题，此其一。其后，"小说学"一词转而指称小说的理论研究，较早以"小说学"命名其研究论著的是出版于1923年的《小说学讲义》（董巽观撰，上海大新书局出版），全书分二十章，详尽讨论了小说的创作问题，如"意境""问题小说"等。随之，以"小说学"指称小说研究的论著可谓一时称盛，如陈景新《小说学》（上海泰东图书局1925年）、金慧莲《小说学大纲》（天一书院1928年）、徐国桢《小说学杂论》（1929年《红玫瑰》连载）、黄棘（鲁迅）《张资平氏的"小说学"》（1930年《萌芽》第1卷第4期）等，此其二。以"小说学"指称古代小说理论与批评当在近数十年间，如宁宗一主编的《中国小说学通论》和康来新撰写的《发迹变泰——宋人小说学论稿》，两书分别出版于1995年和1996年。②此处之"小说学"即指中国古代的小说理论批评，此其三。本书的核心术语"小说学"即承继这一传统，但内涵有很大不同。

我们对"小说学"内涵的认知包括三个维度和一种体式，三个维度是指古人的小说文体研究、小说存在方式研究和小说文本批评；一种体式是指小说评点，这是古代小说学的重要载体。这四个层面构成了小说学研究

---

① 梁启超：《译印政治小说序》，引自《饮冰室合集》第1册《饮冰室文集之三》，中华书局1989年版，第34页。

② 宁著由安徽教育出版社1995年出版，康著由台湾大安出版社1996年出版。

的整体内涵，四者之间既有联系，又有相对的独立性。而我们以此作为小说学的研究对象，其目的一方面是为了突破以往的研究格局，更重要的是为了使小说学研究贴近中国古代小说史的发展实际，将小说学研究与小说史研究融为一体，进而呈现"小说"在中国古代的实际存在状况，勾勒出一部更实在、更真切的古人对于"小说"的研究和阐释历史。

一、小说之"名实"

研究中国小说学，首先碰到的问题是对于"小说"的界定。早在20世纪40年代，浦江清就发出了这样的感慨：

> "小说"是个古老的名称，差不多有二千年的历史，它在中国文学本身里也有蜕变和演化，而不尽符合于西洋的或现代的意义。所以小说史的作者到此不无惶惑，一边要想采用新的定义来甄别材料，建设一个新的看法，一边又不能不顾到中国原来的意义和范围，否则又不能观其会通，而建设中国自己的文学的历史。中国文学史的研究，在过渡的时代里，不免依违于中西、新旧几个不同的标准，而各人有各人的见解和看法。①

数十年过去了，浦江清的这种"惶惑"在当今的研究中仍然存在。"我们面临着一个基本选择：是以'小说'古义为准，把有关的庞杂议论皆列入小说理论史的范围呢？还是以'小说'今义为准，只研究关于这种文学式样的理论内容呢？"② 对此，研究者作出了不同的选择，有的认为："中国古代有文言与白话两个小说系统，与之相应的也有两种小说理论。""这两个系统的小说理论互相联系、互相渗透，构成了整个中国古代小说的理论体系。"③ 有的则认为："我的选择便取折衷，研究对象的确定以

---

① 浦江清：《论小说》，《浦江清文录》，人民文学出版社1958年版，第180页。原文刊于1944年《当代评论》第4卷第8、9期。
② 陈洪：《中国小说理论史·绪论》，安徽文艺出版社1992年版，第1页。
③ 周伟民：《中国古代小说理论讨论会概述》，湖北省水浒研究会编：《中国古代小说理论研究》，华中工学院出版社1985年版，第355页。

'小说'今义为准,但注意古义的演变过程及其理论含义。"[1] 这里实际涉及两个问题:一是"小说"之名的演化,二是"小说"的名实关系。要明确"小说学"的研究对象,我们首先不得不加以辨析。

"小说"之名历来纷繁复杂,所指非一,清代刘廷玑即感叹"小说之名虽同,而古今之别,则相去天渊"[2]。但细绎其中,亦有线索可寻,大别之,约有如下几种最为基本的内涵:

一是由先秦两汉所奠定的有关"小说"的认识。众所周知,"小说"之名最早见于《庄子·外物》,据现有资料大致考定,从先秦到两汉,"小说"之名凡五见,即:

> 饰小说以干县令,其于大达亦远矣。(《庄子》)[3]
> 贤者有小恶以致大恶,襃姒之败,乃令幽王好小说以致大灭。(《吕氏春秋·慎行·疑似》)[4]
> 匪唯玩好,乃有秘书。小说九百,本自虞初。(张衡《西京赋》)[5]
> 若其小说家,合丛残小语,近取譬论,以作短书,治身理家,有可观之辞。(桓谭《新论》)[6]
> 小说家者流,盖出于稗官,街谈巷语,道听途说者之所造也。(班固《汉书·艺文志》)[7]

上述五种文献除《吕氏春秋》外均对后世产生重要影响,并奠定了"小说"的基本义界:"小说"是无关于道术的琐屑之言;"小说"是一种源于民间、道听途说的"街谈巷语";"小说"是篇幅短小的"残丛小语";"小说"对"治身理家"有"可观之辞"。

---

[1] 陈洪:《中国小说理论史》,安徽文艺出版社1992年版,第2页。
[2] (清)刘廷玑撰,张守谦校点:《在园杂志》,中华书局2005年版,第82—83页。
[3] (清)郭庆藩撰,王孝鱼点校:《庄子集释》,中华书局1961年版,第925页。
[4] (秦)吕不韦编,许维遹集释,梁运华整理:《吕氏春秋集释》,中华书局2009年版,第608页。
[5] (梁)萧统编,(唐)李善注:《文选》,上海古籍出版社1986年版,第68页。
[6] 引自《文选·江淹〈杂体诗·李都尉陵〉》李善注,见(梁)萧统编,(唐)李善注:《文选》,上海古籍出版社1986年版,第1453页。
[7] (汉)班固撰:《汉书》,中华书局1962年版,第1745页。

这一"义界"对后世的影响大致有二：一是确定了"小说"的基本范围。"小说"是一种范围非常宽泛的概念，它是相对于正经著作如经史等而言的，大凡不能归入这些正经著作的历史传说、方术秘籍、礼教民俗，又以"短书"面目出现的皆称之为"小说"。二是确认了"小说"的基本价值功能。从整体而言，此时期的"小说"是一个基本呈贬义的"语词"，且不说《庄子》"饰小说以干县令"的下句即为"其于大达亦远矣"。所谓"丛残""短书"亦均为贬称，王充《论衡·骨相》云："若夫短书俗记，竹帛胤文，非儒者所见，众多非一。"《论衡·书解》又云："古今作书者非一，各穿凿失经之实，违传之质，故谓之丛残，比之玉屑。"① 而"街谈巷语""道听途说"更是如此，唐人刘知幾对此一语道破："恶道听途说之违理，街谈巷议之损实。"② 此一"小说"的内涵和外延对后世小说观念影响甚巨，为以后"小说"进入子部在观念上奠定了基础。

二是"小说"是指有别于正史的野史传说。这一史乘观念的确立，标志是南朝梁《殷芸小说》的出现，清姚振宗《隋书经籍志考证》卷三十二云："案此殆是梁武作通史时事，凡此不经之说为通史所不取者，皆令殷芸别集为小说，是此小说因通史而作，犹通史之外乘。"③ 这是古代较早用"小说"一词作为书名的书籍。而在唐宋两代，人们在理论上对此作出了阐释。刘知幾谓："是知偏记小说，自成一家，而能与正史参行，其所由来尚矣。爰及近古，斯道渐烦，史氏流别，殊途并骛。榷而为论，其流有十焉：一曰偏纪，二曰小录，三曰逸事，四曰琐言，五曰郡书，六曰家史，七曰别传，八曰杂记，九曰地理书，十曰都邑簿。"④ "偏记小说"与"正史"已两两相对。以后，司马光撰《资治通鉴》，明言"遍阅旧史，旁采小说"，⑤ 亦将小说与正史相对。宋人笔记中大量出现的有关"小说"的记载大多是指这些有别于正史的野史笔记。如陆游《老学庵笔记》："《隋唐嘉话》云：'崔日知恨不居八座，及为太常卿，于厅事后起一楼，正与尚书省相望，时号崔公望省楼。'又小说载：'御史久次不得为郎者，道过南

---

① 黄晖撰：《论衡校释（附刘盼遂集解）》，中华书局 1990 年版，第 112、1157 页。
② （唐）刘知幾著，（清）浦起龙通释：《史通通释》，上海古籍出版社 2009 年版，第 109 页。
③ （清）姚振宗：《隋书经籍志考证》，《二十五史补编》第 4 册，中华书局 1955 年版，第 5537 页。
④ （唐）刘知幾著，（清）浦起龙通释：《史通通释》，上海古籍出版社 2009 年版，第 253 页。
⑤ （宋）司马光编撰，邬国义校点：《资治通鉴·进书表》，上海古籍出版社 2017 年版，第 3682 页。

宫，辄回首望之，俗号拗项桥。如此之类，犹是谤语.'"① 如沈括《梦溪笔谈》："前史称严武为剑南节度使，放肆不法，李白为之作《蜀道难》。按孟棨所记，白初至京师，贺知章闻其名，首诣之，白出《蜀道难》，读未毕称叹数四。时乃天宝初也，此时白已作《蜀道难》，严武为剑南乃在至德以后肃宗时，年代甚远。盖小说所记，各得于一时见闻，本末不相知，率多舛误，皆此文之类。"② 至明代，更演化为"小说者，正史之余也"的观念。③ 故在中国小说史上，将"小说"看成为正史之外的野史传说是一个延续长久的认识。

三是"小说"是一种由民间发展起来的"说话"艺术。这一名称较早见于南朝宋裴松之注《三国志》所引《魏略》："太祖遣淳诣植。植初得淳甚喜，延入坐，不先与谈。时天暑热，植因呼常从取水自澡讫，傅粉。遂科头拍袒，胡舞五椎锻、跳丸、击剑、诵俳优小说数千言讫，谓淳曰：邯郸生何如邪？"④ "俳优小说"显然是指与后世颇为相近的说话伎艺。这种民间的说话在当时甚为流行，如《陈书》载王叔陵"夜常不卧，烧烛达晓，呼召宾客，说民间细事，戏谑无所不为"。⑤《魏书》载蒋少游"滑稽多智，辞说无端，尤善浅俗委巷之语，至可玩笑"。⑥ 至《隋书》卷五十八言侯白"好俳优杂说"，《唐会要》卷四言韦绶"好谐戏，兼通人间小说"。唐段成式《酉阳杂俎》续集卷四记当时之"市人小说"，均与此一脉相承。宋代说话艺术勃兴，"小说"一词又专指说话艺术的一个门类。宋吴自牧《梦粱录》卷二十《小说讲经史》："说话者谓之'舌辩'，虽有四家数，各有门庭，且小说名'银字儿'，如烟粉、灵怪、传奇、公案、朴刀、杆棒、发发踪参。"⑦ 宋罗烨《醉翁谈录·小说开辟》："夫小说者，虽为末学，尤务多闻，非庸常浅识之流，有博览该通之理。……有灵怪、烟粉、传奇、

---

① （宋）陆游撰，李剑雄、刘德权点校：《老学庵笔记》，中华书局1979年版，第52页。
② （宋）沈括著，金良年点校：《梦溪笔谈》，中华书局2017年版，第27—28页。
③ （明）笑花主人：《今古奇观序》，（明）抱瓮老人：《今古奇观》，上海古籍出版社1994年《古本小说集成》影印本，第1页。
④ （晋）陈寿撰，陈乃乾校点：《三国志·魏书》，中华书局1959年版，第603页。
⑤ （唐）姚思廉撰：《陈书》，中华书局1972年版，第494页。
⑥ （唐）李延寿撰：《北史》，中华书局1974年版，第2985页。
⑦ （宋）孟元老等著，周峰点校：《东京梦华录（外四种）》，文化艺术出版社1998年版，第306页。

公案，兼朴刀、捍棒、妖术、神仙。自然使席上风生，不枉教坐间星拱。"① 此"小说"即指说话中篇幅短小的单篇故事，以别于长篇的讲史，所谓"最畏小说人，盖小说者，能讲一朝一代故事，顷刻间捏合"。② 以"小说"指称说话伎艺，与后世作为文体的"小说"有别，但却是后世通俗小说的近源。

四是"小说"是指虚构的有关人物故事的特殊文体。此一概念与近世的小说观念最为接近，亦与明清小说的发展实际最相吻合，体现了小说观念的演化。这也有一个过程：首先是确认"人物故事"为小说的基本特性，这在宋初《太平广记》的编订中已显端倪，该书之收录以故事性为先决条件，以甄别前此庞杂的"小说"文类，但仍以"记事"为准则。随着宋元说话的兴盛，尤其是通俗小说的繁盛，这一在观念上近于"实录"的记事准则便逐渐被故事的虚构性所取代。于是"小说"便专指虚构的故事性文体。这一观念在明代已基本确立，如嘉靖年间洪楩编刊的话本小说集《六十家小说》即如此，且纯以娱乐为归，体现了小说文体向通俗化演进的迹象。天都外臣在《水浒传叙》一文中亦专以"小说"指称《水浒传》等通俗小说："小说之兴，始于宋仁宗。于时天下小康，边衅未动，人主垂衣之暇，命教坊乐部，纂取野记，按以歌词，与秘戏优工，相杂而奏，是后盛行，遍于朝野。盖虽不经，亦太平乐事，含哺击壤之遗也。其书无虑数百十家，而《水浒》称为行中第一。"③ 明末清初的小说评点也屡屡出现"小说"一词，而所谓"小说"专指通俗小说，如"这样好小说替他流芳百世"，"要替做小说的想个收场之法耳"。④ 清罗浮居士《蜃楼志序》对"小说"一词的界定更是明显地表现出了这一特色："小说者何？别乎大言言之也。一言乎小，则凡天经地义，治国化民，与夫汉儒之羽翼经传，宋儒之正心诚意，概勿讲焉。一言乎说，则凡迁、固之瑰玮博丽，子云、相如之异曲同工，与夫艳富、辨裁、清婉之殊科，《宗经》《原道》《辨骚》

---

① （宋）罗烨著：《醉翁谈录》，古典文学出版社1957年版，第3页。
② （宋）孟元老著，周峰点校：《东京梦华录（外四种）》，文化艺术出版社1998年版，第306页。
③ （明）天都外臣：《水浒传叙》，见《水浒全传》，人民文学出版社1954年版，第1825页。
④ （清）李渔编撰，（清）睡乡祭酒批评：《连城璧》外编卷之二总评，上海古籍出版社1994年版，第942页。

之异制,概勿道焉。其事为家人父子、日用饮食、往来酬酢之细故,是以谓之小;其辞为一方一隅、男女琐碎之闲谈,是以谓之说。然则,最浅易、最明白者,乃小说正宗也。"① 故在明清两代,"小说"可视为通俗小说的专称。

需要特别指出的是:"小说"既是一个"历时性"的观念,即其自身有一个明显的演化轨迹;但同时,"小说"又是一个"共时性"的概念,"小说"观念的演化主要是指"小说"指称对象的变化,然这种变化并不意味着对象之间的不断"更替",而常常表现为"共存"。如班固《汉志》的"小说"观一直影响到清代,《四库全书总目》对"小说"的看法即与《汉志》一脉相承,《总目》所框范的小说"叙述杂事""记录异闻""缀辑琐语"和明清以来的通俗小说在清人的观念中被同置于"小说"的名下。

如上所述,"小说"一词在中国古代所指称的对象相当庞杂,冯梦龙就曾发出这样的感叹:"六经国史而外,凡著述皆小说也。"② 这当然不合实际,但"小说"外延的宽泛和庞杂是显而易见的。"小说学"研究面对如此庞杂的对象该作怎样的取舍,无疑是一个非常重要的问题,这里必须要明确的一个前提是:中国小说学史的研究目的,在于梳理古人对于"小说"这一对象的认识和研究历史,而古人对于"小说"的认识是多元的,这种多元的认识就中国小说史而言,无论是"小说"之名,还是"小说"之实,相互之间都有关联。故以"小说"的所谓"今义"来确定小说学的研究对象往往会掩盖古代小说史发展的本来面目,也难以揭示中国小说学史的真实状态。或许以"名""实"两端来确定小说学的研究对象会有所帮助,我们的拟想对象是:

(1) 以"小说"之名为观照对象,全面梳理古人对于"小说"的认识流变及其相互关系。突出古人对"小说"的发生、分类、地位、功能等的研究,以期将中国小说学史置于一个相对宽泛的文化史背景中加以审视。

(2) 以"小说"之实,即在中国小说史上具有相对文体意义的形式为

---

① (清)罗浮居士:《蜃楼志序》,(清)庚岭劳人:《蜃楼志》,百花文艺出版社1987年版,第1页。
② (明)可一居士:《醒世恒言叙》,(明)冯梦龙编:《醒世恒言》,上海古籍出版社1994年《古本小说集成》影印本,第1页。

研究重心，如唐前对传说、寓言、志怪、志人的研究，唐及唐以后对传奇小说、章回小说的研究和近代人对于小说的整体研究。这一研究对象则以中国小说史的本位研究为主体。

二、小说文体研究

"小说"之名既纷繁复杂，则小说文体亦颇难界定，一般从小说语言角度将小说文体约分为两类，即文言小说和白话小说，然则以语言区分小说文体犹显宽泛。对于小说文体的分类，笔者接受这样的观点："古代小说可以按照篇幅、结构、语言、表达方式、流传方式等文体特征，分为笔记体、传奇体、话本体、章回体等四种文体，而不同文体的小说，可按照题材分成若干类型，譬如将笔记体小说分为志怪类、志人类、博物类等，将章回体小说分为历史演义类、神魔类、世情类、侠义公案类等。"① 这四种小说文体既是平面的小说文体类型，同时又大致体现了中国古代小说的文体发展线索。中国小说学史正可循此梳理和分析历代对于小说文体的研究和评判。

对于小说文体的研究，大体可分为"小说"观念研究、"小说"的理论范畴研究和"小说"的技法研究。

1. "小说"观念研究

"小说"观念问题历来受到小说理论批评史研究者的重视，对"小说"这一名称的理论和历史梳理至今已颇为清晰，所谓"小说"一词所指称的对象及其流变轨迹已有迹可循。然而其中存在的一个认识"偏差"是：人们常常视小说观念仅为"小说"这一语词所指称的内涵。这种过于狭隘的认识使得人们对于小说观念的追溯往往局限在"小说"这一语词所涉及的内涵和外延的演化，故其所揭示的小说观念的演化史常常表现为"小说"这一语词的发展历史。实际上，小说观念的研究对象应是古人对于"小说"这一文体的研究，包括"小说"的本体研究和"小说"的形态研究。

---

① 孙逊、潘建国：《唐传奇文体考辨》，《文学遗产》1999年第6期。

故对于小说观念的研究应有一个理念的转换：从"小说"作为一个"语词"转换为"小说"是一种"文体"。这样，所谓小说观念的研究才能落到实处，真正揭示古人对于"小说"这一文体的认识历史。如果循着这一思路，我们将看到，小说观念研究的外延是非常宽泛的，它可以以"小说"这一文体为中心视点，全面梳理小说在形成过程和发展流变中的相关观念、术语和理论思想，而不必被"小说"这一名称所束缚。如《庄子》一书，作为中国小说理论批评史的研究资料，人们常引用的是"饰小说以干县令，其与大达亦远矣"一段话，但其实，此"小说"一词与小说文体并无关涉，作为中国小说史上"小说"一词的首见当然自有其价值，但后人视《庄子》为"千万世诙谐小说之祖"并非缘其对"小说"一词的发明，而是指《庄子》一书接近小说的创作实践。故《庄子》一书中有关自身创作特色的揭示更应成为中国小说观念史研究的对象，我们在《庄子》中能找出许多比"小说"一词更有内涵的术语，如"寓言""卮言""志怪""曼衍""谬悠之说，荒唐之言，无端崖之辞"等，这些术语及其内涵都对后世的小说创作产生了一定影响。

2. "小说"的理论范畴研究

小说的理论范畴研究也是当今小说理论批评研究中的重心，尤其在明清小说理论批评研究中，人们对小说评点家的理论思想作出了深入细致的分析。但要使这一层面的研究引向深入，或许还得注意这样几个问题：

一是揭示中国古代小说理论范畴的总体特征，在中国文学理论范畴的背景上寻求小说理论范畴的独特个性。从整体而言，中国小说理论范畴并不发达，与传统诗学、词学乃至曲学相比，相对缺少具有自身文体特性的范畴术语；除了"虚实""幻奇""教化"等少数命题外，更少在小说理论批评史上一以贯之的理论范畴，就是上述一以贯之的理论命题，其实也是对传统文学理论范畴的"移植"。而明清小说评点家在对小说进行评论时，所使用的范畴术语又有很大的随意性，缺少相对意义上的理论延续。对于小说理论范畴的总体特性，我们毋庸讳言，更不必强求其中的所谓体系，去寻求那种空洞的所谓"范畴体系"，而是应该从发生学的角度去探求其原因和梳理其对小说发展所产生的实际影响。

二是在小说范畴和理论命题研究中强化"文体"意识，从而使小说范畴和理论命题研究真正切入中国古代小说的实际进程之中。如前所述，中国古代小说大致可以分为"笔记体""传奇体""话本体"和"章回体"四种文体，这四种文体之间既有一定的传承性，同时又有相对的独立性，各自形成了自身的文体特性。对这四种小说文体的研究，古人明显地是以不同的视角和标准加以对待的，从而形成了各自相对独立的小说文体学说。如对于"笔记体"小说，古人所采用的视角是传统的"实录"准则，但这种"实录"与史学的"实录"准则不尽一致，它主要的是指"记录"，对传闻的"记录"。故干宝在《搜神记序》中标举"虽考先志于载籍，收遗逸于当时，盖非一耳一目之所亲闻睹也，亦安敢谓无失实者哉"。① 其实并非是干宝有意提倡虚构，而是确认了笔记体小说的基本来源及其记录原则。明乎此，则对纪昀指责《聊斋志异》"一书而兼二体"这一小说批评史上的公案就可理解了，纪氏正是区分了笔记与传奇两种小说文体的不同，从而对《聊斋志异》表达了不满，而今人对纪昀的指责恰恰是模糊了这两种小说文体。故强化"文体"意识一方面可以揭示各种小说文体的相关学说，同时又可与古代小说发展的实际状况相一致。

三是在对小说范畴和理论命题的研究中，要尽量贴近古人，寻求对小说发展有直接价值的理论命题和学说为研究对象。今人对小说理论批评的研究常采用两种方式：或以当今的小说学观念来套用传统小说学，如"性格""结构""叙述视角"等，于是中国古代小说学命题在某种程度上成了西方小说学的翻版，而忽略了中国小说学自身的本位性。或在古代小说评点家的著作中寻求相关命题，但往往忽略了这些命题与小说发展实际的关系。如金圣叹在《水浒》评点中提出的"因缘生法""以文运事"等固然有其价值，值得探究，然而对评点家颇为随意的命题作出更为细密的挖掘，其实并无太大的意义。又如"囫囵语""趁窝和泥"等看似新颖，但与小说的发展又有多少关联呢？我们强化小说命题研究与小说发展实际的一致，正是要求小说命题的研究要贴近中国小说的自身发展，从而使小说

---

① （晋）干宝：《搜神记序》，（晋）干宝撰，汪绍楹校注：《搜神记》，中华书局1979年版，序第2页。

学研究真正成为小说史研究的一个有机组成部分。如在明清通俗小说史上颇有影响的"奇书""才子书""世情书"等命题都与小说史的发展直接相关。

3. "小说"的技法研究

小说学中的技法主要是指明中叶以后小说评点家对古代小说创作法则的揭示，它的出现确乎与评点这一形式密切相关，同时又因评点是中国古代小说批评形式的主体，而在古代小说批评史上延续长久。

小说评点之所以重视技法，源于两方面的因素，一方面，这是评点形式的传统特色，钱锺书谓："方回《瀛奎律髓》卷十姚合《春游》批语谓'诗家有大判断，有小结裹'；评点、批改侧重成章之词句，而忽略造艺之本原，常以'小结裹'为务。"① 所谓"侧重成章之字句"即指评点重视技法研究。另一方面，这与明清的八股之风和小说评点家对八股文法的长期熏染有关。金圣叹在《第五才子书水浒传序三》中的一段话正代表性地说明了这两方面的影响："盖天下之书诚欲藏之名山，传之后人，即无有不精严者。何谓之精严？字有字法，句有句法，章有章法，部有部法，是也。"② 故以"精严"之意识揭示小说之"法"即为评点之首务。

对小说技法作分析品评较早见于明万历年间的袁无涯本《水浒传》，其中提出的《水浒》"叙事养题法""逆法离法""实以虚行法"等开了小说技法研究的先河。其后，袁于令评点的《隋史遗文》、传为李渔评点的《新刻绣像批评金瓶梅》，尤其是金圣叹评点的《第五才子书水浒传》，将技法研究推向深入和细密。金氏在《读法》中就列举《水浒》"文法"十五例，又在具体品评中不断揭示其中蕴涵的文法，以后又经毛批《三国》、张批《金瓶梅》和脂批《红楼梦》，小说技法研究成了评点中一个非常重要的组成部分。清中叶以后技法研究有所减弱，但仍不绝如缕，贯穿在小说评点史上。对于这一部分批评史料自胡适指责金圣叹批评《水浒》"八股气"以后，一直受人诟病，近年来的小说理论批评研究方逐步得到重

---

① 钱锺书：《管锥编》第 4 册，中华书局 1979 年版，第 1215 页。
② （明）施耐庵：《第五才子书水浒传》，上海古籍出版社 1994 年《古本小说集成》影印金阊叶瑶池梓行本，第 40 页。

视。诚然，古代小说评点中的技法研究确乎有"八股"的痕迹，但技法研究其实是小说批评，尤其是通俗小说批评中最具小说本体特性的批评内涵，而小说批评借鉴八股技法理论，也使小说的形式批评不断走向细密和规整，在小说理论批评研究中不可偏废。还须看到的是，小说技法研究中虽然借鉴了八股技法的某些术语，但在批评视角和论述思路上则明显采用的是"史学"的叙事法则，与史著叙事法的比附，几乎是每一个小说评点家在小说技法研究中的常规思路，而史著与小说在叙事法上的相通，又是一个不言而喻的显著特性。故剔除小说技法研究中陈陈相因、浅俗无聊的内涵，以八股技法和史著叙事法的双重视角研究古代小说技法批评，并将其与中国古代小说的创作实际结合起来，无疑是中国小说学研究中一个不可分割的重要组成部分。

三、小说存在方式研究

小说存在方式研究长期以来一直被排除在小说理论批评史的研究范围之外，道理很简单，所谓小说存在方式研究并不以"理论形态"的面貌出现，故素来重视"理论形态"的小说批评史研究就将其排除在外。但其实，古人对小说的认识、把握和研究历来是双管齐下的：诉诸理论形态与在理论观念指导限制下的具体操作。两者之间相辅相成，后者还体现为对前者的检验和实践，故缺其一都不能构成完整的中国小说学史。

古人对小说存在方式的研究主要表现在四个方面：著录、禁毁、选本和改订。

1. 著录

所谓著录，是指"小说"这一文体在历代公私目录中的存在情况及其价值判断，这是一种以目录学的形式表达小说观念和小说思想的独特方式。这种方式对于中国古代小说学而言，最起码在两个方面显示了独特的小说理论思想：

一是从班固《汉志》到纪昀《四库全书总目》，历代目录学家对文言小说的著录体现了中国古代对文言小说的认识流变，也显现了中国古代文言小说的发展流程。同时，对历代目录学的清理，可以梳理出"小说"这一文体在目录学中的变异状态，而这种变异正体现了中国小说观念的历史演进。如班固《汉书·艺文志》首次设立"诸子略·小说家"，著录《伊尹说》《鬻子说》《周考》等十五家"小说"。《隋书·经籍志》承其思路，在四部分类中设"子部·小说家"，著录《燕丹子》《杂语》等"小说"二十五家，又在"史部·杂传"类著录《述异记》《搜神记》等多种小说。《旧唐书·经籍志》大致与其相类，"小说"作品亦被分置于"子部·小说家"和"史部·杂传"类。至宋代，欧阳修等编撰《新唐书·艺文志》将前此书目中归于两部的"小说"，统一归于"子部·小说家"中，且还著录了《玄怪录》《传奇》等唐人传奇小说。这一归并，基本确立了后世目录学对"小说"的著录位置，也基本确认了文言小说的两大部类，即"笔记体小说"和"传奇体小说"，还显示了文言小说与"子""史"两部类的渊源关系。

二是梳理小说的著录情况及其演化轨迹，可以从一个侧面反映小说尤其是通俗小说的地位升降及其流传的实际情况。古代通俗小说源于"说话"艺术，就小说文本而言，可以追溯到唐代，唐以后，随着宋元话本的兴起和明清章回小说的繁盛，通俗小说在创作和传播两方面都非常发达。但通俗小说的著录却远远滞后于创作和传播，据考，通俗小说的著录较早见于明初，明代约有九种公私书目著录了通俗小说，其中以话本为主，亦著录了《三国》《水浒》等明代新创小说。入清以后，通俗小说的著录反而见少，仅清初钱曾《也是园书目》设"戏剧小说"类、祁理孙《奕庆藏书楼书目》设"稗乘家"；一直到清后期，公私书目对通俗小说殊少著录，清代最重要的书目《四库全书总目》对通俗小说更是未提只字。直到晚清以后，通俗小说的著录才得以兴盛。观察晚清以来对小说的著录，其中一个特点不容忽略，这便是：晚清以来对通俗小说的大量著录，并非缘于时人对通俗小说价值的认知，而是出自从西方引进的图书分类学说，其著录已不存在价值评判的内涵。这一著录的流变轨迹，明显反映了通俗小说在明清两代的实际地位。颇有意味的是：明代的皇家书目《文渊阁书目》和《文华殿书目》著录了通俗小说，清初的私家书目《也是园书目》则为通俗小说独立设部，这种现象无疑可使我们更细致地把握通俗小说在明清两代的实际传播状况。①

2. 禁毁

小说的禁毁主要发生在明清两代，这是传统的书籍禁毁在小说领域的延伸。作为中国小说学的一个有机组成部分，"禁毁"问题涉及历朝被禁毁的小说书目和与禁毁相关的官方法令、社会舆论。它在小说学史上有三重价值：首先，历来对小说的禁毁出自中央和地方法令，带有颇为强烈的意识形态性，这对于以"民间性"为主流的古代小说而言，体现了上层对小说的一种文化政策和文化限制。这种带有强制性的政策法规，无疑可补足同样处于"民间"状态的中国小说理论批评在文献上的单薄。其次，小说禁毁本身及其相关资料所涉及的范围相当宽泛，上至中央政府，下及民间家庭，内容包括法律、法规、官箴、家训、清规、学则、乡约、会章和社会舆论，全方位地表现了小说在古代社会的实际存在状态，能更真切地把握古人对于"小说"这一文体的价值判断。这种涉及面的宽泛性和对社会的渗透性是其他小说理论批评所无法比拟的。复此，小说的禁毁其实是一种文化现象，将禁毁问题纳入"小说学"的研究范围，可以接通小说研究与当时社会文化之间的关系，它起码涉及这样几层内涵：特定社会环境对小说创作及其传播的影响、有关小说的特殊文化政策、小说与教育等。

3. 选本

将文学选本视为一种批评形式，这已成为一个共识。鲁迅在《选本》一文中甚至认为："凡是对于文术自有主张的作家，他所赖以发表和流布自己的主张的手段，倒并不在作文心，文则，诗品，诗话，而在出选本。"② 小说选本同样也是如此。中国古代的小说选本有文言和白话两大部类，而以文言小说选本为主；在形式上主要包括选集和总集，"丛书""类书"也大致可归入这一类别。就小说学而言，研究小说选本有多方面的内

---

① 参见潘建国：《古代通俗小说目录学论略》，《文学遗产》2000年第6期。
② 鲁迅：《集外集·选本》，《鲁迅全集》第七卷，人民文学出版社1981年版，第136页。

涵，一是小说选本本身所体现的小说观念和小说思想，如明嘉靖年间洪楩编刊的话本小说集《六十家小说》，其中分为"雨窗""欹枕""长灯""随航""解闲""醒梦"六集，即已表明对小说娱乐消遣性质的重视。冯梦龙编辑《情史》也是其"情教"学说的集中体现。二是小说选本的分类及其演化是研究中国小说类型的重要史料，尤其是文言小说类型，还可与当时的理论表述相互印证。如明陆楫《古今说海》录前代至明代小说135种，分为四部七家：说选（小录、偏记）、说渊（别传）、说略（杂记）、说纂（逸事、散录、杂纂），其分类与同时代胡应麟的分类颇为接近，可证这是当时的一种常规分类法。

4. 改订

小说的改订主要在通俗小说领域，文言小说也有此类情况。而改订大多出自小说评点者之手，故这是古代小说批评家直接参与小说文本和小说传播并影响中国小说发展进程的一个重要现象。小说评点家之所以能对小说文本作出修订，源于两方面的因素：一是通俗小说地位的低下和小说作家的湮没无闻，使评点者对小说文本的修订有了一种现实可能。二是古代通俗小说世代累积型的编创方式，使得小说文本处于"流动"之中。因其是在"流动"中逐步成书的，故成书也非最终定型，仍为后代的修订留有较多余地；同时，因其本身处于流动状态，故评点者对其作出新的改订就较少观念上的障碍。对通俗小说的改订最集中且成就最高的是在明末清初，而此时期正是通俗小说逐步定型并走向繁盛的时期，尤其是"四大奇书"，这在中国通俗小说的发展中具有典范意义；明末清初的小说评点家对"四大奇书"的修订并使之成为后世流传的小说定本，在通俗小说的发展史上有重要价值，同时也是小说批评参与小说发展实际的一个重要举措。

总之，我们以小说的存在方式研究作为小说学的一个组成部分，一方面是为了弥补以往小说理论批评研究中的不足，同时也是为了使古代小说学的研究更为圆满，从而更清晰地梳理出"小说学"在中国小说史发展中所产生的实际影响。

四、小说的文本批评

由于受文学批评史研究格局的影响,长久以来我们的小说理论批评研究一直以"理论思想"为主要对象,于是对各种"学说"的阐释及其史的铺叙成了小说理论批评研究的首务,原本古人对于小说丰富多样的研究被主观分割成一个个理性的"学说",一部中国小说理论批评史也就成了一个个理论学说的演化史。而在这种研究格局中,中国小说学史上最富色彩、对小说传播最具影响的"文本批评"却被忽略了。这无疑是20世纪以来中国小说理论批评研究中的一大缺憾。以理论观念作为小说理论批评史研究的主要对象,这本身无可厚非,因为在古人对小说的批评和研究过程中确实产生了大量有价值的思想观念,值得探究。但在小说理论批评史研究中,以理论观念掩盖小说的文本批评却并不合适。

所谓"文本批评"是指在中国小说批评史上对单个作品的品评和分析,它着重阐释的是单个作品的情感内涵和艺术形式,这在中国小说批评,尤其是明清通俗小说批评中是占主流地位的批评方式。故一部中国小说批评史,其实主要就是对小说文本阐释的历史。但在以往的小说理论批评研究中,这一批评方式及其内涵常常被理论观念的研究所掩盖,这一"掩盖"至少有两方面的"失误":

第一,以理论观念为研究主体在很大程度上掩盖了"文本批评"在中国小说理论批评史上的实际存在及其价值。中国古代小说的"文本批评"是建立在对个体小说情感内涵和艺术形式的阐释之上的,因而古代小说的文本批评明显地构成了两条线索:单个小说文本批评的自身演化线索和不同小说文本批评的历史演进线索。前者体现为单个小说文本的接受史,后者则显现为古代小说文本批评的总体演进历史。清理和把握这两种线索无疑可深切地观照中国小说史在创作和传播两方面的实际状况。

就单个小说文本的接受史而言,不同批评家、不同历史时期的批评均显示了独特的时代情状和批评家的个性风貌。如《水浒传》,从"李卓吾评本"到金圣叹评本,再到燕南尚生的《新评水浒传》,其中体现了明显的演化轨迹。"李卓吾评本"以"忠义"评《水浒》,旨在抬高《水浒传》和小说文体的历史地位。金圣叹以"才子书"评《水浒》,则主要从艺形式角度评判《水浒传》的艺术价值,而他对"李评本""忠义"的驳难又明显地表现了明末社会特定的时代状况。至近代,燕南尚生评《水浒传》全然舍去了作为小说文本所应有的艺术分析,而从当时现实政治的需要,从君主立宪的实用角度判定《水浒传》为"政治小说""社会小说"和"伦理小说"。这一条演化的轨迹既体现了《水浒传》在中国古代被逐步接受的历史,同时也显示了《水浒传》在接受过程中的时代印记。

从小说文本批评的总体演进来看,古代小说的文本批评在对作品的选择上也有一个明显的演进线索:《水浒》《三国》是最先得到批评家"青睐"的小说作品,评本蜂起,其后,《金瓶梅》也逐步得到重视,而在清中叶以后,小说的文本批评几乎成了以《红楼梦》为代表的世情小说的一统天下了。而这一线索正是与中国通俗小说的发展实际相一致的。

第二,以理论观念为标准研究古代小说批评,还常常使一些相对缺少理论思想而注重小说文本阐释的评点本不受重视,甚至被排斥在小说批评研究的视野之外。

一个突出的例子是明清《西游记》的批评文本明显受到冷落。《西游记》自"李卓吾评本"之后,有明末清初的"汪象旭评本",至清中叶更是出现了大量的评点本,如《新说西游记》《西游真诠》《西游原旨》等,这一系列的评点本大多以阐释作品的内涵为主,以明中后期以来的"心学"和"三教合一"思想来阐释《西游记》的思想内涵。其中偏颇甚至荒唐之处不少,但这是明清小说批评中的一个独特现象,也是《西游记》在传播过程中的一个特殊存在,不应排斥在小说批评研究之外。

《红楼梦》批评文本的研究同样也是如此,在《红楼梦》传播史上影响最大的无疑是王希廉、张新之、姚燮三家评本,但这三家评本同样以阐释作品的情感内涵与艺术形式为主,而较少理论思想的发挥和概括,故在小说批评史研究中也不受重视。倒是哈斯宝的《新译红楼梦》因其有理论思想的概括而广受注目,其实,哈斯宝的所谓理论思想大多是金圣叹之"余唾",对《红楼梦》的艺术分析与三家评本相比,尚有较大距离。这种研究状况和价值评判显见是以理论观念为标准所带来的后果。

我们强调古代小说学研究中"文本批评"的回归,正旨在追求小说学研究贴近小说史的发展实际,强化小说批评的文本意识和批评家的个性色彩及时代特性，从而使中国小说学史的研究能够清晰地梳理出一个古人对于小说文本阐释的历史。还须看到的是，从"文本批评"的角度梳理古代小说理论批评，可以明显看到古代小说批评与小说创作及传播的高度一致性，中国小说批评的主体线索正是由对小说史上一部部名家名作的文本批评所构成的，明代"四大奇书"、清代的《红楼梦》《儒林外史》《聊斋志异》是古代小说文本批评的主体，正是对这些名作的文本批评形成了古代小说批评的骨干线索。而梳理古人对于这些作品的文本批评及其演化轨迹，无疑是中国古代小说学研究的一个重要任务。

五、评点：小说学的重要载体

小说评点何以成为小说学的重要载体？这大致有以下两个因素：

其一，评点是中国古代小说批评的主体形式。古代文学批评源远流长，批评形式也丰富多样，各种批评形式制约了理论思想的生成，而批评形式的多样性也使得古代的文学理论思想呈现了丰富多彩的特色。以文学批评史为背景，我们不难看到，古代的小说批评尤其是明清的通俗小说批评，其形式相对来说比较单一，小说批评史上没有出现一部对小说文体进行专题研究的专门论著，具有相对综合性的"小说话"形式也一直到近代方始出现。据现有资料，较早明确提出"谈话体"（即"小说话"）这一概念并对其作出规定的是梁启超，1903 年，他在《小说丛话小引》中说道：

> 谈话体之文学尚矣。此体近二三百年来益发达，即最干燥之考据学、金石学，往往用此体出之，趣味转增焉。至如诗话、文话、词话等，更汗牛充栋矣，乃至四六话、制义话、楹联话，亦有作者。人人知其无用，然犹有一过目之价值，不可诬也。惟小说尚阙如，虽由学士大夫鄙弃不道，抑亦此学幼稚之征证也。[①]

梁氏在追踪"谈话体"的源流时，以诗话、文话、词话等为论述背

[①] 梁启超：《小说丛话小引》，《新小说》第 7 号，1903 年。

景，得出了"小说尚阙如""此学幼稚"的结论。此论或可商榷，"小说话"这一体式虽在晚清开始兴旺繁盛，然亦渊源有自。追踪"小说话"的发展历程，我们可以看到，"小说话"在晚清以前处于"有实无名"阶段，这一阶段以随笔体评论小说的形式不可忽略，可将其称为"笔记体小说话"，而晚清以来迅猛发展的报载小说话以报刊为媒介，在形式上呈现出与传统"笔记体小说话"不同的格局，可归纳为"报载体小说话"。但尽管如此，"小说话"仍然无力撼动评点在小说批评中的地位，评点是小说批评史上一以贯之的批评形式，与古代小说的发展相始终。①

其二，评点的兴起是文学批评走向世俗化、通俗化，并追求功利性、实用性的一个重要标志，而这一特性与古代小说的特点和风格最为契合。我们且看几则评论：

> 取韩愈、柳宗元、欧阳修、曾巩、苏洵、苏轼、张耒之文，凡六十余篇，各标举其命意布局之处，示学者以门径。（《古文关键提要》）②
>
> 大略如吕氏《关键》，而所取自《史》、《汉》而下，至于本朝，篇目增多，发明尤精当，学者便之。（《迂斋古文标注》）③
>
> 坤所选录，尚得烦简之中。集中评语，虽所见未深，而亦足为初学之门径。一二百年以来，家弦户诵，固亦有由矣。（《唐宋八大家文钞提要》）④

南宋以来的文学评点融选评为一体，以实用性、通俗性为归趣，在宋以来的文学批评中可谓别开生面，赢得了读者和批评者的广泛注目。尤其在小说领域，这种批评方式和批评特性深深契合古代小说，尤其是白话通俗小说的文体特性。从整体而言，中国古代白话小说是一种最能体现"文学商品化"的文体，这是白话小说区别于古代其他文体的一个重要标志，

---

① 详见谭帆、王瑜锦：《"小说话"辨正——兼评黄霖先生编纂的〈历代小说话〉》，《清华大学学报（哲学社会科学）》2021年第2期。
② （清）永瑢等撰：《四库全书总目》，中华书局1965年版，第1698页。
③ （宋）陈振孙撰，徐小蛮、顾美华点校：《直斋书录解题》，上海古籍出版社2015年版，第452页。
④ （清）永瑢等撰：《四库全书总目》，中华书局1965年版，第1719页。

而推进小说文本的商业性传播，无疑也成了小说批评的一个重要功能。南宋以来的文学评点以通俗性和实用性为其主要特性，正与通俗小说的这种文体特性相吻合。在古代小说史上，一个十分明显的现象是：当通俗小说在明代万历年间走向兴盛时，小说的创作、刊刻和批评常常是融为一体的，而在其中起决定作用的又往往是书坊和书坊主，这无疑是古代小说发展史上一个极富个性的现象。我们且不说明末那些人们已经熟知的现象和史料，就是入清以后，当通俗小说的文人评点有所发展的时候，书坊的控制依然故我。如烟水散人的《赛花铃》评点即由书坊主敦请："今岁仲秋，书林氏以《赛花铃》属予点阅。"[①] 蔡元放的《东周列国志》评点亦然："坊友周君……嘱予者屡矣。寅卯之岁，予家居多暇，稍为评骘，条其得失而抉其隐微。"[②] 由此可见，在古代小说史上，评点能与小说文本一起同时进入传播渠道，故一开始就受到了批评者的"青睐"，以后相沿成习，成了小说批评的主体形式。

[①] （清）烟水散人：《赛花铃题辞》，丁锡根编：《中国历代小说序跋集》，人民文学出版社1996年版，第1271页。
[②] （清）蔡元放编：《东周列国志序》，（清）蔡元放：《东周列国志》，上海古籍出版社1995年版，第4页。

第二章

先唐小说学

"先唐"概念，顾名思义是指唐以前，而主要指先秦两汉、魏晋南北朝。这是一个漫长的历史时期，就小说而言，这是中国古代小说自萌生渐趋成熟的时期；作为小说形态的理性概括和价值评判，"小说学"亦在此时逐步产生并得以发展。就理论角度言之，"小说学"的产生和发展应该是与小说创作同步的。先唐"小说"在其萌生过程中呈现出了一种多元的状态，所谓"多元状态"是指"小说"一开始并不是作为一种独立"文体"出现的，而是包蕴在众多的其他文体之中，今人对此称之为"多祖现象"。① 尤其是子书、史书成了后世小说的重要之源，如《庄子》，宋人黄震谓："庄子以不羁之材，肆跌宕之说，创为不必有之人，设为不必有之物，造为天下所必无之事，用以眇末宇宙，戏薄圣贤，走弄百出，茫无定踪，固千万世诙谐小说之祖也。"② 史书中蕴涵的小说因素也极为明显，明代绿天馆主人在《古今小说序》中干脆以"史统散而小说兴"一语概言小说之源起，今人钱锺书更从史书中揭示了小说与史书的相通之处："史家追叙真人实事，每须遥体人情，悬想事势，设身局中，潜心腔内，忖之度之，以揣以摩，庶几入情合理。盖与小说、院本之臆造人物、虚构境地，不尽同而可相通。……《左传》记言而实乃拟言、代言，谓是后世小说、院本中对话、宾白之椎轮草创，未遽过也。"③ 而神话传说对后世小说的滋

---

① 参阅杨义：《中国古典小说史论》，中国社会科学出版社1995年版，第9页。
② （宋）黄震：《黄氏日钞·读诸子·庄子》，上海师范大学古籍整理研究所：《全宋笔记》第10编第10册，大象出版社2018年版，第113页。
③ 钱锺书：《管锥编》，中华书局1979年版，第166页。

养也极为显明，尤其在题材和精神趣味两端对后世志怪和神魔小说的影响至为深远。先唐小说正是在这三脉源泉中孕育，体现了极为繁杂和多元的萌生状态。

一、先唐小说之构成与小说学之特征

先唐小说在其自身演进过程中逐步形成了相对稳定的"文体形态"，但内容庞杂、范围宽泛。所谓"文体形态"，是指小说之所以成为"小说"文体的形式特性，包括语言、叙述方式和形式体制等。先唐小说的"文体形态"简言之即表现为：形式短小、内容琐杂和杂记体的叙述方式，也即桓谭所谓的"丛残小语"的"短书"和班固所谓的对"街谈巷语，道听途说"的记录。然而这一文体形态所指称的实际内涵远远超出我们现在所认为的"小说"范围，大凡不是很庄重的经史子书，内容驳杂而又以"短书"面貌出现的杂记琐言统统被萃于"小说"这一文体形态之下。大别之，包括三种类型：志怪小说、志人小说和历史小说。

志怪小说主要记载神鬼怪异故事，志人小说主要记录人物遗闻琐事，历史小说则主要以历史人物的传闻故事为叙述对象（当然三者之间亦有交叉重叠）。在这三种小说类型中，以志怪小说成就最高，影响亦最为卓著。志怪小说萌生于先秦，发展于两汉，而大盛于魏晋南北朝。一般认为，志怪小说形成于战国时期，其标志是《汲冢琐语》和《山海经》的出现，前者取材于历史，记载"卜梦妖怪"的迷信故事，被后世视为"古今记异之祖"；后者混合地理博物和巫教之内涵，荒诞玄虚，后世目为"古今语怪之祖"。两汉志怪趋于成熟，作品渐多，地理博物类有《括地图》《神异记》《洞冥记》等，杂史杂传类有《神仙传》《汉武故事》等。至魏晋南北朝进入鼎盛状态，志怪纷出，自成一家，且作者队伍空前庞大，魏文帝曹丕《列异记》、张华《博物志》、干宝《搜神记》、葛洪《神仙传》、陶渊明《搜神后记》、刘义庆《幽明录》等汇成了一股志怪小说的创作风潮。志人小说脱胎于先秦诸子，魏晋以来清谈风行，容貌卓异、言谈玄远成为士流品骘人物之要义，"世之所尚，因有撰集，或者掇拾旧闻，或者记述近事，虽不过丛残小语,而俱为人间言动,遂脱志怪之牢笼也"。① 志人小说魏晋有《笑林》《语林》等,南北朝有《世说新语》《俗说》《殷芸小说》等,而以刘义庆《世说新语》为巨擘。历史小说乃史书之衍流,与稗官野史难分畛域,实乃融史实与传闻虚诞之事于一体者,后世史志一般归入"杂史"类,如《燕丹子》《吴越春秋》《越绝书》等。先唐小说从整体而言即为这样一个庞杂的领域,出入子史,贯融神道,题材各异而门类琐杂。②

就中国古代小说史的发展背景来看,先唐小说与中国传统学术文化的关系至为密切,非后世小说所可比拟。在中国古代小说史上,自先秦到宋元,小说的发展始终融合于传统学术文化之中,虽然其中也有排斥、贬损,但作为一股独特的脉流始终融入于传统学术文化之中。宋元以后,随着话本小说的兴起,小说在传统学术文化中明显地呈双向分渠态势,与先唐小说一脉相承的笔记小说仍然被传统学术文化所接纳,而承话本小说而来的通俗小说则逐渐脱离了传统学术文化的视野,衍为与传统学术文化相对峙的民间文化一系。

中国古代小说在传统学术文化中奠定其地位的无疑是先唐时期,我们甚至可以说,先唐小说本身就是传统学术文化中的一个支系。先唐小说与传统学术文化的关系主要表现在三个方面:一是先唐小说与史学的关系异常紧密,《新唐书·艺文志序》谓:"传记、小说,外暨方言、地理、职官、氏族,皆出于史官之流也。"③ 如《穆天子传》由史书演化而来,《山海经》亦源于由史书分化出来的地理博物书,从《禹贡》到《山海经》即体现了地理博物学向志怪的演化,而最早的志怪小说《汲冢琐语》更是从史书中脱胎而来,故志怪小说是史乘分流的直接结果,同时在其发展过程中又成为史乘之支流。④ 二是先唐小说与宗教文化密切相关,小说的产生本身即源于原始宗教及其衍生的神话传说,上古神话对神灵的创造,赋神灵于怪异的形体和无边的神力以及表现出的丰富幻想,给小说的产生和生长提供了良好的滋养;商周以来巫教盛行,大量的宗教迷信传说和神鬼故

---

① 鲁迅撰,郭豫适导读:《中国小说史略》,上海古籍出版社2019年版,第42页。
② 详见李剑国:《唐前志怪小说史·志怪叙略》,南开大学出版社1984年版。
③ (宋)欧阳修、宋祁撰:《新唐书》,中华书局1975年版,第1421页。
④ 详见李剑国:《唐前志怪小说史》,南开大学出版社1984年版,第75—85页。

事是小说脱离史乘、独立发展的温床；两汉谶纬迷信与神仙方术的兴盛也为志怪小说的发展奠定了充实的基础，东汉后期以来道教的成熟和隆盛更是六朝小说不可或缺的根基。而随着佛教的引入，志怪小说中又出现了"释氏辅教之书"一脉支系。宗教文化自上古以来不仅地位尊荣，且上下煽扬，社会迷从，是传统学术文化中的一脉重要线索，先唐小说对宗教文化的依附及互为表里，使小说深深地融入了传统学术文化之中。三是先唐小说与哲学思想的关系也颇为密切，先秦诸子以小说笔法表现其哲学思想是一显例，而志人小说在魏晋时期的兴起及其发展更是玄学兴盛的直接产物。明人胡应麟评《世说新语》"以玄韵为宗"，① 而"玄韵"正是玄学所标举的生活情调和个体风神，它指的是"一个人的情调、个性，有清远、通达、放旷之美"。② 标举"玄韵"源于魏晋时的人伦鉴识，而人伦鉴识又以玄学为基石，《世说新语》从而成了一部最能表现玄学内蕴的形象性的文本。

先唐小说学所论及的就是这样一个研究对象，这一研究对象在很大程度上制约了小说学的生成。据此，先唐小说学有这样几个明显的特征：

其一，先唐时期对于小说的研究和评判主要是在史学和哲学领域，小说学呈现一种依附状态，这一状态与小说在先唐时期的生成与发展相一致。故先唐小说学主要体现为总体性的把握和评判，大量融合了非"小说"的内涵，而相对缺乏对于小说本体的精深分析。这种总体性的评判是后世小说学的思想之源，规定和制约了中国古代小说和小说学的发展进程，如"小道可观""劝善惩恶""传闻异辞"等观念均为后世小说学的基本命题。

其二，先唐小说学是在"小说"名实两端的分析中展开的，子书和史志中对于"小说"之名的判断和六朝小说家对于"小说"之实的分析，是先唐小说学中既相异又相关的两股线索，故"名实之辨"是厘清先唐小说学的一个重要内涵。

其三，先唐小说学中对于小说的著录是古代学术文化发展的一个必然

---

① （明）胡应麟：《少室山房笔丛》，上海书店出版社2001年版，第285页。
② 徐复观：《中国艺术精神》，春风文艺出版社1987年版，第152页。

产物，这突出地表现在西汉末刘向、刘歆父子的《七略》和东汉班固的《汉志》对"小说家"的著录，尽管对"小说家"内涵的理解颇多歧义，但这毕竟是"小说"书籍首次进入学术文化的范畴，故在这种书籍的归并、著录位置及其评价中体现了小说与传统学术文化的种种关系。

二、小说学的思想源头

中国古代小说学的萌生并不在小说领域，而是表现在先秦的诸子思想中，对后世小说学影响最大的莫过于《论语·子张》中的一段话：

> 子夏曰："虽小道，必有可观者焉。致远恐泥，是以君子不为也。"

"小道可观"一语遂成后世评定小说这一文体的基本评语，经数千年而不变。"小道"指称小说的非正统性，"可观"则有限度地承认小说的价值功能，可谓一语而成定评。然则"小道"一词在先秦时期本不指称"小说"，甚至亦非指典籍，而是指称某种思想行为或行为方式。《逸周书·太子晋解第六十四》："如文王者，其大道仁，其小道惠。"[①]《春秋穀梁传·隐公元年》："兄弟，天伦也，为子受之父，为诸侯受之君，已废天伦而忘君父，以行小惠，曰小道也。"[②]《左传·桓公六年》："臣闻小之能敌大也，小道大淫。所谓道，忠于民而信于神也。"[③]可见所谓"小道"是与"大道"相对的思想行为和行为方式。对此，《荀子·正论》中的一段表述最为明晰：

> 故可以有夺人国，不可以有夺人天下；可以有窃国，不可以有窃天下也。可以夺之者可以有国，而不可以有天下，窃可以得国，而不

[①] 黄怀信、张懋镕、田旭东撰：《逸周书汇校集注》，上海古籍出版社2007年版，第1019页。
[②] （晋）范宁集解：《春秋穀梁传》，《丛书集成初编》，中华书局1985年版，第2页。
[③] （战国）左丘明撰，（西晋）杜预集解：《左传》，《春秋经传集解》，上海古籍出版社1997年版，第88页。

可以得天下。是何也？曰：国，小具也，可以小人有也，可以小道得也，可以小力持也；天下者，大具也，不可以小人有也，不可以小道得也，不可以小力持也。国者，小人可以有之，然而未必不亡也。天下者，至大也，非圣人莫之能有也。①

这种对于"小道"的认识一直延续到汉及汉以后。贾谊《新书》卷五《傅职》："天子居处，出入不以礼，衣服冠带不以制，御器在侧不以度，杂采从美不以彰德，忿怒说喜不以义，赋与噍让不以节，小行、小礼、小义、小道，不从少师之教，凡此之属，少傅之任也。"卷六《容经》："古者年九岁入就小学，蹍小节焉，业小道焉；束发就大学，蹍大节焉，业大道焉。"②汉以后亦然，《后汉书》卷六十八《符融传》："时汉中晋文经、梁国黄子艾，并恃其才智，炫曜上京，卧托养疾，无所通接。洛中士大夫好事者，承其声名，坐门问疾，犹不得见。三公所辟召者，辄以询访之，随所臧否，以为与夺。融察其非真，乃到太学，并见李膺曰：'二子行业无闻，以豪杰自置，遂使公卿问疾，王臣坐门。融恐其小道破义，空誉违实，特宜察焉。'膺然之。二人自是名论渐衰，宾徒稍省。旬日之间，惭叹逃去。后果为轻薄子，并以罪废弃。"③可见"小道"是指与"小行""小礼""小义"相对应的思想行为，更指那种"恃其才智""破义""违实"的雕虫小技。

较早以"小道"一词指称典籍的大致是在汉代，尤其是东汉，并逐渐演为与儒家学说相对的诸子典籍。④这一演变或与汉以来"独尊儒术"的思想学术背景相关，《汉书·宣元六王传》记曰："（东平王宇）上疏求诸子及《太史公书》，上以问大将军王凤，对曰：'……诸子书或反经术、非圣人，或明鬼神、信物怪；《太史公书》有战国纵横权谲之谋……皆不宜

---

① （清）王先谦撰，沈啸寰、王星贤点校：《荀子集解》，中华书局1988年版，第326页。
② （汉）贾谊撰，阎振益、钟夏校注：《新书校注》，中华书局2000年版，第174、229页。
③ （南朝宋）范晔撰，（唐）李贤等注：《后汉书》，中华书局1965年版，第2232—2233页。
④ 以"小道"与"大道"相对来指称某种学术思想较早见于《庄子》，但《庄子》未用"小道"和"大道"等称谓，而是以"方术"与"道术"指称之。所谓"道术"是指古代天人、神人、至人、圣人对大道理进行全面体认的学问，包括宇宙间的一切真理。而所谓"方术"是指后世的百家曲士拘于一方，对大道的某一方面体察的学问。详见方勇、陆永品：《庄子诠评·天下》，巴蜀书社1998年版。

在诸侯王。不可予。不许之辞宜曰:《五经》,圣人所制,万事靡不毕载。王审乐道,傅相皆儒者,且夕讲诵,足以正身虞意。夫小辩破义,小道不通,致远恐泥,皆不足以留意。'"① 所谓"小道"遂成与"圣人所制"相对的诸子典籍,甚至将太史公《史记》亦归入其中。王充《论衡》则以批评的口吻描述了当时儒生将儒家典籍之外的"尺籍短书"比作"小道"的现象:

> 彼人曰:"二尺四寸,圣人文语,朝夕讲习,义类所及,故可务知。汉事未载于经,名为尺籍短书,比于小道,其能知,非儒者之贵也。"儒生不能都晓古今,欲各别说其经,经事义类,乃以不知为贵也?②

将"小道"与"小说"相关涉始于东汉班固,这是一段在中国小说史上广为引用的文字,亦引录如下:

> 小说家者流,盖出于稗官,街谈巷语,道听途说者之所造也。孔子曰:"虽小道,必有可观者焉。致远恐泥,是以君子弗为也。"然亦弗灭也。闾里小知者之所及,亦使缀而不忘,如或一言可采,此亦刍荛狂夫之议也。③

班固将"小道"与"小说"相勾连,使"小道"所指称的内涵自先秦以来的"泛指"变为一种"特指"。至此,所谓视"小说"为"小道"的观念得以成立,并流播广远。

以"可观"一词评价"小说"一类书籍的较早资料,见于西汉刘向的相关论述,刘向在《列子新书目录》中肯定《列子》"且多寓言,与庄周相类",并指出其中"《穆王》《汤问》二篇,迂诞恢诡"。《力命》《杨子》

---

① (汉)班固撰,(唐)颜师古注:《汉书》,中华书局1962年版,第3324—3325页。
② 黄晖撰:《论衡校释(附刘盼遂集解)》,中华书局1990年版,第557—558页。
③ (汉)班固撰,(唐)颜师古注:《汉书》,中华书局1962年版,第1745页。

"二义乖背，不似一家之书。然各有所明，亦有可观者"。① 在《说苑叙录》中，刘向评价其编集的"浅薄不中义理"的《说苑》《新序》曰"皆可观"。"可观"一词与"小说"相连始见于两汉之际的桓谭："若其小说家，合丛残小语，近取譬论，以作短书，治身理家，有可观之辞。"② 桓谭明确地将"小说家"之撰述评价为"有可观之辞"，并以"治身理家"来概言"可观"之内涵，而"治身理家"乃从儒家经典所强调的"修身齐家"一语演变而来。《礼记·大学》云："古之欲明明德于天下者，先治其国；欲治其国者，先齐其家；欲齐其家者，先修其身。"③ 桓谭以此立论可见其对"小说"的认可。

"小道可观"一语从指称与"大道"相对的思想行为到与儒家经典相对的诸子百家，再演为专指诸子百家中特定的一类书籍，这一演变大致在东汉初年得以完成。无论是桓谭还是班固，其所指称的"小说家"虽与后世的所谓小说颇多歧异，但毕竟是后世小说之滥觞。鲁迅先生评班固所录小说十五家"大抵或托古人，或记古事，托人者似子而浅薄，记事者近史而悠缪者也"。④ "似子而浅薄""近史而悠缪"正是先唐时期小说之基本特性，也是后世小说创作的一脉泉源，故可视为对先秦以来小说创作的实际评价。班固以后，"小道可观"一语成了后世对小说文体的基本评价，如《隋书·经籍志》在论及"小说"时先以"小说者，街说巷语之说也"为其正名，末即引"虽小道，必有可观者焉，致远恐泥"为其定评。⑤ 宋人曾慥在《类说序》中亦谓："小道可观，圣人之训也。"⑥ 并以"资治体，助名教，供谈笑，广见闻"进一步申述"可观"之内涵。明代小说家更有以"可观道人"为其名号者。⑦ 以此可见"小道可观"一词在中国小说史

---

① 杨伯峻：《列子集释》，中华书局2012年版，第268页。
② （汉）桓谭：《新论》，引自《文选·江淹〈杂体诗·李都尉陵〉》李善注，（梁）萧统编，（唐）李善注：《文选》，上海古籍出版社1986年版，第1453页。
③ （汉）郑玄注，（唐）孔颖达正义，吕友仁整理：《礼记正义》，上海古籍出版社2007年版，第2237页。
④ 鲁迅撰，郭豫适导读：《中国小说史略》，上海古籍出版社2019年版，第3页。
⑤ （唐）魏徵、令狐德棻撰：《隋书》，中华书局1973年版，第1012页。
⑥ （宋）曾慥：《类说》，文学古籍刊行社1955年影印本，第29页。
⑦ （明）可观道人：《新列国志叙》，（明）墨憨斋新编：《新列国志》，上海古籍出版社1994年《古本小说集成》影印金闾叶敬池梓本，第21页。

上流播之广，影响之深。就中国小说史的发展而言，"小道可观"乃利弊各具。利者，小说虽曰"小道"，但"可观"一词始终给小说网开一面，使其在儒家文化一统的背景下得以生存和繁衍；当然，"小道可观"其"弊"亦莫大矣，中国古代小说始终处于一个尴尬的位置和可怜的地位也正与此相关。

三、子书与小说学

子书与小说之关系至为密切。上文所言"小道可观"中被认为"小道"的典籍大多是指子书，而后世亦将《庄子》《列子》《韩非子》等均视为"小说之祖"。[①] 在历代的目录学著作中，班固承刘歆《七略》，列"小说家"于"诸子略"之末，汉以后，《七略》流为四部，历代史志亦大多将小说隶于"子部"。就中国古代小说学史而言，子书与小说学之关系约在两端："小说"之"名"和"小说"之"实"。"小说"之名首见于子书，与"小说"文体相关之称谓亦大多见于子书；而对有关"小说"文体形态的分析也奠定于子书。

"小说"之名首见于《庄子·外物》："饰小说以干县令，其于大达亦远矣。"唐人成玄英疏云："干，求也，县，高也。夫修饰小行，矜持言说，以求高名令问者，必不能大通于至道。"[②] 然则此"小说"一词与后世小说并无直接关系，鲁迅谓《庄子》所云"小说"乃"琐屑之言，非道术所在，与后来所谓小说者固不同"，[③] 可谓知言。故此"小说"实与《荀子》中"小家珍说"一词相近，《荀子·正名》云："今人所欲无多，所恶无寡。岂为夫所欲之不可尽也，离得欲之道而取所恶也哉？故可道而从之，奚以损之而乱，不可道而离之，奚以益之而治！故知者论道而已矣，

[①] （宋）黄震：《黄氏日钞·读诸子》："庄子以不羁之才，肆跌宕之说，创为不必有之人，设为不必有之物，造为天下必无之事，用以眇末宇宙，戏薄圣贤，走弄百出，茫无定踪，固千万世诙谐小说之祖也。"上海师范大学古籍整理研究所：《全宋笔记》第10编第10册，大象出版社2018年版，第113页。（明）绿天馆主人《古今小说叙》："史统散而小说兴。始乎周季，盛于唐，而浸淫于宋。韩非、列御寇诸人，小说之祖也。"（明）冯梦龙编：《古今小说》，上海古籍出版社1994年《古本小说集成》影印本，第1页。

[②] （清）郭庆藩撰，王孝鱼点校：《庄子集释》，中华书局1961年版，第925、927页。

[③] 鲁迅撰，郭豫适导读：《中国小说史略》，上海古籍出版社2019年版，第1页。

小家珍说之所愿皆衰矣。"① 两者均指琐屑之言论和浅薄之道理。

从语源而言,"小说"一词首见于《庄子》,这自有其价值。但后人对《庄子》"小说"一词的"发明"其实并不太在意,所谓《庄子》为"千万世诙谐小说之祖",绝非缘其对"小说"一词的发明,倒是《逍遥游》中"志怪"一词被后人屡屡提及。故从中国小说学史角度言之,"小说"称谓之初始应是桓谭、班固之标举"小说家"。其实,《庄子》一书对中国古代小说史的贡献不在小说之"名",而在小说之"实"。《庄子》文笔恣肆、玄虚深弘,其"谬悠之说,荒唐之言"实与后世小说血脉相通。故书中对这一特色的概括和评价可视为中国小说文体形态批评之源,对后代小说学的实际影响远在"小说"这一称谓之上。《庄子》对后代小说文体批评的贡献主要在两个方面:

其一,庄子对自身表述形态的描述和对其以形象说理方式的说明是后世小说文体批评之源。《寓言》篇云:

> 寓言十九,重言十七,卮言日出,和以天倪。②

《天下》篇又云:

> 以谬悠之说,荒唐之言,无端崖之辞,时恣纵而不傥,不以觭见之也。以天下为沉浊,不可与庄语,以卮言为曼衍,以重言为真,以寓言为广。独与天地精神往来而不敖倪于万物。不谴是非,以与世俗处。其书虽瑰玮而连犿无伤也。其辞虽参差而諔诡可观。③

《寓言》篇以寓言、重言、卮言论述其表述形态之特征,故常被后人视为全书之凡例,王夫之即谓"此内外杂篇之序例也"。④ 而《天下》为

---

① (清)王先谦撰,沈啸寰、王星贤点校:《荀子集解》,中华书局1988年版,第429页。
② (清)郭庆藩撰,王孝鱼点校:《庄子集释》,中华书局1961年版,第947页。
③ 同上,第1098—1099页。
④ (清)王夫之:《庄子解·寓言》题解,(清)王夫之著,王孝鱼点校:《庄子解》,中华书局1964年版,第246页。

《庄子》末篇，带有总结全书的性质，前人评其"乃本经之末序，序其著书之本旨也"。① 故其中对表述形态的分析可看成其对《庄子》创作手法的揭示。案，"寓言""重言""卮言"是《庄子》用以阐释自身学说的基本方法。"寓言"谓寄托寓意之言，以虚构人物出面论述，以具有寄寓性质的故事表现"寂寞无形，变化无常"之大道。"重言"谓先哲时贤之言，其中亦有以故事言说者，借重先哲时贤之言，有止塞天下纷乱言论之目的，所谓"重言十七，所以已言也"。② "卮言"则谓以支离不着边际之言推演事物之理，用于针对那些"不可庄语"的天下沉迷之人。③ "谬悠之说，荒唐之言，无端崖之辞"则指那种玄虚恣纵、虚诞不实、无涯无绪的叙述方式和语言风格。而这些正是后世小说及小说学颇多吸收的内涵。宋洪迈谓："夫齐谐之志怪，庄周之谈天，虚无幻茫，不可致诘。逮干宝之《搜神》，奇章公之《玄怪》，谷神子之《博异》，《河东》之记，《宣室》之志，《稽神》之录，皆不能无寓言于其间。若予是书，远不过一甲子，耳目相接，皆表表有据依者。谓予不信，其往见乌有先生而问之。"④ 其精神可谓一脉相承。

其二，《庄子》嗜谈怪异，且以"妄言""妄听"为其释解，是后世小说尤其是志怪小说创作趣味的精神源泉，也是后世小说家用以抵拒儒家"不语怪力乱神"圣训时的精神屏障。

《庄子·齐物论》云："予尝为女妄言之，女以妄听之。"成玄英疏云："夫至理无言，言则孟浪，我试为汝妄说，汝亦妄听何如？"⑤ "妄言""妄听"遂成历代小说家肯定小说谈鬼述异这一文体特性的理论武器。宋人叶梦得《避暑录话》卷一云："子瞻（苏轼）在黄州及岭表，每旦起不招客相与语，则必出而访客。所与游者亦不尽择，各随其下，谈谐放荡，不复为畛畦。有不能谈者，则强之说鬼。或辞无有，则曰：'姑妄言之。'于是

---

① （明）释性通：《南华发覆·天下》题解，《续修四库全书》第957册，上海古籍出版社2002年版，第176页。
② （清）郭庆藩撰，王孝鱼点校：《庄子集释》，中华书局1961年版，第949页。
③ 前人亦有将《庄子》的表述形态统称为"寓言"者，如《史记·老子韩非列传》："其著书十余万言，大抵率寓言也。"鲁迅《汉文学史纲》亦谓："著书十余万言，大抵寓言。"
④ （宋）洪迈撰，何卓点校：《夷坚志·夷坚乙志序》，中华书局2006年版，第185页。
⑤ （清）郭庆藩撰，王孝鱼点校：《庄子集释》，中华书局1961年版，第100页。

闻者无不绝倒……"① 洪迈撰《夷坚志》，自谓："稗官小说家言不必信，固也。信以传信，疑以传疑，自《春秋》三传，则有之矣，又况乎列御寇、惠施、庄周、庚桑楚诸子汪洋寓言者哉！《夷坚》诸志，皆得之传闻，苟以其说至，斯受之而已矣。"② 蒲松龄"才非干宝，雅爱搜神，情类黄州，喜人谈鬼"，③ 其创作精神亦缘此而来。袁枚尝自谓"文史外无以自娱，乃广采游心骇耳之事，妄言妄听，记而存之"，而撰成《子不语》一书。④ 而纪昀更将自己的小说"采庄子之语，名曰《姑妄听之》"。⑤ 可见他们均以庄子的这一思想为其创作精神，故《庄子》对中国小说文体批评的影响非常深远。⑥

　　子书中涉及古代小说文体形态的尚有桓谭《新论》和王充《论衡》。桓谭对小说颇多褒扬，其中"若其小说家，合丛残小语，近取譬论，以作短书，治身理家，有可观之辞"，即揭示了小说的文体特征。首先，桓谭以"丛残小语""以作短书"指称小说的文体形式，其中"丛"为细杂，"残"为片言，意谓小说乃是一种形式短小、内容丛杂的文体。其次，桓谭肯定小说"近取譬论"，即以外物譬喻来形象说理的手法。这一揭示使桓谭的所谓"小说"具有了一种文体的意义。案，"丛残小语"和"短书"是当时的常用语，一般指称有违圣人经典的著述。王充对此作了较多文体意义上的阐释，但在具体评价上两者却有异趣，如《论衡·书解》："古今作书者非一，各穿凿失经之实，违传之质，故谓之丛残。"《骨相》："在经传者，较著可信。若夫短书俗记，竹帛胤文，非儒者所见，众多非一。"《谢短》又云："二尺四寸，圣人文语，朝夕讲习，义类所及，故可务知。汉事未载于经，名为尺籍短书，比于小道，其能知，非儒者之贵也。"⑦ 我

---

① （宋）叶梦得：《避暑录话》卷一，《宋元笔记小说大观》第3册，上海古籍出版社2001年版，第2583页。
② （宋）洪迈撰，何卓点校：《夷坚志》，中华书局2006年版，第967页。
③ （清）蒲松龄：《聊斋自志》，张友鹤辑校：《〈聊斋志异〉会校会注会评本》，上海古籍出版社2011年版，第1页。
④ （清）袁枚：《新齐谐 续新齐谐·新齐谐序》，人民文学出版社1996年版，第1页。
⑤ （清）纪昀：《〈姑妄听之〉自序》，（清）纪昀撰：《阅微草堂笔记》，上海古籍出版社1980年版，第359页。
⑥ 以上论述参考了杨义《中国小说史论·导言》中的部分观点，中国社会科学出版社1995年版。
⑦ 黄晖撰：《论衡校释（附刘盼遂集解）》，中华书局1990年版，第1157、112、557—558页。

们再看两则引文：

> 庄周寓言，乃云"尧问孔子"；《淮南子》云"共工争帝，地维绝"，亦皆为妄作。故世人多云短书不可用。然论天间，莫明于圣人，庄周等虽虚诞，故当采其善，何云尽弃耶？（《新论·本造》）①
>
> 《淮南书》言：共工与颛顼争为天子，不胜，怒而触不周之山，使天柱折，地维绝。尧时十日并出，尧上射九日。鲁阳战而日暮，援戈麾日，日为却还。世间书传，多若等类，浮妄虚伪，没夺正是。（《论衡·对作》）②

文中所指基本同一，均就神话寓言作出评论。桓谭也承认寓言为妄作，但虚诞中可择善而从，这实为小说在儒家经传之外另辟一门径。而王充有感于谶纬迷信、失实虚诞之风盛行，以《论衡》力矫时弊，提出"疾虚妄""归实诚"的主张。两者实"道"不相侔。然就小说文体而言，他们都对当时"小说"之形态特征作出了总结和概括，即："小说"是一种内容穿凿、虚诞，形式短小、丛杂的文体。这一概括基本反映当时"小说"的实际情况。

至此，我们不难看到，所谓"小说""小道"和"短书"其实是一个"三位一体"的概念，"小说"是总体称谓，而"小说"在价值层面上即为"小道"，在形态层面上则为"短书"。班固《汉书·艺文志》承刘歆《七略》，列"小说家"于"诸子略"可视为上述观念的一次集中显示。《汉书·艺文志》列十五家小说，大多为"其言浅薄"，或得自"街谈巷语"的"丛残小语"，如《伊尹说》《师旷》自注"其言浅薄"，《百家》据刘向《说苑叙录》为"浅薄不中义理"者，鲁迅评《鬻子说》也为"其语浅薄，疑非道家言"。③ 就是"古史官记事"的《青史子》也被刘勰评为"曲缀以街谈"，④ 可见班固的著录与上述"小说""小道"和"短书"的认识基本相同。

---

① （汉）桓谭撰，朱谦之校辑：《新辑本桓谭新论》，中华书局 2009 年版，第 1 页。
② 黄晖撰：《论衡校释（附刘盼遂集解）》，中华书局 1990 年版，第 1183 页。
③ 鲁迅撰，郭豫适导读：《中国小说史略》，上海古籍出版社 2019 年版，第 16 页。
④ （梁）刘勰著，范文澜注：《文心雕龙注》，人民文学出版社 1958 年版，第 308 页。

四、史学与小说学

史学对中国古代小说和小说学的影响更为强烈。如果说,"小道可观""丛残小语"确立了小说为"子之末"的基本位置,那史学则规范了小说为"史之余"的基本格局。"子之末"的"小说"在后世衍为笔记小说一脉,与文学意义上的小说实有分途之迹;而小说作为"史之余"在后世则蔚为大观,且与白话通俗小说接通了血脉,成为文学意义上小说之"正统",故史学对小说之影响更深。就小说学而言,先唐时期的史学对小说学的影响主要在两个方面:"劝善惩恶"的"史意"对小说创作功能的影响,史学家对"传闻异辞"的批评促成了小说与史乘的分离,从而进一步强化了小说的文体意识。

中国古代史学萌生于春秋战国,形成于两汉,魏晋南北朝以来得以蓬勃发展,一些基本的史学观念均于此时形成。其中对后代史学和小说学影响最大的是两种观念,一是"劝善惩恶"的"史意",二是"书法无隐"的"实录"。这两种观念貌似相异,实则互为表里而趋于一致。

所谓"劝善惩恶"的"史意",最早见于《左传》对《春秋》一书的评价和《孟子》对《春秋》之"义"的揭示,《孟子·离娄下》:"王者之迹熄而《诗》亡,《诗》亡然后《春秋》作……其事则齐桓晋文,其文则史。孔子曰:'其义则丘窃取之矣。'"①何谓《春秋》之"义"?《左传·成公十四年》作了总结:"《春秋》之称,微而显,志而晦,婉而成章,尽而不汙,惩恶而劝善,非圣人谁能修之。"《左传·昭公三十一年》又云:"《春秋》之称,微而显,婉而辨。上之人能使昭明,善人劝焉,淫人惧焉。是以君子贵之。"②"微而显,志而晦,婉而成章,尽而不汙,惩恶而劝善",被后人称之为《春秋》"五志"。"书法不隐"的"实录"准则最早亦见于《左传》,《左传》宣公二年记载孔子针对晋国史官董狐所书"赵盾弑其君"一事评价道:"董狐,古之良史也,书法不隐。"③"书法不隐"即

---

① (清)焦循撰,沈文倬点校:《孟子正义》,中华书局1987年版,第572—574页。
② (战国)左丘明撰,(西晋)杜预集解:《左传》,《春秋经传集解》,上海古籍出版社1997年版,第735、1592页。
③ 同上,第541页。

指史官据事直书的记事原则,这一原则被后世奉为作史之圭臬。如班固称:"然自刘向、扬雄,博极群书,皆称迁有良史之材。服其善序事理,辨而不华,质而不俚。其文直,其事核,不虚美,不隐恶,故谓之实录。"① 这一评论《史记》的言论在后世产生了很大影响,"文直而事核"的"实录"境界,遂成为中国古代史学批评的一个重要标准,也即刘勰在《文心雕龙·史传》中标举的"实录无隐"之旨。

案,"劝善惩恶"与"实录无隐"虽貌相异而实一致,"实录无隐"是指秉笔直书,无所隐讳,所谓"南史抗节,表崔杼之罪;董狐书法,明赵盾之愆"。② 故刘勰要求史家"辞宗丘明,直归南董"。③ 然南史、董狐之"实录"乃最终系于政治道德评判,体现了史家的"劝善惩恶"之旨,故"直笔"是"表","惩恶"是"实"。对此,钱锺书的评述可谓深明底里:

《左传》宣公二年称董狐曰"古之良史也,书法不隐",襄公二十六年又特载南史氏之直笔无畏;盖知作史当善善恶恶矣,而尚未识信信疑疑之更为先务也。④

由此可见,所谓"实录"是以"劝善惩恶"为内在依据的,"劝善惩恶"是古代史官、史家最崇高的理想和目的。《史记·太史公自序》:"夫《春秋》,上明三王之道,下辨人事之纪,别嫌疑,明是非,定犹豫,善善恶恶,贤贤贱不肖,存亡国,继绝世,补敝起废,王道之大者也。"⑤ 袁宏《后汉纪·序》亦谓:"夫史传之兴,所以通古今而笃名教也。"⑥《晋书·陈寿传》载陈寿死后,梁州大中正尚书郎范頵等上表:"臣等案:故治书侍御史陈寿作《三国志》,辞多劝诫,明乎得失,有益风化。"⑦ 所强调的也是"劝善惩恶"之旨。故这种由《春秋》所奠定的追求"史意"的传统是

---

① (汉)班固撰:《汉书·司马迁传赞》,中华书局1962年版,第2738页。
② (唐)令狐德棻等撰:《周书·列传第三十·柳虬》,中华书局1971年版,第681页。
③ (梁)刘勰:《文心雕龙·史传》,(梁)刘勰著、范文澜注:《文心雕龙注》,人民文学出版社1958年版,第284页。
④ 钱锺书:《管锥编》,中华书局1979年版,第251页。
⑤ (汉)司马迁撰:《史记》,中华书局1959年版,第3297页。
⑥ (晋)袁宏撰,张烈点校:《后汉纪》,中华书局2002年版,第1页。
⑦ (唐)房玄龄等撰:《晋书》,中华书局1974年版,第2138页。

先唐史学的一个突出现象，对后世的影响极为深远。《隋书·经籍志·史部总序》即以"书美以彰善，记恶以垂戒"① 为史学之功能，而清代章学诚在《文史通义》中更将对"史意"的追求看成史家之首务，在《言公》上篇中，章氏曰："夫子因鲁史而作《春秋》。孟子曰：'其事齐桓、晋文，其文则史'，孔子自谓窃取其义焉耳。载笔之士，有志《春秋》之业，固将惟义之求，其事与文，所以藉为存义之资也。……作史贵知其意，非同于掌故，仅求事文之末也。"在《申郑》篇中又进而提出："夫事即后世考据家之所尚也，文即后世词章家之所重也。然夫子所取，不在彼而在此。则史家著述之道，岂可不求义意所归乎？"② 明确地以"求义意所归"为史学的最高目标。

中国古代小说学受史学影响最深的就是这种对"史意"的追求。今人在论及史学与小说及小说理论批评的关系时，常常从史学"实录"观念对小说创作的影响立论，认为由此引出的"真实"与"虚构"问题是其中最为重要的内涵。其实不然，"虚构"与"真实"问题固然是小说批评中一个重要的理论命题，也确乎是从史学中引入的，但小说对"史"的攀附从根本而言是为了求得自身的生存和发展，故以"实录"观念来衡准小说实难为小说寻求出路。而要使小说真正与史相攀附，只能在小说与史的相近处而非相异处立论，所谓"史之余"的观念即由此生成。故所谓"史之余"者，一者是指小说在"劝善惩恶"这一创作功能上与"史学"同旨，二者是指小说在表现范围和表现方式上可补正史之不足。而非指小说与"史"一样具有同等的"实录"价值。

"史之余"观念的提出和确立大致是在唐代，故先唐时期的小说学对史学"劝善惩恶"观念的吸收还是有限的。这一方面是由于小说在先唐时期还处于与"史"的分离过程之中，作为一个独立的文体，小说正在与"史"的分离中逐步成型和成熟；同时，先唐小说以志怪为主体，志怪小说独特的题材也制约了它对史学中"劝善惩恶"观念的吸纳。故当小说文体在唐代趋于独立，小说亦向现实人情演进之时，"劝善惩恶"观念便在

---

① （唐）魏徵、令狐德棻撰：《隋书》，中华书局1973年版，第992页。
② （清）章学诚著，叶瑛校注：《文史通义校注》，中华书局1985年版，第171—172、464页。

小说学中成了一个十分显眼的命题，并对小说发展产生了深远的影响。如刘知幾认为杂记小说虽然"语魑魅之途"，但只要"福善祸淫，可以惩恶劝善"，①则仍然可采。李公佐申言自己创作《谢小娥传》是"足以儆天下逆道乱常之心，足以观天下贞夫孝妇之节"。②在明清两代，这种论述更是比比皆是，如瞿佑自评《剪灯新话》："虽于世教民彝，莫之或补，而劝善惩恶，哀穷悼屈，其亦庶乎言者无罪，闻者足以戒之一义云尔。"③修髯子评价《三国演义》可以"知正统必当扶，窃位必当诛，忠孝节义必当师，奸贪谀佞必当去。是是非非，了然于心目之下，裨益风教，广且大焉"。④闲斋老人则明言："稗官为史之支流，善读稗官者可进于史，故其为书亦必善善恶恶，俾读者有所观感戒惧，而风俗人心庶以维持不坏也。"⑤

"劝善惩恶"观念在先唐时期主要还在史学领域，它对小说学的真正影响是在唐代及以后。故在先唐时期，史学与小说学关系更为密切的是史学家对"传闻异辞"的批评引出了人们对于小说文体的认知。

上文说过，中国古代史学萌生于先秦，形成于两汉，而于魏晋南北朝得以繁盛。在这一过程中，史学虽然始终标举"信史"，但在史料的采集上并未全然舍去"传闻"和"怪异"的内涵，具有一定的"小说化"倾向。近代陆绍明云："《周易》《春秋》好言灾异，则《周易》《春秋》亦有小说野史之旨。"⑥就是被后人奉为"正史"的《左传》亦然，其中也带有颇多的志怪荒诞特征，清冯镇峦评曰："千古文字之妙，无过左传，最喜叙怪异事。予尝以之作小说看。"⑦又先秦史书衍出杂史一脉，至汉代已盛行于世。《隋书·经籍志》"杂史类"序曰：

---

① （唐）刘知幾撰，（清）浦起龙通释：《史通通释》，上海古籍出版社2009年版，第195页。
② （唐）李公佐：《谢小娥传》，鲁迅校录：《唐宋传奇集》，文学古籍刊行社1956年版，第96页。
③ （明）瞿佑：《〈剪灯新话〉序》，（明）瞿佑等著，周楞伽校注：《剪灯新话（外二种）》，上海古籍出版社1981年版，第3页。
④ （明）修髯子：《三国志通俗演义引》，（明）罗贯中编次：《三国志通俗演义》，上海古籍出版社1994年《古本小说集成》影印嘉靖本，第2页。
⑤ （清）闲斋老人：《〈儒林外史〉序》，（清）吴敬梓著，李汉秋辑校：《〈儒林外史〉会校会评本》，上海古籍出版社1984年版，第763页。
⑥ 陆绍明：《月月小说发刊词》，庆祺编辑：《月月小说》第3号，光绪三十二年（1906）十一月发行，第1页。
⑦ （清）冯镇峦：《读聊斋杂说》，（清）蒲松龄著，张友鹤辑校：《〈聊斋志异〉会校会注会评本》，上海古籍出版社2011年版，《各本序跋题辞》第9页。

汉初，得《战国策》，盖战国游士记其策谋。其后陆贾作《楚汉春秋》，以述诛锄秦、项之事。又有《越绝》，相承以为子贡所作。后汉赵晔，又为《吴越春秋》，其属辞比事，皆不与《春秋》《史记》《汉书》相似，盖率尔而作，非史策之正也。灵、献之世，天下大乱，史官失其常守。博达之士，愍其废绝，各记闻见，以备遗亡。是后群才景慕，作者甚众。又自后汉以来，学者多钞撮旧史，自为一书，或起自人皇，或断之近代，亦各其志，而体制不经。又有委巷之说，迁怪妄诞，真虚莫测。然其大抵皆帝王之事，通人君子，必博采广览，以酌其要，故备而存之，谓之杂史。①

可见，所谓"杂史"乃是有别于正史的史书，其特点是"率尔而作""体制不经"，又有"委巷之说，迁怪妄诞，真虚莫测"，故皆"非史策之正也"。元马端临《文献通考》引《宋三朝志》曰："杂史者，正史、编年之外，别为一家，体制不纯，事多异闻，言或过实。"② 杂史中又有"杂传"一类，专门记载各色人等，明焦竑云："杂史、传记者皆野史之流，然二者体裁自异。杂史，纪志编年之属也，纪一代若一时之事；传记，列传之属也，纪一人之事。"又云："流风遗迹，故老所传，史不及书，则传记兴焉，如先贤、耆旧、孝子、高士、列女，代有其书，即高僧、列仙、鬼神怪妄之说，往往不废也。"③ 汉以来这一类史书渐多，而以魏晋南北朝为盛，《隋书·经籍志》"杂传类"序云：

汉时，阮仓作《列仙图》，刘向典校经籍，始作《列仙》《列士》《列女》之传。皆因其志尚，率尔而作，不在正史。后汉光武，始诏南阳，撰作风俗，故沛、三辅有耆旧节士之序，鲁、庐江有名德先贤之赞。郡国之书，由是而作。魏文帝又作《列异》，以序鬼物奇怪之事，嵇康作《高士传》，以叙圣贤之风。因其事类，相继而作者甚

---

① （唐）魏徵、令狐德棻撰：《隋书》，中华书局1973年版，第962页。
② （元）马端临：《文献通考》，中华书局1986年版，第1647页。
③ （明）焦竑：《国史经籍志》卷三《传记类·序》，《丛书集成初编》，商务印书馆1939年版，第100页。

众，名目转广，而又杂以虚诞怪妄之说。推其本源，盖亦史官之末事也。①

杂史、杂传名虽曰"史"，但实际处于"史"与"小说"之间，或体例为史，然内容多采自传闻，如《吴越春秋》《越绝书》等；或内容虽少有怪异成分，但叙述手段纯为"小说家言"，如《燕丹子》《飞燕外传》等。先唐时期的史学史和小说史就是这样处于相互渗透、互为表里的复杂关系之中，小说是史乘分流的产物，同时也是史乘之支流。②

面对史学中日益泛滥的"小说化"倾向，史学家对此作出了相应的反思和批评。南朝宋范晔尝言："丘明至贤，亲受孔子，而《公羊》《穀梁》传闻于后世。……今论者沉溺所习，玩守旧闻，固执虚言传受之辞，以非亲见实事之道。"③ 明确将"传闻"与"实事"对举。裴松之注《三国志》在魏延本传与《魏略》史实相左时，亦明言《魏略》"盖敌国传闻之言，不得与本传争审"。④ 而刘勰在《文心雕龙·史传》篇中则较早从理论上作出了思考，其云：

> 若夫追述远代，代远多伪。公羊高云"传闻异辞"，荀况称"录远略近"，盖文疑则阙，贵信史也。然俗皆爱奇，莫顾实理。传闻而欲伟其事，录远而欲详其迹，于是弃同即异，穿凿傍说，旧史所无，我书则传。此讹滥之本源，而述远之巨蠹也。⑤

在这段理论表述中，刘勰明确地指出了史学中"讹滥"之根源在于人们对历史文献处理的失当，即抛弃了传统"文疑则阙"的"信史"原则。"俗皆爱奇，莫顾实理"，于是以"传闻"为素材，"弃同即异，穿凿旁说"。刘勰认为，"传闻而欲伟其事，录远而欲详其迹"是史学呈现"小说

---

① （唐）魏徵、令狐德棻：《隋书》，中华书局1973年版，第982页。
② 以上论述参考了李剑国《唐前志怪小说史》中的有关章节，南开大学出版社1984年版。
③ （宋）范晔撰，（唐）李贤等注：《后汉书》，中华书局1965年版，第1230页。
④ （晋）陈寿撰，陈乃乾校点：《三国志》，中华书局1959年版，第1004页。
⑤ （梁）刘勰著，范文澜注：《文心雕龙注》，人民文学出版社1958年版，第286—287页。

"化"倾向的根本因素。这一指斥，从史学角度而言是切中其弊端的，也基本符合先唐时期杂史、杂传的创作实际，可视为史学界对史学创作的深刻反省。在对史乘分流的揭示上，其中尤以"传闻而欲伟其事"一语概括其取材和叙述弊端最为深切著明。

案"传闻异辞"一词出自《春秋公羊传·隐公元年》，意谓传闻之说往往各异其辞，不足凭信。刘勰以此立论，正见出其就史乘分流过程对史学取材的思考。这种思考就思想渊源而言，与孔子"吾犹及史之阙文""不语怪力乱神"和"道听而途说，德之弃也"等思想一脉相承，也与东汉王充在《论衡》中对"传书""不可信"的指斥颇相一致（王充在《论衡·书虚、异虚、感虚》等篇目中对世俗传闻的"短书小传"颇多指责）。实则是对史书中将荒诞传闻之事引为"史实"这一创作倾向的深深不满。故唐代刘知幾承刘勰之说，在《史通·采撰》篇中明言"恶道听途说之违例，街谈巷议之损实"。并感叹道："夫以刍荛鄙说，刊为竹帛正言，而辄欲与《五经》方驾，《三志》竞爽，斯亦难矣。呜呼！逝者不作，冥漠九泉；毁誉所加，远诬千载。异辞疑事，学者宜善思之。"① 史学家在对史学创作的反省中拈出"传闻"一词来概言正史与杂史在取材上的区别，实际上也即划出了史书与小说之畛域，虽然他们没有直接从小说角度着眼，但在史乘的分流过程中，杂史、杂传和杂记实则衍出了后世小说之一脉。故史书"传信"、小说"传闻"，即成了后世史书与小说之分野。

五、小说家的"自供"

六朝小说家对小说文体自身特征及其创作追求的思考，就是从史学批评中引出的，他们首先认定记录"传闻"是小说的主要特性。以"传闻"概括小说之特性较早见于东晋干宝的《搜神记序》，其云：

> 虽考先志于载籍，收遗逸于当时，盖非一耳一目之所亲闻睹也，

---

① （唐）刘知幾著，（清）浦起龙通释：《史通通释》，上海古籍出版社2009年版，第109页。

又安敢谓无失实者哉。卫朔失国，二传互其所闻；吕望事周，子长存其两说，若此比类，往往有焉。从此观之，闻见之难，由来尚矣。……今之所集，设有承于前载者，则非余之罪也。若使采访近世之事，苟有虚错，愿与先贤前儒分其讥谤。①

此段言论可视为干宝之"小说宣言"，他已明确认定小说乃得自"传闻"，更不惧人们视之为"失实"。托名郭宪的《汉武帝别国洞冥记序》亦谓："愚谓古囊余事，不可得而弃，况汉武帝明俊特异之主。东方朔因滑稽浮诞以匡谏，洞心于道教，使冥迹之奥，昭然显著。今籍旧史之所不载者，聊以闻见，撰《洞冥记》四卷，成一家之书，庶明博君子，该而异焉。"②这种观念已被当时小说家所普遍认可。唐代刘知几对此即惊叹道："苟载传闻，而无铨择。由是真伪不别，是非相乱。如郭子横之《洞冥》、王子年之《拾遗》，全构虚辞，用惊愚俗。"③

以"传闻"为小说之主要特性，一方面使小说与史书划清了界线，强化了小说独立的文体意识，同时也指出了小说的表现方式在于记录。故记录"传闻"是六朝小说家对小说最基本，也是最为根本的认识。前人即据此判定六朝小说仍非有意虚构，而与唐代传奇有别，如明胡应麟即谓："凡变异之谈，盛于六朝，然多是传录舛讹，未必尽幻设语。至唐人乃作意好奇，假小说以寄笔端。"④鲁迅也认为其时"文人之作，虽非如释道二家，意在自神其教，然亦非有意为小说"。⑤这一论断还是符合实际的，最起码接近六朝人对于小说的认识观念。今人有意辩难，谓六朝小说家已有自觉的虚构意识并自觉提倡虚构，其实不确。⑥谓其创作有虚构之成分可，而谓其自觉提倡虚构则不可。之所以产生此结论，关键在于忽略了六朝人视小说为记录"传闻"这一根本特性，又蔽于干宝言论中"失实""虚错"

---

① （晋）干宝撰，汪绍楹校注：《搜神记》，中华书局1979年版，第2页。
② （汉）郭宪：《汉武帝别国洞冥记》，中华书局1991年版，第1页。
③ （唐）刘知幾撰，（清）浦起龙通释：《史通通释》，上海古籍出版社2009年版，第255页。
④ （明）胡应麟：《少室山房笔丛》，上海书店出版社2001年版，第371页。
⑤ 鲁迅撰，郭豫适导读：《中国小说史略》，上海古籍出版社2019年版，第28页。
⑥ 详见宁宗一主编：《中国小说学通论》第一编第二章《小说观念的觉醒》，安徽教育出版社1995年版。

等字眼。其实，干宝所指是谓"传闻"具有虚幻不实之特性，而小说既曰"传闻"，就不必因其有"不实""虚错"之处而废绝之，从而为小说的存在张目。而上文所引刘知幾评《洞冥》《拾遗》"全构虚辞"，"虚辞"者，虚幻不实之辞也，此与"虚构"其实亦无关系。故从史书之"传信"到小说之"传闻"，是六朝小说家迈出的重要一步，然在观念上亦仅此而已。先唐以后，以"传闻"概括小说特色者已成为传统，尤其是笔记小说一脉更以此为其首要特性，如宋沈括《梦溪笔谈自序》："所录唯山间木荫率意谈噱，不系人之利害者。下至闾巷之言，靡所不有，亦有得于传闻者，其间不能无缺谬。"① 宋洪迈亦谓："野史杂说，多有得之传闻及好事者缘饰。"② 明陆容则明确申明："凡小说记载，多朝贵及名公之事。大抵好事者得之传闻，未必皆实。"③ 清代纪昀更是直接引用公羊高原话来为其小说记载"传闻"张目："嗟乎！所见异词，所闻异词，所传闻异词。鲁史且然，况稗官小说？"④ 而上述思想无疑均来自先唐史学对于"传闻异辞"的批评。

六朝小说家还对小说的审美特性和价值功能作出了一定的思考。检索六朝小说家对小说作品的零星议论，人们对此主要涉及两大问题：小说的娱乐功能和小说的奇异特性。关于小说的娱乐功能，一般以汉代张衡在《西京赋》中的一段话为其起始："匪唯玩好，乃有秘书，小说九百，本自虞初，从容之求，实俟实储。"⑤ 以"玩好"与"小说"对举，可见其已认识到娱乐为小说之功能之一。六朝时期，对于小说娱乐功能的认识日益显明，或正面倡扬，或反面评说，显示出以娱乐作为小说之功能已得到小说家的普遍认同。"建安七子"中的徐幹有一段对小说功能的议论，是从反面评说的：

> 人君之大患也，莫大于详于小事而略于大道，察于近物而暗于远

---

① （宋）沈括撰，金良年点校：《梦溪笔谈·自序》，中华书局2017年版，第1页。
② （宋）洪迈：《容斋随笔》，上海古籍出版社1996年版，第52页。
③ （明）陆容：《菽园杂记》卷三，《明代笔记小说大观》第1册，上海古籍出版社2005年版，第390页。
④ （清）纪昀：《阅微草堂笔记》，上海古籍出版1980年版，第562页。
⑤ （汉）张衡：《西京赋》，（梁）萧统编，（唐）李善注：《文选》，上海古籍出版社1986年版，第68页。

数，故自古及今，未有如此而不乱也，未有如此而不亡也。夫详于小事而察于近物者，谓耳听乎丝竹歌谣之和，目视乎雕琢采色之章，口给乎辩慧切对之辞，心通乎短言小说之文，手习乎射御书数之巧，体骛乎俯仰折旋之容。凡此者，观之足以尽人之心，学之足以动人之志。①

徐幹此论出自其《中论·务本》篇，而所谓"务本"者，是指君王应以治国大道为务，而不能沉溺于耳目声色之娱。他将小说与丝竹歌舞、华章辩言、射御书数等相比并，充分显示出他对小说功能的认识，即小说是用于娱乐的，且有巨大的魅力："观之足以尽人之心，学之足以动人之志。"故人君不能沉迷。徐幹不是小说家，他对小说功能的认识基于政治的需要，用于规劝人君，所以对小说颇多贬斥之辞。干宝则以一个小说家的身份明确指出了小说的主要功能在于"游心寓目"，《搜神记序》云：

> 群言百家，不可胜览；耳目所受，不可胜载。今粗取足以演八略之旨，成其微说而已。幸将来好事之士录其根体，有以游心寓目而无尤焉。②

干宝以"游心寓目"概言小说之功能，实际是从"心""目"之内在精神需求角度为小说之存在价值立论。案，"游心"一词出自《庄子》："吾游心于物之初。"意谓要体悟大道之至真至美，必先忘祸福、外生死，摈弃外界功利而作心之"游"。干宝以"游心寓目"指称小说之功能，即以为小说之盛行于世，乃是由于小说表现的奇人异事符合于人心的自然需求，而只有从"游心寓目"角度承认小说的存在价值，才会使人不至于见小说而感到诧异（即所谓"无尤"）。干宝由此确认了小说具有符合人类娱乐需求这一本能的价值功能。而这种对娱乐性的追求在当时已是一个普

---

① （汉）徐幹撰，孙启治解诂：《中论解诂》，中华书局2014年版，第288页。
② （晋）干宝撰，汪绍楹校注：《搜神记》，中华书局1979年版，第2页。

遍的认知。如南朝宋裴松之注《三国志》所引《魏略》："太祖遣淳诣植。植初得淳甚喜，延入坐，不先与谈。时天暑热，植因呼常从取水自澡讫，傅粉。遂科头拍袒，胡舞五椎锻、跳丸击剑，诵俳优小说数千言讫，谓淳曰：'邯郸生何如邪？'"① 显然，这亦将"诵俳优小说"视为娱乐性的精神消遣活动。鲁迅评魏晋志人小说时亦谓："记人间事者已甚古，《列御寇》《韩非》皆有录载，惟其所以录载者，列在用以喻道，韩在储以论政。若为赏心而作，则实萌芽于魏而盛大于晋，虽不免追随俗尚，或供揣摩，然要为远实用而近娱乐矣。"② 可见其时风气已开。

六朝小说家对小说审美特征的认识，主要是揭示了志怪小说的"奇异"特性。这较早见于郭璞对《山海经》的评价，在《山海经叙》一文中，郭璞首先对世人评《山海经》为"闳诞迂夸，多奇怪俶傥之言"提出了质疑，而以"物不自异，待我而后异，异果在我，非物异也"的理论，为《山海经》的所谓"奇异"申辩，并申言自己为《山海经》作注是为了使"逸文不坠于世，奇言不绝于今"。③ 以后，葛洪自评《神仙传》"深妙奇异"，④ 萧绮评《拾遗记》"爱广尚奇"⑤ "爱博德奇" "广异宏丽"等，⑥ 均以"奇异"为志怪小说的重要审美特点。以"奇异"为文学审美特性并不始于六朝，亦非始于小说。在中国文学批评史上，最早标举"奇异"这一审美理想的是庄子，他以"谬悠""荒唐""诚诡"等术语概括自身的创作特色，在《知北游》篇中更以"神奇"与"臭腐"相对举："其所美者为神奇，其所恶者为臭腐。"⑦ 明确地以"奇"为其创作追求。而在屈原的创作中亦处处弥散着瑰丽奇异的色彩，王国维评其作品："丰富之想象力，实与《庄》《列》为近。"⑧ 刘师培亦云：屈子之文"叙事纪游，遗

---

① （晋）陈寿撰，陈乃乾校点：《三国志·魏书》，中华书局1959年版，第603页。
② 鲁迅撰，郭豫适导读：《中国小说史略》，上海古籍出版社2019年版，第37页。
③ （晋）郭璞：《注〈山海经〉叙》，周明初点校：《山海经》，浙江古籍出版社2010年版，第193—194页。
④ （晋）葛洪：《神仙传自序》，《神仙传》（《丛书集成初编》），中华书局1991年版，第1页。
⑤ （梁）萧绮：《拾遗记序》，（晋）王嘉撰，（梁）萧绮录，齐治平校注：《拾遗记校注》，中华书局1981年版，第1页。
⑥ （梁）萧绮：《拾遗记·虞舜篇录》，同上，第27页。
⑦ （清）郭庆藩撰，王孝鱼点校：《庄子集释》，中华书局1961年版，第733页。
⑧ 王国维：《屈子文学之精神》，周锡山编校：《王国维集》（第1册），中国社会科学出版社2008年版，第29页。

尘超物，荒唐谲怪，复与《庄》《列》相同"。① 这一被后人称为《庄》《骚》艺术精神的审美追求，无疑是六朝小说家肯定和标举"奇异"思想的直接源头，并深深地影响了后代的小说和小说学。如唐代传奇创作繁盛，人们也极力弘扬小说创作的新奇，且六朝时期强调小说表现超现实的怪幻之奇，逐渐被推崇人事之奇的倾向所取代。宋元以来，随着俗文学创作的兴盛，"奇异"这一审美理想已被深深地融入了小说戏剧的创作和理论观念之中。② 而在小说学中奠定这一审美倾向的无疑是六朝时期的小说家。

六朝小说创作的繁盛，使小说家们对小说这一文体作出了上述思考。一些小说家还据此认定："小说"在丰富庞杂的典籍中可以自成一"体"，已构成了一个独特的书籍门类。上文所引干宝《搜神记序》云小说"足以演八略之旨"即然，在干宝看来，小说可以在刘歆《七略》基础上另增一"略"。而干宝试欲增入"小说"而为"八略"正是六朝小说创作现实的直接反映。晚清梁启超目睹数千年来小说创作的繁盛，在其《译印政治小说序》一文中即感叹小说"之在中国，殆可'增七略而为八，蔚四部而为五'者矣"，③ 其思路正与干宝一脉相承。

综上所述，小说学在中国古代的萌生过程中吸纳了传统哲学和史学的思想内涵，"小道可观""丛残小语""劝善惩恶""传闻异辞"等重要的思想观念均为唐及以后小说家所接受；六朝小说家以记录"传闻"、追求"奇异"和"游心寓目"三方面概括小说之特征，更奠定了后世小说及小说学的基本内涵，故先唐时期是中国古代小说学的重要思想源头。而从先唐小说之"传闻"到唐代小说之"传奇"，中国小说史和小说学史将翻开新的一页。

---

① 刘师培：《南北文学不同论》，刘师培著：《中国中古文学史讲义》（附录），凤凰出版社2011年版，第259页。
② 详见谭帆、陆炜：《中国古典戏剧理论史》第四章第四节《"奇"：情节论》，中国社会科学出版社1993年版。
③ 梁启超：《译印政治小说序》，引自《饮冰室合集》第1册《饮冰室文集之三》，中华书局1989年版，第34页。

第三章

唐代小说学

小说史研究,习惯于把隋和五代一并纳入唐代论述,盖因隋和五代皆历时短。隋朝历时仅38年(581—618),且缺乏典范的小说家和小说文本。虽有由隋入唐的王度作《古镜记》之说,悬置《古镜记》作者是否是王度的问题,学界一般认为《古镜记》成书于初盛唐。① 相比于隋代,五代(907—960)历时略长,这一阶段的小说发展有一定新变,但总体是承晚唐之余绪。鉴于此,唐代小说学包含隋、唐和五代三个历史时期,以有唐一代290年间的小说学为主。经过先唐的孕育与实践,中国古代小说学在唐代迎来其发展史的第一个重要时期。就小说而言,唐代小说创作已经自觉,小说文体独立;就小说学而言,唐代小说批评与理论的申述,既承继先唐小说学诸多范畴,又有较大的发展,为宋代小说学的自觉奠定坚实基础。

一、唐代小说和小说学之新变

与先唐单一的文言笔记体小说发展历程相比,唐代小说的发展呈现出繁茂而复杂的现象:就语体而言,于文言小说之外有了初具规模的白话通俗小说;从文体而言,不仅有与先唐一脉相承的笔记体小说,还有标志中国古代小说走向文体独立的传奇体小说,更有日后发展为成熟话本体小说

---

① 参见李剑国《唐五代志怪传奇叙录(增订本)》上册"古镜记一卷"条,中华书局2017年版,第3—14页。

的民间"说话"或"变文"体小说;从文化属性而言,唐代小说已经呈现出"雅""俗"分流的二脉态势,传奇体和笔记体小说是"雅"小说,"说话"或"变文"小说是"俗"小说。关于唐代小说(一般指"雅"小说)的小说史意义,鲁迅曾总结道:"小说亦如诗,至唐代而一变,虽尚不离于搜奇记逸,然叙述宛转,文辞华艳,与六朝之粗陈梗概者较,演进之迹甚明,而尤显者乃在是时则始有意为小说。"小说"至唐代而一变"和"在是时则始有意为小说"之论,其实是唐传奇呈现出"意识之创造"的特征。① 就经典唐传奇而言,其文体渊源于先唐各类具有叙事性的文体,如所谓志怪小说、杂史杂传、诗赋和骈文等,而其转折意义则是大体以传记体为本,糅合他种叙事性文本的某些要素,形成"大归则究在文采与意想"②的小说文体。此即传奇体小说区别于先唐其他叙事性文体,走上中国小说发展史文体独立之路的标志。

与唐传奇体小说文体独立相伴的是笔记体小说的成熟。在小说学史上,笔记与笔记体小说的畛域划分殊为不易。唐代是笔记的成熟期,相应的是笔记体小说也发展成熟。刘叶秋曾概述唐代笔记的面貌,言:"我们可以说唐代是笔记的成熟期,一方面使小说故事类的笔记增加了文学成分,一方面使历史琐闻类的笔记增加了事实成分,另一方面又使考据辨证类的笔记走上独立发展的路途。这三种笔记的类型,从此就大致稳定下来了。"③ 刘氏所言的前两种笔记,大体可作为笔记体小说来考察,无论是"文学成分"还是"事实成分",在一定程度上大体着眼于阅读的趣味性、知识性和启迪性;至于刘氏所言第三类笔记,在后世也多有与笔记体小说相关联者,如晚清俞樾的《小浮梅闲话》即如是。唐代传奇体小说和笔记体小说皆系案头化的"雅"文化之一种,另有一类口头性的"俗"小说亦在唐代得到发展,唐代的"俗"小说,延续先唐"俳优小说"和佛道二教的"俗讲""道情"等而来,因此不仅兼具"俳优小说"之娱乐性本质和"俗讲""道情"之通俗性(或"民间性")本质,而且秉承了中国文化语境中一以贯之的"惩劝"功能。

---

① 鲁迅撰,郭豫适导读:《中国小说史略》,上海古籍出版社2019年版,第50页。
② 同上,第51页。
③ 刘叶秋:《历代笔记概述》,北京出版社2003年版,第92页。

先唐小说和小说学发生在子学和史学的学术知识系谱中，唐代小说和小说学虽未完全脱此窠臼，但唐代小说和小说学于学术知识系谱中呈现出独立自足的姿态，并对其他学术门类和社会思潮形成一定影响。在唐代小说中，笔记体小说与一般意义上的学术知识系谱关系最为融洽，传奇体小说和"俗"小说则与一般意义上的学术知识系谱呈现分道扬镳的态势。因此，唐代小说学一方面主要发生在一般意义上的学术知识系谱中，另一方面也萌生了作为文学之小说本体的审视。

在先唐的学术知识系谱中，史学和史官文化对先唐小说的深刻影响是全方位的，至唐代，文言语体小说虽然依傍和借鉴先唐的子书和史书叙事范式，又形成对子书和史书叙事范式的反动，此种表现以传奇体小说最明晰。唐传奇体小说，一方面遵循着史学之传记体的叙事范式，另一方面又形成了对史传文体的超越，形成文学性的叙事特质，从而具备了小说文体的基本规范。同时，文言语体小说（特别是笔记体小说），既有先唐小说的子书叙事特性，又因补史意识而"道听途说，靡不毕纪"[①] 的文化品格，使之成为唐人修史的取资对象，如唐太宗下诏所撰《晋书》、李延寿修南北二史等，多取资笔记体小说。至于唐代的"俗"小说，大体已逸出子学和史学范式影响之所及，如"俗"小说中历史人物的形象塑造，不再遵循史家"实录"原则，而是根据小说叙事的需要进行虚构。

在唐代，小说与宗教之间存在相互影响的关系。始盛于六朝的佛道二教，至唐臻于极盛，道教被尊为国教，佛教为唐高宗及其后的大多数皇帝所尊崇。唐代小说的创作，借鉴和吸纳了宗教的题材、思想及宗教典籍的叙事艺术；小说"入人也深，化人也速"[②] 的阅读功能，则为唐代宗教所借助以扩其影响。如唐代宗教性题材的敦煌变文体小说或可证此。

唐代小说，特别是传奇体小说，在与唐代社会制度和社会生活（如科举制度和行卷、温卷的实际，幕府制度和游幕等）的关系中，表现出其文学的独立品性。关于传奇体小说在唐代的文学地位，鲁迅有言："此类文字，当时或为丛集，或为单篇，大率篇幅曼长，记叙委曲，时亦近于俳

---

① （唐）魏徵、令狐德棻撰：《隋书》，中华书局1973年版，第1012页。
② 此语虽是荀子针对声乐功能的概括，但亦可概述于小说。（清）王先谦撰，沈啸寰、王星贤点校：《荀子集解》，中华书局1988年版，第380页。

谐，故论者每訾其卑下，贬之曰'传奇'，以别于韩柳辈之高文。顾世间则甚风行，文人往往有作，投谒时或用之为行卷，今颇有留存于《太平广记》中者（他书所收，时代及撰人多错误不足据），实唐代特绝之作也。"①唐传奇体小说被用以"行卷"，盖因其"文备众体，可以见史才、诗笔、议论"。② 以"文备众体"概括唐传奇小说，正体现唐传奇体小说与其他文体（文学、史学等）相异的文体融合性和独立性。③ 甚至在唐人的政治生活中，径直以小说作为政治斗争的工具，④ 如《上清传》《周秦行纪》等就是政治斗争中"假小说以施诬蔑之风"的产物。⑤

殊可注意的是，唐代小说在审美情趣上既表现出"雅""俗"二分之态势，如依文言或白话语体而分两种不同小说文体；又有化俗为雅、融雅入俗的实践，如张鷟《游仙窟》骈散交错的语体形态，具有鲜明的俗讲或变文的文体特征，白行简《李娃传》则直承"新昌宅说一枝花话"而成⑥，其他传奇体小说大多为"宵话征异"的文言记载。唐代小说的此种表现，是小说著述者们在政治实践之余的文心所寄，故而唐代小说与文学思潮产生密切关系。如唐传奇体小说对唐代古文运动发展的推动，中唐古文家的散文创作多有借鉴传奇小说之处，如韩愈的诸多碑志"其实是用传奇文笔法来写碑志的"，其散文"《进学解》和《送穷文》虽似各有所本，实则都是在传奇文的影响下，一种故事化、自嘲自夸的描写"。⑦ 柳宗元的散文创作，则有"前代之文有近于小说者，盖自柳子厚始，如《河间》《李赤》二传、《谪龙说》之属皆然"之评。⑧

唐代小说学所研究的就是这样一个丰富庞杂的对象，与先唐相比，唐代

---

① 鲁迅撰，郭豫适导读：《中国小说史略》，上海古籍出版社2019年版，第50页。
② （宋）赵彦卫撰，傅根清点校：《云麓漫钞》，中华书局1996年版，第135页。
③ 唐代小说与行卷的关系，还可参见程千帆著《唐代进士行卷与文学》第八章（上海古籍出版社1980年版），戴伟华《唐代幕府与文学》（现代出版社1990年版）一书对唐代小说与幕府的关系有详细论述，此不赘述。
④ 卞孝萱《从〈唐代小说与政治〉说文史兼治》对唐代小说的政治目的进行概括，主要有五种，可参见。文载《古典文学知识》，1993年第5期。
⑤ 鲁迅撰，郭豫适导读：《中国小说史略》，上海古籍出版社2019年版，第51页。
⑥ （唐）元稹《元氏长庆集》卷十《酬翰林白学士代书一百韵》"光阴听话移"句自注："又尝于新昌宅说一枝花话，自寅至巳，犹未毕词也。"说明"说一枝花话"的故事情节非常曲折和丰富。
⑦ 季镇淮：《〈韩愈诗文评注〉前言》，张清华评注、季镇淮审阅：《韩愈诗文评注》，中州古籍出版社1991年版，第15页。
⑧ （清）汪琬著，李圣华笺校：《汪琬全集笺校》第2册，人民文学出版社2010年版，第907页。

小说学有着更多的维度。大体言之，唐代小说学有如下三方面明显的特征：

其一，唐代小说学对先唐小说学的继承主要在文献学领域，并有一定推进。唐人从文献角度对小说的批评和理论阐释，一如先唐小说学，依违于子史之间，如"劝善惩恶"的价值评析、史志目录中子部的定位，皆源自先唐小说学，但对小说"叙事为宗"的确认、将部分小说文献由子部纳入史部、确认小说家为王官，则是在继承基础上的一种发展。唐人对先唐小说学的继承，是一种集成式的理性继承，如《隋书·经籍志》综述性的理论概括、刘知幾《史通》系统性的理论辨析等。

其二，唐代小说学不再局囿于子史领域，其突破在于具备文学素养的小说著述者，自觉或不自觉地从文学的角度，对小说进行了基于文本的理论探讨和创作体认。唐代的小说著述者，大多不仅拥有文学素养，而且将文学作为个体生命经验和社会政治实践的日常，因而他们的小说著述和理论探讨，尤其是传奇体小说的创作和探讨，带动小说学转向基于文学性的小说本体的实践和理论阐释，从而开拓了唐代小说学的新境界，并为后世小说学的系统深化奠定了基础。如唐代小说学中的"以文为戏"论、"滋味"说、"传奇"理念等，对后世小说学的影响，可谓是不证自明的。

其三，唐代小说观念和理论思想呈现多元共生的现象，既有和谐融合，也有参差对立。唐代小说学此种现象产生的原因，主要是在文献学和文本学界域对小说认知的复杂：对小说，或以补史阙言之，或以子学之说待之，或以文学视之。唐人的小说文献学，大体发生在史部和子部领域，主要是先唐小说学的延承。唐人的小说文本学，主要是发生在唐人的小说著述及相应的小说观念和理论探讨中。就小说著述而言，关于小说的认知存在观念歧异。如中唐时，韩愈、张籍和柳宗元关于"以文为戏"的探讨，即表现了三种不同的小说认知观念，因而形成关于小说的不同价值判断和理论阐释。又，唐人笔记体小说的著述，秉持"信而有征，可为实录"而"备史官之阙"[1]的观念，但其间不乏可"与传奇并驱争先"[2]的《酉阳杂俎》类著述；唐人传奇体小说的创作，大体是"著

---

[1] （唐）李德裕等撰，丁如明等校点：《次柳氏旧闻（外七种）》，上海古籍出版社2012年版，序第1页。

[2] 鲁迅撰，郭豫适导读：《中国小说史略》，上海古籍出版社2019年版，第70页。

文章之美，传要妙之情"的《任氏传》类之作，此种创作"莫不宛转有思致"，① 是作为文学的小说本体的文本呈现，但大多仍有"传述"② 之史部痕迹。此种实际，决定了唐代小说学中小说观念和理论思想多元共生的实际。

二、初盛唐史学与小说学建构

发生于子学和史学领域的先唐小说学，形成"丛残小语""劝善惩恶""实录""小道可观"等子部小说的形态概括和价值评判。后世小说学，大体自觉或不自觉地受到先唐小说学的规范。唐代小说学主要发生在史学领域，尤以初盛唐的史学最为显著。在初盛唐的史学中，小说文化地位得以提升，即初盛唐时期的史学将小说家纳入王官系统，以小说为"圣人之教"。

对于先唐小说学的早期建构，《汉书·艺文志》发挥了举足轻重的作用。《汉书·艺文志》之后，《新唐书·艺文志》之前，以初唐受诏撰成的《隋书·经籍志》最为典范。③《隋书·经籍志》是唐代小说学突破先唐小说学格局的先声，它将小说家纳入王官系统，进而将小说之定位，由"如或一言可采，此亦刍荛狂夫之议"升格为"圣人之教"。《隋书·经籍志》子部"小说"序云：

> 小说者，街说巷语之说也。《传》载舆人之诵，《诗》美询于刍荛。古者圣人在上，史为书，瞽为诗，工诵箴谏，大夫规诲，士传言而庶人谤。孟春，徇木铎以求歌谣，巡省观人诗，以知风俗。过则正

---

① （宋）洪迈：《容斋随笔》卷十五"唐诗人有名不显者"条，上海古籍出版社1996年版，第192页。
② 白行简在《李娃传》开篇言："汧国夫人李娃，长安之倡女也。节行瑰奇，有足称者，故监察御史白行简为传述。"结尾言："贞元中，予与陇西公佐话妇人操烈之品格，因遂述汧国之事。公佐拊掌竦听，命予为传。乃握管濡翰，疏而存之。"
③ （清）姚振宗《隋书经籍志考证·新编序例》曾概述《隋书·经籍志》的价值云："本志（笔者注：指《隋书·经籍志》）取资于《七录》，师资于《七略》。《汉·艺文》之后，袁山松之书既亡，存于世者，唯是志为最古。其所收录亦最为宏富，自周秦六国、汉魏六朝迄于隋、唐之际，上下千余年，网罗十九代，古人制作之遗，胥在乎是。"《二十五史补编》第4册，中华书局1955年版，第5043页。

之,失则改之,道听途说,靡不毕纪。《周官》,诵训"掌道方志以诏观事,道方慝以诏辟忌,以知地俗";而训方氏"掌道四方之政事,与其上下之志,诵四方之传道而观衣物",是也。孔子曰:"虽小道,必有可观者焉,致远恐泥。"①

《隋书·经籍志》的基本观点,诚如鲁迅所说:"其所著录,《燕丹子》而外无晋以前书,别益以记谈笑应对,叙艺术器物游乐者,而所论列则仍袭《汉书·艺文志》。"② 但与《汉书·艺文志》相比,实际有较大差异,《隋书·经籍志》不再提小说"出于稗官"的缘起,不言班固所论"闾里小知者之所及"的学理定位,删略所谓"孔子曰"的"是以君子弗为"之文化品格,却强化了小说家的政教使命。《隋书·经籍志》以"《传》载舆人之诵,《诗》美询于刍荛"的民间来源和"小说者,街说巷语之说也"的共通性,并举"小说"、《传》、《诗》,且言:"《易》曰:'天下同归而殊途,一致而百虑。'儒、道、小说,圣人之教也,而有所偏。……若使总而不遗,折之中道,亦可以兴化致治者矣。"③《传》《诗》是政教经典,儒家思想是政治伦理的思想根本,道家和道教为唐朝所尊奉,《隋书·经籍志》将"小道"之小说与它们并立,从而把小说家的职掌纳入"史为书,瞽为诗,工诵箴谏,大夫规诲,士传言而庶人谤"的王官体系中。同时,《隋书·经籍志》认为小说是"道听途说"的"靡不毕纪",是真实民间社会生活之口传的采录,因而可以通过小说考察社会风俗。此种认知,实质是对民间社会生活和思想的重视。因此,《隋书·经籍志》以小说"兴化致治"的功用为基点,强调了"街谈巷语"与"圣人之教"的密切联系。

参与修撰《隋书》的李延寿,在显庆四年(659)完成《北史》和《南史》的修撰后,上表言:

> 然北朝自魏以还,南朝从宋以降,运行迭变,时俗污隆,代有载笔,人多好事,考之篇目,史牒不少,互陈闻见,同异甚多。而小说

---

① (唐)魏徵、令狐德棻撰:《隋书》,中华书局1973年版,第1012页。
② 鲁迅撰,郭豫适导读:《中国小说史略》,上海古籍出版社2019年版,第3页。
③ (唐)魏徵、令狐德棻撰:《隋书》,中华书局1973年版,第1051页。

短书，易为湮落，脱或残灭，求勘无所。一则王道得丧，朝市贸迁，日失其真，晦明安取。二则至人高迹，达士弘规，因此无闻，可为伤叹。三则败俗巨蠹，滔天桀恶，书法不记，孰为劝奖。①

在此，李延寿归纳的"小说短书"的三个间接功用，与《隋书·经籍志》的小说观可谓款曲相通。李延寿对"小说短书"三个间接功用的总结，表明他深谙"小说短书"对正史的补充及劝惩的价值。李延寿评说其父亲李大师的一段话可为佐证：

（李）大师少有著述之志，常以宋、齐、梁、陈、魏、齐、周、隋南北分隔，南书谓北为"索虏"，北书指南为"岛夷"。又各以其本国周悉，书别国并不能备，亦往往失实。常欲改正，将拟《吴越春秋》，编年以备南北。②

李延寿承父志作《南史》《北史》，其目的之一在这段文字中有所交代，即弥补他人所撰史书"书别国并不能备，亦往往失实"的弊端。弥补的方法之一，就是借助"互陈闻见，同异甚多"的"小说短书"之记载，书写真实的历史。当然，对"小说短书"的史料与道德评价的借鉴，确实让李延寿父子的南北二史"纠正了八书中的不少曲笔，更多地写出了历史的真相，于'禅代'背后的权谋和杀机，显贵的聚敛和懦弱，以及对权臣的种种溢美，都有相当的揭露，或作改写与删削"。③ 因此，司马光评价二史云："李延寿之书，亦近世之佳史也。虽于玑祥诙嘲小事无所不载，然叙事简径，比于南、北正史，无烦冗芜秽之辞。窃谓陈寿之后，唯延寿可以亚之也。"④ 李延寿对小说三个功用的阐释，正是小说"圣人之教""兴化致治"的具体阐释，南北二史的修撰则是其实践。李延寿的小说功用观，与《隋书·经籍志》厘定小说为"圣人之教"的文化品格相呼应。

---

① （唐）李延寿：《北史》，中华书局1974年版，第3344—3345页。
② 同上，第3343页。
③ 瞿林东：《中国史学史纲》，北京出版社1999年版，第304页。
④ （宋）司马光撰，李之亮笺注：《司马温公集编年笺注》第5册，巴蜀书社2009年版，第79页。

此外，唐太宗李世民参与修撰的《晋书》，亦"好采诡谬碎事，以广异闻"，[①] 所谓"诡谬碎事""广异闻"，正是小说的特性。唐太宗并不以《晋书》中的这个特性为忤，反而"以其书赐皇太子及新罗使者各一部"，[②] 足见其时小说的文化地位得到了官方的确认，甚至获得了最高统治者的认同。

《隋书·经籍志》对先唐小说学中小说"小道"的突破，无疑提高了小说的文化地位，从而使史家与文学家皆能正视小说的独立性与功用。宋人将小说与经史等相提并论，实则《隋书·经籍志》已率其先。如宋人钱惟演曾谓僚属曰："平生惟好读书，坐则读经史，卧则读小说，上厕则阅小辞，盖未尝顷刻释卷也。"[③] 钱惟演将小说与经史并论亦应源于此。后世小说学中以小说可以"资治体，助名教"[④] 的观念，则承《隋书·经籍志》小说为"圣人之教"之绪。

《隋书·经籍志》不仅抬升了"小说"的学术地位，也重建了"小说家"的学术内涵，扩大了作为目录学意义的"小说"畛域，使其他各种因为不同原因而不易归类到经、史、集和子部之"可观者九家"，都能厕身于小说家。《隋书·经籍志》所著录二十五部小说，与《汉志》所收录的十五家小说相比，范围已有扩大，将《鲁史欹器图》《器准图》《水饰》等这一类并非"道听途说"的"小说"（"杂纂"）也囊括进去。《隋书·经籍志》以经、史、子、集归类，在此框架下，《鲁史欹器图》《器准图》《水饰》等这类书无法归入"经、史、集"，而子部其他各家自有其明晰学术源流，被定为"道听途说""小道可观"的小说家类本就无严密的藩篱，故《鲁史欹器图》等被阑入小说家类，使得小说家类由《汉志》确定的子家学术特征逐渐削弱，向兼容并包的目录学概念转变。和《隋书·经籍志》一样，刘知幾将"地理书""都邑簿"陈列于"偏记小说"门下，使"小说"兼容并包的目录学意义更加突出。对于《隋书·经籍志》"小说

---

① （后晋）刘昫等撰：《旧唐书》，中华书局1975年版，第2463页。
② （宋）王溥：《唐会要》，中华书局1955年版，第1081页。
③ （宋）欧阳修等撰，韩谷等校点：《归田录（外五种）》，《归田录》卷二，上海古籍出版社2012年版，第22页。
④ （宋）曾慥：《类说序》，（宋）曾慥：《类说》，文学古籍刊行社1955年影印本，第29页。

家"的学术转型及其影响,康来新总结道:"《隋志》分类依体不以义,即按书的体裁归类,而忽视其学术性……《隋志》的另一缺失是使目录寓有褒贬之意,而形成所谓的'正统'目录学,于是非正统之通俗文学如近体小说的话本、演义、戏曲均不见容。欧阳修《新唐志》承袭《隋志》,一方面更为务实,一方面更为发扬《隋志》的正统思想。"① 斯言诚确。

　　《隋书·经籍志》所阐发的小说观,并不限于史学观念,也有文学的意义。《隋书·经籍志》为抬高小说的地位,将小说与"载舆人之诵"的《传》、"美询于刍荛"的《诗》并举,既有揭明三者皆系"街谈巷语"的基质,又兼标举三者"体质素美"的共性。②《隋书·经籍志》此举,亦有将小说导向文学的意义。唐初李善于显庆三年(658)九月上《上文选注表》,其中论及其注书之目的时剖白道:"敢有尘于广内,庶无遗于小说。"③《文选》为六朝梁萧统所编,选文标准为"事出于沉思,义归乎翰藻",是一部文学选集,隋代诞生的"文选学"则表明"文学的研究真是在学术中正式的分占了一席"。④ 李善注《文选》也是"文学的研究",其颇多引用先唐小说,譬如引干宝《搜神记》有"张车子"等三条,⑤ 当已注意到小说之文学性。就此而言,小说的"兴化致治"观则已突破史学藩

---

① 康来新:《发迹变泰——宋人小说学论稿》,大安出版社1996年版,第91页。
② 关于《传》所"载舆人之诵",兹举《左传》二例:"原田是谋"例用了比兴的手法,关于子产的两首"诵",则用了赋的手法。《左传·僖公二十八年》:"夏四月戊辰,晋侯、宋公、齐国归父、崔夭、秦小子慭次于城濮。楚师背郦而舍,晋侯患之。听舆人之诵曰:'原田每每,舍其旧而新是谋。'公疑焉。"又《左传·襄公三十年》:"(郑子产)从政一年,舆人诵之曰:'取我衣冠而褚之,取我田畴而伍之。孰杀子产,吾其与之。'及三年,又诵之曰:'我有子弟,子产诲之;我有田畴,子产殖之。子产而死,谁其嗣之?'"十三经注疏整理委员会整理:《春秋左传正义》,北京大学出版社2000年版,第513、1290—1291页。《诗经·大雅·板》:"我虽异事,及尔同僚。我即尔谋,听我嚣嚣。我言维服,勿以为笑。先民有言,'询于刍荛'。"(清)方玉润:《诗经原始》,中华书局1982年版,第527页。《隋书·经籍志》谓《诗》美询于刍荛,其实是言《诗》以"询于刍荛"为美,是对"刍荛之言"的功用价值的肯定,鉴于《诗经》十五国风源自民间,《隋书·经籍志》所谓"美",亦可指向"刍荛之言"的形质之美。故唐人刘知幾以"体质素美""温润"等语形诸"舆人之诵""刍荛之言"。(唐)刘知幾《史通·内篇·言语》:"寻夫战国已前,其言皆可讽咏,非但笔削所致,良由体质素美。何以核诸? 至如'鸲鹆''鹳鹆',童竖之谣也;'山木''辅车',时俗之谚也;'皤腹弃甲',城者之讴也;'原田是谋',舆人之诵也。斯皆刍词鄙句,犹能温润若此。……则知时人出言,史官入记,虽有讨论润色,终不失其梗概者也。"(唐)刘知幾著,(清)浦起龙通释:《史通通释》,上海古籍出版社2009年版,第139页。
③ (唐)李善:《唐李崇贤上文选注表》,(梁)萧统编,(唐)李善注:《文选》,上海古籍出版社1986年版,第4页。
④ 闻一多:《唐诗杂论》,上海古籍出版社1998年版,第1页。
⑤ 余嘉锡:《四库提要辨证》,云南人民出版社2004年版,第967—968页。

篱，进入到文学的领域，以此为小说阐释的理论原生点之一，就不难解释中国小说学中文学性与"道德政治"并重的理念了。

以《隋书》为典范的史书修撰实践及小说学的建构，使得唐代小说学呈现新现象；而以刘知幾《史通》为典范的史学论著，则导引着唐代小说学向作为文学之小说本体性的发现。

诞生于子、史二部的先唐小说和小说学，虽然形成了一定的小说和小说学的知识系谱，但并没有探及作为文学的小说的本质。[①] 作为文学的小说的本质之一是叙事，也就是书写（或讲）故事。先唐小说学基本未涉及小说之叙事。先唐时，小说之名发生于子学范畴，而小说之实则存在于史学领域。囿于名实之异，当今小说学研究论及先唐小说，惯以历史叙事为其本性，究其实，则是以小说为历史或历史为小说，混淆了小说叙事与历史叙事的差异。此种混淆现象，南朝梁殷芸《小说》堪为典型。殷芸《小说》之作，可能是"梁武作通史时，凡不经之说为通史所不取者，皆令殷芸别集为《小说》，是《小说》因通史而作，犹通史之外乘"。[②] "不经之说"与"通史"之别，存在叙事本质之别："通史"叙事为"书法无隐"之"实录"；"不经之说"则为"虚词"。集"不经之说"为《小说》，是以之为与历史叙事相异之另一种叙事，即小说叙事，故小说叙事之实至少已于六朝发生。

初唐的史学大家刘知幾在《史通·杂述》中，将与正史"殊途并骛"的"史氏流别"分为偏纪、小录、逸事、琐言等十家。[③] 这是中国小说史上第一次对文言语体小说的分类。刘知幾的小说划分，"不是如目录学家那样，认为部分杂传、杂史不够史的资格，只能退入小说类；而是将'小说'也算作史氏之流别"。[④] 刘知幾将"小说"划入史部，是基于"小说"徘徊于子史之间所形成的"叙事"共性。《史通·杂述》又云：

> 子之将史，本为二说，然如《吕览》《淮南》《玄晏》《抱朴》，凡

---

① 参见本书第二章第二、三节。
② （清）姚振宗：《隋书经籍志考证》，《二十五史补编》第4册，中华书局1955年版，第5537页。
③ （唐）刘知幾著，（清）浦起龙通释：《史通通释》，上海古籍出版社2009年版，第253页。
④ 王运熙、杨明著：《隋唐五代文学批评史》，上海古籍出版社1994年版，第154页。

此诸子，多以叙事为宗，举而论之，抑亦史之杂也……①

子书与史书，本为两种不同之文类，子书以论断表识见，而史书则"以叙事为先"。②然而，因史书对子书的渗透，使得子书亦具有叙事的特性，譬如《庄子》之文，"属书离辞，指事类情"。③所谓"指事类情"，正是指《庄子》以叙事来阐释哲理。然子书之"指事类情"多为"空语无事实"，④是所谓"谬悠之说，荒唐之言，无端崖之词"。⑤此即子书的"小说化"特性，刘知幾所举《吕览》《淮南》《玄晏》《抱朴》诸书，也具有这种"小说化"的特性。史书也因"俗皆爱奇，莫顾实理。传闻而欲伟其事，录远而欲详其迹"⑥而走向"小说化"。子史这两种不同文类，具有"小说化"特性的部分，随时代发展而渐变为以"叙事为宗"的小说文类。

案，"叙事"一词，现有可查最早出处是《周礼·春官》，仅具"依序行事"之意，亦仅应用于政治领域。⑦后世发展其"依序行事"之义，衍化为按照一定的逻辑和技巧表述人物生平或事件的专有名词，亦有作"序事"者。如《文心雕龙·诔碑第十二》"观其序事如传，辞靡律调，固诔之才也""其叙事也该而要，其缀采也雅而泽"、《文心雕龙·哀悼第十三》"观其虑赡辞变，情洞悲苦，叙事如传，结言摹诗，促节四言，鲜有缓句"等，俱用此意。刘知幾《史通》专设"叙事"一章，专论史书叙事，其间也论及小说之叙事，两者之间的差异实即小说与史书的文体差异，小说之异于史书，盖因小说"其立言也，或虚加练饰，轻事雕彩；或体兼赋颂，词类俳优"。⑧

史书叙事与子书叙事的共性滋生了小说叙事，小说学以"叙事为宗"的概念提出，使小说获得发展的内在动力，为小说摆脱子学和史学的规范

---

① （唐）刘知幾著，（清）浦起龙通释：《史通通释》，上海古籍出版社2001年版，第257页。
② 同上，第152页。
③ （汉）司马迁：《史记》，中华书局1959年版，第2144页。
④ 同上，第2144页。
⑤ （清）郭庆藩撰，王孝鱼点校：《庄子集释》，中华书局1961年版，第1098页。
⑥ （梁）刘勰著，范文澜注：《文心雕龙注》，人民文学出版社1958年版，第287页。
⑦ 傅修延：《先秦叙事研究》，东方出版社1999年版，第11—12页。
⑧ （唐）刘知幾著，（清）浦起龙通释：《史通通释》，上海古籍出版社2009年版，第167页。

提供了内驱力，如摆脱以论断为的的说理"子性"和以"简要为主"的叙事"史性"，进而建立小说自身本体性的叙事机制。但是囿于历史和传统，今人对唐代小说和小说学的认识，瞩目于其对先唐传统的继承。譬如，李肇《唐国史补》卷下有一段广为后人所称引的评断："沈既济撰《枕中记》，庄生寓言之类；韩愈撰《毛颖传》，其文尤高，不下史迁。二篇真良史才也。"① 今人皆认为李肇是从史学的角度来评价沈既济和韩愈，实则有误。李肇称誉沈、韩二人为"良史才"，是因为沈、韩二人的《枕中记》《毛颖传》所表现出的相对高超的小说叙事技巧。谓《枕中记》为"庄生寓言之类"，即为《庄子》"空言无事实"之"指事类情"的叙事方法；以《毛颖传》与"史迁"比，本就立足于"文"，这与韩愈著述的立场是吻合的，韩愈的著述，"乃站于纯文学之立场，求取融化后起诗赋纯文学之情趣风神以纳入于短篇散文之中，而使短篇散文亦得侵入纯文学之阃域，而确占一席之地"。②

又所谓"史才"，也是由刘知幾首先提出。《旧唐书·刘子玄传》载：

> 子玄掌知国史，首尾二十余年，多所撰述，甚为当时所称。礼部尚书郑惟忠尝问子玄曰："自古已来，文士多而史才少，何也？"对曰："史才须有三长，世无其人，故史才少也。三长，谓才也，学也，识也。夫有学而无才，亦犹有良田百顷，黄金满籯，而使愚者营生，终不能致于货殖者矣。如有才而无学，亦犹思兼匠石，巧若公输，而家无楩柟斧斤，终不果成其宫室者矣。犹须好是正直，善恶必书，使骄主贼臣，所以知惧，此则为虎傅翼，善无可加，所向无敌者矣。脱苟非其才，不可叨居史任。自夐古已来，能应斯目者，罕见其人。"时人以为知言。③

刘知幾提出"史家三长"之论，并阐释了三者的重要性，但未对三者

---

① （唐）李肇等撰：《唐国史补 因话录》，上海古籍出版社1979年版，第55页。
② 钱穆：《杂论唐代古文运动》，载钱穆著：《中国学术思想史论丛》（四），生活·读书·新知三联书店2009年版，第57页。
③ （后晋）刘昫等撰：《旧唐书》，中华书局1975年版，第3173页。（宋）王溥《唐会要》卷六十三《史馆上·修史官》亦载。

的内涵进行阐发。清人章学诚对刘知幾的"史家三长"有所批评，其批评对刘知幾"史家三长"的内涵有一定价值。章学诚言："记诵以为学也，辞采以为才也，击断以为识也，非良史之才、学、识也。虽刘氏之所谓才、学、识，尤未足以尽其理也。"① 章学诚所谓的"辞采"，也就是李肇所谓"文"的表现形式，也即"辞采以为才也"。而史书的"文"，一般是指史书运用"辞采"叙事的艺术方式和特点，因此李肇所谓"良史才"即指小说的叙事艺术。

唐代小说学以"叙事为宗"的观念虽已提出，但其影响主要在后世的通俗小说创作和评点之中。通俗小说创作对小说叙事本体的自觉，清人李雨堂《万花楼杨包狄演义叙》可为代表：

> 书不详言者，鉴史也；书悉详而言者，传奇也。史乃千百年眼目之书……然柄笔难详，大题小作，一言而包尽良相之大功，一笔而挥全英雄之伟迹，述史不得不简而约乎。……至传奇则不然。揭一朝一段之事，详一将一相之功，则何患夫纸短情长哉！②

同为历史之事迹，史家叙事为简约的载记，小说家叙事则是"演义"。于此不难理解明清两代"演义"体小说的兴盛繁茂。明清通俗小说的评点，不仅直接将"叙事"（或"序事""书事"）作为小说叙事艺术的评点术语使用，③ 还总结出小说"叙事"的诸多"章法""文法"，如金圣叹总结《水浒》之叙事有"倒插法""夹叙法""正犯法"等，脂砚斋评《红楼梦》、张竹坡评《金瓶梅》等亦然。因为对小说以"叙事为宗"的重视，小说评点者"对白话小说艺术上的修润，从情节构架的调整、细节疏漏的补订到语言的润色、回目的加工等"，从而在叙事这一层面"整体上提高

---

① （清）章学诚著，叶瑛校注：《文史通义校注》，中华书局1985年版，第219页。
② （清）李雨堂：《〈狄青初传〉叙》，刘世德、陈庆浩、石昌渝主编：《古本小说丛刊》第二十六辑，中华书局1991年版，第77—79页。
③ 如《水浒》金圣叹评本第十九回中正文："那婆娘见宋江抢刀在手，叫'黑三郎杀人也！'只这一叫，提起宋江这个念头来。"金圣叹评曰："叙事真有龙跳虎卧之能。"《水浒后传》蔡元放评本卷首《水浒后传读法》言："正在叙事时，忽然将身跳出书外，自着一段议论。"《儿女英雄传》还读我书室主人评本第二十九回正文："这部书前半部，演到龙凤合配，弓砚双圆，看事迹已是笔酣墨饱；论文章毕竟不曾写到安龙媒正传。"后评曰："序事之中夹以议论，序事之首冠以议论……"等等。

了通俗小说的艺术品位",最终达到"以文章之奇而传其事之奇",使评点本通俗小说广为流行。① 可以说,以"叙事为宗"的小说学概念的提出,诚为中国小说学小说名实相符的本体转折,使中国古代小说的创作、文本批评和理论概括真正融为一体。

三、"史意""史法"的小说化

先唐史学对后代史学和小说学影响甚大的有两种观念:一是"劝善惩恶"的"史意",一是"书法无隐"的"史法",二者互为表里。先唐时期,此二者对小说和小说学的影响发生于史学领域,以史学本位规范小说和小说学,因此小说和小说学附丽甚至被纳入史学范畴,即小说和小说学的发生俱是以史学面貌出现;然至唐代,此二者对小说和小说学的影响,已然由史学本位向文学本位转变,具体来说,就是"劝善惩恶"之"史意"和"书法无隐"之"史法"的小说化。

无论是"劝善惩恶"还是"书法无隐",之所以能对唐代小说形成价值批评和理论概括,盖因唐人视小说"自成一家,而能与正史参行",② 并以"杂以虚诞怪妄之说""推其本源,盖亦史官之末事"③ 为小说定位,而"史官之末事"即"史余"之事。譬如初唐史学大家刘知幾之子刘悚著《隋唐嘉话》(又名《传记》),其序言:"余自髫丱之年,便多闻往说,不足备之大典,故系之小说之末。……友人天水赵良玉睹而告余,故书以记异。"④ 所谓"闻往说",即其来源为"街谈巷语""道听途说",故书之"不足备之大典",因而"系之小说之末","大典"即史乘,"小说"与之相对提出,即在以小说"自成一家"的前提下将之定位为"史之余"。⑤ 以

---

① 参见谭帆、林莹:《中国小说评点研究新编》上编第一章第二节,华东师范大学出版社 2023 年版。
② (唐)刘知幾著,(清)浦起龙通释:《史通通释》,上海古籍出版社 2009 年版,第 253 页。
③ (唐)魏徵、令狐德棻撰:《隋书》,中华书局 1973 年版,第 982 页。
④ (唐)刘悚、张鷟撰,程毅中、赵守俨点校:《隋唐嘉话 朝野佥载》,中华书局 1979 年版,第 1 页。
⑤ 其实,刘悚以"话"命篇,也承认了其著述即为小说,因为"话"在此是讲故事的"故事"之义。"话"作为讲故事之"故事"义使用,大致确立于隋唐之际,通行于宋、元、明。欧阳代发《话本小说史》第一章第二节"话本小说释名"对此有较详细论述,可参见。欧阳代发:《话本小说史》,武汉出版社 1994 年版。

小说为"史之余"的观念,是唐人较普泛的小说观,缘于此,"劝善惩恶"的"史意"和"书法无隐"之"史法"才能作用于唐代小说,并被小说化。

文学应具有"劝善惩恶"之功用的观点,至迟在汉代即已明确提出。王充《论衡·佚文篇》即云:"天文人文,文岂徒调墨弄笔,为美丽之观哉?载人之行,传人之名也。善人愿载,思勉为善;邪人恶载,力自禁裁。然则文人之笔,劝善惩恶也。"① 从劝惩的功能而言,先唐附丽或归属于或子或史的小说,必然具备此种功能,但却并不一定是从善与恶的角度来结构文字。唐代小说中的传奇体小说,其文体的渊源"乃是托胎于史传的六朝人物杂传",② 且唐人本就视小说可与"正史相参行",为"史之余",是"国史阙书",③ 因而史学之"劝善惩恶"的"史意"自然就为之继承,并成为小说中强烈的主体意识。如李公佐的《谢小娥传》,叙谢小娥因梦为父为夫复仇的事,李公佐之所以记载下来,是因"知善不录,非春秋之义。故作传以旌美之"。白行简的《李娃传》则是因李娃"节行瑰奇,有足称者",故"疏而存之"。皇甫枚《三水小牍》卷下《殷保晦妻封氏骂贼死》结尾则点明著述之因:"三水人曰:'噫,二主二天,实士女之丑行。至于临危抗节,乃丈夫难事,岂谓今见于女德哉!'渤海之媛,汝阴之嫔,贞烈规仪,永光于彤管矣。辛丑岁,遐构(殷保晦)兄出自雍,话兹事,以余有春秋学,命笔削以备史官之阙。"沈既济的《任氏传》之作,盖因"(任氏)遇暴不失节,徇人以至死,虽今妇人,有不如者",众士大夫听了"共深叹骇,因请既济传之,以志异云"。

同时,应该看到,唐人在小说中深寓"劝善惩恶"之旨时,也不忘点明小说"宵话征异"的娱乐性。白行简作《李娃传》,是因为李公佐"话妇人之操烈之品格,因遂述汧国之事",他感其节行而"疏而存之"。《庐江冯媪传》中,李公佐直言:"宵话征异,各尽见闻。"韦绚《刘宾客嘉话录自序》亦云:"解释经史之暇,偶及国朝文人剧谈,卿相新语,异常梦

---

① 黄晖撰:《论衡校释(附刘盼遂集解)》,中华书局1990年版,第868—869页。
② 孙逊、潘建国:《唐传奇文体考辨》,《文学遗产》1999年第6期。
③ 《太平广记》卷四二二载牛肃《纪闻·资州龙》:"韦皋镇蜀末年,资州献一龙,身长丈余,鳞甲悉具,皋以木匣贮之,蟠屈于内。时属元日,置于大慈寺殿上,百姓皆传。纵观二三日,为香烟熏死。国史阙书,是何祥也?"

话……今悉依当时日夕所话而录之……传之好事，以为谈柄也。"① 如此等等。以一"话"字，亦足可见其共性俱是"宵话征异"的娱乐性。其目的，一如段成式所云："街谈鄙俚，舆言风波，不足以辩九鼎之象，广七车之对。然游息之暇，足为鼓吹耳。"②

唐人虽以小说为"史之余"，但并不妨碍时人自觉以小说为文学门类的一种。《隋志》以小说与《诗》《传》并举，其实质不仅是为提高小说之地位，亦是把小说当作文学之一种。《隋志》所谓"儒、道、小说，圣人之教也"，正是其视小说为文学之一种的补充。"宵话征异"的娱乐性之所以能成为小说之属性，则是因为小说本就是"街谈巷语""不经之说"，是源自民间休闲的产物，其始即不具史学品格。只是小说被"稗官"所采录，从而被纳入正统范畴，后又被赋予史学品格，史学理论范畴因此而规范小说的生存。但唐代小说在"宵话征异"的动因中诞生，在一定程度上回归到小说"街谈巷语""不经之说"的原初品格，因此史学"劝善惩恶"的严肃性被减弱，文学的"劝善惩恶"适时增强，形成"寓教于乐"的轻松与愉悦，小说所谓"入人亦深，化人亦速"的文学功用也因此培养起来。

在"史之余"的观念指导下，唐人以"宵话征异"的娱乐性来统制史学的"劝善惩恶"，从而使之向文学性过渡。以"劝善惩恶"的观念为小说在文学领域争得一席之地，为文人士大夫从事小说的创作提供了冠冕堂皇的借口，亦为小说与史乘的分离提供了外驱力，促进了传奇小说的文体独立。而其理论影响则主要在后世的小说评论与价值评断中。如凌云翰《剪灯新话序》言："是编虽稗官之流，而劝善惩恶，动存鉴戒，不可谓无补于世。矧夫造意之奇，措词之妙，粲然自成一家之言，读之使人喜而手舞足蹈，悲而掩卷堕泪者，盖亦有之。"③ 静恬主人《金石缘序》所谓："小说何为而作也？曰：以劝善也，以惩恶也。夫书之足以劝惩者，莫过于经史，而义理艰深，难令家喻而户晓，反不若稗官野乘，福善祸淫之理悉

---

① （唐）韦绚撰，陶敏、陶红雨校注：《刘宾客嘉话录》，中华书局2019年版，第1页。
② （唐）段成式撰，许逸民、许桁点校：《酉阳杂俎》，中华书局2018年版，第265页。
③ （明）瞿佑等著，周楞伽校注：《剪灯新话（外二种）》，上海古籍出版社1981年版，第3—4页。

备,忠佞贞邪之报昭然,能使人触目儆心,如听晨钟,如闻因果,其于世道人心不为无补也。"① 如此等等,虽强调小说之"劝惩"功能,但这种强调是建立在遵循小说的文学本性基础上的。

唐人小说观念中,不仅"劝惩"之史意小说化,以"实录"为内核的"史法"亦小说化了,从而使得唐人小说具有了"文采"和"意想"。

论及史学与小说及小说批评的关系时,今人惯于从史学"实录"的"史法"入手,引出小说批评理论中的"真实"与"虚构"问题。"虚构"与"真实"的差别,诚能对小说与史乘的划分有所裨益,但并不能完全说明小说与史乘之间错综复杂的关系,盖因据此立论,实使小说与史乘完全对立,从而忽略了小说与史乘在"虚构"与"真实"上的诸多共性。"书法无隐"之"史法",在唐代小说学中已经不具有纯粹的史性,而是小说化的"实录"。

作为"书法无隐"的"史法","实录"概念成为史学价值的最高标准缘于班固《汉书·司马迁传赞》对司马迁"其文直,其事核,不虚美,不隐恶"撰史境界的高度概括。② 班固所提出的"实录"概念,包括史之文、史之事和史之义三方面。然发展至唐人,已出现二分态势:其一是与司马迁撰史一脉相承、在理论上承班固之绪的"实录"观。如刘知幾曾对"实录"下定义:"苟爱而知其丑,憎而知其善,善恶必书,斯为实录。"③ 与班固之"实录"概念貌异质同,是史家的正统实录观。其二是承六朝干宝《搜神记序》"考先志于载籍,收遗逸于当时"④ 的"小说"实录观。唐人著述小说之原则,大多是第二类实录。在他们看来,"只要是实录,没有驰骋想象去添枝加叶,去铺陈虚夸,就没有失去'小说'的品格"。⑤ 如李

---

① (清)静恬主人:《金石缘序》,《新镌金石缘全传》,上海古籍出版社1994年《古本小说集成》文光堂本影印本,卷首。
② 据现有可查资料,"实录"概念最早见于《法言·重黎篇》:"或问……'太史迁'。曰:'实录。'"宋代宋咸注曰:"迁采《春秋》《尚书》《国语》《战国策》而作《史记》。其议事甚多疏略,未尽品藻之善,故扬雄称实录而已,盖言但实录传记之事也。"宋咸之注,实综合了唐代两种实录观。(宋)司马光撰,张晨光等点校:《家范 法言集注 太玄集注 潜虚 老子道德论述要》,王水照主编:《司马光全集》,上海人民出版社2022年版,第312页。
③ (唐)刘知幾著,(清)浦起龙通释:《史通通释》,上海古籍出版社2009年版,第374页。
④ (晋)干宝撰,汪绍楹校注:《搜神记》,中华书局1979年版,第2页。
⑤ 石昌渝:《中国小说源流论(修订版)》,生活·读书·新知三联书店出版社2015年版,第3页。

德裕在《次柳氏旧闻·自序》中提到："彼（指高力士）皆目睹，非出传闻，信而有征，可为实录。"①《南柯太守传》则云："公佐贞元十八年秋八月，自吴之洛，暂泊淮浦，偶觐于淳于棼，询访遗迹，翻覆再三，事皆摭实，辄编录成传，以资好事。虽稽神语怪，事涉非经，而窃位著生，冀将为戒。后之君子，幸以南柯为偶然，无以名位骄于天壤间云。"再如陈玄祐《离魂记》则交代："玄祐少常闻此说，而多异同，或谓其虚。……遇莱芜县令张仲规，因备述其本末。镒则仲规堂叔，而说极备悉，故记之。"这些作者自谓的"实录"，其实都是传闻而来。

唐代是史学自觉的时代，其表现不仅是修史的自觉，尤以史学理论的完善和规范为重。史学理论规范所带来的是小说叙事与历史叙事的分别，这种分别集中表现在"实录"观念的差异上。刘知幾在《史通·杂说（中）》中言：

> 夫学未该博，鉴非详正，凡所修撰，多聚异闻，其为踳驳，难以觉悟。案应劭《风俗通》载楚有叶君祠，即叶公诸梁庙也。而俗云孝明帝时有河东王乔为叶令，尝飞凫入朝。及干宝《搜神记》，乃隐应氏所通，而收流俗怪说。又刘敬升《异苑》称晋武库失火，汉高祖斩蛇剑穿屋而飞，其言不经。致梁武帝令殷芸编诸《小说》，及萧方等撰《三十国史》，乃刊为正言。既而宋求汉事，旁取令升之书，唐征晋语，近凭方等之录。编简一定，胶漆不移。故令俗之学者，说凫履登朝，则云《汉书》旧记。谈蛇剑穿屋，必曰晋典明文。遮彼虚词，成兹实录。语曰："三人成市虎。"斯言其得之者乎！②

所谓"遮彼虚词，成兹实录"，是指正史采录小说中的传闻而使不实之事（即"虚词""流俗怪说"）被误以为"实录"。正史采录小说之不实之事，当然会严重损害正史之客观载记历史事实的史性。而小说"遮彼虚

---

① （唐）李德裕等撰，丁如明等校点：《次柳氏旧闻（外七种）》，上海古籍出版社2012年版，第1页。
② （唐）刘知幾著，（清）浦起龙通释：《史通通释》，上海古籍出版社2009年版，第448—449页。

词，成兹实录"，对小说的特性不仅毫无损伤，更是对小说"传闻异辞"的迎合。刘知幾对此也有阐述，《史通·杂说（下）》载：

> 庄周著书，以寓言为主；嵇康述《高士传》，多引其虚辞。至若神有混沌，编诸首录。苟以此为实，则其流甚多，至如鼍鳖竞长，蚖蛇相邻，鹭鸠笑而后言，鲋鱼忿以作色。向使康撰《幽明录》《齐谐记》，并可引为真事矣。夫识理如此，何为而薄周、孔哉？①

刘知幾假设嵇康撰《幽明录》和《齐谐记》两部魏晋六朝志怪小说，认为嵇康一定会以《庄子》中的寓言为"实录"。刘知幾是以历史事实为依据进行假设的："嵇康撰《高士传》，取《庄子》《楚辞》二渔父事，合成一篇。夫以园吏之寓言，骚人之假说，而定为实录，斯已谬矣。"② 于嵇康时人而言，《高士传》是正统史书，以庄子之"寓言"入正统史书，当然与史书之"实录"原则背道而驰。小说则不然，以"寓言"入小说，则是对小说创作方法与精神需求的丰富与满足，切合小说的文体需求。当"寓言"与"实录"在小说中相结合时，"实录"的史性被消解，从而被烙上强烈的小说印记，是艺术真实的再现。

胡应麟言："古今志怪小说，率以祖夷坚、齐谐，然《齐谐》即《庄》、《夷坚》即《列》耳，二书固极诙诡，第寓言为近，记事为远。"③唐代志怪小说固然如此，传奇体小说也不例外，洪迈《夷坚志·乙志序》即言："逮干宝之《搜神》，奇章公之《玄怪》，谷神子之《博异》，《河东》之记，《宣室》之志，《稽神》之录，皆不能无寓言于其间。"④唐人小说中既标榜"实录"，又融入"寓言"，所寓之言就是小说"劝善惩恶"之旨。这种"寓言"与"实录"相结合的方法，实为中国小说学从"实录"出发，以"寓言"对小说作价值批评和理论概括提供了新的思维。如张竹坡《金瓶梅寓意说》言："稗官者，寓言也。其假捏一人，幻造一事，虽为风

---

① （唐）刘知幾著，（清）浦起龙通释：《史通通释》，上海古籍出版社2009年版，第488页。
② 同上，第487页。
③ （明）胡应麟：《少室山房笔丛》，上海书店出版社2001年版，第362页。
④ （宋）洪迈撰，何卓点校：《夷坚志》，中华书局2006年版，第185页。

影之谈，亦必依山点石，借海扬波。故《金瓶》一部有名人物，不下百数，为之寻端竟委，大半皆属寓言。庶因物有名，托名摭事，以成此一百回曲曲折折之书。"① 明人睡乡居士亦言："文自《南华》《冲虚》，已多寓言……至演义一家，幻易而真难，固不可相衡而论矣。即如《西游》一记，怪诞不经，读者皆知其谬。然据其所载，师弟四人，各一性情，各一动止，试摘取其一言一事，遂使暗中摹索，亦知其出自何人，则正以幻中有真，乃为传神阿堵而已，有不如《水浒》之讥。岂非真不真之关，固奇不奇之大较也哉！"② 如此评断小说，正符合小说之"实录"与"寓言"结合的原则。

四、小说的文学性和趣味性

唐代社会，上至最高统治者，下至"五尺童子"，俱热衷于文学，以能文为荣，③ 形成"一种崇尚文辞，矜诩风流之风气"，④ 文学成为"社会集体认可的价值"。⑤ 作为史学家的刘知幾撰史学批评著作《史通》时，也注意到这种风尚对修史的影响，云："大唐修《晋书》，作者皆当代词人。远弃史、班，近宗徐、庾。夫以饰彼轻薄之句，而编为史籍之文，无异加粉黛于壮夫，服绮纨于高士者矣。"又云："昔魏史称朱异有口才，挚虞有笔才。故知喉舌翰墨，其辞本异。而近世作者，撰彼口语，同诸笔文。斯皆以元瑜、孔璋之才，而处丘明、子长之任。文之与史，何相乱之甚乎？"⑥ 刘知幾站在正统修史的角度衡量唐代社会"崇尚文辞，矜诩风流"

---

① 刘辉、吴敢辑校：《会评会校金瓶梅（修订本）》，香港天地图书有限公司2010年版，第2103页。
② （明）睡乡居士《二刻拍案惊奇序》，（明）凌濛初《二刻拍案惊奇》，上海古籍出版社1994年《古本小说集成》影印本，第4—6页。
③ 唐人杜佑《通典》概括科举对文学之风的影响，云："开元以后，四海晏清，无贤不肖，耻不以文章达，其应诏而举者，多则二千人，少犹不减千人，所收百才有一。"并引沈既济《词科论》云："初，国家自显庆以来，高宗圣躬多不康，而武太后任事，参决大政，与天子并。太后颇涉文史，好雕虫之艺。永隆中，始以文章选士。及永淳之后，太后君天下二十余年，当时公卿大辟无不以文章达。因循遇久，浸以成风。……五尺童子，耻不言文墨焉。"（唐）杜佑撰，王文锦等点校：《通典》，中华书局1988年版，第357—358页。
④ 陈寅恪：《元白诗笺证稿》，上海古籍出版社1978年版，第87页。
⑤ 台湾淡江大学中文系主编：《晚唐的社会与文化》，学生书局1990年版，第11页。
⑥ （唐）刘知幾著，（清）浦起龙通释：《史通通释》，上海古籍出版社2009年版，第76、494页。

风尚之利弊,故而他对在此风尚影响下的"或虚加练饰,轻事雕彩;或体兼赋颂,词类俳优"的"史之流别"——"偏记小说"——提出批评,指出它们"文非文,史非史"①的中间状态。然而正是"文之与史"的混乱,才有传奇体小说"文非文,史非史"的文体自觉和独立。如浦江清曾指出:"唐人所最重视的文学是诗,唐代的文人无不能诗者,以诗人的冶游的风度来摹写史传的文章,于是产生了唐人传奇。"②

"文史"相杂的唐代小说的诞生,与"诗人的冶游的风度"为其卸载传统史学规范的重压有关,但更缘于诗人之"情"对小说的渗透,以及由此带来的小说艺术形式的"美"与"丽"。唐人小说对"情"的渲染,宋人洪迈曾指出:"唐人小说,不可不熟,小小情事,凄婉欲绝,洵有神遇而不自知者,与诗律可称一代之奇。"③洪迈对唐人小说之"情""凄婉欲绝"的描述与"与诗律可称一代之奇"的赞誉洵不为过,然谓唐人对"情"之标举以"洵有神遇而不自知者"来否定其自觉性,则所言差矣。唐人对"情"的标举实则极为自觉,集中体现于沈既济《任氏传》中之宣言,其云:

> 嗟乎,异物之情也,有人道焉!遇暴不失节,徇人以至死,虽今妇人有不如者矣。惜郑生非精人,徒悦其色而不征其情性。向使渊识之士,必能揉变化之理,察神人之际,著文章之美,传要妙之情,不止于赏玩风态而已。④

沈既济所谓"揉变化之理,察神人之际",实承西汉司马迁"究天人之际,通古今之变,成一家之言"的史学思想而来;与司马迁相异之处在于,沈既济的关照对象非司马迁修正史所必需的史家之宏大事件,而是转向世俗之人情物理。正因这种转向,沈既济才能提出"著文章之美,传要妙之情"这一中国小说学史上前无古人的宣言。沈既济之论的意义有二:

---

① (唐)刘知幾著,(清)浦起龙通释:《史通通释》,上海古籍出版社2009年版,第167页。
② 浦江清《论小说》,《浦江清文录》,人民文学出版社1958年版,第185页。
③ (清)莲塘居士辑:《唐人说荟·例言》,扫叶山房1912年石印本。
④ (宋)李昉等编:《太平广记》,中华书局1961年版,第3696页。

其一，标举了作为小说家的文学意识自觉。先唐时期，为使小说获得生存空间，小说始终附丽于子史，小说家也以史家自饰；即小说家是以史官身份亮相小说舞台，如裴启与《语林》、殷芸与《小说》、干宝与《搜神记》等。然唐人则无须顾忌，直以文学家亮相（实即小说家身份），且正言自己"传情""著美"的主张，令小说与小说学为之"一变"。唐人中另有如沈既济之言者，如陈鸿于《长恨歌传》中借王质夫之口道出创作主张："夫希代之事，非遇出世之才润色之，则与时消没，不闻于世。乐天深于诗，多于情者也。试为歌之，如何？""润色"即追求文章之美，诗人主体之于"情"的要求，也是为使文章"情""美"并重，推动唐人小说发展到"语渊丽而情凄婉"① 的艺术境界。唐人在小说领域以文学家亮相的气魄，一如汪辟疆所极力称扬的"负才则自放于丽情，摧强则酣讴于侠义"② 之誉。

其二，揭示了小说文体的客体规律性，为小说文体的自觉提供了方向和理论准备。先唐小说文体始终处于"形式短小、内容琐杂和杂记体的叙述方式"的雏形阶段，其原因不仅与先唐小说家主动投向子史有关，更在于先唐小说学始终囿于小说处于子史名实两难的境地而难以冲破子史樊笼。唐代的小说家则突破了正统子史对小说和小说学的包围，确立了自己的小说学史地位。

又，沈既济"著文章之美，传要妙之情"的理论实质集中在"美"与"情"二字上，"美"是文章在语体、形制等方面的美，"情"是作者之情及其在文章中的渗透。北宋张君房所选以唐人小说为主的小说集《丽情集》，即以"丽""情"二字来概括唐人的小说实质。不过，在文学领域最早提出文章之"丽"的是汉人扬雄，他在《法言·吾子》中言："诗人之赋丽以则，辞人之赋丽以淫。"而直接把"情"与"美"结合的是魏晋时人陆机，他在《文赋》中提出"诗缘情而绮靡"的艺术理念。陆机标举的"情"，是"一种属于审美、艺术之情，而不是儒家一般所说的那种纯道德的政治伦理感情"，更不是史学所要表达之情，因而，"当着这种情感表现

---

① （清）周克达《唐人说荟序》，（清）莲塘居士辑：《唐人说荟》，扫叶山房 1912 年石印本。
② 汪辟疆《唐人小说·序》，《唐人小说》，上海古籍出版社 1978 年版，第 1 页。

于艺术（诗）时，就要求有与之相应的美的形式，使之得到充分感人的、能唤起人的审美感受，叫人玩味不尽的抒发、表现。'情'既然已是属于审美、艺术之情，那么它的形式也应是具有美的艺术的形式"。① 陆机"绮靡"的文学思想较早地影响了六朝小说的"志怪"观，萧绮《拾遗记》序文中除了"纪其实美""考验真怪"的主张外，更进而要求修辞上的"文存靡丽"，也即"志怪"的笔记体也需要一定程度的"美的形式"。然萧绮不曾有唐人这样明目张胆的艺术实践，先唐小说家也唯有萧绮略发此论。唐人对小说"情""美"的追求则是整体的自觉，不仅是理论上的追求，更是创作中的自觉实践。以李复言《续玄怪录·尼妙寂》和李公佐《谢小娥传》的对比为例，前者是对后者的改编，前者无论是情节艺术的成熟度还是人物形象的丰满度，都较后者为高。

唐人小说自觉追求"美"与"情"的小说学意义，还体现于其开启了后世小说学对小说本体审美体认的认知方式，尤以"文章之美"为甚。如宋人赵德麟《侯鲭录》评价元稹《莺莺传》云："及观其文，飘飘然仿佛出于人目前。虽丹青摹写其形状，未知能如是工且至否？"② 宋人洪迈《容斋随笔》卷十五"唐诗人有名不显者"："大率唐人多工诗，虽小说戏剧，鬼物假托，莫不宛转有思致，不必颛门名家而后可称也。"③ 宋人刘贡父言："小说至唐，鸟花猿子，纷纷荡漾。"④ 明人胡应麟《少室山房类稿》言："唐人传奇小传，如《柳毅》《陶岘》《红线》《虬髯客》诸篇，撰述浓至，有范晔、李延寿之所不及。"⑤ 这些都是对小说"文章之美"的审美体认。明人冯梦龙《警世通言叙》中"触性性通，导情情出"的主张，则是小说创作对"情""美"的自觉实践。鲁迅毫无疑问是从唐人小说"情""美"自觉的文学审美特性提出唐人"始有意为小说"的，如评价沈亚之三篇传奇文云："皆以华艳之笔，叙恍忽之情，而好言仙鬼复死，尤与同

---

① 李泽厚、刘纲纪：《中国美学史》（魏晋南北朝编上），安徽文艺出版社1999年版，第261页。
② （宋）赵令畤等撰，孔凡礼点校：《侯鲭录 墨客挥犀 续墨客挥犀》，中华书局2002年版，第142页。
③ （宋）洪迈：《容斋随笔》，上海古籍出版社1996年版，第192页。
④ （明）桃源居士《唐人小说序》引，桃源居士编：《唐人小说》，上海文艺出版社1992年版，第1页。
⑤ 汪辟疆：《唐人小说·〈柳毅〉叙录》，上海古籍出版社1978年版，第69页。

时文人异趣",更概言唐人小说"大归则究在文采与意想"。①

"情"与"美"结合的文学观念于汉魏之际即已成熟,唐以来引入小说学领域,作为文学观念的主要特征与内涵,它对小说文体的独立和本体审美的体认无疑至关重要,是对先唐小说和小说学长期遵循子史规范的纠偏,对后世小说批评和理论的发展及小说创作的繁荣,都具有深远意义。所谓"史统散而小说兴。始于周季,盛于唐,而浸淫于宋。……殆开元以降,而文人之笔横矣。……皇明文治既郁,靡流不波,即演义一斑,往往有远过宋人者。而或以为恨乏唐人风致,谬矣!……大抵唐人选言,入于文心",②对小说的价值评判以"唐人风致"为准的,此即唐人"情""美"小说论的小说史和小说学史意义之所在。

需要补充的是,唐代以传奇体为代表的小说标举"情""美"本体论,但并不摒弃"劝善惩恶"的传统。个中缘由,美国学者浦安迪有所解释:"在纯粹的传奇里,想象力所诉诸的是单纯的美感愉悦,并不需有外在功能的考虑。但没有意义的传奇,从中国文化功能取向的观点而言却是不可想象。"③如果从小说叙事的传奇性而言,明清以来小说中追求"情""美"和谐的叙事与"劝惩"功能的融为一体,正是对唐代以传奇体为代表的这种小说"传奇"叙事传统的继承。

唐人不仅从文章的角度揭扬了小说"情""美"兼具的文学性,还以"滋味"为喻,从"以文为戏"的角度消解了小说被纳入文章范畴的束缚。古人谓文章是"经国之大业,不朽之盛事",④因而"文之作,上所以发扬道德,正性命之纪;次所以财成典礼,厚人伦之义;又其次所以昭显义类,立天下之中"。⑤这种文学观是一种广义的文化观念。不过,即便自魏晋六朝兴起的较为纯粹的文学观念范畴,依然不包括小说,因此"做小说的也决不能称为文学家,所以并没有人想在这条道

---

① 鲁迅撰,郭豫适导读:《中国小说史略》,上海古籍出版社2019年版,第54、51页。
② (明)绿天馆主人《古今小说叙》,(明)冯梦龙编:《古今小说》,上海古籍出版社1994年《古本小说集成》影印本,第1—5页。
③ 浦安迪:《中国叙事学》,北京大学出版社1996年版,第206页。
④ (三国)曹丕:《典论·论文》,(上海)商务印书馆1936年版,第1页。
⑤ (唐)梁肃《补阙李君前集序》,(清)董诰等编:《全唐文》,上海古籍出版社1990年版,第2329页。

路上出世"。① 先唐时期，形成于哲学领域的"小道可观"之小说的非正统性定位，使小说相对于正统文学而言具有一定的自由度，在强调小说"劝善惩恶"的史鉴功能时，允许小说"传闻异辞"，载记"不经之说"。也正是小说文体这种有限的自由，才促成小说文体在唐代"世间则甚风行"，② 涌现出一批有影响的作者和作品，带来小说文体的成熟与独立。在此过程中，出现了一个独特现象，即陈寅恪所谓："中国文学史中别有一可注意之点焉，即今日所谓唐代小说者，亦起于贞元、元和之世，与古文运动实同一时，而其时最佳小说之作者，实亦即古文运动中之中坚人物是也。……而古文乃最宜于作小说者也。"③ 正是这种古文家与小说家的合一，促成了中唐时期一场关于传奇体小说"以文为戏"的争论。这在小说学史上也颇具意味。

中唐时，韩愈著传奇体小说《毛颖传》一类的文章，④ 其学生张籍提出批评，言："比见执事多尚驳杂无实之说，使人陈之于前以为欢，此有以累于令德。"韩愈作《答张籍书》，言："吾子又讥吾与人人为无实驳杂之说，此吾所以为戏耳；比之酒色，不有间乎？吾子讥之，似同浴而讥裸裎也。"张籍再次写信批评道："君子发言举足，不远于礼；未尝闻以驳杂无实之说为戏也。执事每见其说，亦拊抃呼笑，是挠气害性不得其正矣。……苟悦于众，是戏人也，是玩人也，非示人以义之道也。"韩愈作《重答张籍书》再次辩解道："驳杂之讥，前书尽之，吾子其复之。昔者夫子犹有所戏，《诗》不云乎：'善戏谑兮，不为虐兮。'《记》曰'张而不弛，文武不能也'，恶害于道哉？吾子其未之思乎！"⑤ 张籍以"驳杂无实之说"评判《毛颖传》一类文章，是站在正统的文学立场而言的，强调的是"道德文章"，而非以"小说"看待韩愈的《毛颖传》一类文章。韩愈

---

① 鲁迅：《南腔北调集·我怎么做起小说来？》，《鲁迅全集》第四卷，人民文学出版社 1981 年版，第 392 页。
② 鲁迅撰，郭豫适导读：《中国小说史略》，上海古籍出版社 2019 年版，第 50 页。
③ 陈寅恪：《元白诗笺证稿》，上海古籍出版社 1978 年版，第 2 页。
④ （五代）王定保《唐摭言》载："韩愈著《毛颖传》，好博塞之戏，张水部以书劝之。"其实《毛颖传》的写作时间在韩愈、张籍争论后，然《毛颖传》亦可称为"驳杂无实之说"，张籍所谓韩愈之"驳杂无实之说"，当指韩愈其他如《毛颖传》之作。
⑤ （唐）韩愈著，马其昶校注，马茂元整理：《韩昌黎文集校注》，上海古籍出版社 2014 年版，第 147、148、150、152 页。

以"所以为戏"而并不害"道"回应张籍的批评,并以儒家经典《诗经》中"谑而不虐"的诗论与《礼记》中"一张一弛,文武之道"的人性需求为自己寻找保护。韩、张二人俱为当时文坛之翘楚,特别是韩愈以"道统"自居。因此,韩、张之争,实代表时人对小说创作的两种态度。但无论是张籍还是韩愈,俱是站在"文"的角度辨证自己的观点,故韩、张之争,实质上亦呈现出时人下意识地"改变了史家的传统视角,从'文'也即艺术真实的角度来重新认识小说",而韩愈所谓"戏","指的是让人'以为欢'的文学的娱乐性和审美艺术作用,或是亦庄亦谐的寓言讽谕作用"。① 韩愈"以文为戏"的创作主张,应该说是一种非功利性的自我满足,并在一定程度上还能让读者获得一种超功利性的阅读体验。

既然如此,那么韩愈何以"以文为戏"呢?韩愈的"以文为戏"是"非功利、超功利"的文学活动,那么由此可以联系到中国古代诗学上的一个重要理念,即宋人严羽在《沧浪诗话·诗辨》中所说的"诗有别趣,非关理也",韩愈的文学创作也有这种"非关理"的"别趣"。② 严羽所谓的"别趣"是指诗歌有其特殊的艺术旨趣,具体内涵主要有三:一是诗歌要表现诗人独特的情性,即独特的审美感受,是以别材为审美前提;二是诗歌要在语言、意象等艺术表现上做到"不落言筌""无迹可求";三是别趣来源于对现实的理性思考,但又超越于现实。作为文人的韩愈,经常在他的文学创作中实践文学的"别趣"主张。如韩愈主张文学创作"惟陈言之务去","必出入仁义,其富若生蓄万物,必具海含地负、放悠横从,无所统纪;然而不烦于绳削而自合也"。③《毛颖传》这一类"以文为戏"的文章就是韩愈"别趣"主张的实践产物,如《毛颖传》的内容就是"驳杂无实"的"别材",表现的是作者独特的情性,既源于现实又超越于现实,

---

① 蒋凡:《韩愈、柳宗元的古文"小说"观》,《学术月刊》,1993年第12期。
② 今人一般认定韩愈的文学创作都是传道之作,可以说今人的认知对象有误,韩愈的传道之作基本是如先秦诸子的哲理文,而忽略了韩愈较为纯粹的文学作品。对于韩愈的文学作品,宋人多有认为是"非关理"的,如苏轼《韩愈论》对韩愈评论:"韩愈之于圣人之道,盖亦好知其名矣,而未能乐其实。"(宋)苏轼著、孔凡礼点校:《苏轼文集》,中华书局1986年版,第114页。苏轼的学生张耒也撰有《韩愈论》,文中言:"韩退之以为文人则有余,以为知道则不足。"《张耒集》,中华书局1990年版,第677页。此外还有如朱熹等人也认为韩愈之作"非关理"。
③ (唐)韩愈著,马其昶校注,马茂元整理:《韩昌黎文集校注》,上海古籍出版社2014年版,第190、602页。

文笔则是奇诡的。《毛颖传》对"驳杂无实""别材"的选择,乃在于韩愈认识到了"夫百物朝夕所见者,人皆不注视也;及睹其异者,则共观而言之"①的"俗皆好奇"的社会心理。且韩愈活跃的时代,文学风尚是崇尚怪奇。②正是这些方面的原因,促成了韩愈"不专一能,怪怪奇奇;不可时施,只以自嬉"③的"以文为戏"的小说创作。总括起来说,韩愈传奇体小说的"以文为戏",其审美追求就是一种"自遣与娱众"的趣味。

韩、张之争的社会影响吸引了柳宗元的注意,柳宗元怀着好奇心情读完韩愈《毛颖传》后,撰写了《读韩愈所著毛颖传后题》一文,文中言:

> 自吾居夷,不与中州人通书。有来南者,时言韩愈为《毛颖传》,不能举其辞,而独大笑以为怪,而吾久不克见。杨子诲之来,始持其书,索而读之,若捕龙蛇,搏虎豹,急与之角而力不敢暇,信韩子之怪于文也。世之模拟窜窃,取青媲白,肥皮厚肉,柔筋脆骨,而以为辞者之读之也,其大笑固宜。且世人笑之也不以其俳乎?而俳又非圣人之所弃者。《诗》曰:"善戏谑兮,不为虐兮。"《太史公书》有《滑稽列传》,皆取乎有益于世者也。……大羹玄酒,体节之荐,味之至者,而又设以奇异小虫水草楂梨橘柚,苦咸酸辛,虽蜇吻裂鼻,缩舌涩齿,而咸有笃好之者。文王之昌蒲菹,屈到之芰,曾晳之羊枣,然后尽天下之味以足于口。独文异乎?韩子之为也,亦将弛焉而不为虐欤,息焉游焉而有所纵欤,尽六艺之奇味以足其口欤!……凡古今是非六艺百家,大细穿穴用而不遗者,毛颖之功也。韩子穷古书,好斯文,嘉颖之能尽其意,故奋而为之传,以发其郁积,而学者得之励,其有益于世欤!是其言也,固与异世者语,而贪常嗜琐者,犹呫呫然动其喙,彼亦甚劳矣乎!④

---

① (唐)韩愈著,马其昶校注,马茂元整理:《韩昌黎文集校注》,上海古籍出版社2014年版,第232页。
② (唐)李肇《国史补》卷下"论时文所尚"条记载:"元和以后,为文笔则学奇诡于韩愈,学苦涩于樊宗师。歌行则学流荡于张籍。诗章则学矫激于孟郊,学浅切于白居易,学淫靡于元稹,俱名为元和体。大抵天宝之风尚党,大历之风尚浮,贞元之风尚荡,元和之风尚怪也。"
③ (唐)韩愈著,马其昶校注,马茂元整理:《韩昌黎文集校注》,上海古籍出版社2014年版,第637页。
④ (唐)柳宗元:《柳河东集》,上海人民出版社1974年版,第366—367页。

柳宗元以味设喻，一方面诉诸正统《诗经》的"谑而不虐"的诗论与《史记》传"滑稽"人物"取乎有益于世者"的价值追求，证明韩愈之"以文为戏"的写作由来有自，且不违圣人教化之旨；另一方面又举出古圣先贤的"奇异"嗜好，论证韩愈《毛颖传》是"大羹玄酒，体节之荐，味之至者"外的"奇味"，具有文学的娱乐性和艺术审美价值。柳宗元以味设喻为韩愈辩护，其实和他自己求实求真、文质彬彬的文学主张相背反。如柳宗元在《答吴武陵论非国语书》中说："夫为一书，务富文采，不顾事实，而益之以诬怪，张之以阔诞，以炳然诱后生，而终之以辟，是犹用文锦覆陷井也。"① 即明确反对作文一心在"文采""诬怪""阔诞"上做文章。然而，正是这种背反，最能说明"以文为戏"传奇体小说的创作是出于人的天性。柳宗元以味设喻，也是因为认识到"口之于味也"，如同"目之于色也，耳之于声也，鼻之于臭也，四肢之于安佚也，性也"，且"口之于味也有同耆（嗜）焉，耳之于声也有同听焉，目之于色也有同美焉"。② 换句话说，就是"滋味"之好是人的共同天性，而韩愈"以文为戏"之作，也是符合人类的一种普遍天性。因此，可以说柳宗元在为韩愈辩护的同时，也开启了中国小说美学的"奇味"论。

晚唐段成式、温庭筠和高彦休等以食喻或食物命名小说专书，无疑是柳宗元小说"奇味"论的张扬。如温庭筠《乾𦠕子序》云："语怪以悦宾，无异馔味之适口。"③ 高彦休《阙史序》云："讨寻经史之暇，时或一览，犹至味之有菹醢也。"④ 段成式《酉阳杂俎》自序云："夫《易象》'一车之言'，近于怪也；《诗》人'南箕之奥'，近乎戏也。固服缝掖者，肆笔之余，及怪及戏，无侵于儒。无若《诗》《书》之味大羹，史为折俎，子为醯醢也。炙鸮羞鳖，岂容下箸乎？固役而不耻者，抑志怪小说之书也。"⑤ 今人李剑国以段成式之"滋味"说为个案进行了精当之分析，曰："昔者柳子厚始以滋味论俳怪之文，成式命书曰《杂俎》，正承子厚之意。……成式首倡'志怪小说'一词，以为五经子史乃大（太）羹折俎，味之正

---

① （唐）柳宗元：《柳河东集》，上海人民出版社1974年版，第508页。
② （清）焦循著，沈文倬点校：《孟子正义》，中华书局1987年版，第990、765页。
③ （宋）晁公武撰，孙猛校证：《郡斋读书志校证》，上海古籍出版社1990年版，第568页。
④ 陶敏主编：《全唐五代笔记》第3册，三秦出版社2012年版，第2330页。
⑤ （唐）段成式撰，许逸民、许桁点校：《酉阳杂俎》，中华书局2018年版，第1页。

者，而志怪小说乃'炙鸮羞鳖'，野味也。正人君子或对之不肯下箸，成式乃以为自有佳味。味之为何？奇也，异也，幻也，怪也。即李云鹄所称：'无所不有，无所不异，使读者忽而颐解，忽而发冲，忽而目眩神骇，愕眙而不能禁。'《诗品》论诗亦尚滋味，滋味者乃指诗歌之形象性特征，成式以论小说，亦欲达'味之者无极，闻之者动心'之致。故云'游息之暇，足为鼓吹'（《诺皋记序》），'使愁者一展眉头'（《黥》），不主教化而宗娱心，与夫'治身理家'之传统小说观归趣全异矣。唐人小说审美观已然确立，此可见焉。"①

唐人将滋味应用于"以文为戏"的小说理论鉴赏和价值评判，灵感来自前人的诗学和哲学启示。"味"在先秦即已经与"美"相联系，并包含哲学的价值判断。据现有可查资料，《荀子·王霸》最早将"味"与"美"相联系，言"故人之情，口好味而臭味莫美焉"，②指的是口腹欲望的满足所得到的生理快感。东汉许慎《说文解字》"羊部"中释"美"为"美，甘也。从羊大。羊在六畜主给膳也"。③此之"美"亦是口腹之美，同味觉的快感紧密联系。"尽管在汉代司马迁、王充也曾用'味'来形容文章之美，但文艺评论和美学思想中大量引入'味'的概念是始于魏晋而兴盛于齐梁的。"④如西晋陆机《文赋》认为文章之一病为"阙大羹之遗味"，至南朝梁刘勰《文心雕龙》已大量使用"味"的概念来说明文学之美。而钟嵘《诗品》提出诗歌应当有滋味，从而"使味之者无极，闻之者动心"，从根本上把"味"与文学之"美"融为对应的概念体系。"味"发生于哲学领域的价值判断，首见于《论语·述而》，言："子在齐闻《韶》，三月不知肉味，曰：'不图为乐之至于斯也。'"⑤《吕氏春秋·本味》又以"至味"喻圣人之道。扬雄《法言·吾子》则赋予了"味"之"常""异"与"道"之大、小的对应关系。⑥ 因而，可以说唐人将滋味应用于"以文为

---

① 李剑国：《唐五代志怪传奇叙录（增订本）》，中华书局2017年版，第986—987页。
② （清）王先谦撰，沈啸寰、王星贤点校：《荀子集解》，中华书局1988年版，第256页。
③ （汉）许慎撰，（清）段玉裁注：《说文解字注》，上海古籍出版社1981年版，第146页。
④ 李泽厚、刘纲纪：《中国美学史》（魏晋南北朝编下），安徽文艺出版社1999年版，第763页。
⑤ （清）刘宝楠撰，高流水点校：《论语正义》，中华书局1990年版，第264页。
⑥ （汉）扬雄《法言·吾子》云："舍舟航而济乎渎者，末矣；舍五经而济乎道者，末矣。弃常珍而嗜乎异馔者，恶睹其识味也；委大圣而好乎诸子者，恶睹其识道也？"汪荣宝注疏，陈仲夫点校：《法言义疏》，中华书局1987年版，第67页。

戏"的小说理论鉴赏和价值评判，其实质就是追求小说审美的"奇趣""奇味"。

唐人小说的"趣味"论在承认小说"小道可观"的前提下，正视小说"以文为戏"的文学娱乐性和审美价值，拓宽了小说理论的视野，最终促成小说走向正统的阅读领域。宋人曾慥完成小说类书《类说》的编撰后，即于序中阐发编撰旨趣，言："如嗜常珍，不废异馔，下箸之处，水陆俱陈矣，览者详择矣。"① 唐人以不废"奇味""异馔"设喻"以文为戏"之小说，最终的影响是明清小说发展高潮的呈现，譬如李汝珍自陈《镜花缘》之作，云："心有余闲，涉笔成趣，每于长夏余冬，灯前月夕，以文为戏。"②

五、传奇文体与小说叙事传统的独立

唐代小说学对后代小说学的最大影响，应是"传奇"概念的使用及其确立的小说文体与叙事传统。明人胡应麟云："传奇之名不知起自何代……唐所谓'传奇'自是小说书名，裴铏所撰。"③ 就目前所发现的资料看，唐之前没有"传奇"连用的现象，唐代共有三人使用"传奇"一词。最初使用的是元稹，其叙写张生与崔莺莺爱情故事的文言小说即直接命名为《传奇》，后更名为《莺莺传》，④ 其后裴铏命名其小说集为《传奇》；晚唐陆龟蒙在其小品文《怪松图赞》中也使用了"传奇"一词。

元稹《传奇》之作，是为"忍情"，寓有"惩劝"和史鉴的功能，其题材是纪人事。裴铏著述传奇小说及以"传奇"命篇的本意，一如清人梁绍壬云："传奇者，裴铏著小说多奇异，可以传示，故号《传奇》。"⑤ 裴铏著述的原旨，历代多有解释。如明人胡应麟言："以骈好神仙，（裴铏）故

---

① （宋）曾慥：《类说序》，（宋）曾慥：《类说》，文学古籍刊行社1955年影印本，第29页。
② （清）李汝珍著，孙海平校点：《汇评镜花缘》，齐鲁书社2018年版，第814页。
③ （明）胡应麟：《少室山房笔丛》，上海书店出版社2001年版，第424页。
④ 关于元稹之篇，其名历来有两种意见，一是如周绍良《〈传奇〉笺证稿》（载《中国古典文学研究论丛》第一辑，社会科学战线编辑部，吉林人民出版社1980年版）所考证的那样，认为其名应为《传奇》；一是如李剑国《唐五代志怪传奇叙录·莺莺传》所考，认为元稹不会以"传奇"这一泛称命名其文。笔者赞同周绍良的意见，考证从略。
⑤ （清）梁绍壬：《两般秋雨庵随笔》，上海古籍出版社1982年版，第40页。

撰此以惑之。"① 徐渭亦言："裴铏乃吕用之之客。用之以道术愚弄高骈，铏作传奇，多言仙鬼事谄之，词多对偶。"② 考诸《传奇》一书的逐篇内容，"其书所记皆神仙恢谲事"，③ 可以说裴铏《传奇》的题材大体应归纳为志怪之属。陆龟蒙"传奇"之意，盖与裴铏"传奇"意相同。陆龟蒙《怪松图赞》云："赞曰：松生阴隘，岩狱穴械。病乎不快，卒以为怪。拥肿支离，神羞鬼疑。道人嗟咨，援笔传奇。或怪其形，或奇于辞。目为怪魁，是以赞之。"④ 察其文意，此处之"传奇"也应是"传示奇异"，颇有志怪之意。陆龟蒙不曾有小说传世，但其"传奇"之意却也可证裴铏"传奇"的用意所在。既然裴铏著《传奇》以惑主为原旨，必然缺少中国古代小说的"惩劝"与史鉴功能。这就是元稹与裴铏在使用"传奇"一词上内涵的分野。这种分野基本上确立了后世"传奇"一词的两种主要内涵，即偏向史传传统的"惩劝"范型和进一步走向小说"小道"的娱情范型。此外，裴铏《传奇》中的各单篇传奇体小说，不仅故事题材相类，而且在叙事的外在表现形式与内在结构方面也大体相同，裴铏把它们辑集在一块，并命名为《传奇》，"传奇"一词在此已然具备了文体学的意义。裴铏《传奇》是唐代较多使用诗歌与骈偶句以增强文采的传奇小说集。裴铏这种叙事语言的使用，符合了唐代文人浪漫"诗心"的情怀，反映在文学语言上就是"奇"的审美追求。裴铏《传奇》的"情节之新奇和语言骈俪化集中代表了唐代传奇小说的主要特点和最高成就，为唐代小说的典范作品"，因而其书名"不仅为唐代传奇小说命名的依据，也是中国文学中'传奇性'一词的引申来源"。⑤

唐传奇体小说的"传奇性"，用元人虞集的一段话基本可以概括：

> 盖唐之才人于经艺道学有见者少，徒知好为文辞，闲暇无所用心，辄想象幽怪遇合、才情恍惚之事，作为诗章答问之意，傅会以为

---

① （明）胡应麟：《少室山房笔丛》，上海书店出版社2001年版，第424页。
② （明）徐渭原著，李复波、熊澄宇注释：《〈南词叙录〉注释》，中国戏剧出版社1989年版，第86页。
③ （宋）晁公武撰，孙猛校证：《郡斋读书志校证》，上海古籍出版社1990年版，第555页。
④ （唐）陆龟蒙：《甫里先生文集》，河南大学出版社1996年版，第264页。
⑤ 宁稼雨：《中国文言小说总目提要》"《传奇》"条，齐鲁书社1996年版，第97页。

说。盍簪之次,各出行卷以相娱玩,非必真有是事,谓之"传奇"。元稹、白居易犹或为之,而况他乎!①

虞集这段话道出了唐人传奇体小说传奇性的四个方面:一是有别于史传的"想象""傅会"的虚构创作方法;二是以"幽怪遇合、才情恍惚之事"为题材,以"奇"为审美追求;三是以"诗章答问"之文学方式叙事;四是小说的功用是"娱玩",即娱乐性为主。这四个方面,基本符合唐代传奇体小说的实际情况。唐代小说正是因为"传奇",才获得与先唐小说或其他文学文体迥异的本质。诚如鲁迅对"传奇"的概括:"幻设为文,晋世固已盛,如阮籍之《大人先生传》,刘伶之《酒德颂》,陶潜之《桃花源记》《五柳先生传》皆是矣,然咸以寓言为本,文词为末,故其流可衍为王绩《醉乡记》、韩愈《圬者王承福传》和柳宗元《种树郭橐驼传》等,而无涉于传奇。传奇者流,源盖出于志怪,然施之藻绘,扩其波澜,故所成就乃特异,其间虽亦或托讽喻以纾牢愁,谈祸福以寓惩劝,而大归则究在文采与意想,与昔之传鬼神明因果而外无他意者,甚异其趣矣。"②后世小说学中,"传奇"作为小说批评和理论概括的运用,基本上也是对这四个方面的发展。

"传奇"作为理论术语,首先出现于宋元人有关"说话"之一类"小说"家门的论述中。如灌圃耐得翁《都城纪胜》"瓦舍众伎"条载:"说话有四家:一者小说,谓之银字儿,如烟粉、灵怪、传奇。"③罗烨于《醉翁谈录·舌耕叙引》中对"传奇"的使用更具代表性:

夫小说者……有灵怪、烟粉、传奇、公案,兼朴刀、捍棒、妖术、神仙。……论莺莺传、爱爱词、张康题壁、钱榆骂海、鸳鸯灯、夜游湖、紫香囊、徐都尉、惠娘魄偶、王魁负心、桃叶渡、牡丹记、花萼楼、章台柳、卓文君、李亚仙、崔护觅水、唐辅采莲,此乃为

---

① (元)虞集:《道园学古录》卷三十八《写韵轩记》,王颋点校:《虞集全集》,天津古籍出版社2007年版,第740页。
② 鲁迅撰,郭豫适导读:《中国小说史略》,上海古籍出版社2019年版,第50—51页。
③ (宋)孟元老等著,周峰点校:《东京梦华录(外四种)》,文化艺术出版社1998年版,第86页。

（疑应作"谓"）之传奇。①

宋元"说话"追求"传奇性"，是为了满足听众"俗皆好奇"②的娱乐心理，是出于满足外在需求而来的。

相比于唐宋元三代，明清两代"传奇"一词在小说学上的用法不仅多元，而且更为自觉；不仅在小说学领域作为理论术语使用，还运用于戏曲学领域。③首先是作为小说文体概念的使用，此与唐代传奇体小说一脉相承。如明人吴植《〈剪灯新话〉序》云："余观宗吉先生《剪灯新话》，其词则传奇之流，其意则子氏之寓言也。"④又清人俞樾云："夫自汉京鼎盛，九百传小说之名；蒙县书成，十九是寓言之体。于是演义成于苏鹗，传奇创自裴铏，写南楚之新闻，纪大唐之奇事，行之浸广，作者遂多。"⑤"演义"与"传奇"在这里都是作为小说文体的专名来使用，而这两个小说专名在当世相当程度上已经通用。⑥其次是指小说的创作笔法，与历史的"传信"相对，而此也即"传奇"小说学的意义所在。明人吉衣主人《〈隋史遗文〉序》云：

> 史以遗名者何？所以辅正史也。正史以纪事，纪事者何？传信也。遗史以搜逸，搜逸者何？传奇也。传信者贵真：为子死孝，为臣死忠，摹圣贤心事，如道子写生，画面逼肖。传奇者贵幻：忽焉发怒，忽焉嬉笑，英雄本色，如阳羡书生，恍惚不可方物。⑦

---

① （宋）罗烨：《醉翁谈录》，古典文学出版社1957年，第3—4页。
② （梁）刘勰著，范文澜注：《文心雕龙注》，人民文学出版社1958年版，第287页。
③ 从现有的文献资料而言，"传奇"一词其实从南宋就已经用来指称戏曲，始见于南宋末年张炎《山中白云词》卷五《满江红》词小序："赠韫玉，传奇惟吴中子弟为第一。"所说"传奇"指当时流行于南方的南曲戏文。任半塘因此甚至说："若宋人所谓'传奇体'，'传奇'二字，则已指讲唱本或剧本矣。"（任半塘著：《唐戏弄》，上海古籍出版社2006年，第1081页）至于其后的发展，可参见郭英德著《明清传奇史》"绪论"第一节、第二节。（郭英德：《明清传奇史》，江苏古籍出版社1999年）但这些都是"传奇"在戏曲学史上的运用，非本书讨论焦点。
④ （明）瞿佑等著，周楞伽校注：《剪灯新话（外二种）》，上海古籍出版社1981年版，第4页。
⑤ （清）俞樾：《先君子〈印雪轩随笔〉序》（代汪莲府作）》，（清）俞樾著，张燕婴编辑校点：《俞樾诗文集》第3册，人民文学出版社2022年版，第1404页。
⑥ "演义"在明清两代的用法可参见谭帆《"演义"考》，载《文学遗产》2002年第2期。"传奇"一词的明清两代用法后文将论及。
⑦ （明）袁于令编纂，冉休丹点校：《隋史遗文》，中华书局1996年版，第407页。

"传奇"在此处是一个动宾结构的短语,与"传信"之真实相对,是传示奇闻的意思。以传奇来概括小说创作的选材与追求,乃真正触及了小说与历史的本质区别,使得小说"传奇"之性质在创作实际与理论探讨的层面相融合。如果说,吉衣主人对"传奇"与"传信"之内涵与笔法的分析语焉不详,那么,清朝乾嘉人李雨堂则论之完备,其云:

> 书不详言者,鉴史也;书悉详而言者,传奇也。史乃千百季眼目之书,历纪帝王事业,文墨辈籍以稽考运会之兴衰,诸君相则以扶植纲之准法者,至重至要之书也。然柄笔难详,大题小作,一言而包尽良相之大功,一笔而挥全英雄之伟绩,述史不得不简而约乎!自上古以来,数千秋以下,千百数帝王,万机政事,纸短情长,乌能尽传?至传奇则不然也。揭一朝一段之事,详一将一相之功,则何患乎纸短情长哉!故史虽天下至重至要,然而笔不详,则识而听之者未尝不觉其枯寂也。唯传虽无关于稽考扶植之重,如舟中寂寞,伴侣已希,遂觉史约而传则详博焉。是故阅史者虽多,而究传者不少也。更而溯诸其原,虽非痛快奇文,焕然机局,较之淫辞艳曲,邪正犹有分焉。然好淫辞、僻艳曲之辈,阅此未必协心。唯喜正传、疾淫艳者,必以余言为不谬也。①

李雨堂对"传奇"的创作方法、"传奇"之内容以及"传奇"之目的等的论述极为详尽。"传奇"的这一用法,也为今世研究者所继承,如郑振铎《插图本中国文学史》中认为《金瓶梅》:"她不是一部传奇,实是一部名不愧实的最合于现代意义的小说。她不写神与魔的争斗,不写英雄的历险,也不写武士的出身,像《西游》《水浒》《封神》诸作。她写的乃是在宋、元话本里曾经略略的昙花一现的真实的民间社会的日常的故事。"宋元话本的那些故事里尚带有不少传奇的成分在内,"《金瓶梅》则将这些'传奇'成分完全驱出于书本之外。她是一部纯粹写实主义的小说"。②在

---

① (清)李雨堂:《〈狄青初传〉叙》,刘世德、陈庆浩、石昌渝主编:《古本小说丛刊》第二十六辑,中华书局1991年版,第77—82页。
② 郑振铎:《插图本中国文学史》,人民文学出版社1957年版,第920页。

这里,"传奇"是与"写实主义"相对的一种创作手法,而"传奇性"也是研究者们论述小说时经常使用的一个专业词汇。

在中国小说学中,"传奇"的意义在于它扬弃了先唐小说"笔记体"与"杂记体"的体制规范,使得小说真正有了叙事文学的特性;其次,它划清了小说与史乘在叙事上的本质差异,使小说叙事摆脱了附丽于历史叙事的地位,从而发展为"自成一家"的传统;最后,它丰富了小说学的术语范畴和拓展了小说批评的理论视野。

六、小说选本的产生

唐及唐前的小说选本,现知约有八部,即汉代的《百家》,南北朝的《稽神异苑》《殷芸小说》《世说新语》,① 唐代的《穷神秘苑》《异闻集》《夷坚录》和时代不明的《杂书抄》。造成小说选本如此之少的原因,可以从主观和客观两个层面探寻。

主观方面主要是小说观念的原因。如小说在古代被视为"小道",不登大雅之堂。鲁迅曾经指出:"在中国,小说不算文学,做小说的也决不能称为文学家,所以并没有人想在这条道路上出世。我也并没有要将小说抬进'文苑'里的意思,不过想利用他的力量,来改良社会。"② 因此,少有人花费精力投身小说的选辑。二则是,先唐时的小说观念与小说的文学本体性还徘徊在子史之间;唐代的小说观念和小说的文学本体性虽然有所自觉,但唐朝毕竟是一个崇尚诗歌的国度,小说主要还是文人"宵话征异"的休闲文学,这些都制约着时人选辑小说的热情。

客观方面的原因在于书写的困难与印刷技术的落后等。这些客观原因限制了时人对小说的选辑。秦汉时期的书写,一般以简策为工具,如刘向等人整理政府藏书一万三千多卷,也大多写在简策上。"公元一世纪前后,我国的造纸术已经发明,但东汉宫廷和市民中仍继续使用简。经过三国、

---

① 鲁迅《集外集·选本》言:"《世说新语》并没有说明是选的,好像刘义庆或他的门客所搜集,但检唐宋类书中所存裴启《语林》的遗文,往往和《世说新语》相同,可见它也是一部钞撮故书之作,正和《幽明灵》一样。"《鲁迅全集》第七卷,人民文学出版社 1981 年版,第 135 页。

② 鲁迅:《南腔北调集·我怎么做起小说来?》,《鲁迅全集》第四卷,人民文学出版社 1981 年版,第 392 页。

两晋,纸被广泛用作书写材料之后,简的使用才逐渐减少。直到东晋桓玄帝(公元四世纪)下令'以纸代简'(笔者案:桓玄帝在公元404年颁布此命令),我国古代书史的简牍时期才结束。"① 如桓谭《新论》即言:"若其小说家,合丛残小语,近取譬论,以作短书,治身理家有可观之辞。"② "短书"之短,就是简策之尺寸的短。然即便在普遍"以纸代简"的时代,以纸作为书写的工具仍然是极为奢侈的,如葛洪因家贫,"伐薪卖之,以给纸墨。就营田园,处以柴火写书。坐此之故,不得早涉艺文。常乏纸,每所写反复有字,人鲜能读也"。③ 由此可见书写的困难遏制了时人对小说的选辑。初唐时期我国虽已发明雕版印刷术,但其推广应用却极为缓慢。五代十国时,才开始印刷儒家经书、《初学记》等类书和《文选》等文学书籍。④ 至于小说书籍依然不能享受版印的待遇,北宋时《太平广记》的雕版印刷遭遇也可为证。因此,选辑小说依然要依靠抄写编辑成书,工作十分繁重,且小说为"小道",自然鲜有人问津。

从图书的生产方式上说,唐及以前可谓一个独立的阶段,是为小说选本的萌生期。综观萌芽期小说选本的发展历程,可以发现有如下三种变化:

第一,就观念而言,其编选经历了从非小说观到小说观念自觉的演变。在八部小说选本中,汉代刘向的《百家》时代最早。《百家》的选辑,虽"广陈虚事,多构伪辞",⑤ 但其选辑,实乃刘向因《说苑杂事》"其事类众多""除去与《新序》复重者,其余者浅薄不中义理",故"别集以为《百家》"。⑥ 可以说,《百家》并不是刘向有意选辑小说的结果。《殷芸小说》"殆是梁武帝作《通史》时事,凡此不经之说为通史所不取者,皆令殷芸别集为《小说》。是此《小说》因《通史》而作,犹《通史》之外乘

---

① 郑如斯、肖东发编著:《中国书史》,北京图书馆出版社1987年版,第45页。
② (汉)桓谭:《桓子新论》,转引自(梁)萧统编、(唐)李善注:《文选》卷三十一江文通杂体诗《李都尉从军陵》注,上海古籍出版社1986年版,第1453页。
③ 杨明照撰:《抱朴子外篇校笺》下册,中华书局1997年版,第653页。
④ 参见来新夏等撰:《中国古代图书事业史》第三章第二节、第三节,上海人民出版社1990年版。
⑤ (唐)刘知幾著,(清)浦起龙通释:《史通通释》,上海古籍出版社2009年版,第482页。
⑥ (汉)刘向著,向宗鲁校证:《说苑校证·序奏》,中华书局1987年版,第1页。

也"。① 至于《世说新语》，主要是杂录秦末至南朝名士风流言动的实录书。唐代陈翰《异闻集》的选辑，则是由自觉的小说观念支配的产物。《异闻集》所收作品多为篇幅较长的单篇传奇小说，与唐前小说选本所选的"丛残小语"相比较，这些作品具有叙事完整，情节曲折，形象丰满，情感真挚，语言华艳，富有诗意等艺术特征。可以说，这些作品足以代表唐代传奇小说的艺术成就，已非常接近现代的小说观念，体现出唐人作意好奇的创作态度和独立的小说文体观念。

第二，就文体而言，经历了从"丛残小语"到"文备众体"的发展阶段。唐前小说选本，皆为"丛残小语""短书"，且这些"丛残小语"大多还不具备独立的小说品格。如《百家》，应和《新序》《说苑》一样，是围绕政治、伦理，或述史事或发议论，以为政治之借鉴。《殷芸小说》《世说新语》则载人间言行，以为史补。而陈翰《异闻集》则以文学的审美作为标准进行选辑，所选基本为"文备众体"的传奇小说。由此可见文体的演变之迹甚为明显。

第三，就体例而言，汉魏选本大体是以类相从的杂录选本，而《异闻集》则是题材与文体统一的单一性选本。《百家》是刘向编辑《新序》《说苑》的附属产品。作为文献学家的刘向编订《新序》与《说苑》，都是"以类相从，一一条别篇目"，②如《新序》有"杂事""刺奢""节士""义勇""善谋"等类别，《说苑》有"君道""臣术""建本""立节""贵德""复恩"等二十类。这些"类"，"基本上是个文章的概念，还不是专门的小说概念"，③且这些"类"的汇集，体现的是一种杂录观念，《百家》之体例也应是如此。《殷芸小说》则是"以事系年"进行分类选辑，是一种历史意识而非文章意识。《世说新语》按照"德性""言语""政事""文学""方正"等类别进行选辑，与《说苑》《新序》《百家》等可以说完全相同。陈翰《异闻集》则为"以传记所载唐朝奇怪事，类为一书"，④从题材、文体两方面而言都是全为一类。张敦素的《夷坚录》虽杂取诸书异事

---

① （清）姚振宗：《隋书经籍志考证》，《二十五史补编》第 4 册，中华书局 1955 年版，第 499 页。
② （汉）刘向撰，向宗鲁校证：《说苑校证·序奏》，中华书局 1987 年版，第 1 页。
③ 宁宗一主编：《中国小说学通论》，安徽教育出版社 1995 年版，第 319 页。
④ （宋）晁公武撰，孙猛校证：《郡斋读书志校证》，上海古籍出版社 1990 年版，第 548 页。

而成，但以"夷坚"为名，如同以"志怪"为名一样，明确从文体与题材上标示出其选辑与他书不同。两者一为志人传奇体小说，一为志怪笔记体小说。陈翰《异闻集》、张敦素《夷坚录》的选辑范式，对后世小说选本影响深远。如唐以后的《太平广记》《类说》《丽情集》《艳异编》等小说选本，要么是选取某一范式，要么是一书而兼二体，但题材与文体门类清晰。

这三种变化发生的实质，在于从汉代到唐代，小说观念经历了从子史范畴的小说观到唐代文学范畴小说观的演进，小说的创作也经历了从附庸于子史到文体独立的阶段。

小说选本从汉代到唐代，经历了上面三种变化，还另有一种共同的范式贯串始终，那就是"异闻"的审美范式。"异闻"一词最初与小说并无关涉。如《论语·季氏》篇："陈亢问于伯鱼曰：'子亦有异闻乎？'"刘宝楠正义曰："'异闻'者，谓有异教独闻之也。"① 然"异闻"在小说学上的意思却应该是奇特新异的人和事。以"异闻"为小说篇名者最早当追溯到汉代陈寔，他撰有小说集《异闻记》。② 晚唐时，不仅陈翰以"异闻"命名小说集，还有李玫的传奇小说集《纂异记》另名为《异闻录》或者《异闻实录》。③ 宋代则有何光的志怪传奇小说集命名为《异闻》，元代有志怪小说集《异闻总录》，清代有孙洙的文言小说集《异闻录》等。在唐及唐前小说选本中虽仅有陈翰以"异闻"名集，但它们的实质却都是异闻。如《百家》是"广陈虚事，多构伪辞"，《殷芸小说》为"不经之说为通史所不取者"，《稽神异苑》和《穷神秘苑》强调的分别是"异"与"秘"，《夷坚录》也是杂取诸书异事而成。从这些书选辑的内容而言，体现了自觉的题材意识，即"异闻"。陈翰《异闻集》所收作品也可充分验证"异闻"的实质。《异闻集》所选传奇小说，在弃取之间显示出陈翰独到的批评标准和批评观念。编者从大量的小说作品中发现，不仅叙述神仙鬼怪等非人间事物的作品耸人听闻，奇异可读；就是描写非同寻常的现实人物也清新

---

① （清）刘宝楠撰，高流水点校：《论语正义》，中华书局1990年版，第668页。
② （晋）葛洪《抱朴子·内篇·对俗》和李冗《独异志》卷下皆曾题引陈仲弓《异闻记》一则，陈仲弓即陈寔，东汉颍川许人。
③ （宋）曾慥《类说》节录《纂异记》五条，题《异闻录》，《绀珠集》录与《类说》相同五条，题《异闻实录》。

出奇，令人叹赏。他把自己的选本命名为"异闻"，表明其已体味出这些小说的共同美学特色。唐人小说观念中有满足"俗皆好奇"的审美接受意识，如"以文为戏"和"滋味"说的本质，皆是满足审美的愉悦，其实"异闻"也是这种审美愉悦的满足。

小说选本"异闻"范式的形成，本质上在于中国文言小说贯串始终的一种"幻奇"创作美学。《汉志》所收小说十五家，班固均作小注，其中《黄帝说》四十篇的小注曰"迂诞依托"，揭示了此种小说虚构、诞幻的创作美学。魏晋六朝的志怪小说创作，亦是"或言浮诞，非政教所同"，与"经文史官记事"全然不同。[①] 至于唐传奇小说，虽有"实录"之意，但主要也是"事涉非经"地颂扬"异物之情"，[②] 是"小说戏剧，鬼物假托"。[③] 唐及以前小说选本"异闻"范式的形成，就是建立在这种贯串始终的"幻奇"创作美学基础上的。

此外，因为陈翰《异闻集》是小说史上第一部传奇小说选本，故而还有小说学上的文体意义。唐传奇汲取神话、史传文学和志怪小说的营养，摆脱实录的束缚，有意幻设，驰骋想象。自唐传奇出，中国始有意在虚构叙事、描摹人物的现代意义上的小说，亦使"小说"的观念发生了本质的转变。诚如浦江清所言："现代人说唐人开始有真正的小说，其实是小说到了唐人传奇，在体裁和宗旨两方面，古意全失。所以我们与其说它们是小说的正宗，无宁说是别派，与其说是小说的本干，无宁说是独秀的旁枝吧。"[④] 对于唐传奇这一崭新的小说形式，陈翰敏锐地觉察到且加以编选，显示出对传奇小说的重视。惜原书已佚，不能看到陈翰的批评文字，但他的"异闻集"，已很好地体现了他的小说观念和批评标准。

陈翰《异闻集》辑集传奇小说，还有如下三方面的小说学意义：

其一，保存了唐朝特别是中唐时期绝大多数具有文体典范意义的传奇小说文本。陈翰《异闻集》辑集之际，因为"版印书籍，唐人尚未盛为

---

① （汉）郭宪：《汉武帝别国洞冥记》，中华书局1991年版，第1页。该序系六朝人伪托。
② （宋）李昉等编：《太平广记》，中华书局1961年版，第3915、3696页。
③ （宋）洪迈：《容斋随笔》，上海古籍出版社1996年版，第192页。
④ 浦江清《论小说》，《浦江清文录》，人民文学出版社1958年版，第186页。

之"，①所以唐传奇的传播一般是口耳相传形式，或者"写卷"的形式。②唐传奇的这两种传播方式都存在着极大的缺陷，如口耳传播形式，一般发生在"宵话征异"的场合，这种场合存在着一定的文人集团性，③而文人集团本身固有的狭隘性毫无疑义地限制着传奇小说的传播。就李剑国所辑《唐五代传奇集》而言，唐五代传奇小说篇目有691篇，相比于唐代诗文甚或是笔记体小说，其数量不足称道，且虽有所谓全帙者，但多失原貌，还有部分仅节存，更有不少已佚失。究其原因，或有技术的落后、战火等客观因素；但文人集团的口耳相传，对传奇小说传播也有消极作用。陈翰以一个具有一定社会地位的文人身份辑集《异闻集》，④对唐代传奇小说的保存及后代传奇小说选集的编撰，无疑具有开拓与示范意义。陈翰《异闻集》的辑集，相对完整地保存了原著面貌，从而也方便了后代小说的编辑。如《绀珠集》卷十摘录三十五条，《类说》卷二十八节录二十五篇，《太平广记》引二十余篇。清人顾千里《重刻古今说海序》谓："说部之书，盛于唐宋，凡见著录，无虑数千百种，而其能传者，则有赖汇刻之力居多。盖说部者，遗闻轶事、丛残琐屑，非如经义史学诸子等，各有专门名家师承授受，可以永久勿坠也。独汇而刻之，然后各书之势，常居于聚，其于散也较难。储藏之家，但费收一书之劳，即有累若干书之获，其搜求也较便。各书各用，而用乎此者，亦不割弃乎彼，牵连倚毗，其流布也较易。"⑤此言验之陈翰《异闻集》也毫不为过。

其二，编纂体例完备和成熟的《异闻集》，推广了具有文体典范意义的传奇小说。《异闻集》中所收作品可分为三类：一类是主要描写神仙灵鬼精怪的作品，如《神告录》《神异记》《镜龙记》《古镜记》《韦仙翁》《柳毅传》《离魂记》《韦安道》《周秦行记》《任氏传》等二十多篇。一类是主

---

① （宋）沈括撰，金良年点校：《梦溪笔谈》，中华书局2017年版，第137页。
② （宋）钱易《南部新书》甲卷云："李景让典贡年，有李复言者纳省卷，有《纂异》十卷。榜出曰：'事非经济，动涉虚妄，其所纳仰贡院驱使官却还。'复言因此罢举。"又《世说新语》目前有一残存的唐代写卷。
③ 文人的集团性和文人的阶层性有很大的区别：文人的集团性是从文人阶层内部而言，一般具有一定的宗法性和政治性，从而形成一个较为固定的小团体；而文人的阶层性则是从社会角色而言。
④ 关于陈翰事迹记载的史料很少，但现有材料能证明陈翰曾官屯田员外郎等职，参见李剑国《唐五代志怪传奇叙录（增订本）》中册"《异闻集》"条，中华书局2017年版，第1180—1198页。
⑤ （明）陆楫：《古今说海》，上海文艺出版社1989年影印集成图书公司1909年版，第1页。

要描写现实人事的作品，如《上清传》《柳氏传》《李娃传》《霍小玉传》《莺莺传》《谢小娥传》《东城老父传》等十多篇。一类是借故事阐明某种道理，具有寓言性质的作品，如《枕中记》《南柯太守传》和《樱桃青衣》。这些传奇小说题材的共同特征是"异闻"。《异闻集》对"异闻"传奇小说的辑集，正满足了"俗皆爱奇"的社会习俗，推动了传奇小说的传播。同时，《异闻集》以"异闻"为旨归的传奇小说的流播，也进一步确立了传奇小说以"奇"为美的文体特征。

其三，《异闻集》的编纂，强化了中唐时期传奇小说文体的定体意义。《新唐书·艺文志》著录《异闻集》有10卷，已佚，现可考知《异闻集》中的传奇小说大约有40篇，其中属于初盛唐的传奇小说有2篇，即王度《古镜记》、张说《镜龙记》；属于中唐的传奇小说有25篇，即柳珵《上清传》、沈既济《枕中记》、许尧佐《柳氏传》（《柳氏述》）、白行简《李娃传》（《汧国夫人传》）、李朝威《柳毅传》（《洞庭灵姻传》）、蒋防《霍小玉传》、沈亚之《感异记》、陈玄祐《离魂记》、元稹《莺莺传》（《传奇》）、李公佐《南柯太守传》、郑权《三女星精》、李公佐《谢小娥传》、李景亮《李章武传》（《碧玉槲叶》）、韦瓘《周秦行纪》、沈亚之《湘中怨解》（《湘中怨》）、沈既济《任氏传》、李吉甫《梁大同古铭记》（《钟山圹铭》）、沈亚之《秦梦记》（《沈亚之》）、陈劭《仆仆先生传》、佚名《秀师言记》、沈亚之《异梦录》（《邢凤》）、李公佐《庐江冯媪传》、李公佐《古岳渎经》、薛用弱《韦仙翁》、陈鸿《东城老父传》；晚唐的有陆藏用《神告录》《神异记》，温畬《稠桑老人》、佚名《华岳灵姻》、佚名《后土夫人传》（《韦安道》）、佚名《樱桃青衣》、《冥音录》等；不能确定年代的有佚名《独孤穆》《王生》《白皎》《贾笼》《刘惟清》《周颂》等。[①] 鲁迅《唐宋传奇集》所选唐人作品，有22篇见于《异闻集》，可见陈翰《异闻集》的选择非常具有艺术水准和代表性。从上述篇目也可得知，《异闻集》所辑中唐时期传奇小说占有全书篇目的绝对优势比例，而这些入选的中唐时传奇小说，基本可以代表中唐乃至整个唐朝传奇小说的实绩，《异闻集》

[①] 《异闻集》中还有《相如琴挑》《解襆人》《漕店人》和《雍州人》等篇，程毅中认为这几篇都"只能作为存目待考"，参见程毅中《古小说简目》附录二《〈异闻集〉考》，中华书局1981年版。

的选辑进一步巩固了中唐传奇小说的文体规范。

总之，从刘向的《百家》到陈翰的《异闻集》，小说选本的编纂体例逐渐完善。所选小说由丛残小语到长篇传奇，逐渐摆脱诸子、史学的影响，说理、实录减弱，叙事、虚构增强，体现出中国小说的产生、衍变、成熟以及小说地位的日渐提升。而唐及唐前小说选本的编纂体例和观念，也深深地影响了宋以后小说选本的编选和小说的创作及批评。

第四章
宋元小说学

促成宋代小说和小说学的历史文化要素必然是综合复杂的，但大体可归因于宋代"兴文教，抑武事"①的国策所型构的宋型社会文化。宋代的重文政策与文官政治，使得宋代文人无论在政治层面还是世俗社会都获得了高度认同，②宋代文人固然以科举入仕为人生追求，但即便科举入仕失败，也有"才子词人，自是白衣卿相"（柳永《鹤冲天·黄金榜上》）的自我定位，即便是在两宋勾栏瓦舍中以说书或者做书会才人，也有部分人以"贡士、解元、进士、书生、万卷"等自我命名。③文人在社会各阶层

---

① （宋）司马光原著，[美]王亦令点校：《稽古录点校本》，中国友谊出版公司1981年版，第674页。
② 兹举几例以证宋代政治对于文人的认同。《宋史》卷一五五《选举志一·科目上》载："宋初承唐制，贡举虽广，而莫重于进士、制科，其次则三学选补。铨法虽多，而莫重于举削改官、磨勘转秩。考课虽密，而莫重于官给历纸，验考批书。其他教官、武举、童子等试，以及遗逸奏荐、贵戚公卿任子亲属与远州流外诸选，委曲琐细，咸有品式。其间变更不常，沿革迭见，而三百余年元臣硕辅，鸿博之儒，清强之吏，皆自此出，得人为最盛焉。今辑旧史所录，胪为六门：一曰科目；二曰学校试；三曰铨法；四曰补荫；五曰保任；六曰考课。烦简适中，櫽括归类，作《选举志》。宋之科目，有进士，有诸科，有武举。常选之外，又有制科，有童子举，而进士得人为盛。神宗始罢诸科，而分经义、诗赋以取士，其后遵行，未之有改。自仁宗命郡县建学，而熙宁以来，其法浸备，学校之设遍天下，而海内文治彬彬矣。""天圣初，宋兴六十有二载，天下乂安。时取才唯进士、诸科为最广，名卿钜公，皆繇此选，而仁宗亦向用之，登上第者不数年，辄赫然显贵矣。""景祐初，诏曰：'向学之士益蕃，而取人路狭，使孤寒栖迟，或老而不得进，朕甚悯之。其令南省就试进士、诸科，十取其二。凡年五十，进士五举、诸科六举；尝经殿试，进士三举、诸科五举；及尝预先朝御试，虽试文不合格，毋辄黜，皆以名闻。'自此率以为常。士有亲戚仕本州岛，或为发解官，及侍亲远宦，距本州岛二千里，令转运司类试，以十率之，取三人。于是诸路始有别头试。"（元）脱脱等：《宋史》，中华书局1977年版，第3603—3604、3611、3611—3612页。蔡襄亦言："今世用人，大率以文词进。大臣，文士也；近侍之臣，文士也；钱谷之司，文士也；边防大帅，文士也；天下转运使，文士也；知州郡，文士也。虽有武臣，盖仅有也。"蔡襄：《蔡襄集》，上海古籍出版社1996年版，第384页。
③ 胡士莹曾考证统计两宋说话人姓名表，可参见胡士莹：《话本小说概论》，商务印书馆2011年版，第76—84页。

的漫延，让文学、思想和学术相对普及，即便是南渡后，"迄于终祚，国步艰难，军旅之事日不暇给，而君臣上下，未尝顷刻不以文学为务；大而朝廷，微而草野，其所制作、讲说、纪述、赋咏动成卷帙，累而数之，有非前代之所及也"。① 而宋代"社会、经济和文化的发展对城市规划和形态的演进产生了深刻的影响。宋代的都城突破了隋唐长安、洛阳的旧有格局……形成了开放的商市、勾栏和居民区，市民文化蓬勃发展……"② 宋代的小说与小说学在此环境中有长足发展，尤其表现为宋人始有意治小说学。③

一、宋元小说和小说学之特性

继唐传奇之后，宋代传奇小说也取得不俗成绩，笔记体小说的成绩亦斐然可观。商业化的城市与市民文化的发达，催生了市民审美情趣的"平民的小说"——话本小说，成为中国"小说史上的一大变迁"。④ 宋元话本小说的出现，一方面是对先唐及唐五代口头叙事艺术的继承与发展，另一方面则缘于宋代城市商业之发达。作为口头叙事文学的"说话"艺术，其较早的源头应该是汉魏时期的"俳优小说"，⑤ 隋代出现了"说话"人，⑥ 唐代"说话"则已流行甚广。⑦ 宋元的"说话"，从传播方式而言，大体与

---

① （元）脱脱等：《宋史》，中华书局 1977 年版，第 3366 页。
② 陈筱：《中国古代的理想城市——从古代都城看〈考工记〉营国制度的渊源与实践》，上海古籍出版社 2021 年版，第 237—238 页。
③ 康来新对此有详细阐述，参见其著《发迹变泰——宋人小说学论稿》，大安出版社 1996 年版。
④ 参见鲁迅《中国小说史略》附录《中国小说的历史的变迁》第四讲，人民文学出版社 1973 年版。至于"话本"这一文体概念，是鲁迅所提出，近来虽然多有对此概念持疑义者，但对宋元具有一定文体模式的白话短篇小说的命名术语时，袭用鲁迅的命名具有约定俗成的性质。
⑤ 南朝宋裴松之注《三国志》引《魏略》："太祖遣淳诣植。植初得淳甚喜，延入坐，不先与谈。时天暑热，植因呼常从取水自澡讫，傅粉。遂科头拍袒，胡舞五椎锻、跳丸击剑、诵俳优小说数千言讫，谓淳曰：'邯郸生何如邪？'于是乃更著衣帻，整仪容，与淳评说混元造化之端，品物区别之意，然后论羲皇以来贤圣名臣烈士优劣之差，次颂古今文章赋诔及当官政事宜所先后，又试用武行兵倚伏之势。"（晋）陈寿撰，（宋）裴松之注：《三国志》，中华书局 1982 年版，第 603 页。
⑥ 《太平广记》卷二百四十八引隋朝侯白《启颜录》云："白在散官，隶属杨素。爱其能剧谈，每上番日，即令谈戏弄。或从旦至晚，始得归。才出省门，即逢素子玄感，乃云：'侯秀才可以为玄感说一个好话。'白被留连，不获已，乃云：'有一大虫，欲向野中觅肉，见一刺猬仰卧……'"
⑦ 唐代史料中关于"说话"的史料增多，较早的记载是郭湜《高力士外传》，云："太上皇移仗西内安置……每日上皇与高公亲看扫除庭院，芟薙草木；或讲经、论议、转变、说话，虽不近文律，终冀悦圣情。"元稹《酬翰林白学士代书一百韵》诗"光阴听话移"句下自注："又尝于新昌宅说一枝花话，自寅至巳，犹未毕词。"较晚的则是段成式《酉阳杂俎》续集卷四《砭误篇》记载"市（转下页）

宋前相仿，依靠口耳相传。然而从文体或文本而言，宋元"话本"或"话本小说"，与之前的"说话"艺术的物质表现形态存在较为本质的差别，它们在文体上形成了具有相对普泛性的体制特点，如"入话""头回""正话"和"篇尾"。① 同时，因为宋元"说话"艺术的发达，"说话"内部又形成了较多各擅其长的门类，如灌圃耐得翁《都城纪胜》中提出的"说话有四家"。② 此外，与之前相比，宋元"说话"出现另一些新特点，如有较为固定的演出场所——"放荡不羁"的瓦舍勾栏，③ 再如"说话"艺人职业化，成立了雄辩社（"说话"艺人的专门组织）和书会（编写话本之才人的团体）。不过，"说话"艺术在宋元两代有不同的遭际，宋代鼎盛，至"元人入中国时……话本也不通行了"，虽然如此，但"宋人之'说话'的影响是非常之大，后来的小说，十分之九是本于话本的"。④ 宋元"说话四家"中的"小说"一家，成为明清拟话本的模拟对象；"讲史"一家，则是明清章回体小说之本。可惜由于种种原因，宋元话本小说大多散佚，仅洪楩《清平山堂话本》和冯梦龙编的"三言"中存有部分"宋元旧种"，⑤ 因此现今难窥宋元"说话"之全貌。尤应注意的是，《全相平话》五种和《大唐三藏取经诗话》等"话本"，大体具备章回体的雏形。⑥

（接上页）人小说"。李商隐《杂纂》记载有"斋筵听说话"。许国霖编《敦煌杂录》中的《辞道场文》有"说话还同父母因"的记载。

① 宋元话本小说的文体特点，欧阳代发《话本小说史》第一章第三节"话本小说的体制"中从整体上对话本小说的文体形态有较为详细的论述，可参见。王庆华《话本小说文体形态的初步独立——〈清平山堂话本〉文体形态论考》一文从文本出发对此也进行了论述，可作为欧阳代发《话本小说史》中论述的补充，文载《华东师范大学学报（哲学社会科学版）》2003年第1期。

② （宋）灌圃耐得翁《都城纪胜》"瓦舍众伎"条载："说话有四家。一者小说。谓之银字儿，如烟粉、灵怪、传奇。说公案皆是搏刀、杆棒及发迹变泰之事。说铁骑儿谓士马金鼓之事。说经谓演说佛书。说参请谓宾主参禅悟道等事。讲史书讲说前代书史文传、兴废争战之事。最畏小说人，盖小说者能以一朝一代故事顷刻间提破。合生与起令、随令相似，各占一事。商谜旧用鼓板吹《贺圣朝》，聚人猜诗谜、字谜、戾谜、社谜，本是隐语。"

③ （宋）孟元老等著，周峰点校：《东京梦华录（外四种）》，文化艺术出版社1998年版，第291页。

④ 鲁迅：《中国小说的历史的变迁》，鲁迅：《中国小说史略》，人民文学出版社1973年版，第287、289页。

⑤ （明）即空观主人：《拍案惊奇序》，（明）凌濛初：《拍案惊奇》，上海古籍出版社1994年《古本小说集成》影印本，第7页。

⑥ 在中国古代章回小说史上，《三国演义》和《水浒传》两部作品的成书年代一般说法是元末明初，两部书都涉及罗贯中。据元末明初无名氏《录鬼簿续编》载："罗贯中，太原人，号湖海散人。与人寡合，乐府、隐语，极为清新。与余为忘年交，遭时多故，各天一方，至正甲辰（1364）复会，别来又六十余年，竟不知其所终。"据此可知罗贯中是生活在十四世纪的人，但是《三国演义》和《水浒传》今所见的最早版本又全部在正德以后，作者生活年代与版本年代在时间上相差巨大，而且《三国演义》和《水浒传》的小说学史意义主要发生在明代，因此本书将《三国演义》和《水浒传》放入明代小说学。

就唐宋两代传奇体小说而言，两者在继承的基础上有较大变革，鲁迅曾说："至于传奇本身，则到唐亡就随之而绝了。"①鲁迅所言并不是说宋代没有传奇体小说这一文体，他所表明的是唐宋两代传奇体小说所呈现出的审美差异，如唐代传奇体小说文体的"婉转思致"和宋传奇体小说文体的"平实而乏文采"。同时，唐宋两代传奇体小说在存在形态与传播方式上也有较大差异：在唐代，主要依靠口耳相传而后笔录，一般是单篇流传，只是在唐后期才依靠小说集的编订以整体的面貌流传；在宋代，传奇体小说则从一开始就出现多种文本形态与传播方式并存的局面，从文本存在形态而言，有单篇、小说专集、小说选本和类书四种形态；从传播方式而言，有口头、抄本和刻本三种形式。又，宋代传奇体小说的发展大体上可以分为三个时期和两种主要文体特征。即：从宋代开国（960）到宋哲宗元祐年间（1086—1094）为前期，以约成书于元祐年间的刘斧《青琐高议》为前期结束的标志，这一时期的传奇体小说"在文体规范上大致规抚唐人，构思辞藻亦尚婉曲清丽，略显平实严冷"；②宋哲宗绍圣年代到南宋高宗绍兴年间为中期，这一时期传奇体小说的文体特征是雅俗融合，文体的审美追求逐渐由文人学士之雅下移到市民之俗，这是宋代传奇体小说发展的过渡阶段；后期以约成书于绍兴十八年至绍兴三十二年间的《绿窗新话》为开始的标志，结束于元忽必烈灭宋，此期传奇体小说的文体特征呈消解之势，出现了所谓"话本体"的传奇小说。至于元代传奇体小说的文体特征，乃宋代传奇体小说的遗响和裂变，以宋远的《娇红记》为裂变之代表。宋远的《娇红记》不仅强化了唐代以《游仙窟》等传奇体小说为代表的俗化审美倾向，还开启了明代迎合低俗审美趣味的中篇传奇体小说潮流。

与唐五代相比，宋元笔记体小说无论从数量还是规模都有所增加，并出现了古代中国最大的一部个人编撰的笔记体小说集——洪迈的《夷坚志》。洪迈《夷坚志》的规模，差可与宋初御敕编选的文言小说总集《太

---

① 鲁迅：《中国小说的历史的变迁》，鲁迅：《中国小说史略》，人民文学出版社1973年版，第285页。

② 吴志达：《中国文言小说史》，齐鲁书社1994年版，第594页。

平广记》相媲美。只此一端，就可见证宋元笔记体小说的成绩。然宋元文言小说却"多讲古事""多教训""多理学化"，① 缺少唐五代文人"作意好奇"的"文采"和"意想"。② 宋元笔记体小说的特点与小说史意义，如下一段话差可概括：

> （小说）尤莫盛于唐，盖当时长安逆旅，落魄失意之人，往往寓讽而为之。然子虚乌有，美而不信。唯宋则出士大夫手，非公余纂录，即林下闲谭，所述皆生平父兄师友，相与谈说或履历见闻、疑误考证，故一语一笑，想见先辈风流。其事可补正史之亡，裨掌故之阙。较之段成式、沈既济等，虽奇丽不足，而朴雅有余。彼如丰年玉，此如凶年谷；彼如柏叶菖蒲，虚人智灵，此如嘉珍法酒，沃人肠胃。并足为贵，不可偏废耳。③

宋元小说学面对的就是这样一个内涵丰富，特点亦颇为明显的研究对象。与前代相比，宋元小说学的总体特性大致可以"有意治之"一语加以总结，即：小说学至宋元时进入自觉阶段，虽然这种自觉在一定程度上还有时代的局限性。这主要可以概括为以下几点：

第一，宋元时期对小说进行了自觉而积极的文献整理，厥功至伟。宋前关于小说文献的整理，以选本而言现知约有八部，宋元两代则至少有七十四部。④ 特别是《太平广记》，是宋前文言小说总结性的整理与分类，对中国古代小说的发展产生巨大影响，以致有言："九七八年《太平广记》的结集，可以作为小说史上的分水岭。"⑤

第二，宋元时期对小说类型意识的再认识，促成了对小说本体的深

---

① 鲁迅：《中国小说的历史的变迁》，鲁迅：《中国小说史略》，人民文学出版社1973年版，第286页。
② 鲁迅撰，郭豫适导读：《中国小说史略》，上海古籍出版社2019年版，第50页。
③ （明）桃源居士：《五朝小说·宋人小说》序，《宋人说粹》，上海文艺出版社1990年版，第1页。
④ 宋前的七部小说选本是汉代的《百家》，南北朝的《稽神异苑》《殷芸小说》，唐代的《穷神密苑》《异闻集》《夷坚录》和时代不明的《杂书抄》等。宋元的小说选本或者说总集具有代表性的有《太平广记》《类说》《醉翁谈录》等。此处参考了华东师范大学博士毕业的任明华的博士论文《中国小说选本研究》。
⑤ 浦江清：《论小说》，《浦江清文录》，人民文学出版社1958年版，第186页。

入研究。宋元人对小说类型意识的再认识体现在三个方面：（1）小说选本中的类型意识，如《太平广记》《类说》等中叙事以类义的分类、以《丽情集》等为代表的题材类型为标准的选本分类。（2）目录学中小说归类的位移，如欧阳修《新唐书·艺文志》将大批志怪类小说从史部移到子部。（3）对"说话"艺术的实践与理论的分类，宋元时期"说话"艺人的专门化程度非常高，不仅在大类上有"说话四家数"，在"说话四家数"的内部还各有专长，如霍四究的"说三分"、尹常卖的"五代史"等。宋元人从理论上对此进行分类与探讨，如《东京梦华录》《都城纪胜》《西湖老人繁盛录》《武林旧事》《醉翁谈录》《梦粱录》等书籍中的相关记载。

第三，对小说本体特征的发掘与研究。如赵彦卫《云麓漫抄》卷八中对唐传奇"可以见史才、诗笔、议论"的"文备众体"的概括；洪迈对唐人小说"莫不宛转有思致"[①] 和"洵有神遇而不自知者，与诗律可称一代之奇"[②] 的评价；赵令畤对唐传奇"观其文飘飘然仿佛出于人目前"[③] 的艺术特性的揭示，等等。这些阐述突破了宋前专注于小说定位和小说功能探讨的外部研究界域，转向小说的内部研究。此外，还有对小说本事的发覆，如赵令畤《侯鲭录》中对《莺莺传》的本事考，吴曾《能改斋漫录》卷十八中对《枕中记》中吕翁的考证，而一篇《后土夫人传》更是引发如陈师道、叶梦得、刘克庄、黄休复等当时知名学者的考辨。

第四，确立了古代小说的理论建构与批评形态，发展丰富了前代已开其端的序跋、笔记、目录学等的阐释形态。如宋元时期出现类似小说专论的文章，《醉翁谈录·舌耕序引》即其标志，而署名刘辰翁《世说新语》的评点形态也标志了中国古代小说评点文体的独立。如此等等，呈现了宋元时期小说批评形式的多元。

---

① （宋）洪迈：《容斋随笔》，上海古籍出版社1996年版，第192页。
② 《唐人说荟》凡例转引，（清）莲塘居士辑：《唐人说荟》，扫叶山房1912年石印本。
③ （宋）赵令畤等撰，孔凡礼点校：《侯鲭录 墨客挥犀 续墨客挥犀》，中华书局2002年版，第142页。

二、"小说"由史至子的回归

中国古代小说之名发源于诸子百家,[①] 因而在正统的目录学中,"小说"著录于子部而非史部,兼顾了"小说""治身理家"的说理性和"饰""譬论"的虚构性。[②] 然而宋前的小说之实——汉魏六朝的笔记体小说,大多著录于史部杂史杂传中,如《隋书·经籍志》(简称《隋志》)、《旧唐书·经籍志》(简称《旧唐志》)两书的著录(可参见下文表一"《隋志》《旧唐志》《新唐志》著录先唐小说一览表")。唐人虽已初步认识到小说兼具子史的特性,但他们依然执定小说乃"史氏流别",此是唐人对小说"叙事为宗"特性的坚持,同时也缘于他们对小说"征实"功能的固执,[③] 从而造成小说在目录学上的名实错位。这也是历代目录学的难解之惑,如郑樵云:"古今编书所不能分者五:一曰传记,二曰杂家,三曰小说,四曰杂史,五曰故事。凡此五类者,足相紊乱。"[④] 不过,如此情形在宋元两代的目录学中得到了较为根本的改观,以欧阳修《新唐书·艺文志》(简称《新唐志》)为代表的一批书目,基本将小说从史部的杂史杂传类还原到子部的"小说家",在未忽略小说"叙事为宗"本性的同时,也张扬了小说的"虚构"本性,初步奠定了小说虚构与史传征实之别的畛域。

宋元时期小说在目录学上由史部到子部的位移,有两个较为明显的特征:一是先唐小说的位移,即由史部转移到子部;二是将唐代小说直接著录于子部"小说家"。前者以欧阳修《新唐志》为代表,后者则是宋元书目的普遍特征。

宋前书目对先唐小说的著录,留存至今最为直观详尽的是《隋志》和

---

① 如《论语·子张》中的"小道可观",《庄子·外物》中的"饰小说以干县令",《荀子·正名》中的"小家珍说"等,皆可谓小说之名的源起。

② 《庄子·外物》:"饰小说以干县令,其于大达亦远矣。"《文选》卷三十江文通杂体诗《李都尉从军》李善注引:"桓子《新论》曰:'若其小说家,合丛残小语,近取譬论,以作短书,治身理家,有可观之辞。"

③ 刘知幾《史通·杂述》云:"子之将史,本为二说,然如《吕氏》《淮南》《玄》《晏》《抱朴》,凡此诸子,多以叙事为宗,举而论之,抑亦史之杂也。"《隋志》也云:"鬼物奇怪之事……虚诞之说,推其本源,盖亦史官末事。"且《隋志》还把大部分小说著录于杂史杂传之中。

④ (宋)郑樵撰,王树民点校:《通志》,中华书局1987年版,第834页。

《旧唐志》，以《隋志》《旧唐志》的"小说家"与《新唐志》的"小说家"作比较，可以看出后者在前者的基础上有较大的革新。就四部分类而言，《新唐志》基本遵循刘昫《旧唐志》的体制，并没有脱离传统藩篱。① 且就"小说"而言，欧阳修也认为其为"史氏流别"，如《新唐志》序中言："至于上古三皇五帝以来世次，国家兴灭终始，僭窃伪乱，史官备矣。而传记、小说，外暨方言、地理、职官、氏族，皆出于史官之流也。"② 但《隋志》《旧唐志》中著录于史部的"小说"，《新唐志》则调整到了子部"小说家"。《隋志》"小说家"著录先唐小说25部（实际23部，其中著录的两种《世说》乃同一书的两个不同版本；《鲁史欹器图》应为儒家类书）。③ 又，《隋志》中的《杂对语》《要用语对》《文对》《琐语》《笑苑》《解颐》《迩说》《琼林》《古今艺术》《杂书钞》《器准图》《水饰》《座右方》和希秀的《辩林》等14部书，在两《唐志》中皆不见著录，其因可能是这些书在唐中后期已佚，故新旧《唐志》皆不著录。此外9部《隋志》所著录的先唐小说，《新唐志》皆著录于"小说家类"。《旧唐志》"小说家"著录小说14部，其中相传为鹖熊所撰《鹖子》一书，本为道家之作，《隋志》与《新唐志》皆录于道家，《旧唐志》录之于"小说家"，误，因而《旧唐志》实著录先唐小说13部。这13部先唐小说，《新唐志》皆著录于"小说家类"。《隋志》与《旧唐志》的区别主要在于两方面：（1）《博物志》《释俗语》二书，《隋志》著录于子部"杂家"，而《旧唐志》著录于子部"小说家"。又《感应传》《因果记》二书，《隋志》著录于子部"杂家"，《旧唐志》则著录于史部"杂传"。不过《隋志》认为杂家"盖出史官之职也"，④ 因而子部的"杂家"具有史性，故"杂家"与"杂传"同出一源。（2）《续世说》《酒孝经》《启颜录》《系应验记》《征应集》五书，

---

① 刘昫《旧唐志》尽管"改旧传之失者三百余条，加新书之目者六千余卷"，但对各部类的认识基本沿袭《隋志》而无甚改变，所谓"相沿序述，无出前修"（《旧唐书》卷四十六《经籍志序》）。因此说欧阳修的《新唐志》没有脱离传统的藩篱。
② （宋）欧阳修、宋祁撰：《新唐书》，中华书局1975年版，第1421页。
③ 按：《鲁史欹器图》在两《唐志》中都著录于儒家，据《四库全书总目》子部天文算法类记载，刘徽注有《九章算经》九卷、《海岛算经》一卷，并为其他算经注疏等，而算经类本为六艺之一种，如《九章算经》序云"周公制礼有九数九章"，其《鲁史欹器图》大约也是此类著述，因而著录入儒家应更符合其文化身份。
④ （唐）魏徵、令狐德棻撰：《隋书》，中华书局1973年版，第1010页。

《隋志》无载，而《旧唐志》著录前三书于子部"小说"，后二书于史部"杂传"。可见《隋志》与《旧唐志》差别甚微。《新唐志》"小说家类"共著录先唐小说39部，与《隋志》《旧唐志》相比数量剧增。《新唐志》中增加的先唐小说，并不是宋代的新发现，而是从《隋志》与《旧唐志》史部"杂传"中位移过来的。具体情况，可参见表一。

表一 《隋志》《旧唐志》《新唐志》著录先唐小说一览表

书 名	隋 志	旧唐志	新唐志
燕丹子	小说	小说	小说
笑林	小说	小说	小说
类林			小说
博物志	杂家	小说	小说
列异传	杂传	杂传	小说
郭子	小说	小说	小说
世说	小说	小说	小说
小说①（刘义庆）	小说	小说	小说
续世说		小说	小说
小说（殷芸）	小说	小说	小说
释俗语	杂家	小说	小说
辨林	小说	小说	小说
酒孝经		小说	小说
座右方	小说	小说	小说

---

① 新旧《唐志》所著录《小说》一种皆为刘义庆撰，且为十卷。《隋志》所著录《小说》仅有五卷，且不题撰者，姑系于刘义庆名下。

续 表

书 名	隋 志	旧唐志	新唐志
启颜录		小说	小说
杂语	小说		小说
古异传	杂传	杂传	小说
述异记（祖冲之）	杂传	杂传	小说
近异录	杂传	杂传	小说
搜神记	杂传	杂传	小说
神录	杂传	杂传	小说
妍神记	杂传	杂传	小说
志怪（祖台之）	杂传	杂传	小说
孔氏志怪	杂传	杂传	小说
荀氏灵鬼志	杂传	杂传	小说
谢氏鬼神列传	杂传	杂传	小说
幽明录	杂传	杂传	小说
齐谐记	杂传	杂传	小说
续齐谐记	杂传	杂传	小说
甄异传	杂传	杂传	小说
感应传	杂家	杂传	小说
系应验记		杂传	小说
冥祥记	杂传	杂传	小说
续补冥祥记	杂传	杂传	小说
因果记	杂家	杂传	小说

续　表

书名	隋志	旧唐志	新唐志
冤魂志	杂传	杂传	小说
集灵记	杂传	杂传	小说
征应集		杂传	小说
旌异记	杂传	杂传	小说

这种从史部到子部的位移，揭示了目录学上新小说观的诞生，其表现就是"小说"范畴的扩大，由仅包含志人小说而至于涵括志怪小说，同时客观上认可了小说的"虚构"本质。从表一可以看出，从《隋志》到《新唐志》皆录于"小说家"者，基本是先唐志人小说；从史部"杂传"位移到子部"小说"者，基本是先唐志怪小说。

《隋志》认为杂传自汉代发生，缘于"古之史官必广其所记，非独人君之举，周官外史掌四方之志，则诸侯史记兼而有之"，然后来"史官旷绝，其道废坏"，遂有杂传，且杂传"杂以虚诞怪妄之说"，"推其本源，盖亦史官之末事也"。① 《旧唐志》认为杂传"以纪先圣人物"，② 也是"史官末事"。先唐志怪小说在《隋志》和《新唐志》中被著录于史部"杂传"，乃在于先唐志怪小说与志人小说有着先天的区别：先唐志人小说自觉以目录学"小说家"为归宿，如刘义庆《小说》、殷芸《小说》等，直以"小说"为书名，此举并无文体之意蕴，仅承先秦所谓"小家珍说"之文化定位；志怪小说则自觉地向史部靠拢，如以干宝《搜神记》为代表的志怪小说之史官意识。《隋志》与《旧唐志》著录这两类小说时，尊重它们编撰的根本动因，将之分别著录于子部与史部。

欧阳修《新唐志》著录先唐志人、志怪小说，并不以《隋志》《旧唐志》等正史目录学的谱系传统为准则，而是以小说叙事本体的"征实"与

---

① （唐）魏徵、令狐德棻撰：《隋书》，中华书局1973年版，第982页。
② （后晋）刘昫等撰：《旧唐书》，中华书局1975年版，第1963页。

"虚构"为标准,不仅将先唐志人小说仍著录于子部"小说家",还将先唐志怪小说从史部移至子部小说家。欧阳修认为,正史应该记载"君臣善恶之迹","要其治乱兴废之本,可以考焉",而传记则为"风俗之旧,耆老所传遗言逸行,史不及书,则传记之",其意义在于:"或详一时之所得,或发史官之所讳,参求考质,可以备多闻焉。"① 概而言之,在欧阳修的史传观念中,"实录"与"征实"是史传的基础。《志怪》《搜神记》《幽冥录》之类的志怪小说,显然不具备这种品格,因而不能著录入史部。这些作品不能著录入史部,则必须要为它们在目录学中重新定位。显然,寻找与"杂传"或"传记"在叙事特征上较为相类但又不在史部的目录来著录最为合适。在欧阳修的观念中,与"杂传"或"传记"同属于"史官之流"者,还有"小说""方言""地理""职官""氏族"等。其中,只有"小说"在叙事特征上与"杂传"或"传记"较为相类,且又不被史传"实录"品格所束缚。同时,欧阳修认为:"《书》曰:狂夫之言,圣人择焉。又曰:询于刍荛。是小说之不可废也。古者惧下情之壅于上闻,故每岁孟春,以木铎徇于路,采其风谣而观之。至于俚言巷语,亦足取也。今特列而存之。"② 也就是说,"小说家"和"传记"或"杂传"一样,具有"参求考质""备多闻"的功用。此外,知识渊博,且在文学上踵武中唐文人的欧阳修,必然会受到自唐初就已经发现"小说"以"叙事为宗"观念的影响。因此,欧阳修认为,《隋志》《旧唐志》史部杂传杂家类所著录的《搜神记》《幽冥录》等志怪小说,符合子部"小说家"的标准和特质,于是他将这些作品著录于《新唐志》子部小说家类。从主观意识而言,欧阳修此举是从史官本位出发来廓清史书队伍,但客观上却促成新小说观的发生,使有小说之实却无小说之名的史部杂史小说,与无小说之实却有小说之名的子部小说名实吻合,扩大了目录学上的"小说"范畴,赋予了作为目录之小说类名的"虚构"本性。

此外,《新唐志》子部"小说家"类尚录有《旧唐志》未曾著录的小

---

① (宋)欧阳修:《崇文总目》,许逸民、常振国编:《中国历代书目丛刊》(第一辑),现代出版社1987年版,第37、76页。

② 同上,第98—99页。

说78家327卷,这些小说基本是唐代的传奇小说和志怪小说。① 欧阳修首次将唐人创作的《补江总白猿传》《纂异记》《博异志》《纪闻》《甘泽谣》《通幽记》《传奇》等传奇、志怪小说著录于正史艺文志,并纳入子部小说家类,有其小说学的贡献。就文体而言,唐传奇基本仿自"杂传记"文体,且其作者还大多掩人耳目地自诩唐传奇的"传记"性。这就极易让唐传奇进入史部"杂传""传记"等范畴,如《太平广记》即将唐传奇类为"杂传记"。但欧阳修将唐传奇著录于子部"小说",则不仅让唐传奇在目录学上名实相符,同时又进一步扩大了目录学之"小说"的范畴。又,唐传奇的文体虽仿自"杂传记",但其作者同时也表露出唐传奇的虚构特征,② 欧阳修纳唐传奇入子部"小说",也强化了子部"小说"虚构的艺术特点和本体特征。宋元时期的书目多采用欧阳修的分类方法,如宋元十种主要书目大多将唐传奇著录于小说家类,这一点可以从表二、表三、表四中直观得出。这充分说明欧阳修《新唐志》将"小说家"从史部位移至子部的积极影响。

虽然大部分宋元书目中的小说观与《新唐志》相类,但也有例外,如

---

① 《新唐志》"小说家"类的著录实多81家335卷,具体如下:唐临《冥报记》二卷、李恕《诫子拾遗》四卷、《开元御集诫子书》一卷、王方庆《王氏神通记》十卷、狄仁杰《家范》一卷、《卢公家范》一卷、苏瑰《中枢龟镜》一卷、姚元崇《六诫》一卷、《事始》三卷、刘睿《续事始》三卷、元结《猗犴子》一卷、赵自勔《造化权舆》六卷、通微子《十物志》一卷、吴筠《两同书》一卷、李涪《刊误》二卷、李匡文《资暇》三卷、炙毂子《杂录注解》五卷、苏鹗《演义》十卷、又《杜阳杂编》三卷、《柳氏家学要录》二卷、卢光启《初举子》一卷、刘讷言《俳谐集》十五卷、陈翱《卓异记》一卷、裴紫芝《续卓异记》一卷、薛用弱《集异记》三卷、李玫《纂异记》一卷、李亢《独异志》十卷、谷神子《博异志》三卷、沈如筠《异物志》三卷、《古异记》一卷、刘悚《传记》三卷、牛肃《纪闻》十卷、陈鸿《开元升平源》一卷、张荐《灵怪集》二卷、陆长源《辨疑志》三卷、李繁《说纂》四卷、戴少平《还魂记》一卷、牛僧孺《玄怪录》十卷、李复言《续玄怪录》五卷、陈翰《异闻集》十卷、郑遂《洽闻记》一卷、钟辂《前定录》一卷、赵自勤《定命论》十卷、吕道生《定命录》二卷、温畲《续定命录》一卷、胡璩《谭宾录》十卷、韦绚《刘公嘉话录》一卷、《戎幕闲谈》一卷、赵璘《因话录》六卷、袁郊《甘泽谣》一卷、温庭筠《乾𦠆子》三卷、又《采茶录》一卷、段成式《酉阳杂俎》三十卷、《庐陵官下记》二卷、康骈《剧谈录》三卷、高彦休《阙史》三卷、卢子《史录》、又《逸史》三卷、李隐《大唐奇事记》十卷、陈邵《通幽记》一卷、范摅《云溪友议》三卷、李跃《岚斋集》二十五卷、尉迟枢《南楚新闻》三卷、张固《幽闲鼓吹》一卷、《常侍言旨》一卷、《卢氏杂说》一卷、《桂苑丛谭》一卷、《树萱录》一卷、《会昌解颐》四卷、《松窗录》一卷、《芝田录》一卷、玉泉子《见闻真录》五卷、张读《宣室志》十卷、柳祥《潇湘录》十卷、皇甫松《醉乡日月》三卷、何自然《笑林》三卷、焦璐《穷神秘苑》十卷、裴铏《传奇》三卷、刘轲《牛羊日历》一卷、《补江总白猿传》一卷、郭良辅《武孝经》一卷、陆羽《茶经》三卷、张又新《煎茶水记》一卷、封演《续钱谱》一卷。这些小说都是唐人作品,而《旧唐志》未见著录。

② 参见本书"唐代小说学"的相关论述。

郑樵《通志·艺文略》将大部分唐传奇著录于史部传记类，但仅此一家而已。又如《四库阙书目》和《中兴馆阁书目》，对唐传奇的著录分别只有6部和7部，这无疑是对唐传奇成就的轻忽。

总体而言，宋元书目对小说部类的位移所体现的新小说观，无疑具有一定的近代气息，也与当时社会对唐传奇的小说本体性认识程度加深相呼应，并轨范着后代书目著录小说，如《四库全书总目》分小说为"叙述杂事""记录异闻""缀辑琐语"三派，其中"叙述杂事"一派，就是最易与"杂史"相混淆的小说，区别在于"叙述杂事"的小说"参以里巷闲谈、词章细故"。①

表二　宋元十种主要目录单篇唐传奇著录统计表②

篇名	崇文总目	新唐志	四库阙书目	郡斋读书志	通志·艺文略	中兴馆阁书目	遂初堂书目	直斋书录解题	文献通考·经籍考	宋史·艺文志
古镜记	小说类		类书类							
补江总白猿传	小说类	小说类		传记类	传记冥异		小说类	小说类	传记类	小说类
晋洪州西山十二真君内传	道书类	道家类神仙			道家传		道家传			
梁四公记	传记类	杂传记类			传记名士	杂传类	杂传类	传记类	传记类	传记类
镜龙图记						小说家				小说家
高力士外传	传记类	杂传记类			传记列传		杂传类	传记类	传记	传记类
离魂记	小说类				传记冥异					

---

① （清）永瑢等撰：《四库全书总目》，中华书局1965年版，第1204页。
② 表二、表三、表四的统计主要依据李剑国《唐五代志怪传奇叙录》对唐代小说和小说集的分类统计而成，特别参照了该书的附录《宋元十种书目著录对照表》，此外还参考了宁稼雨《中国文言小说总目提要》、程毅中《古小说简目》等书，特此声明并致谢忱。

续 表

篇名	崇文总目	新唐志	四库阙书目	郡斋读书志	通志·艺文略	中兴馆阁书目	遂初堂书目	直斋书录解题	文献通考·经籍考	宋史·艺文志
梁大同古铭记		总集类								
楚宝传								典故类	故事	
还魂记		小说家类			传记冥异					
秀师言记							小说类			
开元升平源	小说类	小说家类		杂史类		故事类		杂史类	杂史	故事类
东城老父传										传记类
谪仙崔少玄传	道书类	道家类神仙			道家传					
上清传				小说类					小说家	
刘幽求传				小说类					小说家	
瞿童述	道书类	道家类神仙			道家传					小说类
昭义记室别录				小说		小说		杂传类		小说类
周秦行纪				小说	小说类	地理行役			小说家	
梅妃传								杂传类		
大业拾遗记	杂史类			杂史类	杂史		杂史类		杂史	传记类
神告录										小说类

续 表

篇名	崇文总目	新唐志	四库阙书目	郡斋读书志	通志·艺文略	中兴馆阁书目	遂初堂书目	直斋书录解题	文献通考·经籍考	宋史·艺文志
虬髯客传	传记类				传记冥异					小说类
炀帝开河记							杂史类			地理类
高僧懒残传	道书类	道家类释氏			释家传记					
叶法善传	道书类	道家类神仙			道家传					

表三 宋元十种主要书目著录唐传奇集统计表

集名	崇文总目	新唐志	四库阙书目	郡斋读书志	通志·艺文略	中兴馆阁书目	遂初堂书目	直斋书录解题	文献通考·经籍考	宋史·艺文志
纂异记	小说类	小说家类			传记冥异		小说类			小说类
甘泽谣	小说类	小说家类		小说类	传记冥异				小说家	小说类
传奇	小说类	小说家类		小说类	传记冥异		小说类		小说家	小说类
异闻集	小说类	小说家类					小说类		小说家	小说类

表四 宋元十种主要书目著录唐代传奇和志怪杂集统计表

集名	崇文总目	新唐书·艺文志	四库阙书目	郡斋读书志	通志·艺文略	中兴馆阁书目	遂初堂书目	直斋书录解题	文献通考·经籍考	宋史·艺文志
纪闻	小说类	小说家类			传记冥异					小说类

续 表

集名	崇文总目	新唐书·艺文志	四库阙书目	郡斋读书志	通志·艺文略	中兴馆阁书目	遂初堂书目	直斋书录解题	文献通考·经籍考	宋史·艺文志
灵怪集		小说家类			传记冥异					小说类
广异记			小说							
通幽记	小说类	小说家类			传记冥异					小说类
集异记	小说类	小说家类		小说类	传记冥异				小说家	小说类
灵异志										小说类
前定录	小说类	小说家类			传记冥异		小说类	小说家类	小说家	小说类
玄怪录	小说类	小说家类		小说类	传记冥异	小说家	小说类	小说家类	小说家	小说类
定命录	小说类	小说家类			传记冥异					小说类
河东记			小说	小说类	地理郡邑				小说家	
续定命录	小说类	小说家类			传记冥异					小说类
会昌解颐	小说类	小说家类			小说					小说类
原化记			小说		小说					
博异志	小说类	小说家类		小说类	传记冥异			小说家	小说家	小说类
逸史	杂史类	小说家类			杂史类		小说类			小说类

续　表

集名	崇文总目	新唐书·艺文志	四库阙书目	郡斋读书志	通志·艺文略	中兴馆阁书目	遂初堂书目	直斋书录解题	文献通考·经籍考	宋史·艺文志
续玄怪录	小说类	小说家类		小说类	传记冥异	小说家	小说类		小说家	小说类
酉阳杂俎	小说类	小说家类		小说类	小说	小说家	小说类	小说家类	小说家	小说类
乾膜子	小说类	小说家类		小说类	小说		小说类	小说家类	小说家	
八仙传	传记类	道家类神仙			道家传					
宣室志	小说类	小说家类		小说类	传记冥异		小说类	小说家类	小说家	小说类
陆氏集异记				小说类					小说家	小说类
杜阳杂编	传记类	小说家类		小说类	传记冥异		小说类	小说家类	小说家	小说类
阙史	杂史类	小说家类			杂史类		杂史类	小说家类	小说家	小说类
大唐奇事记	小说类	小说家类			传记冥异		小说类			小说类
潇湘录	小说类	小说家类			传记冥异			小说家类	小说家	小说类
剧谈录	小说类	小说家类		小说类	小说		小说类		小说家	小说类
三水小牍	传记类						小说类	小说家类	小说家	小说类

依表二、表三、表四统计宋元十种书目所收唐代传奇小说（或小说集）在各目录中的比例，可以列为表五：

表五　宋元十种主要书目著录唐代传奇占比统计表

书目 \ 所收传奇（包括传奇集和志怪传集杂集）	子部		史部			
	小说家类	其他类	传记类	杂史类	杂传记类	其他类
崇文总目	63.2%	13.2%	15.7%	7.9%		
新唐志	75%	16.7%			5.6%	
四库阙书目	83.3%					16.7%
郡斋读书志	85%		5%	10%		
通志·艺文略	15%	15%	57.5%	7.5%		5%
中兴馆阁书目	71.4%				14.2%	14.2%
遂初堂书目	66.7%	4.1%		12.5%	16.7%	
直斋书录解题	77.8%		11.1%	5.6%		5.6%
文献通考·经籍考	77.8%		11.1%	7.4%		3.7%
宋史·艺文志	84.2%		10.5%			5.2%

三、《太平广记》的成书与传播

就小说学而言，研究小说选本有多方面的价值，一是小说选本本身所体现的小说观念和小说思想。如明嘉靖年间洪楩编刊的话本小说集《六十家小说》，将所收小说分为六集，六集的名目分别为"雨窗""欹枕""长灯""随航""解闲""醒梦"，该名目即表明洪楩对小说娱乐消遣性质的重视。冯梦龙编辑《情史》，更是其"情教"理念的集中体现。二是小说选本的分类及其演化是研究中国小说类型的重要史料。然自汉代刘向那个时代至五代结束，漫长的历史时期内仅产生八部有籍可查的小说选本，其中以南朝宋刘义庆《世说新语》和唐代陈翰《异闻集》影响较大，且两者皆较具自觉意识。到宋代，小说选本寥落的局面大为改观，数量激增，有七十四部有籍可查的小说选本,它们大体表现出选家的小说主张,其中不乏影响较大者,如《太平广记》《丽情集》《类说》《绀珠集》等。

开宋元小说选本风气之先的是官修《太平广记》,这部小说选本(也可称为小说总集)在小说(学)史上占有非常重要的地位,它的结集"可以作为小说史上的分水岭"。① 宋太平兴国年间(976年12月—984年11月),太宗皇帝御敕启动编纂《太平广记》《太平御览》《文苑英华》三部大型典籍图书工程。御敕官方主持编撰的《太平广记》,卷帙浩繁,收录完整,对宋元两代私家小说选本的编选无疑具有极大的示范作用。

分析《太平广记》的小说学意义,首先必须明了其编撰之由。宋太宗御敕编纂《太平广记》的缘由较为复杂,既有政治怀柔的因素,也有文化治理的需求。御敕编纂《太平广记》的政治怀柔说,源于南北宋之交的朱希真,而为南宋人王明清《挥麈后录》所记载,云:"太平兴国中,诸降王死,其旧臣或宣怨言。太宗尽收用之,置之馆阁,使修群书,如《册府元龟》《文苑英华》《太平广记》之类,广其卷帙,厚其廪禄赡给,以役其心,多卒老于文字之间云。"② 这种政治怀柔说影响很大,明人谈恺《太平广记跋》即直承其说。又清代乾隆皇帝认为:"宋太宗身有惭德,因集文人为《太平御览》《太平广记》《文苑英华》三大书,以弭草野之私议。"③ 不可否认,这两种政治说都具有合理性,因为参与宋太宗御敕编纂三部典籍的官员,除宋白外,以李昉为首的其他人确都是降臣。④

不过,这两种政治说并无确证,王明清的记载乃传言,而乾隆皇帝之言更是隔代之猜度。王明清所记载朱希真之言,有两处失误:其一,《太平

---

① 浦江清:《论小说》,《浦江清文录》,人民文学出版社1958年版,第186页。
② (南宋)王明清:《挥麈录》,在原文之后有"朱希真先生云"的注解,上海书店出版社2009年版,第42页。
③ (清)高宗弘历:《御制诗集四集》卷十一《命校永乐大典因成八韵示意》"彼有别谋漫深论"句注。(清)高宗弘历:《御制诗集》,文渊阁《四库全书》第1307册,上海古籍出版社2003年版,第432页。胡道静也持此说法,言:"宋太宗赵光义确有'惭德'的问题,他的帝王位置是从他哥哥太祖赵匡胤手中夺得的,且有杀兄的嫌疑——所谓'烛影斧声'者是。当时他必须安定人心,首先是须安定太祖旧臣之心。用这点来窥测太宗广修类书的心理及其政治作用,则李、裴所举抵牾之点皆可通;朱敦儒的说法诚有错误——不应当联系到'诸降王死'的问题上去,而他的说法的基本精神是应该认为有所根据的。"胡道静:《中国古代的类书》,中华书局1982年版,第16—18页。
④ 《太平广记》纂修官的姓名和来历可参见张国风《太平广记版本考述》第一章附录,中华书局2004年版。

御览》与《太平广记》大体可以认为是同时开始编纂的。① 其二，《册府元龟》并非宋太宗御敕编纂，而是真宗朝的产物。② 南宋赵与时《宾退录》卷九载：

> 周文忠序《文苑英华》首云："太宗皇帝，丁时太平，以文化成天下。既得诸国图籍，聚名士于朝，诏修三大书：曰《太平御览》，曰《册府元龟》，曰《文苑英华》。"洪文敏序《夷坚三志·癸》亦云："太平兴国中，诏侍从馆阁，集著《册府元龟》《文苑英华》《御览》《广记》等四书。"予按，《册府元龟》乃景德二年编类，至大中祥符六年书成，皆真宗朝。二公之言偶失之。③

赵与时的记载否定了王明清之说，还提出编纂《太平广记》的另一缘由，即宋太宗朝"以文化天下"的政治思想。经历五代乱离和宋太祖的武功之后，宋初统治者开始实行"半部《论语》治天下"④的文官政治，文化上"国家勤求古道，启迪化源，国典朝章，咸从振举；遗编坠简，宜在询求。致治之先，无以加此"。⑤ 宋初人认为"古道"存在于前代文献典籍中，如宋太宗言"教化之本，治乱之源，苟非书籍，何以取法"。⑥ 然晚唐

---

① 邓嗣禹：《太平广记篇目及引书引得·序》，哈佛燕京学社1934年版，第5—6页。
② 南宋另一史学家李心传《旧闻证误》卷一已驳其说之误，云："按《会要》，太平兴国二年(977)，命学士李昉(昕)、扈日用(蒙)偕诸儒修《太平御览》一千卷、《广记》五百卷。明年，《广记》成；八年(983)，《御览》成。九年，又命三公及诸儒修《文苑英华》一千卷，雍熙三年(986)成，与修者乃李文恭穆、杨文安徽之、杨枢副砺、贾参政黄中、李参政至、吕文穆蒙正、宋文安白、赵舍人邻几，皆名臣也。杨文安虽贯浦城，然耻事伪廷，举后周进士第。江南旧臣之与选者，特汤光禄(悦)、张师黯(泊)、徐鼎臣(铉)、杜文周(镐)、吴正仪(淑)等数人。其后汤、徐并直学士院，张参知政事，杜官至龙图阁直学士，吴知制诰，皆一时文人。此谓'多老于文字之间'者，误也。当修《御览》、《广记》时，李重光(煜)尚亡恙。今谓'因降王死而出怨言'，误矣。《册府元龟》乃景德二年(1005)王文穆(钦若)、杨文公(亿)奉诏修，朱说甚误。"此虽将《文苑英华》始修于太平兴国八年误为九年，但对朱说驳斥甚详，且合历史事实。
③ (宋)赵与时著，齐治平校点：《宾退录》，上海古籍出版社1983年版，第117页。
④ 宋人林駉《古今源流至论》前集卷八《儒吏》载："赵普，一代勋臣也，东征西讨，无不如意，求其所学，自《论语》之外无余业。"有小注云："赵普曰《论语》二十篇，吾以一半佐太祖定天下。"又罗大经《鹤林玉露》载："赵普再相，人言普山东人，所读者止《论语》，盖亦少陵之说也。太宗尝以此语问普，普略不隐，对曰：'臣平生所知，诚不出此。昔以其半辅太祖定天下，今欲以其半辅陛下致太平。'""半部《论语》治天下"之说即源于此。
⑤ (清)徐松：《宋会要辑稿》，中华书局1957年版，第2238页。
⑥ 同上。

五代的乱离，导致其时国家的图书损毁甚巨，如经历过五代之乱离的孙光宪言："唐自广明乱离，秘籍亡散，武宗已后，寂寞无闻，朝野遗芳，莫得传播。"① 从典籍中寻"古道"，则整理和刊布宋代之前的典籍，必是其时的迫切任务。宋初君臣为此做出了努力并取得了成效，如宋太宗于"淳化三年（992）九月，幸新秘阁。帝登阁，观群书齐整，喜形于色，谓侍臣曰：'丧乱以来，经籍散失，周孔之教将坠于地。朕即位之后，多方收拾，抄写购募，今方及数万卷，千古治乱之道，并在其中矣。'"②《太平广记》应该说正是宋太宗这种政治思想的产物，如李昉等《进〈太平广记〉表》即云："六籍既分，九流并起，皆得圣人之道，以尽万物之情，足以启迪聪明，鉴照古今。"③

虽然李昉把小说定位为"皆得圣人之道"，并极力颂扬小说"启迪聪明，鉴照古今"的功能，然而与《太平御览》《文苑英华》二书相比，《太平广记》并未得到官方推尊。《太平广记》之成书，本是编撰《太平御览》之附生品，是李昉等编"《御览》之外采其异而为《广记》"。④ 又《太平御览》的取材对象，是宋前《修文御览》《艺文类聚》《文思博要》等正统典籍，而《太平广记》则是"野史、传记、小说"等；《太平御览》与《太平广记》同时开始编纂，但《太平广记》在太平兴国三年（978）八月即告完成，《太平御览》则迟至太平兴国八年方告完成；《太平御览》的规模是一千卷，而《太平广记》的规模则为五百卷。作为附生品的《太平广记》于太平兴国三年八月告成，至太平兴国六年始"诏令镂板颁天下"，然又有"言者以为非学者所急，收墨板藏太清楼"。⑤ 太清楼乃皇宫内苑，《太平广记》甫面世即遭深藏。墨板虽被藏太清楼，但《太平广记》于北宋实已有所流传。《太平广记》的民间流传，最早大约在宋真宗朝（997—1022）。宋人袁文《瓮牖闲评》卷五载：

> 余尝得周子发真迹一轴云："王羲之尝书《兰亭会叙》，隋末广州

---

① （五代）孙光宪：《北梦琐言序》，（五代）孙光宪撰，林艾园校点：《北梦琐言》，上海古籍出版社2012年版。
② （宋）程俱撰，张富祥校证：《麟台故事校证》，中华书局2000年版，第38页。
③ （宋）李昉等编：《太平广记》，中华书局1961年版，第1页。
④ （宋）郑樵撰，王树民点校：《通志》，中华书局1995年版，第1733页。
⑤ （宋）王应麟：《玉海》，江苏古籍出版社、上海书店1987年版，第1031页。

僧得之。唐太宗特工书，闻右军《兰亭》真迹，求之，得其他本，知第一本在广州僧处，难以力取，故令人诈僧，果得之。"其说如此。而宋景文公《鸡跖集》亦云："余幼时读《太平广记》，见唐太宗遣萧翼购《兰亭帖》，盖谲以出之，辄叹息曰：'《兰亭叙》若是贵耶！以太宗之贤，巍巍乎近世所无，奈何溺小嗜好，而轻失信于天下也！'"①

宋景文公即宋祁，出身官宦世家，生于宋真宗咸平元年（998），宋真宗在位时间为至道三年（997）至乾兴元年（1022），共25年，宋祁"幼时"亦即真宗朝。宋祁在真宗朝早期已能读到《太平广记》，可见其并未长期禁藏在太清楼，至少在宋真宗朝已在士大夫间有所流传。

又治平四年（1067）的进士王辟之②《渑水燕谈录》卷九《杂录》载：

> 元丰中，高丽使朴寅亮至明州，象山尉张中以诗送之，寅亮答诗序有"花面艳吹，愧邻妇青唇之敛；桑间陋曲，续郢人白雪之音"之语。有司劾：中小官，不当外交夷使。奏上，神宗顾左右"青唇"何事，皆不能对，乃以问赵元老，元老奏："不经之语，不敢以闻。"神宗再谕之，元老诵《太平广记》云："有睹邻夫见其妇吹火，赠诗曰：'吹火朱唇动，添薪玉腕斜。遥看烟里面，恰似雾里花。'其妇告其夫曰：'君岂不能学也。'夫曰：'汝当吹火，吾亦效之。'夫乃为诗云：'吹火青唇动，添薪墨腕斜。遥看烟里面，恰似鸠盘茶。'"元老之强记如此，虽怪僻小说，无不该览。③

赵元老所对"青唇"之典，即《太平广记》卷二百五十一《邻夫》条。赵元老对《太平广记》如此熟悉，足见他所读《太平广记》乃全帙。

---

① （宋）袁文、叶大庆著，李伟国校点：《瓮牖闲评 考古质疑》，上海古籍出版社1985年版，第52页。
② （宋）陈振孙撰，徐小蛮、顾美华点校：《直斋书录解题》，上海古籍出版社2015年版，第330页。
③ （宋）王辟之、欧阳修撰，吕友仁、李伟国点校：《渑水燕谈录 归田录》，中华书局1981年版，第118页。

又元丰（1078—1085）乃宋神宗年号，元丰中与幼年宋祁读《太平广记》之时相隔约七十年。诚如此，则材料所言《太平广记》在元丰时还是"怪僻小说"，未广泛流传，但应在一定士大夫阶层流传，如苏轼等。苏轼曾作一则诗话，云：

> 又记《太平广记》中，有人为鬼物所引入墟墓，皆华屋洞户，忽为劫墓者所惊，出，遂失所见。但云"芫花半落，松风晚清"。吾每爱此两句，故附之书末。①

苏轼所爱"芫花半落，松风晚清"两句诗及其本事，出自《太平广记·崔书生》。② 又本则诗话前为《书鬼仙诗》，其后有云："元祐三年二月二十一日夜，与鲁直、寿朋、天启会于伯时斋舍。此一卷，皆仙鬼作或梦中所作也。"故，此则诗话也应为是年（1088）之作，大体与赵元老同时。

苏轼之后，读到《太平广记》全帙者渐多。如蔡蓧（1064—1111）的《鹿革事类》三十卷、《鹿革文类》三十卷，乃"节《太平广记》事实成一编，曰《事类》；诗文成一编，曰《文类》"。③ 从《鹿革文类》三十卷的规模而言，其基本囊括《太平广记》中的诗文，故蔡蓧应读过全帙。当然，其编撰《事类》《文类》，乃为普及《太平广记》之典故，以"助缘情之绮靡，为摛翰之华苑"，④ 这从侧面证明当时《太平广记》仍为"怪僻小说"。

正因为《太平广记》乃"怪僻小说"，故成为藏书家珍藏之物。如宋人徐度《却扫篇》卷下有关于家藏《太平广记》的记载，云：

> 予所见藏书之富者，莫如南都王仲至侍郎家。其目至四万三千卷，而类书之卷帙浩博，如《太平广记》之类，皆不在其间。虽秘府

---

① 孔凡礼点校：《苏轼文集》，中华书局1986年版，第2141页。
② 《太平广记》卷三百三十九《崔书生》："忽一日，一家大惊曰：'有贼至！'其妻推崔生于后门出。才出，妻已不见。但于一穴中，唯见芫花半落，松风晚清。"
③ （宋）晁公武撰，孙猛校证：《郡斋读书志校证》，上海古籍出版社1990年版，第559页。
④ 宋庆历四年（1044）无名氏作《述异记》后序，（清）王谟辑：《述异记》，《增订汉魏丛书》乾隆五十六年（1791）刻本。

之盛，无以逾之。闻之其子彦朝云，其先人每得一书，必以废纸草传之。又求别本参较至无差误，乃缮写之。必以鄂州蒲圻县纸为册，以其紧慢厚薄得中也。每册不过三四十叶，恐其厚而易坏也。此本专以借人及子弟观之。又别写一本，尤精好，以绢素背之，号"镇库书"，非己不得见也。"镇库书"不能尽有，才五千余卷。盖尝与宋次道相约传书，互置目录一本，遇所阙则写寄，故能致多如此。宣和中，御前置局求书，时彦朝已卒，其子问以"镇库书"献，诏特补承务郎，然其副本具在。建炎初问渡江，书尽留睢阳第中，存亡不可知，可惜也。①

王仲至即王洙之子王钦臣（约1034—约1101），其乃苏轼挚友，其藏书四万三千卷，《太平广记》则是"镇库书"，至宣和年间也是如此。此记载也可证明《太平广记》在宋代流传的局限性。

南宋时期，有关《太平广记》的记载丰富起来，这与南宋对《太平广记》的刊刻有关。就现有资料而言，所知有宋本依据的版本有三种，即明人沈与文的野竹斋抄本、清人陈鳣据宋刻所校的许自昌本、清人孙潜用宋抄所校的谈恺刻本；从他们的避讳情况来看，三本所据以校勘的宋本都是南宋刻本或抄本。又，南宋尤袤《遂初堂书目》著录有《京本太平广记》，因为没有其他相关资料记载，既不能考知其为北宋本还是南宋本，也不能考知其是抄本还是刻本。不过，从现存陈鳣校宋本避讳现象来看，南宋初高宗时刻过《太平广记》。既然有刻本，时人阅读《太平广记》就比较容易了，因而相关记载也就越来越多。如张嵲《紫微集》卷九有《读〈太平广记〉诗三首》，分别为《太平广记》卷四百七十四"崔玄微"、卷四百七十四"卢汾"、卷四百七十五"淳于棼"三条典故。张邦基则谈《太平广记》中的异事以供笑语。②洪适《盘洲文集》卷四有诗《还李举之〈太平广记〉》："稗官九百起《虞初》，过眼宁论所失诬。午枕黑甜君所赐，持

---

① （宋）赵与时、徐度撰，傅成、尚成校点：《宾退录 却扫编》，上海古籍出版社2012年版，第154—155页。
② 宋人张邦基《墨庄漫录》卷二载："建炎改元（1127），予闲居扬州里庐，因阅《太平广记》，每遇予兄子章家夜集，谈《记》中异事，以供笑语。"（宋）张邦基、范公偁、张知甫撰，孔凡礼点校：《墨庄漫录 过庭录 可书》，中华书局2002年版，第56页。

还深愧一瓻无。"洪迈《夷坚志支癸序》提到《太平广记》,云:"《唐史》所标百余家,六百三十五卷,班班其传,整齐可玩者,若牛奇章、李复言之《玄怪》,陈翰之《异闻》,胡璩之《谈宾》,温庭筠之《乾𦢊》,段成式之《酉阳杂俎》,张读之《宣室志》,卢子之《逸史》,薛渔思之《河东记》耳,余多不足读。然探赜幽隐,可资谈暇,《太平广记》率取之不弃也。"①王楙《野客丛谈》卷十四、高似孙(宋理宗)《纬略》卷七也引用了《太平广记》。前引王明清《挥麈后录》、赵与时《宾退录》、王应麟《玉海》等书,也都是南宋时著作。据考,吴曾《能改斋漫录》有十多处提及《太平广记》,为宋人著作涉及《太平广记》数量之最。②此时《太平广记》的刊刻流传,大体应是全帙,而非如蔡蕃《鹿革事类》《鹿革文类》一类节录本,如晁公武《郡斋读书志》即著录有《太平广记》五百卷,③与《太平广记》卷帙相符。

与北宋时相比,《太平广记》在南宋和元代的流传既发生在士大夫阶层,又发生在世俗市民间。如生活于宋元之际的罗烨,于《醉翁谈录》中提到说话人"尤务多闻""有博览该通之理"时,指出说话人"幼习《太平广记》,长攻历代史书"。④说宋元说话人"幼习《太平广记》"固然有夸张成分,但就罗烨所列举宋元话本小说而言,其本事大多与《太平广记》有关,由此也可证明《太平广记》确曾在民间社会流传。

又,《太平广记》每编录一故事,均标出小题,或摘抄原书之一段或数段,或引完帙,还注明所摘书名,即所谓"卷帙轻者,往往全部收入",⑤如卷四百八十四至卷四百九十二所编"杂传记"类,共收录《长恨传》《莺莺传》等14种唐代传奇,皆全文编录。此种编录方式,不仅保存了宋前典籍文献,特别是唐代传奇小说的原貌,即如四库馆臣所谓:"古来轶闻琐事、僻笈遗文咸在焉","世所不传者,断简残编尚间存其什一,尤足贵也",且因其"采摭繁富,名物典故错出其间,词章家恒所取资"。⑥

---

① (宋)洪迈撰,何卓点校:《夷坚志》,中华书局2006年版,第1221页。
② 张国风:《太平广记版本考述》,中华书局2004年版,第10页。
③ (宋)晁公武撰,孙猛校证:《郡斋读书志校证》,上海古籍出版社1990年版,第558页。
④ (宋)罗烨:《醉翁谈录》,古典文学出版社1957年,第3页。
⑤ (清)永瑢等撰:《四库全书总目》,中华书局1965年版,第1212页。
⑥ 同上。

还促进了宋及以后诗文、小说和戏曲的发展，贡献匪浅。因此鲁迅评价云："不特稗说之渊海，且为文心之统计矣。"[①]

在小说学史上，《太平广记》的典范意义应是其最重要的意义之一。作为宋代官修四大书之一，《太平广记》的编纂充分显示出上层统治者对小说的重视，为文人士大夫从事小说的创作和编选提供了最高的典范，特别是小说的编选，自《太平广记》始，"雅""俗"两个文化层都不断出现较高质量的小说选本和总集。宋元时代出现了一系列在文献与小说观念等方面具有重大意义的选本，如晁载之《谈助》《续谈助》、刘斧《青琐高议》、曾慥《类说》、陶宗仪《说郛》、皇都风月主人《绿窗新话》、罗烨《醉翁谈录》等，而明清时期的小说选本更是蔚为大观。

四、小说类型观与"说话"的近代性

程千帆曾说："'中国古代小说理论'这个词似乎应当作两种理解，一种是古代的小说理论，也就是从《汉书·艺文志》到严复提出的理论；而另外一种概念则是古代小说的理论，说得更明白一点，就是古代小说中所蕴含的可以抽象出来的理论。"[②] 此论确实指出了中国古代小说理论的两种形态，就"古代小说的理论"而言，如唐传奇的出现，彰显了唐人"始有意为之"的理念。宋代兴起的"平民底小说"，即"话本"，[③] 是"小说史上的一大变迁"，这类小说"不但体裁不同，文章上也起了改革，用的是白话"。"后来的小说，十分之九是本于话本的。……其中讲史之影响更大，并且从明清一直到现在。"[④] 宋元"话本"之所以能有如此之影响，在于它自身"所蕴含的可以抽象出来的理论"，这种理论的特性大体可以归纳为"类型意识"和"近代性"，而"近代性"则源自"类型意识"。

---

① 鲁迅撰，郭豫适导读：《中国小说史略》，上海古籍出版社2019年版，第72页。
② 程千帆：《俭腹抄》，上海文艺出版社1998年版，第346页。
③ 本书"话本"一词，兼指说话人的底本、说话人叙事的文本及说话人的言说方式。只有从这样一个大概念范畴上才能理解宋元"话本"或"话本小说"的小说（学）史的意义。
④ 鲁迅：《中国小说的历史的变迁》，鲁迅：《中国小说史略》，人民文学出版社1973年版，第287、289页。

小说的类型意识，发生在宋代之前。如初唐史家刘知幾在《史通·杂述》中将"偏记小说"细分为偏纪、小录、逸事、琐言、郡书、家史、别传、杂记、地理、都邑簿等十小类，但这并不是纯粹的小说分类，是基于史学目录学的小说分类。又宋初《太平广记》的编撰，大体是以类相从，其类型观念是义类相从的文献整理意识，而非自觉的小说文类观。小说文类观的自觉，发生在宋元"说话"的实践活动中。宋元话本的实践，表现为口头叙事伎艺——"说话"，其实践活动似可追溯到先秦，① 在漫长的发展过程中，累积到宋元，最终形成文类观。②

两宋时期经济的发展和文化政策的转型，使得市民文艺长足发展，③"说话"伎艺走向职业化，逐渐形成有组织特征：有较为固定的演出场

---

① 刘向《列女传·母仪传》"周室三母"条载："古者妇人妊子，寝不侧，坐不边，立不跸，不食邪味，割不正不食，席不正不坐，目不视于邪色，耳不听于淫声，夜则令瞽诵诗书、道正事。如此，则生子形容端正，才德必过人矣。"其中"道正事"可能即为"说话"。

② 如汉魏时"俳优小说"中的"说肥瘦"，唐代则有"讲经""论议""转变""说话"等类型划分，且"说话"成为该伎艺的类型或者实践方式之一。如唐人郭湜《高力士外传》记载："太上皇移仗西内安置……每日上皇与高公亲看扫除庭院，芟薙草木；或讲经、论议、转变、说话，虽不近文律，终冀悦圣情。"李商隐《杂纂》记载有"斋筵听说话"。许国霖编的《敦煌杂录》中的《辞道场文》有"说话还同父母因"的记载。唐代"说话"较为盛行，其说话的内容也较为丰富曲折。如唐代诗人元稹《酬白学士代书百韵》"光阴听话移"句注："又尝于新昌宅，说《一枝花》话，自寅至巳，犹未毕词也"。《一枝花》话"是一种爱情小说。如唐末诗人吉师老《看蜀女转昭君变》云"檀口解知千载事，清词堪叹九秋文"。王建《观蛮伎》："欲说昭君敛翠蛾，清声委曲怨于歌"。李贺《许公子郑姬歌》："长翻蜀纸卷明君，转角含商破碧云"。这里的《昭君变》是历史小说，但其中也应融合一点爱情色彩。李商隐《骄儿诗》有"或谑张飞胡，或笑邓艾吃"句，"骄儿"所听之"说话"应是"讲史"。此外敦煌资料中还存有《庐山远公话》《韩擒虎话本》等民间小说和俗讲等。由郭湜《高力士外传》的记载和其他史料相印证，可知唐人有一定的类型意识。胡士莹认为唐人没有类型意识，仅根据说话人的身份将这种口头叙事伎艺笼统地分为"市人小说"和"俗讲"。可参见胡士莹《话本小说概论》第一章第三节，商务印书馆2011年版。

③ 宋人李觏《盱江集》卷十六《富国策》言："古者，天子、诸侯、大夫、士用乐，庶人无用乐之文。况新乐之发，子夏所不语。匹夫荧惑诸侯，孔子诛之。今也，里巷之中，鼓吹无节，歌舞相искоrb，倡优扰杂，角觝之戏，木棋革鞠，养玩鸟兽，其徒之数，群行类聚，往来自恣，仰给于人，此又不在四民之列者也。"又《东京梦华录》卷六《元宵》说："正月十五日元宵，大内前自岁前冬至后，开封府绞缚山棚，立木正对宣德楼。游人已集御街两廊下。奇术异能，歌舞百戏，鳞鳞相切，乐声嘈杂十余里。……击丸蹴踘、踏索上竿……猢狲儿、杂剧……尹常卖五代史……又于左右门上，各以草把缚成戏龙之状，用青幕遮笼，草上密置灯烛数万盏，望之蜿蜒如双龙飞走。自灯山至宣德门楼横大街，约百余丈，用棘刺围绕，谓之'棘盆'。内设两长竿，高数十丈，以缯彩结束，纸糊百戏人物，悬于竿上，风动宛若飞仙。内设乐棚，差衙前乐人作乐杂戏，并左右军百戏，在其中驾坐一时呈拽。宣德楼上，皆垂黄缘，帘中一位，乃御座。用黄罗设一彩棚，御龙自执黄盖掌扇，列于帘外。两朵楼各挂灯球一枚，约方圆丈余，内燃椽烛，帘内亦作乐，宫嫔嬉笑之声，下闻于外。楼下用枋木垒成露台一所，彩结栏槛，两边皆禁卫排立，锦袍、幞头簪赐花，执骨朵子，面此乐棚。教坊钧容直、露台弟子，更互杂剧。近门亦有内等子班直排立。万姓皆在露台下观看，乐人时引万姓山呼。"由此两则史料可知，宋代市民文艺异常发达。

所——"放荡不羁"的瓦舍勾栏;① 成立了"说话"艺人的专门组织——雄辩社;出现了专业化的话本编写团体——书会。这种组织特征是由市场需求自发形成的,而非由政府或文人士大夫主动组织。正是因为市场的原因,如市场需求的不同、市场需求的限度和市场需求对质量要求的不断提高,促成"说话"艺人在表演形式和"说话"内容上不断追求艺术的进步,并进一步细化,形成了各擅专长的职业化分工,也就是"说话家数"。

宋元"说话家数"大体形成于北宋初期。成书于南宋高宗绍兴十七年(1147)的孟元老《东京梦华录》卷五"京瓦伎艺"条即有"说话家数"的记载,云:"崇、观以来,在京瓦肆伎艺……孙宽、孙十五、曾无党、高恕、李孝详,讲史。李慥、杨中立、张十一、徐明、赵世亨、贾九,小说。……孔三传、耍秀才,诸宫调。毛详、霍伯丑,商谜。吴八儿,合生。张山人,说诨话。……外入孙三神鬼。霍四究说三分,尹常卖五代史。……其余不可胜数。"② "崇、观"是北宋徽宗崇宁和大观年号的合称,崇宁元年是公元1102年,大观末年是公元1110年。就史料记载而言,在此年间已形成"说话"伎艺人各有专长的局面,"说话家数"至少有"讲史""小说""说诨话"等,且每一家数都有较多典范性伎艺人。同时有些家数内不同伎艺人又有不同专长,如讲史内有"说三分"的霍四究、讲"五代史"的尹常卖等。如此各有专长的格局,自不是朝夕间所能形成。如讲史,宋初即有"说韩信"之艺人,③ 梅尧臣也曾作诗赠能讲史和说经之僧人,④ 苏轼《东坡志林》载途巷薄劣小儿因听讲"三国事"而为之情动。⑤ 由此可见,在

---

① (宋)孟元老等著,周峰点校:《东京梦华录(外四种)》,文化艺术出版社1998年版,第291页。
② 同上,第31—32页。
③ 《宋朝事实类苑》卷六十四《党太尉》条引《杨文公谈苑》载:"党进,北戎人,幼为杜重威家奴,后隶军籍,以魁岸壮勇,周祖擢为军校。国初至骑帅,领节镇。……过市,见缚栏为戏者,驻马问:'汝所诵何言?'优者云:'说韩信。'进大怒,曰:'汝对我说韩信,见韩信即当说我,此三面两头之人。'即命杖之。"
④ 梅尧臣《吕缙叔云叔嘉僧希用隐居能谈史汉书讲说邀余寄之》诗,云:"奈苑谈经者,兰台著作称。吾儒不兼义,尔学若多能。每爱前峰好,闲穿弊屐登。定将修史笔,添传入高僧。"
⑤ 苏轼《东坡志林》卷一《怀古》载:"王彭尝云:途巷中小儿薄劣,其家所厌苦,辄与钱,令聚坐听说古话。至说三国事,闻刘玄德败,颦蹙眉,有出涕者;闻曹操败,即喜唱快。以是知君子小人之泽,百世不斩。"

北宋前期，讲史伎艺已经非常成熟。北宋有关其他"说话家数"的记载虽少，但其他家数的"说话"伎艺，也应如讲史一样，发展得较为成熟。可以推断，北宋"说话家数"的形成，缘自"说话"各家数伎艺的成熟。

"说话四家数"之说，首见成书于南宋端平二年（1235）的灌圃耐得翁《都城纪胜》，其《瓦舍众伎》条云：

> 说话有四家：一者小说，谓之银字儿，如烟粉、灵怪、传奇。说公案，皆是搏刀赶棒，及发迹变泰之事。说铁骑儿，谓士马金鼓之事。说经，谓演说佛书。说参请，谓宾主参禅悟道等事。讲史书，讲说前代书史文传、兴废争战之事。最畏小说人，盖小说者能以一朝一代故事，顷刻间提破。合生与起令、随令相似，各占一事。①

其后，吴自牧承耐得翁之说，重提"说话四家"，其作于"甲戌岁中秋日"（1274）的《梦粱录》卷二十"小说讲经史"条载：

> 说话者，谓之"舌辩"，虽有四家数，各有门庭。且小说名"银字儿"，如烟粉、灵怪、传奇、公案朴刀杆棒发发踪参之事，有谭淡子、翁三郎、雍燕、王保义、陈良甫、陈郎妇、枣儿余二郎等，谈论古今，如水之流。谈经者，谓演说佛书。说参请者，谓宾主参禅悟道等事，有宝庵、管庵、喜然和尚等。又有说诨经者，戴忻庵。讲史书者，谓讲说《通鉴》、汉唐历代书史文传，兴废争战之事，有戴书生、周进士、张小娘子、宋小娘子、邱机山、徐宣教；又有王六大夫，元系御前供话，为幕士请给讲，诸史俱通，于咸淳年间，敷演《复华篇》及中兴名将传，听者纷纷，盖讲得字真不俗，记问渊源甚广耳。但最畏小说人，盖小说者，能讲一朝一代故事，顷刻间捏合。（案：此

---

① （宋）孟元老等著，周峰点校：《东京梦华录（外四种）》，文化艺术出版社1998年版，第86—87页。陶宗仪《说郛》（四库全书本）卷六十八上收耐得翁的《古杭梦游录》也载及"说话有四家"。一般认为该书与《都城纪胜》为同一书，如余嘉锡就认为"《都城纪胜》，一名《古杭梦游录》"（《四库提要辨证》卷八，云南人民出版社2004年版）；也有人认为它是《都城纪胜》的删节本，如程毅中认为《说郛》所收《古杭梦游录》为《都城纪胜》的节本（见《中国古代小说百科全书》"《都城纪胜》条"，中国大百科全书出版社1993年版）。

处漏"合生"两字)与起令随令相似,各占一事也。①

与《都城纪胜》相比,《梦粱录》无"说铁骑儿",且脱"合生"二字。两书记载不同,对"说话四家数"并未作出明确交代。又宋无名氏《应用碎金》"伎艺"篇载:"说话:小说、演史、说经。"②《醉翁谈录·舌耕叙引》之"小说引子"后题注"演史讲经并可通用"。清人翟灏《通俗编》引《古杭梦游录》明确指出"说话四家数",云:"说话有四家:一银字儿,谓烟粉灵怪之事;一铁骑儿,谓士马金鼓之事;一说经,谓演说佛书;一讲史,谓说前代兴废。"③因耐得翁和吴自牧所记载"说话家数"并不明确,今人基于对这两段文字的不同理解而提出相异的"说话四家数"之说,④但古代文学研究应该遵循回归古典的基本原则,且"簿录分类,宜以性质区划,不得以形式为判",⑤故本书采信翟灏"四家数"之说:小说(银字儿)、说铁骑儿、说经、讲史。

在形式上,"四家数"都属于"舌辩"艺术;"家数"的形成则主要是因"说话"题材的类型,又部分是因为题材类型所决定的技艺风格。这点在《都城纪胜》《梦粱录》等书的记载中都有体现。下面即对"说话四家数"的类型特征略作分析,以发明它们"所蕴含的可以抽象出来的理论"。

首先是"小说"一家,有研究者认为三国时俳优小说即其前身,⑥然三国及至唐代的市人小说,应看作宋元"说话"的前身,而非仅仅"小说"一家之前身。据耐得翁《都城纪胜·瓦舍众伎》记载,宋元说话"小说"一家包括两类:一是"银字儿",一是"说公案"。这两类的分类标准比较复杂,既有题材标准,又有审美风格的标准。"银字儿"这类"是指以现实生活或民间传说故事为题材的作品",⑦按照题材的不同,又可分为"烟粉""灵怪""传奇"。"银

---

① (宋)孟元老等著,周峰点校:《东京梦华录(外四种)》,文化艺术出版社1998年版,第306页。
② 《明本大字应用碎金》卷下"技乐篇第三十七",国家图书馆藏。
③ (清)翟灏著,颜春峰点校:《通俗编》,中华书局2013年版,第431页。
④ 参见胡士莹:《话本小说概论》第四章第二节,商务印书馆2011年版。
⑤ 孙楷第:《中国通俗小说书目·分类说明》,人民文学出版社1982年版,第2页。
⑥ 宁宗一主编《中国小说学通论》云:"小说作为说书的内容早在三国时已经存在,《三国志》裴注引《魏略》云曹植'诵俳优小说数千言',就是模仿民间说书艺人。"宁宗一主编:《中国小说学通论》,安徽教育出版社1995年版,第385页。
⑦ 路工:《唐代的说话与变文》,周绍良、白化文编:《敦煌变文论文录》,上海古籍出版社1982年版,第398页。

字儿"本是一种乐器，适合演奏低沉哀婉的乐曲，以"银字儿"名此类"小说"，大体是因为这类小说审美以哀艳为主。① 至于"灵怪"，是征奇话异的精怪故事；"烟粉"则是"烟花粉黛，人鬼幽期"的人鬼恋故事；"传奇"则是承袭唐传奇之谓，专指人间男女情爱。这一分类主要是题材的不同，不过"烟粉"与"传奇"的区别，一为虚幻的人鬼恋，一为现实之情，两者有故事空间的不同。② 罗烨《醉翁谈录》所载"银字儿"各类小说基本可以证明这点。③ 至于"说公案"，耐得翁指出是"搏刀赶棒及发迹变泰之事"，其含义应是指说话人演说具有借鉴意义的典故或者故事。④ 罗烨《醉翁谈录》中，将"说公案"又细分为"公案""朴刀局段""捍棒之序头"三类。从其所举之话本名目来看，"公案"与"朴刀局段""捍棒之序头"的区别在于，"公案"偏重于案情本身。如《醉翁谈录》甲集卷二乃"私情公案"《张氏夜奔吕星哥》，庚集卷二乃15篇"花判公案"，这两种"公案"分别用"私情"和"花判"作内容的区分，而且文本中的案牍是叙事推进的有机构成，而非生硬的融入。至于"朴刀局段"和"捍棒之序头"，都是江湖游侠类人物故事，其区别在于游侠所使用的武器的不同。又，据罗烨《醉翁谈录·小说开辟》的记载，"小说"还有"妖术""神仙"两类，这两类应当是从"灵怪""烟粉""传奇"中细分出的。如罗烨在"神

---

① 参见李啸仓：《李啸仓戏曲曲艺研究论集·释银字儿》，中国戏剧出版社1994年版，第334—343页。
② 参见程毅中：《宋元小说研究》第十章《宋元小说话本》，江苏古籍出版社1999年版。
③ 罗烨《醉翁谈录·舌耕叙引·小说开辟》云："说杨元子、汀州记、崔智韬、李达道、红蜘蛛、铁瓮儿、水月仙、大槐王、妮子记、铁车记、葫芦儿、人虎传、太平钱、巴蕉扇、八怪国、无鬼论，此乃是灵怪之门庭。言推车鬼、灰骨匣、呼猿洞、闹宝录、燕子楼、贺小师、杨舜俞、青脚狼、错还魂、侧金盏、刁六十、斗车兵、钱塘佳梦、锦庄春游、柳参军、牛渚亭，此乃为烟粉之总龟。论莺莺传、爱爱词、张康题辞、钱榆骂海、鸳鸯灯、夜游湖、紫香囊、徐都尉、惠娘魄偶、王魁负心、桃叶渡、牡丹记、花萼楼、章台柳、卓文君、李亚仙、崔护觅水、唐辅采莲，此乃为之传奇。"
④ 《能改斋漫录》卷八"手滑"条引苏子由《龙川别志》云："'庆历中，劫盗张海将过高邮。知军姚仲约度不能御，喻军中富民出金帛市牛酒，使人迎劳且厚遗之。海悦，径去，不为暴。富郑公议欲诛仲约。范文正欲宥之。争于上前。仁宗从之。富公愠曰："方今患法不举，而多方沮之，何以整众？"范公密告之曰："祖宗以来未尝轻杀臣下，此盛德事。奈何欲轻坏之？且吾与公在此，同僚之间同心者有几？虽上意亦未知所定也。而轻导人主以诛戮臣下，他日手滑，虽吾辈亦未敢自保也。"富公终不以为然。及二公迹不安，范公出按陕西，富公出按河北。范公因自乞守边。富公自河北还，及国门，不许入。未测朝廷意，比夜彷徨不能寐，绕床叹曰："范六丈圣人也。"'余考《资治通鉴》：'唐武宗赐刘宏逸、薛季棱死，又遣使就潭州诛杨嗣复与李珏。杜惊奔马而见李德裕，曰："天子少年新即位，兹事不宜手滑。"德裕因与崔珙、崔郸、陈夷行三上奏。乃释之。'乃知范公所言者，杨嗣复等公案耳。世有肆行胸臆者，多以纸上语为不足用，以今观之，是否益可见矣。"释圜悟《碧岩录》："劈腹剜心，人皆唤作两重公案。"

仙之套数"中所举《竹叶舟》《黄粮（梁）梦》、"妖术之事端"中所举《西山聂隐娘》《红线盗印》等，都是唐传奇的改编。将"妖术""神仙"两类所包含之"小说"，与"传奇"一类中之"小说"对比，可以发现两者也有差异，"神仙"和"妖术"的故事，多为现实生活的幻化，审美风格多尚"奇"；而"传奇"故事则集中于对人生现实情感的表现，审美风格是现实的哀艳。①

其次是"说铁骑儿"一家。"铁骑"一词可能最早出现于《后汉书·公孙瓒传》，云："且厉五千铁骑于北隰之中，起火为应。"② 从晋到宋的史料记载中，"铁骑"一词的用法与此基本相同。由此可见，"铁骑"当指精锐的军马。耐得翁谓"说铁骑儿"为"谓士马金鼓之事"，两者可相佐证。罗烨《小说开辟》中记载的"《黄巢拨乱天下》《赵正激恼京师》《刘项争雄》《孙庞斗智》"等刚性"小说"，可能就属于"说铁骑儿"。这类故事一般选取历史长河中某一情节集中、矛盾激烈的故事来讲论，既能"顷刻间提破"，又能"敷演得越久长"。"说铁骑儿"发展到后来，可能也演变成了软性的曲谱——"铁骑儿"，如《御定曲谱》卷五即引《卧冰记》之《铁骑儿》（又名《檐前马》），云："赶家兄，赶家兄，不见踪影，历尽几山林，加鞭赶上，勒马去如云。"③ "说铁骑儿"敷演"士马金鼓之事"，此类事既有战争的宏阔雄伟之壮美，也有行役之离愁、生死之悲戚，故"说铁骑儿"有此两种不同之演变。

第三是"说经"一家，耐得翁谓其"演说佛书、说参请，谓宾主参禅悟道等事"，包括"说参请""说诨经"。④ 向达认为"说经""说参请"是

---

① 罗烨《醉翁谈录·舌耕叙引·小说开辟》载："言石头孙立、姜女寻夫、忧小十、驴垛儿、大烧灯、商氏儿、三现身、火枕笼、八角井、药巴子、独行虎、铁秤槌、河沙院、戴嗣宗、大朝国寺、圣手二郎，此乃谓之公案。论这大虎头、李从吉、杨令公、十条龙、青面兽、季铁铃、陶铁僧、赖五郎、圣人虎、王沙马海、燕四马八，此乃为朴刀局段。言这花和尚、武行者、飞龙记、梅大郎、斗刀楼、拦路虎、高拔钉、徐京落章、五郎为僧、王温上边、狄昭认父，此为捍棒之序头。论种耍神记、月井文、金光洞、竹叶舟、黄粮（梁）梦、粉合儿、马谏议、许岩、四仙斗圣、谢溏落海，此是神仙之套数。言西山聂隐娘、村邻亲、严师道、千圣姑、皮匣袋、骊山老母、贝州王则、红线盗印、丑女报恩，此为妖术之事端。"
② 周天游辑注：《八家后汉书辑注》，上海古籍出版社1986年版，第145页。
③ （清）王奕清等编：《钦定曲谱》，中国书店2018年版，第261页。
④ 参见程毅中：《宋元小说研究》第十一章第一节，江苏古籍出版社1999年版。

"唐代诸讲经文之支与流裔"。①《梦粱录》定义"说经""说参请"云:"讲经者谓演说佛书,说参请者谓宾主参禅悟道等事"。按此定义,宋元的"说经""说参请"是"述事而不述义",②如南宋时的说经底本《大唐三藏法师取经诗话》即是如此。

最后是"讲史"。《梦粱录》卷二十"小说讲经史"云:"讲史书者,谓讲说《通鉴》、汉唐历代书史文传,兴废战争之事。""讲史"在唐代已经产生,如敦煌变文中的《汉将王陵变》《季部骂阵词文》《昭君变》《张淮深变文》等,都是"宋代说话人中讲史书一科之先声"。③宋元两代关于"讲史"的记载颇多,《东京梦华录》卷五"京瓦伎艺"条举讲史小说二家外,专列"说三分、五代史",显示当时瓦舍讲史的盛行。"说三分",指讲"三国事",④"五代史"可能如同《五代史平话》的内容。此外还有讲说汉书、楚汉战争者。⑤"讲史"的内容包括"传"与"事"两个方面,即历史上的人物与事件,如《醉翁谈录·小说开辟》云"讲历代年载废兴,记岁月英雄文武",即是此之谓。讲史在宋代形成的盛行态势,并没有因为元朝政府禁止说"词话"而停止,而是一直持续,如杨维祯《东维子集》卷六《送朱女士桂英演史序》言"善记稗官小说,演史于三国五季",即是明证。宋元以来,讲史话本又有"平话"的专称,如流传到现在的《新编五代史平话》《大宋宣和遗事》、元刊平话五种以及《永乐大典》第5244卷幸存的《薛仁贵征辽》等平话,都是长篇演史,且文体中有诗。

宋元"说话四家数"的自觉类型意识,奠定了中国古代白话小说发展的源流,使中国古代白话小说自觉遵循其类别发生、发展与演变。对此,

---

① 向达:《唐代俗讲考》,周绍良、白化文编:《敦煌变文论文录》,上海古籍出版社1982年版,第59页。
② 孙楷第:《唐代俗讲轨范与其本之体裁》,同上,第73页。
③ 向达:《唐代俗讲考》,同上,第59页。
④ 宋人高承《事物记原》卷九"影戏"条:"宋朝仁宗时,市人有能谈三国事者,或采其说加缘饰作影人,始为魏、吴、蜀三分战争之像。"(宋)高承撰、(明)李果订:《事物纪原》,中华书局1989年版,第495页。苏轼《志林》卷六记载涂巷中"聚坐听古话说《三国志》",更是明确说明了是《三国志》。
⑤ 南宋洪迈《夷坚支丁》卷三有乾道中茶肆讲说《汉书》的记载。(南宋)洪迈:《夷坚志》,中华书局1981年版,第991页。南宋刘克庄《田舍即事》诗即有观看"市优"淋漓尽致"纵谈楚汉"的内容。傅璇琮等主编:《全宋诗》,北京大学出版社1991年版,第36285页。

孙楷第在评述鲁迅《中国小说史略》的小说分类时的一段话可以说明，云："通俗小说，自来不登于史籍，故其流别在往日亦不成问题。鲁迅先生《小说史略》于传奇及子部小说之外，述宋以来通俗小说尤详。自第十二篇以下，略以时代诠次，而加以品题。其目曰《宋之话本》，《宋元之拟话本》，此宋元旧本一。曰《元明传来之讲史》，曰《明之讲史》，以清人书附之，此讲史者流二。曰《明之神魔小说》，以清人一二书附之，此神魔小说三。曰《明之人情小说上》，以《金瓶梅》及续书属之。曰《明之人情小说下》，以才子佳人书属之。曰《清之人情小说》，以《红楼梦》及续书属之。此明清人情小说四。曰《明之拟宋市人小说及后来选本》，《清之拟晋唐小说及其支流》，此明清短篇小说五。曰《清之讽刺小说》，《清之以小说见才学者》，《清之狭邪小说》，《清之侠义小说及公案》，《清末之谴责小说》，此五目皆属于清人书，品题殆无不当。……《史略》'讲史'二字，用宋人说话名目。考宋人说话，小说有'灵怪'，实即'神魔'；有'烟粉'，实即人情及狭邪小说。有'公案'，实即'侠义'。"①

现代新文学代表人物施蛰存曾言："上古文学以散文为大宗，中古文学以诗为大宗，近代文学以小说为大宗。凡是文化史悠久的国家，其文学史的发展，无不如此。……近代型的小说早已出现于宋元时代"，"宋元人所谓'小说'，倒是接近于现代观念的"。②施蛰存所言宋元小说的"近代型"和"现代观念"，蕴涵在宋元"说话"的实践中。从小说学的角度而言，可以从宋元"说话"的实践中抽绎出如下四点"近代性"。

第一是大众的俗小说观从传统的史志目录学中独立出来，形成迥异于史志目录学小说观的文化品格，构成了中国小说发展的两脉态势。这可从三个方面来说明：

一是传统史志小说观的目录学意义大于文学意义，"小说"概念在目录中犹如收容所一样，收录四部分类中无法纳入其他门类的著述，形成"六经国史而外，凡著述皆小说也"③的局面，如《隋志》《新唐志》和

---

① 孙楷第：《中国通俗小说书目·分类说明》，人民文学出版社1982年版，第1页。
② 施蛰存：《西学东渐与外国文学的输入》，载《中国文化》第5期，香港中华书局1991年12月5日，第27—36页。
③ （明）可一居士：《醒世恒言叙》，（明）冯梦龙编：《醒世恒言》，上海古籍出版社1994年《古本小说集成》影印本，第1页。

《四库全书总目》等目录著作大多如此。然而，宋元"说话四家数"是"舌辩"伎艺，是一种民间的，也是民族的传统，无论是"说话"还是分门别类的"四家数"，都指特定的伎艺。因此，不仅正统的非民间著述不可能厕身其间，即便同是民间的、民族的其他伎艺，也自有门类，不会亦不能厕身于此。如前引《都城纪胜》与《梦粱录》史料俱可说明此点。

二是在传统史志小说观支配下的小说分类，必须建立在文本的基础上，且一般都是后世对前代小说按照一定主观目的进行编排。如《太平广记》对宋前文言小说的整理，按照文本"采摭菁英，裁成类例"，其目的则是"启迪聪明，鉴照今古"。① 然"说话四家数"的分类则没有文本的拘限。正是因为没有文本的拘限，"说话四家数"的实践活动本身就非固定实体，而是一个开放的过程，它们在特定的环境中生产与消费，"说话"人和听众在"说话"实践与接受的互动中，促成话本不断发生改变并获得新的意义。如《醉翁谈录·舌耕叙引》即有所谓"说者纵横四海，驰骋百家"，"冷淡处提掇得有家数，热闹处敷演得越久"，尤其是"有小说者，但随意据事演说"。② 正是这样一个开放的过程，使"说话"伎艺走向艺术成熟之境，自然形成说话之"家数"。

三是提出了真正具有近代意义的"小说"概念。刘廷玑言："盖小说之名虽同，而古今之别则相去天渊。"③ 中国"小说"语词的提出，最早在《庄子·外物篇》中，但其"乃谓琐屑之言，非道术所在，与后来所谓小说者固不同"。④ 汉朝桓谭《新论》使用"小说家"一语，⑤"始若与后之小说近似"。⑥ 至于班固《汉志》所谓"小说"，更是收容所的渊薮，并在史志目录学中一直持续到清代，如纪昀《四库全书总目》的"小说"。从《庄子》到《四库全书书目》中的"小说"观，属于大文化传统，一般指称文言小说。然而"说话四家数"中的"小说"一家，却是明清以来属于

---

① （宋）李昉：《上〈太平广记〉表》，（宋）李昉等编：《太平广记》，中华书局1961年版，第1页。
② （宋）罗烨：《醉翁谈录》，古典文学出版社1957年版，第3—5页。
③ （清）刘廷玑撰，张守谦点校：《在园杂志》，中华书局2005年版，第82—83页。
④ 鲁迅撰，郭豫适导读：《中国小说史略》，上海古籍出版社2019年版，第1页。
⑤ 《文选》卷三十一江淹《拟李都尉从军诗》李善注引桓谭《新论》："若其小说家，合丛残小语，近取譬论，以作短书，治身理家有可观之辞。"
⑥ 鲁迅撰，郭豫适导读：《中国小说史略》，上海古籍出版社2019年版，第1页。

小文化传统的通俗小说观念来源。如明清小说家一致将小说的起源追溯至北宋即可以说明。① 近现代学者也有此认识,如孙楷第认为鲁迅《中国小说史略》中宋以后通俗小说之分类,皆本于宋元"说话四家数"。至于近代"小说界革命",在"新小说、新民、新国"这一逻辑功能目标上与宋以来通俗小说观不同,② 但其张扬小说的劝世警俗功能,却与传统的通俗小说观一脉相承。当然,需要说明的是,"说话四家数"中的"小说"仅仅是家数之一,之后则发展为由"说话四家数"所衍生的各体通俗小说文类术语。

第二,完全采用民间语言——即白话——作为"舌辩"语言的"说话四家数",让白话文学成为一种民族文学,从而获得了一种新的地位和尊重。③ 中国小说近代转型不可或缺的因素,应是语体由文言一变而为白话。1903年梁启超在推广"小说界革命"时对此有总结,言:"文学之进化有一大关键,即由古语之文学,变为俗语之文学是也。各国文学史之开展,靡不循此轨道。中国先秦之文,殆皆用俗语,观《公羊传》《楚辞》《墨子》《庄子》,其间各国方言错出者不少,可为佐证。故先秦文界之光明,数千年称最焉。寻常论者,多谓宋、元以降,为中国文学退化时代。余曰不然。夫六朝之文靡靡不足道矣。即如唐代韩柳诸贤,自谓起八代之衰,要其文能在文学史上有价值者几何?昌黎谓非三代、两汉之书不敢观,余以为此即其受病之源也。自宋以后,实为祖国文学之大进化。何以故?俗语文学大发达故。宋后俗语文学有两大派,其一则儒家、禅家之语录,其二则小说也。小说者,决非以古语之文体而能工者也。"④ 因此,唐传奇并

---

① 郎瑛《七修类稿》卷二十二云:"小说起宋仁宗"。《今古奇观·序》:"至有宋孝皇以天下养太上,命侍从访民间奇事,日进一回,谓之说话人。而通俗演义乃始盛行"。袁枚《随园随笔》载:"今之演义小说者,称说书贱人所为,如左宁南门下柳敬亭是也。不知宋金元皆有崇政殿说书之官,其职有类经筵讲官,而秩稍卑,程伊川、杨龟山、游酢皆为此官。"
② 胡适曾说:"历史进化有两种:一种是完全自然的演化;一种是顺着自然的趋势,加上人力的督促。前者叫演进,后者叫革命。"同时他认为中国文学史上白话文学的发展是演进,小说语言也是如此,而"文学界革命"则是人力的督促,是真正的革命。胡适:《白话文学史·引子》,东方出版社1996年版,第4—5页。
③ 米列娜认为这种融合与尊重发生在晚清。参见米列娜编:《从传统到现代——世纪转折时期的中国小说·导言》,北京大学出版社1991年版。从文学的整体发展脉络而言,民族语言与文学的完全融合确实发生于晚清,并成为主流,但就小说而言,民族语言与小说的融合,却是发生在宋代"说话"。
④ 梁启超:《小说丛话》,《新小说》第7号,1903年9月。

不具备近代性的基本特征。至于唐代敦煌话本,其中"唯一之口语的小说"是《唐太宗入冥记》,①而其语言也是文白相杂的。宋元话本,其"说话人"虽"非庸常浅识之流",且"幼习太平广记,长攻历代史书。烟粉奇传,素蕴胸次之间;风月须知,只在唇吻之上。夷坚志无有不览,琇莹集所载皆通。动哨、中哨,莫非东山笑林;引倬、底倬,须还绿窗新话",②但他们"舌辩"的目的,则是"以上古隐奥之文章,为今日分明之议论",因而使用纯粹的白话,完全没有唐代敦煌话本主要运用文言的特征,可以认为"是中国文学史上第一次用白话来描叙社会的日常生活"。③

宋元"说话"虽使用纯粹的白话,但它不仅受到民间的崇尚,也为士大夫文人甚至皇帝所追捧,④甚至有人借助"说话"聚众谋反,⑤由此可见纯粹白话的"说话"为当时社会所普遍接受。至于宋元"说话"对民族文学形成的影响,程千帆曾有概括,言:"优美的白话使用,不只是话本本身的一种艺术特征,而且打破了在其以前长期存在的文言成为唯一的文学语言的局面,奠定了在其以后出现的许多小说戏曲方面的天才著作的语言基础。"⑥此论精当。

第三是小说"触性性通,导情情出"道德价值评判民间本位的确立。这一民间本位的确立,可以说是近代将小说作为启蒙工具的理论先声。宋元"说话"的表演方式是"试开戛玉敲金口,说与东西南北人","讲论只凭三寸舌,秤评天下浅和深",⑦因而宋元"说话"就具有了"谐于里耳"

---

① 郑振铎:《插图本中国文学史》,人民文学出版社 1957 年版,第 554 页。
② (宋)罗烨:《醉翁谈录》,古典文学出版社 1957 年,第 3 页。
③ 郑振铎:《插图本中国文学史》,人民文学出版社 1957 年版,第 554 页。
④ 如《梦粱录》卷二十载王六大夫系御前供话,并载:"淳熙八年正月元日……上侍太上,于椤木堂香阁内说话,宣押棋待诏,并小说人孙奇等十四人……"南宋李心传《建炎以来朝野杂记》:"绍兴初,有伶人胡永年者积官至武功大夫。"《古今小说·序》称"南宋供奉局,有说话人,如今说书之流"。明李日华《紫桃轩杂缀》载:"宋王防御,号委顺子。方万里挽之曰:'温饱道遥八十余,稗官原是汉虞初。世间怪事皆能说,天下鸿儒有不如。耸动九重三寸舌,贯穿千古五车书。哀江南赋笺成传,从此书编锁蠹鱼。'盖防御以说书供奉得官,既老,筑委顺堂以居,士大夫乐与往还。"《文酒清话》卷五《李成触忌》条则载:"李成,郓州人,少亦曾学,长即贫困,乃惰初心,因而作场市肆,以说话为艺。"
⑤ 陶宗仪《南村辍耕录》卷二十七"胡仲彬聚众"载:"胡仲彬乃杭城勾栏中演说野史者,其妹亦能之。时登省官之门,因得赀缘注授巡检。至正十四年七月内,招募游食无籍之徒,文其背曰'赤心护国,誓杀红巾',八字为号,将遂作乱。为乃叔首告,搜其书名簿,得三册,才以一册到官,余火之,亦诛三百六十余人也。"
⑥ 程千帆:《俭腹抄》,上海文艺出版社 1998 年版,第 118 页。
⑦ (宋)罗烨:《醉翁谈录》,古典文学出版社 1957 年,第 3 页。

与"随意敷演"的两种特征。这两种特征都是市场——勾栏瓦舍——需求所赋予的。在市场需求的支配下，宋元"说话"在表演中形成"冷淡处提掇得有家数，热闹处敷演得越久长"的艺术技巧。就缺少"文心"的"里耳"——"村夫稚子、里妇估儿"——而言，听"说话"一般"以甲是乙非为喜怒，以前因后果为劝惩，以道听途说为学问"，①其审美追求是能够获取直接的道德评判的价值导向。"说话"叙事技巧的运用，能使故事曲折，能满足"里耳"的"好奇"心理，但不能满足"里耳"在"好奇"背后的道德审美追求。如《都城纪胜·瓦舍众伎》条中所载的宋元民间影戏，其人物形象的制作，就直接有道德评判的价值导向作用："公忠者雕以正貌，奸邪者与之丑貌，盖亦寓褒贬于市俗之眼戏也。"②与影戏一样主要生存于勾栏瓦舍的"说话"，当然不会追求"状难写之景如在目前，含不尽之意见于言外"③的形式审美愉悦，而是以"上古隐奥之文章，为今日分明之议论"。所谓"分明之议论"，就是"破尽诗书泣鬼神，发扬义士显忠臣"，④也即简单直接的道德价值评判的审美愉悦。其效果则是"说国贼怀奸从佞，遣愚夫等辈生嗔；说忠臣负屈衔冤，铁心肠也须下泪。讲鬼怪令羽士心寒胆战；论闺怨遣佳人绿惨红愁。说人头厮挺，令羽士快心；言两阵对圆，使雄夫壮志。谈吕相青云得路，遣才人着意群书；演霜林白日升天，教隐士如初学道。噇发迹话，使寒门发愤；讲负心底，令奸汉包羞"，⑤甚至于使"怯者勇，淫者贞，薄者敦，顽钝者汗下"。⑥

宋元史料记载中，"说三分"故事中人物的道德评判很能说明此点。

据苏轼《志林》载，宋仁宗（1023—1063）时"途巷中小儿薄劣"，"听说古话"，"至说三国事，闻刘玄德败，颦蹙有出涕者；闻曹操败，即喜唱快。以是知君子小人之泽，百世不斩"。⑦由此可见在民间文艺中，对

---

① （明）无碍居士：《警世通言叙》，（明）冯梦龙编：《警世通言》，上海古籍出版社1994年《古本小说集成》影印兼善堂本，第3—4页。
② （宋）孟元老等著，周峰点校：《东京梦华录（外四种）》，文化艺术出版社1998年版，第86页。
③ （宋）欧阳修：《六一诗话》，人民文学出版社1962年版，第9页。
④ （宋）罗烨：《醉翁谈录》，古典文学出版社1957年版，第3页。
⑤ 同上，第5页。
⑥ （明）绿天馆主人：《古今小说叙》，（明）冯梦龙编：《古今小说》，上海古籍出版社1994年《古本小说集成》影印本，第6—7页。
⑦ （宋）苏轼撰，王松龄点校：《东坡志林》，中华书局1981年版，第7页。

三国人物的道德价值评判是非常直接且决然对分,也就是所谓的"尊刘贬曹",其中蕴涵了一般市民的道德价值观。不过,在宋代文人中,对三国人物,"世以成败论人物,故操得在英雄之列",曹、刘的道德评判也并非泾渭分明。如苏轼虽认为曹操"阴贼险恨,特鬼蜮之雄者耳",指责曹操"分香卖履,区处衣物"为"平生奸伪,死见真性",但仍称赞曹操"功盖天下"。① 苏轼之弟苏辙更对曹操称颂有加。② 只是到了偏安一隅的南宋,因为封建正统观和道德的要求,"帝蜀寇魏"成为现实的选择,曹操才被树为反面典型,两种文化的道德评价才趋同起来。

正是因为宋元"说话"确立了道德价值评判的民间本位,因而就有了明清时代的"演义"叙事的道德倾向与民间理想政治人物的契合,进而促进"演义"小说导俗、喻俗、醒俗功能的自觉。如修髯子《三国志通俗演义引》:"故好事者以俗近语隐括成编,欲天下之人入耳而通一其事,因事而悟乎义,因义而兴乎感。不待研精覃思,知正统必当扶,窃位必当诛,忠孝节义必当师,奸贪谀佞必当去。"③ 如此之论在明清小说理论中多有存在,其实质则是建立在民间道德价值评判本位基础上的"喻俗"功能。应该说,这种功能与"小说界革命"的理论基点是一脉相承的,如梁启超所谓:"欲新一国之民,不可不先新一国之小说。故欲新道德,必新小说;欲新宗教,必新小说;欲新政治,必新小说;欲新风俗,必新小说;欲新学艺,必新小说;乃至欲新人心,欲新人格,必新小说。何以故?小说有不可思议之力支配人道故。"④ 此论与其说完全来自西方的小说功用观,毋

---

① 孔凡礼点校:《苏轼文集》,中华书局1986年版,第601、211页。
② 苏辙《历代论三·晋宣帝》曰:"汉自董卓之后,内溃外畔,献帝奔走困踬之不暇,帝王之势尽矣,独其名存耳。曹公假其名号以服天下,拥而植之许昌,建都邑,征畔逆,皆曹公也。虽使终身奉献帝,率天下而朝之。天下不归汉而归魏者,十室而九矣。曹公诚能安而侯之,使天命自至,虽文王三分天下有其二以事纣,何以加之?惜其义不终,使献帝不安于上,义士愤怒于下,虽荀文若犹不得其死,此则曹公之过矣。"可见曹操在苏辙眼里虽不免有过,但终是瑕不掩瑜。《上昭文富丞相书》一文又曰:"辙读《三国志》,尝见曹公袁绍相持久而不决,以问贾诩,诩曰:'公明胜绍,勇胜绍,用人胜绍,决机胜绍。绍兵百倍于公,公画地而与之相守半年,而绍不得战,则公之胜形已可见矣,而久不决,意者顾万全之过耳。'夫事有不同,而其意相似,今天下之所以仰首而望明公者,岂亦此之故欤?"其言"天下之所以仰首而望明公",则见曹操在当时士人群体中是以正面评价为主的。
③ (明)修髯子:《三国志通俗演义引》,(明)罗贯中编次:《三国志通俗演义》,上海古籍出版社1994年《古本小说集成》影印嘉靖本,第2页。
④ 梁启超:《论小说与群治之关系》,《饮冰室合集》第2册《饮冰室文集之十》,中华书局1989年版,第6页。

宁说也是深深浸淫着中国古代的小说传统。

最后，宋元"说话四家数"昭示了中国古代通俗小说的发展模式。明人郎瑛云：

> 小说起宋仁宗，盖时太平盛久，国家闲暇，日欲进一奇怪之事以娱之，故小说得胜头回之后，即云话说赵宋某年。间阎淘真之本之起，亦曰："太祖太宗真宗帝，四帝仁宗有道君。"国初瞿存斋过汴之诗，有"陌头盲女无愁恨，能拨琵琶说赵家"，皆指宋也。若夫近时苏刻几十家小说者，乃文章家之一体，诗话、传记之流也，又非如此之小说。①

郎瑛所谓"近时苏刻几十家小说者"，可能指其同时代人顾元庆所编《顾氏文房四十家小说》《广四十家小说》等所收的文言小说。由郎瑛行文可知，他所谓"小说起宋仁宗"，乃是指明代文言小说之外的通俗小说。郎瑛认为通俗小说起源于宋仁宗时，盖因宋元"说话"的"话本"开启了明清通俗小说的发展模式，而近代小说的发展也沿袭此种模式。②

施蛰存认为，近代小说应具备如下三个因素："（一）故事是虚构的，有创造性的，不用社会实事。（二）故事有情节结构（Plot）。（现代派作家已否定了这一项。）（三）人物性格有典型性。"这三个因素，与国外近现代小说观中小说因素大体吻合。③ 确实，中国古代的笔记小说，自诞生既是"丛杂短语"，缺少情节，至于唐传奇，更多关注的是一种诗韵乐趣，然宋元话本与生俱来的商业性，使它必须耸动听闻，需以丰富生动、紧张曲折的故事情节吸引人。

大体说来，宋元"说话"虽"言非无根"，但并不局囿于"根"，而是只取一点事由而肆意敷演。如郑樵对宋代"说话"虚构艺术的总结，言：

---

① （明）郎瑛：《七修类稿》，中华书局1959年版，第330页。
② 近代小说与传统通俗小说，在文体上并无较大差异，所谓现代与传统的断裂，更多反映在"小说界革命"时小说题材的断裂。
③ 如英国著名小说家和理论家爱德华·摩根·福斯特在《小说面面观》（花城出版社1984年版）中归纳了小说的七个方面，即故事、人物、情节、幻想、预言、图式与节奏。施蛰存的三因素就包括了福斯特的前四个方面。

"如稗官之流，其理只在唇舌间，而其事亦有记载。虞舜之父、杞梁之妻，于经传所言者数十言耳，彼则演成万千言。东方朔三山之求，诸葛亮九曲之势，于史籍无其事，彼则肆为出入。"①"数十言""演成万千言"，"肆为出入"史实人物"史籍无其事"之事，与施蛰存所认为的近代小说的第一个因素完全符合。又吴伟业《柳敬亭传》中记载了莫后光对说书艺术的概括，言："夫演义虽小技，其以辨性情，考方俗，形容万类，不与儒者异道。故取之欲其肆，中之欲其微，促而赴之欲其迅，舒而绎之欲其安，进而止之欲其留，整而归之欲其洁，非天下至精者，其孰与于斯矣！"② 此种总结，虽指向明代说书艺术，揆诸宋元"说话"也大体也不差。而且"'话本'的结构，往往较'传奇'及笔记为复杂，为更富于近代的短篇小说的气息"，③ 如《十五贯戏言成巧祸》（又名《错斩崔宁》），由其名即知其情节展开乃围绕"戏""巧""错"等要素，也就是现代小说所强调的"偶然性"。④ 至于宋元"说话"中人物性格的典型性，以"尊刘贬曹"的民间价值评判即可说明，后世小说中刘备之忠厚、曹操之奸绝、关羽之义绝，应该说在宋元"说话"中已经基本定型。同时宋元"说话"中还塑造了一批具有典型性格的普通男女市民，如崔宁、璩秀秀、周胜仙等。明清章回小说正是沿着这条"说话"伎艺的艺术创作特性发展起来。

正是因为有此继承，就形成了宋元"说话"在文体范式上对明清乃至近代小说的影响。如孙楷第认为明清小说的文体都来源于"说话四家数"，云："凡此数者（笔者案：指"说话四家数"），后来短篇小说中皆有其体，长篇则传奇一派，罕见其例。清以来有专主劝诫之作，与传奇用意似相近而又不尽相同。且藉小说以醒世诱俗，明善恶有报，天网恢恢，疏而不漏，则凡中国旧日小说，亦莫不自托于此。然皆以此自饰，从无自始至终本此意为书者，则清之劝诫小说乃自成一体，为古昔所无。又讲史与小说，一缘讲诸史《通鉴》而所须之时间甚长；一缘讲朝野杂事而所须时间较短。因性质之不同，而话本之长短有异。后来文人撰作，乃有言家庭社

---

① （宋）郑樵撰，王树民点校：《通志》，中华书局1995年版，第911页。
② （清）吴伟业著，李学颖集评标校：《吴梅村全集》，上海古籍出版社1990年版，第1055页。
③ 郑振铎：《明清二代的平话集》，《中国文学研究》，人民文学出版社2000年版，第330页。
④ 巴尔扎克《〈人间喜剧〉前言》说："偶然是世界上最伟大的小说家，若想文思不竭，只要研究偶然。"亚里士多德《诗学》中也强调了叙事的"突转"，也就是偶然性。

会杂事，而鸿文潇洒，篇章与讲史书抗衡者。是故语其朔则讲史为长篇，而小说为短篇；语其变则小说有短篇亦有长篇，其长者且与讲数百年之史事者等。"① 该论已概述完备，故此不再展开。

总而言之，宋元"说话"的近代性是建立在勾栏瓦舍的市场实践基础上的，其"话本"与之前和同时代的文言小说呈现了完全不同的审美风貌，开辟了明清乃至近代通俗小说的发展范式。

五、小说功用观与艺术观

从整体而言，宋元人的小说观在继承宋前小说观的基础上有较明显的推进。宋元人对宋前小说观念的继承，多体现在积极推进方面。如唐人对小说"圣人之教"②的定位即为宋元人所继承，李昉《进〈太平广记〉表》云文言小说乃"圣人之道"、曾慥《类说序》谓小说是"小道可观，圣人之训也"，都与传统一脉相承。特别是宋元人将宋前著录于史部的小说归位于子部的小说家，更集中体现出了宋人对小说本体认识的突破。与宋元人小说乃"圣人之道"的本体观相对应，宋元人广泛提升了小说的社会功用。如李昉《进〈太平广记〉表》，把小说的社会功用定位于与史传相同，即"启迪聪明，鉴照古今"。虽然中国古代小说价值评判系统中一直有"治身理家"的功用肯定，③但如李昉所谓小说"足以启迪聪明，鉴照古今"的社会功用定位，在宋前还未曾出现。宋元时期，李昉的这种小说功用观，应该是一种社会普遍心理。如《太平广记》之名，即为皇帝所御敕。④同时，宋元人认为小说可以"启迪聪明，鉴照古今"和"资治体"的认识，在宋元小说中也有反映。如宋元文言小说中，经常有"垂诫"性

---

① 孙楷第：《中国通俗小说书目·分类说明》，人民文学出版社1982年版，第2页。
② 《隋书·经籍志·子部》"小序"："《易》曰：'天下同归而殊途，一致而百虑。'儒、道、小说，圣人之教也，而有所偏。"
③ 如《论语·子张》有谓"虽小道，必有可观者焉"，萧统《文选》卷三十《李都尉从军》李善注引桓谭《新论》曰"若其小说家，合丛残小语，近取譬论，以作短书，治身理家，有可观之辞"，唐人则强调小说"惩尤物，窒乱阶"（陈鸿《长恨歌传》）的功能。
④ 又如曾慥在《类说序》中也认为小说可以"资治体、助名教"。张贵谟为周辉《清波杂志》所作序言："纪前言往形及耳目所接，虽寻常细事，多有益风教及可补野史所阙遗者。"陈晦《清波杂志跋》言："感时怀旧，讲善黜恶，断断然有补风教。"等等。

的文字。① 且不仅文言小说重视"垂诫"，白话小说也是如此。② 又，宋元人在书目的"小说"类中列入训诫一类的书，如《崇文总目》"小说"类收入《颜氏家训》《诫子拾遗》等，《新唐书·艺文志》"小说"类收入《家范》《诫子书》等。这些训诫类的书能成为小说的一部分，正是对小说"治身理家"教化功能的正视与认可。或谓宋元时期强化小说的教化功能与宋元时期理学的昌盛有关，其实并不如此，马积高在论述宋元理学与文学关系时尝谓："宋诗、赋、文中的说理成分较多，除了有文学本身发展的因革关系外，实是由宋朝士大夫内向的思想方法和志趣所造成的。它是一种社会的思潮。故理学家的诗、赋、文好说理，非理学家写作时也好说理；受到理学影响的人固然好说理，没有受到它的影响的人也自然而然地好说理。因此我们可以说他们互相影响、渗透，却不能说崇尚说理的文风是在理学的影响下形成的，因为这与实际情况不符。但到了南宋末期，情况就不同了。由于理学成了占支配地位的思想，文学于是也开始受其支配。"③ 宋元小说也是如此，它和理学之间的关系也是互相影响和互相渗透的。

宋元时期的小说功用观还表现为重视小说的娱乐性，如曾慥《类说序》谓："供谈笑、广见闻，如嗜常珍，不废异馔，下箸之处，水陆具陈矣。"宋元时期对小说娱乐性的重视，表现在创作和接受的双向自觉。宋元人关于小说创作的自觉，大多呈现在作者的自序之中。④ 另有一些小说，作者没有表明这种娱乐性，但其本身就是一部娱乐文本，如宋元时期的谐

---

① 如《绿珠传》所言的"今为此传，非徒述美丽，窒祸源，且欲惩戒辜恩背义之类也。"《杨太真外传》的史臣曰："夫礼者，定尊卑，理家国。……今为外传，非徒拾杨妃之故事，且惩祸阶而已。"《李师师外传》则传达了著述者对李师师的高度评价，即所谓："李师师以娼妓下流，猥蒙异数，所谓处非其据矣。然观其晚节，烈烈有侠士风，不可谓非庸中佼佼者也。"张实《流红记》篇末言："悦于得好于求者，观此可以为戒也。"《高言》篇末曰："士君子观之以为戒焉。"张齐贤《洛阳缙绅旧闻记序》言："摭旧老之所说，必稽事实；约前史之类例，动求劝诫。"如此等等，不一而足。
② 如罗烨《醉翁谈录》的"小说引子"条云："言其上世之贤者可为师，排其近世之愚者可为戒。"又"小说开辟"条云："说国贼怀奸从佞，遣愚夫等辈唝；说忠臣负屈衔冤，铁心肠也须下泪。……瞳发迹话，使寒门发愤；讲负心底，令奸汉包羞。"等等。
③ 马积高：《宋明理学与文学》，湖南师范大学出版社1989年版，第24页。
④ 如欧阳修的《归田录》，其在自序中云："录之以备闲居之览也。"王辟之《渑水燕谈录自序》自供撰述之目的："蓄之中橐，以为南亩北窗、倚杖鼓腹之资，且用消阻志、遣余年耳。"郑文宝《南唐近事序》言："余匪鸿儒，颇常嗜学，耳目所及，志于缣缃，聊资抵掌之谈，敢望获麟之誉。"

谑小说等。①此外还有如晁载之的《谈助》和《续谈助》等小说选集，这一类书的书名就直观反映了"供谈笑、广见闻"的娱乐性。如同叶梦得《避暑录话》卷上所言："士大夫作小说，杂记所闻见，本以为游戏……"宋元时期的小说功用观不仅促成了小说既能登上大雅之堂，又可流漫于闾巷田陌之间，"自兹而后，小说一家，蔚为大国，可以兴观群怨，或且优于诗赋"。②宋元时期的小说功用观不仅促成了小说能登上大雅之堂，也使流漫于闾巷田陌之间，"自兹而后，小说一家，蔚为大国，可以兴观群怨，或且优于诗赋"。③而就白话小说而言，本就是应宋元城市生活娱乐的需要而产生，从创作到接受，小说的娱乐性占据着支配的地位。

宋元人还认为小说可以"资后学"，"可以助缘情之绮靡，为摛翰之华苑者矣"。④宋元人的这种小说功用观，可以宋仁宗天圣七年（1029）五月下诏禁止科试中"小说"语言泛滥的情况得以证明，诏言："朕试天下之士，以言观其趣向，而比来流风之敝，至于荟萃小说，碎裂前言，竟为浮夸靡曼之文，无益治道，非所以望于诸生也……"⑤宋代士人"荟萃小说"的风习，竟然为皇帝所知晓，足见流风之盛。具体而言，如宋元人作诗作词，皆惯于运用小说之典故，张君房"编古今情感事"⑥的《丽情集》，即是一部以小说典故为主的类书。《丽情集》成书后，在士大夫读书人阶层中流传，并成为诗文创作典故的重要来源之一。⑦

大体而言，宋元人的小说功用观基本没有脱离前代的范畴，如唐代李肇《唐国史补序》所谓"纪事实，探物理，辨疑惑，示劝戒，采风俗，助谈笑，则书之"的小说功用观，大体上可以概括宋元人小说功用观的方方面面，但宋元人并不仅仅止于此，而是在前人的基础上更进一步挖掘并张

---

① 宋元人的谐谑小说较多，如无名氏的《林下笑谈》、路氏的《笑林》、何中的《支颐录》等。
② 程毅中：《〈宋代传奇集〉序》，李剑国：《宋代传奇集》，中华书局2001年版，第1页。
③ 同上。
④ 宋庆历四年（1044）无名氏作《述异记》后序，认为《述异记》之作"非夫博物君子，鸿儒硕彦，家藏逸典，日猎菁英，则何以诠次成书，以资后学"，其"诚可以助缘情之绮靡，为摛翰之华苑者矣"。(清)王谟辑：《述异记》，《增订汉魏丛书》乾隆五十六年（1791）刻本。
⑤ (宋)李焘撰：《续资治通鉴长编》第8册，中华书局1985年版，第2512页。
⑥ (宋)晁公武撰，孙猛校证：《郡斋读书志校证》，上海古籍出版社1990年版，第507页。
⑦ 参见赵维国：《论〈丽情集〉与宋代丽情小说创作》，《河南大学学报》（社会科学版）2003年第1期。

扬之。其中最值得重视的是宋元人"始有意治小说学"。何谓"始有意治小说学"？大体有如下几个方面：

首先，"始有意治小说学"的基本前提是尊重小说文体的独立，并在此基础上进行小说的理论研究。唐人小说学虽然发明了诸多小说文体的本体特性，如"情美论""滋味说"等，但基本上是一种唐人的主观感受，而不是独立的研究，故相对缺乏学理性。宋元人的小说学研究则是以小说作为独立文体而进行研究的。以传奇小说为例，唐人小说创作基本可以归纳为"记类"和"传类"两种，带有明显的史学印痕。但宋元人对传奇小说的关注，更多体现在理论探讨。如洪迈谓："唐人小说，不可不熟，小小情事，凄惋欲绝，洵有神遇而不自知者。与诗律可称一代之奇。"① 此论立足于"情"本体来考察唐人小说文体，并认为其在文体上与"缘情"之诗并立，指出唐人小说文体之"思致"，与诗一样"缘于情"。由此足见洪迈对唐人小说的认知，是独立于史学范畴的本体研究。又如赵彦卫论唐代传奇"文备众体，可以见史才、诗笔、议论"，其中所谓"史才""议论"之文体二因素，前人多有发明，然"诗笔"之言，则为赵彦卫首倡，这是对唐传奇文体所蕴涵的诗学审美的正面体察。同时，宋人在小说文献的整理与创作过程中，也张扬了小说文体的独特性。而就文献整理而言，可以刘斧《青琐高议》、皇都风月主人《绿窗新话》为例说明。刘斧《青琐高议》收录的小说，每篇正题与唐人传奇小说毫无二致，然刘斧在正题之下系以七言副题，如《流红记》副题为"红叶题诗娶韩氏"，《王榭》副题为"风涛飘入乌衣国"，《王幼玉记》副题为"幼玉思柳富而死"，等等，这些副题极似诗句。此种形式，发展到《绿窗新话》，则是正式以之为七言回目，且两回成一对偶形式，开启了拟话本短篇小说和演义体长篇小说的对偶回目的先声，标志小说由"史体"转向"诗题"，这无疑也是对小说文体的尊重。此外，宋元人的小说选本多为"助缘情之绮靡，为摘翰之华苑者"，更是可以说明这一点。

其次，与前代相比，宋元小说学认识到小说语言的艺术要求。宋元人对文言小说的语体特征要求，用"诗笔"一词可概括。"诗笔"的提出，

---

① 《唐人说荟》凡例，（清）莲塘居士辑：《唐人说荟》，扫叶山房1912年石印本。

始于南宋赵彦卫对唐传奇文体的概括。在赵彦卫前后，有"摘小说奇事"的《绀珠集》《小学绀珠集》二书，以"绀珠"命名，强调的也是"诗笔"。至于具体的阐释，可用赵令畤《元稹之崔莺莺商调蝶恋花词》为例：

> 夫传奇者，唐元微之所述也。以不载于本集而出于小说，或疑其非是。今观其词，自非大手笔孰能与于此！……逍遥子曰：乐天谓微之能道人意中语，仆于是益知乐天之言为当也。何者？夫崔之才华婉美，词彩艳丽，则于所载缄书诗章尽之矣。如其都愉淫冶之态，则不可得而见。及观其文，飘飘然仿佛出于人目前。虽丹青摹写其形状，未知能如是工且至否？①

赵令畤先从小说语言的角度认定《莺莺传》乃"大手笔"所为，从而认定其作者乃元稹。由此生发，以白居易评价元稹"能道意中人语"，引出元稹在《莺莺传》中运用诗化语言塑造崔莺莺形象的典型特点。赵令畤于《莺莺传》中所设定的崔莺莺"缄书诗章"的语言美，推断崔莺莺"才貌宛美，词彩艳丽"。然而，这仅仅是静态的美，其"都愉淫冶之态"的动态美，则于"缄书诗章"中"不可得而见"。不过，通过元稹对崔莺莺各种形态生动传神的描摹与刻画，其动态美也"飘飘然仿佛出于人目前"，即便绘画，也可能不如元稹描摹刻画的"工且至"。概而言之，赵令畤注意到小说中生动性和鲜明性形象塑造的艺术需求，而这种需求的满足，则在于作品语言抒情表意的艺术性。宋元之际署为刘辰翁的《世说新语》评点，也涉及与赵令畤基本相同的小说创作美学的认识。如《何晏七岁》一则评曰"字形语势皆绘，奇事奇事"，等等。

赵令畤与刘辰翁的认识都发生在文言小说领域，罗烨的认识则发生在白话小说领域。罗烨认为，白话小说的语言必须通俗易懂，还要符合"说话"的各种需要，如此才能塑造出各种典型的人物形象，并能使各种典型形象动人心神。②罗烨的白话小说理论并不是凭空而来，而是建立在宋代

---

① （宋）赵令畤等撰，孔凡礼点校：《侯鲭录 墨客挥犀 续墨客挥犀》，中华书局2002年版，第142页。

② （宋）罗烨：《醉翁谈录》，古典文学出版社1957年，第1—6页。

白话小说发展实践和此前宋人对白话小说的相关理论总结基础上。

虽然宋元人强调小说语言在艺术上的追求，但他们也反对语言的过分缘饰，强调小说语言要界乎雅俗之间，要"言不文，辞不饰"。① 如黄伯思《东观余论》卷下《跋高彦休阙史后》云："彦休叙事颇可观，但过为缘饰，殊有铣溪虬户体。"自注言："唐徐彦伯为文多变易求新，以凤阁为鹓阁，以龙门为虬户，以金谷为铣溪云云。后进效之，谓之涩体。见《朝野佥载》。"② 黄伯思一方面肯定高彦休《阙史》的叙事性，但也反对其语言上过分的诗化追求。宋人之所以反对小说语言的过分诗化追求，是因为他们具有读者意识。如赵鼎《林灵蘁传》附记云："本传始以翰林学士耿延禧作，华饰文章，引证故事，旨趣渊深，非博学士夫莫能晓识。仆今将事实作常言，窃欲奉道士俗咸知先生之仙迹。"③ 又如孟元老《东京梦华录》自序："此录语言鄙俚，不以文饰者，盖欲上下通晓尔。"④ 赵鼎与孟元老以"常言""语言鄙俚"为小说，因他们以"士俗""上下"为读者群，而非限定于士大夫阶层。特别是赵鼎指出小说如"华饰文章，引证故事，旨趣渊深"，则仅有"博学士夫能晓"，限制了小说受众面。同时，宋元人也提出对读者阅读小说在语言上的要求，认为应对所载之事与情"曲而畅之，勿以辞害意"。⑤

再次，宋元小说创作突破了前人的"实录"观，建立了"信以传信，疑以传疑"的虚实论。案："信以传信"与"疑以传疑"最早可能出于《史记·三代世表》。⑥ 司马迁《史记》所载"信以传信，疑以传疑"，与

---

① （宋）李昌龄：《乐善录序》，曾枣庄、刘琳主编：《全宋文》第271册，上海辞书出版社、安徽教育出版社2006年版，第24页。
② （宋）黄伯思撰，李萍点校：《东观余论》，人民美术出版社2010年版，第132页。
③ （元）赵道一：《历世真仙体道通鉴》前卷之三十四，国家图书馆藏明刊本，第12页。
④ （宋）孟元老等著，周峰点校：《东京梦华录（外四种）》，文化艺术出版社1998年版，第4页。
⑤ （宋）洪迈：《夷坚支丁序》，（宋）洪迈撰，何卓点校：《夷坚志》，中华书局2006年版，第967页。
⑥ 《史记》卷十三《三代世表》载："自殷以前诸侯不可得而谱，周以来乃颇可著。孔子因史文次《春秋》，纪元年，正时日月，盖其详哉。至于序《尚书》则略，无年月；或颇有，然多阙，不可录。故疑则传疑，盖其慎也。"张夫子问褚先生曰：'《诗》言契、后稷皆无父而生。今按诸传记咸言有父，父皆黄帝也。得无与《诗》谬乎？'褚先生曰：'不然。《诗》言契生于卵，后稷人迹者，欲见其有天命精诚之意耳。鬼神不能自成，须人而生，奈何无父而生乎！一言有父，一言无父，信以传信，疑以传疑，故两言之……'"（汉）司马迁：《史记》，中华书局1959年版，第487、504—505页。

其"过而废之，毋宁过而存之"的两存其说一样，并不自相矛盾。但后世史家以"实录"为最高准则，并强调一种客观唯一的史断，把史著分为正史、野史、杂史等，认为仅有"实录"的正史具有真实价值，而其他"补史"小说为了这种真实价值，竭力强调"实录"，造成"信以传信，疑以传疑"精神的失落。宋前小说的著述，无论何种原因，皆标榜"实录"。然而，宋元人则不再以"实录"为唯一之标准，而是重拾"信以传信，疑以传疑"的准则，从而带来宋元小说创作与前代不同的虚实观。如洪迈撰《夷坚志》自谓："稗官小说家言不必信，固也。信以传信，疑以传疑，自《春秋》三传，则有之矣，又况乎列御寇、惠施、庄周、庚桑楚诸子汪洋寓言者哉！《夷坚》诸志，皆得之传闻，苟以其说至，斯受之而已矣。"①

宋元的小说创作在"传信"与"传疑"之间确实是一个两难选择，赵与时记载洪迈编《夷坚戊志》之事说："在闽泮时，叶晦叔颇搜索奇闻，来助纪录。尝言：'近有估客航海，不觉入巨鱼腹中，腹正宽，经日未死。适木工数辈在，取斧斫斫鱼胁。鱼觉痛，跃入大洋。举船人及鱼皆死。'予戏难之曰：'一舟尽没，何人谈此事于世乎？'晦叔大笑，不知所答。予固惧未能免此也。"② 如此传闻，从事实逻辑来看是虚构，然却是真实之人的讲述，著述者则并不因有违事实逻辑而不予载录。同时，传信又有可能招致怨尤。如王明清《挥麈前录跋》中强调征实性，言"有亲朋来过，相与晤言，可纪者归，考其实而笔录之"，但他在《挥麈后录》中则表达了对传信的犹豫，言："始者乏思，虑笔之简编。传信之际，或招怨尤……倘弃而不录，恐一旦溘先朝露，则俱堕渺茫，诚为可惜。"③ 那么，在传信与传疑之间如何选择呢？宋人更看重"传信"。如秦果《续世说序》言：

---

① （宋）洪迈：《夷坚支丁序》，（宋）洪迈撰，何卓点校：《夷坚志》，中华书局2006年版，第967页。此外，还有如钱明逸言其父钱易《南部新书》"其间所纪，则无远近耳目所不接熟者"。（宋）钱明逸：《南部新书序》，（宋）钱易撰，黄寿成点校：《南部新书》，中华书局2002年版，第1页。张齐贤《洛阳搢绅旧闻记》为"撼旧老之所说，必稽事实；约前史之类例，动求劝诫。……庶可传信，览之无惑焉。"（宋）张齐贤：《洛阳搢绅旧闻记·序》，（长沙）商务印书馆1939年初版，第1页。王得臣《麈史序》申明其《麈史》："其间自朝廷至州里，有可训、可法、可鉴、可诫者无不载……盖取出夫实录，以其无溢美，无隐恶而已。"（宋）王得臣撰，俞宗宪点校：《麈史》，上海古籍出版社1986年版，第1页。

② （宋）赵与时著，齐治平校点：《宾退录》，上海古籍出版社1983年版，第97页。

③ （宋）王明清：《挥麈录》，上海书店出版社2001年版，第33、175页。

"史书之传信矣，然浩博而难观。诸子百家之小说，诚可悦目，往往或失之诬。要而不烦，信而可考，其《世说》之题欤！"① 但宋元人并不否定在传信基础上的传疑，因为他们认识到"若以事辞为尚，则自有六经圣人所说之言"。② 如宋人张淏评论刘向所编《新序》《说苑》中所载事同人异现象时，言："二书皆刘向所辑，二说相类如此，疑本一事，所传不一，故有简子、平公之异。向两存之，岂示传疑耶？"③ 作为史学家的欧阳修，也曾在传信与传疑之间徘徊，如他在《归田录》卷下说："（赵志忠）既而脱身归国，能述敌中君臣世次、山川风物甚详。又云：'阿保机，虏人实谓之阿保谨。'未知孰是。此圣人所以慎于传疑也。"④

无论是传信还是传疑，于宋人而言，传闻之"事"及其所具有的一定教育意义，才是宋代小说家真正关注的。如北宋人吴缜《新唐书纠谬·序》中言："夫为史之要有三：一曰事实，二曰褒贬，三曰文采。有是事而如是书，斯谓事实。因事实而寓惩劝，斯谓褒贬。事实、褒贬既得矣，必资文采以行之，夫然后成史。至于事得其实矣，而褒贬、文采则阙焉，虽未能成书，犹不失为史之意。若乃事实未明，而徒以褒贬、文采为事，则是既不成书，而又失为史之意矣。"⑤ 因此宋人往往以"信实"标准去衡量前代小说，探求前代小说叙事的客观真实。如司马光在"遍阅旧史，旁采小说，简牍盈积，浩如烟海"⑥ 以作《资治通鉴》时，曾从"史"的角度对唐代传奇小说所叙之事的真实性进行考辨，如定位《虬髯客传》"叙靖

---

① （宋）秦果：《续世说序》，《续世说》，《续修四库全书》第1166册，上海古籍出版社2002年版，第9页。此外还有如刘攽《与王深甫论史书》认为："古者为史，皆据所闻见实录事迹，不少损益，有所避就也，谓之传信。"（宋）刘攽：《彭城集》，《四库全书》第1096册，上海古籍出版社1987年版，第270页。洪迈曾说："作议论文字，须考引事实无差忒，乃可传信后世。"（宋）洪迈：《容斋随笔》，上海古籍出版社1996年版，第56页。王拱辰《张佛子传》结尾云："予少之时闻都下有张佛子者，惜其未之见也，又虑好事者之偏辞也。逮予之职御史，得门下给事张亨者，始末之亨。明年，于直舍乃闻其徒相与语，始知亨乃张佛子之子。予因诘其详于亨，亨遂书其本末。闻而惊且叹，曰：'是其后必昌乎！'辄以亨之言纪其实，以垂鉴将来。"曾枣庄、刘琳主编，四川大学古籍整理研究所编：《全宋文》第24册，巴蜀书社1992年版，第337页。

② （宋）郑樵撰，王树民点校：《通志》，中华书局1995年版，第910页。

③ （宋）张淏，李国强整理：《云谷杂纪》，《全宋笔记》第七编第1册，大象出版社2015年版，第9页。

④ （宋）欧阳修等撰，韩谷等校点：《归田录（外五种）》，上海古籍出版社2012年版，第20页。

⑤ （宋）吴缜：《新唐书纠谬序》，《丛书集成初编》第759册，中华书局2011年版，第159页。

⑥ （宋）司马光：《进书表》，（宋）司马光编撰，邬国义校点：《资治通鉴》，上海古籍出版社2017年版，第3682页。

事极怪诞无取";认为《开元升平源》"似好事者为之,依托誑名,难以尽信,今不取";认为《上清传》言陆贽蓄刺窦参之事纯属编造:"信如此说,则参为人所劫,德宗岂得反云'蓄养侠刺'！况陆贽贤相,安肯如此！就使欲陷参,其术固多,岂肯为此儿戏！全不近人情,今不取。"① 王铚也曾对唐代传奇小说的真实性进行辨正,他论《达奚盈盈传》曰:"《达奚盈盈传》,晏元献（殊）家有之,盖唐人所撰也……又见天宝后,掖庭戚属莫不如此,国何以久安耶？……其间叙妇人姿色及情好曲折甚详,然大意如此。"② 更甚者,王铚作《传奇辨正》,详尽辨正《莺莺传》为元稹假语自叙艳遇:"则所谓《传奇》者,盖微之自叙,特假他姓以自避耳","不然为人叙事,安能委曲详尽如此？"③ 南宋刘克庄对宋人的考证进行了归纳总结,认为:"唐人叙述奇遇,如后土夫人事,托之韦郎;无双事,托之仙客;莺莺事虽元稹自叙,犹借张生为名。惟沈下贤《秦梦记》、牛僧孺《周秦行记》、李群玉《黄陵庙》诗,皆揽归其身,名检扫地矣。"④ 因而宋代小说家在创作小说的时候在很大程度上是本着"得岁月者记岁月,得其所者记其所,得其人者记其人"的原则。⑤ 宋元人的这种认知,决定了宋元小说一扫唐代小说的炫奇瑰丽,走向拘谨严冷,以适应宋元小说的创作追求。

"实录"的小说观念其实在宋元"说话"中也被打破。宋元"说话"不仅仅是"信以传信,疑以传疑",而是"真假相半",即虚实各半,甚至是"多虚少实"。宋元白话小说中的这种虚实观并没有理论总结,而是宋元"说话"艺人的自觉实践。因此,从宋元"说话"的相关史料记载中,依然可以窥见当时白话小说的虚实观。如耐得翁《都城纪胜·瓦舍众伎》载:

> 凡傀儡敷演烟粉灵怪故事、铁骑公案之类,其话本或如杂剧,或

---

① （宋）司马光：《资治通鉴考异》卷八、卷十二、卷十九,（宋）司马光编撰,邬国义校点：《资治通鉴》,第3448、3490、3557页。
② （宋）王铚：《默记》,中华书局1981年版,第41页。
③ （宋）赵令畤等撰,孔凡礼点校：《侯鲭录 墨客挥犀 续墨客挥犀》,中华书局2002年版,第126—127页。
④ （宋）刘克庄：《后村诗话》,中华书局1983年版,第12页。
⑤ （宋）王景文：《夷坚别志序》,转引自（元）马端临：《文献通考》卷二百十七《经籍考四十四》"夷坚别志"条,中华书局1986年版,第1770页。

如崖词，大抵多虚少实，如巨灵神朱姬大仙之类是也。

影戏，凡影戏乃京师人初以素纸雕镞，后用彩色装皮为之，其话本与讲史书者颇同，大抵真假相半，公忠者雕以正貌，奸邪者与之丑貌，盖亦寓褒贬于市俗之眼戏也。

说话有四家：一者小说……讲史书，讲说前代书史文传、兴废争战之事。最畏小说人，盖小说者能以一朝一代故事，顷刻间提破。①

吴自牧《梦粱录·百戏伎艺》有大体相似的记载。② 从耐得翁和吴自牧的记载中，可以知道，傀儡话本的故事类型和"说话"中"小说"的故事类型基本无二，傀儡话本"大抵多虚少实"，那么"说话"中的"小说"话本也应"大抵多虚少实"。又影戏话本与"说话"中的"讲史书者颇同"，两者都是"大抵真假相半"。以此即可看出，宋元"说话"中的两大宗至少是虚实相半，而突破"实录"界限的。又郑樵《通志·乐略·琴操》言"稗官之流"将"经传"中"数十言"所载"禹舜之父，杞梁之妻""演成万千言"，将史籍不载的"东方朔三山之求，诸葛亮九曲之势""肆为出入"的虚构，③ 验证了由耐得翁和吴自牧的记载所推导出的宋元"说话"的虚实观。

最后，宋元人的小说结构论发生在宋元"说话"领域。罗烨《醉翁谈录·小说开辟》云："讲论处不偌搭、不絮烦；敷演处有规模、有收拾。冷淡处提掇得有家数，热闹处敷演得越久长。"又云："说收拾寻常百万套，谈话头动则是数千回。"这些都是对"说话"叙述结构的要求。虽然简略，但也打破了之前基本不涉及小说结构的局面。

总之，宋元人对小说文体的独立体察，进一步促进了小说批评的文学

---

① （宋）孟元老等著，周峰点校：《东京梦华录（外四种）》，文化艺术出版社1998年版，第86页。

② （宋）吴自牧：《梦粱录》："凡傀儡，敷演烟粉、灵怪、铁骑、公案、史书历代君臣将相故事话本，或讲史，或作杂剧，或如崖词。如悬线傀儡者，起于陈平六奇计解围故事也。今有金线卢大夫、陈中喜等，弄得如真无二，兼之走线者尤佳。更有杖头傀儡，最是刘小仆射家果奇，大抵弄此多虚少实，如巨灵神姬大仙等也。……更有弄影戏者，元汴京初以素纸雕镞……其话本与讲史书者颇同，大抵真假相半，公忠者雕以正貌，奸邪者刻以丑形，盖亦寓褒贬于其间耳。"（宋）孟元老等著，周峰点校：《东京梦华录（外四种）》，同上，第304—305页。

③ （宋）郑樵撰，王树民点校：《通志》，中华书局1995年版，第911页。

性，这不仅是内容上的，同时还是形式上的。如宋元之际署为刘辰翁的《世说新语》评点文体的独立，正是此之结果。而宋元人对小说的理论体察所提出的诸多范畴，也是明清小说评点术语的基本范畴，如"诗笔""大手笔""丹青摹写""敷演""真假参半""多虚少实"等，无一不是李贽、金圣叹、毛氏父子、张竹坡等人评点术语的基本内涵。

六、小说评点的萌兴

小说批评在宋代之前没有形成自身的独立体式。一般认为，真正具有相对独立意义的小说批评文体始于南宋，其开端即署为刘辰翁的《世说新语》评点。[①] 但搜检古代小说评点史料，还是可以找到不少早期小说评点的痕迹，如梁代萧绮在"搜检残遗"而编辑晋王嘉《拾遗记》的过程中，常常在正文之尾有一段自己的议论，题之为"录曰"，这可视为小说评点之滥觞。萧绮"录曰"的内容虽多从子史角度发明《拾遗记》的故事内涵，而非文学性的批评内涵，但在唐五代小说中已成为传统。即便如唐传奇已是文体自觉之小说，其附丽于小说的"评点"文字仍然是非文学性的。[②] 与萧绮的"录曰"或在文中或在文尾等不同的是，唐皇甫枚《三水小牍》的"三水人曰"俱在小说之尾，类似后来小说评点中的"总评"。又李公佐《南柯太守传》的文末附有李肇的赞，其内容也是针对《南柯太守传》的伦理意义而作的评论，其评论性质乃一脉相承。到北宋，刘斧《青琐高议》对小说的评语共有 17 处，分别使用"议曰""评曰"两个术语，与皇甫枚《三水小牍》的"三水人曰"一样附于文尾，其议论仍为小说故事与人物的伦理价值评判，很少涉及小说艺术。这一类文本在小说批评史的追溯中，往往被忽略。但其实，作为评点的早期文本，上述文本对

---

① 对于刘辰翁评点《世说新语》之真伪，潘建国《〈世说新语〉元刻本考——兼论"刘辰翁"评点实系元代坊肆伪托》（《文学遗产》2009 年第 6 期）有详细考辨，可参阅。本书仍照学界通行说法处理。

② 对于唐传奇中的这种"评"，学界目前一般把它作为传奇体小说文体的一部分，如果以裴铏《传奇》作为传奇体小说文体的模范，则此种"评"实可认为是附丽于传奇体小说文体的作者的自评，与宋元话本中说书人口吻的"讲论只凭三寸舌，称评天下浅和深"的"评论"的作用一样，引导读者（或听众）作出价值判断。

小说故事与人物的伦理价值判断也可看作是在对小说价值功能的评判，如《青琐高议》"前集"卷一《孙氏记》的结尾议曰："妇人女子有节义，皆可记也。如孙氏，近世亦稀有也。为妇则壁立不可乱，俾夫能改过立世，终为命妇也，宜也。"《青琐高议》"后集"卷三《程说》的议曰："程说与余先子尝同官府，都下寓居，又与比邻，故得其详也。观阴司决遣，其实甚明，起之杀赵降人，诚可寒心，阴报果如此，安可为不善乎？"此种"评点"正与曾慥《类说序》中所谓小说"可以资治体，助名教，供谈笑，广见闻"的功用相符。故将上述文本视为小说评点萌生期的早期文本，还是合情合理的。

从文学性的角度而言，署为南宋刘辰翁的《世说新语》评点或可视为古代小说评点的开山之作。其中评点的文学性主要表现在如下三个方面：

其一，刘辰翁对《世说新语》的评点摆脱了史传规范与儒家伦理价值相结合的标准，是把小说作为一种独立于史学之外的门类进行评点的。这突出地表现在其评点内容多为作品的情节情感、人物语言、形象描绘等方面，甚至涉及小说与生活的关系。比如，评作品的叙述语言是"清言""高简"；评作品中人物的口语特色是"家翁语""妇人语""市井笑语"；评人物语言的感情色彩是"注情语""语甚可悲"；评人物形象是"极得情态""风致""意态""神情自近，愈见其真""使人想见其良"，等等。这些评点所注目的正是小说的艺术特征。

其二，刘辰翁评点所采用的语言大多是略带幽默的浅俗明快之语，而没有正统史传或诗文评点中的学究气。如《世说新语·容止》："周伯仁道桓茂伦：'嶔崎历落可笑人。'"刘辰翁批曰："太白全用此语，似窃似偷。"《世说新语·任诞》中洪乔寄书事，刘辰翁评曰："大无赖。"此种明白且风趣的评点语言比比皆是，其作用就是能在浅俗易懂且令人发笑的轻快语调中提升读者的阅读兴趣，使读者尽快地领略《世说新语》辞简旨深的艺术韵味。因此，陈眉公赞誉刘辰翁之评点道："须溪笔端有临济择法眼，有阴长生还魂丹，又有麻姑搔背爪。"[①] 当然，刘辰翁这种评点的风格，也是时代发展的需求，"南宋以来的文学评点以选评为一体，以实用

[①] 转引自萧正发《刘须溪先生集略序》，《刘辰翁集·附录》，江西人民出版社1987年版，第465页。

性、通俗性为归趋,在宋以来的文学批评中可谓别开生面,赢得了读者和批评者的广泛注目。尤其在白话小说领域,这种批评方式和批评特性深深地契合于白话小说的文体特性和传播方式。"①《世说新语》在宋代的传播之广,亦可看作"通俗"小说之一种,所以近人叶德辉《书林清话》亦言:"刘辰翁,字会孟,一生评点之书甚多。同时方虚谷回,亦好评点唐宋人说部诗集。坊估刻以射利,士林靡然向风。"② 而一旦为"坊估刻以射利",刘辰翁和方回辈的小说评点也就必然要围绕读者的阅读兴趣而展开了,从而引导读者更好地欣赏、鉴别小说的艺术美感。

其三,刘辰翁评点《世说新语》,对刘孝标注之繁琐征引有所刊落,也可说明刘辰翁评点《世说新语》乃着意于文学性。刘辰翁评点《世说新语》,刊落刘孝标注之繁琐征引,后人对此颇有微词,如清钱曾《读书敏求记》卷三"杂家类"批评刘辰翁《世说新语》评本云:"宋刊《世说》三卷,刘辰翁批点刊行,元板分为八卷。……说诗至严沧浪而诗亡,论文至刘须溪而文丧。此书须溪淆乱卷帙,妄为批点,殆将丧斯文之一端也欤!"钱曾这样的批评当然与刘辰翁评点的文学性追求是不同的,他们是站在史学和史料学的价值角度立论的,事实上,刘辰翁的评点如果与钱曾的要求相符,那将是中国小说学史上的一大遗憾。

上述三点基本可以概括刘辰翁小说评点的文学性追求,也可以说明刘辰翁的《世说新语》评点是第一部真正的小说评点本。而刘辰翁的评点,无论是诗文评点还是小说评点,都为明人所接受并模仿。以诗评为例,据洪业《杜诗引得序》对历代杜诗注本的统计,"元明二代所翻刻之杜集惟带有刘评者为最多",且"明人之作,大略步元人之后尘,以领会篇意,评论工拙为多"。《唐诗品汇》引用刘辰翁评语 700 余条、涉及诗人 40 余人,正可以此作证。③ 因而钱谦益评价言:"宋人之宗黄鲁直,元人及近时之宗刘辰翁,皆奉为律令,莫敢异议。"④ 至于小说评点,明人许自昌《樗斋漫录》在评论李卓吾的《水浒传》评点时,即认为这就是对刘辰翁小说评点的模仿,

---

① 谭帆、林莹:《中国小说评点研究新编》,华东师范大学出版社 2023 年版,第 24 页。
② 叶德辉:《书林清话》,中华书局 1957 年版,第 33 页。
③ (明)高棅编选:《唐诗品汇》,上海古籍出版社 1982 年影印本。
④ (清)钱谦益:《注杜诗略例》,(唐)杜甫著,(清)钱谦益笺注:《钱注杜诗》,上海古籍出版社 2009 年版,第 4 页。

而署名李卓吾的《水浒传》评点正是自刘辰翁之后重要的小说评点本。因而刘辰翁对《世说新语》的文学性评点所具有的示范意义是不言而喻的。

总体来说，刘辰翁小说评点的小说学史意义在于：一方面"加强评点中主体意识的介入与理论个性的张扬，一方面则企望化初期诗文评点中科场味甚浓的批评模式，为不拘一格、随意生发的理论创造。因此，刘辰翁的小说评点，在保存并发扬初期评点直觉体验、即兴随笔式的基本体制的同时，加强了艺术规律的解释和审美鉴赏的发挥"。[①] 一方面则奠定了后世小说评点的文体规范，从评点文体的外在表现形式来看，刘辰翁的小说评点有眉批、夹批等，后世的小说评点家包括金圣叹、毛氏父子、张竹坡等的小说评点莫不有所遵循。

综上所述，宋元小说学在宋前小说学发展的基础上，随着对传奇小说审美特性的认识深入和宋元白话小说的兴盛发展，拓展了小说批评的方式和方法，并使小说学的发展走向了自觉。同时，宋元小说和小说学的发展方向，及其中所提出的诸多概念范畴，也开启了明清小说与小说学蔚为大观的鼎盛局面。

[①] 顾易生、蒋凡、刘明今著：《宋金元文学批评史》，上海古籍出版社1996年版，第735页。

第五章
明代小说学的基础观念

就整体言之，明代小说学中的思想观念主要针对通俗小说，文言小说并未形成自身独特的思想观念，而往往是承袭前人之成说，如"以文为戏""劝善惩恶"等均为前人广泛讨论的命题。对于文言小说，人们仍然津津乐道于"裨名教、资政理、备法制、广见闻、考同异、昭劝戒"这种唐宋人已讨论熟滥的观念来为小说张目，① 而把小说比作"山珍海错""饮食之珍错"的说法亦无非是唐人观念的延续而已。明代的文言小说由于承载着深远的历史负荷，在文体形态和创作内涵方面均相对缺少超越前人的地方，故其理论观念较多延续而缺乏创新。相对而言，明代的通俗小说是一个新兴的小说文体，尤其在明中后期有风起云涌之势，故小说批评主要围绕通俗小说并不奇怪。

一、基础观念与明代小说学

所谓"基础观念"大致包括两种内涵：首先，"基础观念"是指明代小说学中最为基本的思想观念，是构成明代小说学思想观念的内在联结，梳理这一系列的观念，可以寻绎出明代小说学发展的思想脉络；其次，所谓"基础观念"是指对明代小说的发展产生过直接影响的思想观念，它既是在明代小说创作中直接提炼出来的，同时又在一定程度上制约和影响着明

---

① （明）唐锦：《古今说海引》，（明）陆楫：《古今说海》，上海文艺出版社1989年11月影印集成图书公司1909年版，第1页。

代小说的发展进程。从"基础观念"角度研究明代小说学的思想观念,基于对明代小说学研究现状的思考,今人对明代小说学中思想观念的研究常常采用两种方式:或以当今的小说学观念来套用传统小说学,如"性格""结构""叙述视角"等,于是古代小说学的思想观念在某种程度上成了西方小说学的翻版,而忽略了明代小说学自身的本位性;或在明代小说评点家的著作中寻求相关命题,但往往忽略了这些命题与小说发展实际的关系,如金圣叹在《水浒》评点中提出的"因缘生法""以文运事"等固然有其价值,值得探究,然而将评点家颇为随意的命题作出过于细密的挖掘其实并无太大的意义,因为它与明代小说的发展其实并无深刻的关联。故我们强调"基础观念"是要求明代小说学的研究贴近明代小说的自身发展,使小说学研究与小说发展实际相一致,从而真正成为明代小说史研究的一个有机组成部分。

与此相应,通俗小说与文言小说在明人的理论视野和理论观念中还是有着相对意义上的理路壁垒,两者之间除一些浮泛的有关小说功能的阐释有一定的相关外,基本处于不同的理论背景和论述思路之中。形成这一现象的原因在于:明人对于小说发展的认识较早就有通俗小说与文言小说双向分渠的观念,所谓"通俗演义"一脉的艺术渊源和发展流变在明人的观念中是颇为清晰的。这种认识观念较早见于明嘉靖二十六年(1547)刊刻的郎瑛《七修类稿》,而以冯梦龙的一段话最为典型,代表了明中叶以来的普遍认识:

> 史统散而小说兴。始乎周季,盛于唐,而浸淫于宋。韩非、列御寇诸人,小说之祖也。《吴越春秋》等书,虽出炎汉,然秦火之后,□□犹希。迨开元以降,而文人□□横矣。若通俗演义,不知何□□南宋供奉局,有说话人,如□□书之流,其文必通俗,其作者莫可考。泥马倦勤,以太上享天下之养。仁寿清暇,喜阅话本,命内珰日进一帙,当意,则以金钱厚酬。于是内珰辈广求先代奇迹及闾里新闻,倩人敷演进御,以怡天颜。然一览辄置,卒多浮沉内庭,其传布民间者,什不一二耳。然如《玩江楼》《双鱼坠记》等类,又皆鄙俚浅薄,齿牙弗馨焉。暨施、罗两公,鼓吹胡元,而《三国志》《水浒》

《平妖》诸传，遂成巨观。①

可见，冯梦龙在对于小说的历史追溯中，明显地是将文言小说与通俗小说分而论之，不管冯氏的追溯是否完全合理，但这一明人普遍认可的观念却清晰地表明了通俗小说在其观念中的独立性。本章对明代小说学"基础观念"的梳理和阐释即以通俗小说为主。

明人对于小说的认识观念突出地表现在三个层面上：

一是对于"小说"概念的厘定。大致在明中叶以前，"小说"一词的使用并不普遍，人们称《剪灯新话》等文言小说较多袭用"传奇"之名；随着通俗小说的兴起，尤其是历史演义小说的繁盛，"演义"或"通俗演义"成为通俗小说的专称，以区别于以往的文言小说。明中叶的胡应麟就是较早对"小说"一词的指称对象作详细分析的批评家。明中叶以后，"小说"一词的内涵已基本稳定，指称传统的文言小说和新起的通俗小说。二是对通俗小说文体特性和创作风格的分析和评价。其中主要的有两组创作观念："补史"与"通俗"对应明中叶以后勃兴的历史演义，"虚实"与"幻奇"是在对历史演义小说创作作出反思的基础上，结合新兴的神魔小说而提出的创作观念。这两组创作观念均对当时的小说创作产生过重要的影响。三是为提升通俗小说的"文化品味"和强化通俗小说的"文人性"而作出的理论阐释与评判，这突出地表现在从"奇书"到"才子书"这一观念系列之中。"奇书"与"才子书"不仅仅体现为一种评价，实则包含了较为丰富的思想内涵，可看作是相对超越通俗小说之上的文人对通俗小说的价值认可和理论评判，对通俗小说的发展带有一定的"导向"意义。上述三个层面的理论思考主要涉及三种类型的人物：与通俗小说创作直接相关的书坊主及其周围的下层文人，从事通俗小说创作的文人小说家，从鉴赏和研究角度观照通俗小说的文人士大夫。这三类人物在理论视野、论述思路和批评目的上均存在差异，从而使明代小说学呈现出丰富多彩的面貌。

---

① （明）绿天馆主人：《古今小说叙》，（明）冯梦龙编：《古今小说》，上海古籍出版社1994年《古本小说集成》影印本，第1—4页。

二、"小说"与"演义"

"小说"在中国古代是一个庞大的文类,涉及的领域非常广泛,晚明冯梦龙甚至有"六经国史而外,凡著述皆小说也"的感叹,[①] 这当然有所夸张,但由此也可看出小说的庞杂。明代小说就整体而言大致可归为四类:一是承唐宋传奇而来的文言小说,如明初瞿佑的《剪灯新话》及其仿作李昌祺的《剪灯余话》、邵景詹的《觅灯因话》等,盛行于明嘉靖朝前后的中篇传奇也大致可划入这一类型;二是明中后期的文人笔记,其中较多志怪和逸事小说,如祝允明《志怪录》《猥谈》、陆容《菽园杂记》等;三是由《三国演义》《水浒传》开其端,至明中后期日益繁盛的长篇章回小说;四是明后期的拟话本小说,以冯梦龙"三言"、凌濛初"二拍"和陆云龙《型世言》为代表。明人对上述四类作品所使用的术语颇多,有以"小说"称之,有以"演义"称之,有以"传奇"或"传记"称之,有以"稗官小说"称之,也有以"小传""外传""志怪"称之,不一而足。而其中使用最普遍、最为重要的是"小说"和"演义"两个术语。

"小说"一词源远流长,其内涵在中国小说史上形成了两股线索:由《庄子》"饰小说以干县令,其于大达亦远矣"肇端,经桓谭"若其小说家,合丛残小语,近取譬论,以作短书,治身理家,有可观之辞"和班固《汉志》"小说家者流,盖出于稗官,街谈巷语,道听途说者之所造也"的延续和发展,至唐刘知幾《史通》的阐释,确认了"小说"的指称对象乃是唐前归入"子部"或"史部"的古小说,唐及唐以后的笔记小说亦置于这一"小说"概念名下。二是由民间"说话"一系衍生的"小说"概念,如裴松之注《三国志》引《魏略》之"俳优小说"、《唐会要》卷四之"人间小说"、段成式《酉阳杂俎》续集卷四之"市人小说"等,至宋代"说话"艺术繁兴,耐得翁《都城记胜》、吴自牧《梦粱录》、罗烨《醉翁谈录》均将"小说"指称通俗的"说话"艺术。

明人使用"小说"一词,基本上承上述两股线索而来。较早使用"小

[①] (明)可一居士:《醒世恒言叙》,(明)冯梦龙编:《醒世恒言》,上海古籍出版社1994年《古本小说集成》影印本,第1页。

说"一词的是都穆在弘治十八年（1505）为《续博物志》所作的《后记》："山珍海错无补乎养生，而饮食者往往取之而不弃，盖饱饫之余，异味忽陈，则不觉齿舌之爽，亦人情然也。小说杂记，饮食之珍错也，有之不为大益，而无之不可，岂非以其能资人之多识而怪癖不足论邪！"在这之前，人们对《剪灯新话》等作品多以"稗官""传奇""传记"称之，如吴植于洪武十四年（1381）序《剪灯新话》："余观宗吉先生《剪灯新话》，其词则传奇之流，其意则子氏之寓言也。"洪武三十年（1397）凌云翰序《剪灯新话》则谓："是编虽稗官之流，而劝善惩恶，动存鉴戒，不可谓无补于世。"而赵弼于宣德三年（1428）作《效颦集后序》，宣称其《效颦集》乃"效洪景庐、瞿宗吉，编述传记二十六篇，皆闻先辈硕老所谈与己目之所击者"。都穆以后，相阳柳伯生为《如意君传》作跋亦以"小说"称之："史之有小说，犹经有注解乎？经所蕴，注解散。乃如汉武、飞燕内外之传，闺阁密款，犹视之于今，而足以发史之所蕴，则果犹经有注解耳。"

明人普遍使用"小说"一词大约在嘉靖时期，郎瑛《七修类稿》卷二十二云："小说起宋仁宗，盖时太平盛久，国家闲暇，日欲进一奇怪之事以娱之。故小说'得胜头回'之后，即云'话说赵宋某年'。……若夫近时苏刻几十家小说者，乃文章家之一体，诗话、传记之流也，又非如此之小说。"《七修类稿》刊于嘉靖二十六年（1547），时《三国志通俗演义》和《水浒传》均已刊行多年，故郎瑛已将"小说"一词直指通俗小说。嘉靖三十一年（1552），小说家熊大木刊出《新刊大宋演义中兴英烈传》，在《序》中，他对时人"谓小说不可紊之以正史"的观点提出驳论，申言"史书、小说有不同者，无足怪矣"。亦将"小说"指称通俗小说。而嘉靖年间刊刻的洪楩《六十家小说》更有将文言传奇和通俗话本同置于"小说"名下的趋势，该书作为一部小说集，既选取了说经讲史话本如《花灯轿莲女成佛记》和《汉李广世号飞将军》，亦取传奇小说《蓝桥记》，可见只要其可供消遣和娱乐，都不妨称之为"小说"。此书分为《雨窗集》《欹枕集》《长灯集》《随航集》《解闲集》和《醒梦集》六集，其选择趋向已十分明晰。

"小说"这一概念在嘉靖以后的变化与通俗小说的崛起密切相关，嘉靖元年（1522），司礼监刊出《三国志通俗演义》不久，《水浒传》也开始刊行流传，刊于嘉靖十年（1531）的李开先《一笑散·时调》即云："崔后渠、熊南沙、唐荆川、王遵岩、陈后冈谓：《水浒传》委曲详尽，血脉贯通，《史记》而下，便是此书。且古来更未有一事而二十册者，倘以奸盗诈伪病之，不知序事之法，学史之妙者也。"由《三国》《水浒》的刊行所发端，通俗小说的创作和刊刻在嘉靖以降有了很大的发展，这一局面致使小说称谓的使用有了相应的变化，其中之一就是"小说"一词使用的普遍化。且看以下史料：

> 牛溲马勃，良医所珍，孰谓稗官小说，不足为世道重轻哉！（修髯子《三国志通俗演义引》）[1]
>
> 小说之兴，始于宋仁宗。（天都外臣《水浒传叙》）[2]
>
> 《水浒传》虽小说家也，实泛滥百家，贯串三教。（怀林《又论水浒传文字》）[3]
>
> 五日，沈伯远携其伯景倩所藏《金瓶梅》小说来，大抵市诨之极秽者耳，而锋焰远逊《水浒传》。袁中郎极口赞之，亦好奇之过。（李日华《味水轩日记》卷七）[4]
>
> 往晤董太史思白，共说诸小说之佳者。思白曰："近有一小说，名《金瓶梅》，极佳。"（袁中道《游居柿录》）[5]
>
> 小说家一类又自分数种，一曰志怪，《搜神》《述异》《宣室》《酉阳》之类是也；一曰传奇，《飞燕》《太真》《崔莺》《霍玉》之类是也；一曰杂录，《世说》《语林》《琐言》《因话》之类是也；一曰丛谈，《容斋》《梦溪》《东谷》《道山》之类是也；一曰辨订，《鼠璞》《鸡肋》《资暇》《辨疑》之类是也；一曰箴规，《家训》《世范》《劝善》《省心》之类是也。（胡应麟《少室山房笔丛·九流绪论》下）[6]

---

[1] （明）修髯子：《三国志通俗演义引》，（明）罗贯中编次：《三国志通俗演义》，上海古籍出版社1994年《古本小说集成》影印嘉靖本，第3—4页。
[2] （明）天都外臣：《水浒传叙》，见《水浒全传》，人民文学出版社1954年版，第1825页。
[3] （明）施耐庵、罗贯中著：《容与堂本水浒传》，上海古籍出版社1988年版，第1487页。
[4] （明）李日华：《味水轩日记》，上海远东出版社1996年版，第496页。
[5] （明）袁中道：《游居柿录》，（明）袁中道著，钱伯城点校：《珂雪斋集》，上海古籍出版社1989年版，第1315—1316页。
[6] （明）胡应麟：《少室山房笔丛》，上海书店2001年版，第282页。

小说，子书流也，然谈说理道或近于经，又有类注疏者；纪述事迹，或通于史，又有类志传者。他如孟棨《本事》、卢瓌《抒情》，例以诗话、文评；附见集类，究其体制，实小说者流也。至于子类杂家，尤相出入。郑氏谓古今书家所不能分有九，而不知最易混淆者小说也。（胡应麟《少室山房笔丛·九流绪论》下）①

宋元时，有小说家一种，多采闾巷新事，为宫闱承应谈资，语多俚近，意存劝讽。虽非博雅之派，要亦小道可观。（即空观主人《拍案惊奇序》）②

风流小说，最忌淫亵等语以伤风雅，然平铺直叙，又失当时亲昵情景。兹编无一字淫哇，而意中妙境尽婉转逗出，作者苦心，临编自见。（《艳史凡例》）③

今小说之行世者，无虑百种，然而失真之病，起于好奇。（睡乡居士《二刻拍案惊奇序》）④

上述材料始自嘉靖元年（1522），终于崇祯五年（1632），时间跨度过百年，在指称对象上，有章回小说、传奇小说、笔记小说和拟话本小说。可见"小说"一词已成为当时指称小说这一文类的基本术语。

在明中后期，与"小说"一词相对应、但专用于通俗小说的一个称谓是"演义"。"演义"一词较早见于西晋潘岳的《西征赋》："灵壅川以止斗，晋演义以献说。"⑤刘宋范晔《后汉书》卷八十三《周党传》亦谓："党等文不能演义，武不能死君。"故"演义"之本义是演说铺陈某种道理。后晋刘昫《旧唐书》卷一百四十四则说得更为明晰："披图演义，发于尔志，与金镜而高悬，将座右而同置。"南宋朱熹《朱子语类》卷一百二十六亦云："因语禅

---

① （明）胡应麟：《少室山房笔丛》，上海书店 2001 年版，第 283 页。
② （明）即空观主人：《拍案惊奇序》，（明）凌濛初：《拍案惊奇》，上海古籍出版社 1994 年《古本小说集成》影印本，第 3—4 页。
③ 《艳史凡例》，（明）齐东野人编演：《隋炀帝艳史》，上海古籍出版社 1994 年《古本小说集成》影印本，第 5—6 页。
④ （明）睡乡居士：《二刻拍案惊奇序》，（明）凌濛初：《二刻拍案惊奇》，上海古籍出版社 1994 年《古本小说集成》影印本，第 2 页。
⑤ 《文选·西征赋》李善注："《国语》曰：灵王二十二年，穀、洛二水斗，欲毁王宫。王欲壅之，太子晋谏曰：不可。晋闻古之长人，不隳山，不防川。今吾执政实有所辟，而祸夫二川之神。贾逵曰：斗者，两会似于斗。《小雅》曰：演，广远也。"

家，云：当初入中国，只有四十二章经，后来既久，无可得说，晋宋而下，始相与演义。"其中含义可谓一脉相承。

以"演义"作为书籍之名较早见于唐人苏鹗的《苏氏演义》，《苏氏演义》原作《演义》，《新唐书》收入"子部·小说家类"，十卷；《宋史》收入"经解类"和"杂家类"，亦题十卷。《四库全书》据《永乐大典》辑录，收入"子部·杂家类"，改题《苏氏演义》，二卷。《提要》云：

> 唐苏鹗撰。鹗字德祥，武功人，宰相颋之族也。光启中登进士第，仕履无考。尝撰《杜阳杂编》，世有传本。此书久佚，今始据《永乐大典》所引裒辑成编。《杂编》特小说家言，此书则于典制名物具有考证。……训诂典核，皆资博识。陈振孙《书录解题》称其："考究书传，订正名物，辨证伪缪，可与李涪《刊误》、李济翁《资暇集》、邱光庭《兼明书》并驱。"良非溢美。①

《演义》重于典制名物，故"演义"者，阐释考证之谓也。后又有刘义刚《三经演义》十一卷，演说《孝经》《论语》《孟子》，钱时《尚书演义》。至元明时期，有胡经《易演义》十八卷，徐师曾《今文周易演义》十二卷，梁寅《诗演义》八卷等。且由经义逐渐进入文学领域，如明陆容《菽园杂记》卷十四记载元进士张伯成所作之《杜律演义》、明焦竑《玉堂丛语》卷一载杨慎《绝句演义》等。《菽园杂记》云："《杜律虞注》本名《杜律演义》，元进士临川张伯成之所作也，后人谬以为虞伯生所注。予尝见《演义》刻本，有天顺丁丑临川黎送久大序及伯成传序，其略云：注少陵诗者非一，皆弗如吾乡先进士张氏伯成《七言律诗演义》，训释字理极精详，抑扬趣致极其切当。盖少陵有言外之诗，而《演义》得诗外之意也。"可见《杜律演义》乃是对杜甫诗的文字及意蕴阐释。

将通俗小说称之为"演义"始于《三国志通俗演义》，嘉靖元年（1522），司礼监刊出《三国志通俗演义》，旋即在社会上产生了巨大影响，"演义"一词也随之流行。案"演义"一词作为通俗小说的一种文体概念，

---

① （清）永瑢等撰：《四库全书总目》，中华书局1965年版，第1016页。

其最初的含义应是对陈寿《三国志》的"通俗化",包括"故事"与"语言",故"演义"者,其初始的含义应是以通俗的形式演正史之义。如庸愚子于《三国志通俗演义序》中所言:"若东原罗贯中,以平阳陈寿《传》,考诸国史,自汉灵帝中平元年,终于晋太康元年之事,留心损益,目之曰《三国志通俗演义》。文不甚深,言不甚俗,事纪其实,亦庶几乎史,盖欲读诵者,人人得而知之,若《诗》所谓里巷歌谣之义也。"又如可观道人《新列国志叙》谓:"罗贯中氏《三国志》一书以国史演为通俗,汪洋百余回,为世所尚。嗣是效颦日众,因而有《夏书》《商书》《列国》《两汉》《唐书》《残唐》《南北宋》诸刻,其浩瀚几与正史分签并架。"梦藏道人于《三国志演义序》中亦谓:"罗贯中氏取其书(指陈寿《三国志》)演之,更六十五为百二十回。合则连珠,分则辨物,实有意旨,不发跃如。其必杂以街巷之谭者,正欲愚夫愚妇共晓共畅人与是非之公。"此一含义为小说作者所信从,甄伟作《西汉通俗演义》即然,其《序》云:"西汉有马迁史,辞简义古,为千载良史,天下古今诵之,予又何以通俗为耶?俗不可通,则义不必演矣。义不必演,则此书亦不必作矣。又何以楚汉二十年事敷演数万言以为书耶?盖迁史诚不可易也。予为通俗演义者,非敢传远示后,补史所未尽也;不过因闲居无聊,偶阅西汉卷,见其间多牵强附会,支离鄙俚,未足以发明楚汉故事,遂因略以致详,考史以广义。"① 但此一含义仅是其初始义,明人以"演义"指称通俗小说实则普遍越出了这一规定,即"演义"者,非为对某一史书的"通俗化",而是对历史现象、人物故事的通俗化叙述。从现有十二种以"演义"命名的明人小说中我们即可清晰地发现这一趋向,十二种小说为:《残唐五代史演义》《东汉十二帝通俗演义》《七十二朝人物演义》《三国志通俗演义》《三宝太监西洋记通俗演义》《三教开迷归正演义》《唐书志传通俗演义》《西汉通俗演义》《征播奏捷传通俗演义》《孙庞对志演义》《两汉演义传》《封神演义》。其中除《三国志通俗演义》外,余者均淡化了史书概念。而《三国志通俗演义》后世简化为《三国演义》也就成了一个自然而然的、普遍可以接受的现实。

---

① (明)甄伟:《西汉通俗演义序》,据孙楷第《日本东京所见小说书目》录日本宫内省图书寮藏明万历壬子金陵周氏大业堂本《重刻西汉通俗演义八卷一百零一则》附《西汉通俗演义序》,见孙楷第:《日本东京所见小说书目》,人民文学出版社 1958 年版,第 55 页。

明人拈出"演义"一词指称通俗小说实则为了通俗小说的文体独立，故在追溯通俗小说的文体渊源时，人们便习惯地以"演义"一词作界定，以区别其他小说。前引绿天馆主人《古今小说叙》即然，笑花主人于《今古奇观》序中亦承其说：

> 小说者，正史之余也。《庄》《列》所载化人、佝偻丈人，昔事不列于史。《穆天子》《四公传》《吴越春秋》，皆小说之类也，《开元遗事》《红线》《无双》《香丸》《隐娘》诸传，《睽车》《夷坚》各志，名为小说，而其文雅驯，间阎罕能道之。优人黄翻绰、敬新磨等，搬演杂剧，隐讽时事，事属乌有，虽通于俗，其本不传。至有宋孝皇以天下养太上，命侍从访民间奇事，日进一回，谓之说话人，而通俗演义一种，乃始盛行。①

从上述引文的追溯中，我们不难看到明人对小说流变的认识观念，他们以"演义"一词来指称通俗小说，其目的正是要强化通俗小说的独特性和独立性。

由于明人对通俗小说独立性的强化，故"演义"一词也便越出了初始专指以历史为题材的小说之疆界。一般认为，"演义"主要是指以历史为题材的小说作品，近人以"历史演义""英雄传奇""神魔小说""世情小说"来划归长篇章回小说之类型后，人们更视"演义"为"历史演义"或"讲史演义"之专称。但其实，这一认识并不符合实际情况，在明人看来，无论是历史题材还是神话传说，无论是长篇章回还是短篇话本，统统可用"演义"指称之，上引十二种书目已说明了这一现象；而在具体的阐述中，史料更是比比皆是。朱之蕃《三教开迷演义序》谓："顾世之演义传记颇多，如《三国》之智、《水浒》之侠、《西游》之幻，皆足以省醒魔而广智虑。"天许斋《古今小说识语》云："本斋购得古今名人演义一百二十种，先以三分之一为初刻云。"睡乡居士《二刻拍案惊奇序》亦云："至演义一家，幻易而真难，固

---

① （明）笑花主人：《今古奇观序》，（明）抱瓮老人辑：《今古奇观》，上海古籍出版社1994年《古本小说集成》本，第1—2页。

不可相衡而论矣。即如《西游》一记，怪诞不经，读者皆知其谬。……即空观主人者，其人奇，其文奇，其遇亦奇，因取其抑塞磊落之才，出绪余以为传奇，又降而为演义。"而凌濛初亦将其《拍案惊奇》称之为"演义"："这本话文，出在《空缄记》，如今依传编成演义一回，所以奉劝世人为善。"①可见在明人的观念中，不仅《三国演义》《水浒传》称为"演义"，《西游记》亦可称为"演义"，甚至连"三言""二拍"也可称之为"演义"。谢肇淛《文海披沙》卷七中就直称《西游记》为《西游记演义》。②而在小说的具体题署中，这一迹象也颇为明晰，且大多以"通俗演义"直称之，如《包龙图判百家公案》全称《新刊京本通俗演义增像包龙图判百家公案》，《鼓掌绝尘》全称《新镌出像批评通俗演义鼓掌绝尘》，《型世言》各卷卷首题"峥霄馆评定通俗演义型世言"，《南北两宋志传》全称"全像按鉴演义南北两宋志传"，《三国志后传》题"新镌全像通俗演义续三国志"，《东西晋志传》内封横题"通俗演义"，《七曜平妖传》目次题"新编皇明通俗演义七曜平妖全传"，《魏忠贤小说斥奸书》正文卷端题"峥霄馆评定出像通俗演义魏忠贤小说斥奸书"，《有夏志传》卷端题"按鉴演义帝王御世有夏志传"，《岳武穆尽忠报国传》内封右栏题"重订按鉴通俗演义"等，其中有话本小说，也有讲史小说。故质言之，"演义"者，通俗小说之谓也。

明人以"演义"指称通俗小说，在内涵上主要涉及两个方面：一是"通俗性"。雉衡山人《东西晋演义序》云："一代肇兴，必有一代之史，而有信史有野史。好事者蒐取而演之，以通俗谕人，名曰演义，盖自罗贯中《水浒传》《三国传》始也。"故"通俗"是"演义"区别于其他小说的首要特性。陈继儒于《唐书演义序》中说得更为直截了当："往自前后汉、魏吴蜀、唐宋咸有正史，其事文载之不啻详矣，后世则有演义。演义，以通俗为义也者。故今流俗即目不挂司马、班、陈一字，然皆能道赤帝，诧铜马，悲伏龙，凭曹瞒者，则演义之为耳。演义固喻俗书哉，义意远矣！"二是"风教性"，朱之蕃《三教开迷演义序》云："演义者，其取喻在夫人身心性命、四

---

① （明）凌濛初：《拍案惊奇》卷二十"李克让竟达空函，刘元普双生贵子"，上海古籍出版社1994年《古本小说集成》影印本，第879页。
② （明）谢肇淛：《文海披沙》卷七《西游记》："俗传有《西游记演义》载玄奘取经西域，道遇魔祟甚多。读者皆哂其俚妄，余谓不足哂也，古亦有之。"见《续修四库全书》第1130册子部杂家类，上海古籍出版社2002年版，第323页。

肢百骸、情欲玩好之间，而究极在天地万物、人心底里、毛髓良知之内……于扶持世教风化岂曰小补哉。"东山主人在《云合奇踪序》中则从正反两方面阐述了"演义"的功能：

> 田间里巷自好之士，目不涉史传，而于两汉三国、东西晋、隋唐等书，每喜搜揽。于一代之治乱兴衰，贤佞得失，多能津津称述，使闻之者俀喜俀怒，亦足启发人之性灵。其间谶谣神鬼，不无荒诞，殆亦以世俗好怪喜新，始以是动人耳目。及其终归灭亡，始识帝王受命自有真，反侧子且爽然自失矣。夫邪妄煽惑，何代无之；使于愚夫愚妇之前，谈经说史，群且笑为迂妄，惟以往事彰彰于人耳目者，张皇铺演，若徐寿辉、陈友谅之徒，乘隙窃发，莫大智勇自矜，乃不数年身死族灭，邪术无灵，险众失恃，徒为太祖作驱除耳。倘鉴于此，人人顺时安命，不为邪说之所动摇，斯演义之益，岂不甚伟！①

由此可见，以"通俗"的形式来实施经书史传对于民众所无法完成的教化使命是"演义"的基本特性和价值功能。明人正是以此来确立"演义"的存在依据及其地位的。这一确立对通俗小说的发展无疑是有积极作用的。

"小说"与"演义"是明人使用最为普遍的两个术语，两者之间的关系大致是这样："小说"早于"演义"而出现，其指称范围包括文言和通俗小说两大门类，故"小说"概念可以包容"演义"概念，反之则不能。"演义"是通俗小说的专称，而在指称通俗小说这一对象上，"小说"与"演义"在概念的外延上是重合的。对于这一概念的区分，明万历年间的胡应麟曾作过尝试，他认为，所谓"小说"专指文言小说，包括"志怪""传奇""杂录""丛谈""辨订""箴规"六大门类，而"演义"则指《水浒传》《三国志通俗演义》等通俗小说。《庄岳委谈》下云："今世传街谈巷语有所谓演义者，盖尤在传奇、杂剧下。"又云："关壮缪明烛一端则大

---

① （明）东山主人：《云合奇踪序》，引自丁锡根《中国历代小说序跋集》，人民文学出版社1996年版，第1005页。

可笑，乃读书之士亦什九信之，何也？盖由胜国末村学究编魏、吴、蜀演义，因传有羽守邳见执曹氏之文，撰为斯说，而俚儒潘氏又不考而赞其大节，遂致谈者纷纷。案《三国志》羽传及裴松之注，及《通鉴》《纲目》，并无其文，演义何所据哉？"① 胡应麟的这一划分有一定的合理性，但其清理是为了捍卫"小说"的传统内涵，而在一定程度上蔑视通俗小说，这与上述旨在强化通俗小说文体独立的论述是大异其趣的。当然，胡氏的划分在小说史上其实并未起过太大的作用，在明中后期，"小说"和"演义"在指称通俗小说这一对象上是基本通用的。

三、"补史"与"通俗"

明代小说学中另一组重要的思想观念是"补史"与"通俗"。这一组思想观念一方面上承传统的"补史"观又有所发展，同时又是直接针对明代通俗小说的创作实际而提出的，这就是以历史为题材的小说作品的崛起与风行。

明代的通俗小说以《三国演义》与《水浒传》为起始，尤其是《三国演义》，其"据正史，采小说，证文辞，通好尚，非俗非虚，易观易入……陈叙百年，该括万事"② 的创作特色，对明代小说的创作有直接影响。所谓"讲史演义"在嘉靖以后成了通俗小说创作中最为兴盛的一种小说类型，自嘉靖以迄明末，讲史演义的创作情况依次为：

嘉靖、隆庆朝六种：

《皇明开运英武传》（郭勋等撰）、《大宋演义中兴英烈传》（熊大木撰）、《唐书志传》（熊大木撰）、《全汉志传》（熊大木撰）、《南北宋志传》（熊大木撰）、《列国志传》（余邵鱼撰）。

万历朝十五种：

---

① （明）胡应麟：《少室山房笔丛》，上海书店出版社2001年版，第436、432页。
② （明）高儒：《百川书志》卷六"史·野史"，（明）高儒、周弘祖撰：《百川书志 古今书刻》，上海古籍出版社2005年版，第82页。

《征播奏捷传通俗演义》（栖真斋名道狂客撰）、《两汉开国中兴志传》（不详）、《杨家府演义》（秦淮墨客撰）、《三国志后传》（酉阳野史撰）、《承运传》（不详）、《列国前编十二朝传》（余象斗撰）、《西汉通俗演义》（甄伟撰）、《东西晋演义》（雉衡山人撰）、《于少保萃忠全传》（孙高亮撰）、《云合奇踪》（托名徐渭撰）、《续英烈传》（空谷老人撰）、《东汉十二帝通俗演义》（谢诏撰）、《戚南塘平倭寇志传》（不详）、《胡少保平倭记》（钱塘渔隐叟撰）、《东西晋演义》（夷白主人重修）。

天启、崇祯朝十种：

《魏忠贤小说斥奸书》（吴越草莽臣撰）、《皇明中兴圣烈传》（西湖义士撰）、《隋炀帝艳史》（齐东野人撰）、《隋史遗文》（袁于令撰）、《开辟衍绎通俗志传》（黄黉撰）、《岳武穆尽忠报国传》（于华玉撰）、《新列国志》（冯梦龙撰）、《盘古至唐虞传》（托名钟惺撰）、《有夏志传》（托名钟惺撰）、《有商志传》（托名钟惺撰）。①

讲史演义小说创作的兴盛必然会引起相应的理论反映，起到鼓吹创作成就、针砭创作时弊和总结创作经验的作用。"补史"观的重新兴起即是这一现象的反映。

从"补史"的角度看待小说并不从明人始。在桓谭、班固有关小说概念和小说功能的阐释中已蕴含了小说可补经史之阙的认识。至汉末魏晋时期，文人杂史、杂传和杂记创作风行，小说的"补史"意识便更为昭晰。葛洪《西京杂记序》谓："洪家世有刘子骏《汉书》一百卷，无首尾题目，但以甲乙丙丁纪其卷数。……洪家具有其书，试以此记考校班固所作，殆是全取刘书，有小异同耳。并固所不取，不过二万许言，今钞出为二卷，名曰《西京杂记》，以裨《汉书》之阙。"郭宪《汉武帝别国洞冥记序》亦谓："宪家世述道书，推求先圣往贤之所撰集，不可穷尽，千室不能藏，

---

① 以上统计据陈大康《明代小说史》的有关章节，上海文艺出版社 2000 年版。

万乘不能载,犹有漏逸。或言浮诞,非政教所同,经文史官记事,故略而不取。盖偏国殊方,并不在录。愚谓古曩余事,不可得而弃……今藉旧史之所不载者,聊以闻见,撰《洞冥记》四卷,成一家之书,庶明博君子,该而异焉。""裨《汉书》之阙""藉旧史之所不载者"均已明确说明小说的补史意义。王嘉评张华《博物志》乃"捃采天下遗逸",自署其书为《拾遗记》,亦已阐明小说的拾遗补阙功能。

至唐代,刘知幾《史通》在理论上作出了更细致的阐释,其拈出"偏记小说"一词与"正史"相对举,且认为其"自成一家,而能与正史参行"。如"国史之任,记事记言,视听不该,必有遗逸,于是好奇之士,补其所亡,若和峤《汲冢纪年》、葛洪《西京杂记》、顾协《琐语》、谢绰《拾遗》";如"街谈巷议,时有可观,小说卮言,犹贤于已,故好事君子,无所弃诸,若刘义庆《世说》、裴荣期《语林》、孔思尚《语录》、阳玠松《谈薮》"。然从总体而言,刘知幾对小说的"补史"功能颇多贬词。《史通·采撰》云:"晋世杂书,谅非一族,若《语林》《世说》《幽明录》《搜神记》之徒,其所载或诙谐小辩,或神鬼怪物,其事非圣,扬雄所不观;其言乱神,宣尼所不语。皇朝新撰《晋史》,多采以为书。夫以干、邓之所糞除,王、虞之所糠秕,持为逸史,用补前传,此何异魏朝之撰《皇览》、梁世之修《遍略》,务多为美,聚博为功,虽取悦于小人,终见嗤于君子矣。"① 而那些"妄者为之"的"逸事小说""苟载传闻,而无铨择。由是真伪不别,是非相乱,如郭子横之《洞冥》、王子年之《拾遗》,全构虚辞,用惊愚俗,此其为弊之甚者也"。刘知幾以史家的眼光来看待小说,其观点是有合理内涵的,故其对小说的"补史"功能采取审慎的态度。

倒是一些小说家进一步在张扬着这一功能,李肇《唐国史补自序》谓其撰《国史补》乃"虑史氏或阙则补之意"。李德裕作《次柳氏旧闻》是"愧史迁之该博,唯次旧闻,惧失其传,不足以对大君之问,谨录如左,以备史官之阙云"。参寥子《阙史自序》更认为小说之于经史"犹至味之有菹醢也"。宋郑文宝撰《南唐近事》乃虑"南唐烈祖、元宗、后主三世,

---

① (唐)刘知幾著,(清)浦起龙通释:《史通通释》,上海古籍出版社2009年版,第108页。

共四十年。……君臣用舍，朝廷典章，兵火之余，史籍荡尽，惜夫前事，十不存一"。故将"耳目所及，志于缣缃，聊资抵掌之谈，敢望获麟之誉？"明确其撰述的"补史"目的。① 张贵谟序《清波杂志》亦谓该书"多有益风教及可补野史所阙者"。由此可见，将小说视为对正史拾遗补阙的观念乃源远流长，汉末以还杂史笔记小说的创作风行正缘此而来。

明人的小说"补史"观念既有传统的影响，更是小说创作现实的反映，故其理论指向有显明的不同。如果说，传统的"补史"观念着重于小说乃是对正史的拾遗补阙，是对正史不屑载录的内容的叙述，其所要完成的是辅助经史的认识教化功能。那么，明人的"补史"观直接针对的是以《三国演义》为代表的讲史演义，评论对象的变更自然引出了不同的理论趋向，"正史之补"也好，"羽翼信史"也罢，明人的小说"补史"观均以"通俗"为其理论归结，将正史通俗化，以完成对民众的历史普及和思想教化，这是明人小说"补史"观的一个重要特点。

较早阐释这一问题的是明弘治年间的庸愚子蒋大器，在为抄本《三国志通俗演义》所作的《序》中，蒋大器明确地表达了关于小说"补史"的认识观念：

> 夫史，非独纪历代之事，盖欲昭往昔之盛衰，鉴君臣之善恶，载政事之得失，观人才之吉凶，知邦家之休戚，以至寒暑灾祥、褒贬予夺，无一而不笔之者，有义存焉。……然史之文，理微义奥，不如此，乌可以昭后世？《语》云："质胜文则野，文胜质则史。"此则史家秉笔之法，其于众人观之，亦尝病焉，故往往舍而不之顾者，由其不通乎众人。而历代之事，愈久愈失其传。前代尝以野史作为评话，令瞽者演说，其间言辞鄙谬，又失之于野，士君子多厌之。若东原罗贯中，以平阳陈寿《传》，考诸国史，自汉灵帝中平元年，终于晋太康元年之事，留心损益，目之曰《三国志通俗演义》。文不甚深，言不甚俗，事纪其实，亦庶几乎史，盖欲读诵者，人人得而知之，若

---

① （宋）郑文宝：《南唐近事序》，《笔记小说大观》四编三册，新兴书局民国67年（1978）—民国76年（1987），第1653页。

《诗》所谓里巷歌谣之义也。①

在《序》中，蒋大器清晰地阐释了小说的"补史"功能：在他看来，正史"昭往昔之盛衰，鉴君臣之善恶，载政事之得失，观人才之吉凶，知邦家之休戚"，"有义存焉"。但其"理微义奥"，"其于众人观之，亦尝病焉"。而以正史为材料，"亦庶几乎史"的讲史小说却有别于正史的"通俗性"，它可以使人"读到古人忠处，便思自己忠与不忠，孝处，便思自己孝与不孝"，"欲读诵者，人人得而知之，若《诗》所谓里巷歌谣之义也"。蒋大器以后，随着《三国演义》及讲史演义的流行，以此立论者不绝如缕。明嘉靖年间的修髯子在《三国志通俗演义引》中进一步申述了这一观点，并明确提出了小说"羽翼信史"的"补史"功能。其云：

> 客问于余曰：刘先主、曹操、孙权，各据汉地为三国，史已志其颠末，传世久矣，复有所谓《三国志通俗演义》者，不几近于赘乎？余曰：否，史氏所志，事详而文古，义微而旨深，非通儒夙学，展卷间，鲜不便思困睡。故好事者以俗近语，檃栝成编，欲天下之人，入耳而通其事，因事而悟其义，因义而兴乎感。不待研精覃思，知正统必当扶，窃位必当诛，忠孝节义必当师，奸贪谀佞必当去。是是非非，了然于心目之下，裨益风教，广且大焉，何病其赘耶？客仰而大噱曰：有是哉！子之不我诬也，是可谓羽翼信史而不违者矣。②

张氏以"答客问"的形式阐述了他对小说"补史"功能的认识，认为小说与正史有着同等的价值，而小说对于民众而言，其超拔处更在于其"以俗近语，檃栝成编"，可以"不待研精覃思"而能使民众知所趋崇，故可"羽翼信史"，"羽翼"者，辅助之谓也。而小说之所以有"辅助"之

---

① （明）庸愚子：《三国志通俗演义序》，（明）罗贯中：《三国志通俗演义》，上海古籍出版社1994年《古本小说集成》影印嘉靖本，第1—5页。
② （明）修髯子：《三国志通俗演义引》，同上，第1—3页。

效，正在于其有正史所不逮的通俗性。林瀚在万历己未（四十七年）刻本《批点隋唐两朝志传序》中亦提出小说"正史之补"的说法，① 在他看来，小说之所以可为"正史之补"，关键亦在于"两朝事实使愚夫愚妇一览可概见耳"的通俗性。

明人由《三国演义》及讲史演义的风行而接续了传统的"补史"观念，又因讲史演义特殊的文体特性将"补史"之功能定位在"通俗性"上，而不再以"拾遗补阙"作为小说的基本的"补史"功能。这一内涵的转化使"通俗"这一范畴在明后期的小说学中越来越受到小说家的重视，并深深影响了小说的发展。我们先看一组史料：

  编年取法麟经，记事一据实录。凡英君良将，七雄五霸，平生履历，莫不谨按《五经》并《左传》《十七史纲目》《通鉴》《战国策》《吴越春秋》等书，而逐类分纪。且又惧齐民不能悉达经传微辞奥旨，复又改为演义，以便人观览。庶几后生小子，开卷批阅，虽千百年往事，莫不炳若丹青。善则知劝，恶则知戒。（余邵鱼《题全像列国志传引》）②

  西汉有马迁史，辞简义古，为千载良史，天下古今诵之，予又何以通俗为耶？俗不可通，则义不必演矣。义不必演，则此书亦不必作矣。（甄伟《西汉通俗演义序》）③

  兹《演义》一书，胡为而刻？又胡为而评？中郎氏曰："是未明于通俗之义者也。"里中有好读书者，缄嘿十年，忽一日拍案狂叫曰："异哉，卓吾老子吾师乎！"客惊问其故，曰："人言《水浒传》奇，果奇。予每检《十三经》或二十一史，一展卷，即忽忽欲睡去，未有

---

① （明）林瀚《批点隋唐两朝志传序》末署"赐进士出身资政大夫南京参赞机务兵部尚书致仕前吏部尚书国子监祭酒左春坊谕德兼经筵日讲官同修国史三山林瀚撰"。林瀚（1434—1519）为明弘治、正德年间之显宦，此《序》是否真出自其手笔，尚多疑问。《批点隋唐两朝志传》的最早刻本是万历四十七年的龚绍山刊本，故将此观点系于修髯子之后。此序真伪之考订详见陈洪《中国小说理论史》第55—56 页，安徽文艺出版社 1992 年版。
② （明）余邵鱼：《题全像列国志传引》，（明）余邵鱼编辑：《春秋五霸七雄列国志传》，上海古籍出版社 1994 年《古本小说集成》影印三台馆刻本，第 3—5 页。
③ （明）甄伟：《西汉通俗演义序》，据孙楷第《日本东京所见小说书目》录日本宫内省图书寮藏明万历壬子金陵周氏大业堂本《重刻西汉通俗演义八卷一百零一则》附《西汉通俗演义序》，见孙楷第：《日本东京所见小说书目》，人民文学出版社 1958 年版，第 55 页。

若《水浒》之明白晓畅、语语家常，使我捧玩不能释手者也。若无卓老揭出一段精神，则作者与读者，千古俱成梦境。"……则《两汉演义》之所为继《水浒》而刻也，文不能通而俗可通，则又通俗演义之所由名也。(袁宏道《东西汉通俗演义序》)①

罗贯中氏又编为通俗演义，使之明白易晓。而愚夫俗士，亦庶几知所讲读焉。(明无名氏《重刊杭州考证三国志传序》)②

一代肇兴，必有一代之史，而有信史有野史。好事者蒉取而演之，以通俗谕人，名曰演义，盖自罗贯中《水浒传》《三国传》始也。(雉衡山人《东西晋演义序》)③

稗编小说盖欲演正史之文，而家喻户晓之。(《隋炀帝艳史凡例》)④

往自前后汉、魏吴蜀、唐宋咸有正史，其事文载之不啻详矣，后是则有演义。演义，以通俗为义也者。故今流俗即目不挂司马、班、陈一字，然皆能道赤帝，诧铜马，悲伏龙，凭曹瞒者，则演义之为耳。演义固喻俗书哉，义意远矣！(《唐书演义序》)⑤

一时英雄豪杰相与借箸挥戈，而成败利钝百年万状，亦当世得失之林也。乃陈寿所志六十五篇，简质遒劲，虽足步武前史，而正统未明，权衡未确，其间进退与夺不无谬戾。涑水编其年，而细微之事则略，新安挈其纲而褒贬之义则微。所藉以诛奸雄，阐潜德，彰曖昧，志奇幻，俾古人心迹烛若日星，即庸夫俗子，鄙薄懦顽，罔不若目睹其事，而感发惩创阅之靡靡忘倦者，《演义》一书不可无也。(无名氏

---

① (明)袁宏道：《东西汉通俗演义序》，引自黄霖、韩同文选注：《中国历代小说论著选》(修订本)，江西人民出版社2000年版，第184页。
② (明)无名氏：《重刊杭州考证三国志传序》，引自朱一玄、刘毓忱编：《〈三国演义〉资料汇编》，南开大学出版社2003年版，第246页。
③ (明)雉衡山人：《东西晋演义序》，(明)雉衡山人：《东西晋演义》，上海古籍出版社1994年《古本小说集成》影印本，第1页。
④ (明)齐东野人编演：《隋炀帝艳史·艳史凡例》，上海古籍出版社1994年《古本小说集成》影印本，第1页。
⑤ 《唐书演义序》，(明)无名氏《唐书志传题评》，中华书局《古本小说丛刊》第二十八辑影印世德堂刊本，1991年版，第1—2页。

《新刻续编三国志序》)①

在上述文字中，人们或以通俗性阐述小说之根本特性，或以包含情感的笔墨描述小说由于通俗所带来的巨大功效，或干脆以"通俗"来为演义小说命名，总之，"通俗"一词已成为界定小说的一个重要概念。由此，通俗小说、通俗演义作为指称有别于文言小说一脉的小说文体的专称在中国小说史上逐步固定并长久沿用。

四、"虚实"与"幻真"

"虚实"与"幻真"在明代小说学中是两个既相异而又相关的命题，"虚实"范畴由讲史演义所引出，主要讨论的是小说与历史的关系问题；"幻真"范畴则由"虚"所延伸，所针对的既有《三国演义》等讲史演义，又有《西游记》等神魔小说，更有"三言""二拍"等注重于现实内涵的作品；而这两个范畴的最终落脚点均为小说的真实性问题。

"虚实"范畴是中国古代文学批评中的固有命题，其内涵主要在两方面：一是艺术形象中的虚实关系，在这里，所谓"实"是指艺术作品中了然可感的直接形象，所谓"虚"是指由直接形象引发的、由想象联想所获得的间接形象，所谓"有无相生""虚实相间"，从而创造出有余不尽的艺术妙境。这一脉理论的起始是老、庄哲学中的有无相生论，而在魏晋以来有了广泛的讨论，成为诗论、画论、书论中极为重要的审美原则，是中国古典艺术尤其是诗歌、书画艺术的民族传统。二是指艺术表现中"虚构"与"真实"的关系问题，其中包括"虚构"与"历史真实"的关系和"虚构"与"客观事理"的关系。对这一问题的探讨同样有着悠远的传统，而成熟当在小说、戏曲等叙事文学发展以后。小说领域对于"虚实"关系的探讨主要在后者。

在明代，所谓"虚实"问题的探讨是由《三国演义》等历史演义的创

---

① （明）无名氏：《新刻续编三国志序》，（明）酉阳野史编次：《三国志后传》，上海古籍出版社1994年《古本小说集成》影印本，第1—5页。

作所引发的，自《三国演义》于嘉靖元年（1522）出版之后，以正史为题材的小说创作颇为兴盛，从嘉靖到万历，新问世的小说以历史演义为其创作主流，在创作观念和创作方法上均受到《三国演义》的深深影响。庸愚子蒋大器作于弘治七年（1494）的《三国志通俗演义序》首先以"事纪其实，亦庶几乎史"来评判《三国演义》的特色，与该序同时刊行的修髯子《三国志通俗演义引》亦以"羽翼信史而不违"来确立作品与所谓"信史"的内在关系。这两篇与作品同时刊行的序文，其思想观念无疑会对小说作者和读者产生一定的影响。嘉靖以来刊行的通俗小说大多在序文中或正面评述或反面批评，表达了人们对"虚实"关系的看法，并基本形成了两种颇为鲜明的观点。

一种意见认为，小说尤其是以历史为题材的小说固然应以正史为标准，但亦不必拘泥于史实，小说与史书是两种不同的文本形式，应区别对待。熊大木《序武穆王演义》（嘉靖三十一年，1552）即谓：

> 武穆王《精忠录》，原有小说，未及于全文。今得浙之刊本，著述王之事实，甚得其悉。然而意寓文墨，纲由大纪，士大夫以下遽尔未明乎理者，或有之矣。近因眷连杨子素号涌泉者，挟是书谒于愚曰："敢劳代吾演出辞话，庶使愚夫愚妇亦识其意思之一二。"余自以才不及班马之万一，顾奚能用广发挥哉？既而恳致再三，义弗获辞，于是不吝臆见，以王本传行状之实迹，按《通鉴纲目》而取义。至于小说与本传互有同异者，两存之，以备参考。或谓小说不可紊之以正史，余深服其论。然而稗官野史实记正史之未备，若使的以事迹显然不泯者得录，则是书竟难以成野史之余意矣。如西子事，昔人文辞往往及之，而其说不一。《吴越春秋》云吴亡，西子被杀。则西子之在当时，固已死矣。唐宋之问诗云："一朝还旧都，艳妆寻若耶。鸟惊入松网，鱼畏沉荷花。"则西子尝复还会稽矣。杜牧之诗云："西子下姑苏，一舸逐鸱夷。"是西子甘心于随蠡矣。及观东坡《题范蠡》诗云："谁遣姑苏有麋鹿，更怜夫子得西施。"则又以为蠡窃西子，而随蠡者或非其本心也。质是而论之，则史书、小说有不同者，无足怪矣。屡易日月，书已告成，锓梓公诸天下，未

知览者而以邪说罪予否？①

在序文中，熊大木说明了他创作《大宋演义中兴英烈传》的经过及其特色。他认为，小说创作"实记正史之未备"，"若使的以事迹显然不泯者得录，其是书竟难以成野史之余意矣"，故其虽然"以王本传行状之实迹，按《通鉴纲目》而取义"。但并不废弃与正史相异的内容，而表现这一内容，正是小说作为"野史"有别于正史之特点，因而"史书与小说有不同者，无足怪矣"。熊大木的《大宋演义中兴英烈传》是据《精忠录》等小说改写而成，小说本身并不成功，实际上是杂糅正史材料及小说野史加以点染而成，与《三国演义》之差距不可以道里计，熊氏的其他几部历史小说如《唐书志传》《全汉志传》和《南北宋志传》均可作如是观。但在"事纪其实，亦庶几乎史""羽翼信史而不违"的理论背景下，熊氏为"小说不可紊之以正史"所作出的理论辩护却有一定的价值。这一所谓"紊乱"正史的创作原则曾在当时引起人们的发难，李大年《唐书演义序》（嘉靖三十二年，1553）谓：

> 《唐书演义》，书林熊子钟谷编集。书成以视余。逐首末阅之，似有紊乱《通鉴纲目》之非。人或曰："若然，则是书不足以行世矣。"余又曰："虽出其一臆之见，于坊间《三国志》《水浒传》相仿，未必无可取。且词话中诗词檄书颇据文理，使俗人骚客披之，自亦得诸欢慕。岂以其全谬而忽之耶？惜乎全文有欠，历年实迹，未克显明其事实。致善观是书者见哂焉。"或人诺吾言而退。余曰："使再会熊子，虽以历年事实告之，使其勤渠于斯迄于五代而止，诚所幸矣。"因援笔识之以俟知者。②

可见对于熊大木的小说创作，李大年亦明显看出其"似有紊乱《通鉴

---

① （明）熊大木：《序武穆王演义》，(明) 熊大木：《大宋中兴通俗演义》，上海古籍出版社1994年《古本小说集成》影杨氏清江堂刊本，第1—5页。
② （明）李大年：《唐书演义序》，(明) 熊钟谷编辑：《唐书志传通俗演义》，中华书局《古本小说丛刊》第4辑影杨氏清江堂本，1990年版，第1—2页。

纲目》",但他对人们的发难不以为意,认为这种"虽出其一臆之见"的做法"未必无可取";只是对其"历年实迹,未克显明其事实",表示了一点惋惜。熊大木、李大年的观点实则代表了当时的一种思想倾向,他们对这一创作观念的坚持及其创作实践实则肯定了小说创作的虚构特色。五十年后,陈继儒为《唐书演义》作《序》(万历二十一年,1593),即指出了这一特色:"载揽演义,亦颇能得意。独其文词,时传正史,于流俗或不尽通。其事实,时采谲狂,于正史或不尽合。"其实,熊大木作为一个书坊主出身的小说家取正史为素材是因其有选材上的便利,而拼合野史传说、话本小说并以通俗的语言演绎之,是出自商业传播的考虑,更是由其书坊主身份的文化素质所决定的。这一创作路向与《三国演义》一脉相承,以正史为素材,融合杂史传说和话本小说的内涵正是《三国演义》的创作秘诀,而庸愚子评其"事纪其实,亦庶几乎史",修髯子评其"羽翼信史",不过是抬高其地位的一种手段而已。

另一种意见则认为,小说既以历史为题材,则创作时应恪守"信史"的实录原则。这也有两种倾向,一是在创作中仍然走熊大木的老路,但在观念上则标榜对正史的刻意依附。如余邵鱼创作的《列国志传》,余氏自谓"作《列国传》起自武王伐纣,迄今秦并六国;编年取法麟经,记事一据实录。凡英君良将,七雄五霸,平生履历,莫不谨按《五经》并《左传》《十七史纲目》《通鉴》《战国策》《吴越春秋》等书,而逐类分纪",宣称"其视徒凿为空言以炫人听闻者,信天渊相隔矣"。陈继儒《叙列国传》也为其申说:

> 《列传》始自周某王之某年,迄某王之某年。事核而详,语俚而显,诸如朝会盟誓之期,征讨战攻之数,山川道里之险夷,人物名号之真诞,粲若胪列。即野修无系朝常,巷议难参国是,而循名稽实,亦足补经史之所未赅,譬诸有家者按其成簿,则先世之产业厘然,是《列传》亦世宙间之大账簿也。如是虽与经史并传可也。若其存而不论,论而不议,愿与世宙间开大眼界者共扬榷之。[①]

[①] (明)陈继儒:《叙列国传》,(明)陈继儒重校:《春秋列国志传》,上海古籍出版社1994年《古本小说集成》影印万历乙卯本,第6—9页。

《列国志传》的创作其实并非如此，其纰谬、疏漏处比比皆是，可观道人讥其"此等呓语，但可坐三家村田塍上指手画脚，醒锄犁瞌睡，未可为稍通文理者道也"，"其他铺叙之疏漏、人物之颠倒、制度之失考、词句之恶劣，有不可胜言者矣"。① 二是在描写现实政治的时事小说创作中，标榜实录原则以抬高其作品的身价。在明后期，小说史上出现了一批以描写现实政治为题材的作品，如《魏忠贤小说斥奸书》《辽海丹忠录》《于少保萃忠全传》《平虏传》等，这些作品均以现实政治为题材，力求忠实反映当时的政治斗争。在此，峥霄馆主人创作的《魏忠贤小说斥奸书》颇具代表性，其《凡例》谓："是书自春徂秋，历三时而始成。阅过邸报自万历四十八年至崇祯元年，不下丈许。且朝野之史，如正续《清朝圣政（两集）》《太平洪业》《三朝要典》《钦颁爰书》《玉镜新谭》，凡数十种，一本之见闻，非敢妄意点缀，以坠于绮语之戒。"其刻意追求真实的倾向非常明显。他甚至坦言："是书动关政务，半系章疏，故不学《水浒》之组织世态，不效《西游》之布置幻景，不习《金瓶梅》之闺情，不祖《三国》诸志之机诈。"上述两种倾向就小说创作而言，其实都坠入了创作的"误区"，前者因观念与创作实际的分离导致了作品的拙劣不堪；后者混淆了小说与史书的区别，限制了小说的创作空间。

在"虚实"关系上，晚明可观道人对冯梦龙《新列国志》的评判和冯梦龙"事真而理不赝，即事赝而理亦真"的观点代表了明人对历史小说创作中"虚构"与"历史真实"关系认识的最高水平。在《新列国志叙》中，可观道人尖锐地批评了余邵鱼的《列国志传》，高度评价了冯梦龙对《列国志传》"重加辑演"的《新列国志》，其云：

> 自罗贯中氏《三国志》一书，以国史演为通俗，汪洋百余回，为世所尚。嗣是效颦日众，因而有《夏书》《商书》《列国》《两汉》《唐书》《残唐》《南北宋》诸刻，其浩瀚几与正史分签并架。然悉出村学究杜撰……姑举《列国志》言之……墨憨氏重加辑演，为一百八回，

---

① （明）可观道人：《新列国志叙》，（明）墨憨斋新编：《新列国志》，上海古籍出版社1994年《古本小说集成》影印金阊叶敬池梓本，第7—9页。

始乎东迁,迄于秦帝,东迁者列国所以始,秦帝者列国所以终。本诸《左》《史》,旁及诸书,考核甚详,搜罗极富,虽敷演不无增添,形容不无润色,而大要不敢尽违其实。凡国家之废兴存亡,行事之是非成毁,人品之好丑贞淫,一一胪列,如指诸掌。①

无碍居士《警世通言叙》中分析历史演义的真实性时亦谓:

野史尽真乎?曰:不必也。尽赝乎?曰:不必也。然则去其赝而存其真乎?曰:不必也。《六经》《语》《孟》,谭者纷如,归于令人为忠臣,为孝子,为贤牧,为良友,为义夫,为节妇,为树德之士,为积善之家,如是而已矣。经书著其理,史传述其事,其揆一也。理著而世不皆切磋之彦,事述而世不皆博雅之儒。于是乎村夫稚子、里妇估儿,以甲是乙非为喜怒,以前因后果为劝惩,以道听途说为学问,而通俗演义一种,遂足以佐经书史传之穷。而或者曰:"村醪市脯,不入宾筵,乌用是齐东娓娓者为?"呜呼,《大人》《子虚》,曲终奏雅,顾其旨何如耳!人不必有其事,事不必丽其人。其真者可以补金匮石室之遗,而赝者亦必有一番激扬劝诱,悲歌感慨之意。事真而理不赝,即事赝而理亦真,不害于风化,不谬于圣贤,不戾于诗书经史,若此者其可废乎!②

在明代小说史上,从罗贯中《三国演义》到冯梦龙《新列国志》正好是历史演义创作的前后两极,这不仅表现在创作时间上,同时也体现在创作成就上。明代的历史演义小说以成熟的《三国演义》发端,经历了嘉靖、万历两朝以书坊主为主体、以商业传播为旨归的创作过程,至冯梦龙《新列国志》,又复归于文人创作的成熟阶段。故可观道人对《三国演义》《列国志传》和《新列国志》的评判实则是对明代历史演义的总结和创作

---

① (明)可观道人:《新列国志叙》,(明)墨憨斋新编:《新列国志》,上海古籍出版社1994年《古本小说集成》影印金阊叶敬池梓本,第1—11页。
② (明)无碍居士:《警世通言叙》,(明)冯梦龙《警世通言》,上海古籍出版社1994年《古本小说集成》影印兼善堂本,第1—6页。

经验的揭示。在他看来,历史演义大致可分成《三国演义》、"村学究杜撰"的效颦之作和《新列国志》三个阶段,而在创作上,历史演义确乎应依据史书,所谓"以国史演为通俗",但对史书的依附也有相应的"度",即"大要不敢尽违其实",应"敷演不无增添,形容不无润色",从而创造出形象生动、有血有肉的历史小说。同时,历史演义在时代、史迹上要"考核甚详",但其根本目的是要展示"国家之废兴存亡,行事之是非成毁,人品之好丑贞淫"。这一总结非常贴合历史演义的创作原理,也是对《三国演义》《新列国志》等成功的创作经验的总结。而冯梦龙"事真而理不赝,即事赝而理亦真"的认识则在更高层面上摆正了历史演义创作中"虚构"与"历史真实"的关系。

在"虚实"关系的认识上,当明人将目光投向更广阔的小说领域,而不局限于历史演义之一隅的时候,其思想的表达就更为通脱,更为成熟,尤其是当将《水浒传》《西游记》,甚至戏曲文学等同置于一个观察视野的时候,他们对"虚实"关系的认识就更为深刻了。较早作出这一评判的是天都外臣的《水浒传叙》(万历十七年,1589),他在分析《水浒传》与史书记载的关系时即明确认为:"《史》与《宣和遗事》俱不载所终,《夷坚志》乃有张叔夜杀降之说。叔夜儒将,余不之信。《史》又言淮南,不言山东,言三十六人,不言一百八人。此其虚实,不必深辨,要自可喜。"小说与史书之虚实关系"不必深辨",要紧的是能否产生"可喜"的效果,而所谓"可喜"者,即指作品在艺术描写时能给人以一种真实可信的效果。如《水浒传》:

> 载观此书,其地则秦、晋、燕、赵、齐、楚、吴、越;名都荒落,绝塞遐方,无所不通;其人则王侯将相,官师士农,工贾方技,吏胥厮养,驵侩舆台,粉黛缁黄,赭衣左衽,无所不有;其事则天地时令,山川草木,鸟兽虫鱼,刑名法律,韬略甲兵,支干风角,图书珍玩,市语方言,无所不解;其情则上下同异,欣戚合离,捭阖纵横,揣摩挥霍,寒暄嚬笑,谑浪排调,行役献酬,歌舞谲怪,以至大乘之偈,《真诰》之文,少年之场,宵人之态,无所不该。①

---

① (明)天都外臣:《水浒传叙》,《水浒全传》,人民文学出版社1954年版,第1826页。

谢肇淛《五杂组》卷十五中评论小说戏曲时更强调"虚实相半"为创作之"三昧",其云:

> 凡为小说及杂剧戏文,须是虚实相半,方为游戏三昧之笔。亦要情景造极而止,不必问其有无也。古今小说家如《西京杂记》《飞燕外传》《天宝遗事》诸书,《虬髯》《红线》《隐娘》《白猿》诸传,杂剧家如《琵琶》《西厢》《荆钗》《蒙正》等词,岂必真有是事哉?近来作小说,稍涉怪诞,人便笑其不经,而新出杂剧,若《浣纱》《青衫》《义乳》《孤儿》等作,必事事考之正史,年月不合、姓字不同,不敢作也。如此,则看史传足矣,何名为戏?①

谢肇淛的这一认识明显地合乎小说创作之规律,他甚至以此来批评《三国演义》等历史演义小说的不足:"惟《三国演义》与《钱唐记》《宣和遗事》《杨六郎》等书,俚而无味矣。何者?事太实则近腐,可以悦里巷小儿,而不足为士君子道也。"② 当然,这一评价就《三国演义》而言,有失公允,但其所批评的"事太实则近腐"的观点是合理的、深刻的,也切中当时小说创作的实际弊端。王圻亦从"虚"处着眼分析了《水浒传》与《西厢记》的成功经验,认为"《水浒传》从空中放出许多罡煞,又从梦里收拾一场怪诞,其与王实甫《西厢记》,始以蒲东邂会,终以草桥扬灵,是二梦语,殆同机局。总之,惟虚故活耳。"③ 酉阳野史《新刻续编三国志引》明确承认小说"事迹欠实""虚诞渺茫"的特色,认为小说创作是"泄万世苍生之大愤""取快千载",而小说欣赏也不过是"消遣于长夜永昼,或解闷于烦剧忧愁,以豁一时之情怀",故小说之虚构完全是合理的。他明确宣称:

> 客或有言曰:书固可快一时,但事迹欠实,不无虚诞渺茫之议?

---

① (明)谢肇淛:《五杂组》卷十五《事部》,《明代笔记小说大观》第2册,上海古籍出版社2005年版,第1829页。
② 同上。
③ (明)王圻:《稗史汇编》卷一百三《文史门·尺牍类·院本》,辽宁省图书馆藏明万历刻本,见《四库全书存目丛书》,齐鲁书社1995年版,子141-403~404页。

予曰：世不见传奇戏剧乎？人间日演而不厌，内百无一真，何人悦而众艳也？但不过取悦一时，结尾有成，终始有就尔。诚所谓乌有先生之乌有者哉。大抵观是书者，宜作小说而览，毋执正史而观，虽不能比翼奇书，亦有感追踪前传以解颐世间一时之通畅，并豁人世之感怀君子云。①

明容与堂本《水浒传》中《水浒传一百回文字优劣》一文对小说创作"虚实"关系的认识最为深刻，突破了以往纠缠于小说与史实、小说能否虚构等思路的束缚，以小说反映生活的客观事理来为小说创作张目，其云：

> 世上先有《水浒传》一部，然后施耐庵、罗贯中借笔墨拈出。若夫姓某名某，不过劈空捏造以实其事耳。如世上先有淫妇人，然后以杨雄之妻、武松之嫂实之；世上先有马泊六，然后以王婆实之；世上先有家奴与主母通奸，然后以卢俊义之贾氏、李固实之。若管营、若差拨、若董超、若薛霸、若富安、若陆谦，情状逼真，笑语欲活，非世上先有是事，即令文人面壁九年，呕血十石，亦何能至此哉，亦何能至此哉。此《水浒传》之所以与天地相终始也。②

"幻真"范畴亦为明代小说学之一大内涵，其中"幻"与"奇"相应，"真"与"正"相契，两两相对，复又相应，终以"幻中求真""返奇归正"为归趋。而由"虚实"向"幻真"的转化，其转捩在于"虚"的深化和泛化。胡应麟在描述古代小说之发展时尝云：

> 凡变异之谈，盛于六朝，然多是传录舛讹，未必尽幻设语。至唐人乃作意好奇，假小说以寄笔端，如《毛颖》《南柯》之类尚可，若《东阳夜怪录》称成自虚，《玄怪录》元无有，皆但可付之一笑，

---

① （明）无名氏：《三国志后传引》，（明）酉阳野史编次：《三国志后传》，上海古籍出版社1994年《古本小说集成》影印本，第5—6页。
② （明）施耐庵、罗贯中著：《容与堂本水浒传》，上海古籍出版社1988年版，第1486—1487页。

其文气亦卑下亡足论。宋人所记，乃多有近实者，而文彩无足观。本朝新、余等话本出名流，以皆幻设而时益以俚俗，又在前数家下。①

胡氏所论单就文言小说而言，但从"虚实"关系厘定小说发展之迹却颇有眼力，所谓"幻设""作意好奇"即指小说创作可以突破"实"之束缚而表现虚幻的内容。在明代，通俗小说创作中亦很早就表现出了这一趋向，罗贯中《三遂平妖传》始开其端，至万历二十年（1592）《西游记》由世德堂刊出，随即形成了神魔小说的创作风潮，短短数十年间，神魔小说出版刊行近二十部，一时追奇逐幻之风弥漫于说部，且由神魔小说而扩至其他小说题材领域。天启元年（1621），张无咎在为冯梦龙辑补的《三遂平妖传》作序时对此总结道：

> 小说家以真为正，以幻为奇。然语有之："画鬼易，画人难。"《西游》幻极矣，所以不逮《水浒》者，人鬼之分也。鬼而不人，第可资齿牙，不可动肝肺。《三国志》，人矣，描写亦工；所不足者幻耳。然势不得幻，非才不能幻，其季孟之间乎？尝辟诸传奇：《水浒》，《西厢》也；《三国志》，《琵琶记》也。《西游》，则近日《牡丹亭》之类矣。他如《玉娇丽》《金瓶梅》，另辟幽蹊，曲中奏雅，然一方之言，一家之政，可谓奇书，无当巨览，其《水浒》之亚乎？他如《七国》《两汉》、两《唐》《宋》，如弋阳劣戏，一味锣鼓了事，效《三国志》而卑者也。《西洋记》如王巷金家神说谎乞布施，效《西游》而愚者也。至于《续三国志》《封神演义》等，如病人呓语，一味胡谈。《浪史》《野史》等，如老淫吐招，见之欲呕，又出诸杂刻之下矣。②

对于这股创作风潮，批评界很早就在理论上加以评述，褒扬者有之，贬抑者亦有之，并在深入反思小说创作的基础上提出了"幻中求真""返

---

① （明）胡应麟：《少室山房笔丛》，上海书店出版社2001年版，第371页。
② （明）张无咎：《新平妖传叙》，（明）罗贯中编，（明）冯梦补：《新平妖传》，上海古籍出版社1994年《古本小说集成》影印本，第1—5页。

奇归正"的创作主张。较早对《西游记》的幻奇特色作出评判的是谢肇淛，他认为《西游记》"虽极幻妄无当，然亦有至理存焉"。① 而袁于令在《西游记题词》一文中更从"幻"与"真"的辨证角度分析了《西游记》的创作特色：

> 文不幻不文，幻不极不幻。是知天下极幻之事，乃极真之事；极幻之理，乃极真之理。……至于文章之妙，《西游》《水浒》实并驰中原。今日雕空凿影，画脂镂冰，呕心沥血，断数茎髭而不得惊人只字者，何如此书驾虚游刃，洋洋洒洒数百万言，而不复一境，不离本宗，日见闻之，厌饫不起；日诵读之，颖悟自开也！故闲居之士，不可一日无此书。②

袁于令对《西游记》及其"幻奇"特征的褒扬是合乎《西游记》的创作实际的，也指出了小说创作对生活至理的揭示不在于"事"的"真"与"幻"，这是一个思想颇为卓绝的理论见解。然而"幻奇"之事未必都能表现出卓绝的思想内涵，小说史上如"病人呓语，一味胡谈"的作品风行也是追求"幻奇"所引出的一个不良后果，故如何"幻中求真""返奇归正"是小说创作面临的一个紧迫问题。随着神魔小说创作弊端的逐步出现，也随着"三言""二拍"等注重描写现实内涵的作品的崛起，追求现实人情之"奇幻"成为晚明的普遍风尚。睡乡居士《二刻拍案惊奇序》（崇祯五年，1632）谓：

> 今小说之行世者，无虑百种，然而失真之病，起于好奇。知奇之为奇，而不知无奇之所以为奇。舍目前可纪之事，而驰骛于不论不议之乡。如画家之不图犬马，而图鬼魅者，曰：吾以骇听而止耳。……今举物态人情，恣其点染，而不能使人欲歌欲泣于其间，此其奇与非

---

① （明）谢肇淛：《五杂组》卷十五《事部》，《明代笔记小说大观》第2册，上海古籍出版社2005年版，第1829页。
② （明）袁于令：《题辞》，（明）吴承恩著：《西游记（李卓吾评本）》，上海古籍出版社1994年版，第1页。

奇，固不待智者而后知之也。……至演义一家，幻易而真难，固不可相衡而论矣。即如《西游》一记，怪诞不经，读者皆知其谬。然据其所载，师弟四人，各一性情，各一动止，试摘取其一言一事，遂使暗中摩索，亦知其出自何人，则正以幻中有真，乃为传神阿堵，而已有不如《水浒》之讥。岂非真不真之关，固奇不奇之大较也哉！即空观主人者，其人奇，其文奇，其遇亦奇，因取其抑塞磊落之才，出绪余以为传奇，又降而为演义。此《拍案惊奇》之所以两刻也。其所据撮，大都真切可据。即间及神天鬼怪，故如史迁纪事，摹写逼真，而龙之踞腹，蛇之当道，鬼神之理，远而非无，不妨点缀域外之观，以破俗儒之隅见耳。若夫妖艳风流一种，集中亦所必存。唯污蔑世界之谈，则戛戛乎其务去。①

序文中对《西游记》和"二拍"的评价可谓中鹄中的，所谓"幻"与"真"，"奇"与"正"的关系也是对晚明小说创作中一种健康发展路向的真切揭示。对此，徐如翰的《云合奇踪序》早在万历四十四年（1616）就明确提出："天地间有奇人始有奇事，有奇事乃有奇文。夫所谓奇者，非奇衺、奇怪、奇诡、奇僻之奇，正惟奇正相生，足为英雄吐气豪杰壮谭，非若惊世骇俗，吹指而不可方物者。"②总之，表现"人世之奇""人情之奇"成为疗救趋幻逐奇之弊的一帖良药。笑花主人作于崇祯十年（1637）左右的《今古奇观序》，尝对明代的小说史作了简略的回顾，可视为明人对"幻真""奇正"思想的一次总结：

  元施、罗二公，大畅斯道，《水浒》《三国》，奇奇正正，河汉无极。论者以二集配伯喈、《西厢》传奇，号四大书，厌观伟矣。迄于皇明，文治聿新，作者竞爽。勿论廊庙鸿编，即稗官野史，卓然复绝千古。说书一家，亦有专门。然《金瓶》书丽，贻讥于诲淫；《西游》

---

① （明）睡乡居士：《二刻拍案惊奇序》，（明）凌濛初：《二刻拍案惊奇》，上海古籍出版社1994年《古本小说集成》影印本，第1—8页。
② （明）徐如翰：《云合奇踪序》，（明）徐渭：《云合奇踪》，上海古籍出版社1994年《古本小说集成》影印本，第1—2页。

《西洋》逞臆于画鬼，无关风化，奚取连篇。墨憨斋增补《平妖》，穷二极变，不失本末，其技在《水浒》《三国》之间。至所纂《喻世》《警世》《醒世》三言，极摹人情世态之歧，备写悲欢离合之致，可谓钦异拔新，洞心骇目，而曲终奏雅，归于厚俗。即空观主人壶矢代兴，爰有《拍案惊奇》两刻，颇费搜获，足供谈麈，合之共二百种，卷帙浩繁，观览难周，且罗辑取盈，安得事事皆奇。辟如印累累，绶若若，虽公选之世，宁无一二具臣充位？余拟拔其尤百回，重加绣梓，以成巨览。而抱瓮老人先得我心，选刻四十种，名为《古今奇观》。夫蜃楼海市，焰山火井，观非不奇，然非耳目经见之事，未免为疑冰之虫。故夫天下之真奇，在未有不出于庸常者也。仁义礼智谓之常心，忠孝节烈谓之常行，善恶果报谓之常理，圣贤豪杰谓之常人。然常心不多葆，常行不多修，常理不多显，常人不多见，则相与惊而道之。闻者或悲或叹，或喜或愕，其善者知劝，而不善者亦有所惭恧悚惕，以共成风化之美。则夫动人以至奇者，乃训人以至常者也。吾安知闾阎之务，不通于廊庙；稗秕之语，不符于正史？若作吞刀吐火、冬雷夏冰例观，是引人云雾，全无是处。吾以望之善读小说者。①

综上所述，明人从"虚实""幻真"角度观照了明代小说的发展历史，其中虽有一定的分歧，但在总体上形成了一系列基本一致的认识观念，即：在历史小说创作中，"敷演不无增添，形容不无润色，而大要不敢尽违其实"，这以《三国演义》《新列国志》等典范；《水浒传》的"事虚"而"理实"、《西游记》的"事幻"而"理真"同样也为人所称道；而"三言""二拍"追求"人世之奇""人情之奇"，则成了人们疗救小说创作中趋幻逐奇的良药。

五、从"奇书"到"才子书"

"奇书"与"才子书"是明末清初小说史上非常重要的批评术语，用

---

① （明）笑花主人：《今古奇观序》，（明）抱瓮老人辑：《今古奇观》，上海古籍出版社 1994 年《古本小说集成》影印本，第 2—8 页。

以指称通俗小说中的优秀作品，如"四大奇书""第一奇书""第五才子书"等，今人更将"奇书"一词作为小说文体的代称，称之为"奇书文体"。① 然则"奇书"与"才子书"均非小说之文体概念，而是明末清初通俗小说评价体系中两个重要的思想观念，是当时的文人士大夫为提升通俗小说的"文化品味"和强化通俗小说的"文人性"而作出的理论阐释与评判，可看成为相对超越于通俗小说之上的文人士大夫对通俗小说的一次价值认可和理论评判，对通俗小说的发展带有一定的"导向"意义。故厘清这两个概念的内涵及其产生的文化背景可窥见明末清初通俗小说的发展，并进而认识中国小说史的整体发展脉络。

以"奇书"指称小说较早见于明代屠隆的《鸿苞·奇书》一文：

> 《山海经》、《穆天子传》、东方朔《神异经》、王子年《拾遗记》、葛稚川《抱朴子》、《梁四公》、《谭九州》之外，陶弘景《真诰》，此至人得道通明彻玄神明而照了者也。邹衍谭天，刘向传列仙，郭子横《洞冥》、张华《博物》、任昉《述异》、段成式《酉阳杂俎》，此文士博学冥搜、广采见闻而纪载者也。奇书一耳，其不同如此，具眼者不可不知也。②

将通俗小说称之为"奇书"，较早见于明末张无咎《批评北宋三遂新平妖传叙》：

> 小说家以真为正，以幻为奇。然语有之："画鬼易，画人难。"《西游》幻极矣，所以不逮《水浒》者，人鬼之分也。鬼而不人，第可资齿牙，不可动肝肺。《三国志》，人矣，描写亦工，所不足者幻耳。然势不得幻，非才不能幻，其季孟之间乎？尝辟诸传奇，《水浒》，《西厢》也；《三国志》，《琵琶记》也。《西游》，则近日《牡丹亭》之类矣。他如《玉娇丽》《金瓶梅》，另辟幽蹊，曲中奏

---

① （美）浦安迪：《中国叙事学》，北京大学出版社1996年版。
② （明）屠隆：《鸿苞》卷二十一，《四库全书存目丛书》，齐鲁书社1995年版，子89-350页。

雅，然一方之言，一家之政，可谓奇书，无当巨览，其《水浒》之亚乎。①

清初陈忱评《水浒后传》亦以"奇书"自许，其曰："有一人一传者，有一人附见数传者，有数人并见一传者，映带有情，转折不测，深得太史公笔法。头绪如乱丝，终于不紊，循环无端，五花八阵，纵横错见，真奇书也。"② 清初以来，以"奇书"指称通俗小说者可谓比比皆是，如毛批本《三国演义》称为"四大奇书第一种"、张批本《金瓶梅》称为"皋鹤堂批评第一奇书"、康熙年间刊刻的《女仙外史》内封题"新大奇书"、乾隆十五年蔡元放为《西游证道书》作序，题为《增评证道奇书序》等。而在明末清初小说史上，将通俗小说称之为"奇书"影响最深巨的是所谓"四大奇书"之说，③ 这一说法据说最早出于王世贞，而为冯梦龙所确定，李渔《古本三国志序》云：

  昔弇州先生有宇宙四大奇书之目，曰《史记》也，《南华》也，《水浒》与《西厢》也。冯犹龙亦有四大奇书之目，曰《三国》也，《水浒》也，《西游》与《金瓶梅》也。两人之论各异，愚谓书之奇当从其类。《水浒》在小说家，与经史不类；《西厢》系词曲，与小说又不类。今将从其类以配其奇，则冯说为近是。④

李渔此序作于康熙十八年（1679），可见这一名称的真正确立乃是在清代，以后，所谓"奇书"就成了使用较为普遍的一个名称了。李渔《古

---

① （明）张无咎：《新平妖传叙》，（明）罗贯中编，（明）冯梦龙补：《新平妖传》，上海古籍出版社1994年《古本小说集成》影印本，第1—3页。
② （明）樵余（陈忱）：《水浒后传论略》，（明）陈忱：《水浒后传》，上海古籍出版社1994年《古本小说集成》影印本，第22页。
③ 小说家陈忱也有"四大奇书"的说法，但所指不同，"昔人云：《南华》是一部怒书，《西厢》是一部想书，《楞严》是一部悟书，《离骚》是一部哀书。今观《后传》之群雄激变而起，是得《南华》之怒；妇女之含愁敛怨，是得《西厢》之想；中原陆沉，海外流放，是得《离骚》之哀；牡蛎滩、丹露宫之警悟，是得《楞严》之悟。不谓是传而兼四大奇书之长也。"见雁宕山樵：《水浒后传序》，（明）陈忱：《水浒后传》，上海古籍出版社1994年《古本小说集成》影印本，第2—3页。
① （清）李渔：《〈三国演义〉序》，（清）李渔：《李渔全集》第18册《补遗》，浙江古籍出版社1991年版，第538页。

本三国志序》之前，还曾有"三大奇书"之目，西湖钓叟作于顺治庚子（1660）的《续金瓶梅集序》即谓："今天下小说如林，独推三大奇书，曰《水浒》《西游》《金瓶梅》者，何以称乎？《西游》阐心而证道于魔，《水浒》戒侠而崇义于盗，《金瓶梅》惩淫而炫情于色。此皆显言之、夸言之、放言之，而其旨则在以隐、以刺、以止之间。唯不知者，曰怪、曰暴、曰淫，以为非圣而畔道焉。"李渔之后，"四大奇书"之名在小说界逐步通行，刘廷玑《在园杂志》在梳理中国小说发展史时也以"四大奇书"之名指称《三国演义》《水浒传》《西游记》和《金瓶梅》，并以此概言明代通俗小说的创作成就，而坊间亦以"四大奇书"之名刊刻这四部作品。① 绿园老人《歧路灯序》（据乾隆四十五年传抄本）谓："古有'四大奇书'之目，曰盲左、曰屈骚、曰漆庄、曰腐迁。迨于后世，则坊佣袭'四大奇书'之名，而以《三国志》《水浒》《西游》《金瓶梅》冒之。"闲斋老人《儒林外史序》谓："古今稗官野史不下数百千种，而《三国志》《西游记》《水浒传》及《金瓶梅演义》，世称四大奇书，人人乐得而观之。"可见以"奇书"来概言通俗小说中的优秀作品已成传统。②

用"才子书"一词评价通俗小说，或许是金圣叹首创。金氏择取历史上各体文学之精粹，名为"六才子书"，曰《庄子》《离骚》《史记》《杜诗》《水浒》《西厢》。自《第五才子书水浒传》刊行以后，"才子书"一词成为清以来指称小说的一个常规术语。较早沿用这一称谓的是清初刊刻的"天花藏合刻七才子书"，其中包括《三才子玉娇李》《四才子平山冷燕》等，以后"才子书"之称谓充斥通俗小说领域。值得注意的是，毛氏父子批评《三国演义》有意将"奇书"与"才子书"概念合二为一，在伪托的金圣叹序中，所谓"四大奇书第一种"的《三国演义》也称为"第一才子书"，而在《读三国志法》中又作进一步申述："吾谓才子书之目，宜以

---

① 据称"四大奇书"有芥子园刊本，惜已不见，而有李渔序之《三国演义》醉耕堂刊本则冠于"四大奇书第一种"名目刊行，可知"四大奇书"之丛书或曾行。黄摩西《小说小话》卷四："曾见芥子园四大奇书原刻本，纸墨精良，尚其余事，卷首每回作一图，人物如生，细入毫发，远出近时点石斋石印画报上。而服饰器具，尚见汉家制度，可作博古图观，可作彼都人士诗读。"（《小说林》第2期）

② 小说史上尚有不少以"奇书"为书名者，如《汉宋奇书》《后唐奇书莲子瓶传》《龙潭鲍骆奇书》《忠烈奇书》《第一奇书钟情传》《第一快活奇书如意君传》《第一奇书莲子瓶》《群英杰后宋奇书》《醒世第二奇书》《铁冠图忠烈全书》（又名《忠烈奇书》）等。

《三国演义》为第一。""第一才子书"之名遂在《三国演义》的刊刻史上影响深远,以致人们"竟将《三国志演义》原名淹没不彰,坊间俗刻,竟刊称为《第一才子书》"。①

明末清初的文人何以将小说称之为"奇书"或"才子书"?这只要简要梳理一下"奇书"和"才子书"的传统内涵便可了然。

"奇书"之概念古已有之,其内涵历代有异,细考之,约有如下数端:

其一,所谓"奇书"是指内容精深,常人难以卒解之书。如《晋书·葛洪传》云:"考览奇书,既不少矣,率多隐语,难可卒解。自非至精不能寻究,自非笃勤不能悉见也。"《旧唐书》卷七十三记唐颜师古学识渊博、博览群书时亦谓:"师古于秘书省考定《五经》,师古多所厘正,既成,奏之。太宗复遣诸儒重加详议,于时诸儒传习已久,皆共非之。师古辄引晋、宋已来古今本,随言晓答,援据详明,皆出其意表,诸儒莫不叹服。于是兼通直郎、散骑常侍,颁其所定之书于天下,令学者习焉。贞观七年,拜秘书少监,专典刊正。所有奇书难字,众所共惑者,随疑剖析,曲尽其源。"而延伸之,则内容奇特甚至怪异之书亦称之为"奇书",如《宋史》卷四百三十一:"昔汉文成将军以帛书饭牛,既而言牛腹中有奇书,杀视得书,天子识其手迹。"宋欧阳修更视汉代谶纬之学为"奇书",且将"奇书异说"并举,视为"异端之学":"孔子既没,异端之说复兴,周室亦益衰乱。接乎战国,秦遂焚书,先王之道中绝。汉兴久之,《诗》《书》稍出而不完。当王道中绝之际,奇书异说方充斥而盛行,其言往往反自托于孔子之徒,以取信于时。学者既不备见《诗》《书》之详,而习传盛行之异说,世无圣人以为质,而不自知其取舍真伪。至有博学好奇之士,务多闻以为胜者,于时尽集诸说而论次,初无所择,而惟恐遗之也。"②

其二,所谓"奇书"是指内容丰赡,流传稀少之好书。如《魏书》卷八十九所载:"道元好学,历览奇书。撰注《水经》四十卷、《本志》十三

---

① (清)许时庚:《三国志演义补例》,《绘图增像第一才子书》清光绪十六年广百宋斋校印本,转引自引朱一玄,刘毓忱编:《〈三国演义〉资料汇编》,南开大学出版社2003年版,第216页。

② (宋)欧阳修:《帝王世次图序》,《欧阳修全集·居士集》,北京中国书店1986年版,第300—301页。

篇，又为《七聘》及诸文，皆行于世。"宋刘祁更将"奇书"指称为士大夫秘而不宣、视若珍宝之好书："昔人云：'借书一痴，还书亦一痴。'故世之士大夫有奇书多秘之，亦有假而不归者，必援此。予尝鄙之，以为君子惟欲淑诸人，有奇书当与朋友共之，何至靳藏，独广己之闻见？果如是，量亦狭矣。如蔡伯喈之秘《论衡》，亦通人之一蔽，非君子所尚，不可法也。"①

其三，所谓"奇书"是指颇为怪异的书写文字。《晋书》卷七十二谓："其后晋陵武进县人于田中得铜铎五枚，历阳县中井沸，经日乃止。及帝为晋王，又使璞筮，遇《豫》之《睽》，璞曰：'会稽当出钟，以告成功，上有勒铭，应在人家井泥中得之。繇辞所谓"先王以作乐崇德，殷荐之上帝"者也。'及帝即位，太兴初，会稽剡县人果于井中得一钟，长七寸二分，口径四寸半，上有古文奇书十八字，云'会稽岳命'，余字时人莫识之。璞曰：'盖王者之作，必有灵符，塞天人之心，与神物合契，然后可以言受命矣。'""奇书"一词在明清小说中亦常常出现，内涵与上述引文大致相当，如：

还有那精琴古鼎，名画奇书，宝鉴异香，文禽怪兽。（《禅真后史》第二十二回）②

后面有进大楼，题上一个匾额，叫做"萃雅楼"。结构之精，铺设之雅，自不待说。每到风清月朗之夜，一同聚啸其中，弹的弹，吹的吹，唱的唱，都是绝顶的技艺，闻者无不消魂。没有一部奇书，不是他看起；没有一种异香，不是他烧起；没有一本奇花异卉，不是他赏玩起。手中摩弄的，没有秦汉以下之物；壁间悬挂的，尽是宋唐以上之人。（《十二楼·萃雅楼》第一回）③

读了些四库奇书，享了些半生清福。心有余闲，涉笔成趣，每于长夏余冬，灯前月夕，以文为戏，年复一年，编出这《镜花缘》一百

---

① （金）刘祁：《归潜志》卷十三，中华书局1983年版，第145页。
② （明）清溪道人：《禅真后史》第二十二回，上海古籍出版社1994年《古本小说集成》影印"金阊梓"本，第511页。
③ （清）李渔：《十二楼·萃雅楼》，上海古籍出版社1992年版，第76页。

回，而仅得其事之半。(《镜花缘》第一百回)①

展开奇书观异相，鼓动铁舌断英才。(《幻中游》第二回)②

"才子书"一词在明以前较少看到，然"才子"一词却出现较早，《左传》中即有"高辛氏有才子八人，伯奋、仲堪、叔献、季仲、伯虎、仲熊、叔豹、季狸"一语，此八才子又称"八元"。《集解》贾逵曰："元，善也。"与"才子"相对，时亦有"不才子"之称谓，《史记》云："昔帝鸿氏有不才子，掩义隐贼，好行凶慝，天下谓之浑沌。少暤氏有不才子，毁信恶忠，崇饰恶言，天下谓之穷奇。颛顼氏有不才子，不可教训，不知话言，天下谓之梼杌。此三族世忧之。至于尧，尧未能去。缙云氏有不才子，贪于饮食，冒于货贿，天下谓之饕餮。天下恶之，比之三凶。"③故此所谓"才子"主要指称有德之士。大约自南北朝始，"才子"一词较多指称文墨之士，如《宋书》卷六十七："自汉至魏，四百余年，辞人才子，文体三变。相如巧为形似之言，班固长于情理之说，子建、仲宣以气质为体，并标能擅美，独映当时。是以一世之士，各相慕习，原其飙流所始，莫不同祖《风》《骚》。"《周书》卷四十一亦谓："逐臣屈平，作《离骚》以叙志，宏才艳发，有恻隐之美。宋玉，南国词人，追逸辔而亚其迹。大儒荀况，赋礼智以陈其情，含章郁起，有讽论之义。贾生，洛阳才子，继清景而奋其晖。并陶铸性灵，组织风雅，词赋之作，实为其冠。"降及唐代，以"才子"称呼文人者更是比比皆是，《旧唐书》卷一百六十："予顷与元微之唱和颇多，或在人口。尝戏微之云：'仆与足下二十年来为文友诗敌，幸也，亦不幸也。吟咏情性，播扬名声，其适遗形，其乐忘老，幸也；然江南士女语才子者，多云元、白，以子之故，使仆不得独步于吴越间，此亦不幸也！今垂老复遇梦得，非重不幸耶？'"同书卷一百六十三："李虞仲，字见之，赵郡人。祖震，大理丞。父端，登进士第，工诗。大

---

① (清)李汝珍：《镜花缘》，上海古籍出版社1994年《古本小说集成》影印本，第1835—1836页。

② (清)烟霞主人：《幻中游》，上海古籍出版社1994年《古本小说集成》影印"本衙藏板"本，第12页。

③ (汉)司马迁撰：《史记》，中华书局1982年版，第36页。

历中,与韩翃、钱起、卢纶等文咏唱和,驰名都下,号'大历十才子'。"同书卷一百六十六:"穆宗皇帝在东宫,有妃嫔左右尝诵积歌诗以为乐曲者,知积所为,尝称其善,宫中呼为元才子。"而元人辛文房为唐代诗人作传,即干脆将其书名名为《唐才子传》,可见"才子"一词已成为文人,尤其是优秀文人之专称。又明人喜结诗派,或以地域、或以年号;而诗人群体以"才子"为名号者充斥于诗坛,如"江西十才子""江东三才子""景泰十才子""吴中四才子""嘉靖八才子"等①。金圣叹选取古今六大才子之文章,定为"六才子书",正与此一脉相承。

由此可见,明末清初的文人以"奇书""才子书"指称通俗小说确有深意:"奇书"者,内容奇特、思想超拔之谓也;"才子书"者,文人才情文采之所寓焉。故将小说文本称为"奇书",小说作者称为"才子",既是人们对优秀通俗小说的极高褒扬,同时也是对尚处于民间状态的通俗小说创作所提出的一个新要求。从小说史和小说学史角度言之,这一观念的出现至少是在三个方面试图强化通俗小说的文体意识:

一是试图强化通俗小说的作家独创意识。明中后期持续刊行的《三国演义》《水浒传》《西游记》和《金瓶梅》确乎是中国小说史发展中的一大奇观。在人们看来,这些作品虽然托体于卑微的小说文体,但从思想的超拔和艺术的成熟而言,他们都倾向于认为这是文人的独创之作。如施耐庵、罗贯中为《三国演义》《水浒传》的作者已是明中后期文人的共识,高儒《百川书志》卷六"史部·野史"著录《水浒传》题"钱塘施耐庵的本,罗贯中编次";明嘉靖刊本《忠义水浒传》亦题"施耐庵集撰,罗贯中纂修";明双峰堂刊本题"中原贯中罗道本卿父编辑";王圻《续文献通考》卷一百七十七"经籍考·传记类"、田汝成《西湖游览志余》卷二十五"委巷丛谈"、雉衡山人《东西晋演义序》等亦持此种看法;而明雄飞

---

① (清)张廷玉等撰《明史》卷一百三十七:"李叔正,字克正,初名宗颐,靖安人。年十二能诗,长益淹博。时江西有十才子,叔正其一也。"中华书局 1974 年版,第 3956 页。卷一百九十四:"刘麟,字符瑞,本安仁人。世为南京广洋卫副千户,因家焉。绩学能文,与顾璘、徐祯卿称'江东三才子'",第 5151 页。卷二百八十六:"宣德时,以文学征。有言溥善医者,授惠民局副使,调太医院吏目。耻以医自名,日吟咏为事。其诗初学西昆,后更奇纵,与汤胤绩、苏平、苏正、沈愚、王淮、晏铎、邹亮、蒋忠、王贞庆号'景泰十才子',溥为主盟。"第 7341 页。卷二百八十六:"祯卿少与祝允明、唐寅、文徵明齐名,号'吴中四才子。'"第 7351 页。卷二百八十七:"时有'嘉靖八才子'之称,谓束及王慎中、唐顺之、赵时春、熊过、任瀚、李开先、吕高也。"第 7370 页。

馆《英雄谱·水浒传》、金圣叹《第五才子书水浒传》则题"钱塘施耐庵编辑"和"东都施耐庵撰"。可见其中虽看法不一，但在文人独创这一点上却没有异议。《金瓶梅》虽署为至今不知何人的"兰陵笑笑生"，但这部被文人评为"极佳"[1]的作品，人们大多倾向于出自"嘉靖间大名士手笔"。[2]而金圣叹将施耐庵评为才子，与屈原、庄子、司马迁、杜甫等并称，也是试图强化通俗小说的作家独创意识。强化作家独创，实际上是承认文人对这种卑微文体的介入，而文人的介入正是通俗小说在发展过程中所亟需的。

二是试图强化通俗小说的情感寄寓意识。李卓吾《忠义水浒传序》即以司马迁"发愤著书"说为理论基础，评价《水浒传》为"发愤"之作。

> 太史公曰："《说难》《孤愤》，贤圣发愤之所作也。"由此观之，古之贤圣不愤则不作矣。不愤而作，譬如不寒而颤，不病而呻吟也。虽作何观乎！《水浒传》者，发愤之所作也。盖自宋室不竞，冠屦倒施，大贤处下，不肖处上，驯致夷狄处上，中原处下。一时君相，犹然处堂燕鹊，纳币称臣，甘心屈膝于犬羊已矣。施、罗二公身在元，心在宋，虽生元日，实愤宋事。是故愤二帝之北狩，则称大破辽以泄其愤；愤南渡之苟安，则称灭方腊以泄其愤。敢问泄愤者谁乎？则前日啸聚水浒之强人也。欲不谓之忠义不可也。是故施、罗二公传《水浒》，而复以忠义名其传焉。[3]

与此相应，吴从龙《小窗自记》卷一《杂著》评《西游记》是"一部定性书，《水浒传》，一部定情书，勘透方有分晓"亦旨在强化作品的情感寄寓意识。谢肇淛《五杂组》卷十五《事部》评："《西游记》曼衍虚诞，而其纵横变化，以猿为心之神，以猪为意之驰，其始之放纵，上天下地，

---

[1]（明）袁中道《游居柿录》，（明）袁中道著，钱伯城点校：《珂雪斋集》，上海古籍出版社1989年版，第1316页。

[2]（明）沈德符《万历野获编》卷二十五《词曲·金瓶梅》，《明代笔记小说大观》第3册，上海古籍出版社2005年版，第2584页。

[3]（明）李贽《忠义水浒传序》，（明）施耐庵、罗贯中著：《容与堂本水浒传》，上海古籍出版社1988年版，第1488页。

莫能禁制，而归于紧箍一咒，能使心猿驯伏，至死靡他，盖亦求放心之喻，非浪作也。"突出的也是作品的寄寓性。

三是试图强化通俗小说的文学意识。且看金圣叹对所谓"才子"之"才"的分析：

> 才之为言，材也。凌云蔽日之姿，其初本于破荄分萌；于破荄分萌之时，具有凌云蔽日之势；于凌云蔽日之时，不出破核分萌之势，此所谓"材"之说也。又才之为言，裁也。有全锦在手，无全锦在目；无全衣在目，有全衣在心。见其领，知其袖；见其襟，知其裾也。夫领则非袖，而襟则非裾，然左右相就，前后相合，离然各异，而宛然共成者，此所谓"裁"之说也。①

金氏将"才"分解为"材"与"裁"两端，一为"材质"之"材"，一为"剪裁"之"裁"，其用意已不言自明，他所要强化的正是作为一个通俗小说家所必备的素质和才能。他进而分析了真正的"才子"在文学创作中的表现：

> 依世人之所谓才，则是文成于易者，才子也；依古人之所谓才，则必文成于难者，才子也。依文成于易之说，则是迅疾挥扫，神气扬扬者，才子也；依文成于难之说，则必心绝气尽，面犹死人者，才子也。故若庄周、屈平、马迁、杜甫，以及施耐庵、董解元之书，是皆所谓心绝气尽，面犹死人，然后其才前后缭绕，得成一书者也。②

金圣叹将施耐庵列为"才子"，将《水浒传》的创作评为"文成于难者"，实则肯定了《水浒传》也是作家呕心沥血之作，进而肯定了通俗小说创作是一种可以藏之名山的文学事业。清初李渔评曰："施耐庵之《水浒》、王实甫之《西厢》，世人尽作戏文小说看，金圣叹特标其名曰'五才

---

① （清）金圣叹：《第五才子书水浒传·序一》，（明）施耐庵：《第五才子书水浒传》，上海古籍出版社 1994 年《古本小说集成》影印金阊叶瑶池梓行本，第 18—19 页。
② 同上，第 22—23 页。

子书''六才子书'者,其意何居?盖愤天下之小视其道,不知为古今来绝大文章,故作此等惊人语以标其目。"① 可谓知言。

从"奇书"到"才子书",明末清初的文人对通俗小说的关注及其评价为通俗小说确立了一个新的评价体系,而总其要者,一在于思想的"突异",一关乎作家的"才情",而思想超拔,才情迸发,正是通俗小说能得以发展的重要前提。

以"奇书""才子书"来评判通俗小说,实则表现了一种独特的文化现象,体现了文人对通俗小说这一文体的关注和评价,这是文人士大夫在整体上试图改造通俗小说的文体特性和提升通俗小说文化品位的一个重要举措。

明中后期以来,随着通俗小说的盛行,文人士大夫以其敏锐的艺术眼光和独特的艺术鉴赏力对通俗小说加以评判,他们阅读、鉴赏、遴选,并将通俗小说置于中国文学史的发展长河中予以考察,而在这种考察中,通俗小说中的一些名篇巨著得以脱颖而出,成了文学史上不可多得的佳作,也为后世小说的发展提供了范本。且看史料:

周晖《金陵琐事》卷一《五大部文章》谓:

> 太守李载贽,字宏甫,号卓吾,闽人。在刑部时,已好为奇论,尚未甚怪僻。常云:宇宙内有五大部文章:汉有司马子长《史记》,唐有《杜子美集》,宋有《苏子瞻集》,元有施耐庵《水浒传》,明有《李献吉集》。②

李卓吾将《水浒传》与《史记》《杜子美集》《苏子瞻集》和《李献吉集》并称,实则改变了以往以文体限定作品的传统,将通俗小说与所谓的雅文学一视同仁。

这种将通俗小说置于中国文学长河中予以考察,并突破以往雅俗文体

---

① (清)李渔:《闲情偶寄·词曲部·忌填塞》,《李渔全集》第3册,浙江古籍出版社1991年版,第24页。
② (明)周晖:《金陵琐事》卷一《五大部文章》,《南京稀见文献丛刊》本,南京出版社2007年版,第52页。

界线的做法在当时较为普遍，除"四大奇书"和"六才子书"外，以下两则史料亦颇说明问题：

> 昔人云：《南华》是一部怒书，《西厢》是一部想书，《楞严》是一部悟书，《离骚》是一部哀书。今观《后传》之群雄激变而起，是得《南华》之怒；妇女之含愁敛怨，是得《西厢》之想；中原陆沉，海外流放，是得《离骚》之哀；牡蛎滩、丹露宫之警喻，是得《楞严》之悟。不谓是传而兼四大奇书之长也！①
>
> 昔王季重谓古今文人，取左丘明、司马迁、刘义庆、欧阳永叔、苏子瞻、王实甫、罗贯中、徐文长、汤若士，以其文皆写生者也。袁中郎谓案头不可少之书，《葩经》、《左》、《国》、《南华》、《离骚》、《史记》、《世说》、杜诗、韩柳欧苏文、《西厢记》、《牡丹亭》、《水浒传》、《金瓶梅》，岂非以其书皆写生之文哉。②

在上述史料中，我们不难看到，这实在是一次颇为热闹的文学品评活动，而参与这一场异时异地自发品评的文人，大多既是当时活跃于文坛的名公巨子，又是具有较高世俗名声的才子名流，如李卓吾、王世贞、袁中郎、冯梦龙、王季重、金圣叹等。这些在当时可谓响当当的人物对通俗小说的评判和关注，对通俗小说发展和流传的影响，是不言而喻的。在这里，所谓托体卑微的通俗小说赢得了与《庄子》《离骚》《左传》《史记》，以及杜诗、韩柳欧苏文等文学史上影响深远的作品同等的待遇和评价，这是通俗小说第一次进入了一个新的评价体系。在这之前，小说更多是在与"史"的攀附中来确认自身的地位和价值的，"补史"也好，"通俗"也罢，小说无非是在"史"的框架中周旋，以确立自己的存在依据。而这一评判则不然，文体的界线已不存在，唯有思想与艺术品位的高下成为他们品评作品的标准，这是一场公平的品评和遴选，而得益最多的无疑是长久以来

---

① （明）雁宕山樵：《水浒后传序》，（明）陈忱：《水浒后传》，上海古籍出版社1994年《古本小说集成》本，第2—3页。

② （清）李雅、何绍永：《龙眠古文》附卷吴道新《文论》一，引黄霖：《金瓶梅资料汇编》，中华书局1987年版，第282页。

处于卑微状态的通俗小说。可以说，这一新的评价体系是通俗小说得以发展的一个重要契机。不仅如此，晚明以来文人士大夫对通俗小说的关注并非停留在观念形态上，还落实到具体的操作层面，即对于通俗小说的文本改订和修正，而从事文本改订的又正是那些视小说为"奇书""才子书"，为通俗小说大为鼓吹的文人士大夫。在明末清初的小说史上，这几乎是同步进行和双管齐下的。而在这种改订和评价中，对小说史影响最大的无疑是被称为"奇书"或"才子书"的《三国演义》《水浒传》《西游记》和《金瓶梅》。

　　由此可见，明末清初的文人士大夫将通俗小说称之为"奇书"和"才子书"，并在这种观念的指导下对通俗小说的文本加以修订和改造，这是小说史上一个值得注意的文化现象，对中国小说史发展的影响是非常深远的。

第六章

明代的小说著录

"小说"之内涵在古代的嬗变并非是单向的线性进化，这种情形在明代的"小说"著录中表现得非常明显。就"小说"之名来看，明代对"小说"的著录在一定程度上反映了明人对"小说"这一文类新的认识。如明中叶以后，通俗小说开始得到较多的著录与评议，颇能表明人们对于通俗小说这一新小说样式的重视。但另一方面，明代的"小说"著录在选择的标准和观念上，很多时候仍然固守着班固《汉书·艺文志》以来的小说学传统，与今人对于"小说"的认识有着很大的区别。再从"小说"之实的角度看，今人公认为小说的一类作品，大多被明人著录于"史部"与"子部"，甚至"集部"等非"小说"门类。另外，虽然被今人视为应归入"集部"的作品被明代一些书目著录在"小说"类目，或者虽然有"小说"之名却被著录在"集部"，这也并不意味着此类著录看重小说的文学性。上述现象呈现出明代"小说"内涵的丰富多元，也昭示学界对明代小说学的研究要注意其历史复杂性，要揭示其中所蕴含的古与今的错综、名与实的纠葛。

一、"小说"类目著录的"小说"

涉及小说著录的明代公私书目存有四十余种。[①] 这些书目中，设有

[①] 除特别注明者，本文中的明代公私书目所据版本为《宋元明清书目题跋丛刊》（中华书局2006年版）第四、五、六辑。随着研究的逐步深入，学界已基本认定此丛刊中的《玄赏斋书目》与《明代书目题跋丛刊》（书目文献出版社1993年版）中的《菉竹堂书目》《近古堂书目》《会稽钮氏世学楼珍藏图书目》为伪作，鉴于此，本文不把此4种书目作为研究对象，而增加未收在两部丛刊中且较少受到学界关注的史志目录23种（皆在后文中注明具体版本）。

"小说"类目的其实并不多,仅有《国史经籍志》《百川书志》《万卷堂书目》《徐氏红雨楼书目》《徐氏家藏书目》《赵定宇书目》《脉望馆书目》《澹生堂藏书目》《笠泽堂书目》9种。这些书目主要以5种方式设置"小说"类目:(1) 大多按四部分类在子部中设二级目录"小说家"。(2) 按四部分类在子部中设二级目录"小说类",如《徐氏家藏书目》与《徐氏红雨楼书目》。[1](3) 按四部分类在子部中同时设二级目录"小说"与"小说类",如《脉望馆书目》。(4) 基本上按经史子集的顺序著录,但一级目录不出现四部名称,而是把在四部分类中被设为二级目录的"小说家"或"小说类"提升为一级目录,如《万卷堂书目》。(5) 不按四部分类,其中设有一级目录"小说书",如《赵定宇书目》。无论是一级目录还是二级目录,无论是"小说家"还是"小说""小说类""小说书",其实都从"小说"之"名"的角度展现了明人是把怎样的作品视为"小说"的。

从现有材料来看,对"小说"类目再进行分类的明代书目仅有万历四十八年(1620)编成的《澹生堂藏书目》。此书目将"子部"之"小说家"分为"说汇""说丛""佳话""杂笔""闲适""清玩""记异""戏剧"八类,能够在一定程度上反映出此书目著录"小说"所看重的关键因素。

"说汇"主要著录类书性与专题性的"小说"选本,如《太平广记》《虞初志》《说郛》《说类》《稗史汇编》等。"说丛"主要著录《稗海大观》《古今说海》《六十家小说》《前四十家小说》《广四十家小说》《后四十家小说》《三十家小说》《烟霞小说》等丛书性"小说"选本,这些选本虽多有"小说"之名,但所收录的作品有不少并无叙事性内涵,如《前四十家小说》中有《洛阳名园记》《小尔雅》《钟嵘诗品》《画品》等。"佳话"多著录"世说"体小说,另外还有《谈资》《谭冶录》《古今奇闻》《世林》等记述人物佳话者。"杂笔"主要著录笔记杂著,这是《澹生堂藏书目》收录作品最多的一个"小说"类目。"闲适"类目著录的主要是与隐逸高怀及闲情逸致相关的作品,如《溪上清言》《岩栖幽事》《山家清事》《山家清供》《草堂清兴》等小品文集(其中很多作品今人称之为"清言"),

---

[1] 《徐氏家藏书目》与《徐氏红雨楼书目》题署较乱,二书皆有四卷本与七卷本两种,本文所据版本为上海古籍出版社2005年出版的四卷本《徐氏红雨楼书目》与2014年出版的七卷本《新辑徐氏家藏书目》。

《酒颠》《茶董》《觞政》《考盘余事》《栖逸传》《水品》《茶经》《茶品要论》《酒品》《曹继善酒令》等杂著,《茶谱》《酒方》《窦子野酒谱》等谱录。总之,多是抒情、论说、考评、说明性文字,叙事性作品寥寥无几。"清玩"类主要著录关乎文房翰墨、古玩古器与香、瓶、盆、刀、剑、石等文房饰物的言说,如《文房清事》《文房职方图赞》《考古图说》《博识》《欣赏正编》《欣赏续编》《异物汇编》《格古要论》《古奇器录》《书画金汤》《秦汉印统》《砚谱》《墨经》《墨评》《古今刀剑录》《铜剑赞》《云林石谱》《瓶史》《洪刍香谱》等,叙事性成分仍然不多。"记异"类目著录的主要是胡应麟所说的"志怪""传奇"类小说,不过也有少数非叙事性作品如《占梦类考》《梦古逸旨》等。"戏剧"类目下著录的主要是游戏谐谑类作品如《开颜集》《拊掌录》《谐史》《笑林》《四书笑》《滑稽余韵》等。

参照《澹生堂藏书目》对"小说"的具体分类,可以看到,在编成于嘉靖十九年(1540)的《百川书志》中,"闲适""清玩""戏剧""说丛"类作品在"小说"类目中不见著录。其"小说"类目虽然著录了一些"记异"类作品,唐宋传奇却基本上未被著录,著录最多的是"杂笔"类作品。

万历三十年(1602)首次刊印的《国史经籍志》著录的大多数"小说"作品亦是"杂笔"类,此外,可归入"记异"类的有《燕丹子》《述异记》《齐谐记》《虬髯客传》《异闻集》《广卓异记》《夷坚志》《语怪四编》等志怪传奇小说,数量不少,仅次于"杂笔"类作品。可归入"佳话"类的有《语林》《世说》《唐语林》《何氏语林》等。可归入"戏剧"类的有《笑林》《笑苑》《解颐》《会昌解颐》《俳谐集》《开颜集》《善谑集》等,这两类作品的数量也都可观。可归入"闲适""清玩"类的作品较少,仅能举出《山家清事》《玉壶冰》《文房监古》等寥寥几种作品。可归入"说汇"的有《太平广记》《类说》《三百家事类》《说郛》四种。可归入"说丛"的有《古今说海》一种。

从类目来看,《国史经籍志》的一级目录在"经类""史类""子类""集类"这些沿袭四部的分类之外,加上了著录明代皇帝诏令、著述以及敕修典籍的"制书类",为了表示尊崇还把"制书类"放在四部之前。二级目录则多沿用郑樵《通志·艺文略》,其中子部"小说家"类目所著录的南宋以前作品几乎全袭《通志》。由于受《通志》的巨大影响,《通志》

著录"小说"的特点在《国史经籍志》中也有体现：笔记杂著类作品较多；虽然著录了一定数量的志怪传奇类作品，许多重要的志怪小说与唐宋传奇却未被著录；不是将能见到的现实藏书撰成目录，而是杂缀了不少旧志所著录的书目，导致图书的存佚情况著录不明。不过，郑樵将《太平广记》归入子部之"类书"类，《国史经籍志》则将其归入子部"小说家"中，算是稍稍摆脱了《通志》的影响。

出现于明代中后期的《万卷堂书目》《赵定宇书目》《脉望馆书目》《徐氏家藏书目》《徐氏红雨楼书目》之"小说"类目著录了不少"说汇""说丛"类作品，在一定程度上可体现出这一时期"小说"选本颇为盛行的局面。如前所述，同属这一时期的《国史经籍志》对小说选本的著录并不多。察其缘由，可看出官方与私家对书目价值取向的不同。

这些书目也都在"小说"类目中著录了"闲适""清玩"类作品，其中，《徐氏家藏书目》《徐氏红雨楼书目》还在子部"器物类"著录了不少此类作品，在"小说"类目中所著录的"闲适""清玩"类作品则主要是小品文集，如《太平清话》《岩栖幽事》《闲情小品》《菜根谭》等，还有一些记游之作如《山游》《状游录》《游录》等。《赵定宇书目》《脉望馆书目》（赵琦美乃赵定宇之子，其《脉望馆书目》所著录作品包含有赵定宇的一部分藏书）之"小说"类目中著录的作品总量不算很多，但"闲适""清玩"类作品所占比重较大。

明代书目中"小说"类目著录作品最为驳杂的当属《赵定宇书目》，除前面提到的作品外，它还著录了奏议、谱录、书画、文学艺术评论、登科录、建筑技艺、医书、占卜、游戏等方面的作品，甚至还著录了一定数量的诗赋和文集。

在"小说"类目中著录诗赋、文集之类本当属于集部的作品，《赵定宇书目》并非是明代书目中的孤例，且不说其子赵琦美所撰《脉望馆书目》之"小说"类目著录有《集事诗》《刑统赋》，《百川书志》之"小说"类目亦著录有《金沙赋》《四端通俗诗词》。为什么会出现这样的现象？回答这一问题需要联系传统"小说"意涵，深入考察明人著录"小说"所强调的一些关键因素。

在《汉书·艺文志》中，视小说为"道听途说""街谈巷语"的观念对后世影响很大。参照《澹生堂藏书目》对"小说"的具体分类，设有"小说"类目的明代书目具有这样一些共性特点："杂笔"类作品著录最多，也都或多或少著录了"记异""佳话"类作品。这些书目将叙事性作品视为"小说"而非史著的一个重要标准，就是这些作品的内容来源缺少可靠的权威依据，而多是记录传闻。至于"杂笔"类作品中之所以有许多非叙事性的作品，还是与"道听途说""街谈巷语"的说法大有关系：所谓"道听途说""街谈巷语"，除了可以指"小说"在来源上主要出自传闻，还可以指内容之浅薄与形式之通俗。在明代，《脉望馆书目》《徐氏红雨楼书目》《徐氏家藏书目》等将"多辩证经义之语"的《读书杂钞》归入"小说"或"小说家"类目，当是因为这部作品"辩证经义"的言说被目为浅薄；另据《百川书志》小注，《四端通俗诗词》"凡十六目，诗词四十八首以解勤俭、富贵、骄奢、贫贱之四端，并陈图说"，不仅以诗词"解"并不难懂的"勤俭、富贵、骄奢、贫贱之四端"，而且还辅之以"图说"，再加上书名中有"通俗"二字，此部作品被《百川书志》归入"小说"类目自然是因为其形式通俗了。《赵定宇书目》《脉望馆书目》将一些诗赋与文集归入"小说"类目当也是出于同样的原因。《圣贤格语碎金集》《粘肆警语》《堂庑箴铭》等语句集锦，既不能说其内容浅薄，又不能说其语言俚俗，然而也被明代一些书目归入"小说"类目，其原因当主要有二：一是这些作品具有"合丛残小语"的形式特点，毕竟早在东汉时期，桓谭就在其《新论》中把"合丛残小语"作为"小说"的一个很重要的形式特点，这一说法也对后世影响很大；二是这些作品不是供文人学士研习的专书，而是供一般大众阅读的普及读物，从功用角度而言亦是形式通俗的作品，故而也可视为"街谈巷语"，可归入"小说"类目。

明代书目中，《笠泽堂书目》的一个重要特点曾被学界忽略：它在子部"小说家"类目中著录了"《三国志演义》三十六册"与"《施耐庵忠义水浒传》二十八册"，这是明代唯一在"小说"类目中著录章回小说的书目，[①]与现代小说观念最为接近。不过，此书目能够将章回小说归在"小

---

① 《三国》《水浒》虽在《百川书志》中被著录在史部"野史"类，在《宝文堂书目》中被著录在"子杂"类，但皆未被当作"小说"来著录。

说"类目,恐怕仍是因为章回小说具有形式通俗的特点,与更看重叙事性与文学性的现代小说观念还是有着较大的区别。

明人著录小说还与视"小说"为"小道"的传统密切相关。历史上不同时期对"小道"具体内涵的不同强调,在很大程度上影响了明代的小说著录。例如,在《汉书·艺文志》中,"小道"是就"迂诞依托""其言浅薄"的学说而言;在《隋书·经籍志》中,被视为"小道"的作品增加了关乎器物的言说与图案,《鲁史欹器图》《器准图》《水饰》等被归入"小说家";《隋书·经籍志》之后,《崇文总目》之"小说类"中又著录了《竹谱》《笋谱》《花木录》《钱谱》《续钱谱》等关乎器物的谱录;《宋史·艺文志》之"小说家类"所著录关乎器物的言说更是甚为众多。明确了这样的渊源关系,明代众多书目将关乎器物的言说与图案归入"小说"类目就不难理解了。

又如,在《隋书·经籍志》中,谐谑调笑的言说亦被视为"小道",《笑林》《笑苑》《解颐》等被归入"小说家"。《隋书·经籍志》之后的公私书目大多收录此类作品,明代书目中的"小说"类目也不例外。

另外,一些被胡应麟称为"箴规"类的作品,如《颜氏家训》《卢公范》《家学要录》《先贤诫子书》《家诫》《女孝经》等,被大量著录进《崇文总目》之"小说类",究其原因,还是因为这些作品谈论的不是治国平天下之大道,而是"治身理家,有可观之辞"的"小道"。明代《赵定宇书目》《脉望馆书目》《徐氏红雨楼书目》《徐氏家藏书目》之"小说"类目中有较多的"箴规"类作品,与《崇文总目》一脉相承。

由此类推,明代盛行的小品文、尺牍与一些记游之作被归入"小说"类目也是因为这些作品被视为"小道"。这也能够解释为什么一些科举辅导书、登科考、题名录被归入"小说"类目:科举虽说是士人最重要的进身之阶,然而它又常常被视为功名利禄之学,因此,不论是言由己衷还是口不应心,科举常常被称为"小道",明清时期的八股文也常常被讥为"体卑"。另外,《香台集》虽说是咏史诗集,然而吟咏的全是女性,事涉香艳,被视为"小道"自然也就在所难免,故不少明代书目亦将其归入"小说"类目。

总之,明人公私书目著录之"小说"在很多时候与今人的"小说"意涵有着很大不同，既不关注"小说"的文学性，也不关注"小说"的叙事性。一部作品被视为"小说"主要取决于以下一些因素：（1）作品被认为含有"道听途说""街谈巷语"的传闻成分，不如史著信实可靠。（2）内容驳杂，形式细碎，被视为"合丛残小语"的作品。（3）普及性的通俗读物。（4）作品内容被视为"小道"或言说较为浅薄。

二、"史部"中著录的"小说"

从"小说"之"实"的角度来看，明代公私书目中被今人视为小说的许多作品并没有著录于"小说"类目。今人视为小说的一些作品曾被明以前书目著录入史部之"杂传""传记"类。

《隋书·经籍志》在史部初设"杂传"类目，《群书四部录》《旧唐书·经籍志》《遂初堂书目》继之。《崇文总目》改称"传记类"，《新唐书·艺文志》改称"杂传记"，以后的公私书目大都沿用"传记"类目。

六朝人视鬼神为实有，故阮孝绪《七录》之"纪传录"有"鬼神部"。《隋书·经籍志》《旧唐书·经籍志》沿袭了这样的观念，大量志怪小说被列入史部之"杂传"中。这种情形在《崇文总目》《新唐书·艺文志》中发生了变化，不少志怪小说被从史部移至"小说类"。然而，今人视为唐传奇的《虬髯客传》与《穆天子传》《洞冥记》《拾遗记》等少量先唐小说却被《崇文总目》著录于"传记类"。《崇文总目》之后，多数书目均在"传记"类目中著录了唐宋传奇与少量先唐小说。《通志》杂录旧志成书，情形较为特殊，其史部"传记"类目分为"耆旧""高隐""孝友""忠烈"等13小类，其中"冥祥"类中著录了不少志怪小说，唐宋传奇则未著录于"传记"类目中。

明代一级目录沿袭四部分类的《百川书志》《国史经籍志》《万卷堂书目》《脉望馆书目》《笠泽堂书目》，在史部设有"传记"类目。此外，《澹生堂藏书目录》之"记传类"、《万卷堂书目》《笠泽堂书目》之"谱传类"以及《徐氏红雨楼书目》《徐氏家藏书目》之"人物传"，与"传记"类目大致相当。这些书目中，《百川书志》之"传记"类目著录了大量唐宋传奇，鲁迅选编之《唐宋传奇集》中的单篇传奇文几乎都被著录了。也正是因为将唐宋传奇视为史部之"传记",《百川书志》子部之"小说"类目并不著录唐宋传奇。话本小说《宣和遗事》亦被著录于《百川书志》的"传记"类目中,可见"传记"并非单指人物传记,而是既有记人之"传",又有叙事之"记"。其实,搜检后可以发现,《崇文总目》以来,书目中的"传记"类目大多具有这样的特点。《脉望馆书目》的"传记"类、《澹生堂藏书目录》的"记传类"、《徐氏红雨楼书目》《徐氏家藏书目》的"人物传"中,都著录唐宋传奇,只不过增加了《剑侠传》《二侠传》等少数明代作品。另外,与《崇文总目》以来的多数书目一样,这些书目也都在"传记"类或"记传类""人物传"中著录了少量先唐小说。《国史经籍志》效法《通志》,连"传记"类目下所分的13小类都与《通志》一模一样,而且,其所著录南宋以前的作品几乎全袭《通志》,故也在"冥祥"类中著录了大量志怪小说。此类目中甚至没有增补一部元明时期作品,倒是将本被《通志》归入"道家"类的《黄帝内传》《汉武内传》移至"冥祥"类中,这也是被今人视为志怪小说的两部作品。明代书目中,唯《笠泽堂书目》"谱传"类中未著录小说,《万卷堂书目》"谱传"类中仅著录了《轩辕传》《列仙传》《续仙传》三部志怪小说。打破四部分类体系的明代书目中,《内阁藏书目录》的一级目录"传记部"中未著录小说作品。

今人视为小说的一些作品还曾被明以前书目著录入史部之"杂史"类。"杂史"类目创设于《隋书·经籍志》,不过,《隋书·经籍志》在此类目中尚未著录被今人视为小说的作品。《旧唐书·经籍志》在此类目中著录的《拾遗记》《拾遗录》被今人视为志怪小说。《崇文总目》的"杂史"类目中没有著录这两部作品,但著录的《汉武故事》《大业拾遗录》《大唐新语》《安禄山事迹》《国史补》《逸史》《阙史》等作品今人亦皆视为小说。《新唐书·艺文志》既沿袭《隋书·经籍志》,将《拾遗记》《拾遗录》归入"杂史"类目,又效法《崇文总目》,在"杂史"类目中著录了《大唐新语》《安禄山事迹》等唐人小说,另外,其在"杂史"类目中著录的《明皇杂录》《次柳氏旧闻》等作品今人也视为小说。《新唐书·艺文志》之后,明代以前,除少数书目如《宋史·艺文志》外,公私书目皆在史部设有"杂史"类目,也都或多或少著录了文言小说。

明代沿袭四部分类的书目除《徐氏红雨楼书目》《徐氏家藏书目》外，均在史部设有"杂史"类目。其中，《澹生堂藏书目》又将"杂史"分为"野史""稗史""杂录"三类，著录了《穆天子传》《西京杂记》《汉杂事秘辛》以及大量记叙杂事的唐宋小说，也著录了一定数量的元明小说。尤其值得注意的是，话本小说《宣和遗事》被著录入"杂史"类目中。《国史经籍志》"杂史"类目中，南宋以前作品的著录几乎全袭《通志》，也仿《通志》按照历史分期将"杂史"类目细分为从"古杂史"到"宋"几个部分，只不过再增补"金元"一个历史分期。与《通志》一样，《国史经籍志》"杂史"类目中未著录汉魏六朝小说，倒是著录了较多的唐宋小说。金元时期的作品仅收录《归潜志》《平宋录》两种作品，其中《归潜志》被今人视为小说。《百川书志》《万卷堂书目》"杂史"类目中著录的小说较少，但都不约而同地著录了《西京杂记》。《脉望馆书目》"杂史"类目中著录的基本上是史学著作，不过亦著录了《博物志》《述异记》两种志怪小说。

前面提到，《穆天子传》曾被著录于一些书目的"杂史""传记"类目中，但是在《隋书·经籍志》中，它被归入史部"起居注"中。之后，《旧唐书·经籍志》《新唐书·艺文志》《通志》《文献通考》《直斋书录解题》等都沿袭了这种做法。明代书目中，设"起居注"类目的有《百川书志》《国史经籍志》《万卷堂书目》《脉望馆书目》，其中《国史经籍志》《脉望馆书目》在"起居注"类目中著录了《穆天子传》，《百川书志》《万卷堂书目》的"起居注"类目中未著录小说。

《山海经》被《隋书·经籍志》著录于史部"地理"类中，此后，公私书目基本上都沿用了这样的做法。明代书目在史部中设有"地理"类目的不多，仅《百川书志》《国史经籍志》两种，它们无一例外皆在"地理"类目中著录了《山海经》。《徐氏红雨楼书目》《徐氏家藏书目》虽未于史部设"地理"类，但"方舆"类与"地理"类名异实同，也著录有《山海经》，另外还著录有被今人视为志怪小说的《十洲记》。

《神异经》《十洲记》亦被《隋书·经籍志》著录于史部"地理"类中，此后，沿袭这种做法的书目有《旧唐书·经籍志》《遂初堂书目》等，《新唐书·艺文志》则将其归入子部"道家"类目中，《郡斋读书志》《通志》将其归入史部"传记类"。《崇文总目》以降,大多数书目将之归入子部"小说"类目。明代沿袭四部之称的书目中,《神异经》《十洲记》被《百川书志》著录于史部"地理"类中,被《国史经籍志》著录于史部"传记"类中,被《澹生堂藏书目》《脉望馆书目》著录于子部"小说"类目中。

《七录》初设"旧事部",《隋书·经籍志》《群书四部录》设"旧事"类,并将之归入史部。《古今书录》和《旧唐书·经籍志》改称"故事",其后《新唐书·艺文志》《宋史艺文志》《通志》《遂初堂书目》《文献通考》等俱称"故事"。在这些书目中,"故事"一词不可以现代意义去理解,它有时记述旧时之事迹,有时则记述典章制度之先例成式,也即供后人参考借鉴的旧时典章制度,如《晋公卿礼秩故事》《御史台故事》《汉建武律令故事》等。记述旧时之事迹的"旧事"类或"故事"类作品有的被今人视为小说,如《汉武故事》《西京杂记》《开元天宝遗事》《因话录》等。明代在史部设有"故事"类的有《百川书志》《国史经籍志》,这两种书目的共同特点是:"故事"类著录典章制度者较多,小说极少。《国史经籍志》仅著录了《汉武故事》,《百川书志》著录的《桯史》今人多目为小说。

在史部设"别史类"亦始于《直斋书录解题》,此类目未见于明代书目,唯《徐氏红雨楼书目》在史部设有"旁史"类,著录史学著作颇杂,既有《资治通鉴》《通鉴纲目》这样的编年体史书,又有《战国策》《国语》这样的国别体史书,还有纪事本末体史书与会要体史书。另外,既有叙事之作,又有大量考评性作品如《史通》《考信编》《史记考要》《历朝统论》《史论》等。著录小说仅《穆天子传》一种。

三、"小说"在其他类目中的著录

除了史部,小说在著录时还常常会同子部的一些门类发生纠葛。《隋书·经籍志》中,子部"道家"是《汉书·艺文志》在"诸子略"所确立的学说门类,不著录道教作品。从《崇文总目》开始,道教作品开始被著录于子部之中:《崇文总目》在子部"道家"之外设有"道书",不仅著录有道教经典与论说,而且还著录有神仙传之类的志怪小说如《列仙传》《神仙传》《神仙内传》《疑仙传》《续仙传》等。《新唐书·艺文志》中,子部"道家"设有"神仙"与"释氏"二类,其中,"神仙"类亦如《崇文总目》一样著录有神仙传之类的志怪小说,另外还著录了《洞冥记》《神异经》《十洲记》等志怪小说。沿袭四部之称的明代书目中,《百川书志》在子部设有"神仙"类目著录少量道教作品,其中包括《搜神记》《列仙传》两部志怪小说;《脉望馆书目》在子部设有"仙家",著录有《韩仙传》《七真传》《真仙遗事》等少数传记。它们都像《崇文总目》在子部"道家"之外设置类目著录道教作品。像《新唐书·艺文志》一样在子部"道家"类中著录道教作品的明代书目主要有《国史经籍志》《万卷堂书目》《徐氏红雨楼书目》《澹生堂藏书目》,其中也著录了神仙传、真人传之类的志怪小说。

小说在著录时还会同子部"杂家"类发生纠葛。"杂家"之名始于《汉书·艺文志》,本是"九流"之一,班固将之界定为:"杂家者流,盖出于议官,兼儒墨,合名法,知国体之有此,见王治之无不贯,此其所长也。及荡者为之,则漫羡而无所归心。"在班固那里,"杂家"是一种学说派别,这种学说派别杂采众家学说,虽内容驳杂,然而以阐发"治"道为旨归。惟务驳杂、"漫羡而无所归心"的作品并不被视为真正的"杂家"。后世界定"杂家"多本班固之说,如《隋书·经籍志》云:"杂者,兼儒墨之道,通众家之意,以见王者之化,无所不贯者也……放者为之,不求其本,材少而多学,言非而博,是以杂错漫羡而无所指归。"葛洪乃著名的道教人物,可是许多书目将其《抱朴子外篇》归入"杂家"类,其中《文献通考·经籍考》在子部杂家类为《抱朴子外篇》所写的提要云:"颇言君臣理国用刑之道,故附杂家云。"点出《抱朴子外篇》被归入"杂家"类目的原因之一是其在道教思想之外还阐发有"治"道。《通志》卷七十一声称"谏疏、时政论与君臣之事隋唐志并入杂家","大抵隋唐志于儒杂二家不分",隋唐志之所以将"谏疏、时政论与君臣之事"归入"杂家",也正是因为这些作品以阐发"治"道为旨归。

一方面以《汉书·艺文志》的界定为本,另外一方面,从《隋书·经籍志》开始,"杂家"的内涵已经发生了变化。《隋书·经籍志》中,未设佛教、道教专科目录，《释氏谱》《感应传》《因果记》《众僧传》《高僧传》等佛道典籍皆被归入"杂家"。《博物志》《张公杂记》等叙事性作品亦被《隋书·经籍志》归入"杂家"，另外，如前所述，隋唐志将记叙君臣之事的作品亦归入"杂家"，这些作品都不具有"兼儒墨，合名法"之特定学说派别的性质了。而且，隋志以来的许多书目都不强调"杂家"是学说派别的名称，"杂家"之"杂"主要是就内容驳杂、形式细碎而言，杂论杂记释道、伎艺、医理、兵农等的作品皆可归入"杂家"。

明代沿袭四部之称的书目除《万卷堂书目》《徐氏红雨楼书目》《徐氏家藏书目》之外皆设有"杂家"类目，其中，《国史经籍志》《澹生堂藏书目》都沿袭隋志著录了《博物志》《续博物志》等博物类文言小说。《脉望馆书目》虽说没著录这些文言小说，但也著录了《草木子》《人物志》等以叙事为主、被今人视为文言小说的作品。《笠泽堂书目》子部无"类书"类，"杂家"类目中除著录《博物志》外，还著录了《说海》《说郛》《汉魏丛书》《百川学海》《广百川学海》等收有较多文言小说的丛书、类书。明代书目在"杂家"类目中只著录以立说为主之作品的仅《百川书志》一种，其他书目著录的作品皆以叙事为主。既然明代绝大多数书目都在"杂家"类目中著录了内容驳杂、形式细碎的以叙事为主的作品，而这正是一部作品在明代书目中被视为"小说"的一个关键性因素，被今人视为文言小说的一些作品被著录在这一类目中便在所难免了。

除了对前代的沿袭，明人新的小说著录方式还有以下几种：

（1）在未进行分类的书目中著录小说。如《明太学经籍志》是《皇明太学志》卷二《典制下》中的一部分（题为"经籍门"），不仅著录书目，而且记载史实，其记载史实部分云洪武二十八年（1395）六月"颁《古今列女传》书版于国子监"。其藏书目录中未见小说，但刻书目中著录了《山海经》。《古今列女传》《山海经》今人一般视为小说，但太学作为"学宫"，并不是把这些作品视为"小说"，而是视为史书。《濮阳蒲汀李先生家藏书目》著录了一定数量的前代文言小说，明代则仅有《剪灯新话》《剪灯录》等寥寥几种小说作品。《汲古阁校刻书目》以丛书名、总集名、别集名标出一级目录，又杂之以《琴川志》《外科正宗》《中州集》等书目，可以说基本上未对书目进行分类。其中，《津逮秘书》第九集著录的《酉阳杂俎》《酉阳杂俎续集》《甘泽谣》，第十集著录的《西京杂记》《唐国史补》《汉杂事秘辛》，第十一集著录的《搜神记》《搜神后记》《异苑》《录异记》《冥通记》《稽神录》等，今人一般视为文言小说。《古今书刻》上编著录从京都内府、各部院以及北直隶、南直隶直至云南、贵州各地藩王、官府所刻的书目多达 2 500 多种，下编著录各地碑刻、书帕、匾额、雕像和屋刻等古迹亦多达 900 余种。上编中，有些书目只是标明出版机构，并未进行分类，有的则作了分类。如福建书坊刻书就分为"四书""五经""制书""理学""史书""杂书""刑名""兵戎""诗文""医卜星相堪舆玄修"等十类，其中"史书"中著录有话本小说《宣和遗事》，"杂书"中著录有《搜神记》《列女传》《山海经》等被今人视为文言小说的作品。具体查考《古今书刻》中未分类的书目，可以看到，都察院刻有《水浒传》《三国志演义》，国子监、大名府、徽州府、吉安府皆刻有文言小说《山海经》，松江府刻有《古今说海》，常州府刻有《太平广记》，严州府、巩昌府刻有《酉阳杂俎》，袁州府刻有《穆天子传》，临江府刻有《列女传》，楚府刻有《博物志》。《古今书刻》著录刻小说最多的是苏州府，有《旧四十家小说》《虞初志》《世说新语》《列女传》《吴中记闻》《新四十家小说》数种。

（2）一级目录突破"四部"，新设门类，不设二级目录，在某些一级目录中著录小说。如编成于正统六年（1441）的《文渊阁书目》共设一级目录 39 个，在"史附"中著录了《穆天子传》《列女传》等，在"史杂"中著录了《开元天宝遗事》《安禄山事迹》《唐小说》《大唐新语》《归潜志》等文言小说与话本小说《宣和遗事》，在"子书"中著录了《燕丹子》《郁离子》等，在"子杂"中著录了《拾遗记》《次柳氏旧闻》《隋唐嘉话》等，在"杂附"中著录了《虬髯客传》《青琐高议》等，在"类书"中著录了《太平广记》《世说新语》《续世说》《唐语林》《绀珠集》《夷坚志》等，在"道书"中著录了《列仙传》《神仙传》《续仙传》等，在"古今志"中著录了《山海经》《博物志》，甚至还在"诗词"中著录了《烟粉灵怪》《新词小说》。若按四部分类来看，"诗词"属于集部，《文渊阁书目》实际上在集部著录了小说作品。作为官修目录，《文渊阁书目》对后来的公私书目影响颇大。如《秘阁书目》虽不按千字文排列，一级目录则大体沿袭《文渊阁书目》。其成书时间距《文渊阁书目》不过40多年，所著录的也是文渊阁藏书，故所录书目与《文渊阁书目》大同小异，《文渊阁书目》在"史附""史杂""子杂""道书""古今志""诗词"中著录的小说也都被著录于《秘阁书目》的相应类目中（《文渊阁书目》中的"诗词"在《秘阁书目》中写为"诗辞"，《文渊阁书目》中的"古今志"在《秘阁书目》中写为"古今通志"）。《内阁藏书目录》编成于《文渊阁书目》成书160多年之后的万历三十三年（1605），是根据文渊阁新的藏书情况编撰的书目，共设一级目录18个，著录小说极少，仅在"杂部"著录了少量文言小说。

《宝文堂书目》设一级目录45个，其中，"史"类著录了章回小说《李唐五代通俗演义》一种，"子杂"类中著录了大量的通俗小说，其中有《忠义水浒传》《水浒传》（武定板）、《三国通俗演义》（武定板）、《三遂平妖传》等章回小说以及包括《宣和遗事》在内的大量话本小说。另外，还著录了大量的文言小说，其中，著录唐宋传奇数量非常多，与《百川书志》一样，鲁迅选编之《唐宋传奇集》中的单篇传奇文几乎都被著录了。《赵飞燕外传》《剪灯新话》《剪灯余话》《花影集》等传奇体小说与《娇红记》《钟情丽集》等中篇传奇亦被著录。《赵定宇书目》的一级目录"小说书"以及所附"稗统""稗统续编""稗统后编"中著录大量文言小说，另外，一级目录"道家书"中著录有神仙传之类的志怪小说，"杂目"类中著录有《世说新语》《西京杂记》，"宋板大字"类中著录有《类说》等少量文言小说。

（3）一级目录仍沿袭四部，二级目录则新设类目，并在其中著录了小说。如《百川书志》在史部新设的"野史"类中著录了《三国志通俗演义》与《忠义水浒传》，在"小史"类中著录了《剪灯新话》《效颦集》《花影集》《秉烛清谈》《娇红记》《钟情丽集》《怀春雅集》等元明传奇体小说。[①]《百川书志》还在子部新设"格物家"，著录了《博物志》《续博物

[①] 《百川书志》在"传记"类中著录了大量的唐宋传奇。"小史"类中，其《剪灯新话》小注云"古传记之流也"，《娇红记》至《双偶集》六种中篇传奇又有小注云"皆本《莺莺传》而作"，可见将"小史"类视为"传记"之流。

志》等博物类文言小说。《澹生堂藏书目录》新设的二级目录"丛书"类中著录了不少含有文言小说的丛书。《澹生堂藏书目录》不仅新设二级目录，还在二级目录中设三级目录。其中，史部"国朝史"之"杂记"、"图志"之"山川"、子部"类家"之"会辑""丛笔"中著录了少量被今人视为文言小说的作品。

（4）不仅一级目录突破"四部"，而且新设二级目录。如《世善堂藏书目录》在"经""史""子""集"之外新设"四书部"与"各家部"，其中，史部之"稗史野史并杂记""语怪各书"中著录了大量文言小说，史部之"偏据伪史"中的《九朝野记》《南部新书》、"方州各志"中的《山海经》《十洲记》等今人也一般视为文言小说。此外，子部"诸子"中的《燕丹子》《草木子》、"各家传世名书"中的《世说新语》《博物志》《焦氏类林》、"各家部"之"神仙道家"中的神仙传等今人也一般视为文言小说。《行人司重刻书目》设一级目录"典部""经部""史部""子部""文部""杂部"六部，其中，史部之"正史、稗史、杂记"著录了一定数量的文言小说。《新唐书·艺文志》以降，"类书"一般设于子部，《行人司重刻书目》则设于"文部"，著录了《博物志》《稗编》等今人视为文言小说的作品。

四、"小说"在方志目录中的著录

明代史志目录除了前述《国史·经籍志》外，还有《大明一统志》和众多的方志。《大明一统志》对明代方志影响很大，不少明代方志在序跋或凡例中皆言体例一遵《大明一统志》，即使没有这样的明确宣称，明代众多方志都采用了《大明一统志》新设的类目如"流寓""列女""仙释"等，其影响是很明显的。另外，明代学校中设有专门收贮典籍与书板的场所，明代方志有时也会在《学校志》中著录书目。这些方志主要著录朝廷颁降书籍以及科举用书，子部、集部书都很少，著录小说者更是屈指可数。其中，（嘉靖）《建阳县志》卷五《学校志》之《书坊书目》设有一级目录"制书""诸经""诸史""诸子""诸集""文集""诗集""杂书"。[①]

---

① 《建阳县志》所据版本为嘉靖刻本。

"诸史"中著录有今人视为文言小说的《吴越春秋》《列女传》,话本小说《宣和遗事》,"诸子"中著录有文言小说《草木子》,"诸集"中著录有《鹤林玉露》以及丛书性小说选本《四十家小说》,"杂书"中著录有《山海经》《博物志》。学校藏书中居然有不少坊刻小说,可见建阳作为明代小说非常重要的一个出版地乃名不虚传。不过,从著录小说的类目来看,此志是把今人视为小说的作品当作史书、子书与杂书来著录的。(万历)《建阳县志》卷七《艺文志》著录有"书坊书板"的书目,与(嘉靖)《建阳县志》的《书坊书目》在分类上略有不同,将"诸经"改称"经书",又删去了"文集""诗集"两个类目。尤其是万历年间本是建阳刊刻小说最多的时期,这一时期重修的县志反而将(嘉靖)《建阳县志》中著录的今人视为小说的作品尽行刊落,这或可在一定程度上表明,明代方志在著录书目时即使偶尔著录了小说,也并没有著录小说的自觉意识,小说不是作为独立的一个门类,而是被视为其他文类才得以著录。

除了(嘉靖)《建阳县志》之外,在《学校志》中著录《列女传》的明代方志还有5种:(隆庆)《云南通志》卷八《学校志》的"各儒学颁降书"类目,(成化)《杭州府志》卷二十三《学校》的"朝廷赐书"类目,以及(嘉靖)《南康县志》卷三《学校》、《兰阳县志》卷五《学校志》、《定海县志》卷六《学校》的"书籍"类目。①

(成化)《杭州府志》、(嘉靖)《南康县志》《定海县志》著录的《列女传》版本皆是《古今列女传》,(隆庆)《云南通志》与(嘉靖)《兰阳县志》虽未著录版本,但(隆庆)《云南通志》将之著录在"各儒学颁降书"类目中,(嘉靖)《兰阳县志》标明《列女传》是"续颁御制书于学",可见5部方志著录的《列女传》皆是永乐元年(1403)由解缙等儒臣奉敕编撰的《古今列女传》,因为《大明文皇帝实录》卷二十六有载:"永乐元年十二月甲戌朔,上视牲南郊,翰林侍读学士解缙奉敕修《古今列女传》成。"朱棣还亲自为此书写有序文,中云:"乃命儒臣编次古今后妃、诸侯

---

① 五种方志所据版本分别为:《云南通志》,民国二十三年(1934)龙氏重印本;《杭州府志》,成化十一年(1475)刻;《南康县志》,嘉靖刻本;《兰阳县志》,嘉靖刻本;《定海县志》,嘉靖四十二年(1563)刻本。

大夫士庶人妻之事，分为三卷，颁之六宫，行之天下。俾为师氏知所以教，而闺门知所以学，庶修身者不致以家自累，而内外有以相成全体经纶之功，大复虞周之盛，以知天地之化，衍《关雎》《麟趾》之风。朕于是书实有望焉。"这分明是把此书视为政教工具，"实有望焉"，自然不肯以小说视之。5 部明代方志著录此书都强调了其"颁降""御制"的身份，当然也不是把此书作为小说来著录的。

从比例上来看，最常著录书籍的明代方志是府志，以下依次是省、县、州志。但无论哪种方志，著录今人视为小说作品的频率和数量都是极少的。即使偶尔著录了今人视为小说的作品，这些方志也并不是把这些作品作为"小说"来著录的。①

首先，这些方志著录书目沿袭四部分类时不设"小说"类目，今人视为小说的作品多被著录于史部或子部的非"小说"类目。

例如（嘉靖）《浙江通志》卷五十三至五十六共计四卷的《艺文志》分别对应经、史、子、集四部，其子部共设有从"儒家"至"仙释"十二小类，但未设"小说"类目。其四部著录被今人视为小说作品的具体情形是：史部"别史"类著录有《越绝书》《吴越春秋》，"杂传记"类著录有《西京杂记》《搜神记》《海神灵应录》；子部"诸子"类著录有《郁离子》（题为刘基《郁离子集》），"杂家"类著录有《说郛》《草木子》，"仙释"类著录有《神仙传》。（嘉靖）《山东通志》卷三十六《艺文》与（嘉靖）《河南通志》卷四十二《艺文六》之《书目》皆仅设一级目录"经""史""子""集"，亦无小说类目，前者"史"中著录有《黄帝内传》《南部烟花录》，"子"中著录有《神异经》《十洲记》《述异记》《酉阳杂俎》《续酉阳杂俎》《夷坚别志》。后者在"史"中仅著录有《越绝书》，"子"中著录有《洞冥记》《列女传》，比较特别的是，《桯史》《集灵记》《搜神记》等被今人视为小说的作品居然被著录在"集"中。察其缘由，是因为此志之"集"不仅指诗文集之"集"，而且还有特殊含义，可以指把同一作者的不同作品集中著录在一起，如干宝的《搜神记》就和《百志诗集》著录在一

---

① 再据"爱如生中国方志库"所收录的明代方志进行统计，《学校志》之外著录书目的明代方志主要有：省志 8 种，占省志总数的 28.6%；府志 37 种，占府志总数的 30.8%；州志 10 种，占州志总数的 14.5%；县志 43 种，占县志总数的 14.9%。

起,补有小注云:"俱干宝。"《桯史》亦是如此。但志中只著录了颜之推的《集灵记》一部作品,却也放在集部,大概是因为书中有"集"字。(嘉靖)《陕西通志》卷十五《文献二》的"经籍"与卷十七《文献五》的"史""子""集"虽隔了一卷,但毕竟著录书籍时还是沿袭了四部分类,"子"中未设"小说"类目且未著录被今人视为小说的作品,"史"中则著录有《列女传》《列仙传》《汉武故事》《穆天子传》《山海经》。(万历)《广东通志》卷六十三《艺文上》设有一级目录"经类""史类""子类""集类","子类"无小说类目且未著录被今人视为小说的作品,"史类"著录有《越绝书》《西京杂记》《神仙传》。

  明代方志中,近500种府州县志著录书籍的一级目录沿袭四部分类者极少,仅有6种:(弘治)《兴化府志》卷二十六《艺文志》之"著述类"设有一级目录"经属""史属""子属""文属",(嘉靖)《太康县志》卷五《艺文》中设有一级目录"经录""史录""子录""集录",(万历)《福宁州志》卷十一《艺文志上》的"著述"中所设一级目录是"经属""史属""子属""文属",(崇祯)《肇庆府志》卷五十《艺文二十五》所附《书目》设有一级目录"经汇""史汇""子汇""集汇",这些书目都没有再设二级目录,且子书类目著录作品都很少,其中皆未著录小说。(万历)《杭州府志》卷五十三《艺文上》设有一级目录"经类""史类""子类""集类类",仅在"史类"中著录了《桯史》《搜神总记》《搜神记》《妖怪录》《续齐谐记》等今人视为小说的作品。(万历)《兖州府志》卷五十《艺文》设有一级目录"史""子""集",但也许是为了突出经书的特殊地位,虽未出现一级目录"经",却在"史"前有一篇《艺文考》,只著录经部书籍。该志之"史"未设二级目录,其中著录的《南部烟花录》今人视为小说,"子"设二级目录"儒家""道家"与"杂家",根本没有"小说"类目,"杂家"中著录的颜之推《冤魂志》《集灵记》《征应集》今人视为小说。①

  其次,著录书目突破四部分类的明代方志仅有7种,不仅皆未设"小说"类目,其中有4种方志甚至取消了子部在一级目录中的独立地位。如(万历)《邵武府志》卷五十一《艺文志》著录书籍时设有一级目录"经

---

① 《杭州府志》《兖州府志》所据版本皆为万历刻本。

类""史类"与"集类",但并无"子类",只在"经类"下标明"子附",主要著录注经解经之作。(万历)《兰溪县志》卷七《杂志下》之"遗书"类目中仅设"经史""文集"两类,(天启)《衢州府志》卷十二《艺文志》的"贮书"之目设有"颁降书籍""经传注疏""诸史""诸集""诸志""方术书"6个一级目录,《长乐县志》第十卷《艺文志》的"著述"中仅设"经类""史类""集类"3个一级目录。这4种方志不仅皆未设子书之目,而且各一级目录中都未著录小说。(嘉靖)《宁德县志》卷四《文籍》设有一级目录"经训""子史""家集","子""史"被合并为同一类目,且其中未著录小说。

(嘉靖)《南安府志》卷二十四《艺文志》设有"制书类""经类""史类""子类""类书类""文类""奏议类""诗赋类""集类""字书类""志类""杂类"12个一级目录,虽然设有子书之目,但"子类"与"史类""杂类"皆未著录小说,只在"类书类"著录了《百川学海》《说郛》《类说》,在"志类"著录了《山海经》。(万历)《扬州府志》卷二十四《文苑志上》设有"经类""史类""子类""集类""类书""杂类"6个一级目录,仅在"类书"中著录了今人视为小说的《异苑》。①

明代方志著录书目最常见的方式是不进行方类。在 98 种著录书目的明代方志中,有 82 种都采用了这样的著录方式,占了著录书目之明代方志的 83.7%。但是,在这 82 种方志中,著录今人视为小说作品的仅有 7 种:(正德)《建昌府志》卷八《典籍》中著录有《宣和遗事》;(嘉靖)《青州府志》卷十七《艺文》著录有《酉阳杂俎》《续酉阳杂俎》;《河间府志》卷二十八《艺文志》的"府学收藏书目"著录有《鹤林玉露》与《桯史》;(万历)《嘉兴府志》卷二十五《典籍》中著录了《搜神记》;《绍兴府志》卷五十《序志》中著录了《吴越春秋》《越绝书》;(崇祯)《松江府志》卷五十四《著述》中著录有《续洞冥记》《说郛》;《清江县志》卷八《艺文志》之"书目"著录有《集仙录》。②

---

① 《南安府志》所据版本为嘉靖十五年(1536)刻本,《扬州府志》所据版本为万历刻本。
② 7 种明代方志所据版本分别为:《建昌府志》,正德十二年(1517)刻本;《青州府志》,嘉靖刻本;《河间府志》,嘉靖刻本;《嘉兴府志》,万历二十八年(1600)刊本;《绍兴府志》,万历刻本;《松江府志》,崇祯三年(1630)刻本;《清江县志》,崇祯刻本。

虽然这7种方志并未对著录的作品进行分类，但（正德）《建昌府志》把《宣和遗事》与《春秋金锁匙》《毛诗音训》《易疑》《白虎通论》著录在一起，（嘉靖）《河间府志》把《桯史》与《文公小学》《埤雅》《五经白文》《崇古文诀》著录在一起，二者皆不太可能把《宣和遗事》或《桯史》视为小说。（嘉靖）《青州府志》把《酉阳杂俎》《续西阳杂俎》与《唐高祖实录》《晋记》《食宪章》《庐陵官下记》著录在一起，《河间府志》把《鹤林玉露》与《天顺日录》《北征录》《大唐六典》《二十一史》著录在一起，（万历）《嘉兴府志》把《搜神记》与《晋书》《国史纪传舆地志》《名臣言行录》《海盐旧志》著录在一起，（崇祯）《松江府志》把《续洞冥记》与《顾氏谱传》《分野枢要》《通史要略》《国史记传》著录在一起，（崇祯）《清江县志》把《集仙录》与《左氏国纪》《史记年纪》《郴江志》等著录在一起，这几种方志应是把今人当作小说的作品视为史书。

今人把《宣和遗事》《吴越春秋》《越绝书》《桯史》《鹤林玉露》《酉阳杂俎》《洞冥记》等视为小说，主要是因为这些作品或事涉神怪，或较有传奇色彩，比较接近现代人看重虚构性与文学性的小说意涵。但对于古人来说，这些作品在很多时候被视为史书。如前所述，在明代方志中，它们或被著录于史部门类，或者与经史著作著录在一起。另外，《绍兴府志》卷五十《序志》为绍兴府辖地的相关志书写有颇为详细的序文，虽然著录了《吴越春秋》《越绝书》，却是把它们作为史著中的志书进行著录的。（成化）《处州府志》、（弘治）《宁夏新志》和（嘉靖）《新修清丰县志》的《凡例》中列有《引用书目》，其中赫然可见《山海经》《吴越春秋》《西京杂记》《宣和遗事》《桯史》《续仙传》等被今人视为小说的作品。万历《河间府志》卷十五有《闻谈》，讲述"贤哲余馨""明智远识""英雄惑溺""古今绮异""幽明感召"四类事迹，在注明出处时著录了大量被今人视为志人小说、轶事小说与志怪小说的作品。但很明显，这些方志把一些今人视为小说的作品作为编纂方志的史料来源，当然不会像今人那样把这些作品看成是凭空虚构的小说。还有很多明代方志虽然并没有明确标出其史料来源，但由于《大明一统志》的影响，明代许多方志在志人物时往往都有"仙释"类目，因事涉神怪，作为其史料来源的作品自然免不了被今人视为志怪小说,但对于这些方志来说,它们被视为史书。

综上所述,明代公私书目与前代相比有一个很大的突破就是著录了话本小说与章回小说。① 在这些通俗小说中,被明代公私书目著录最多的是《宣和遗事》,《文渊阁书目》《秘阁书目》之"史杂"、《古今书刻》之福建书坊"史书"类目、《宝文堂书目》之"子杂"、《百川书志》史部之"传记"、《澹生堂藏书目》之史部"杂史"、(正德)《建昌府志》卷八《典籍》、(嘉靖)《建阳县志》卷五《学校志》之《书坊书目》以及(嘉靖)《新修清丰县志》卷九《典籍》中都有著录。但这些书目尽管著录了《宣和遗事》,却并非将其视为"小说",而是将其视为史书或子书。据清乾隆年间阮福生所撰《茶余客话》卷十六,明《文华殿书目》著录有《三国志通俗演义》,惜乎此书目未存,不知著录在何种类目中。阮福生又云:"《续文献通考》以《琵琶记》《水浒传》列之《经籍志》中,虽稗官小说,古人不废。然罗列不伦,何以垂后?"② 《续文献通考》乃明人王圻所撰,其《经籍志》在史部"传记"类目中著录了《水浒传》,③ 也未把《水浒传》视为"小说"。明代公私书目中,著录通俗小说最多的是《宝文堂书目》,此书目同样也未把通俗小说视为"小说",甚至根本就未设"小说"类目,故通俗小说被著录于"史""子杂"类目中,仍是因与史书、子书攀上关系才被著录。明代公私书目在"小说"类目中著录通俗小说的只有《笠泽堂书目》一种,即使在此书目中,如前所述,它把通俗小说视为"小说"仍是出于传统小说观念,与更看重叙事性与文学性的现代小说观念有着较大的区别。可以说,虽然从形式上来看,明代公私书目著录了通俗小说,与前代相比是一大突破,但这并不意味着,这些著录所持的小说观念与前相比也有了很大的突破。从整体来看,明代公私书目对小说的著

---

① "宋元两代,乃是'说话'伎艺表演与话本小说编撰的繁盛期,然而,令人惊讶的是,这一时期的公私目录,却对此毫无反映。仔细查阅《宋史·艺文志》、《崇文总目》、《中兴馆阁书目》、《郡斋读书志》、《直斋书录解题》、尤袤《遂初堂书目》、郑樵《通志·艺文志》、王应麟《玉海·艺文》及《文献通考·经籍考》等目,竟然未录一部话本小说。"潘建国:《古代通俗小说目录学论略》,《文学遗产》2000 年第 6 期。

② (清)阮葵生:《茶余客话》卷十六,扫叶山房民国十三年(1924)影印本。

③ (明)王圻:《续文献通考》卷一百七十七《经籍考·传记类》,万历刊本。

录主要秉承传统小说观念，小说学在此时期的一些新变并没有从这些著录中体现出来。明代公私书目进行严谨分类与详明记载的小说著录较少，但地志史乘、笔记杂著等进行小说著录时意不在罗列登记，往往都要对所著录的小说进行一番评价，因此，这些著录其实更值得重视，从中更可以看出明代小说学的时代特征。

第七章
明代的小说选本与小说禁毁

在明代小说学中，小说的"选本"和"禁毁"也占有十分重要的地位。研究明代的小说选本在很大程度上可以观照明代小说的发展。从整体而言，明代小说是从明中后期发达繁盛起来的，而这一点也在小说选本中得到明显的体现。明初小说选本颇为沉寂，仅有瞿佑《剪灯录》等数种。但从明中叶开始，小说选本蓬勃发展，大大推进了明代小说的创作和传播，尤其是明后期及明末清初一大批白话小说集的问世，更是昭示了明代小说在创作和传播领域的兴旺及其与明代后期社会经济文化关系之密切。同时，小说选本的发展还反映了明代小说观念的自身演进，如小说"通俗"观念的成熟和发展是从明中叶开始的，而《六十家小说》对"小说"的分类恰好反映了这一现象，大量通俗类的小说选本如《万锦情林》《新镌名公释义全备墨庄书言故事》《鼎锲全补音注书言故事类编》等的出版，从一个侧面说明了"小说"在明中后期所显示的"通俗"特性和"娱乐"功能，这一类小说选本不仅在选编的内容上注重故事性和可读性，同时还在选本形式上花功夫，如增加大量插图、标有注音以及加以评点等。明代也是中国古代小说禁毁的发端时期，主要发生在明前期和明末两个阶段；涉及的作品也仅有《剪灯新话》《水浒传》和《金瓶梅》等有限的几部；小说禁毁还未形成相应的规模，对小说创作和传播的实际影响亦不是太大。当然，作为一种独特的文化现象，明代的小说禁毁已奠定了后世小说禁毁的基本格局和思路，整肃思想意识、防范对统治的危害以及对社会世风道德的规范，构成了小说禁毁的基本出发点和内涵。同时，作为一种强制性的政治行为和文化政策，明代的小说禁毁也为后代的统治者提供了借鉴和经验。入清以后，小说禁毁即进入了一个更为严苛的阶段，无论是规模、影响还是重视程度都远远超过了明代。总之，将"选本""禁毁"阑入明代小说学之范畴，能够使我们更清晰、更全面地观照明代小说学的基本面貌。

一、明代小说选本的流变与特性[①]

明代的小说选本大约于明代中期以后开始盛行。明初小说选本十分萧条，仅瞿佑《剪灯录》等数种，且影响不大。瞿佑于永乐十九年（1421）作《重校剪灯新话后序》，序后录有《题剪灯录后》绝句四首，其四云："辛苦编书百不能，搜奇述异费溪藤。近来徒觉虚名著，往往逢人问《剪灯》。"诗后小字注云："昔在乡里编辑《剪灯录》前、后、续、别四集，每集自甲至癸，分为十卷。又自为一诗，题于集后。今此集不存，而诗尚能记忆，因阅《新话》，遂附写于卷末云。"注后署名"存斋"，可知《剪灯录》在编者生前即已亡佚，其影响力可想而知。明初小说选本与小说创作一样十分萧条。其主要原因有二：

首先，朱元璋登基后，为了保证"家天下"的长治久安，屡兴大狱，大肆杀戮与其一起开创帝业的文臣武将；同时，加强集权，严格控制士人的思想、言论和人生选择自由。他不仅处治讥评时政、谈论宫闱秘事的士人，而且认为士子隐居不仕、不为其所用，亦属大逆不道。因此，钦制《大诰》，定"寰中士夫不为君用"者，"罪至抄劄"（《明史·刑法志》）。高启等就是因为不愿出仕而遭杀害的。正是这种惨无人道的滥杀，导致明初人才的锐减。洪武九年刑部主事茹太素上言说："才能之士，数年以来，幸存者百无一二，不过应答办集"，而"所任者，多半迂儒俗吏"（《明太祖集》卷十五《建言格式序》）。人才之凋零由此可见。加之后来朱棣对建文诸臣的剪除，明初的文化精英受到了空前的灾难。文人学士是时代精神文化的创造者和消费者，正是他们的缺席造成明初文坛、诗坛的零落和

[①] 此小节内容基本采自笔者指导的博士论文《中国小说选本研究》（稿本），任明华著，特此说明并致谢。

文化的荒漠。幸存的士人在这种气氛下，朝不保夕，求生尚且不暇，哪里还敢涉足容易惹祸的"小道"小说呢！小说和小说选本寥若晨星，也就十分自然了。

其次，统治者崇尚儒学，提倡教化，并采取禁毁小说的政策。明太祖深知"武定祸乱，文致太平"的道理，于是大力兴办学校、教化民俗，下令在全国各府县设立儒学，"一以孔子所定经书诲诸生"，余书则"宜戒勿读"（黄佐《南雍志》卷一）。同时，采取科举取士制度，"专取四子书及《易》《书》《诗》《春秋》《礼记》五经命题试士"（《明史》卷七十），而应试文则是代圣贤立言的严格的八股文，并把程朱理学奉为官方哲学。这使士子潜心研习儒家典籍和八股文，而无暇他顾，有力地钳制了士子文人的思想。因此，一向为儒家所鄙视的小说自然受到正统文人和统治者的排斥和抨击。尽管瞿佑的《剪灯新话》"虽稗官之流，而劝善惩恶，动存鉴戒，不可谓无补于世"（凌云翰《剪灯新话序》），然而在当时的社会背景下，"既成，又自以为涉于语怪，近于诲淫，藏之书笥，不欲传出"（瞿佑《剪灯新话序》）。后来虽公之于世，是书给才华俊逸的作者带来的却是仕途蹭蹬、命运坎坷。

经过长时期的沉寂，小说选本的编选开始复苏，而从万历开始，小说选本的编选和出版达到空前的繁荣，其标志是：

第一，小说选本数量众多，题材广泛，形式多样。大致可分为两类：一类是文言小说选本。这类选本又可分为三种，一种是丛书性的，如《顾氏文房小说》《前四十家小说》《后四十家小说》《广四十家小说》《前后四十家小说》《古今说海》《六十家小说》《烟霞小说》《名贤小说》《历代小史》《旧四十家小说》《新四十家小说》《稗统》《稗统续编》《合刻三志》《重编说郛》《续说郛》《雪涛谐史》《语怪汇书》《新四十家小说》（徐友贞编）《五朝小说汇编》《五朝小说》等；二是类书式的，如《群书类编故事》《见闻搜玉》《稗史汇编》等。三是专题性的，如《何氏语林》等世说体；《艳异编》《续艳异编》《万选清谈》《花阵绮言》《万锦情林》《宫艳》《青泥莲花记》《闲情野史》《风流十传》《广艳异编》《文苑楂橘》等艳情体；《新刊谐史》《笑林》《雅谑》等诙谐体；《剑侠传》《续剑侠传》等剑侠体；《广列仙传》等神仙志怪体；《虞初志》《续虞初志》《广虞初志》等虞初体。另一类是白话小说选本，如《六十家小说》《今古奇观》《古今小说》《警世通言》《醒世恒言》《幻影》《三刻拍案惊奇》《警世选言》和别本《二刻拍案惊奇》等，主要集中在明天启、崇祯及清顺治三朝。

第二，编者众多，身份多样。有高官巨卿，如都穆、王世贞等；有下层文人或布衣，张凤翼、王稚登；有著名文人，如陈继儒、汤显祖等；有书坊主人，如洪楩、袁褧等；有无名氏，如《燃犀集》之树瓠子、《名贤小说》之飞来山人等。或为赢利，或受书坊主人之请，或出自本人的爱好和兴趣，其中出现了很多一人编选多部小说选本的，堪称小说编选的专家。如嘉靖间著名的藏书家和出版家洪楩，以"清平山堂"名编刊有话本小说集《雨窗集》《长灯集》《随航集》《欹枕集》《解闲集》《醒梦集》；司马泰编有《广说郛》《古今汇说》《再续百川学海》《三续百川学海》《史流十品》，陈继儒编有《香案牍》《珍珠船》《古今奇闻》《闲情野史》等；梅鼎祚编有《青泥莲花记》《才鬼记》《才神记》《才幻记》等。这表现出了人们对小说空前的重视，以及小说地位的提高和小说受广大读者喜爱的程度。这一时期小说和小说选本的确获得了极大的发展。

第三，刊刻形态和机构多样。多数为刊本，有官刻的，如广东布政司刊刻的王罃之《群书类编故事》；有私刻的，如陆氏俨山书院刊刻的《古今说海》；有坊刻的，如金陵书林周氏万卷楼重锲的吴敬所之《国色天香》。也有部分稿本，如郑履淮的《续玉壶冰》等。

这一时期的小说选本有三个突出的特点值得注意：

一是出现了众多通俗类的小说选本。如《万锦情林》《新锲名公释义全备墨庄书言故事》《鼎锲全补音注书言故事类编》等，选本的形态特征也比较明显，主要是有大量插图、分上下栏、有注音和评点等。这些小说选本的入选作品篇幅明显增长，情节格外曲折，十分注重小说的故事性、可读性。如《万锦情林》下层收有《钟情丽集》《白生三妙传》《觅莲传记》《浙湖三奇》《情义奇姻》《天缘奇遇》和《传奇雅集》等元明中篇文言传奇7篇；上层收有《华阳奇遇》《张于湖记》《玩江楼记》（即《柳耆卿玩江楼记》）、《芙蓉屏记》《连理树记》《令言遇仙》《崔生遇仙》《聚景园记》《裴航遇仙》《秋香亭记》（目录中无）《夫妇成仙》《田洙遇薛》《听经猿记》《天致续缘》《秀娘游湖》《东坡三过》《羞墓亭记》《卖妇化蛇》

《联芳楼记》《王生奇遇》《甘节楼记》和《会真记》等 22 篇传奇、话本。陈继儒编的《闲情野史》收录《钟情丽集》《双双传》《三妙传》《天缘奇遇》《娇红记》《三奇传》《融春集》(一名《怀春雅集》)、《五金鱼传》等八篇文言传奇。《文苑楂橘》选录有《虬髯客》《红线》《昆仑奴》《古押牙》《韦十一娘》《义倡汧国夫人》《负情侬》《崔莺莺》《赵飞燕》《裴谌》《韦鲍生》《崔玄微》《韦丹》《灵应》《柳毅》《薛伟》《淳于棼》《张直方》和《东郭先生》等 19 篇唐以来的优秀文言传奇。

二是众多小说选本与当时的社会思潮相呼应，具有鲜明的时代特征。如明代中后期出现了《艳异编》《续艳异编》《清谈万选》《花阵绮言》《万锦情林》《宫艳》《青泥莲花记》《闲情野史》《广艳异编》《文苑楂橘》《情史》等众多反映男女艳情和以女性为主体的小说选本。这些小说选本与明中叶以后王学左派宣扬男女平等、张扬至情的思想潮流有密切关系，是这种思想风潮在小说领域的反映。

三是明代小说选本也有其不足，其中大多选本不注明引书，编选十分粗疏。明代约有 10 部选本注明出处，但大多数选本不注出处(《名世类苑》《稗史汇编》《舌华录》虽不注出处，但前面有引书目录)。这与明代刻书工价低廉、明人喜著书的风气、编者的态度等密切相关。叶德辉《书林清话》卷七"明时刻书工价之廉"云：

> 前明书皆可私刻，刻工极廉。闻前辈何东海云，刻一部古注十三经，费仅百余金。故刻稿者纷纷矣。尝闻王遵岩、唐荆川两先生相谓曰："数十年读书人，能中一榜，必有一部刻稿。屠沽小儿，身衣饱暖，殁时必有一篇墓志。此等板籍，幸不久即灭，假使尽存，则虽以大地为架子，亦贮不下矣。"又闻遵岩谓荆川曰："近时之稿板，以祖龙手段施之，则南山柴炭必贱。"[①]

这里的"刻稿"当然不仅仅指诗集和文集，亦包括杂著和小说选本。工价低廉，刻稿纷纷，向来为人所重的诗文集编刻尚如此粗滥，则一贯不

[①] (清)叶德辉：《书林清话 书林余话》，岳麓书社 1999 年版，第 154 页。

受人重视的小说选本之粗鄙更是可以想象。

明中叶以来小说选本繁荣的原因是多方面的：

第一，政策逐渐松弛，为小说提供了较前相对宽松的生存环境。先前曾受严禁的《剪灯新话》于成化三年（1467）刊刻行世，显示出统治者对小说的控制有所松动。明武宗、明神宗等都喜看小说，据钱希言《桐薪》卷三载，明武宗"南幸，夜忽传旨取《金统残唐记》善本"。刘銮《五石瓠》卷六"水浒传"条有云"神宗好览《水浒传》"。这都体现了最高统治者对待小说的态度发生了根本性的变化，喻示着一种新风气的形成。

第二，文人对小说的态度逐渐发生转变，由明初的诋毁、漠视变为喜爱、称赞。唐锦在《古今说海引》中云："夫博文博学，孔孟之所以为教也。况多识前言往行，乃为君子畜德之地者乎！……探索余暇，则又相与剧谈泛论，旁采冥搜，凡古今野史外记、丛说脞语、艺书怪录、虞初稗官之流，其间有可以裨名教、资政理、备法制、广见闻、考同异、昭劝戒者……斯亦可以谓之博矣！虽曰用以舒疲宣滞，澡濯郁伊，然学者反约之道端，于是乎基焉。好古博雅之士，闻而慕之，就观请录，殆无虚日，譬之厌饫八珍之后而海错继进，不胜夫嗜之者之众也。"杨慎在《跋山海经》中亦谓："六经，五谷也，岂有人而不食五谷者乎？虽然，六经之外，如《文选》《山海经》，食品之山珍海错也。"他们将小说喻为山珍海错，强调小说具有"裨名教、资政理、备法制、广见闻、考同异、昭劝戒"的功能，体现出了小说地位的抬升。这在此时期成为一种风气，使人们逐渐认识到小说的独特价值，有力地促进了小说选本的编选和刊刻。

第三，由于商品经济的发展，市民阶层对精神产品的需求迅速增加。书坊主见出版图书有利可图，不仅刊刻小说选本，还亲自编选。如顾元庆编刊有《顾氏文房小说》《顾氏明朝四十家小说》《广四十家小说》等；袁褧编刊有《前四十家小说》《后四十家小说》《广四十家小说》《前后四十家小说》等。可见书坊主的参与有力地促进了小说选本的繁荣，而造纸和印刷技术的改进，则为刻书事业提供了必要的物质条件。

这一时期，无论是学者编选的小说选本，还是书商编选的，大多十分重视小说的叙事宛曲和清新奇异之美，强调小说的通俗化，在小说选本发展史上具有重大意义。仅此而言,这一时期也不愧是小说选本发展的黄金时期。

二、"邪说异端":《剪灯新话》的被禁

小说禁毁是中国古代书籍禁毁的一个组成部分,作为一种带有强制性的行为,小说禁毁与其他书籍禁毁一样,是特定历史时期的政治统治和意识形态对文化事业的干预、整肃和制裁,涉及了特定历史时期的政治和文化政策。据现有资料,中国古代小说的禁毁以明代为起始,而到清代登峰造极。其禁毁方式大致表现为三个方面:一是中央政府明定法规条文禁毁小说;二是地方政府对小说的查禁;三是民间自发的抵制和查禁活动。在明代,小说禁毁主要在明前期的正统年间和明末的天启崇祯时期,所涉及的作品主要有《剪灯新话》《水浒传》和《金瓶梅》,这三部小说正好对应了我们上文所说的小说禁毁三种原因。

书籍禁毁在中国古代源远流长,一般认为,它最早出现于战国时期,秦孝公焚《诗》《书》可视为书籍禁毁之开端,《韩非子·和氏》载:"商君教秦孝公以连什伍,设告坐之过,燔《诗》《书》而明法令。"而以秦始皇"焚书坑儒"对后世影响最大。秦以后,书籍禁毁不绝如缕,但大规模的、体现文化专制主义的禁书是在宋代及宋以后的明清两代。如秦朝的"挟书令"在汉惠帝时就被废除,武帝虽"罢黜百家,独尊儒术",也未禁止百家的著作;西晋重新下令禁书,但主要禁止天文图谶,且目的在于禁止民间的收藏和习学;南朝因之,而无发展;至唐,禁书的总体格局也没有改变,唐朝律令专禁天文图谶、兵书及"妄说吉凶"的"妖书"。故从总体而言,由汉至唐,书籍禁毁虽源源不断,但还未形成一种出于思想和文化控制的禁书局面。而从宋代开始,书籍禁毁的性质有了很大的改变,逐渐演变成了一种政治专制和文化专制性质的行为,是对思想的整肃、文化的干预,甚至是对政治异己力量的制裁。如在宋代,不仅严禁兵书,一些私人撰述的、记录宋代史事的书籍及有关学术著作亦在被禁之列;而文网密布所引发的大量"文字狱",则又使那些被禁毁的书籍,成了某种政治力量较量中失意者的牺牲品;甚至是个人恩怨的产物,苏、黄文集的屡

禁和《江湖集》的禁毁即是如此。明朝的禁书与政治统治和思想专制的关系更为密切，明初的政治高压政策及其对大批文人的杀戮，实际形成了对这些被杀戮文人书籍的"不禁之禁"，而程朱理学思想的强化和一统则又引发了对那些表现所谓"惑乱人心"的"异端"思想书籍的禁毁，李贽的"自尽"及其书籍的被禁就是一个显例。清朝民族矛盾尖锐，文网更密，"文字狱"屡兴，而思想的控制也更为严酷，一方面是对所谓涉及民族矛盾的"违碍"书籍和讥讽朝政书籍的大肆禁毁，同时，《四库全书》的兴修亦可视为对当时流通书籍的彻查，而那些审查未通过的书籍实际也成了禁书。由此可见，书籍禁毁在中国古代的形成和盛行，其原因无外乎两点：一是表现为对直接危害政治统治的防范，二是关涉思想的控制。[①] 就整体情况来看，小说禁毁的出现同样也是如此。但由于小说是一种主要流行于民间的俗文学，故其禁毁之因主要是针对小说对于民众的影响，所谓"诲盗""诲淫"和思想的"邪说异端"是历来小说被禁毁的根本原因。"诲盗"即体现为对危害政治统治的防范，"诲淫"则表现为对世风淫靡之忧虑，而思想的"邪说异端"则是显示了对思想意识的整肃。

《剪灯新话》的被禁缘于所谓的"邪说异端"。《剪灯新话》是明初的一部文言小说集，成书于洪武十一年（1378），作者瞿佑（1347—1433），字宗吉，号存斋，钱塘人。其自序曰：

> （书）既成，又自以为涉于语怪，近于诲淫，藏之书笥，不欲传出。客闻而求观者众，不能尽却之，则又自解曰：《诗》《书》《易》《春秋》，皆圣笔之所述作，以为万世大经大法者也；然而《易》言龙战于野，《书》载雊雉于鼎，《国风》取淫奔之诗，《春秋》纪乱贼之事，是又不可执一论也。今余此编，虽于世教民彝，莫之或补，而劝善惩恶，哀穷悼屈，其亦庶乎言者无罪，闻者足以戒之一义云尔。客以余言有理，故书之卷首。[②]

[①] 以上论述参阅了《中国禁书大观》（安平秋、章培恒主编，上海文化出版社1990年版）和《中国古代禁毁小说漫话》（李时人等著，汉语大词典出版社1999年版）中的相关内容。

[②] （明）瞿佑：《〈剪灯新话〉序》，（明）瞿佑等著，周楞伽校注：《〈剪灯新话〉外二种》，上海古籍出版社1981年版，第3页。

由序文可知，瞿佑对自己的这部"涉于语怪""近于诲淫"的文言小说集能否获得广泛的认同缺乏相应的自信，而一再以"劝善惩恶""言之者无罪，闻之者足以戒"为自己小说的行世辩解。这一辩解实际反映了当时人对于传奇小说之认识。就现有资料来看，明初的朝廷及地方政府虽然没有颁布查禁小说之法令，但小说的生存环境对小说之发展并不有利。以与小说地位相近之戏曲为例，明代开国之初，朱元璋曾盛赞高明《琵琶记》"如山珍海错"，然其所以赞赏乃是因为《琵琶记》"不关风化体，纵好也徒然"的创作主张，而非对戏曲这一艺术形式之偏爱，明初大量的对戏曲及其演出的查禁说明了这一问题，故在有益风化的统一前提下，戏曲小说之创作受到了明显的遏制，以"娱乐为先"、以说奇志怪为本的小说戏曲显然是与这一环境不相吻合的。明初乃至明代前期，小说戏曲创作整体表现出的荒芜现象或是这一环境制约下的必然结果。《剪灯新话》在这种环境中问世，其所受到的指责及其被禁实属自然之事。《剪灯新话》在明代前期的被禁有三个现象不得不辨：

其一，《剪灯新话》的查禁是在明英宗正统七年（1442），距成书之洪武十一年（1378）已有半个世纪之遥；但对《剪灯新话》及其他传奇小说的议论和批评则由来已久。洪武二十二年，有人即以"妄且淫"的罪名评价小说，桂衡《剪灯新话序》谓：

> 余观昌黎韩子作《毛颖传》，柳子厚读而奇之，谓若捕龙蛇，搏虎豹，急与之角，而力不敢暇；古之文人，其相推奖类若此。及子厚作《谪龙说》与《河间传》等，后之人亦未闻有以妄且淫病子厚者，岂前辈所见，有不逮今耶？亦忠厚之志焉耳矣。余友瞿宗吉之为《剪灯新话》，其所志怪，有过于马孺子所言，而淫则无若《河间》之甚者。而或者犹沾沾然置喙于其间，何俗之不古也如是！[①]

可见其时对于传奇小说的认识已有明显分歧。永乐十八年（1420），

---

① （明）桂衡：《〈剪灯新话〉序》，（明）瞿佑等著，周楞伽校注：《〈剪灯新话〉外二种》，上海古籍出版社1981年版，第4页。

李昌祺《剪灯余话》成书问世，其同年好友曾棨、王英、罗汝敬、李时勉等为之作序，其中卷四《至正妓人行》更得跋语九篇，以此可见其同僚之看重。但颇有意味的是，在人们盛赞其"补史之所不载""使后之读者有所感发兴起"（王英跋语）的同时，李时勉却婉转地批评了同僚好友李昌祺：

> 吾友广西布政使李公昌祺，示予所为《至正妓人行》，凡千二百余言。……自昔文人才士，辞藻之盛，未有过于此者。……虽然，此未足以窥公之浅深也。公为方面大臣，固当以功名事业自期，宣上恩德，以施惠政，使环数千里之地，熏陶于春风和气之中。乃以其文章黼黻至治，而歌咏太平，挫之金石，传之无穷，然后足以见公之大。若此，特其绪余耳，乌足以窥公之浅深也哉。予故书其后，使观者知求公于其大，而不在此也。①

在李时勉看来，《至正妓人行》等传奇小说"未足以窥公之浅深"，何谓"深者"？"以功名事业自期，宣上恩德，以施惠政，使环数千里之地，熏陶于春风和气之中。乃以其文章黼黻至治，而歌咏太平，挫之金石，传之无穷。"而其之所以为《至正妓人行》作跋是为了"使观者知求公于其大，而不在此也"。这无疑是批评李昌祺创作传奇小说乃不务正业，而这位批评者正是在明英宗正统七年（1442）奏请查禁《剪灯新话》的李时勉。

其二，从《剪灯新话》到《剪灯余话》，时人对传奇小说虽颇多褒扬，但褒扬之辞大多是从"学博""才敏""文赡"立论，并附于所谓"劝善惩恶"之套语。如：

> 宗吉之志确而勤，故其学也博；其才充而敏，故其文也赡。是编虽稗官之流，而劝善惩恶，动存鉴戒，不可谓无补于世。矧夫造意之

---

① （明）李时勉《至正妓人行跋》，《剪灯余话》卷四，（明）瞿佑等著，周楞伽校注：《〈剪灯新话〉外二种》，上海古籍出版社1981年版，第261—262页。

奇，措词之妙，粲然自成一家言，读之使人喜而手舞足蹈，悲而掩卷堕泪者，盖亦有之。自非好古博雅，工于文而审于事，曷能臻此哉！（凌云翰《剪灯新话序》）

余观宗吉先生《剪灯新话》，其词则传奇之流，其意则子氏之寓言也。宗吉家学渊源，博及群集，屡荐明经，母老不仕，得肆力于文学。余尝接其论议，观其著述，如阅武库，如游宝坊，无非惊人之奇，希世之珍；是编特武库、宝坊中之一耳。（吴植《剪灯新话序》）

昌祺学博才高，其文思之敏赡，不啻泉之涌而山之积也。故其所著，秾丽丰蔚，文采烂然，读之者莫不为之喜见须眉，而欣然不厌也，又何其快哉！（曾棨《剪灯余话序》）①

这种有所选择的褒扬和"劝善惩恶"之套语实则反映了传奇这一小说文体在时人心目中的普遍认识。故在一个宽松的文化环境中，这种"修辞缛丽""假此以自遣"（李昌祺《剪灯余话序》）的"游戏笔墨"自可通行，但在一个相对严酷的政治文化背景下，其受到讥评乃至查禁实属自然之事。

其三，《剪灯新话》之查禁是由于正统士大夫"恐邪说异端，日新月盛，惑乱人心"。他们是将查禁上升到整肃思想意识的高度加以看待的。明英宗正统七年（1442）二月，李时勉奏请查禁《剪灯新话》，其云：

近有俗儒，假托怪异之事，饰以无根之言，如《剪灯新话》之类，不惟市井轻浮之徒争相诵习，至于经生儒士多舍正学不讲，日夜记忆，以资谈论。若不严禁，恐邪说异端，日新月盛，惑乱人心。乞敕礼部行文内外衙门及提调学校佥事、御史并按察司官，巡历去处，凡遇此等书籍，即令焚毁。有印卖及藏习者，问罪如律。庶俾人知正道，不为邪妄所惑。②

---

① （明）瞿佑等著，周楞伽校注：《〈剪灯新话〉外二种》，上海古籍出版社1981年版，第3—4、117页。
② （清）顾炎武：《日知录之余·禁小说》，（清）顾炎武著，（清）黄汝成集释：《日知录集释》，上海古籍出版社2006年版，第2018—2019页。

在奏文中，李时勉一忧"世风"，那些"假托怪异之事，饰以无根之言"的传奇小说对世人的影响极大，不唯"市井轻浮之徒，争相诵习"，且"经生儒士"亦"舍正学不讲，日夜记忆，以资谈论"。二虑"思想"，担心"邪说异端，日新月异，惑乱人心"。李时勉的担忧不为无据，据时人记载，"近时钱塘瞿氏，著《剪灯新话》，率皆新奇希异之事，人多喜传而乐道之，由是其说盛行于世"（曾棨《剪灯余话序》）。而李昌祺《剪灯余话》亦时人"竞求抄录"，流行颇广（李昌祺《剪灯余话序》）。而从为《剪灯余话》作序跋之众人看，这种传奇小说在当时的影响不可谓不大，曾棨、王英、罗汝敬、刘子钦、周述、周孟简等均为明永乐二年榜进士，其津津乐道，大加褒扬，无疑使碍于同年之谊、不得已置身其间的李时勉心存忧虑。这一年，正是李时勉始任国子监祭酒之时，对世风，尤其是士风不知"正道"，为"邪妄所惑"的忧虑，促使其作出了为整肃思想而查禁传奇小说之举。这一建议得到了朝廷的批准，从其任职国子监之地位来看，这一举措对当时应该说是有影响的。而从《剪灯余话》作者李昌祺的身后遭际中还可见出端绪，李时勉在奏文中，虽然顾及同年之谊没有点出《剪灯余话》，但提及"《剪灯新话》之类"，这明眼人一读便知。故《剪灯余话》虽没有直接被查禁，但影响是必然的。景泰二年（1451），李昌祺去世，时任右佥都御史衔巡抚江西的韩雍建立乡贤祠，而李昌祺这位"廉洁宽厚"的二品大员却因创作《剪灯余话》被黜除。明叶盛《水东日记》卷十四载：

  庐陵李祯字昌祺，河南左布政使，为人耿介廉洁，自始仕至归老，始终一致，人颇以不得柄用惜之。……景泰中，韩都御史雍以告之故老进列先贤祠中，祯独以尝作《剪灯余话》不得与。[①]

《剪灯余话》的公开发行是在宣德八年（1433），李昌祺去世于景泰二年（1451），时隔二十来年仍然有此举动，这或许与李时勉之查禁及其在社会上所产生的影响有关。关于李昌祺被乡贤祠"黜除"一事，明人多有议论，如陆容《菽园杂记》卷十三感叹"清议之严，亦可畏矣"，都穆《听雨纪

---

① （明）叶盛撰：《水东日记》，中华书局1980年版，第142页。

谈》则以"著述可不慎欤"作结。而以徐三重的一段议论最为严厉：

> 或又谓此公大节高明，不宜以笔墨游戏累之，此语非是。士大夫立言垂世，不能端风正俗，乃作猥亵怪乱之语以荡人志意。即其人身事无他，而于世教有舛，亦为名实之瑕。庄列非淫匿污浊人，徒以持论纵浪为吾道所斥，目为邪说，然其言亦岂如是不典哉？①

从上述评论中我们不难看出《剪灯新话》的查禁对后世的影响。

三、"诲盗诲淫"：《水浒传》与《金瓶梅》的禁毁

晚明的天启崇祯年间是明代禁毁小说的第二个重要时期，涉及的作品主要是《水浒传》和《金瓶梅》，而禁毁之原因，一为"诲盗"，一为"诲淫"。

《水浒传》正式遭查禁是在崇祯十五年（1642），但在此前，有关"诲盗"的议论已屡屡提起。据现有资料，较早涉及这一问题的是万历己丑（十七年，1589）天都外臣序刻本《水浒全传》，在《序》文中，天都外臣驳斥了时人谓"子叙此书，近于诲盗"的诘难，认为："《庄子·盗跖》，愤俗之情；仲尼删《诗》，偏存《郑》《卫》。有世思者，固以正训，亦以权教。如国医然，但能起疾，即乌喙亦可，无须参苓也。"而《水浒传》"有侠客之风，无暴客之恶"。故不应以"诲盗"之名评判之，此"诘难"反映了时人对《水浒传》"诲盗"之看法。从正面明确提出《水浒传》乃"诲盗"之作、理应焚毁的是郑瑄，郑瑄以为"《水浒》一编，倡市井萑苻之首……安得罄付祖龙，永塞愚民祸本"。② 莫是龙在《笔麈》中也以为"野史芜秽之谈，如《水浒传》《三国演义》等书，焚之可也"。

从《水浒传》在晚明遭禁毁的背景来看，《水浒传》之被"禁毁"与晚明农民起义之不断爆发密切相关，尤其是在崇祯二年之后，高迎祥、李

---

① （明）徐三重：《牖景录》，《四库全书存目丛书》子部 106 册，齐鲁书社 1995 年版，第 119—120 页。
② （明）郑瑄：《昨非庵日纂》三集卷十二，《四库全书存目丛书》子部 150 册，齐鲁书社 1995 年版，第 215 页。

自成等农民起义爆发,《水浒传》就与"海盗"直接发生联系,要求查禁《水浒传》的呼声便在社会上不断提出。在人们看来,《水浒传》等小说对于起义军影响极大,这种影响主要表现在如下三个方面:

其一,当时的农民起义大多受《水浒传》影响,"以破城劫狱为能事,以杀人放火为豪举","以作贼为无伤",《水浒传》已严重影响了民众的思想观念。刑科右给事中左懋第即以山东李青山起义为例说明道:

> 李青山诸贼啸聚梁山,破城焚漕,咽喉梗塞,二东鼎沸。诸贼以梁山为归,而山左前此莲妖之变亦自郓城、梁山一带起,臣往来舟过其下数矣,非崇山峻岭,有险可凭。而贼必因以为名,据以为薮泽者,其说始于《水浒传》一书,以宋江等为梁山啸聚之徒,其中以破城劫狱为能事,以杀人放火为豪举,日日破城劫狱,杀人放火。……邪说乱世,以作贼为无伤。①

在左懋第看来,李青山起义纯然是受《水浒传》影响,尤其在思想意识方面可谓"邪说乱世",故其认为《水浒传》乃"贼书也",其"贻害人心,岂不可恨哉!"②

其二,起义军有意模仿《水浒传》,在绰号、招安、谋略等方面都以《水浒传》等通俗小说为"范本"。

如绰号,直接以梁山英雄绰号命名的起义军将领有托天王、一丈青、险道神等,以其他小说与平话中的姓名命名的绰号有曹操、张飞、关索、小秦王、薛仁贵、朱温等。③ 而"招安"在时人看来也是《水浒传》影响所致,晚明农民起义也的确在抵抗镇压时,为了保存实力,暂避锋芒,大多采用过《水浒传》的招安方式。如李自成于崇祯七年(1634)六月兵败汉中,向兵部右侍郎陈奇瑜投降,张献忠、罗汝才亦于崇祯十一年受朝廷招安,然均重举义旗。相对而言,在朝廷已接受李自成、张献忠"招安"

---

① 《明清史料乙编》第十本《兵科抄出刑科右给事中左懋第题本》,北京图书馆出版社2008年版,第701页。
② 同上。
③ 见(清)计六奇:《明季北略》卷八《贼首名号》、卷十二《左良玉鄢陵之捷》等。(清)计六奇撰,魏得良、任道斌点校:《明季北略》,中华书局1984年版,第143、207页。

教训之后，李青山的"招安"之举就没有那么幸运了：

> 山东贼李青山据梁山泊，诸生王某为谋主，分遣其众，据八闸，梗运道。周辅延儒北上，二贼以门生名刺来谒，众惊怖。延儒命入见，两贼自云："非敢为乱，以护漕耳。"延儒曰："如漕粟无梗无失，当言之朝，授汝官，以卫漕船。"及岁终，青山塞安山闸，凿河十里，通梁山，驱漕舟，并系漕卒去，焚掠近临清，意在胁招。张漕督国维惧，适内臣刘元斌率剿寇京军还，合镇兵击之，诱青山降，执送京师献俘。上率太子、永定二王御门受之，凡三十余人，贷一人，磔青山及王，余斩首。方缚付西市，众贼云："许我做官，乃缚我耶？"至市，青山奋起，所缚之桩立拔，王诟骂当事负约，死乃绝声。①

从其行为来看，李青山之"胁招"和"招安"明显有《水浒传》的影子。至于起义之方式、攻击之谋略等，《水浒传》的影响亦颇大，前引左懋第即谓："如何聚众竖旗，如何破城劫狱，如何杀人放火，如何讲招安，明明开载，且预为逆贼策算矣。"而"张献忠之狡也，日使人说《三国》《水浒》诸书，凡埋伏攻袭咸效之"。②

其三，《水浒传》的普及流行不仅使社会"生乱萌以煽贼焰"，且荼毒人心，贻害无穷。左懋第谓：

> 此书荒唐不经，初但为隶佣瞽工之书，自异端李贽乱加圈奖，坊间精加缮刻，此书盛行，遂为世害。而街市小民将宋江等贼名画为纸牌以赌财物，其来尤久。小民一拈其事，不至于败行荡产不止。始为游手之人，终为穿窬劫掠之盗，世之多盗，弊全坐此，皆《水浒传》一书为之祟也。③

---

① （明）李清：《三垣笔记·附识上》，中华书局1982年版，第180—181页。
② （清）刘銮：《五石瓠·〈水浒〉小说之为祸》，见周光培编：《历代笔记小说集成·清代笔记小说》第三十六册，河北教育出版社1996年版，第397页。
③ 《明清史料乙编》第十本《兵科抄出刑科右给事中左懋第题本》，北京图书馆出版社2008年版，第701页。

基于以上认识，左懋第于崇祯十五年（1642）四月十六日上书要求查禁《水浒传》：

> 臣思皇帝崇经右文，方且表章周、程、朱、邵、张子之书，以正一世之人心，而此等邪乱之书，岂可容存天地间，以生乱萌以煽贼焰哉？臣请自京师始，《水浒传》一书，书坊不许卖，士大夫及小民之家俱不许藏，令各自焚之。乃传天下，凡藏《水浒传》书及板者，与藏妖书同罪。市有卖纸牌及家藏纸牌并牌模者、并以纸牌赌财物者，皆以藏《水浒传》之罪罪。而梁山一地，仍乞皇上更其名，或以灭寇荡氛名其山，勒石其巅，庶漕河之畔，人望其山而知贼之必不可为，又知《水浒传》之为妖书也。人心正，盗风自息。诸不逞之徒怵于皇上之威灵，岂复有敢思啸聚者哉？不但山左盗息，而天下之盗风皆可息矣。伏候圣裁，谨题请旨。①

此建议得到了朝廷之核准，崇祯十五年六月二十三日，郎中龚彝《兵部为梁山寇虽成擒仍严禁〈浒传〉等事》云：

> 兵部为梁山寇虽成擒等事该本部题前事等因，崇祯十五年六月□日，本尚书陈□等具题，十五日奉圣旨：降丁各归里甲，勿令仍有占聚，着地方官设法清察本内，严禁《浒传》，勒石清地，俱如议饬行，钦此。钦遵抄出到部送司案呈到部拟合就行，为此：
>
> 一、咨都察院，合咨贵院烦照本部覆奉明旨内事理，希转行山东巡按，即严饬道府有司，实心清核，务令降丁各归里甲，勿使仍前占聚；一面大张榜示，凡坊间家藏《浒传》并原板，尽令速行烧毁，不许隐匿。仍勒石山巅，垂为厉禁，清丈其地，归之版籍。并通行各省直巡按及五城御史，一体钦遵，禁毁施行。
>
> 一、咨东抚、登抚，合咨贵院烦为遵炤本部覆奉明旨内事理，希

---

① 《明清史料乙编》第十本《兵科抄出刑科右给事中左懋第题本》，北京图书馆出版社2008年版，第701—702页。

严饬道府有司，实实清察，务使降丁各归里甲，勿令仍前占聚殃民；一面大张榜示，凡坊间家藏《浒传》并原板，速令尽行烧毁，不许隐匿。仍勒石山巅，垂为厉禁，清丈其地，归之版籍。期于窟穴肃清，萑苻屏迹，施行。

一、通行九边省直各督抚，合咨前去，烦为遵照本部覆奉明旨内事理，希大张榜示，凡坊间家藏《浒传》并原板，勒令烧毁，不许隐匿，施行。①

从榜文可知，明王朝对《水浒传》一书的禁毁法规是严苛的，除山东一带外，其他区域也严令禁毁，但实际效果如何？现在已难以确考。一则当时的农民起义军已控制了不少地区，如李自成控制了河南及西北部分地区，张献忠控制了湖北、安徽诸省，朝廷法令已无法在全国通行。二则此时已是明王朝风雨飘摇之时，两年之后，明王朝即告覆亡，对《水浒传》的禁毁大概也难以真正实施了。

明代另一部遭到禁毁的重要小说作品是《金瓶梅》。《金瓶梅》的禁毁是在崇祯十一年（1638），时距《金瓶梅》的首次刊刻（万历四十五年，1617）已有二十余年，而距《金瓶梅》抄本流传则有半个世纪之遥了。

《金瓶梅》在晚明时期的"禁毁"主要来自社会舆论。在《金瓶梅》的抄本流传阶段，大量的文人士子虽颇多欣赏，称其为"逸典"，② 是"稗官之上乘，炉锤之妙手"，③ 但从维护世风出发，《金瓶梅》的所谓"淫秽"还是受到了较为普遍的指责。在万历四十五年《金瓶梅》刊本出现之前，接触过《金瓶梅》抄本的文人大多以"淫书"来指责《金瓶梅》，如董其昌虽称其为近来小说中一部"极佳"的作品，但仍然以为"决当焚之"。④ 薛冈初读《金瓶梅》不全之抄本，即以为"此虽有为之作，天地间岂容有

---

① （明）龚彝:《兵部为梁山寇虽成擒仍严禁〈浒传〉等事》，见《明清内阁大库史料》第1辑，东北图书馆1949年版，第429—430页。
② （明）袁宏道:《觞政·十之掌故》，（明）袁宏道著，钱伯城笺校:《袁宏道集笺校》，上海古籍出版社1981年版，第1419页。
③ （明）谢肇淛:《金瓶梅跋》，（明）谢肇淛:《小草斋文集》卷二十四，《四库全书存目丛书》集部176册，齐鲁书社1997年版，第176—279页。
④ （明）袁中道:《游居柿录》，（明）袁中道著，钱伯城点校:《珂雪斋集》，上海古籍出版社1989年版，第1316页。

此一种秽书？当急投秦火"。二十年后得读《金瓶梅》全本，明确了"颇得劝惩之法"，然犹认为"所宜焚"。①而从袁小修处"借抄挈归"的沈德符也对马仲良劝其梓行《金瓶梅》心存忧虑，其曰："吴友冯犹龙见之惊喜，怂恿书坊以重价购刻；马仲良时榷吴关，亦劝予应梓人之求，可以疗饥。予曰：'此等书必遂有人板行，但一刻则家传户到，坏人心术，他日阎罗究诘始祸，何辞置对？吾岂以刀锥博泥犁哉？'仲良大以为然，遂固箧之。"②李日华于万历四十三年（1615）从沈德符之侄沈伯远处看到了《金瓶梅》，也认为此书"大抵市诨之极秽者"，③就是认为《金瓶梅》"不必焚，不必崇，听之而已。焚之亦自有存之者，非人力所能消除"的袁小修，也不得不感叹"此书诲淫，有名教之思者，何必务为新奇以惊愚而蠹俗乎？"④由此可见，晚明时期的文人士子一方面极力传抄、欣赏《金瓶梅》，同时又视其为"淫书"，对作品的流行心存忧虑，表现出了明显的矛盾心态。其实，这正反映了他们作为文人士子的双重品格，作为文人，他们欣赏《金瓶梅》对于世情的刻画、讥刺和作品独特的艺术魅力；而作为担当社会道义的士大夫，他们又对作品中露骨的描写深怀忧虑，担心作品"家传户到，坏人心术"。故当《金瓶梅》在万历四十五年正式刊刻之后，人们便在承认"《金瓶梅》，秽书也"的前提下，极力以作品的"刺世""寄托"来为其传播张目，东吴弄珠客谓：

> 《金瓶梅》，秽书也。袁石公亟称之，亦自寄其牢骚耳，非有取于《金瓶梅》也。然作者亦自有意，盖为世戒，非为世劝也。如诸妇多矣，而独以潘金莲、李瓶儿、春梅命名者，亦楚《梼杌》之意也。盖金莲以奸死，瓶儿以孽死，春梅以淫死，较诸妇为更惨耳。借西门庆以描画世之大净，应伯爵以描画世之小丑，诸淫妇以描画世之丑婆、

---

① （明）薛冈：《天爵堂笔余》卷二，引黄霖：《金瓶梅资料汇编》，中华书局1987年版，第235页。
② （明）沈德符：《万历野获编》卷二十五《词曲·金瓶梅》，《明代笔记小说大观》第3册，上海古籍出版社2005年版，第2584页。
③ （明）李日华：《味水轩日记》，上海远东出版社1996年版，第496页。
④ （明）袁中道：《游居柿录》，（明）袁中道著，钱伯城点校：《珂雪斋集》，上海古籍出版社1989年版，第1316页。

净婆,令人读之汗下。盖为世戒,非为世劝也。①

欣欣子《金瓶梅词话序》亦云:

> 窃谓兰陵笑笑生作《金瓶梅传》寄意于时俗,盖有谓也。人有七情,忧郁为甚。上智之士,与化俱生,雾散而冰裂,是故不必言矣。次焉者,亦知以理自排,不使为累。惟下焉者,既不出了于心胸,又无诗书道腴可以拨遣,然则不致于坐病者几希!吾友笑笑生为此,爰罄平日所蕴者,著斯传,凡一百回。其中语句新奇,脍炙人口。无非明人伦、戒淫奔、分淑慝、化善恶,知盛衰消长之机,取报应轮回之事,如在目前;始终如脉络贯通,如万系迎风而不乱也,使观者庶几可以一哂而忘忧也。②

但这种辩驳是苍白无力的,《金瓶梅》的刊刻也没能对晚明世风真正起到针砭作用,相反在小说创作界和小说传播界带来了颇多不良影响,故要求禁毁《金瓶梅》为代表的所谓"导淫小说"的呼声仍不绝如缕。在小说创作界,《金瓶梅》以后,仿效《金瓶梅》的作品随即出现,且形成了一股艳情小说的创作热潮。即空观主人《拍案惊奇自序》对此总结道:

> 宋元时有小说家一种,多采闾巷新事为宫闱承应谈资,语多俚近,意存劝讽,虽非博雅之派,要亦小道可观。近世承平日久,民佚志淫,一二轻薄恶少,初学拈笔,便思污蔑世界,广摭诬造,非荒诞不足信,则亵秽不忍闻,得罪名教,种业来生,莫此为甚。而且纸为之贵,无翼飞,不胫走,有识者为世道忧之,以功令厉禁,宜其然也。③

---

① (明)东吴弄珠客:《金瓶梅序》,刘辉、吴敢辑校:《会评会校金瓶梅(修订本)》,香港天地图书有限公司2010年版,第2095页。
② (明)欣欣子:《金瓶梅词话序》,同上,第2093页。
③ (明)即空观主人:《拍案惊奇序》,(明)凌濛初编:《拍案惊奇》,上海古籍出版社1994年《古本小说集成》本,第3—6页。

晚明刘宗周亦呼吁"警作淫词",并引张缵孙《戒人作淫词》表达其对小说创作中"倡淫秽之词,撰造小说"的忧虑:"今世文字之祸,百怪俱兴,往往倡淫秽之词,撰造小说,以为风流佳话,使观者魂摇色夺,毁性易心,其意不过网取蝇头耳。""祸天下而害人心,莫此之甚矣。"① 确实,晚明以来,艳情小说风行,《玉娇李》《浪史》《昭阳趣史》《僧尼孽海》等一大批作品的出现,确可看作小说创作界的一股不良创作倾向。如《玉娇李》,沈德符评其"秽黩百端,背伦灭理,已不忍读",② "《浪史》《野史》等,如老淫吐招,见之欲呕"。③ 而就小说传播而言,艳情小说的泛滥,对世风人心的影响确是有害的,故从维护世风角度而言,人们亦力主禁毁艳情小说,甚至从"治本"的角度,要求"焚其书而罪其人"。明末清初的汤来贺对此描述道:

> 予幼闻市淫词者,诨名簏底书,盖深藏于内,畏人见而罪之也。心术虽不端,而廉耻犹未尽丧。及丁卯(天启七年,1627)至会城,见显然为市,予掩目而过之。及至都门,则可骇尤甚。予叹曰:风俗至此,不忍言矣。庚辰(崇祯十三年,1640)与台省诸公议及之。壬午(崇祯十五年,1642)冬,盐院杨内美先生语予曰:"天下事必不可为矣。"予问其故,先生曰:"科道亦谈房术,京师遍市淫词,廉耻丧尽,其能久乎?"由是观之,端风化者,为治之本,焚淫书而罪其人,岂非治平要务哉?惜乎当日之不能也。④

他并倡言:"凡导淫小说,如《情史》《艳史》之类,宜以毒蛇猛兽视之。"认为:"此种邪说,其祸增于强盗,何也?强盗劫人,人知畏避,而不敢近;惟导淫小说,则少年无识者,反乐观之,沉酣渐渍,以致情窦日

---

① 见清同治六年重镌《汇纂功过格》卷七《与人格劝化》引张缵孙语,王利器编:《元明清三代禁毁小说戏曲史料》,上海古籍出版社1981年版,第252页。
② (明)沈德符:《万历野获编》卷二十五《词曲·金瓶梅》,《明代笔记小说大观》第3册,上海古籍出版社2005年版,第2584页。
③ (明)张无咎:《新平妖传叙》,(明)罗贯中编、冯梦龙补:《新平妖传》,上海古籍出版社1994年《古本小说集成》影印本,第5页。
④ (清)汤来贺:《内省斋文集》卷三十一《训儿杂说前》,《四库全书存目丛书》影清华大学图书馆藏清康熙书林五年楼刻本,齐鲁书社1997年版,集199—595页。

开,邪心日炽,竟化为禽兽而不觉,宁特费时失事云尔哉!且强盗剽掠,或仅劫人耳,财虽既去,犹可复来;以小说导淫,则劫去人心,世风大坏,不能复返矣。"且"予见好观小说者,穷居则多萌邪念,必有害于身心,得志则纵其奢淫,必贻祸于风俗"。故在汤来贺看来,"有志自立者,一见导淫邪说,宜即刻焚去,以绝其萌芽,斯为有勇耳"。①

当然,将晚明以来世风之淫靡完全归罪于《金瓶梅》以及艳情小说并不合适,晚明艳情小说的风靡本身也是世风影响所致,或者说,艳情小说之风行也是晚明世风淫靡的一种表现。正是在这种背景下,《金瓶梅》遭到了政府的禁毁。

对《金瓶梅》的禁毁法令出自江西学政侯峒曾,侯峒曾为天启五年进士,崇祯十一年升迁为江西学政,他有感于士风之颓靡,"痛恨士习日坏",决定在江西整顿士风,制定《江西学政申约》。其中有"禁私刻"一条提到了对《金瓶梅》等"淫秽邪僻之书"的禁毁:

> 私刻之禁,屡奉申饬。一曰:今后提举官除程墨房稿及省直考卷选刻外,不许生童私刻窗课,变乱文体,按临日提调官将刻文送查,本生革责,书坊重究。一曰:提学官按临,生童毕集,多有射利棍徒刊刻淫秽邪僻之书,如《金瓶梅》《情闻别纪》等项,迷乱心志,败坏风俗,害人不小。今后但有卖者,提调官即时严拿书坊,究问何人成稿?何人发刻?申解提学官,将正身从重治罪,原板当堂烧毁。如系生员,革退枷示。②

可见,《金瓶梅》遭禁的理由即是所谓的"迷乱心志,败坏风俗",也即对社会风化的影响;但此时期朝廷之重心已不在社会风化,而在于抵御晚明以来风起云涌的农民起义,且《金瓶梅》的禁毁出自江西地方法令,实际影响恐怕不是太大。③

---

① (清)汤来贺:《内省斋文集》卷三十一《训儿杂说前》,《四库全书存目丛书》影清华大学图书馆藏清康熙书林五车楼刻本,齐鲁书社1997年版,集199—591页。
② (明)侯峒曾:《侯忠节公全集》卷十七文集十三《江西学政申约》,引黄霖编:《金瓶梅资料汇编》,中华书局1987年版,第517页。
③ 本节内容参考了赵维国:《中国古代戏曲小说禁毁的历史变迁》(稿本)中的相关章节。2014年正式出版时,论著改名为《教化与惩戒:中国古代戏曲小说禁毁问题研究》,上海古籍出版社出版。

第八章

明代以降的小说改订及其意义

　　小说的改订问题是中国古代小说史上的一个独特现象，它虽然不是以理论批评的面目出现，但对明代小说乃至中国古代小说的发展进程产生了十分重要的影响。明人对于通俗小说的改订以"四大奇书"为主体，"四大奇书"的不断改订体现了明代通俗小说的不断成熟，为当时及后世的小说创作起到了"典范"作用。在"四大奇书"之外，对于单个文本的修订其实也已形成较为普遍的现象，如"列国"系列小说，从余邵鱼《春秋列国志传》对列国评话的改造，到冯梦龙《新列国志》对《春秋列国志传》的修订，体现了列国系列小说的不断完善。

　　将"改订"视为小说学的一个重要组成部分，主要有两方面的原因：一是明代对于通俗小说的改订者以小说评点者为主体，他们以"评改"为一体，对小说文本作出了修订，故"改订"是其评点活动的一个有机组成部分。二是明人对于小说文本的"改订"往往与其理论思想观念密切相关，甚至是其理论思想的一次实践。如冯梦龙修订《新列国志》就与他对于历史演义创作的"虚实"观相一致，"大要不敢尽违其实"，但"敷演不无增添，形容不无润色"是冯梦龙《新列国志》的基本特色，也是其创作观念的突出反映。[①] 从理论角度言之，所谓"改订"是指小说评点者对小说文本所作出的增饰、修改等艺术再创造活动，使评点本获得了自身的版本价值和文学价值。这一现象如果衡之以当今的文学批评观念乃不可思

---

① （明）可观道人：《新列国志叙》，（明）墨憨斋新编：《新列国志》，上海古籍出版社1994年《古本小说集成》影印金阊叶敬池梓本，第10页。

议,因为这已越出了文学批评的职能范围。"改订"在中国古代文学领域其实也并不多见,古代诗文在其流传过程中随着历史年代的变迁,其版本歧异容或有之,但同一作品经批评者的手定更易而广为流传却是极为罕见的现象。但在古代通俗小说领域,这种现象却屡见不鲜,且几乎与通俗小说的发展历史相始终。①"改订"这一小说现象主要集中于明末清初,清中叶以后慢慢趋于消歇,故本章将清代的小说改订也一并论及。小说评点者对小说文本的改订主要经历了三个阶段:明万历年间、明末清初和清乾隆以降。在表现形态上构成了三个层面:作品情感主旨的强化或修正,作品艺术形式的加工,作品体制和文字的修订。其中以"四大奇书"的改订最为出色,影响也最大。"四大奇书"之所以能成为明代小说之经典,固然关乎多方面的因素,但文人对"四大奇书"的广泛增饰修订是其中最为重要的因素,这种长久延续的文本修订使这四部作品在文本内涵上逐步趋于完善,其思想性、艺术性有了大幅度提升。就整体而言,对小说文本的修订尤其是"四大奇书"的文本修订体现了一条将通俗小说逐步推向"文人化"的道路,这一"文人化"进程实际上是通俗小说发展史上的一大转折,在这一过程中,"四大奇书"有特殊的意义,这是一组具有典范性的小说作品,在小说史上影响深远。

一、小说改订的源流与内涵

就现存资料而言,通俗小说的评点萌生于明万历年间,在此时期存留的评本中,经改订的作品主要有如下几种:

---

① 一般认为,小说评点的"改订"主要是在白话小说领域,且认为这是白话小说发展史上的一个重要现象,是白话小说走向"文人化"的一个重要步骤。其实不确,也不符合小说评点史的真实情况,因为"改订"也是文言小说评点的一个重要内涵。如明天启六年(1626)冯梦龙评纂《太平广记钞》,此书是《太平广记》的删节本,冯梦龙所做的文本工作包括合并类别、删减篇目、校订错误和缩小单个作品篇幅等。又如《聊斋志异》的仿作《益智录》稿本上有不少评改痕迹,其中卷八《矫娜》几乎改动了全文,且卷末附评云:"文妙事奇,嫌词多繁复,以私意略节之,诚不知其点金成铁也"。清末民初狄平子《原本加批聊斋志异》也对小说原文有所修订,并自我标榜为"原本",贬低其他版本为"俗本";此书对《聊斋志异》纂改颇多,有针对语辞的,也有关涉情节的。如对《阿宝》的删改,评者因无法容忍阿宝遭恶少围观,而删去阿宝与孙子楚浴佛节相会一节,加批曰:"夫恶少环立,品头论足已极不堪,兹又出游,岂竟不爱其鼎?不知陋儒何仇于宝,而必淋漓尽致,糟蹋不已也"。显然,对于古代小说而言,"改订"也是文白一体的。

《三国志通俗演义》（万卷楼刊本）
　　《水浒志传评林》（双峰堂刊本）
　　《李卓吾批评忠义水浒传》（容与堂刊本）
　　《新镌李氏藏本忠义水浒传》（袁无涯刊本）
　　《绣榻野史》（醉眠阁刊本）

　　在上述五种刊本中，对文本的修订大多出自书坊主及其周围的下层文人之手，虽然后三种评本均署"李卓吾批评"，但真正出自李氏之手的实属少数，《绣榻野史》之评点则显系伪托李卓吾。显而易见，这五种评本大多是在书坊主的控制下从事的，其价值主要体现为对小说语言和小说体制上的修订。

　　最能体现对小说文本改订价值的是晚明以来"四大奇书"的评改本。

　　在"四大奇书"的传播史上，对于小说文本的修订已成传统。如《三国演义》，刊行《三国志通俗演义》的书坊主周曰校就"购求古本，敦请名士，按鉴参考，再三雠校"。[①] 虽着重于文字考订，但毕竟已表现出了对文本的修订。毛氏父子评点《三国志通俗演义》则有感于作品"被村学究改坏"，故假托"悉依古本"对"俗本"进行校正删改。在毛氏父子看来，"俗本"在文字、情节、回目、诗词等方面均有不少问题，故其"悉依古本改正"。毛氏的所谓"古本"其实是伪托，故其删改纯然是独立的改写，有较高的文本价值，体现了他们的思想情感和艺术趣味。而《水浒传》从余象斗《水浒志传评林》开始就明确表现了对小说文本内容的修订，其《水浒辨》云："今双峰堂余子改正增评，有不便览者芟之，有漏者删之，内有失韵诗词欲削去，恐观者言其省漏，皆记上层。"[②] 尤其是容与堂本《水浒传》，该书之评者在对文本作赏评的同时，对作品情节作了较多的改动，但在正文中不直接删去，而是标出删节符号，再加上适当的评语。其所作的主要工作有：（1）对作品中一些与小说情节无关的诗词建议删去，并标上"要他何用""无谓""这样诗也罢""极俗，可删"等字样。（2）对

[①] 《三国志通俗演义》（万卷楼本）封面"识语"，明万历十九年（1591）刊本。
[②] （明）余象斗：《水浒辨》，《水浒志传评林》，上海古籍出版社1994年《古本小说集成》影印本，第2—3页。

作品中过繁的情节和显属不必要的赘语作删改，使叙述流畅，文字洁净。（3）对作品中一些不符合人物身份、性格的行为和言语作修改。（4）对作品中明显有评话痕迹的内容作删节。而金圣叹对《水浒传》的全面修订使作品在艺术上更进一层，在思想上也体现了独特的内涵。就小说文本而言，一般认为刊于明崇祯年间的《新刻绣像批评金瓶梅》对《金瓶梅词话》作了一次较为全面的修改和删削，其改定工作主要有：（1）改变词话本的说唱特色，大量（约三分之一）刊落了原作中的可唱韵文。（2）改变小说结构，不从景阳冈武松打虎起始，而以西门庆热结十兄弟发端，从而变依傍《水浒》而独立成篇，也使小说主人公提早出场，情节相对比较紧凑。（3）对回目、引首等作加工整理，使之更工整，增强了艺术性。（4）对小说行文、情节叙述等作了一定润饰。总之，与《词话》本相比，此书更符合小说的体裁特性，从而成了后世的通行文本，张竹坡评本即以此为底本。在《西游记》的传播史上，《西游证道书》的首要价值即表现在对小说文本的增删改订上，如情节疏漏的修补、诗词的改订和删却、叙述的局部清理等都表现了对小说文本的修正。尤其是合并明刊本第九、十、十一回为第十、十一两回，增补玄奘出身一节为第九回，从而成为《西游记》之最后定本，在《西游记》传播史上有重要地位。总之，明末清初对"四大奇书"的修订体现了文人对小说文本的"介入"，并在对文本的修订中突出地表现了修订者自身的思想、意趣和个性风貌。

明末清初是小说评点最为兴盛、成就最为卓越的阶段。其中对小说文本的改订最有价值的是一组明代"四大奇书"的评点本，主要有：

《第五才子书水浒传》（明崇祯刊本）
《新刻绣像批评金瓶梅》（明崇祯刊本）
《西游证道书》（清初黄周星定本）
《三国志演义》（清康熙年间毛氏评本）
《皋鹤堂批评第一奇书金瓶梅》（清康熙年间张竹坡评本）

上述评本的一个明显变化是：小说评点已从书坊主人逐步转向了文人之手。这一变化使得小说评点在整体上增强了小说批评者的主体意识，表现在评点形态上，则是简约的赏评和单纯的修订已被对作品的整体加工和全面评析所取代。

乾隆以降，由于通俗小说"个人独创型"编创方式的日益成熟，也因为通俗小说中最富民间色彩的"历史演义""神魔小说""英雄传奇"等的创作和传播地位逐渐被强调个体创作特色的言情小说所取代，故小说评点者对文本的增饰也相应减弱，小说评点的文本价值又回复到了以文字和形式的修订为其主流。如乾隆以来，《红楼梦》与《西游记》曾一度成为小说评点之热门，但在众多的《西游记》评本中，唯有《西游真诠》（乾隆刊本，陈士斌评点）一书，评点者对小说原文稍加压缩，而压缩之内容也仅是书中之韵语和赞语。在《红楼梦》的诸多评本中，亦仅有《增评补图石头记》（光绪年间刊王希廉、姚燮合评本）等少数刊本对小说文本较多指谬，且评点者大多不对文本作直接修订，仅于书前单列"摘误"一段特加指出。此时期小说评本有一定文本价值的还有两种：一是刊于乾隆年间署"秣陵蔡元放批评"的《东周列国志》，此书乃蔡氏据冯梦龙《新列国志》稍加润色增删，并修订其中错讹而成；二是刊于同治十三年（1874）的《齐省堂增订儒林外史》，然所谓"增订"也大多属形式层次，如"改订回目""补正疏漏""整理幽榜""删润字句"等。因此，从整体上看，小说评点的文本价值经由明末清初之高峰后，乾隆以来已渐趋尾声。

从小说评点的文本价值而言，此时期出现的一个新现象倒值得注意，这便是小说评点对"续书"的影响，如道光年间的《三续金瓶梅》，据该书作者讷音居士所云，其创作受张竹坡评本《金瓶梅》的影响，该书又名《小补奇酸志》，"奇酸志"一语即出自张竹坡评本中《苦孝说》一文。又如道光年间俞万春之《荡寇志》，其创作也明显受金批《水浒传》之影响。小说评点与"续书"之关系是小说评点史上又一值得考察的现象，也是小说评点文本价值的又一表现形态，在古代小说发展史上也有重要地位。

综合起来，对小说的改订主要体现在三个方面：

首先，评点者对小说作品的表现内容作了具有强烈文人主体特性的修正。这突出地表现在金圣叹对《水浒传》的改定和毛氏父子对《三国演义》的评改之中。

金圣叹批改《水浒传》体现了三层情感内涵：一是忧天下纷乱、揭竿斩木者此起彼伏的现实情结;二是辨明作品中人物忠奸的政治分析;三是区分人物真假性情的道德判断。由此,他腰斩《水浒》,并妄撰卢俊义"惊恶梦"一节,以表现其对现实的忧虑;突出乱自上作,指斥奸臣贪虐、祸国殃民的罪恶;又"独恶宋江",突出其虚伪不实,并以李逵等为"天人"。这三者明显地构成了金氏批改《水浒》的主体特性,并在众多《水浒》刊本中独树一帜,表现出了独特的思想与艺术个性。毛氏批改《三国演义》最为明显的特性是进一步强化"拥刘反曹"的正统观念,其《读法》开首即云:"读《三国志》者,当知有正统、闰运、僭国之别。正统者何?蜀汉是也。僭国者何?吴魏是也。闰运者何?晋是也。……陈寿之志,未及辨此,余故折衷于紫阳《纲目》,而特于演义中附正之。"① 本着这种观念,毛氏对《三国演义》作了较多的增删,从情节的设置、史料的运用、人物的塑造乃至个别用词(如原作称曹操为"曹公"处即大多改去),毛氏都循着这一观念和精神加以改造。最为典型的例子是第一回中有关刘备和曹操形象的改写,如刘备:

  那人平生不甚乐读书,喜犬马,爱音乐,美衣服,少言语,礼于下人,喜怒不行于色。(李评本)
  那人不甚好读书,性宽和,寡言语,喜怒不形于色。素有大志,专好结交天下豪杰。(毛批本)②

再如曹操:

  为首闪出一个好英雄,身长七尺,细眼长髯,胆量过人,机谋出众,笑齐桓、晋文无匡扶之才,论赵高、王莽少纵横之策。用兵仿佛孙、吴,胸内熟谙韬略。(李评本)
  为首闪出一将,身长七尺,细眼长髯……(毛批本)③

---

① (清)毛氏父子:《读〈三国志〉法》,(明)罗贯中原著,(清)毛宗岗评改:《三国演义》,上海古籍出版社1989年版,第1—2页。
② (明)罗贯中原著,(清)毛宗岗评改:《三国演义》,上海古籍出版社1989年版,第6页。
③ 同上,第10页。

修改中评者的主观意图已十分明显，但作者犹不满足，于回前批语中再加申说：

> 百忙中忽入刘、曹二小传：一则自幼便大，一则自幼便奸；一则中山靖王之后，一则中常侍之养孙。低昂已判矣。①

此种评改在毛批本《三国志演义》中比较普遍。对于这一问题，学界长期以来颇多争执，或从毛氏维护清王朝正统地位的角度指责其表现出的思想倾向，或从"华夷之别"的角度认为其乃为南明争正统地位，所说角度不一，但均以为毛氏批本有明确的政治倾向和民族意识。这两种观点其实都过于强化其政治色彩，其实，毛批本中的政治倾向固然十分明显，但也不必过多地从明清易代角度立论，其"拥刘反曹"的正统观念实际体现的还是传统的儒家思想，更表现出了作者对于一种理想政治和政治人物理想人格的认同，即赞美以刘备为代表的仁爱和批判以曹操为典型的残暴，故其评改体现了政治与人格的双重标准。从而使毛本《三国》成了《三国演义》文本中最重正统、最富文人色彩的版本。

其次，评点者对小说文本的形式体制作了整体的加工和清理，使"四大奇书"在艺术形式上趋于固定和完善。古代通俗小说源于宋元话本，因此在从话本到小说读本的进化中，其形式体制必定要经由一个逐渐变化的过程，"四大奇书"也不例外。明末清初的文人选取在通俗小说发展中具有典范意义的"四大奇书"为对象，故他们对作品形式的修订，在某种程度上即可视为完善和固定了通俗小说的形式体制，并对后世的小说创作起了示范作用。如崇祯本《金瓶梅》删去了"词话本"中的大量词曲，使带有明显"说话"性质的《金瓶梅》由"说唱本"演为"说散本"。再如《西游证道书》对百回本《西游记》中人物"自报家门式"的大量诗句也作了删改，从而使作品从话本的形式渐变为读本的格局。对回目的修订也是此时期小说评改的一个重要方面，如毛氏批本《三国演义》"悉体作者之意而联贯之，每回必以二语对偶为题，务取精工"（《凡例》）。回目对

---

① （明）罗贯中原著，（清）毛宗岗评改：《三国演义》，上海古籍出版社1989年版，第4页。

句，语言求精，富于文采，遂成章回小说之一大特色，而至《红楼梦》达峰巅状态。

第三，评点者还对小说文本在艺术上作了较多的增饰和加工，使小说文本更加精致。这主要包括三个方面：一是补正小说情节之疏漏，通俗小说由于其民间性的特色，其情节之疏漏可谓比比皆是，人们基于对作品的仔细批读，将其一一指出，并逐一补正。二是对小说情节框架的整体调整。如金圣叹腰斩《水浒》而保留其精华部分，虽有思想观念的制约，但也包含艺术上的考虑；再如崇祯本《金瓶梅》将原本首回"景阳冈武松打虎"改为"西门庆热结十兄弟"，让主人公提早出场，从而使情节相对紧凑。三是对人物形象和语言艺术的加工，此种例证俯拾皆是，此不赘述。

二、小说改订的成因

评点者对小说文本作出改订，其生成原因是多方面的，而最主要的因素约有三端：

首先，在中国古代文学发展史上，小说尤其是通俗小说是一种地位卑下的文体，虽然数百年间小说创作极为繁盛且影响深远，但这一文体始终处在中国古代各体文学之边缘，而未真正被古代正统文人所接纳。这一现象对通俗小说发展的影响有二：一是流传的民间性，二是创作队伍的下层性。而这些又使得通俗小说始终未能得到社会的真正重视，也未能在创作者的观念中真正作为正宗的事业加以从事。就是在通俗小说进入文人独创时期的乾隆年间，人们犹然对吴敬梓发出这样的叹惋："《外史》纪儒林，刻画何工妍。吾为斯人悲，竟以稗说传。"[①] 通俗小说流传的民间性使其从创作到刊行大多经历了一段漫长的抄本流传阶段，这样辗转流传，小说在文本上的变异十分明显，而最终得以刊行的小说，由于基本以"坊刻"为主，其商业营利性又使小说的刊行颇为粗糙。这种流传上的特色使通俗小说评点在某种程度上就成了一种对小说重新修订和增饰的行为。而创作者

---

① （清）程晋芳《怀人诗》之十六，《勉行堂诗集》，《续修四库全书》据清嘉庆二十三年邓廷桢等刻本影印，上海古籍出版社 2002 年版，第 114 页。

地位的下层性又使这种行为趋于公开和近乎合法。古代通俗小说有大量的创作者湮没无闻，而其作品在很大程度上也就成了书坊能任意翻刻和更改的对象。因此小说评点能获取文本价值，其首要因素是由于小说地位之卑下，可以说，这是通俗小说在其外部社会文化环境影响下所形成的一种并不正常的现象。

其次，小说评点者对小说文本作出改订与古代通俗小说独特的编创方式也密切相关。通俗小说的编创方式在其发展进程中体现了一条由"世代累积型"向"个人独创型"发展的演化轨迹。而所谓"世代累积型"的编创方式是指有很大一部分通俗小说的创作，在故事题材和艺术形式两方面都体现了一个不断累积、逐步完善的过程，因此这种小说文本并非是一次成型、独立完成的。在明清通俗小说发展史上，这种编创方式曾是有明一代最为主要的创作方式，进入清代以后，通俗小说的编创方式虽然逐步向"个人独创型"发展，但前者仍未断绝。"世代累积型"编创方式的形成有种种因素，但最为根本的还在于通俗小说的民间性。明清通俗小说承宋元话本而来，因此宋元话本尤其是讲史在民间的大量流传成了通俗小说创作的一个重要源泉。或由雪球般滚动，经历了由单一到复杂，由简约到丰满的过程，最终成一巨帙，如《三国演义》《西游记》等；或如百川归海，逐步聚集，最后融为长篇宏制，如《水浒传》等。这种在民间流传基础上逐步成书的编创方式为小说评点获取文本价值确立了一个基本前提，我们可以简单地将此表述为"通俗小说文本的流动性"。正因是在"流动"中逐步成书的，故其成书也并非最终定型，仍为后代的增订留有较多余地；同时，正因其本身始终处于流动状态，故评点者对其作出新的增订就较少观念上的障碍。虽然评点者常常以得"古本"而为其增饰作遮眼，如金圣叹云得"贯华堂古本"并妄撰施耐庵原序，如毛氏父子云"悉依古本改正"等，但这种狡狯其实是尽人皆知的，评点者对此其实也并不太为在意。这一基本前提就为评点者在对小说进行品评时融入个人的艺术创造，提供了很大的空间和便利，而小说评点本的文本价值也便由此生成。

另外，评点者的批评旨趣也与对小说的改订有着深切的关系。评点作为一种文学批评方法本无对文本作出增饰的功能，但因了上述两层因素，故小说评点在批评旨趣上出现了一种与古代其他文学批评形态截然不同的趋向，即：评点者常常将自己的评点视为一种艺术再创造活动。金圣叹曾宣称："圣叹批《西厢记》是圣叹文字，不是《西厢记》文字。"① 他评点《水浒传》虽无类似宣言，然旨趣却是同一的。他腰斩、改编《水浒》并使之自成面目，正强烈地体现了这种批评精神。张竹坡亦谓："我自做我之《金瓶梅》，我何暇与人批《金瓶梅》也哉！"② 哈斯宝更明确倡言："曹雪芹先生是奇人，他为何那样必为曹雪芹，我为何步他后尘费尽心血？那曹雪芹有他的心，我这曹雪芹也有我的心。"因此"摘译者是我，加批者是我，此书便是我的另一部《红楼梦》"。③ 以上言论在小说评点中有一定的代表性，虽然在整体上小说评点并非全然体现这一特色，但在那些成功的小说评点本中，这却是共同的旨趣和精神。小说评点正因有了这一种批评精神，故评点便逐渐成了批评者的立身事业，他们将自己的思想感情、审美趣味乃至生命体验都融入批评对象之中，而当作品之内涵不合其情感和审美需要时，便不惜改编作品。于是，作品文本也在这种更改中体现出了批评者的主体特性，从而确立了小说评点的文本价值。

三、改订的小说史意义

评点者对小说文本作出改订，这在中国古代文学批评中确是一个独特的现象。作为一种批评形态，小说评点"介入"小说文本实已超出了它的职能范围，故而可以说，这是一种并不正常的现象。但评价一种文化现象不应脱离特定的历史环境，如果我们将这一现象置于中国古代俗文学的发展长河中加以考察，那我们就有另一番评判了。

宋元以来，中国古代之雅俗文学明显趋于分流，从逻辑上讲，所谓雅俗文学之分流是指俗文学逐渐脱离正统士大夫文人之视野而向着民间性演进。宋元时期，这种演进轨迹是清晰可见的，宋元话本讲史、宋金杂剧南

---

① （清）金圣叹：《贯华堂第六才子书西厢记·读第六才子书西厢记法》，（清）金圣叹著，陆林辑校整理：《金圣叹全集》第2册，凤凰出版社2008年版，第865页。
② （清）张竹坡：《竹坡闲话》，刘辉、吴敢辑校：《会评会校金瓶梅（修订本）》，香港天地图书有限公司2010年版，第2102—2103页。
③ （清）哈斯宝：《〈新译红楼梦〉回批·总录》，（清）哈斯宝著，亦邻真译：《〈新译红楼梦〉回批》，内蒙古人民出版社1979年版，第135页。

戏、诸宫调等，其民间色彩都十分浓烈，且在元代结出了一朵奇葩——元代杂剧。因而从分流的态势来看待俗文学的这一段历史及其所获得的杰出成就，那我们完全有理由这样认为：中国俗文学的成就是文学走向民间性和通俗化的结果。然而，我们也应看到，民间性和通俗化诚然是俗文学在宋元以来获得其生命价值的一个重要因素，但雅俗文学之分流在很大程度上也会使俗文学逐渐失去正统士大夫文人的精心培育，而这无疑也是俗文学在其发展过程中的一大损失。因此，如何在保持民间性和通俗化的前提下求得思想价值和审美品位的提升，是俗文学在发展过程中所面临的一个重要课题。宋元以后，俗文学的发展在整体上便是朝着这一方向发展的，尤其是作为俗文学主干的戏曲和通俗小说，但两者的发展进程并不完全同步和平衡。对此，我们不妨对两者的文人化进程作一比较，并在这种比较中来确立小说评点文本价值的历史地位。

不难发现，中国古代戏曲自元代杂剧以后并未完全循着民间性和通俗化一路发展，而是比较明显地显示了一条逐渐朝着文人化发展的创作轨迹。这里所说的"文人化"有两个基本内涵：一是戏曲创作中作家"主体性"的强化，也即作家创作戏曲有其明确的文人本位性，突出表现其现实感慨、政治忧患和文人的使命感。二是在艺术上追求稳定、完美的艺术格局和相对雅化的语言风格。这种进程就其源头而言发端于元代，这便是马致远剧作对于现实人生的忧患意识和高明剧作中重视伦常、维持风化的教化意识。这两种创作意识为明代传奇作家所普遍接受，邱濬《五伦全备记》、邵璨《香囊记》等将高明《琵琶记》之风化主题引向极端，而在《宝剑记》《浣纱记》《鸣凤记》等剧作中，则是对现实人生的忧患意识作了很好的延续。由此以后，传奇文学在表现内容和形式格局等方面都顺此而发展，至万历年间，文人化倾向更为浓郁，汤显祖"临川四梦"为其代表。入清以后，文人化进程犹未终止，而在"南洪北孔"的笔下，这一文人化进程终于推向了高潮。当然，明清传奇文学的发展是一个复杂的现象，但以上简约的描述却是传奇文学发展中一条颇为明晰的主线，这条主线构成了中国古代戏曲文学中的一代之文学——文人传奇时代。

与戏曲相比较，通俗小说的文人化程度在整体上要比戏曲来得薄弱，其文人化进程也比戏曲来得缓慢。一方面，作为明清通俗小说之源头的宋元话本讲史，其本身就没有如元杂剧那样，在民间性和通俗化之中包涵文人化的素质，基本上是一种出自民间，并在民间流传的通俗艺术。故而缘此而来的明清通俗小说就带有其先天的特性，文人化程度的淡薄乃并不奇怪。同时，明清通俗小说与戏曲相比较，其文艺商品化的特性更为强烈，这种特性也妨碍了通俗小说向文人化方向发展。因此，上文所说的通俗小说"流传的民间性"和"创作队伍的下层性"无疑是一个必然的现象。当然，综观通俗小说的发展历史，其文人化进程还是有迹可寻的，尤其是它的两端：元末明初的《三国演义》《水浒传》和清乾隆时期的《红楼梦》《儒林外史》，通俗小说的文人化可说是有一个良好的开端和完满的收束，但在这两端之间，通俗小说的文人化却经历了一段漫长且缓慢的进程。正是在这种背景下，小说评点所体现的文本价值便有了突出的地位。

首先，在通俗小说的文人化过程中，小说评点者充当着一个重要的角色，这是通俗小说在很大程度上脱离正统文人精心培育的一种补偿，是通俗小说在清康乾时期迎来小说艺术黄金时代的一次重要准备。在中国俗文学的发展中，明万历年间至清初是通俗小说和戏曲发展的一个重要阶段。而这一阶段正是小说评点体现文本价值的一个重要时期，尤其是明末清初，大量出色的小说评点家和小说作家共同完成了通俗小说艺术审美特性的转型。他们改编、批评、刊刻通俗小说一时竟成风气，这大大提高了通俗小说的思想和艺术价值。这种阶段性且集合性的小说评改使通俗小说的发展迈上了一个新的台阶。

其次，在通俗小说的发展中，明代"四大奇书"有着特殊的意义，这是一组具有典范性的小说作品，在小说史上有着深远的影响。然而，"四大奇书"的文化品位也是在不断累积中逐步形成的，在这一过程中，小说评点所起的作用毋庸低估。从万历时期"李卓吾评本"对《水浒传》"忠义"内涵的倡扬，到金圣叹许《水浒传》为"才子"之书，再到明末清初评点家所标榜的"奇书"系列，可以说，"四大奇书"的文化品位在不断提升。如果说，在宋之前，唐代传奇是古代小说文人化的一个高峰，其标志在于唐代文人之"诗心"在与"故事"的结合中所表现出的灵心慧性，那么，在通俗小说的发展中，小说评点家以其才子之"文心"对作品的增饰是通俗小说文人化的一个重要环节,"四大奇书"正是这一环节中最为重要的作品。清人黄叔瑛对此评价道:"信乎笔削之能,功倍作者。"① 虽有所夸大,但也并非全然虚言。清初以来,"四大奇书"以评点家之"点定本"流行便是一个明证。

---

① （清）黄叔瑛:《第一才子书三国志序》,雍正十二年（1734）郁郁堂本《官板大字全像批评三国志》卷首。引自朱一玄、刘毓忱编:《〈三国演义〉资料汇编》,南开大学出版社2003年版,第422页。

第九章
明人对"四大奇书"的文本阐释

"四大奇书"是指《三国演义》《水浒传》《西游记》和《金瓶梅》四部明代著名的小说作品。这一名称较早见于李渔在康熙十八年（1679）为《三国志演义》所作的序言之中，[①] 而在被正式冠于"四大奇书"名称之前，这四部作品其实已经在小说传播史上逐步确立了自己的地位，成为通俗小说评价体系中的四个标志性作品。朱之蕃《三教开迷演义序》谓："顾世之演义传记颇多，如《三国》之智，《水浒》之侠，《西游》之幻，皆足以省醒魔而广智虑。"天许斋《古今小说题辞》亦谓："小说如《三国志》《水浒传》称巨观矣。"幔亭过客《西游记题辞》则称"《西游》《水浒》实并驰中原"。而夏履先《禅真逸史凡例》更将《禅真逸史》与此四部小说相比较，声称"此书旧本出自内府，多方重购始得。今编订当与《水浒传》《三国演义》并垂不朽，《西游》《金瓶梅》等方之劣矣"。峥霄主人《魏忠贤小说斥奸书凡例》还将这四部作品的题材与艺术特性作为通俗小说的四种代表性的流派特色加以看待，认为《魏忠贤小说斥奸书》"动关政务，事系章疏，故不学《水浒》之组织世态，不效《西游》之布置幻景，不习《金瓶梅》之闺情，不祖《三国》诸志之机诈"。可见，无论是褒是贬，这四部作品确乎已成为一个比较的对象和评价的标准。

"四大奇书"之名的真正确立乃是在清代，李渔《古本三国志序》之前，尝有"三大奇书"之目，西湖钓叟作于顺治庚子（1660）的《续金瓶梅集序》即谓："今天下小说如林，独推三大奇书，曰《水浒》《西游》

[①] 请参见本书第五章《明代小说学的基础观念》"五、从奇书到才子书"的相关论述。

《金瓶梅》者,何以称乎?《西游》阐心而证道于魔,《水浒》戒侠而崇义于盗,《金瓶梅》惩淫而炫情于色,此皆显言之、夸言之、放言之,而其旨则在以隐、以刺、以止之间。唯不知者,曰怪、曰暴、曰淫,以为非圣而畔道焉。"而在李渔之后,"四大奇书"之名就在小说界逐步通行了。此四书在当时享有盛誉固然与其自身的思想艺术品格密切相关,但评论者的广泛注目和极力鼓吹也是起到了关键的作用。

本章以明人对"四大奇书"的文本阐释为研究对象,选取明人最具代表性的四个视角加以梳理,以期凸显明人对"四大奇书"的文本批评在中国古代通俗小说发展进程中的地位和价值。

一、"庶几乎史":《三国演义》的文本阐释

《三国演义》的问世,标志了中国古代通俗小说的成熟,同时也昭示了一种新的小说类型——历史演义小说的成熟,并引发了一个创作历史演义小说的热潮。而明人对《三国演义》的文本阐释,亦主要从历史演义小说这一独特小说类型的创作特色入手。明人对《三国演义》的文本阐释以庸愚子于"弘治甲寅"(1494)为《三国志通俗演义》(嘉靖元年刊本)所作的序为起始。这是《三国演义》刊行后第一篇评论作品的专文,在明代《三国演义》的文本阐释中具有奠基作用,奠定了明人评《三国演义》的基本思路。即:以正史为参照,确认《三国演义》的基本特色和价值功能,并由此为历史演义小说的创作提供典则。这大致包括两方面的内涵:

一是认为《三国演义》秉承正史"劝善惩恶"之传统,寓褒贬于叙事之中,"有义存焉",它与正史一样有着同样的价值。故读《三国演义》,"则三国之盛衰治乱,人物之出处臧否,一开卷,千百载之事,豁然于心胸矣。其间亦未免一二过与不及,俯而就之,欲观者有所进益焉"。[①]具体而言,则表现为《三国演义》在叙述中所显现的历史惩戒和对人物忠奸之褒贬,其中尤为重要的是所谓的"拥刘反曹"倾向:

---

① (明)庸愚子:《三国志通俗演义序》,(明)罗贯中:《三国志通俗演义》,上海古籍出版社1994年《古本小说集成》影印嘉靖本,第5—6页。

曹瞒虽有远图，而志不在社稷，假忠欺世，卒为身谋，虽得之，必失之，万古奸贼，仅能逃其不杀而已，固不足论。孙权父子虎视江东，固有取天下之志，而所用得人，又非老瞒可议。惟昭烈，汉室之胄，结义桃园，三顾草庐，君臣契合，辅成大业，亦理所当然。其最尚者，孔明之忠，昭如日星，古今仰之；而关张之义，尤宜尚也。其他得失，彰彰可考，遗芳遗臭，在人贤与不贤，君子小人，义与利之间而已。①

庸愚子的这一评判思路对以后《三国演义》的文本阐释影响甚大，明人评《三国演义》几乎都是从这一角度入手的。如修髯子认为，《三国演义》的创作是"欲天下之人，入耳而通其事，因事而悟其义，因义而兴乎感，不待研精覃思，知正统必当扶，窃位必当诛，忠孝节义必当师，奸贪谀佞必当去，是是非非，了然于心目之下"，他并"原作者之意，缀俚语四十韵于卷端"。其中有云："今古兴亡数本天，就中人事亦堪怜。欲知三国苍生苦，请听通俗演义篇。忠烈赤心扶正统，奸回白首弄威权，须知善恶当师戒，遗臭流芳亿万年。"② 署为"李卓吾撰"的《三国志叙》则谓："外传多矣，人独爱《三国》者何？意昭烈帝崛起孤穷，能以信义结民，延缆天下第一流，托以鱼水，卒能维鼎西隅，少留炎汉之祚，殊足邑快人意。"③ 而无名氏《重刊杭州考证三国志传序》则更是在梳理"拥刘反曹"倾向的历史沿革中突出了《三国演义》的价值，其云：

《三国志》一书，创自陈寿，厥后司马文正公修《通鉴》，以曹魏嗣汉为正统，以蜀、吴为僭国，是非颇谬。迨紫阳朱夫子出，作《通鉴纲目》，继《春秋》绝笔，始进蜀汉为正统，吴、魏为僭国，于人心正而大道明，则昭烈绍汉之意，始暴白于天下矣。然因之有志不可泯没，罗贯中氏又编为通俗演义，使之明白易晓，而愚夫俗士，亦庶

---

① （明）庸愚子：《三国志通俗演义序》，（明）罗贯中：《三国志通俗演义》，上海古籍出版社1994年《古本小说集成》影印嘉靖本，第8—10页。
② （明）修髯子：《三国志通俗演义引》，同上，第4页。该文文末有"关西张子词翰之记""尚德"等印记，知修髯子即张尚德，生平不详。
③ （明）李贽：《三国志叙》，《新锲京本校正按鉴演义全像三国志传》卷首，明书林熊成冶种德堂刻本。引自朱一玄编：《明清小说资料选编》，南开大学出版社2006年版，第63页。

几知所讲读焉。①

相对而言,刊于万历年间的《三国志传评林》② 在"拥刘反曹"倾向上还不是太为明显,但对刘备、曹操品行之评价也已有一定的高下之分,兹引录部分资料如下:

"评玄德初功":斩寇之功,英雄至此而名具矣。("刘玄德斩寇立功"节)

"评玄德推辞":陶谦置酒大会,再三让位,而糜竺、陈登、文举翊赞益坚,此诚天交与之时也,而玄德乃欲自刎,愿守小沛,此诚信义大明之人也。("吕温侯濮阳大战"节)

"评荆州付玄德":刘表以荆州付玄德,此殆天赐基业也,顾乃不忍,正所谓不乘人之危者。宜其三分有二光汉烈哉。("诸葛遗计救刘琦"节)

"评操结卫弘":曹操往寻陈留,义结卫弘,用助家资,矫诏招兵以诛董卓,乃忠义之举也。("曹操起兵杀董卓"节)

"评操得臣将":曹操在山东谋臣武将,吾知人心之一时归顺矣。("曹操兴兵报父仇"节)

"评曹操截发":截发当首,以申军令,老瞒之用心何其诡也。("曹操会兵击袁术"节)

"评操送金袍":既不追其去,又赠金袍,即此可见操有宽人大○(度)之心,可作中原之主。("关云长千里独行"节)

由此可见,突出《三国演义》具有与正史同样的价值,揭示《三国演

---

① (明)无名氏:《重刊杭州考证三国志传序》,引自朱一玄编:《明清小说资料选编》,南开大学出版社 2006 年版,第 64 页。
② 《三国志传评林》二十卷、残存八卷,署"晋平阳陈寿史传"(一至七卷)、"晋平阳侯陈寿史传"(卷八),"闽文台余象斗校梓"。书分三栏,上评、中图、下文。评论部分无署名,观余氏所刊其他小说刊本,其"评林"体式均相似,故可定为余氏评本。此书不署刊刻年代,考余氏刊刻的小说评本现存有四种:《三国志传》刊于万历二十年(1592),《水浒志传评林》刊于万历二十二年(1594),《列国志传评林》刊于万历三十四年(1606),则此书之刊刻年代亦应与其相近。

义》"拥刘反曹"的正统特色是明人评价《三国演义》思想价值之主流。这对以后《三国演义》的文本阐释，尤其是清初毛氏父子评点《三国演义》有较大影响。

二是在揭示《三国演义》有着与正史同等价值的同时，指出了作为历史演义小说的《三国演义》所显现的独特性质。这也包括两个层面的内涵：

首先，《三国演义》虽"考诸国史"，"事纪其实"，以陈寿《三国志》为"范本"，但亦不是简单照搬。庸愚子云："若东原罗贯中以平阳陈寿传，考诸国史，自汉灵帝中平元年，终于晋太康元年之事，留心损益，目之曰《三国志通俗演义》。"① 其中"留心损益"一语概括了《三国演义》在处理小说与史实关系上的特色，即在"事记其实"的大前提下，对历史事件作必要的增补、删润和艺术创造。庸愚子的这一概括基本符合《三国演义》的总体特色，以后评价《三国演义》在处理小说与史实的关系上基本没有越出这一原则。如修髯子以"羽翼信史而不违"一语总结《三国演义》之特色，称《三国演义》作者在对于史实的处理方法上是将"史氏所志""隐括成编"。"隐括"，一作"檃栝"，原指矫正曲木之工具，也可指对曲木的矫正加工，引申之，则可喻对文章的修改和加工。修髯子以"隐括成篇"一语评价《三国演义》，实则指称《三国演义》在对历史史实处理上的特色。高儒《百川书志》卷六《史部·野史》评价《三国演义》的特性："据正史，采小说，证文辞，通好尚，非俗非虚，易观易入，非史氏苍古之文，去瞽传诙谐之气，陈叙百年，该括万事。"② 其中"据正史，采小说"是指作品在材料选择上的特色，而"陈叙百年，该括万事"则又揭示了作品在叙述百年史事中的处理特性。其实，所谓"据正史，采小说"正可看成为《三国演义》"留心损益"的两个侧面，"损"者，是对正史的有意删润，"益"者是将正史之外的野史传闻融入作品之中，以增强作品的感染力和艺术性。如梦藏道人《三国志演义序》所云："罗贯中氏

---

① （明）庸愚子：《三国志通俗演义序》，（明）罗贯中：《三国志通俗演义》，上海古籍出版社1994年《古本小说集成》影印嘉靖本，第4—5页。
② （明）高儒：《百川书志》卷六"史部·野史"，（明）高儒、周弘祖：《百川书志 古今书刻》，上海古籍出版社2005年版，第82页。

取其书演之,更六十五篇为百二十回。合则联珠,分则辨物,实有意旨,不发跃如。其必杂以街巷之谭者,正欲愚夫愚妇,共晓共畅人与是非之公。"①

明人对《三国演义》在处理小说与史实关系上的特色,还引发了一场关于历史演义小说创作原则的争执,基本形成了两种不同的看法,并在当时的历史演义小说创作中成为两种不同的创作潮流。② 而就《三国演义》自身评价而言,还有两位批评家的观点不容忽视,一是胡应麟,一是谢肇淛,评论史料如下:

> 古今传闻讹谬,率不足欺有识,惟关壮缪明烛一端则大可笑,乃读书之士亦十九信之,何也? 盖蹂胜国末村学究编魏、吴、蜀演义,因传有羽守邳见执曹氏之文,撰为斯说,而俚儒潘氏又不考而赞其大节,遂致谈者纷纷。案《三国志》羽传及裴松之注,及《通鉴》《纲目》,并无其文,演义何所据哉?③
>
> 《三国演义》与《残唐记》《宣和遗事》《杨六郎》等书,俚而无味矣。何者? 事太实则近腐,可以悦里巷小儿,而不足为士君子道也。④

胡应麟从小说于史实无所凭据的角度指责《三国演义》在情节上的"失实";谢肇淛则从小说过于依凭史实的角度指出《三国演义》的缺陷。两者在对于小说"虚实"关系的认识上可谓大相径庭,但由此引出的对《三国演义》的评价却异常一致。胡应麟认为《三国演义》"绝浅鄙可嗤",其与《水浒传》相比,"二书浅深工拙若霄壤之悬"。⑤ 其评价之低简直令人瞠目。而谢肇淛则因小说"事太实则近腐"而认为"俚而无

---

① (明)梦藏道人:《三国志演义序》,引自丁锡根编:《中国历代小说序跋集》,人民文学出版社1996年版,第896页。
② 参见本书第五章《明代小说学的基础观念》"四、虚实与幻奇"的相关论述。
③ (明)胡应麟:《少室山房笔丛》,上海书店出版社2001年版,第432页。
④ (明)谢肇淛:《五杂组》卷十五《事部》,《明代笔记小说大观》第2册,上海古籍出版社2005年版,第1828—1829页。
⑤ (明)胡应麟:《少室山房笔丛》,上海书店出版社2001年版,第436、438页。

味"。其实,两者之评价都有偏颇,《三国演义》在处理小说与史实的关系上乃"实中有虚""虚中有实",两者均未准确抓住《三国演义》在处理"虚实"关系上的特色,故其结论反不如庸愚子、修髯子他们来得准确到位。

其次,庸愚子认为,作为历史演义小说的《三国演义》是以独特的语言风格来叙述历史现象的,故就"通俗"而言,《三国演义》与正史相比有着更广阔的普及性;同时,《三国演义》与"言辞鄙谬"的评话相比又具有相对意义上的文学性,而为士君子所接受。庸愚子云:

> 然史之文,理微义奥,不如此,乌可以昭后世?语云:"质胜文则野,文胜质则史。"此则史家秉笔之法,其于众人观之,亦尝病焉。故往往舍而不之顾者,由其不通乎众人。而历代之事愈久愈失其传。前代尝以野史作为评话,令瞽者演说,其间言辞鄙谬,又失之于野,士君子多厌之。①

在作者看来,《三国演义》之语言正处于"正史"与"评话"之间,它在"文质"之间达到了某种平衡,而这正是历史演义小说所应有的语言风格,即"文不甚深,言不甚俗"。

"文不甚深,言不甚俗"是庸愚子为《三国演义》的语言风格所作出的概括,符合作品以浅近之文言叙述历史现象、刻画人物形象之特色。它突破了"史之文"过于"古奥"的特性,又避免了评话"言辞鄙谬"的不足,为历史演义小说乃至通俗小说的创作提供了一个典范。关于这一特点,庸愚子以后的评者没能就此对《三国演义》的评价及其他通俗小说的创作作出准确的评判,而过多强调了"俗"的一面。如修髯子在说明"史氏所志,事详而文古,义微而旨深,非通儒夙学,展卷间鲜不便思困睡"之后,就以"俗近语"概括《三国演义》的语言特色。② 无名氏《重刊杭州考证三国志传序》也以"罗贯中氏又编为通俗演义,使之明白易晓。而

---

① (明)庸愚子:《三国志通俗演义序》,(明)罗贯中:《三国志通俗演义》,上海古籍出版社1994年《古本小说集成》影印嘉靖本,第3—4页。
② (明)修髯子:《三国志通俗演义引》,同上,第1—2页。

愚夫俗士，亦庶几知所讲读焉"，①来确认《三国演义》在"通俗性"方面的特性。无名氏《新刻续编三国志序》则认为《三国演义》是"显浅其词，形容妆点"，从而完成对民众的历史普及工作。相对而言，倒是高儒在《百川书志》中对《三国演义》语言风格的评价与庸愚子颇为一致，称作品是"非史氏苍古之文，去瞽传诙谐之气"。②但这种评价在晚明的《三国演义》文本阐释中显然不占主流地位。形成这一现象的原因，或许与《三国演义》以后的历史演义小说受书坊主把持之影响有关。晚明的历史演义小说，创作虽然十分繁盛，但总体成就不高，其创作队伍以书坊主及其周围的下层文人为主，其创作也以商业传播为目的。故语言之通俗乃至浅陋是当时历史演义小说创作中的普遍现象。庸愚子以后，对《三国演义》语言特色的评判以"通俗"为标帜，或与这一背景相关，而《三国演义》"文不甚深，言不甚俗"的传统没能得到很好的延续。可观道人对此就作出了非常尖锐的批评，他在分析《三国演义》影响下，历史演义小说的创作"其浩瀚几与正史分签并架"以后，指出这些作品"悉出村学究杜撰"，"识者欲呕"，并举《列国志》为例，讥刺曰："此等呓语，但可坐三家村田塍上，指手画脚，醒锄犁瞌睡，未可为稍通文理者道也。……其他铺叙之疏漏、人物之颠倒、制度之失考、词句之恶劣，有不可胜言者矣。"这一评述虽言辞比较激烈，然也基本反映当时的创作状况。故冯梦龙创作《新列国志》有意继承《三国演义》之传统，可视为对上述创作现象的一次有意识的反拨，使读者"披而览之，能令村夫俗子与缙绅学问相参"，从而"与《三国志》汇成一家言，称历代之全书，为雅俗之巨览，即与《二十一史》并列邺架，亦复何愧？"③可见其是有意与《三国演义》相呼应的。

综上所述，明人对《三国演义》的文本阐释主要是突出了作品与正史的同等价值、在小说与史实关系上的"留心损益"和"文不甚深，言不甚

---

① （明）无名氏：《重刊杭州考证三国志传序》，引自朱一玄编：《明清小说资料选编》，南开大学出版社2006年版，第64页。
② （明）高儒：《百川书志》卷六"史部·野史"，（明）高儒、周弘祖：《百川书志 古今书刻》，上海古籍出版社2005年版，第82页。
③ （明）可观道人：《新列国志叙》，（明）墨憨斋新编：《新列国志》，上海古籍出版社1994年《古本小说集成》影印金阊叶敬池梓本，第1—20页。

俗"的语言风格三个方面，而综合这三方面的特色，即就是庸愚子所谓的《三国演义》"庶几乎史"的特性和价值。

二、"忠义"之辨：《水浒传》的文本阐释

明人对《水浒传》的文本阐释，集中之处在"忠义"二字，而将《水浒传》称之为《忠义水浒传》是明代《水浒》刊本十分普遍的现象。无论是《水浒》简本系统，还是《水浒》繁本系统，除了金圣叹《第五才子书水浒传》有意对"忠义"作出辩难之外，大部分的刊本均于《水浒传》之上冠"忠义"二字。简本如万历二十二年余氏双峰堂"评林"本，署《京本增补校正全像忠义水浒志传评林》、明宝翰堂刊本署《文杏堂批评忠义水浒全传》等；繁本如明嘉靖刊本署《京本忠义传》、明万历十七年天都外臣序新安刊本署《忠义水浒传》、明万历年间"容与堂"刊本署《李卓吾先生批评忠义水浒传》、明末四知馆刊本署《钟伯敬先生批评水浒忠义传》等。

明人以"忠义"许《水浒》英雄，较早见于李卓吾的观点。在《忠义水浒传序》一文中，李氏对此作了阐发，所谓"忠义"实则包含两个内涵：一是作品中人物及故事所显示的"忠义"内涵，即所谓的"忠于君，义于友"；二是作者创作动机所蕴含的"忠义"思想，所谓要使"忠义""在于君侧""在于朝廷"，而不在"水浒"。这一评判《水浒传》思想内涵的价值标尺在当时是较为普遍的。天海藏《题水浒传叙》云：

> 先儒谓尽心之谓忠，心制事宜之谓义。愚因曰：尽心于为国之谓忠，事宜在济民之谓义。若宋江等其诸忠者乎？其诸义者乎？当是时，宋德衰微，乾纲不揽，官箴失措，下民咨咨，山谷嗷嗷。英雄豪杰，愤国治之不平，悯民庶之失所，乃崛起山东，乌合云从，据水浒之险以为依，涣汗大号，其势吞天浴日，奔鲸骇鸳，可谓涣奔其机，涣有丘矣。不知者曰：此民之贼也，国之蠹也。嘻！不然也，彼盖强者锄之，弱者扶之，富者削之，贫者周之，冤屈者起而伸之，囚困者斧而出之，原其心虽未必为仁者博施济众，按其行事之迹，可谓桓文

仗义,并轨君子。……昔人谓《春秋》者,史外传心之要典;愚则谓此传者,纪外叙事之要览也。岂可曰此非圣经,此非贤传,而可藐之哉!①

袁无涯《忠义水浒全书发凡》亦云:

忠义者,事君处友之善物也。不忠不义,其人虽生已朽,而其言虽美弗传。此一百八人者,忠义之聚于山林者也;此百廿回者,忠义之见于笔墨者也。失之于正史,求之于稗官;失之于衣冠,求之于草野。盖欲以动君子,而使小人亦不得借以行其私,故李氏复加"忠义"二字,有以也夫。②

五湖老人在《忠义水浒全传序》中则以饱含情感的笔墨赞美了《水浒》英雄的"忠义",且认为《水浒》英雄之"忠义"源于其人内在之"血性",故"总血性发忠义事,而其人足不朽"。③

在明代文人中,对"忠义"问题唱反调的是金圣叹,他在《第五才子书水浒传·序二》中对嘉靖以来的《水浒》刊本以"忠义"命名颇为不满,并从"观物者审名,论人者辨志"的角度对此作了辨析:

观物者审名,论人者辨志。施耐庵传宋江,而题其书曰《水浒》,恶之至,迸之至,不与同中国也。而后世不知何等好乱之徒,乃谬加以"忠义"之目。呜呼!忠义在《水浒》乎哉?忠者,事上之盛节也,义者,使下之大经也。忠以事其上,义以使其下,斯宰相之材也。忠者,与人之大道也,义者,处己之善物也。忠以与乎人,义以处乎己,则圣贤之徒也。若夫耐庵所云"水浒"也者,王土之滨则有水,又在水外则曰浒,远之也。远之也者,天下之凶物,天下之所共

---

① (明)天海藏:《题水浒传叙》,《水浒志传评林》,上海古籍出版社1994年《古本小说集成》影印本,第1—4页。
② (明)袁无涯:《忠义水浒全书发凡》,引自朱一玄编:《〈水浒传〉资料汇编》,南开大学出版社2002年版,第132—133页。
③ (明)五湖老人:《忠义水浒全传序》,同上,第188页。

击也,天下之恶物,天下之所共弃也。若使忠义而在水浒,忠义为天下之凶物、恶物乎哉?且水浒有忠义,国家无忠义耶?……故夫以忠义予《水浒》者,斯人必有怼其君父之心,不可以不察也。……耐庵有忧之,于是奋笔作传,题曰《水浒》,意若以为之一百八人,即得逃于及身之诛僇,而必不得逃于身后之放逐者,君子之志也。而又妄以忠义予之,是则将为戒者而反将为劝耶?……是故由耐庵之《水浒》言之,则如史氏有《梼杌》是也,备书其外之权诈,备书其内之凶恶,所以诛前人既死之心者,所以防后人未然之心也。由今日之《忠义水浒》言之,则直与宋江之赚入伙,吴用之说撞筹,无以异也。无恶不归朝廷,无美不归绿林,已为盗者读之而自豪,未为盗者读之而为盗也。呜呼,名者,物之表也,志者,人之表也,名之不辨,吾以疑其书也,志之不端,吾以疑其人也。削忠义而仍《水浒》者,所以存耐庵之书其事小,所以存耐庵之志其事大。虽在稗官,有当世之忧焉。①

在这一段表述中,金圣叹以颇为激烈的语气批驳了以"忠义"予《水浒》这一问题。其实,金圣叹对此也是有着比较明显的矛盾的,他一方面对"盗"的行为本身是明确反对的,在《序二》中,他就表达了"当世之忧",即忧天下纷乱、揭竿而起者此起彼伏,故其评改《水浒》乃是为了"诛前人既死之心","防后人未然之心"。但在具体评述中,尤其是对《水浒》人物的评价上却并非如此。一个有趣的现象是:金圣叹在《水浒》评点中最为赞美的人物恰恰是那些造反意识最浓烈的人物,如李逵、鲁达、武松、阮小七等,而其最深恶的却是极力想招安的宋江,这一矛盾贯穿于整部金批《水浒》之中。那怎样在这一矛盾中求得评点的思想一致性呢?金圣叹大致采用了两种方式:在对于人物的评判中,金氏将人物行为的政治判断和人物个性的道德判断分开。故从政治价值出发,金圣叹反对《水浒》人物的起义行为,而从道德价值入手,人物的"真假"就成为评判人

---

① (清)金圣叹:《第五才子书水浒传·序二》,(明)施耐庵著:《第五才子书水浒传》,上海古籍出版社1994年《古本小说集成》影印金闾叶瑶池梓行本,第25—31页。

物高下的准则。前者是整体性的，后者则是具体的。故在《水浒》评点中，虽有着对于作品整体内涵的否定，但一进入具体的评述，就可明显地感受到一种由衷的赞美和充沛的情感贯穿在评点文字之中。在对于"为盗"的起因上，金氏则突出"乱自上作"，强化其"不得已而至于绿林"，并对此作了大量的评述和阐析，突出了高俅之流对梁山英雄的迫害。归结起来，金氏对所谓"盗"的认识持有一种矛盾的态度，他向往天下清明，忧世道纷乱，故其反对"造反"这种行为本身，但他更深恶那逼迫人"为盗"的社会环境，并以此为其开脱。而在具体评述中，则对《水浒》英雄表现出的率直、真挚的个体性格赞美不已。

"忠义之辨"是明人评判《水浒传》思想价值的一个中心内涵，而明人从"忠义"角度品评《水浒》实则是从作家之创作心理立论的，它已突破了当时大多以"通俗""教化"角度评判通俗小说之藩篱。这一评判角度向"内"转的趋向是明人视《水浒传》为文人创作的一个重要前提。李卓吾《忠义水浒传叙》谓：

> 太史公曰："《说难》《孤愤》，贤圣发愤之所作也。"由此观之，古之圣贤，不愤则不作矣。不愤而作，譬如不寒而颤，不病而呻吟也。虽作何观乎？《水浒传》者，发愤之所作也。①

李卓吾抬出了太史公"发愤著书"的创作观念为《水浒传》张目，认为《水浒传》之作者如"古之圣贤"一般，其创作乃"发愤之所作也"，何以"发愤"？李卓吾分析道：

> 盖自宋室不竞，冠履倒施，大贤处下，不肖处上。驯致夷狄处上，中原处下。一时君相，犹然处堂燕雀，纳币称臣，甘心屈膝于犬羊已矣。施、罗二公身在元，心在宋，虽生元日，实愤宋事。是故愤二帝之北狩，则称大破辽以泄其愤；愤南渡之苟安，则称灭方腊以泄

---

① （明）李卓吾：《忠义水浒传叙》，（明）施耐庵、罗贯中著：《容与堂本水浒传》，上海古籍出版社 1988 年版，第 1488 页。

其愤。敢问泄愤者谁乎？则前日啸聚水浒之强人也。欲不谓之忠义不可也。是故施、罗二公传《水浒》，而复以忠义名其传焉。夫忠义何以归于水浒也？其故可知也。夫水浒之众，何以一一皆忠义也？所以致之者，可知也。今夫小德役大德，小贤役大贤，理也。若以小贤役人，而以大贤役于人，其肯甘心服役而不耻乎？是犹以小力缚人，而使大力缚于人，其肯束手就缚而不辞乎？其势必至驱天下大力、大贤，而尽纳之水浒矣。则谓水浒之众，皆大力、大贤、有忠、有义之人可也。①

故在明人的观念中，《水浒传》是一部文人独创之作，而将通俗小说明确指为文人独创之作，其用意已非常明晰，文人之创作自有文人的追求而不应因文体的卑陋而藐视之，而明人正是由此来解读《水浒传》的。

三、"逸典"：《金瓶梅》的文本阐释

明人读《金瓶梅》经历了两个阶段：抄本流传阶段和刊本传播阶段，刊本还可分为"词话本"《金瓶梅词话》和"说散本"《新刻绣像批评金瓶梅》两种版本。② 从现存资料而言，《金瓶梅》的最早刊本是刻于万历四十五年（1617）的《新刻金瓶梅词话》，在这之前，抄本《金瓶梅》已在文人中传阅，并留下了较多评论文字。而在刻本刊行之后，《金瓶梅》的题跋和评点对作品作出了不少有价值的评判。

在明代，现存最早的《金瓶梅》评论文字出自袁宏道之手，而在当时影响最大的也是袁宏道的评论。袁氏评论《金瓶梅》总共留下三段文字，其一是写给董其昌的一封信，信中表达了他对《金瓶梅》的欣赏之意：

《金瓶梅》从何得来？伏枕略观，云霞满纸，胜于枚生《七发》

---

① （明）李卓吾：《忠义水浒传叙》，（明）施耐庵、罗贯中著：《容与堂本水浒传》，上海古籍出版社1988年版，第1488页。
② "词话本"和"说散本"是《金瓶梅》的两个版本系统，前者保留了浓重的说唱痕迹，后者是文人作家对"词话本"的增删写定本。《新刻绣像批评金瓶梅》一般认为刻于崇祯年间，故也称之为"崇祯本"。

多矣。后段在何处，抄竟当于何处倒换？幸一的示。①

此信写于万历二十四年（1596），时袁宏道仅从董其昌处借得《金瓶梅》半部，然读来已让袁氏颇为心醉。其二是写给谢肇淛的一封信，催讨他借与谢肇淛的《金瓶梅》抄本："仁兄近况何似？《金瓶梅》料已成诵，何久不见还也？弟山中差乐，今不得已，亦当出，不知佳晤何时？葡萄社光景，便已八年，欢场数人如云逐海风，倏尔天末，亦有化为异物者，可感也！"②袁宏道何时得读《金瓶梅》全本已不得而知，但他把《金瓶梅》评为"逸典"在当时影响很大，袁氏评论《金瓶梅》的第三段文字见于《觞政·十之掌故》：

> 凡《六经》《语》《孟》所言饮式，皆酒经也，其下则汝阳王《甘露经》《酒谱》、王绩《酒经》、刘炫《酒孝经》《贞元饮略》，窦子野《酒谱》、朱翼中《酒经》、李保绩《北山酒经》、胡氏《醉乡小略》、皇甫崧《醉乡日月》、侯白《酒律》，诸饮流所著记传赋诵等为内典。《蒙庄》《离骚》《史》《汉》《南北史》《古今逸史》《世说》《颜氏家训》、陶靖节、李、杜、白香山、苏玉局、陆放翁诸集为外典。诗余则柳舍人、辛稼轩等，乐府则董解元、王实甫、马东篱、高则诚等，传奇则《水浒传》《金瓶梅》等为逸典。不熟此典者，保面瓮肠，非饮徒也。③

袁氏所云"内典""外典"为佛教用语，佛教徒称佛教典籍为"内典"，佛教以外的典籍为"外典"。袁氏在此乃化用佛教语汇，言所谓"饮徒"的三类必读之书，即："诸饮流所著记传赋诵等为内典"，《庄》《骚》《史》《汉》等为"外典"，而词曲、小说之佳者则为"逸典"。所谓"饮徒"者，也非"保面瓮肠"之酒肉之徒，而是诗酒风流的文人雅士。在他

---

① （明）袁宏道：《与董思白书》，（明）袁宏道著，钱伯城笺校：《袁宏道集笺校》，上海古籍出版社1981年版，第289页。
② （明）袁宏道：《与谢在杭书》，同上，第1596—1597页。
③ （明）袁宏道：《觞政·十之掌故》，同上，第1419页。

看来，区分酒肉之徒与文人雅士之标准就在于是否熟读"逸典"，其对通俗词曲、小说的褒扬之心可谓昭然。

"逸典"一词在古代文献中一般是指散逸的典籍。此语词较早见于梁湘东王"访酉阳之逸典"一语，"酉阳"即小酉山，山上石穴中有书千卷，相传秦人于此而学。① 唐人段成式撰《酉阳杂俎》，《新唐书·段成式传》称其"博学强记，多奇篇秘籍"，故以家藏秘籍与酉阳逸典相比附。元人汤舜民以"逸典"与"奇书"相比并，其《题梧月堂·随煞尾》云："休言五柳夸幽胜，未羡三槐播令名。自是高人乐意萦，衿带仙家白玉京。无竹无丝乱视听，逸典奇书自幽咏。料得无因驻清景，栖息盘桓不暂停，不由人踏破琼瑶半阶影。"② 清人赵翼亦有诗云："逸典能抄四百篇，不烦十吏校丹铅。谁知书籍归王粲，翻赖流离一女传。"③ 可见"逸典"一词均指散逸之典籍。将"逸典"一词用以对文学作品的价值评判在古代文献中则比较少见，然与此相近之"逸品"却是古代文艺批评中颇为常见的术语，在古代书品、画品、词品、曲品中屡屡出现，成为文艺批评中一种独特的品第和审美标准，袁宏道以"逸典"一词评判《金瓶梅》或与此相关。

我们且以曲品为例作一分析，晚明祁彪佳撰《远山堂曲品》《剧品》分"妙、雅、逸、艳、能、具"六品评判传奇、杂剧，"逸品"在六品中位列第三。何谓"逸品"？祁彪佳未作文字解释，但在其具体评判中可约略窥见一二。观祁氏之所谓"逸品"，其特色约有三个方面：一曰"逸韵"，所谓"游戏词坛"又有所寄托。如评吕天成《二媱》："不知者谓吕君作此，实以导淫，非也。暴二媱之私，乃以使人耻，耻则思惩矣。……此郁蓝游戏之笔。"（《曲品·逸品》）评董玄《文长问天》："牢骚怒骂，不减《渔阳三弄》，此是天孙一腔磈礧，借文长舒写耳。吾当以斗酒浇之。"（《剧品·逸品》）二曰"逸笔"，所谓"刻露之极""摹拟入神"。如评冯惟敏《僧尼共犯》："本俗境而以雅调写之，字句皆独创者，故刻画之极，

---

① 参见《太平御览》卷四十九。
② （元）汤舜民：《题梧月堂·随煞尾》，引自隋树森编：《全元散曲》，中华书局1964年版，第1488页。
③ （清）赵翼：《题吟芗所谱蔡文姬归汉传奇》，（清）赵翼著、李学颖、曹光甫校点：《瓯北集》，上海古籍出版社1997年版，第196页。

渐近自然。此与风情二剧，并可作词人谐谑之资。"（《剧品·逸品》）评吕天成《缠夜帐》："以俊仆狎小鬟，生出许多情致。写至刻露之极，无乃伤雅！然境不刻不现，词不刻不爽，难与俗笔道也。"（《剧品·逸品》）三曰"逸趣"，所谓"啼笑纸上，字字解颐"。如评汪廷讷《狮吼》："初止一剧，继乃杂引妒妇诸传，证以内典，而且曲肖以儿女子絮语口角，遂无境不入趣矣。"（《曲品·逸品》）评白凤词人《秦宫镜》："传崔、魏者详核易耳，独此与《广爱书》得避实击虚之法，偏于真人前说假话。内如《儒秽》《祠沸》数折，尤为趣绝。"（《曲品·逸品》）① 故综合上述内涵，所谓"逸品"在祁氏的心目中是指那种别有寄托、描写细腻、趣味独绝的文学作品。

袁宏道以"逸典"评价《金瓶梅》或与"逸品"这一文艺批评传统相关，他所要突出的或许正是《金瓶梅》所表现出的那种蕴含讥刺寄托、描写细腻刻露的艺术特色，而其评价《金瓶梅》"胜于枚生《七发》多矣"亦可作为一个旁证。枚乘《七发》铺张扬厉、刻露细腻和"劝百讽一"的特色实与《金瓶梅》之笔法、宗旨有相近之处。

袁氏评《金瓶梅》为"逸典"在当时颇有影响，现存的明代《金瓶梅》评论史料大多提及袁氏的这一说法。如屠本畯云："不审古今名饮者，曾见石公所称逸典否？"② 谢肇淛谓："《溱洧》之音，圣人不删，则亦中郎帐中必不可无之物也。"③ 沈德符亦谓："袁中郎《觞政》以《金瓶梅》配《水浒传》为外典。"④ 可见袁氏的所谓"逸典"已成为明人批评《金瓶梅》的一个重要品第和准则，这一品第和准则深深影响了明人批评《金瓶梅》的思路和内涵。

如在推测《金瓶梅》之作者及其创作主旨时，明人一般倾向于《金瓶梅》出自文人之手。屠本畯谓："相传嘉靖时，有人为陆都督炳诬奏，朝

---

① （明）祁彪佳著，黄裳校录：《远山堂明曲品剧品校录》，古典文学出版社1957年版，第9—10、195、187、188、14、17页。
② （明）屠本畯：《山林经济籍》，引自黄霖编：《金瓶梅资料汇编》，中华书局1987年版，第231页。
③ （明）谢肇淛：《金瓶梅跋》，（明）谢肇淛撰，江中柱点校：《小草斋文集》，福建人民出版社2009年版，第517页。
④ （明）沈德符：《万历野获编》，《明代笔记小说大观》第3册，上海古籍出版社2012年版，第549页。

廷籍其家,其人沉冤,托之《金瓶梅》。"① 谢肇淛谓:"相传永陵中有金吾戚里,凭怙奢汰,淫纵无度,而其门客病之,采摭日逐行事,汇以成编,而托之西门庆也。"② 沈德符谓:"闻此为嘉靖间大名士手笔,指斥时事,如蔡京父子则指分宜,林灵素则指陶仲文,朱勔则指陆炳,其他各有所属云。"③ 而东吴弄珠客《金瓶梅序》和欣欣子《金瓶梅词话序》则明确认定《金瓶梅》乃"有意""有谓"而作。在对于《金瓶梅》艺术特性的评价中,明人均突出了作品"穷极境象""赋意快心"的特色。其中以谢肇淛《金瓶梅跋》一文的概括最为精彩,谢氏云:

> 书凡数百万言,为卷二十,始末不过数年事耳。其中朝野之政务、官私之晋接、闺闼之媟语、市里之猥谈,与夫势交利合之态、心输背笑之局、桑间濮上之期、尊罍枕席之语、骈俭之机械意智、粉黛之自媚争妍、狎客之从谀逢迎、奴伥之稽唇淬语,穷极境象,骇意快心。譬之范工抟泥,妍媸老少,人鬼万殊,不徒肖其貌,且并其神传之,信稗官之上乘,炉锤之妙手也。其不及《水浒传》者,以其猥琐淫媟,无关名理,而或以为过之者。彼犹机轴相放,而此之面目各别,聚有自来,散有自去,读者意想不到,唯恐易尽。此岂可与褒儒俗士见哉?④

这一段评述高度概括了《金瓶梅》刻露细腻的艺术特性,指出了作者的笔触广泛涉及了社会的各个层面,并作出了细致真实的描绘。《金瓶梅》的这一特色确乎在中国小说的发展史上独树一帜,对后世的小说创作,尤其是人情小说一脉产生了深远的影响。但这一小说史上的新创之举也因其

---

① (明)屠本畯:《山林经济籍》,引自黄霖编:《金瓶梅资料汇编》,中华书局1987年版,第231页。
② (明)谢肇淛:《金瓶梅跋》,(明)谢肇淛撰,江中柱点校:《小草斋文集》,福建人民出版社2009年版,第517页。
③ (明)沈德符:《万历野获编》,《明代笔记小说大观》第3册,上海古籍出版社2012年版,第549页。
④ (明)谢肇淛:《金瓶梅跋》,(明)谢肇淛撰,江中柱点校:《小草斋文集》,福建人民出版社2009年版,第517页。

"琐碎""繁杂"而曾遭人诟病,如署为"陇西张誉无咎父题"的《天许斋批点北宋三遂平妖传序》即评其"如慧婢作夫人,只会记日用帐簿,全不曾学得处分家政"。① 其所讥刺的正是作品写实细腻的创作特色。但更多的评论者则对此予以赞美,肯定了作品的艺术创新,袁中道谓其"琐碎中有无限烟波,亦非慧人不能"。② 宋起凤则认为"《金瓶梅》全出一手,始终无懈气浪笔与牵强补凑之迹,行所当行,止所当止。奇巧幻变,媸妍、善恶、邪正、炎凉情态,至矣!尽矣!"故其作者"谓之一代才子,洵然!"③ 而《新刻绣像批评金瓶梅》的评者更认为《金瓶梅》是一部"世情书","此书只一味要打破世情,故不论事之大小冷热,但世情所有,便一笔刺入"。其"写世态炎凉,使人欲涕欲笑","摹写展转处,正是人情之所必至,此作者之情神所在也",故"若诋其繁而欲损一字者,不善读书者也"。④

总之,袁宏道拈出"逸典"一词评论《金瓶梅》,实则为《金瓶梅》的艺术创新和独特的表现方式予以了充分的肯定,同时也为《金瓶梅》的传播廓清了观念上的障碍。这一对《金瓶梅》独特的文本阐释和价值定位在中国小说史上产生了积极的影响。

四、"求放心":《西游记》的文本阐释

明人对《西游记》的评论以万历二十年(1592)南京书坊世德堂首次刊出《西游记》为起始。而对《西游记》的文本阐释一开始就有了一个较高的定位,将其视为有着独特思想内涵、又以特殊艺术手法加以表现的"寓言式"的优秀小说作品。陈元之《西游记序》谓:

---

① (明)张誉:《平妖传叙》,引自丁锡根编:《中国历代小说序跋集》,人民文学出版社 1996 年版,第 1347 页。
② (明)袁中道:《游居柿录》,(明)袁中道著,钱伯城点校:《珂雪斋集》,上海古籍出版社 1989 年版,第 1316 页。
③ (清)宋起凤:《王弇州著作》,引自黄霖编:《金瓶梅资料汇编》,中华书局 1987 年版,第 237 页。
④ (清)李渔评点:《新刻绣像批评金瓶梅》,(清)李渔著,萧欣桥、黄霖等整理:《李渔全集》(第十四册),浙江古籍出版社 2014 年版,第 621、419、37 页。

太史公曰："天道恢恢，岂不大哉！谭言微中，亦可以解纷。"庄子曰："道在屎溺。"善乎立言！是故"道恶乎往而不存，言恶乎存而不可"。若必以庄雅之言求之，则几乎遗《西游》一书。①

立言之道是多元的，不必非得以"庄雅之言"出之，就如太史公评价先秦优人那样，"谭言微中，亦可以解纷"，又如《庄子》一书，寓"至理"于寓言卮言之中。而《西游记》正是继承了这一传统："余维太史、漆园之意，道之所存，不欲尽废，况中虑者哉？故聊为缀其轶叙叙之，不欲其志之尽堙，而使后之人有览，得其意忘其言也。"故以"庄雅之言"衡量《西游记》，就不能揭示出《西游记》的真实价值。对于《西游记》的特色和价值，陈元之进而分析道：

彼以为浊世不可以庄语也，故委蛇以浮世。委蛇不可以为教也，故微言以中道理。道之言不可以入俗也，故浪谑笑虐以恣肆。笑谑不可以见世也，故流连比类以明意。于是其言始参差而俶诡可观；谬悠荒唐，无端崖涘，而谭言微中，有作者之心傲世之意。夫不可没也。②

陈元之化用《庄子》之语评价《西游记》之特色，由此为《西游记》的文本阐释确立了一个准则。由于世德堂本《西游记》在《西游记》版本史上的影响，后代对于《西游记》的评论几乎都以陈元之序为标尺，而以阐释《西游记》所蕴涵的哲理内涵为其基本特色。《西游记》"亦有至理存焉"，③"《西游记》作者极有深意"，④"《西游记》，一部定性书，《水浒传》，一部定情书，勘透方有分晓"，⑤《西游记》"游戏之中，暗传密谛"。⑥ 这类

---

① （明）陈元之：《西游记序》，引自朱一玄、刘毓忱编：《〈西游记〉资料汇编》，南开大学出版社2002年版，第225页。
② 同上。
③ （明）谢肇淛：《五杂组》卷十五《事部》，《明代笔记小说大观》第2册，上海古籍出版社2005年版，第1828—1829页。
④ （明）盛于斯：《休庵影语·西游记误》，引自朱一玄、刘毓忱编：《〈西游记〉资料汇编》，南开大学2002年版，第316页。
⑤ （明）吴从先：《小窗自纪》，上海古籍出版社2016年版，第196页。
⑥ （明）吴承恩著，（明）李贽评：《西游记》（李卓吾评本），上海古籍出版社1994年版，第252页。

表述在《西游记》的评论中不绝如缕，构成了明代《西游记》文本阐释的一个中心内涵。

关于《西游记》所蕴涵的哲理内涵，明人的阐释基本一致，都认为《西游记》所蕴涵的是有关心性修养的哲理。此说最早也出自陈元之的《西游记序》，陈氏引《西游记》原序谓：

> 其叙以为孙，狲也，以为心之神；马，马也，以为意之驰；八戒，其所戒八也，以为肝气之木；沙，流沙，以为肾气之水；三藏，藏神藏声藏气之三藏，以为郛郭之主；魔，魔，以为口耳鼻舌身意恐怖颠倒幻想之障。故魔以心生，亦以心摄。是故摄心以摄魔，摄魔以还理。还理以归之太初，即心无可摄。……此其以为道之成耳。此其书直寓言者哉！①

从序文的语气来看，陈元之显然同意原序的思想，也把表现心性修养的哲理看成为《西游记》的中心内涵。故在陈氏看来，《西游记》的人物及其行为正暗喻着人的心性修炼的过程。这一观点在明代的《西游记》评论中颇为流行，谢肇淛谓：

> 《西游记》曼衍虚诞，而其纵横变化，以猿为心之神，以猪为意之驰，其始之放纵，上天下地，莫能禁制，而归于紧箍一咒，能使心猿驯伏，至死靡他，盖亦求放心之喻，非浪作也。②

袁于令亦谓：

> 文不幻不文，幻不极不幻。是知天下极幻之事，乃极真之事；极幻之理，乃极真之理。故言真不如言幻，言佛不如言魔。魔非他，即我

---

① （明）陈元之：《西游记序》，引自朱一玄、刘毓忱编：《〈西游记〉资料汇编》，南开大学出版社2002年版，第225页。
② （明）谢肇淛：《五杂组》卷十五《事部》，《明代笔记小说大观》第2册，上海古籍出版社2005年版，第1829页。

也。我化为佛,未佛皆魔。魔与佛力齐而位逼,丝发之微,关头匪细。摧挫之极,心性不惊。此《西游》之所以作也。说者以为寓五行生克之理,玄门修炼之道。余谓三教已括于一部,能读是书者,于其变化横生之处引而伸之,何境不通,何通不洽?而必问玄机于玉匮,探禅蕴于龙藏,乃始有得于心也哉?①

而《李卓吾先生批评西游记》一书可谓通篇均以此为宗旨来阐释《西游记》之内涵。评者开首即谓:"读《西游记》者,不知作者宗旨,定作戏论。余为一一拈出,庶几不埋没了作者之意。……篇中云《释厄传》,见此书读之可释厄也。若读了《西游》厄仍不释,却不辜负了《西游记》么?何以言释厄?只是能解脱便是。"而何以解脱?只在一"心":"'心生种种魔生,心灭种种魔灭。'一部《西游记》,只是如此,别无些子剩却矣。"认为此一语乃整部《西游记》之"宗旨"。在第一回"灵台方寸山"和"斜月三星洞"二语旁,评者加批曰:"灵台方寸,心也。""斜月象一勾,三星象三点,也是心。言学仙不必在远,只在此心。"② 明确认定《西游记》之宗旨乃在于人的心性修养。而在具体评述中,评者更是不断申述这一观点,如:

> 齐天筋斗,只在如来掌上,见出不得如来手也。如来非他,此心之常便是。妖猴非他,此心之变便是。饶他千怪万变,到底不离本来面目。
> 此回极有深意。吾人怒是大病,乃心之奴也,非心之主也。一怒此心便要走漏惩忿,不迁怒,此圣学之所拳拳也。读者着眼。
> 谁为火焰山?本身烦热者是。谁为芭蕉扇,本身清凉者是。作者特为此烦热世界下一帖清凉剂耳。读者若作实事理会,便是痴人说梦。③

---

① (明) 袁于令:《西游记题辞》,(明) 吴承恩:《西游记》(李卓吾评本),上海古籍出版社1994年版,第1页。
② (明) 吴承恩著,(明) 李贽评:《西游记》(李卓吾评本)第一回总评、第十三回评语、第一回侧批,上海古籍出版社1994年版,第14、168、11页。
③ (明) 吴承恩著,(明) 李贽评:《西游记》(李卓吾评本)第七回总评、第五十六回评语、第六十一回总批,上海古籍出版社1994年版,第89、760、826页。

综合以上论述，我们不难看出，明人对《西游记》的文本阐释均落脚于《西游记》所蕴涵的心性修养这一哲理层面，并以此来解读《西游记》的思想内涵与思想价值。认为《西游记》正是通过降妖伏魔的情节变化来说明人的心性修炼过程，即通过修炼自己的心性而达到无心无摄的太初境界。所谓"求放心"，即是这一哲理内涵的明确注脚。"求放心"一语最早出自《孟子·告子上》：

> 孟子曰："仁，人心也。义，人路也。舍其路而弗由，放其心而不知求，哀哉！人有鸡犬放，则知求之，有放心而不知求，学问之道无他，求其放心而已矣。"①

要理解孟子的"求放心"，必先说明孟子关于"心"的内涵。"心"是《孟子》中的一个重要概念，《孟子》一书，"心"字纷出，其使用时的涵义有所差异，但主要是指人的主体道德心，如良心、本心等。在孟子看来，人的"道德心"是本然的、天成的，非由外铄。"孟子曰：'人皆有不忍人之心。先王有不忍人之心，斯有不忍人之政矣；以不忍人之心，行不忍人之政，治天下可运之掌上。所以谓人皆有不忍人之心者，今人乍见孺子将入于井，皆有怵惕恻隐之心，非所以内交于孺子之父母也，非所以要誉于乡党朋友也，非恶其声而然也。由是观之，无恻隐之心，非人也；无羞恶之心，非人也；无辞让之心，非人也；无是非之心，非人也。'"而人的"仁义礼智"的所谓道德规范正是来源于"道德心"，其云："恻隐之心，仁之端也；羞恶之心，义之端也；辞让之心，礼之端也；是非之心，智之端也。人之有是四端也，犹其有四体也。"② 即所谓的"仁义礼智根于心"。③

明白了孟子关于"心"的涵义，我们就可对孟子的"求放心"作出解释了。其实，孟子"求放心"之"心"即为"道德心"，所谓"放心"即

---

① （清）焦循撰，沈文倬点校：《孟子正义》卷二十三《告子章句上》，中华书局1987年版，第786页。
② 《孟子正义》卷七《公孙丑章句上》，同上，第232—235页。
③ 《孟子正义》卷二十六《尽心章句上》，同上，第906页。

是孟子所言的"放其良心"和"失其本心",而"求放心"就是把迷失的本性即"道德心"找回来。需要指出的是,孟子认为,人人都有善端,"道德心"是人所固有的,所以"求放心"在于向内做文章,也就是"存性""养心"。而"养心莫善于寡欲,其为人也寡欲,虽有不存焉者,寡矣;其为人也多欲,虽有存焉者,寡矣"。① 在孟子看来,具有善端的人,如果不保养善性,而放纵自己的私心所欲,扩张这种欲望,那便成了恶。因此寡欲对于养心、存性至为重要。

由此可见,明人以"求放心"之理论评价《西游记》,从心性修养角度解读《西游记》之宗旨及其蕴涵的哲理是较为普遍的,且已成为传统。这一现象的出现并不偶然,它一方面与《西游记》自身的思想内涵有关,同时,也与明中叶以来思想文化所形成的独特风潮密切相关。

就《西游记》自身而言,作为一部神魔小说,《西游记》所表现的西天取经故事,确是在虚幻的神话表象下,蕴涵着人对自身信仰、意志、心性的挑战和升华,因而西天取经的艰难历程何尝不可看成是对人的信仰、意志和心性的考验、挑战和升华呢!这一"隐喻"在作品中的存在可以说是显见的,不言而喻的;而明人对这一现象的揭示确实与作品的自身特色相吻合,因为所谓"宗旨""深意""至理""密谛"者就是指作品在情节表象之外所蕴涵的深层次的哲理和思想。明人透过《西游记》"闹热"的故事表象,而直取其精髓和精神,可谓别具只眼。当然,明人对《西游记》所蕴涵的心性修养情有独钟,与当时的时代风潮密切相关。宋元以来,尤其是明中叶以后,儒释道三教在思想上逐步融合,即所谓"三教归一"。"归一",在当时最为明显的趋向是"三教"在"互借""互渗"中都讲求性命之学,都在"心"字上作文章,认为"心性之学"是"三教"的"共同之源"。禅宗讲究"即心是佛",阳明"心学"以"致良知"为其精髓,而道教也以"心性修炼"为其主要功课。这种"三教"归于"心性"的现象乃当时的时代风潮,其借助发掘自我生命去体悟天地本根真谛的思路深深地影响着当时的文学创作和文学批评。《西游记》的创作是如此,对《西游记》的文本阐释同样也是如此。我们甚至可以说,正是在《西游

---

① (清)焦循撰,沈文倬点校:《孟子正义》,中华书局1987年版,第1017页。

记》这部以宗教为外壳的神魔小说中，明人看到了时代风潮对《西游记》的影响，同时又借助《西游记》这一文本来阐明这一风行于当时的时代主题。[①] 明人对《西游记》文本阐释的这一特色在后世影响很大，清人对《西游记》的文本阐释在内容上虽有所变化，但思路是同一的，一以贯之的。

[①] 本段内容参考了杨义《中国古典小说史论》（中国社会科学出版社1995年版）第十三章《西游记：中国神话文化的大器晚成》的相关内容，文中对上述问题有比较详细的论述，可参阅。

第十章
明代小说评点的兴起与繁盛

评点是中国古代文学批评的一种重要形式，它发端于诗文，盛行于小说、戏曲领域，是中国古代颇富民族特性的文学批评体式，在中国文学史、文学批评史、文学传播史上都产生了深远的影响。尤其在白话小说领域，评点与古代白话小说的创作、理论批评和出版传播结下了难解之缘。评点是中国古代小说批评的主体形式，已是一个不争的事实。就文学批评史角度而言，宋以来的诗学以传统诗话为主要体式，评点只是其中一脉分支，虽流传广远，但并不居于主导地位。明清曲学也以曲律、曲话为基本形式，戏曲评点虽十分兴盛，并出现了如金批《西厢》、毛批《琵琶》和"吴吴山三妇"评点《牡丹亭》等评点名作；但就总体而言，由于戏曲艺术独特的体制所限，专注于文学赏评的戏曲评点与戏曲艺术的自身特性还颇多间隔，因而常常遭人讥评。而小说评点则不然，小说评点是古代小说批评的主体形态，不仅数量繁多，且名家名作不绝，可以说，小说评点中的理论思想是古代小说理论批评的主体。

一、小说评点释义

小说评点真正起始并获得广泛声誉乃是在明代。故在正面叙述明代小说评点之前，我们对"评点"与"小说评点"等相关术语略加梳理和辨证，并在此基础上确定本书的"评点"义界。

近年来，随着文学评点越来越受到研究者的重视，对于"评点"的定义阐释渐多，歧义也不断出现。从整体而言，今人对于"评点"的理解大多持一种传统的观念，即"评点"就是一种特殊的文学批评方式，其中"评"是一种与文学作品勾连在一起的批评文字，"点"即为圈点。但也有一些研究者为"评点"作出了新的界定，其中较有代表性的有这样几种意见：一种意见认为，"评点的含义有广、狭之分，狭义的评点专指批点结合的形式，离开作品的评论不包括在内。广义的评点是开放的概念，凡是对作家和作品的评论都可以纳入评点学范畴"，故"评点"的"常用语则有'批''评'之分，'批'也是'评'，但'批'在形式上必须与被批作品结合，离开原作则无从批，而'评'在形式上是可以脱离原作的"。[①] 这种意见将文学评点分为狭义和广义两种内涵，在用词上亦将"批"与"评"分开，看似对"评点"的内涵作出了精细的界定，实则混乱了文学评点的实际内涵，将评点这一特殊的文学批评形式作了无限制的扩大。按照这种意见，所谓"评点"实际等同于一般的文学批评，这种界定也就"抽去"了评点作为文学批评形式之一种的特殊性。这样，所谓评点史研究就在某种程度上可以取代文学批评史研究，这种观念显然不合理。另一种意见则对文学评点的研究作了反思，指出对于评点的研究，"我们过去常强调其批评的一面，即认为它是对文学进行批评和评议的一种形式，表达自己文学观念的一种方式"。认为这种研究"并不完整"。并将文学评点这一概念在语序上作了调整，以"评点文学"替代了以往的"文学评点"。那什么是"评点文学"呢？研究者作了这样的界定："评点文学是一种由批评和文学作品组合而成又同时并存的特殊现象，具有批评和文学的双重含意。它既是一种批评方式，同时又是一种文学形式；既是一种与文学形式密切相关、结合在一起的文学批评形式，同时又是一种含有批评成分、与批评形式连为一体的文学形式。因为通常来说，文学批评和文学作品尽管都属文学领域之内，但却是两种属性，两种文本。而评点文学则是把这两种不同属性的文学现象组合在一起。所以，评点文学是一种兼有文学批评和文学作品双重属性的特殊文学形态。"并认为在"评点文学"这一概念中，"评点"与"文学"二词之间的关系"既不是偏正关系，也不是动宾关系，而

[①] 朱世英等：《中国散文学通论》，安徽教育出版社1995年版，第907—908页。

是一种并列关系","兼有批评方式和文学样式相结合的双重含义"。① 以"评点文学"取代"文学评点"其实并不仅仅是一种语词的调整问题，涉及对评点这一形式的性质界定。对这一界定我们也不能苟同，因为在中国文学中，并不存在"评点文学"这一"特殊文学形态"，而所谓"评点文学"实际只是"带有评点的文学作品"，包括诗词、散文、戏曲、小说等众多文体。这不能说是一种"文学形态"，而是文学传播中的特殊"文本形态"。至于说"评点文学"兼有"文学批评和文学作品双重属性"更易混淆评点的特殊性质，在中国文学批评中，兼有双重属性的文学批评形式有，但不是评点，而是那些以文学形式表达创作思想的批评文字，如陆机《文赋》、杜甫《戏为六绝句》等。故把评点与作品本身勾连在一起，一方面混淆了两者的性质，同时也不利于对评点作出深入的研究。还有一种意见是对评点这一形式作了望文生义的阐释和推演，认为："所谓'评点'，'评'是指评议，'点'是指'一语点破'的意思——这个'破'，如'读书破万卷'之'破'，禅语的'悟破'之'破'。中国的诗论、文论，向来有以禅议诗、以禅议文的论法，'一点即破'，即有这种'一棒喝破如灌醐醒'的意味。评点的'点'，正有这个经'点破'而'妙悟'的意思，也是论禅之法在小说领域的借用。"② 这种界定只能说是一家之言，有一定道理，但缺乏相应的文献依据，因为在中国文学评点史上，"点"的义界是基本固定的，即圈点。

本书对"评点"作出如下界定：

1. 评点是中国古代文学批评的一种重要形式，与"话""品"等一起共同构成古代文学批评的形式体系。这种批评形式有其独特性，其中最为重要的是批评文字与所评作品融为一体，故只有与作品连为一体的批评才称之为评点，其形式包括序跋、读法、眉批、旁批、夹批、总批和圈点。

2. 正因为评点与所评作品融为一体，故带有评点的文学作品成了一种独特的文本形式，这种文本一般称之为"评本"；"评本"是文学作品在其传播过程中一种特殊的文本形态，而非"文学形态"，这种文本形态对中

---

① 孙琴安：《中国评点文学史》，上海社会科学院出版社 1999 年版，第 1—2 页。
② 白盾：《说中国小说的评点样式》，《艺谭》1985 年第 3 期，第 53 页。

国文学批评史的研究和中国文学传播史的研究有重要价值。

3. 评点在总体上属于文学批评范畴,是一种对文学作品的评价、判断和分析,但在古代文学批评史上,评点在俗文学领域如戏曲和通俗小说则越出了文学批评的疆界,介入了对作品本身的修订和润色,这也是一个不可忽视的现象。

二、小说评点与传统文学批评

中国古代文学批评源远流长,而文学批评之形式也是不断变更、丰富多样的。一般认为,先秦时期的文学批评蕴含在诸子思想之中,两汉文学批评则大多为经学之附庸,而魏晋南北朝乃文学批评之自觉时期,这"自觉"实则也包含着批评形式之独立。《四库全书总目》云:"文章莫盛于两汉,浑浑灏灏,文成法立,无格律之可拘。建安黄初,体裁渐备,故论文之说出焉,《典论》其首。其勒为一书,传于今者,则断自刘勰、钟嵘。勰究文体之源流,而评其工拙;嵘第作者之甲乙,而溯厥师承,为例各殊。至皎然《诗式》,备陈法律,孟棨《本事诗》旁采故实,刘攽《中山诗话》、欧阳修《六一诗话》又体兼说部。后所论者,不出此五例中矣。"①《总目》对中国古代文学批评之产生和文学批评主要体式的概括基本成立。但无视南宋以来业已流行的文学评点形式则令人遗憾,② 实际上,文学评点一方面在两宋以来已涉及了多种重要文体,如诗、文、小说和戏曲等,且各自出现了许多重要的评点著作;同时,小说评点与传统文学批评之间有着千丝万缕的联系,厘清其中的关系对认识小说评点的特性也是一个不容忽视的内涵。

1. 小说评点与"注释"

与所评作品勾连在一起的评点方式源于对典籍的注释,而在中国古代,最早得以注释的一批典籍是儒家的经典,即"六经":《易》《书》《诗》《春

---

① (清)永瑢等:《四库全书总目》,中华书局1965年版,第1779页。
② 《提要》没有在《诗文评序》中列评点为文学批评重要形式之一,南宋以来的诗文评点著作则在"总集提要"中加以论述,然对评点形式本身亦殊少论及。

秋》《礼》《乐》。"经"在中国古代有着崇高的地位,所谓"恒久之至道,不刊之鸿教也"。① 故中国古代的注释是由注经开始的,而经学也成了古代最为显赫的学问,并形成了系统的方法和术语。清顾炎武云:"先儒释经之书,或曰'传',或曰'笺',或曰'解',或曰'学',今通谓之'注'。……其后儒辨释之书,名曰'正义',今通谓之'疏'。"② 其实名称还远不止此,如"章句""章指""音义""校""证""订""诠""诂""训"等。

经注正式开始于西汉时期,据《汉书·艺文志》记载,西汉时期的经注已有一定的规模,而随着儒家典籍逐渐成为国家的法定经典,一方面所谓"经"的领域在不断扩大,同时经注也成了传统的显学,在中国古代延续了数千年历史。仅《四库全书总目》所著录的经学著作就有一千七百多种,这还不包括未著录或散佚的著作以及《四库全书》以后的经学著作。③所谓"经注"乃对于经典"文本"的诠释,但不仅仅是对于经典词语的解释,它包括释词义、句义、揭示义理乃至概括文本主旨。这在《春秋》"三传"中已有表现,如《左传》重在史实的叙述,《公羊传》《穀梁传》则旨在微言大义的探求,这可视为后世经注的渊源。而在《毛诗》中,这种体例已基本完备,毛亨传《诗》有释词、释句,并通过释词句阐明诗歌的主旨,虽在具体的阐释中颇多牵强附会之处,但阐释方法和体例已颇为完整。东汉以后,由于政府的倡导,经注有了蓬勃的发展,注释范围扩大,"六经"之外,《论语》《孟子》《楚辞》《国语》《战国策》等的注本先后出现。经注中的派别论争还推动了经学的发展,如古文经注重视名物训诂,以阐释语言文字为根本,并以此为基础分析义理,成为后世注释之正宗。而今文经注追求"微言大义",借经典的阐释表现其政治思想,这种经注理念与方式亦为后世所重视。魏晋以来,以经注为基础发展起来的典籍注释进展迅速,在经注之外,子、史、集三大门类的典籍都进入了注释的范围,裴松之《三国志》注释、郦道元《水经》注释、李善等的《文选》注释等都在当时及后世产生了很大影响。以阐释经典表现自身思想乃至形成哲学流派者也代不乏人,如魏晋时期援老庄入儒,阐发玄理而形成

---

① (南朝梁)刘勰著,范文澜注:《文心雕龙注》,人民文学出版社1958年版,第21页。
② (清)顾炎武著,黄汝成集释:《日知录集释》,上海古籍出版社2006年版,第1027页。
③ 参见董洪利:《古籍的阐释》,辽宁教育出版社1995年版,第3页。

玄学，由初唐开疑经之风，至宋发展为疑经改经，形成直接从经文寻求义理的"性理之学"，直至康有为作《孟子微》《中庸注》，更从阐释儒家经典入手来宣扬变法维新。

注释对后世评点形式的影响主要在体例上，尤其是注文与正文的融为一体是后世小说评点的直接之源。这一形式最早来源于经注，"经注一体"的格局是评点附丽于文本的直接之源。如汉赵岐注《孟子》，即于每章之末，概括其要旨。西汉以后，经学家每每将传注附于经文之下，有的将传注附于整部经文之后，有的则将传注附于各篇、各章之后，而像郑玄《毛诗笺》《礼记注》，更是传注与经文句句相附。这种附注于经的方式从根本上来说乃是为了读者的阅读和理解，于是注文与正文的一体遂成为后世注释在体例上的定制。而小说评点中的夹批、旁批和评注等即源此而来。

2. 小说评点与"论赞"[①]

一般认为，《左传》"君子曰"是《史记》"太史公曰"的源头。这一说法既言之有理，又不尽准确。首先，除了《左传》，《国语》《战国策》等书中也出现了"君子曰"，主要引用《诗》《书》等早期典籍，以增强史官对特定史实所发议论的可信度，其性质是行文过程中针对局部事件的一种"就事论事"，而非如《史记》"太史公曰"及其后的史书论赞那样，具有全局性提示或概括式总评的性质。其次，《史记》"太史公曰"还有溢出"君子曰"的更多功能，它"除了总体上的评价外，还交代撰述过程、左证撰述事实、发表撰述感言等，体现出十分明显的'撰述者'意识"。[②] 也正因为这两个层面的差异，"太史公曰"与"君子曰"又存在第三层面的区别，即所在位置多有不同："君子曰"多应正文论证之需而随时出现，位置不固定；"太史公曰"及其后渐次定型的史书论赞，则绝大多数出现在篇末。[③]

[①] 本节内容基本采自谭帆、林莹著《中国小说评点研究新编》下编《文言小说评点的分期与特点》（林莹撰写）的相关论述，华东师范大学出版社 2023 年版。

[②] 参见过常宝：《论〈史记〉的"太史公曰"和"互见法"》，《唐都学刊》2006 年第 5 期。

[③] 浑言之，类似于以"太史公曰"领起的议论文字统称史书论赞；析言之，居于篇前的称为"序"，居于篇中的称为"论"，居于篇末的称为"赞"。在《史记》的"太史公曰"中，"序"出现 23 次、"论" 5 次、"赞" 106 次。见张大可《简评史记论赞》，《史记研究》，甘肃人民出版社 1985 年版，第 272 页。

抛开上述种种差异，"太史公曰"从"君子曰"处继承下来并加以发展的主要是一种"成一家之言"的"文本阐释"意识。如若继续向前追溯，"君子曰"脱胎于彼时习见的"某某曰"范式。在先秦文献中，这类"某某曰"往往用来征引或汇出权威观念。殷墟卜辞中的"王曰""王占曰""王卜曰"，金文、《尚书》中的"王若曰""周公若曰"，《左传》"君子曰"，《论语》"子曰"等，均以"某某曰"的格式构成了一脉相承的言说传统。在此传统中，"曰"所引起的言论极具话语权和影响力。①

后世史官也便在此影响框架里顺流而下，不断强化从"君子曰"到"太史公曰"再到其他衍生变体之间的一贯性。唐人刘知幾的论述最为典型，他对"春秋三传"、《史记》及往后的史书论赞作出了如是概括："《春秋左氏传》每有发论，假君子以称之。二《传》云公羊子、穀梁子，《史记》云太史公。既而班固曰赞，荀悦曰论，《东观》曰序，谢承曰诠，陈寿曰评，王隐曰议，何法盛曰述，扬雄曰撰，刘昺曰奏，袁宏、裴子野自显姓名，皇甫谧、葛洪列其所号。史官所撰，通称史臣。其名万殊，其义一揆。必取便于时者，则总归论赞焉。"② 换言之，在刘知幾看来，这些史书"发论"的冠名方式虽措辞有异，然则实质相同，血脉相通。

若不明确这些论赞的承衍关系，我们对源流的把握固然无从谈起；但是，如果不能分辨其中的差异，很多讨论便会流于表面，陷入空泛，此即钱锺书所谓"谈艺者固当沿流溯源，要不可执著根本之同，而忽略枝叶之异"。③ 我们需要认识到，在这个看似庞大而又绵延的衍变链条之中，"太史公曰"的出现到底是一个重要的界碑："太史公曰"虽然确是"君子曰"乃至更笼统的"某某曰"影响下的产物，但这类"君子曰""某某曰"最终趋向模式化并确定为史传文体的论赞标志，也确乎是司马迁一人之贡献。④ 自《史记》"太史公曰"以降，史传论赞开始呈现出这样的共性：（1）以"某某曰"领起，基本居于篇末⑤——这一范式包括两个方面：以

---

① 侯文华：《〈史记〉"太史公曰"文化渊源考论》，《渭南师范学院学报》2012年第5期，第8—18页。
② （唐）刘知幾著，（清）浦起龙通释：《史通通释》，上海古籍出版社2009年版，第75页。
③ 钱锺书：《写在人生边上·人生边上的边上·石语》，三联书店2002年版，第94页。
④ 参见过常宝：《论〈史记〉的"太史公曰"和"互见法"》，《唐都学刊》2006年第5期。
⑤ 尽管如前所述，《史记》中有一小部分论赞居于篇首或篇中。

"某某曰"领起的文字标识以及位置上处于"篇末"的惯例;(2)以"某某曰"的形式对史传正文进行细节补充、总体评价,或交代撰述过程,具有一定权威性;(3)篇末"某某曰"出现频次极高,几乎无篇不有;(4)"某某曰"的"评论"基本出自史官本人。①

中国古代史著体例的这一传统对后世文学评点有很多影响,特别是史书中对文学家传记的篇末论赞,即可视为颇有价值的文学评论。如《史记》对屈原、贾谊、司马相如等的评论,是中国文学批评史上不可多得的精彩专论;它如沈约《宋书·谢灵运传》等的篇末评论都是在文学史上有着广泛影响的批评文字。就小说评点而言,史著的篇末论赞无论是论事还是论人,都是小说评点回末总评的直接渊源。尤其在历史小说的评点中,这种影响更为明显,如明万历年间的历史小说评点,还直接保留了"论曰"这一形式。如万卷楼本《三国志通俗演义》题"论曰"、《征播奏捷传通俗演义》题"玄真子论曰"、《列国前编十二朝传》题"断论"等都有史著体例的明显痕迹。而史著论赞评断事理的思路也深深地影响了小说评点,蔡元放《东周列国志》评点就明言:"只是批其事耳,不论文也。"②

3. 小说评点与"话"

一般认为,传统的"话"体批评源自钟嵘《诗品》。此说也是既有合理的地方,也有不恰当之处。如钟嵘《诗品》"思深而意远",融"评论""品第"和"溯源"为一体的撰述方式在后世亦不普遍;③ 尤其是"溯流别"一端,章学诚认为:"非后世诗话家流所能喻也。"④ 后世诗论著作多汲取其论诗一端而不作形式上的全面继承,故一般将钟嵘《诗品》视为后世诗话之远源。至于偏于诗法的皎然《诗式》及其他"诗格"类著作乃流行于唐五代,宋以后已呈式微之势;而重于纪事的《本事诗》虽在后世衍

---

① 也有学者认为,《史记》"太史公曰"可能有一小部分沿用了司马谈的观点,见吴名岗《"太史公曰"式论赞探源》,《渭南师范学院学报》2016 年第 13 期,第 85—86 页。
② (清)蔡元放:《东周列国志读法》,黄霖、韩同文选注:《中国历代小说论著选》(修订本)上编,江西人民出版社 2000 年版,第 422 页。
③ 以"品"命名的文学批评著作在古代并不多见,《二十四诗品》虽以"诗品"为题,但在评论体式上与钟嵘《诗品》绝不相类。明代曲论著作吕天成《曲品》和祁彪佳《远山堂曲剧品》在体式上相近,惜此种形式亦不多见。
④ (清)章学诚著,叶瑛校注:《文史通义校注》,中华书局 1985 年版,第 559 页。

为"纪事"一类诗评之作，但此种形式亦不普遍。随着"诗话"的兴起，"诗法""纪事"等内涵均被融入"诗话"一"体"之中。故一般将《诗式》《本事诗》等引为"诗话"形式之近源。由此可见，在宋以降的文学批评史上，自魏晋以来业已形成的文学批评形式并没得到全面的继承和普遍的采用，而是将其中的基本内涵包容到"话"体式之中，诗、词、曲等的文学批评均以"话"为最基本而又最重要的形式。故以"评点"和"话"作为宋以来文学批评的两种最为重要的形式是符合文学批评实际的。那在古代小说批评中，小说批评家为何不以"话"而以"评点"为其主要批评形式呢？这跟"话"和"评点"各自的特点有着密切的关系。

譬如"话"这一批评形式在宋以来逐步形成了自身的批评个性和形式特性，而这种特性与中国小说尤其是白话小说的文体特性并不相吻合。关于"话"的批评特性，清代章学诚在其《文史通义·诗话》中作了这样的分析：

> 唐人诗话，初本论诗，自孟棨《本事诗》出，乃使人知国史叙诗之意，而好事者踵而广之，则诗话而通于史部之传记矣。间或诠释名物，则诗话而通于经部之小学矣。或泛述闻见，则诗话而通于子部之杂家矣。虽书旨不一其端，而大略不出论辞论事，推作者之志，期于诗教有益而已矣。①

章学诚以"通于史部之传记""经部之小学""子部之杂家"和"大略不出论辞论事"概言"诗话"之特色，颇有见地。郭绍虞即以"醉翁曾著《归田录》，迂叟亦题《涑水闻》。偶出绪余撰诗话，论辞论事两难分"②概括北宋诗话的基本特色。就诗话的演变历史而言，"大抵宋人诗话，自六一创始以来，率多取资闲谈，其态度本不甚严正。迨其后由述事而转为论辞，已在南宋之际，张戒、姜夔始发其绪，至沧浪而臻于完

---

① （清）章学诚著，叶瑛校注：《文史通义校注》，中华书局1985年版，第559页。
② 郭绍虞：《题〈宋诗话考〉效遗山体得绝句二十首》，《宋诗话考》，中华书局1979年版，第3页。

成"。① 故从欧阳修到严沧浪，诗话这一形式的基本表现内涵已经奠定，即"辞"与"事"，"论辞"由"诠释名物"到"摘句批评"再到完整的诗论，"论事"则以考订诗歌本事和叙述作家轶事为主。其中更以"摘句批评"和"本事批评"最能体现"话"这一批评形式的特性。

"摘句批评"并不始于诗话，它发端于先秦时期"用诗"和"赋诗"中的"断章取义"。魏晋以来，"摘句批评"在文学批评中已成为一种风气，《世说新语·文学》载："谢公因子弟集聚，问《毛诗》何句最佳? 遏称曰'昔我往矣，杨柳依依；今我来思，雨雪霏霏。'公曰：'吁谟定命，远猷辰告。'谓此句偏有雅人深致。"②《南齐书·丘灵鞠传》亦云："宋孝武殷贵妃亡，灵鞠献挽歌诗三首，云：'云横广阶阇，霜深高殿寒。'帝摘句嗟赏。"③ 同书《文学传论》称"张视摘句褒贬"，并将其与陆机《文赋》、李充《翰林》等相比并，称："各任怀抱，共为权衡。"而在钟嵘《诗品》中，摘句批评更为成熟。降及唐代，摘句批评亦非常风行，一方面，批评家们沿用"摘句"这一批评方法评论诗歌，同时，更出现了大量的摘取古今佳句并裒而成集的秀句集书籍，如元兢《古今诗人秀句》等。这类书籍或为读者提供鉴赏之精品，或为作者展示创作之模板，创作者还可作为"随身卷子"以作"发兴"之材料。④ 宋以来，"话"这一形式便继承了"摘句批评"这一传统，在"诗话""词话""赋话"乃至"曲话"中均成为一种重要的批评方法。⑤

"本事批评"亦非由"话"这一批评形式所创立，这种由读诗而及本事，由本事推知诗意的方法由来已久。如《左传》隐公三年："卫庄公娶于齐东宫得臣之妹，曰庄姜。美而无子，卫人所为赋《硕人》也。"⑥ 而

---

① 郭绍虞:《宋诗话考》，中华书局1979年版，第106—107页。
② (南朝宋)刘义庆撰，(南朝梁)刘孝标注，龚斌校释:《世说新语校释》，上海古籍出版社2011年版，第465—466页。
③ (梁)萧子显:《南齐书》，中华书局1972年版，第889—890页。
④ 《文镜秘府论·论文意》云："凡作诗之人，皆自抄古人诗语精妙之处，名为随身卷子，以防苦思。作文兴若不来，即须看随身卷子，以发兴也。"[日]弘法大师撰，王利器校注:《文境秘府论校注》，中国社会科学出版社1983年版，第290页。
⑤ 本节内容参考了张伯伟《摘句论》(《文学评论》1990年第3期)、曹文彪《论诗歌摘句批评》(《文学评论》1998年第1期)和曹旭《诗品研究》(上海古籍出版社1998年版)的有关章节。
⑥ (清)洪亮吉撰，李解民点校:《春秋左传诂》，中华书局1987年版，第192页。

《毛诗序》可谓是对《诗经》本事的记录，钟嵘《诗品》亦颇多诗人轶事的记载。至唐孟棨《本事诗》出，"本事批评"乃蔚为大观。孟棨自言："触事兴咏，尤所钟情，不有发挥，孰明厥义？因采为《本事诗》"，列"情感、事感、高逸、怨愤、征异、征咎、嘲戏"七题，"各以其类聚之"。① 宋人诗话既以《本事诗》为近源，则"本事批评"乃其题中应有之意。诚如罗根泽在其《中国文学批评史》中所云："我们知道了'诗话'出于《本事诗》，《本事诗》出于笔记小说，则'诗话'的偏于探求诗本事，毫不奇怪了。"② 一般认为，"诗话"以欧阳修《六一诗话》为起始，该书乃"居士退居汝阴，而集以资闲谈也"。③ 所谓"资闲谈"之功能即指诗话的"记事"之谓也。以后司马光作《温公续诗话》，其《自题》作谦辞曰："诗话尚有遗者，欧阳公文章名声虽不可及，然记事一也，故敢续书之。"④ 后世之"诗话"内容虽富有变化，但"记事"一项仍为"诗话"之大宗，中国古代文学之创作本事、作家轶事大多赖此得以保存。

由此可见，"摘句批评"和"本事批评"是古代"话"这一批评形式最为基本而又最为重要的批评方法。然而这种方法适合中国古典诗歌（广义），与中国古代小说尤其是白话通俗小说则难以契合。何以言之？缘由约有二端：一是"摘句批评"是以古代诗歌追求佳句妙语的艺术传统为基础的。陆机《文赋》云："立片言以居要，乃一篇之警策。"又云："石韫玉而山辉，水怀珠而川媚。"所指称的均是佳句妙语在诗文中的重要性。晋以后，追求佳句妙语在诗歌创作中已成传统，⑤ 人们"俪采百字之偶，争价一句之奇"，甚而认为江淹之所谓"才尽"，乃在于"为诗绝无美句"。⑥ 至唐代，杜甫"为人性僻耽佳句，语不惊人死不休"，贾岛"两句三年得，一吟双泪流"，所强化的也是这一创作传统，这一传统在诗歌史

---

① （唐）孟棨：《本事诗·序》，古典文学出版社1957年版，第3页。
② 罗根泽：《中国文学批评史》，上海书店出版社2003年版，第540页。
③ （宋）欧阳修：《六一诗话》，（清）何文焕辑：《历代诗话》，中华书局1981年版，第264页。
④ （宋）司马光：《温公续诗话》，同上，第274页。
⑤ （宋）严羽：《沧浪诗话》："汉魏古诗，气象混沌，难于句摘，晋以还始有佳句。"（清）何文焕辑：《历代诗话》，中华书局1981年版，第696页。
⑥ （唐）李延寿：《南史》，中华书局1975年版，第1451页。

上可谓弥久而不绝。"摘句批评"在"诗话"中之所以成为最为重要的批评方法，正是以这一创作传统为基础的，故是一个必然的结果。如果我们以这一创作传统衡之以中国白话小说，那我们不难发现，两者在艺术创作上的差异是十分明显的。作为叙事文学，白话小说所追求的已不是个别词句的警策和局部语言的精妙，而是整体艺术结构的完善和人物性格的鲜明。故追求"摘句批评"的"话"的形式显然与白话小说不相契合。二是"本事批评"是以作家的可考性和文坛上流传着大量的创作轶事为前提的，而这恰恰是白话小说最为薄弱的。古代白话小说由于文体地位的低下，大量的作家无可考求，甚至一些名篇巨作的作者至今仍是疑案。许多作家创作白话小说不愿公开自己的姓名，或署以随意之名号，或干脆无署名。作家尚且难考，更遑论创作轶事的传播了，故对于小说批评家而言，最直接、最真切的唯有文本自身。故"本事批评"在白话小说领域真可谓是无"用武之地"。

4. 小说评点与文学选评

文学选评在中国古代源远流长，从评论与文本一体而言，《毛诗》和东汉王逸的《楚辞章句》实开其端，尤其是《毛诗》和《楚辞章句》中每一篇的小序可视为后世文学选评的源头。但《毛诗》小序尚多以经立义的痕迹，与文学批评还相差甚远，而《楚辞章句》的小序则已然是纯粹的文学批评了，如《九歌序》：

> 《九歌》者，屈原之所作也。昔楚国南郢之邑，沅湘之间，其俗信鬼而好祠，其祠必作歌乐，鼓舞以乐诸神。屈原放逐，窜伏其域，怀忧苦毒，愁思沸郁，出见俗人祭祀之礼，歌舞之乐，其词鄙陋，因为作《九歌》之曲。上陈事神之敬，下见己之冤结，托之以风谏。

这种评论无疑有极高的文学批评价值，并直接开启了唐以后诗歌评点的先声，如殷璠《河岳英灵集》、高仲武《中兴间气集》等。真正意义上的文学评点乃是从南宋开始的，尤其是古文评点，在体式和功能上都奠定了后世文学评点的基本格局。吕祖谦《古文关键》、楼昉《崇古文诀》、真德秀《文章正宗》、谢枋得《文章轨范》、刘辰翁《班马异同评》等都有一定的代表性。宋以来，评点一直在诗文领域有较大发展，明中叶以后，此风复炽，唐顺之、茅坤评点唐宋八大家，杨慎选评《风》《雅》，钟惺、谭元春编撰《古诗归》《唐诗归》，与此同时，评点也逐步延伸到了小说戏曲等俗文学领域。

三、万历时期的小说评点

小说评点在万历时期的产生和发展有三个基本条件：

第一，小说创作与传播的相对繁盛。自嘉靖元年（1522）《三国演义》结束了长期以抄本流传的形式而公开出版之后，通俗小说的创作和流传进入了一个新的历史时期，随后不久，同样产生于明初的《水浒传》等也得以刊出。从"抄本"到刊行，古代小说就其传播而言具有划时代的意义，它不仅扩大了小说的影响，同时也为小说创作的发展提供了良好的范例。

在嘉靖元年到万历四十八年（1620）的近百年中，通俗小说的创作逐渐兴盛并平稳发展；且在这一时期，通俗小说的四种基本类型即"历史演义""英雄传奇""神魔小说"和"世情小说"都已完备，并各自出现了一部名垂千古的作品，这就是《三国》《水浒》《西游记》和《金瓶梅》，这四部被时人称为"四大奇书"的作品在当时和以后都产生了深刻的影响。我们不难想见，这些小说的问世对小说的发展和读者对小说的接受具有何等重要的影响，而这无疑也为小说评点的兴起奠定了坚实的基础。尤其值得注意的是，此时期的小说创作者除少数文人外，有较多的书坊主也参与其间，这一现象一方面促进了小说的创作和传播，但也使小说创作在很大程度上朝商业化方向发展。故在这百来年的小说史上，我们看到这样一些值得思考的问题：如在这百来年的小说创作中，"四大奇书"可谓孤标独立，余者创作成就殊不足观；而在通俗小说的四种基本类型中，以题材来源较为现成的演义小说和神魔小说最为发达，而相对来说个体创造成分较重的英雄传奇和世情小说的创作则显得比较冷寂。前者除《水浒传》"坊间梓者纷纷"被不断刊行外，相类似者唯有《杨家将通俗演义》《于少保萃忠全传》等几部历史内涵较深厚的作品，而后者除《如意君传》《绣榻野史》等之外,《金瓶梅》几乎是一枝独秀。这种现象的形成我们不能不归结于此时期小说创作的商业特征,这是当时小说创作的一个基本特性,也是评点作为小说传播的商业手段而兴起的一个重要前提。

第二,小说评点在万历年间的萌兴与此时期文人对通俗小说的逐渐注目密切相关。一种批评体式的萌生与发展在很大程度上得依赖于文人的参与,如果此种批评体式始终处于民间状态,则难以真正进入艺术理论批评的殿堂。

自嘉靖以来,通俗小说在文人中间渐次流行,而在阅读欣赏的同时,人们对小说的认识有了明显提高,其中一个突出的迹象是对小说地位的鼓吹。袁宏道即谓:"少年工谐谑,颇溺《滑稽传》。后来读《水浒》,文字益奇变。《六经》非至文,马迁失组练。"① 而李卓吾将《水浒传》称为"古今至文"更为人们所熟知。这种对小说地位的鼓吹无疑为文人参与小说评点廓清了观念和心理上的障碍。小说作为一种叙事文学,其独特的叙事方法自嘉靖以来也开始得到文人的注意。嘉靖时的李开先在《一笑散·时调》中就引述了这样一段话:

> 《水浒传》委曲详尽,血脉贯通,《史记》而下,便是此书。且古来更未有一事而二十册者,倘以奸盗诈伪病之,不知序事之法,学史之妙者也。②

胡应麟亦谓:

> 此书(指《水浒传》)中间用意非仓卒可窥,世但知其形容曲尽而已。至其排比一百八人,分量重轻纤毫不爽,而中间抑扬映带、回护咏叹之工,真有超出语言之外者。③

注意小说的叙事法则和人物塑造是将小说作为一个独特艺术品种加以

---

① (明)袁宏道:《听朱生说水浒》,(明)袁宏道著,钱伯城笺校:《袁宏道集笺校》,上海古籍出版社1981年版,第418页。
② (明)李开先:《一笑散》,文学古籍刊行社1955年版,第10页B面。
③ (明)胡应麟:《少室山房笔丛》,上海书店出版社2001年版,第437页。

认识的开端，也是小说得以艺术性赏鉴的前提，这种认识为文人对小说作出艺术评点开启了先路。当然，文人对小说的接受是有所选择的，他们对小说的欣赏除了小说的文学内涵外，更注重在小说的赏鉴中求得自身情感的契合。袁宏道赞美《金瓶梅》"云霞满纸，胜于枚生《七发》多矣"。① 而细味其所以取《七发》为比较对象并赞《金瓶梅》远胜于《七发》，或正在于袁氏在《金瓶梅》中读出了作品如《七发》那样对社会人生力透纸背的批评性与讽刺性。而李卓吾对《水浒传》的阅读和评点，也正因他在《水浒传》的情感内核中获得了某种心灵和情感的契合。这种文人对小说的有意选择，使得小说鉴赏在文人与民众之间形成了明显的分途，同时也是小说评点从一开始就形成商业评点与文人评点双向分渠的重要因素。

第三，小说评点的产生与小说"市场"的形成密切相关，我们甚至可以说，明中晚期小说评点的产生和发展是小说形成商业化"市场"的一个必然结果。

我们将万历年间的小说评点作为一个阶段加以描述，基于这样的考虑：万历时期是古代小说评点的第一个重要时期，对小说评点的发展产生了颇为深刻的影响。小说评点之所以能在后世的小说批评和小说流传中起到重要作用，乃是由万历时期小说评点的文人参与和评点的商业化所决定的。万历时期的小说评点又是一个相对完整的阶段，一方面，评点从万历时期引入小说领域，随即就形成了一个颇为兴盛的局面，与古代通俗小说的发展基本同步。故万历时期是通俗小说走向兴盛的起始，也是小说评点的奠基阶段。小说评点的形态特性、宗旨目的等方面都逐步趋于稳定。

确切地说，小说评点在万历年间的萌兴实则是以万历二十年（1592）左右为起始的，这是小说评点史上颇为重要的年月。正是在这一时期，有两位中国小说史和小说评点史上的重要人物开始了小说活动，这就是著名文人李卓吾和著名书坊主人余象斗。② 这两位重要人物同时开始小说评点活动，仿佛向我们昭示了中国小说评点的两种基本特性，这就是：以书坊

---

① （明）袁宏道：《锦帆集》之四《尺牍》"董思白"条，（明）袁宏道著，钱伯城笺校：《袁宏道集笺校》，上海古籍出版社1981年版，第289页。

② 万历十九年（1591）"不佞斗始辍儒家业，家世书坊，锓笈为事"（余象斗《新锲朱状元芸窗汇辑百大家评注史记品粹》自序），越一年，李卓吾开始了《水浒传》评点，袁小修记曰："万历壬辰(1592)夏中，李龙湖方居武昌朱邸，予往访之，正命僧常志抄写此书，逐字批点。"（《游居柿录》）

主为主体的小说评点的商业性和以文人为主体的小说评点的自赏性，小说评点正是主要顺着这两种态势向前发展的。

就现有资料而言，万历年间白话小说评点的最早作品是刊于万历十九年（1591）的万卷楼刊本《三国志通俗演义》，据该书封面《识语》所云，此书主要做了五项工作：圈点、音注、释义、考证和补注。其形式均为双行夹注，正文中标有的批注形式有这样数种："释义""补遗""考证""音释""论曰""补注""断论"。其中前四种是比较单纯的注释，而后三种则已颇富评论性质。如"诸葛亮博望烧屯"节，徐庶评孔明："某乃萤火之光，他如皓月之明，庶安能比亮哉！"《补注》："此是徐庶惑军之计也。"故此书虽未标出"评点"字样，但实已具备评点的性质，可视为小说刊本由注本向评本的过渡。

越一年，余象斗刊出《新刻按鉴全像批评三国志传》，首次明确标出了"批评"字样，且与"全像"并列。"全像与批评"是万历以来小说刊刻的两个重要组成部分，是为了更有利于小说的传播。全书正文页面分三栏：上评、中图、下文，这是余氏刊刻小说的一个特殊形态。两年后，余氏又刊行了《水浒志传评林》，此书之外部形态悉同前书，形成了如下三个基本特色：首先是余氏对原书作了有意的删改，主要是针对文中的错讹和"不便观览"之内容；其次，余氏在原书上端添加了评语，对《水浒传》作出了赏评；第三，余氏削去了原书中的"失韵诗词"，但为了便于读者阅读，仍将其置于上层并特为标出。可见，余象斗之"评林"乃是将"改"与"评"融为一体，这一格局开启了古代小说评点的一个重要传统，说明了在中国小说史上，评点也在一定程度上参与和影响着古代小说创作的发展进程，而这种参与又使小说评本不仅是一种小说批评著作，同时也获得了小说个体发展中的版本价值。余氏《水浒志传评林》在理论批评上也颇有特色，该书评点均为眉批，置于上栏，每则批文均设标题，如"评宋江""评李逵""评诗句"等，紧扣每回局部内容加以阐发和评判。

从万卷楼本《三国志通俗演义》到双峰堂本《水浒志传评林》，小说评点逐步由注释向评论过渡，但余象斗毕竟是以一个书坊主的身份从事小说评点的，受着自身艺术素养和商业性的制约，故其评点的理论品位相对比较低下。因而小说评点要张扬自身的理论生命和求得发展，正期待着具有较高素质的文人的参与。对此，李卓吾醉心且评点《水浒传》是小说评点获得发展的一个重要契机。李卓吾评点《水浒传》有一个过程，他最初接触该书大约在万历十六年（1588），"闻有《水浒传》，无念欲之，幸寄与之，虽非原本亦可"。① 四年后，袁小修访李卓吾，见其"正命僧常志抄写此书，逐字批点"。② 又四年，他犹然醉心于《水浒》的赏评，"《水浒传》批点得甚快活人，《西厢》《琵琶》涂抹改窜得更妙"。③ 一部作品的评点经数年仍在进行，可见其评点是一种不求功利的、自娱的艺术赏评活动，而这正是文人评点通俗小说的最初动机。李卓吾于万历三十年系狱自尽，其评点之作生前没有刊出，这成了小说评点史上最大的疑案。

作为早期的小说评点者，李卓吾与余象斗为小说评点确立了文人参与和书坊主控制两个基本源头。同时，他们对于评点对象的选取也较有特色，即《三国演义》《水浒传》这种流传既久且已有相当知名度的作品，而没有将评点伸向新创的小说。这种现象的形成就文人一端而言固然表现了他们对作品的选择和挑剔，而从书坊主一端来说仍然是从商业性考虑的。因为此时期毕竟是小说评点的发端时期，带有某种尝试性质，能否有利于小说的传播对他们来说还心中无底，因此选取业已在社会上产生影响且销路看好的作品相对而言比较保险。以后，随着小说评点的广泛流传及社会的普遍接受，小说评点便改变了这一格局。

从万历三十年左右到万历四十八年，除了继续刊刻《三国演义》和将李卓吾评本《水浒传》公开出版外，十余年中出版的小说评本几乎都是新创的小说，且除了《三教开迷归正演义》和《绣榻野史》外，余者均为历史演义，评点者的身份也仍然以书坊主为主。更值得注意的是，由于评点已在社会上产生了一定的影响，故冒用名人评点之举也开始风行。如《春秋列国志传》冒用陈继儒，《绣榻野史》冒用李卓吾，《片壁列国志》亦署

---

① （明）李贽：《复焦弱侯》，（明）李贽：《焚书》增补二，见《焚书 续焚书》，中华书局1975年版，第269页。
② （明）袁中道：《游居柿录》，（明）袁中道著，钱伯城点校：《珂雪斋集》，上海古籍出版社1989年版，第1315页。
③ （明）李贽：《与焦弱侯》，（明）李贽：《续焚书》卷一，见《焚书 续焚书》，中华书局出版社1975年版，第34页。

"李卓吾先生评阅",但实际并无评语。此风之盛行说明了此时期的小说评点仍然控制在书坊主之手。由于上述原因,也因了评点之小说本身并无太高的艺术价值,故此时期的小说评点除了"容与堂本"和"袁无涯本"《水浒》外,整个评点的理论批评成就不高,"注释"仍是评点之主要内容。如《列国前编十二朝传》于每回末分别列有"释疑""地考""评断""附记""答辩"等名目,这些批注文字虽数量较多,但几乎与文学批评了无关涉。

万历年间最有价值的小说评本当推分别刊于万历三十八年(1610)和三十九年左右的"容与堂本"和"袁无涯本"《水浒传》,此时距李贽系狱自尽已过八九年时间,故真伪难辨;自明末迄今,对此可谓聚讼纷纭,莫衷一是,尤其是近数十年来的探索更为深入。但一个有趣的现象是:人们或认"容本"为真,或定"袁本"为真,其理由均凿凿有据而又难以彻底辩倒对方。造成这一现象的一个根本原因是,现存材料已基本穷尽,但仍无法彻底解决这一问题。面对这种情况,我们不妨拟设这样一个"假想":李贽于万历二十四年左右完成了《水浒传》的评点,以后便在朋友之间传阅。卓吾死后,流传渐广,或全本、或部分、或直接以评点文字流传。故在万历三十八年以前,李卓吾之《水浒》评点已流散在外,于是书坊主假借其盛名,在其评点之基础上聘请文人加以模仿、增改、扩充、定型,使其成为完整的《水浒传》评点本。"容本"或由叶昼所为,"袁本"或由袁无涯、冯梦龙等所为。我们的假设结论是:"容本""袁本"均非李卓吾之真评本,但又都以李卓吾之《水浒》评点为基础,在某种程度上可以说,其中之精神血脉犹然是李卓吾的。

从小说评点史角度而言,"容本""袁本"其实不会因是否真出自李氏之手而贬其价值,视其为万历小说评点之双璧亦不为过。这种地位的确认源于三个方面:首先,万历年间小说评点的主导线索是在书坊主的控制下沿着商业性和功利性的道路向前发展;李卓吾加入小说评点行列突破了这一格局,但由于李氏没有可靠的评本传世,人们还无法从整体上得见李卓吾评点的精神风貌。"容本""袁本"以李氏评点为基础,作模仿、生发和延伸,从而以一种崭新的面貌出现在小说评点史上。这是一种强化主体创造和情感投入的批评精神,而这可谓开启了小说评点的一条新路,后世之金圣叹、毛氏父子、张竹坡等评点大家均缘此而发展了小说评点，并由此壮大了小说评点的声威。其次，"容本"和"袁本"是小说评点形态的实际奠定者。小说评点作为一种独特的批评形式，有其自身的形态特征，这一形态特征又是在其自身的发展过程中逐步形成的。"容本""袁本"所奠定的小说评点的基本形态为：开首有序，序后有总纲文字数篇，如"容本"有署"小沙弥怀林"文章四篇，"袁本"有杨定见《引》和袁无涯《发凡》，正文部分有眉批、夹批和总批三部分组成，这一形态是后世小说评点之定制。第三，"容本"和"袁本"完成了古代小说评点在批评内涵上的转型。万历年间的小说评点一般不脱训诂章句和对历史事实的疏证，真正对小说作出艺术的、情感的赏评还并不多见。而"容本""袁本"则在根本上改变了这一格局，从整体倾向而言，"容本"的理论批评价值要高出于"袁本"，往往能高屋建瓴地提出一些有价值的理论见解。而"袁本"则在对小说的具体赏析上颇见功力。尤可注意者，"袁本"是小说评点史上较早总结归纳小说文法的批评著作，其提出的诸如"叙事养题""逆法""离法"等可视为小说评点史上文法总结之开端。

小说评点的产生，其最初的动机乃是为了促使小说流传，带有明显的商业目的。这与中国古代小说，尤其是通俗小说所特有的艺术商品的特殊性有关，故小说评点在书坊主的控制下常常以注释疏导为其主体，其目的也主要是有利于读者尤其是下层读者的阅读，这是万历年间小说评点的主流。随着文人的参与，小说评点在理论批评的层次上有了明显的提升，但文人最初从事小说评点却是其在阅读过程中一种心得的记录，一种情感的投合，而并无有意于导读或授人以作法。这是小说评点走向成熟并获得发展的契机。而当将文人阅读过程中带有自赏性的阅读心得与带有商业功利性的导读结合起来时，小说评点才最终成了一种公众性的文学批评活动。这一结合在万历年间的小说评点中，就是由李卓吾评点《水浒》到"容本""袁本"《水浒》评点本的公开出版而得以完成的。作为小说评点萌兴期的万历小说评点，虽然其理论批评成就并不十分突出，但它对后世的影响却很深远，尤其是李卓吾等著名文人的参与，对小说评点的发展更具号召力和影响力。作为一种批评形态，小说评点在万历以后逐渐占据了中国小说批评的主导地位，而奠定这一地位的无疑是万历年间的小说评点。

在万历以降的晚明时期，文言小说评点也迎来了井喷式的发展。这一时期不足百年，但文言小说评点本足占总量的四成有余。以下我们围绕本阶段评点本呈现的若干特点展开讨论。①

其一，围绕同一主题的小说选本成批出现，或可称为"专题小说"。具体而言，本阶段涌现了"世说体"、智书类和谐谑类等专题小说评点本，每类各十种左右。"世说体"是开"专题小说"评点风气的作品。《世说新语》先是在嘉靖时期被明代文人群体重新发现并付梓流行，其后，从万历朝开始，不同版本的《世说新语》，连同其续、仿书在内的"世说体"评点本便风行不辍。与此同时，智书类小说也不甘示弱，这类小说的编者通过编纂智书的方式来表达对晚明时局的关切，掀起了一股崇智风潮，而它们的评点也呈现出一定的共性。② 面对同样的社会现实，与智书类小说的出发点不同，谐谑类小说是以逃避时局的自娱心态，在板荡的末世里求取精神的庇荫和狂欢的借口，极大地迎合了本阶段通俗化、娱乐化的世相。谐谑类小说评点之成势，即如《辑三笑略》编者在陈述《时笑》的成书经过时所言，"笑话旧俗刻无论，近刻收稍广而加以议论者"。综合来看，这些数以十计的专题小说评点本共享着一些特征："世说体"评点本针对条目的归类聚讼纷纭，形成了"以类为评"的批评方式，在《世说新语》评点接受史上意义深远；③ 以《智囊》为代表的智书类小说评点强调学习古

---

① 以下对文言小说评点的内容参见谭帆、林莹著《中国小说评点研究新编》下编《文言小说评点的分期与特点》（林莹撰写）的相关论述，华东师范大学出版社2023年版。

② 智书类小说的远源，可追溯至南宋皇室后裔赵善璙的《自警编》。《自警编》归类收载了北宋名臣大儒可为法则的嘉言懿行，用以自警。此书在嘉靖、万历两朝屡经重刻，嘉靖王文禄的《机警》一书（自序中说"书史中应变神速、转败为功者，录以开予心"）莫不受此影响。万历一朝，《省括编》的编纂目的与《益智编》（"世所以受益先生者无穷期也"，"时局日非，当事者有功成之危矣"）、《智品》（"以为天下事无不济于智者"）极为相似，节选、编次、分类、评点的方式也十分雷同。此时的《益智编》《智品》，以及稍晚的《智囊》《智囊补》（"感时事之梦梦，叹当局之束手，因思古才智之士必有说而处此，惩溺计援，视痱发药"）诸书又有新变：这批编著不惟关注相近的内容，甚至连收录的评语都不谋而合，还往往子史兼收，多少都存在条目杂糅、真赝错陈、删削随意、分类欠妥、不注出处等弊病。不过，它们当中具有小说性质的部分，无疑区别于普通小说资谈笑、广见闻的休闲化、私人化风格，也比一般意义上寓劝惩、助世教的小说更具急迫而现实的针对性。它们呈现出受众广泛、救世急切、风格肃然的样貌，蕴含着以古鉴今、干预时下的责任担当，是明末文人在故纸堆里寻找济世良方的表现。

③ 参见林莹：《"以类为评"：〈世说新语〉分类体系接受史的新视角》，《中南大学学报（社会科学版）》2019年第6期，第28—34页。

今智术的可能性和必要性，评点形式和观念之影响，甚至远及清初赵吉士《寄园寄所寄》中的"智术"一类；① 谐谑类小说的评点多为条末评，部分作品还附带眉批，评点内容主要通过揭示个案的讽刺之处，来起到批判、教育同一类人的作用。

其二，汇辑多位评者评语的小说集评本粉墨登场。晚明小说集评本的新兴和涌现，是建立在印刷技术和出版行业发展的基础之上的。一方面，印刷产业的普及使得编者能够便捷地掌握多种评本，以此作为集评的文献材料；另一方面，套印技术的诞生为区分诸家评点提供了形式上的便利。明末凌氏朱墨套印的七卷汇评本《虞初志》的《凡例》即云："批评悉遵石公遗本，复采之诸名家，以集众美，使观览者一展卷而《虞初》之精彩焕然在目矣"，"诸名家评语，各出所见，参差不齐。故各标姓字，以俟具目者鉴之"。套印技术不仅使《虞初志》的文本样貌粲然美观，而且使诸家评点众美云集。再以"世说体"评点本的集评情况为例。万历十三年（1585）张文柱刊印、王世贞删定本《世说新语补》是明代集评"世说体"的嚆矢之作。全书择取《世说新语》十之七八与《何氏语林》十之二三合为一书，选自《世说新语》的部分汇辑了刘辰翁、王世懋的评语，分别在眉端标注为"刘云"或"王云"。此书评家数量虽然不多，但首次将刘、王两家评语并置而观，王评的因袭发挥处尤为鲜明。随后，凌濛初《世说新语鼓吹》收录了包括他自己在内的十二家批注，他对刘、王两家评点颇为认同："刘会孟谭言微中，王敬美剔垢磨瑕：诸家指陈，皆足发明余蕴，不佞参考，颇亦有功。"（《凡例》）又新添了杨慎、陈基虞、王乾开、张凤翼、吴安国、郎瑛等人评语，皆辑自各家文集。凌瀛初刊行的《世说新语》更是采用了四色套印术，将刘应登、刘辰翁、王世懋之评分别对应黄、蓝、朱三色。除颜色不同外，三家评选用的字体也有所区别，开卷观览，赏心悦目而又一目了然。张懋辰订本汇评《世说新语》则将各家评语皆缀于条末，此书汇集的评者数量为"世说"集评本之最，有刘应登、刘辰翁、王世懋、王世贞、李贽、王乾开、凌濛初、杨慎、袁宏道、陈继

---

① 此书在编辑方式和评语结构等方面，均可看出冯梦龙《智囊》一书的影响痕迹——本书首卷即名为"囊底寄"，《凡例》业已说明"凡《智囊》已载者，概不复采"；评语亦如《智囊》有总叙、小引和条末评三层评语。

儒、陈梦槐、黄辉、王思任、张懋辰等人。崇祯十七年（1644）张墉所辑《廿一史识余》一书也是"世说体"的一种，如书前《发凡》所述，书中集诸家之评，故眉批多标以"某某曰"，除编者和订者数人之外，尚有唐顺之、钟惺、柴世亮、顾起元、郑中蟹、洪吉臣等等，难以尽举。

其三，评点的商业化特征趋于显著。这表现在三个方面。一是请名人评点，以形成广告效应。《舌华录》书前袁中道之《序》提到，郝公琰来函介绍友人曹臣新编之书并邀请袁氏评校，"邮者取回甚急，（引者按：袁氏）不得已，强一披阅"，这解释了袁氏评点简略的原因，也道出了编者急于速售的心态。明刻单行本《评释娇红记》署"闽武夷彭海东评释 建书林郑云竹绣梓"，评点者彭海东在万历二三十年间颇为活跃，可谓晚明时期经验丰富的专业评释者。他与书坊主郑云竹屡屡合作，以"宗文书舍"名义发行的书籍竟多达数十种。此外，本阶段的评点本还出现了假托名家评点的现象，这与此时白话小说的冒名评点情况相似，将在后文第四部分详述。二是催生了适应于商业销售的新型出版策略。一些精明的书坊主将相关小说附于戏曲剧本之前，采取托名兼精刻的手段，以期在市场占据一席之地。明末书林萧腾鸿师俭堂刊本《鼎镌陈眉公先生批评绣襦记》书前附有《陈眉公批评汧国传》，朱墨套印的无署名评本《绣襦记》书前附有《汧国夫人传》，《鼎镌陈眉公先生批评西厢记》书前附有《鼎镌陈眉公先生批评会真记》等等，都可谓是经典案例。类似地，不少书坊还创新地推出了分层设类的通俗类书，上、下栏分别刊刻不同的内容，以满足底层读者的多种阅读需求，《国色天香》《绣谷春容》《燕居笔记》便是此中的代表。而评点也在这批畅销书中扮演着关键角色，评点形态最为完备的文言小说，即为余公仁辑评本《燕居笔记》。三是一些评点本一版再版，新版书籍调整评点的痕迹十分明显，充分体现出评点对于出版、销售的重要意义。萃庆堂本《一见赏心编》袭自世德堂的同名评点本，诸卷皆署"编集"，惟卷二为"编评"，然而实际又无评点，很可能是删之未尽的痕迹。积秀堂本《智囊补》是处于《智囊》与浙图藏本《智囊补》之间的过渡样态。对比三书，可以看出浙图藏本《智囊补》的《发凡》所说"各条有与原刻不同者，始略而今详也。其评辞，亦间有改窜，时露新裁"，绝非虚言。而同一文本的评点在本阶段也可以经过改造，重复现身于不同书籍之中，《风流十传》与余公仁本《燕居笔记》的评语雷同现象便是一例。在余公仁本《燕居笔记》中，《钟情丽集》《双双传》篇末的未署名评点，与下帙的篇首题词及夹批，应当一同录自《风流十传》。①

四、金圣叹与明末小说评点

万历以后，小说评点进一步呈发展壮大之势，从泰昌元年（1620）到崇祯十七年（1644）的二十余年中，小说评点不断有新作问世，并出现了如金圣叹这样的小说评点巨子，从而将明代的小说评点推向了高潮。

明末小说评点承万历小说评点之绪，《三国演义》《水浒传》等名作仍然是评点的热门作品。其中《三国演义》的评点本有四种：《李卓吾先生批评三国志》（明末建阳吴观明刊本，叶昼评点）、《李卓吾先生评新刊三国志》（明末宝翰楼刊本，无名氏评点）、《钟伯敬先生批评三国志》（明天启刊本）、《新镌校正京本大字音释圈点三国志演义》（明天启崇祯间建阳宝善堂刊本、无名氏评点）。《水浒传》评点本有《钟伯敬先生批评忠义水浒传》（明末四知馆刊本）和《贯华堂第五才子书水浒传》（明崇祯十四年贯华堂刊本）两种。《西游记》《金瓶梅》也分别出版了《李卓吾先生批评西游记》（明末刊本、叶昼评点）和《新刻绣像批评金瓶梅》。② 这四部被后人称为"四大奇书"的小说名作成了明末小说评点中最有价值的部分。值得注意的是，随着拟话本小说的风行，拟话本小说的评点也出现了一个高潮，冯梦龙"三言"、凌濛初《拍案惊奇》、陆人龙《型世言》、"西湖渔隐主人"《欢喜冤家》等均有评点本问世。而明末大量新创小说的刊刻也以"评点"作为其重要的组成部分，其中较为出色的有泰和仙子评点的《韩

---

① 中篇传奇小说《三奇志》《钟情丽集》《双双传》《三妙传》《天缘奇遇》《拥炉娇红传》《怀春雅集》《五金鱼传》直接挪用《风流十传》，"惟《钟情丽集》前半及《风流十传》未收的《刘生觅莲记》，另采自《万锦情林》"。见陈益源：《从〈娇红记〉到〈红楼梦〉》，辽宁古籍出版社1996年版，第8页。

② 关于此书的刊刻年代有多种说法，孙楷第、郑振铎认为刊于明崇祯年间，刘辉则认为刊于清初，不早于顺治十五年，评点者为李渔。分别见孙楷第《中国通俗小说书目》、郑振铎《谈〈金瓶梅词话〉》、刘辉《论〈新刻绣像批评金瓶梅〉》（《文学遗产》1987年第3期）。详见谭帆、林莹：《中国小说评点研究新编》下编第一章《文言小说评点的分期与特点》（林莹撰写），华东师范大学出版社2023年版。

湘子全传》、"江南詹詹外史评辑"的《情史》、陆云龙自评的《魏忠贤小说斥奸书》、不经先生评点的《隋炀帝艳史》和袁于令自评的《隋史遗文》等。

明末小说评点之特色仍然表现在商业性和文人性两端，然与万历小说评点相比较，其演进迹象是颇为明显的。就商业性一端而言，万历时期就已出现的冒用名人之举仍在延续，如冒用李卓吾批评的就有四种小说评本①，冒用钟伯敬的亦有《封神演义》（实际由李云翔批点）、《钟伯敬先生批评忠义水浒传》和《钟伯敬先生批评三国志》三种。且手法颇为"高明"，如《钟伯敬先生批评忠义水浒传》乃书商假托钟惺，据"容与堂本"《李卓吾批评忠义水浒传》改造而成。如署钟惺的《水浒传序》是由"容本"《水浒传一百回文字优劣》《又论水浒传文字》改写而成；卷首《水浒传人品评》中"宋江、李逵、吴用"三条改自"容本"《梁山泊一百单八人优劣》，"鲁智深"条则是从"容本"第四、第五回总评摘录而成。全书评语有眉批和回后总评两部分（缺第二十回），亦基本袭自"容本"，以总评为例，在总共99条总评中，与"容本"不同者有21条，改写者30条，摘录者23条，全部照抄者25条。"改写""摘录""照抄"三类占全部总评的80%，可见这是一部改头换面的"容本"。这样，一来依"容本"之实，二来托"钟惺"之名，其商业效果是不言而喻的。

除冒用名人这种浅层次的商业伎俩外，一些正当的商业手段也在明末的小说评点中逐步出现，如"系列评本"②、"集评"等手段在小说评点中被广泛使用，这说明小说评点也在逐步走向成熟和规范，从而在小说流通中体现重要的传播作用。此时期文言小说评点的商业化特征也趋显著。这表现在三个方面：一是敦请（也冒用）名人评点，打造广告效应。这与白话小说评点一样，是小说评点强化商业传播的主要举措。二是此时期一些

---

① 四种为：《李卓吾先生批评西游记》（叶昼评点）、《李卓吾先生批评三国志》（叶昼评点）、《新镌校正京本大字音释圈点三国志演义》、《残唐五代史演义传》。

② "系列评本"的形式最早出现在万历年间，如余象斗双峰堂连续刊出《三国演义》和《水浒传》"评林"本，至明末天启年间积庆堂连续刊出"钟惺评"《三国》《水浒》姐妹本，而《水浒》《三国》《西游》均有"李卓吾批本"行世，虽未见同一书坊所出之原刻本，但从现存刊本的外在形态，如图像（均为刘君裕所刻）、行款（均为半叶10行，行22字）看，曾经刊行过"批本丛书系列"的可能性仍然不小。

精明的书坊主,把主题相关的小说附在戏曲剧本之前,如晚明"书林萧腾鸿师俭堂刊本"《鼎镌陈眉公先生批评绣襦记》前附有《陈眉公批评汧国传》,无署名的朱墨套印评本《绣襦记》书前附有《汧国夫人传》,《鼎镌陈眉公先生批评西厢记》书前附有《鼎镌陈眉公先生批评会真记》等。三是晚明的一些文言小说被反复刊印或多次收录进不同选集。新刊本、新选本对于评点有意识地更新或袭用,均凸显了评点之于出版、销售的重要意义。①

而就文人性一端来看,明末小说评点正逐步改变由书坊主控制的局面,文人堂而皇之地参与小说评点已成为一个重要特色。他们通过小说评点表达自身的思想见解和情感内涵,如冯梦龙的"三言"评点,虽形式简约,仅为少量眉批,但三种评本的序文均为有价值的小说评论文,是中国小说学史上不可多得的重要文献。再如凌濛初《拍案惊奇》评点、袁于令自评的《隋史遗文》等均为明末文人评点小说的佼佼者。

毫无疑问,明末小说评点最为出色的是金圣叹评点的《第五才子书水浒传》。崇祯十四年(1641),金圣叹完成《水浒传》评点,同年刊出,时年三十四岁。

金批《水浒》的价值是多方面的,对《水浒》文本的改订,总结的《水浒传》的艺术手法和创作经验,提出的大量理论观点,都是富有新意和价值的,对此,时贤论述颇多,不再赘述。兹从小说评点史的角度对金批《水浒》的价值作一申述:首先,从评点形态而言,由金批《水浒》所确立的评点形态,即由"序""读法""眉批""夹批""总批"等构成的评点形态是一种最能体现小说评点的文人性与导读性相结合的批评形式,这种综合性的评点形态由金批《水浒》所奠定,以后经毛氏父子、张竹坡等的进一步发展而成小说评点史上最为规整的形态类型。其次,在小说评点内涵上,金批《水浒》实际开创了古代小说批评的一种新格局,简言之,即从叙事文学角度评判小说的人物形象和情节结构,又从文章学的视角分析小说的行文布局和遣词造句。故"人物性格"评判和"结构章法"分析

---

① 详见谭帆、林莹:《中国小说评点研究新编》下编第一章《文言小说评点的分期与特点》(林莹撰写),华东师范大学出版社2013年版。

构成了金批《水浒》的重要内涵,开创了后世小说评点的基本格局。再次,金批《水浒》在其具体的评点中,可以说是融析理、议论、评述于一体,既重视小说文本的具体评述,同时又注重在具体评述基础上理论思想的提炼和概括。如在小说与史书的比较中,提出了《史记》"以文运事"、《水浒》"因文生事"的不同,认为小说"因文生事",故其创作"只是顺着笔性去,削高补低都由我",明确肯定了小说艺术的虚构特性,并由此探讨了小说创作中诸如"因缘生法""格物""动心"等一系列小说的创作观念和理论思想。在金批《水浒》中,金氏还长于议论,将小说的具体情节与社会现实和历史内涵结合起来,借题生发,抒发悲愤,指责时弊,可谓比比皆是。这是评点者在小说批评中融入情感,将其作为人生事业的一个重要因素,同时也是读者沉迷于金批《水浒》的一个主要原因。另外,金批《水浒》在批评思维和行文风格上也颇有特色,其中最为突出的是评点过程中评者主体情感的饱满和投入,以及评论语言的生动、灵活和优美。对朝廷、政局的批判,对贪官污吏的抨击,金圣叹都是满含情感,表现出了强烈的入世意识和社会责任心。而对于《水浒》英雄,尤其是那些性格率真的人物,其赞美之情溢于言表。如评鲁达:"写鲁达为人处,一片热血直喷出来,令人读之深愧虚生世上,不曾为人出力。"金批《水浒》的评点语言也极有个性,这在古代小说评点史罕有其匹,或泼墨如注、洋洋洒洒,或诙谐佻达、笔含机锋,尤其是采用大量的描述笔法,使评点文字充满了生气和活力。当然,金批《水浒》的上述特性也是利弊各具,主观生发、借题发挥处亦充斥其评论之中,这也对后世的小说评点带来消极的影响,从而为人所诟病。

  金批《水浒》的影响很大,以后的小说评点几乎没有不受其影响的,毛氏父子的《三国》评点、张竹坡的《金瓶梅》评点等均在体式和思想上与金批《水浒》一脉相承,而"圣叹外书"更是充斥于后世的小说评本中,成为书商推销小说的一个促销手段。同时,金批《水浒》问世后,有清一代的《水浒》刊本以金批本为主体,基本占据了《水浒传》的流通市场。

第十一章

清代小说观念之变迁

所谓"小说观念"在本章中有特定的含义，主要是指从整体上对小说的定位与定性，而其最为核心的是小说的价值论与功能论。以"小说观念"为视点，可以观照清代小说学的发展轨迹。清初，小说学承明代之余绪，对小说进行价值观照有着从"史"本位到"文"本位的历史变迁，突破了以往小说学的认识局限，改变了过去视小说为经史之附庸的传统定位。至清中叶，小说学又有从"文"到"学"的变迁，小说学的基本认知大多出自学者之思，而非文人之创造，故将小说"学者化"和"雅化"是当时小说学和小说创作的重要现象。而清代后期的小说学又呈现了新的趋向，小说学的变迁大多着眼于古与今、本土与域外的碰撞和交集，探寻了小说学的多元发展态势。

一、小说观念与清代小说学

承续明代小说学之传统，小说的文学性、文学技法在清初受到空前重视。就这一时期的小说观念来看，小说的价值不是体现在如史书那样的"真"，而是体现在能否表现出"才子书""绝大文章"那样的"美"；小说的功能也不再单纯体现为"补经书史传之穷"[1]，而是表现在"子弟读了，便晓得许多文法"[2]，"使天下人共赏文字之美"[3]。这样的小说观念可谓是

---

[1] （明）无碍居士：《警世通言叙》，（明）冯梦龙：《警世通言》，上海古籍出版社《古本小说集成》影印本，第1页。
[2] （明）金圣叹：《读第五才子书法》，《贯华堂第五才子书水浒传》，明崇祯十四年（1641）刊本。
[3] （清）张竹坡：《第一奇书非淫书论》，侯忠义、王汝梅编：《金瓶梅资料汇编（增订版）》，北京大学出版社1985年版，第19页。

对小说的文学自觉，与把小说视为经史之附庸的小说观念相比，乃真正提高了小说的地位。

如果说影响小说学发展走向的在清初主要是文人，那到了清代中叶，对小说观念影响极大的是学者。这一时期，经史之学的权威地位被重新确立，考据学盛行，将小说打扮成"才子书"已不足以抬高小说的身价，将小说"学者化"倒成了对小说进行雅化的重要形式。所以，这一时期的小说观念既强调贵"实"贱"虚"的小说价值论与"资考证"的小说功能论，也强调小说的教化功能。由于清代中期文言小说的教化有着向传统观念回归的特点，常常以宣扬"忠孝节义"的正统面目出现，但我们不能忽视彼时的所谓"教化"实际上具有一些颇为深刻，甚至相当接近现代观念的具体内涵，值得我们重新审视、评估。经过考察可以发现，由于清代中叶的"实学"学风不仅在学术领域要求"实事求是""无征不信"，而且还强调"以实心励实行"的道德实践，① 小说作者们对不近人情的道德准则（不近人情则不是"实心"）、对理学家严苛的礼法规定（理学家的那些严苛规定连他们自己都做不到，只是道貌岸然的空言而已，当然不是"实行"）作了一定程度的反拨。其"教化"不像人们想当然的那样古板、迂腐，而是有时体现出人性化、人情化的道德观念。

对清代小说学的研究必然要注意这样一种背景：西学东渐。西学东渐起初是宫廷（例如康熙帝）及朝廷中某些士大夫在学习西方的数学、天文、历法等科学知识，后来传教士们通过宗教活动把一些西学输入民间，再到后来，随着国门的洞开以及有识之士的倡导，尤其是在甲午战争、庚子国变之后，西学浩浩荡荡涌入中国。考察清代小说学变迁之大势，我们应当注意小说观念在清代后期所独具的特点：不仅有着新与旧的交织，而且还有着中与西的碰撞。然而，长期有着自我优越感的中国人学习西方，是因为被当时的内忧外患唤起了政治热情，救亡图存的政治需求使得国人对于西学有着特定的选择：起初主要是科学技术，再后来是政学、法学、商学等被视为"实学"的社会科学，而对西方文学的真正了解在有清一代并未能实现。

---

① （清）纪昀：《阅微草堂笔记》，上海古籍出版社1980年版，第393页。

通过考察可以发现，晚清"小说界革命"时期的主流小说观念是一种功利性、工具论的小说观念，虽口口声声把小说标榜为"文学之最上乘"，实际上却因将小说的读者预设为文化程度不高的"愚民"而主要把小说作为宣传、启蒙的工具，无视其文学上的独立价值，仍是看重小说的"教化"功能，只是把教化的内容由封建伦理置换为新"文明"、新思想而已，故从本质上并未超越传统小说观念。同时，虽然域外小说大量输入，西方的小说观念却并未能有效地输入中国，小说作者、译者、读者的审美趣味主要还是受到传统小说观念的制约。另外，视小说为"小道"的观念也并未彻底改变，故评价小说为"文学之最上乘"在很大程度上不过是一句空洞的口号而已。

二、从"史"到"文"：小说观念的一大变迁

把小说视为"稗官野史"，将其功能解释为"补史"或"羽翼信史"，这样的小说观念在中国古代源远流长。可是，在明末清初，小说观念有着重大变迁。

在中国，小说从诞生之日起就面临着一个相当尴尬的处境：不登大雅之堂，处于边缘地位。为了抬高它的身价，清以前尤其是明人已经作了很多努力，不过从总体来看，最主要的作法是把小说与"史"相攀附，似乎攀上了尊贵的"史"，"小说"的地位也就不那么低下了。正是因为采取了"史"本位，明代许多本已颇具近世小说观念的文人学士在观照小说价值时反而表现出矛盾与局限。如胡应麟，曾赞赏"幻设""好奇"之唐传奇的"文采"与"绰有情致"，可是他又因《三国演义》中有的叙事"凿空无据"，未见于信史之载录，而认为它们"绝浅鄙可嗤也"；[1] 冯梦龙对于小说的重视众所周知，但仍然把小说视为"六经国史之辅"，[2] 其价值不过是"佐经书史传之穷"。[3]

---

[1] （明）胡应麟：《少室山房笔丛》，上海书店2001年版，第436页。
[2] （明）可一居士：《醒世恒言叙》，（明）冯梦龙编：《醒世恒言》，上海古籍出版社1994年《古本小说集成》影印本，第1页。
[3] （明）无碍居士：《警世通言叙》，（明）冯梦龙编：《警世通言》，上海古籍出版社1994年《古本小说集成》影印本，第1页。

当然，从明中叶开始，倒也有人已开始关注小说的文学性。如李开先《词谑》中载："崔后渠、熊南沙、唐荆川、王遵岩、陈后冈谓：《水浒传》委曲详尽，血脉贯通，《史记》而下，便是此书。"袁宏道曾从文学的角度对《水浒传》予以高度评价："六经非至文，马迁失组练。"① 袁中道以审美眼光称赞《金瓶梅》："模写儿女情态俱备"，"琐碎中有无限烟波"。② 最有代表性也最有影响的是李贽，他虽然也把小说与史传并举，小说与史传却都同属于"文章"。③

当然，明代文人如此看重小说文学性的还是凤毛麟角，从整体上来看，明代小说观念的主流还是"史"本位的价值论。到了明末清初，小说观念则产生了一大变迁：以"文"为本位观照小说价值。在这重大变迁中，金圣叹起到了承上启下的关键作用。金圣叹谓：

> 盖此书七十回，数十万言，可谓多矣。然举其神理，正如《论语》之一节两节，浏然以清，湛然可明，轩然以轻，濯然以新。彼岂非《庄子》《史记》之流哉！不然何以有此。（《读第五才子书施耐庵水浒传序三》）

断章取义来看，金圣叹不过是把《水浒传》与《论语》《庄子》《史记》这些圣人先贤的经典相比附，这种作法前代人并不是没有做过，然而结合上下文就可以有新的发现：

> 夫文章小道，必有可观。吾党斐然，尚须裁夺。古来至圣大贤，无不以其笔墨为身光耀。只如《论语》一书，岂非仲尼之微言，洁净之篇节？然而善论道者论道，善论文者论文，吾尝观其制作，又何其甚妙也！

---

① （明）袁宏道：《听朱生说水浒传》，（明）袁宏道著，钱伯城笺校：《袁宏道集笺校》，上海古籍出版社1981年版，第418页。
② （明）袁中道：《游居柿录》，（明）袁中道著，钱伯城点校：《珂雪斋集》，上海古籍出版社1989年版，第1316页。
③ "太守李载贽，字宏甫，号卓吾，闽人。……常云：'宇宙内有五大部文章：汉有司马子长《史记》，唐有《杜子美集》，宋有《苏子瞻集》，元有施耐庵《水浒传》，明有《李献吉集》。'"（明）周晖：《金陵琐事》卷一《五大部文章》，《南京稀见文献丛刊》本，南京出版社2007年版，第52页。

在这段话中，金圣叹实际上已经明确指出自己不是从"论道"而是从"论文"的角度，来评议圣人先贤的经典与《水浒传》的。所以，尽管屡屡把《史记》称为小说应效法的对象，但《史记》在他那里与其说是一部史书还不如说是一部好文章——"才子书"，他在观照小说价值时所采取的已不是"史"本位而是"文"本位了——"天下之文章，无有出《水浒》右者"。①

耐人寻味的是，李贽等人关注小说的文学性在明季颇遭非议，金圣叹"文"本位的小说观念在清初却有着众多的回应。从毛氏父子到张竹坡，从对小说经典作品的激赏到对平庸之作的点评，我们都可以清楚地看到这一点。

毛氏父子有一些论述容易引起误解：

  读《三国》胜读《西游记》。《西游》捏造妖魔之事，诞而不经。不若《三国》实叙帝王之事，真而可考也。（毛氏父子《读三国志法》）
  后人捏造之事，有俗本演义所无，而今日传奇所有者，如关公斩貂蝉、张飞捉周瑜之类，此其诬也，则今人所知也。有古本《三国志》所无，而俗本演义所有者，如诸葛亮欲烧魏延于上方谷，诸葛瞻得邓艾书而犹豫未决之类，此其诬也，则非今人之所知也。不知其诬，毋乃冤古人太甚，今皆削去，使读者不为齐东所误。（毛氏父子《三国志演义凡例》）
  近又取《三国志》读之，见其据事指陈，非属臆造，堪与经史相表里。无所事于穿凿，第贯穿其事实，错综其始末，而已无之不奇。（毛氏父子《三国志演义序》）

这些论述似乎表明，毛氏父子看重小说的实录标准，对小说进行价值观照时采取的是"史"本位。实际上并非如此，首先，毛批本在《三国演

---

① （明）金圣叹：《第五才子书水浒传·序三》，（明）施耐庵：《第五才子书水浒传》，上海古籍出版社 1994 年《古本小说集成》影印金阊叶瑶池梓行本，第 34 页。

义》与《水浒传》的比较中称:"读《三国》胜读《水浒传》,《水浒》文字之真,虽较胜《西游》之幻,然无中生有,任意起灭,其匠心不难。终不若《三国》叙一定之事,无容改易而卒能匠心之为难也。"(《读三国志法》)可见,毛氏所肯定的其实并不是"实录"问题,而是从艺术匠心的角度,即《三国演义》是在历史史实的制约下写出来的绝妙文章,故其创作明显难于《水浒》。其次,毛批本一方面肯定《三国》以"天然妙事"写出"天然妙文",同时常常以《三国》与"本可任意添设"的"稗官"对举,指责其不能如《三国》那样写出"天然妙文",可见毛氏其实并不反对"虚构",只是讥讽那些不能"虚构"出"绝世妙文"的作者。复次,在对作品的具体评改中,毛氏虽也删去一些"后人捏造之事",但那些有利于表现人物性格却明显违背史实的内容,如关云长"单刀赴会""千里独行""义释华容道"等照样加以赞美。可见,毛氏对于虚构内容的增删标准主要还在于文学价值的高低。①

总之,毛氏父子强调"《三国》一书,乃文章之最妙者",②踵武金圣叹,又总结了"追本穷源""巧收幻结""以宾衬主""同树异枝""同枝异叶""同叶异花""同花异果""星移斗转,雨覆风翻""横云断岭,横桥锁溪""将雪见霰,将雨闻雷""寒冰破热,凉风扫尘""笙箫夹鼓,琴瑟间钟""隔年下种,先时伏著""添丝补锦,移针匀绣""近山浓抹,远树轻描""奇峰对插,锦屏对峙"等多种"文法"。而且,虽然毛氏父子评点的是历史演义,他也并没有把《史记》当作史书来看,而是说:"三国叙事之佳,直与《史记》仿佛;而其叙事之难,则有倍难于《史记》者。《史记》各国分书,各人分载,于是有本纪、世家、列传之别。今《三国》则不然,殆合本纪、世家、列传而总成一篇。分则文短而易工,合则文长而难好也。"③仍然着眼于"文"本位对《三国演义》之价值作出高度评价。

与毛氏父子相比,张竹坡更明确地宣称自己评点小说是为了"使天下人共赏文字之美",他对自己的评点工作又有这样的评价:"一部淫情艳

---

① 参见谭帆、林莹:《中国小说评点研究新编》,华东师范大学出版社2023年版,第76页。
② (清)毛氏父子:《读〈三国志〉法》,(明)罗贯中原著,(清)毛宗岗评改:《三国演义》,上海古籍出版社1989年版,第4—13页。
③ 同上,第15页。

语,悉批作起伏奇文","变帐簿以作文章"。① 另外,张竹坡在评点《金瓶梅》时也与《史记》相比附:"《金瓶梅》是一部《史记》。然而《史记》有独传,有合传,却是分开做的。《金瓶梅》却是一百回共成一传,而千百人总合一传,内却又断断续续,各人自有一传。故知作《金瓶》者,必能作《史记》也。""吾所谓《史记》易于《金瓶》,盖谓《史记》分做,而《金瓶》合作。即使龙门复生,亦必不谓予左袒《金瓶》,而予并非谓《史记》反不妙于《金瓶》,然而《金瓶》却全得《史记》之妙也。文章得失,惟有心者知之。我止赏其文之妙,何暇论其人之为古人,为后古之人,而代彼争论,代彼谦让也哉?"②

可以看出,从金圣叹到毛氏父子再到张竹坡,虽然在高度评价小说之价值时亦将小说与史书相比附,但他们都是"赏其文之妙",也就是说,对小说进行价值观照时采取的是"文"本位而非"史"本位。这一点和前代小说观将小说与史书相攀附的方式貌合神离,因为传统小说观将小说与史书相攀附主要是强调小说的两种功能:一种是补正史之不足,所谓"因略以致详,考史以广义",③"稗官野史实记正史之未备",④"补经史之未赅";⑤一种是史传的通俗化,所谓"史氏所志,事详而文古,义微而旨深,非通儒夙学,展卷间,鲜不便思困睡。故好事者,以俗近语,檃括成编,欲天下之人,入耳而通其事,因事而悟其义,因义而兴乎感"。⑥不论是强调哪种功能,对小说进行价值观照时采取的都是"史"本位。

不仅金圣叹、毛氏父子、张竹坡这三位小说评点大家,继金圣叹之后,清初许多文人学士在评价《水浒传》《金瓶梅》等经典小说时,不再

---

① (清)张竹坡:《第一奇书非淫书论》,刘辉、吴敢辑校:《会评会校金瓶梅(修订本)》,香港天地图书有限公司2010年版,第2109页。
② (清)张竹坡:《批评第一奇书金瓶梅读法》,同上,第2120页。
③ (明)甄伟:《西汉通俗演义序》,丁锡根编:《中国历代小说序跋集》(中),人民文学出版社1996年版,第878页。
④ (明)熊大木:《序武穆王演义》,(明)熊大木:《大宋中兴通俗演义》,上海古籍出版社1994年《古本小说集成》影杨氏清江堂刊本,第3页。
⑤ (明)陈继儒:《叙列国传》,(明)陈继儒重校:《春秋列国志传》,上海古籍出版社1994年《古本小说集成》影万历乙卯本,第8页。
⑥ (明)修髯子:《三国志通俗演义引》,(明)罗贯中编次:《三国志通俗演义》,上海古籍出版社1994年《古本小说集成》影印本,第2页。

把它们看作是"史"的附庸,而是把它们视为文学作品,并且是优秀的文学作品。例如,王望如在具体评点中之所以没有像金圣叹那样对《水浒传》的文法进行条分缕析,那只是因为他在评点工作方面想要补金评之"所未逮",① 而对金圣叹的"文"本位,他也是接受的:"吴门金圣叹反而正之,列以第五才子,为其文章妙天下也。"② 他在为醉耕堂刻本《水浒传》写的序中亦把《水浒传》称为《五才子水浒》。谢颐为《金瓶梅》写序时称:"《金瓶》一书,传为凤洲门人所作也,或云即凤洲手。然洒洒洋洋一百回内,其细针密线,每令观者望洋而叹。今经张子竹坡一批,不特照出作者金针之细,兼使其粉腻香浓,皆如狐穷秦镜,怪窜温犀,无不洞鉴原形,的是浑《艳异》旧手而出之者,信乎凤洲作无疑也。"故其把《金瓶梅》与《艳异编》并举还是出于"文"本位的立场。刘廷玑也很明显接受了金氏、毛氏、张氏"文"本位的小说评点立场:"如《水浒》,本施耐庵所著,一百八人,人各一传,性情面貌,装束举止,俨有一人跳跃纸上……串插连贯,各具机杼,真是写生妙手。金圣叹加以句读字断,分评总批,觉成异样花团锦簇文字……"③

不仅是小说中的经典作品,清初在点评相对平庸的作品时也主要以"文"本位加以观照的。这主要表现在以下两个方面:其一,沿袭"才子书"的称谓以抬高被点评小说的身价。何谓"才子书"? 李渔所谓"古今来绝大文章"是也。按传统小说观念来看,"绝大文章"与小说无缘,可是,从李贽发端,经金圣叹奠基,由毛氏父子、张竹坡等人推波助澜,清初时这样一种小说观念已经确立:不仅仅优秀的史传如《史记》等是"绝大文章",优秀的小说同样也可以是"绝大文章"。正是因为这样一种小说观念已经确立,才会有那么多的小说点评者沿袭"才子书"的称谓以抬高被点评小说的身价,而不再像过去那样企图以攀附史传的方式来抬高小说的地位。其实,过去攀附史传的作法并不能真正提高小说的地位。而清初的小说评点家把小说与史传相比附时已具有这样一个前提:《史记》等史传

---

① (清)王望如《五才子水浒序》中说:"吴门金圣叹反而正之,列以'第五才子',为其文章妙天下也,其作者示戒之苦心,犹未阐扬殆尽。余则补其所未逮,曰:《水浒》百八人非忠义,皆可为忠义。"
② (清)王望如:《五才子水浒序》,《水浒传会评本》,北京大学出版社1981年版,第35页。
③ (清)刘廷玑撰,张守谦校点:《在园杂志》,中华书局2005年版,第83页。

首先是文章之典范，把小说与它们相比附其实是把小说也看作是好文章，其文法与《史记》等文章典范是相通的。在小说学史上，这是对小说地位的一种真正提高。其二，在对小说的具体评点中关注小说的文学性，关注小说的"文法"。这样的例子俯拾皆是，此处只举几例：

> 看小说，如看一篇长文字，有起伏，有过递，有照应，有结局，倘前后颠倒，或强生支节，或遗前失后，或借鬼神以神其说，俱属牵强。此书头绪井然，前后一贯，兼之行乎其所当行，止乎其所当止。至于引诗批语，皆有深意，非若从来坊刻，徒为衬贴而已。我愿世上看官，勿但观其事之新奇，词之藻丽，须从冷处着神，闲处作想，方领会得其中佳趣。（《新镌移本评点小说绣屏缘》总评）
>
> 大纲细目，读者不妨一字一句潜心体味，借以悟文，何则？即圣叹手批《西厢》，以《西厢》作《史记》读是也。二书参看尤得。（《春柳莺凡例》）
>
> 阅此传，令人见怜，又令人生妒，何物司马元能兼有此二美。总由作者灵心敏腕，种种奇情，逼真才子，逼真钟情，天下不必有是事，但可作如是观也。异哉，文人之笔乎！（《批评绣像奇闻幻中真》卷一评）
>
> 文字于收束处，最贵完密，最忌疏漏，叙才子佳人至得为夫妇，固已毕乃事矣。然使花妖之案，非有紫辰一番作用，则篇首一道金光究何着落，而三仙已往，不复重提，亦觉其太冷落，而有话张遗李之讥，行文宁肯蹈此？其细针密缕有弥合，我击节耳。《绣像铁花仙史》第二十六回评）
>
> 文字有极紧密处，有极疏漏处，虽其中不无支诞旁及，总不害其为紧密，即其间亦或然照顾点染，只自成其为疏漏，此其何故也？要知疏密处不在字句而在神情，不在词华而在肯綮也。（《女开科传》第十一回评）

虽说点评的水平有高下之分，但评者都很关注小说的文学性，关注小说的"文法"，这是对小说的文学自觉。这种把本来不登大雅之堂的小说放置于被视为由"锦绣才子""文章巨公"才能构建的文学殿堂之中的思想，可称之为小说观念的一大变迁。

三、从"文"到"学"：传统小说观念的回归①

清初，小说观念有着从"史"到"文"的大变迁；但到了清代中叶，小说观念又表现出了向传统回归的态势。

例如，通俗小说在明季本来已甚有声势，以至于钱大昕惊呼："古有儒、释、道三教。有明以来又多一教，曰：小说。小说演义之书未尝自以为教也，而士大夫、农、工、商贾无不习闻之，以至儿童妇女不识字者亦皆闻而如见之。是其教较之儒、释、道而更广也。"② 小说之地位也提升得很高，常常被称为"奇书""才子书"，动辄就被视为与《史记》《汉书》等史学名著乃至六经相比肩。清初的作家们也非常愿意从事小说的创作，如李渔曾说："不敢以小说为末技。"③ 天花藏主人云："欲人致其身，而既不能，欲自短其气，而又不忍，计无所之，不得已而借乌有先生以发泄其黄粱事业。"④ 在他们看来，人生价值可以在小说创作的"乌有事业"中得到实现。可是到了清中叶，通俗小说完全被排斥在《四库全书总目》的权威性著录之外。与之一致，前代对通俗小说的著录也甚为清人所非议，如：

> 予又见《续文献通考》以《琵琶记》《水浒传》列之《经籍志》中，虽稗官小说，古人不废，然罗列不文，何以垂远？（周亮工《书影》卷一）
>
> 近则钱遵王书目，亦有《水浒传》；明时《文华殿书目》，亦有《三国志通俗演义》。（阮葵生《茶余客话》卷十六）

---

① 此节写作参考了詹颂2001年博士论文《乾嘉文言小说研究》，特此说明，并致谢忱。
② （清）钱大昕：《潜研堂文集》卷十七《正俗》，陈文和编：《嘉定钱大昕全集》第9册，江苏古籍出版社1997年版，第272页。
③ （清）杜浚：《十二楼序》，载《李渔全集》第9卷，浙江古籍出版社1991年版，第7页。
④ （清）天花藏主人：《平山冷燕序》，丁锡根编：《中国历代小说序跋集》（下），人民文学出版社1996年版，第888页。

《续文献通考·艺文》载及《琵琶记》《水浒传》，谬甚。（查嗣琪《查浦辑闻》卷下）

而且，尽管清代新的小说经典《红楼梦》《儒林外史》早已问世，并且影响极大，通俗小说在《四库全书》之后一直到晚清，却基本上未能进入官方及私家书目的著录之中。通俗小说如此，文言小说也被视为"无关于著述"、①"非著书者之笔"，②小说的地位又开始回落。又如，明代中后期，小说的"虚实""幻奇"理论已颇能打破传统小说观念的局限，对小说中的虚构问题、"艺术真实"与"历史真实"的辨证关系、"艺术真实"与"生活真实"的辨证关系问题等都已有较为充分的认识；清初的小说观念也有从"史"到"文"的变迁。可清中叶的小说观念却又向传统回归，重新强调史学视野制约下贵"实"贱"虚"的小说价值取向和"资考证"的小说功能。具体表现如下：

首先，传统小说观念中的"实录"原则在清中叶的小说观念中又被强调。且看《四库全书总目》中几篇有代表性的小说提要：

案《穆天子传》旧皆入起居注类，徒以编年纪月，叙述西游之事，体近乎起居注耳。实恍惚无征，又非《逸周书》之比。以为古书而存之可也，以为信史而录之，则史体杂，史例破矣。今退置于小说家，义求其当，无庸以变古为嫌也。（《穆天子传提要》）

若其中伏生受《尚书》于李克一条，悠谬支离，全乖事实。朱彝尊乃采以入《经义考》，则嗜博贪奇，有失别择，非著书之体例矣。（《汉武洞冥记提要》）

嘉书盖仿郭宪《洞冥记》而作，其言荒诞，证以史传皆不合，如皇娥燕歌之事，赵高登仙之说，或上诬古圣，或下奖贼臣，尤为乖迕。（《拾遗记提要》）

---

① （清）纪昀：《滦阳消夏录》自序，（清）纪昀：《阅微草堂笔记》，上海古籍出版社1980年版，第1页。
② （清）盛时彦：《姑妄听之跋》引纪昀语，同上，第472页。

这些小说在前代的著录中有时被归入史部，四库馆臣们由于对史部的"实录"原则要求更高，而将这些"恍惚无征""其言荒诞""悠谬支离"的篇目退置于"小说家"类。这种目录分类方式实际上是四库馆臣强化史学观念的产物，与其说是就小说本身而言，还不如说是为了使史部体例更加精严而采取的著录方式。正是由于史学原则对小说观念的这种强大制约作用，在四库馆臣那里，最为称道的是那些"信而有征"的小说。身为最重要的四库馆臣，纪昀在《阅微草堂笔记》中也甚为看重"实录"；在其作品中，他详言传闻之由来，"某先生言""某某曰""某某为余言"之类的句式在《阅微草堂笔记》中比比皆是。在纪昀那里，客观记录传闻是最起码的要求——"惟不失忠厚之意，稍存劝惩之旨，不颠倒是非如《碧云騢》，不怀挟恩怨如《周秦行记》，不描摹才子佳人如《会真记》，不绘画横陈如《秘辛》，冀不见摈于君子云尔。"① 但仅仅如此还不够，还要对传闻进行甄别，强调记录传闻要"信而有征"。

清中叶的文言小说对史学视野制约下的"实录"原则是非常强调的。纪昀之外，李调元在《尾蔗丛谈》自序中也对《聊斋志异》的幻设颇为不满，认为《聊斋志异》"以惊奇绝艳之笔写迷离惝恍之神，词清而意远，事骇而文新，几乎淹贯百家，前无古人矣。然皆凿空造意，无实可征，考古者所弗贵焉"，与纪昀的言论简直是如出一辙。也正因为此，他自称其宦游所至，"辄访问山川风土人物，采其事之异乎常谈，并近在耳目之前，为古人所未志者，辄随笔记载，以为麈谈之资。其始自何人，出自何地，要取其有据，不取其无稽"。② 金捧阊《守一斋客窗笔记》的自叙声称此书"言皆有据，事匪无因。或以佐麈尾谈天，或以供轺轩问俗"。赵学辙在为《客窗笔记》作序时说："小说家言，大抵优孟衣冠，得其似而失其真者。更有蜃楼海市，幻由心造，往往出于文人学士穿凿附会之所为，非不澜翻层叠，动人观听，其如佛氏妄语之戒又如何乎？先生此编，事事真实，有裨世道为多。"诸联《明斋小识》卷一《杂记》篇中作者自述创作原则："其中见者、记闻者，记邑中之事居多，或劝或惩，或为谈助，事非一例，

---

① （清）纪昀：《阅微草堂笔记》，上海古籍出版社1980年版，第562页。
② （清）李调元：《尾蔗丛谈》，乾隆间绵州李氏刻本卷首。

而穿凿附会之谈不设,此可自信者。"这样的例子不胜枚举。

通俗小说亦强调"实录"。对历史演义,明人已提出"宜作小说而览,毋执正史而观"① 这样的观点,蔡元放在乾隆年间的《东周列国志序》中却又重弹"稗官固亦史之支派,特更演绎其词耳。善读稗官者,亦可进于读史""于史学或亦不无小裨焉"这样的旧调,并在《东周列国全志读法》中明言:"读《列国志》,全要把作正史看,莫用小说一例看了。"在《读法》中,蔡元放还批评了金圣叹小说观念的"文"本位:"金圣叹批《水浒传》《西厢记》,便说于子弟有益。渠说有益处,不过是作文字方法耳。"声称自己的评点"只是批其事耳,不论文也",重新又返回了传统小说观念中的"史"本位立场。《东周列国志》之外,吕抚的《纲鉴通俗演义》自称是"为史学别开生面"之作,还声明其取材"悉遵纲鉴,半是纲鉴旧文","其见于小说内者,并不敢取"。② 明人已有多种两汉演义问世,珊城清远道人却又编写《东汉演义评》,究其原因,还是因为旧演义"捏不经之说","颠倒史实"。蔡元放点评《东周列国志》已经相当强调"史"本位,杨邦怀还要"廓清""其间颠倒错杂,烦亵支俚者"而编成《列国志辑要》;杜纲的《南史演义》《北史演义》也强调所叙"皆有根据,非随意撰造者可比"。

其次,与史学视野制约下贵"实"贱"虚"的小说价值取向相应,清中叶的小说观念还强调"资考证"的价值功能。所谓"资考证",一般是指小说也能够为澄清"史"之真相提供考证材料;但在清中叶的小说观念中,所谓"资考证"还另有所指,别有深意。

比如对《山海经》的评价。《山海经》本有许多神怪描写,可毕沅乾隆四十六年(1781)的《山海经新校正序》却说此书"信而有征,虽今古世殊,未尝大异","未尝言怪,而释者怪焉",他声称自己"校注此书,凡阅五年,自经传子史,百家传注,类书所引,无不征也"。可以看出,作为征引材料,《山海经》在毕沅那里相当于地理书。在另一位学者郝懿行那里,《山海经》又成了其小学考证中的文字训诂材料。郝氏有《山海

---

① (明)佚名:《新刻续编三国志引》,丁锡根编:《中国历代小说序跋集》(中),人民文学出版社1996年版,第936页。

② (清)吕抚:《纲鉴通俗演义·凡例》,光绪十三(1887)年广百宋斋石印本。

经笺疏》行世，阮元在序中将之与毕沅的《山海经新校正》比较，称"毕氏校本，于山川考校甚精，而订正文字，尚多疏略。今郝氏究心是经，加以笺疏，精而不凿，博而不滥，粲然毕著，斐然成章"。毕、郝二人着力方向不同，但视小说为"资考证"的工具则一。

清中叶还刊刻了许多"虚荒怪诞"的古小说，如《神异经》《十洲记》《洞冥记》《神仙传》《列仙传》《搜神记》《幽明录》《冤魂志》《夷坚志》等，这些作品的刊刻其实不是看重这些小说本身的价值，而是因为这些小说可以作为校勘、辑逸的材料。黄丕烈在《续幽怪录》《博物志》《稽神录》《夷坚志》诸书后的跋语颇有代表性："余喜读未见书，若此小稿依然旧刻，岂不可备《百宋一廛书录》之续乎？""遂刻之以正今本之失"，"盖友视此书，字迹恶劣，纸墨污敝，决非有用物也。而余则喜甚，非但姚舜咨跋，可证书之源流，且取校向藏秦西岩钞本，复经蒋杨录校补者，知此为祖本，彼犹有传写臆改之病，而此则原书面目纤细具在，胜于前所收者多矣"，"天壤甚大，未识洪公所著《夷坚》各种，其宋刻能一一完全否？痴心妄想，其有固未可必，其无亦安敢必也！"有些小说本身与考证无关，可流风所至，也不得不攀附"考证"以装潢门面。例如，《娱目醒心编》采录明末清初小说略加改窜以成书，本非"目之所见，耳之所闻"者，可是，自怡轩主人于乾隆五十七年（1792）在为这部小说集所写的序中却标榜说："考必典核，语必醇正。"

贵"实"贱"虚"的小说价值论、"资考证"的小说功能论与清中叶的学术思想有很大关系。可以说，清中叶时，对小说观念有着巨大影响力的已不是文人而是学者。

重"学"是清代尤其是乾嘉时期的风气。乾嘉学者对宋学最为批判的是宋儒不通考据而自出己意地妄谈心性义理："宋人说经，好为新说，弃古注如土苴"；[①]"汉儒有经师，宋无经师；汉儒浅而有本，宋儒深而无本"；[②]"夫实事在前，吾所谓是者，人不能强辞而非之，吾所谓非者，人不能强辞而是之也。如六书、九数及典章制度之学是也；虚理在前，吾所

[①] （清）江藩：《国朝汉学师承记》，中华书局1983年版，第37页。
[②] （清）惠栋：《九曜斋笔记》卷二《趋庭录》，光绪聚学轩丛书本。

谓是者人既可别持一说以为非，吾所谓非者人亦可别持一说以为是也，如理义之学是也"；①"宋儒讥训诂之学，轻语言文字，是犹渡江河而弃舟楫，欲登高而阶梯也"；②"汉儒故训有师承，亦有时附会；晋人附会凿空益多；宋人则恃胸臆为断"。③而汉儒的可贵之处又在哪里呢？"汉人通经有家法，故有五经师。训诂之学，皆师所口授，其后乃著书帛。所以汉经师之说，立于学官，与经平行。"④"训诂必依汉儒，以其去古未远，家法相承，七十子之大义犹有存者，异于后人之不知而作也。"⑤"经文艰奥难通，但当墨守汉人家法，定从一师，而不敢他徙。"⑥无论是盛赞汉儒的家法师承、考据功夫，还是指责宋儒的空疏无本、自出己意，都是就儒家的传统学术——经学而言，是重新确立经学的权威地位。明中叶以来尤其是晚明时期，"人人皆可为尧舜""满街都是圣人"之说甚为社会所接受，可到了清中叶，清初学者的治学主张、官方对思想文化统治之严苛、乾嘉学者对"汉学"学统的强调，三者的合流形成了"经学盛兴"⑦"海内人士无不重通经"⑧的局面。《四库全书总目》对"非圣""不经"之说的严厉指斥比比皆是，从中也可看出经学权威地位的重新确立。只不过，乾嘉学者有着"通经无不知信古"⑨"经之义存乎训，识字审音，乃知其义"⑩的学理逻辑，于是史学以及由经史之学而生发出的文字、音韵、训诂、校勘、辑佚、目录、金石、博物之学等随之大盛，形成了当时所谓的"实学"学风。

---

① （清）凌廷堪：《校礼堂文集》，中华书局1998年版，第317页。
② （清）段玉裁《戴东原先生年谱》引戴震语，张岱年主编：《戴震全书》第6册，黄山书社1995年版，第652页。
③ （清）戴震：《与某书》，张岱年主编：《戴震全书》第6册，黄山书社1995年版，第495页。
④ （清）惠栋：《九经古义·述首》，（清）阮元主编：《皇清经解》，学海堂咸丰庚申（1860年）补刊本卷首。
⑤ （清）钱大昕：《潜研堂文集》卷二十四《臧琳经义杂识序》，陈文和编：《嘉定钱大昕全集》第9册，江苏古籍出版社1997年版，第375页。
⑥ （清）王鸣盛：《十七史商榷·序》，中国书店1987年版。
⑦ （清）焦循：《雕菰集》卷十三《与孙渊如观察论考据著作书》，商务印书馆1937年版，第213页。
⑧ （清）王昶：《春融堂集》卷十五《惠定宇先生墓志铭》，嘉庆十二年（1807）塾南书屋刻本。
⑨ 同上。
⑩ （清）惠栋：《九经古义·述首》，（清）阮元主编：《皇清经解》学海堂咸丰庚申（1860年）补刊本卷首。

经史之学的权威地位，也表现在当时的文学观念之中。由于"海内人士无不重通经"，"载道"的古文有时也因经史之学不够到位而颇为时人所讥弹；① 而那些诗酒风流的才子们也不为时人所称说——"不喜以心性空谈，标榜门户；亦不喜才人放诞，诗坛酒社，夸名士风流"。② 故而小说再以"才子书"之名目来抬高身价已没有可能。于是小说家们便千方百计地打扮出"学者书"的样子。显然，贵"实"贱"虚"的小说价值论与"资考证"的小说功能论所强调的正是小说的"学者化"。"学者化"是小说在清中叶被具体"雅化"的一种重要形式，尽管通俗小说在明季已大有声势，文人亦有"打倒自家身子，安心与世俗人一样"③ 这样对世俗精神的认同，但清中叶小说创作中的世俗精神仍然被淡化了。

不仅世俗精神，小说中的文人精神在此时也较为低落。这一时期，白话小说的两部杰作《红楼梦》与《儒林外史》均已问世。这两部书具有很明显的文人精神，他们的作者曹雪芹与吴敬梓也具有很突出的文人气质，可是就连他们的朋友在称赞他们的文人风采与名士风度时，也不是就他们的小说创作而言的。

曹雪芹朋友的诗文中有这样的语句："爱君诗笔有奇气，直追昌谷破篱樊"，④ "牛鬼遗文悲李贺，荷锸鹿车葬刘伶"；⑤ "诗才忆曹植，酒盏愧陈遵"，⑥ "逝水不留诗客杳，登楼空忆酒徒非"；⑦ 敦敏曾为曹雪芹的画题过诗，中有"醉余奋扫如椽笔，写出胸中块磊时"⑧ 之句；张宜泉《题芹溪居士》诗题小注云曹雪芹"素性放达，好饮，又善诗画"，对其诗画之才推许甚高，甚至对其使酒狂狷之态也颇为称赏，可是《红楼梦》却只字未

---

① 参阅郭绍虞：《中国文学批评史·各家对于桐城文之批评》，百花文艺出版社1999年版，第344—349页。
② （清）盛时彦：《阅微草堂笔记序》，（清）纪昀：《阅微草堂笔记》，上海古籍出版社1980年版，第567页。
③ （明）袁宏道：《德山麈谈》，（明）袁宏道著，钱伯城笺校：《袁宏道集笺校》，上海古籍出版社1981年版，第1299页。
④ （清）敦诚：《四松堂集·寄怀曹雪芹》，一粟编：《红楼梦卷》第1册，中华书局1980年版，第1页。
⑤ （清）敦诚：《四松堂集·挽曹雪芹》，同上，第2页。
⑥ （清）敦敏：《懋斋诗钞·小诗代简寄曹雪芹》，同上，第7页。
⑦ （清）敦敏：《懋斋诗钞·河干集饮题壁兼吊雪芹》，同上，第7页。
⑧ （清）敦敏：《懋斋诗钞·题芹圃画石》，同上，第6页。

提。作为通俗小说中的经典，《红楼梦》在民间可以大受欢迎、可以作为"开谈"的重要谈资。但在乾嘉时期的诗词文赋乃至笔记杂著中，在此时期的官方与私家的书目著录中，《红楼梦》绝少被提及，即使被提及也常常是谩骂与攻击。周春的《阅红楼梦随笔》倒是对《红楼梦》褒赏有加，可是周春在褒赏《红楼梦》时所淡化和消解的恰恰是金圣叹、张竹坡等评点小说时对小说文人性的发掘，其所标举的乃是一种学者式的点评方式："阅《红楼梦》者既要通今，又要博古，既贵心细，尤贵眼明。当以何义门评十七史法评之。若但以金圣叹评四大奇书法评之，浅矣。"总之，尽管《红楼梦》这部小说有着明显的文人性，其文人性在清代中叶却未被重视，而一些着眼于文人性的评赏如脂批，却只能附着于抄本，其社会文化效应在当时是潜在的、微小的。

《儒林外史》也有着类似遭遇。吴敬梓的好朋友程晋芳虽然一方面称赞"外史纪儒林，刻画何工妍"，另一方面却又说"吾为斯人悲，竟以稗官传"。[①] 吴敬梓在小说方面的突出贡献，甚至不能为自己的好友至交所认同，更不用说社会上一般人对小说的看法了。吴敬梓甚有文人习气，可是吴檠、程晋芳、金兆燕、王又曾、沈大成等人所称赏的是他的经史之"学"：

何物少年志卓荦，涉猎群经诸史函。（吴檠《为敏轩三十初度作》）

先生晚年亦好治经，曰："此人生立命处也。"（程晋芳《文木先生传》）

晚年说《诗》更鲜匹，师服翼萧俱辟易。《小雅》之材七十四，《大雅》之材三十一。一言解颐妙义出，《凯风》为洗万古诬，《乔木》思举百神职……先生抱经老岩阿，吁嗟如此苍生何！（金兆燕《寄吴文木先生》）

《诗说》纷纶妙注笺，好凭枣木急流传。（王又曾《书吴征君敏轩先生文木先生诗集后》）

[①] （清）程晋芳《怀人诗》之十六，《勉行堂诗集》，《续修四库全书》据清嘉庆二十三年邓廷桢等刻本影印，上海古籍出版社2002年版，第114页。

> 先生少治毛诗，于郑氏孔氏之笺疏，朱子之集传，以及宋元明诸儒之绪论，莫不抉其奥，解其症结，猎其菁英，著为《诗说》数万言，醇正可传，盖有得于三百篇者。（沈大成《全椒吴征君诗集序》）

此外，著名乾嘉学者钱大昕在《杉亭诗集序》中谈到吴敬梓时闭口不谈《儒林外史》，吴敬梓在其笔下不是一位文人，而是一位"高才博洽"的学者形象。

新小说经典的接受情形如此，我们不妨再看一看旧的小说经典。清代中叶，明代"四大奇书"中只有《西游记》还有新评本问世，这些新评本有一个共同特点：不详析《西游记》之"文法"，而是着重阐发《西游记》之"学理"。刘一明《西游原旨读法》明确宣称："《西游》之书，乃历圣口口相传、心心相印之大道……学者须要极深研几，莫在文字上隔靴搔痒。"而且，被认为是《西游记》作者的吴承恩在明代天启年间的《淮安府志》中是一个文人的形象："为诗文下笔立成，清雅流丽，有秦少游之风。"而在乾嘉朴学家丁晏的《重修山阳县志》中却是一个学者形象："英敏博洽，为世所推，一时金石之文，多出其手。"

在《聊斋志异》中，花妖狐怪的魅力多表现为琴棋诗赋的才情，可在清中叶的文言小说里，花妖狐怪令男主人公倾倒的却是她们的学识。如宋永岳《志异续编》写王希乔遇狐仙事：一夜三更，有二女郎前来相邀，王随至一宅第，俨然阀阅之家。狐女出见，为十八佳人。此女坐定即谈学问：

> 女曰："夙闻先生博览经史，必多心解。未审诸史中果谁为最？"
> 生曰："顷读《资治通鉴》，觉字字精密。"
> 女曰："《通鉴》自是千古不磨之书，但亦有疏处。如元朔元年匈奴二万骑入汉，杀辽西太守，略二千余人，围韩安国壁，又入渔阳、雁门云云。韩安国于元光六年为将军，屯渔阳。此云围安国壁，为入渔阳可知，而云又入，非疏而何？"生服其精卓。①

---

① （清）宋永岳：《志异续编》卷一《王希乔》，丁丑（光绪三年，1877）申报馆本。

《阅微草堂笔记》问世以后影响颇大，而它的特点，清人李慈铭曾评价说："虽事涉语怪，实其考古说理之书。"纪晓岚或在书中逞考据之功力，或阐发自己的学术主张，表现出"以学问为小说"的倾向，这种倾向是乾嘉时期许多文言小说所共有的。乾嘉文言小说的许多作者本身就是当时颇有声名的学者，如《柳南随笔》《柳南续笔》的作者王应奎、《蟫史》的作者屠绅、《咫闻录》的作者温汝适、《归田琐记》的作者梁章钜、《七嬉》《春梦十三痕》的作者许桂林、《印雪轩随笔》的作者俞鸿渐等。流风所至，即使学术功力不逮，文言小说的作者们往往也要议一议经史，谈一谈考据。

文言小说中还出现了篇幅宏大的骈文小说，主要有陈球的《燕山外史》与屠绅的《蟫史》。《燕山外史》的本事取自明代冯梦桢《窦生传》，以骈体写成，作者陈球自称"史体从无以四六为文，自我作古。极知僭妄，无所逃罪。第托于稗乘，常希末减"。① 尽管骈文小说并非是陈球的首创，但《游仙窟》篇幅较短，叙述语言与人物语言中有不少并非骈句；《燕山外史》则长达三万一千余字，全篇皆用严格的四六体写成，写作难度更大。屠绅的《蟫史》是长篇章回体文言小说，这是一种史无前例的文体，小说中的叙述语言与人物对话有许多也是骈体。袁枚曾云："人有满腔书卷，无处张皇，当为考据之学，自成一家。其次则骈体文，尽可铺排。"② 骈文文体讲究用典，可作为学问的外在标志，也是"以学问为小说"的一种表现。除《蟫史》之外，屠绅《六合内外琐言》二十卷168篇中有许多作品都文辞古奥，频用典故，广引经史，与其"以学问为小说"的倾向相一致。

白话小说的创作出现了一些所谓"炫学小说"，如李汝珍的《镜花缘》、夏敬渠的《野叟曝言》等。这些作品之所以被乾嘉时人所赞扬，主要因素就是这些小说"繁称博引，包括靡遗"和"熔经铸史"③ 的特性。一言以蔽之，此时人们在衡定小说价值时并非看重小说是否是"才子书"

---

① 《燕山外史·旧例》，光绪五年（1879）上海广益书局印行。
② （清）袁枚：《随园诗话》卷五，王英志编：《袁枚全集》第3册，江苏古籍出版社1993年版，第141页。
③ （清）夏敬渠：《野叟曝言·凡例》，上海古籍出版社1994年《古本小说集成》影印本。

"大文章""至文",是否表现出了精妙的"文法",而是看其能否有益于"学",甚至"炫学"。在清中叶重新建立经史之学权威地位的时代背景之下,小说地位相当低下。故要抬高小说地位,除了以谈经论史攀附经学史学、以强调小说"资考证"功能而攀附考据学之外,还试图通过所"炫"之"学"的"实学"价值来提高小说的地位,① 所谓"炫学小说"的出现即植根于这种时代风气。

清中叶还有一种提高小说地位的方法是强化小说的教化功能。这一时期的文言小说与白话小说有一个共同的特点是议论性强,甚至还出现了石成金《雨花香》《通天乐》这种叙事大大萎缩而议论高度膨胀的作品,其中《通天乐》的议论约占一半。而之所以有这么多的议论,主要还是出于小说能"醒人之迷悟,复人之天良""暗昧人听之而可光明,奸贪刻毒人听之而顿改仁慈敦厚"② 的教化动机。当然,仅仅看到清中叶小说观念对小说教化功能的强调是不够的,更应当注意的是这一时期强调小说教化功能的具体内涵是什么。

从明中叶至清初,无论是小说批评还是小说创作,文人们都很强调情感的重要作用,而且所强调的都是一种愤激的情感,他们是把自己的批评或创作视为不平之鸣,充满了强烈的批判精神。清中叶小说学中的"教化"一方面削弱了蕴含其中的批判精神,另一方面则在回归儒家正统观念的同时又有新的变化。

清代以程朱理学为官方哲学,程朱理学属于宋学,但清中叶对汉学学统的强调并没有与之发生明显的矛盾冲突,汉学与宋学的矛盾冲突被"实学"之学风消解了。在这种学风之下,学者们不仅在学术领域要求"实事求是""无征不信",而且还强调"以实心励实行,以实学求实用"。③ 正是因为强调"以实心励实行,以实学求实用",乾嘉学者主要是从学风、学理层面指责宋儒,而对宋儒道德的"实行"却相当肯定。如著名汉学家惠士奇手书楹联云:"六经尊伏郑,百行法程朱。"惠栋

---

① 乾嘉时期,"实学"被大大强调。"实学"的内涵比较复杂,其中有一种是指有利于国计民生的实用知识,例如医学、算学等。
② (清)石成金:《雨花香》自序,《中国古代珍稀本小说》第9册,春风文艺出版社1997年版,第497—498页。
③ (清)纪昀:《阅微草堂笔记》,上海古籍出版社1980年版,第393页。

说:"汉人经术,宋人理学,兼之者乃为大儒。"① 从上下文来看,其所谓理学也是强调道德实践;钱大昕曾作《朱文公三世像赞》一诗:"卓哉紫阳,百世之师。主敬立诚,穷理致知。由博近约,大醇无疵……立德不朽,斯文在兹。"② 但乾嘉学者们反对的并不是理学本身,而是反对空谈理学而不能"以实心励实行"者。需要注意的是,强调"以实心励实行"使得清中叶学者的伦理道德要求趋于宽容、温情,在很大程度上纠正了宋明理学"以理杀人"的严苛。以对南宋名臣胡铨迷恋女子黎倩一事的评价为例,朱熹曾写《宿梅溪胡氏客馆观壁间题诗自警》诗,认为这位忠直大臣的这件风流韵事是其一生的污点:"莫向清流浣衣袂,恐君衣袂涴清流。"并由此发出"世上无如人欲险,几人到此误平生"的著名感叹。而在清代中叶,观念开通的袁枚固然对此事的评价颇高:"为国家者,情之大者也;恋黎倩者,情之小者也。情如雷如云,弥天塞地,迫不可遏,故不畏诛,不畏贬,不畏人訾议,一意孤行,然后可以犯天下之大难……使公亦有顾前瞻后、谨小慎微之态。则当其上疏时,秦桧之威不在倖胄之下,公岂不能学遁翁,取数枝蓍草,自筮吉凶以定行止哉?孟子曰:'此之谓大丈夫。'微忠简,吾谁与归!"③ 就是在以观念正统、保守而著称的四库馆臣那里,对胡铨也并未予以苛责,其立场与袁枚基本一致:"铨孤忠劲节,照映千秋,乃以偶遇歌筵,不能作陈烈逾墙之遁,遂坐以自误平生,其操之为已蹙矣。平心而论,是固不足以为铨病也。"④

此种情形耐人寻味,可以在一定程度上看出清中叶学者伦理道德观颇具人性化的一面。过去人们过于强调明中叶以来的徐渭、汤显祖、李贽、冯梦龙、袁宏道,明末清初的金圣叹、张竹坡等人具有很明显的反理学倾向,表现出很强的叛逆性与批判精神,却没有注意到,他们有很多时候是以苛严乃至残忍的道德准则对人物进行评价的。倡忠孝节义时责人以不必死之死、不必苦之苦,这其实是明季相当普遍的现象。明清易代之时,王夫

---

① (清)惠栋:《九曜斋笔记》卷二《汉学条》,光绪聚学轩丛书本。
② (清)钱大昕:《潜研堂文集》卷十七《朱文公三世像赞》,陈文和编:《嘉定钱大昕全集》第9册,江苏古籍出版社1997年版,第263页。
③ (清)袁枚:《读胡忠简公传》,《小仓山房续文集》卷三十,王英志编:《袁枚全集》第2册,江苏古籍出版社1993年版,第538—539页。
④ 《四库全书总目·集部十一》之《澹庵文集》提要,中华书局1965年版。

之、顾炎武、全祖望、万斯同、孙奇逢等著名学者反思明亡教训时，不约而同地都谈到了充斥明季朝野的"戾气""杀气""气矜""激昂好为已甚""矫为奇行而不经"，对明人严苛乃至残忍的道德标准作了一定的批判。①

与之相对比，清中叶学者固然对正统儒家所强调的伦理纲常似乎更顶礼膜拜，可是，因为对"以实心励实行，以实学求实用"的强调，他们对不近人情的道德准则、对讲学家严苛的礼法规定作了一定程度的反拨。最有代表性的是戴震，他借对儒家原始经典尤其是《孟子》的重新诠释提出了"血气心知，性之实体也""人生而后有欲、有情、有知，三者血气心知之自然也""理也者，情之不爽失也""理者，存乎欲者也"等重要的哲学论断，② 指责宋明理学抽象的、严苛的"理"。戴氏从抽象、严苛的"理"回归到"情""欲"这样的"实心"，从而建立了人性化人情化的道德标准。而且，这种人情化、人性化的道德观在清中叶实际上是学者们所普遍持有的：如焦循《性善解》与《格物解》强调原始儒学中"性无它，食色而已""饮食男女，人之大欲存焉"等观点；阮元云"天既生人以血气心知，则不能无欲"；③ 汪中曾有《女子许嫁而婿死从死而守志议》一文，根据对古礼的考证主张夫死妇不必殉身；钱大昕亦曾为女子如此辩护："准之古礼，固有可去之义，亦何必束缚之，禁锢之，置之必死之地而后快乎！"④ 力倡以"礼"代"理"的凌廷堪所言的"礼"其实有着这样的内涵："夫人有性必有情，有情必有欲。故曰：饮食男女，人之大欲存焉。圣人知其然也，制礼以节之。"⑤ 明白了这种普遍性，我们就不会奇怪，以正统、保守著称的四库馆臣进行道德评判时有时居然相当的温和、宽容。

于是我们能够看到，表现出很强叛逆性与批判精神的汤显祖、冯梦龙对烈妇殉身、节妇自虐大加赞赏，而纪昀却对这些女性表现出真切的同情与哀怜："我感其事，为悲且歌。今夕何夕，怆怀实多……夜半开门望天

---

① 参见赵园《明清之际士大夫研究》第一章第一节，北京大学出版社1999年版。
② （清）戴震：《孟子字义疏证》，张岱年主编：《戴震全书》第6册，黄山书社1995年版，第175、197、152、159页。
③ （清）阮元：《威仪说》，《研经室集》卷十，商务印书馆《丛书集成初编》本，1935年版，第206页。
④ （清）钱大昕：《潜研堂文集》卷八《答问五》，陈文和编：《嘉定钱大昕全集》第9册，江苏古籍出版社1997年版，第106页。
⑤ （清）凌廷堪：《校礼堂文集》，中华书局1998年版，第307页。

地，盲风暗雨如翻河。"① 认为一般人根本就理解不了她们的辛酸与悲苦："如彼饫膏粱，不知藜藿腹。"② 并对明人严苛的道德标准提出尖锐批评："青娥初画怅离鸾，白首孤灯事亦难。何事前朝归太仆，儒门法律似申韩。"③ 也正因为此，尽管他在叛逆性与批判精神方面与汤显祖、冯梦龙相比大大逊色，他小说中的"劝惩""教化"却常常表现出可贵的人道思想。如在《阅微草堂笔记》卷十二《槐西杂志二》中纪昀议论道："哀其遇，悲其志，惜其用情之误，则可矣。必执《春秋》大义，责不读书之儿女，岂与人为善之道哉！"故事中那对小儿女以封建伦理看来分明是"用情之误"，可纪昀并不予以苛责。类似的还有《阅微草堂笔记》卷二十三《滦阳续录五》中的议论："饮食男女，人生之大欲存焉。干名义，渎伦常，败风俗，皆王法之所必禁也。若痴儿呆女，情有所钟，实非大悖于礼者，似不必苛以深文。"并在议论之后讲述了另外一个故事，指斥了讲学家们以"理"杀人的罪恶。总之，纪昀在《阅微草堂笔记》中提出了一些人性化人情化的道德标准，其"教化"的具体内涵一方面向以经史为代表的正统观念回归，一方面却又在一定程度突破了程朱理学对人性的异化与扭曲。

《阅微草堂笔记》的此种特点恰好是清代中期文言小说的一个代表。这一时期的文言小说多有较浓的学究气，可是，其"教化"却不像人们想当然的那样古板、迂腐，而是多持人性化、人情化的道德观。且不说特立独行的袁枚在《子不语》中"重男女慕悦"，大多数文言小说作者对男女之情都持甚为宽容乃至赞赏的态度。如吴荆园《挑灯新录》有不少篇章写真挚、深切的爱情战胜世俗阻碍的故事，其中较具代表性的有卷一《夏雪郎》、卷二《陈生》、卷三《谢惜春》、卷四《罗姓少年》等，卷四《胡司空》甚至还写了同性恋者的痴情。因对"情"持宽容、开通的态度，作者写这种畸恋也写得相当感人，毫无色情秽恶之感。乐钧《耳食录》中《痴女子》一篇否定了其时有关《红楼梦》为悟书的看法，认为《红楼梦》

---

① （清）纪昀：《张烈女诗》，《纪文达公遗集》上册卷九，上海古籍出版社 2002 年《续修四库全书》本，据清嘉庆十七（1812）年纪树馨刻本影印。
② （清）纪昀：《汪氏守节诗》，《纪文达公遗集》上册卷十，同上。
③ （清）纪昀：《蔡贞女诗》，《纪文达公遗集》上册卷十二，同上。

"实情书",所谓"悟","乃情之穷极而无所复之,至于死而犹不可已。无可奈何而姑托于悟,而愈见其情之真而至。故其言情,乃妙绝今古"。他还以充满诗意与激情的笔调写出了心目中的情,高度评价了宝黛式的爱情:"故情之所以为情,移之不可,夺之不可,离之不可,合之犹不可。未见其人,固思其人;既见其人,仍思其人。不知斯人之外,更有何人。亦并不知斯人即是斯人。乃至身之所当,心之所触,时之所值,境之所呈,一春一秋,一朝一暮,一山一水,一亭一池,一花一草,一虫一鸟,皆有凄然欲绝、悄然难言、如病如狂、如醉如梦、欲生不得、欲死不能之境,莫不由斯人而生,而要反不知为斯人而起也。虽至山崩海涸,金消石烂,曾不足减其毫末而间其须臾。"在《耳食录》初编卷三《三官神》和卷九《黄衣丈夫》中,乐钧对爱情中的男女双方都提出了忠贞的要求,表现出颇接近现代的平等观;徐昆《柳崖外编》卷十五《灵川女郎》篇末柳崖子评曰:"寰宇万变,情与理而已。纵情而荡,理不容也。理不容,则鬼神责之。笃情而至,理所悯也,理所悯,则神明与之。"卷一《巧巧》结尾又议论曰:"上品无寒门,下品无贵族,选法古人所叹。余谓男女婚姻,终身大关,相如文君而外,罕得偶者。安得破尽门户成格,妙配人间士女也。"另外,虽然也强调"忠孝节义"这些传统的伦理纲常,清中叶的文言小说也为这些伦理纲常注入了人性化人情化的内涵。如沈起凤《谐铎》有《侠妓教忠》《雏伶尽孝》《丐妇殉节》《营卒守义》之目,以被人歧视的下层民众重新诠释"忠孝节义";青城子《亦复如是》写了一个割股奉亲名叫符正道的孝子,可作者居然也能提出"古之割股者,谓为愚孝则可,谓为纯孝则不可"这样的观点;和邦额《夜谭随录》的《陆水部》《戆子》直斥皇帝不辨忠奸,大兴文字狱,文笔相当大胆,以至于宗室昭梿称之为"悖逆""狂吠";屠绅《六合内外琐言》的《龙尾寺眇僧》写忠臣都是"无首"的,《秦桧妇》写制造岳飞冤案的正是宋高宗本人,这样的作品可以说对"文死谏""武死战"的愚忠作了相当深入的反思;至于像《阅微草堂笔记》那样同情节烈妇女的不幸遭遇,主张妇女不必在男子死后殉身,对女子改嫁持宽容态度的文言小说就更多了。

四、清后期小说观念的多元化

从小说观念的发展大势来看，清代初期小说观念的重"文"倾向与清代中叶的重"学"倾向在清代后期均有体现。以文言小说为例，重"文"的《聊斋志异》与重"学"的《阅微草堂笔记》均不乏续作者、效法者。前者如道光年间朱翊清的《埋忧集》、咸丰年间段永元的《聊斋外集》、同治年间宣鼎的《夜雨秋灯录》、光绪年间王韬的《淞隐漫录》《淞隐续录》等，甚至，晚清著名译家、古文家林纾也被称为"今之蒲留仙也"，"译欧西小说，专用《聊斋志异》文笔"。① 后者如道光年间俞鸿渐的《印雪轩随笔》、咸丰年间高继衍的《蝶阶外史》、同治年间许奉恩的《里乘》、光绪年间俞樾的《耳邮》《右台仙馆笔记》等。而《两般秋雨庵随笔》《归田琐记》《浪迹丛谈》《履园丛话》等作品，所述故事既不如《聊斋志异》行文之曲折曼妙，又不似《阅微草堂笔记》叙事之简淡雅洁，颇似以《聊斋志异》之"文"叙《阅微草堂笔记》之"事"，又常常引考证、论学入小说，其文体介于志怪传奇小说与学术笔记之间；又如《信征全集》以"信征"为名，对史学视野制约下小说的实录原则相当重视，似乎颇为重"学"，可是，这部小说的前序却又说："凡稗官野史小说家者流，其叙事论情，不过如商贾之登账，如书吏之录供而已。似此烟霞变幻之文，《聊斋》之外能多得乎哉？"这分明又是重"文"了。

不仅仅在重"文"的同时亦可重"学"，清代后期的小说观念还有着中与西的碰撞、新与旧的交织，呈现出兼收并蓄的多元化局面。

"小说界革命"被论定的一大功绩是提高了小说的社会地位。固然，从表面上来看，"小说为文学之上乘""东西各国之论文学家者，必以小说家为第一"之类的表述确乎是在"小说界革命"时深入人心的。可是，我们不能忽略这种小说观念的本质乃是一种工具论——把小说视为宣传、启蒙的工具。

清代后期，尤其是"戊戌政变"之后思潮颇多，然诸多思潮殊途同归于鲜明的"民本"倾向。梁启超曾在《五十年中国进化概论》中言清末有

---

① 钱玄同：《寄陈独秀》，《新青年》第3卷第1号。

四个人介绍新思想：康有为、严复、章太炎与他自己。严复译《天演论》《原富》等西书、著《论世变之亟》《原强》《救亡决论》《辟韩》诸文，引"物竞天择，适者生存"的进化论观点与西方政治经济学倡社会政治改革，具体手段还是落实在"鼓民力""开民智""新民德"三个方面，同样具有很明显的"民本"倾向。看起来似乎颇为守旧的"国粹派"，也具有鲜明的"民本"倾向。他们提倡的"国学"是在批判传统之后又肯定传统。批判传统时，在"国粹派"看来，学术实际上有"国学""君学"之分，所谓"君学"，就是指专制制度造成的"以人君之是非为是非"之学，是"功令利禄之学"；所谓"国学"，就是专制制度还没建立之前的诸子学术。由于有着这样的划分，他们提出了"无用者君学也，而非国学"的重要观点。[①]"国粹派"并非不重经史之学，可是，他们声称"经"并不是儒家的专利，而是上古史官之学。上古史官之学渐由官学散于民间，形成诸子之学。这样，儒学便退居于诸子学中。被视为国学大师的章太炎有《原儒》《原道》《原名》《原墨》《明见》《订孔》《原法》《论诸子学》等文，刘师培有《周末学术史序》《荀子补释》《晏子春秋补释》《墨子拾补》等，这些都是诸子学中的名作。他们的史学观也对旧史学有"君史"无"民史"的情形深致不满，力图建立新史学。[②] 总之，他们以学术著作揭露专制制度"愚民"的罪恶，消解儒学与孔子的神圣光环、指斥孔子"讥世卿乃抑臣权而伸君权，非抑君权而伸民权也"，[③] 指出儒学常常被专制制度所利用，从而抨击君权、鼓吹民权。正因为此，章太炎的《訄书》之《明农》《定版籍》篇能够同孙中山一样注意到农民问题，刘师培能在《中国民约精义》中发出"民也者，君之主也""君也者，民之役也"的宏论。总之，倡民主共和的资产阶级命派们能够振臂一呼，云集响应，迅速取得辛亥革命的胜利、建立民国，诸多思潮都共同拥有"民本"倾向是一个很重要的思想基础。

　　既然晚清时诸多思潮皆有着"民本"倾向，它们自然而然地把"民"视为实现其社会政治改革主张的主体："今值学界展宽，士夫正目不暇给

[①] （清）邓实：《鸡鸣风雨楼民书·民智》，《政艺通报》1904年第5号。
[②] 参阅郑师渠《晚清国粹派文化思想研究》第五章，北京师范大学出版社1997年版。
[③] （清）刘师培：《古政原始论》，《国粹学报》1905年第6期。

之时，不必再以小说耗其目力。惟妇女与粗人，无书可读，欲求输入文化，除小说更无他途。"① 康有为云："仅识字之人，有不读经，无有不读小说者。故六经不能教，当以小说教之；正史不能入，当以小说入之；语录不能谕，当以小说谕之；律例不能治，当以小说治之。"② 梁启超云："彼美、英、德、法、奥、意、日本各国政界之日进，则政治小说为功最高焉。英名士某君曰：'小说为国民之魂。'岂不然哉！岂不然哉！"③ 陈天华云："世界各国，哪一国没有几千个报馆？每年所出的小说，至少出有数百种，所以能够把民智开通了。"④ 这些人有着不同的社会政治改革主张，可是，由于都把并不具备"学问"的"民"作为实现其社会政治改革主张的主体，他们的小说观念有一个共同特点，就是特别看重小说的社会功能。

学界一般把梁启超《小说与群治之关系》一文视为小说界革命的标志，而这篇文章在小说界革命中所起的作用就是奠定了小说观念中的一个主导倾向：强调乃至夸大小说的社会功能。文章一开头，梁启超就以"明白晓畅之中，带着浓挚的热情"⑤的文笔渲染了小说的社会功能："欲新一国之民，不可不先新一国之小说。故欲新道德，必新小说；欲新宗教，必新小说；欲新政治，必新小说；欲新风俗，必新小说；乃至欲新人心，欲新人格，必新小说。"不过他的高明之处在于较深入系统地分析了小说之所以具有"不可思议之力"的原因，提出了两"境界"（现实境界、理想境界）、"四种力"（"熏""浸""刺""提"）之说，从而产生了深远影响。

表面看来，这是对小说艺术特征的分析，其实，与其说梁氏是在分析小说作为文学体裁之一的艺术特征，还不如说是强调小说有着极大的感染、教化作用，这与严复、夏曾佑《本馆附印说部缘起》中的论调也并没有什么不同。不过，梁启超在分析小说具有感染、教化作用的原因时较严、夏前进了

---

① （清）夏曾佑：《小说原理》，《绣像小说》第3期，1903年。
② （清）康有为：《日本书目志·小说门》识语，《康有为全集》，上海古籍出版社1992年版，第1212页。
③ 梁启超：《译印政治小说序》，引自《饮冰室合集》第1册《饮冰室文集之三》，中华书局1989年版，第35页。
④ （清）陈天华：《狮子吼》，《中国近代小说大系》第12册，百花洲文艺出版社1993年版，第609页。
⑤ 胡适：《四十自述》，《胡适文集》第1卷，北京大学出版社1998年版，第71页。

一步：那就是除了看到小说的"通俗性""趣味性"（用梁氏的话来说就是"浅而易解""乐而多趣"）之外还看到了小说的"移情性"[①]——"熏""浸""刺""提"皆是作用于人的情感，使人忽而移至现实境界，忽而移入理想境界。可惜的是，本来谈到小说的"移情性"已经接触了小说审美功能的边缘，梁氏却仅仅把小说的"移情性"视为小说的一种效果，只是以"效果论"的方式引人注目于小说"新民""新道德""新宗教""新政治""新风俗""新学艺"乃至"新人心"的社会功能，而忽视了小说的审美功能和文学性。并不是没有人看到这种小说观念的弊病，如《小说林》杂志的发刊辞便明确指出："昔之视小说也太轻，而今之视小说又太重也。昔之于小说也，博弈视之，俳优视之，甚且鸩毒视之，妖孽视之，言不齿于缙绅，名不列于四部……今也反是，出一小说，必自尸国民进化之功，评一小说，必大倡遥俗改良之旨。吠声四应，学步载涂。"《小说林》的核心人物黄人还在其《中国文学史》《小说小话》等论著中始终如一地坚持了《小说林》发刊词中"小说者，文学之倾于美的方面之一种也"这样的立场，强调小说应将"真""善""美"有机地结合在一起；《小说林》另外一个重要成员徐念慈甚至还将黑格尔、基尔希曼等西方美学观念引入到小说观念之中，而王国维的《红楼梦评论》更是在对西方哲学思想、美学思想有着深入了解的基础上写成的一篇有标志意义的宏文。可惜的是，在"小说界革命"看起来甚为浩大的运动中，这些声音被喧嚣的口号淹没了，新的"文学精神"、小说观念并未能很好地建立、发展起来，小说学思想主要还是受到中国旧有观念的制约，域外小说虽然输入很多，但在小说学思想方面对人们的影响非常有限。何以作如此评价？其因有二：

首先，虽然此时谈论小说时常常以域外小说为参照，似乎眼界颇宽，有论者便认为此时小说观念的特征之一是具有"世界意识"。其实，此时的所谓"世界意识"主要体现在域外的政治、经济、道德、科学等方面。如梁启超对西学东渐的过程有一著名概括："第一期，先从器物上

[①] 黄遵宪后来就对梁氏小说"能移我情"的说法甚为称赞，见《光绪二十八年十一月十一日黄公度与饮冰室主人书》，丁文江《梁任公年谱长编初稿》，商务印书馆1933年版。

感觉不足","第二期,是从制度上感觉不足","第三期,便是从文化根本上感觉不足"。其中,"第二期所经过的时间,比较的很长——从甲午战役起到民国六七年间止",新小说运动正包容于第二期之中。可按照梁氏的说法,这一时期的中国,"最进化的便是政治""国民对于政治上的自觉,实为政治进化的总根源",他输入域外文明的着眼点乃是唤起"国民对于政治上的自觉"。① 而输入域外小说、倡导"新小说"只是输入其所看重的西学——西方政治意识的工具而已。

甲午战败,朝野震惊,随之而来的戊戌政变、庚子国变更使中华民族处于生死存亡的紧要关头,在这特定的时代背景下,国人"救亡图存"的政治激情被大大唤起,学习西方与日本、变革腐败的政治在这一时期几乎达成共识,于是,"法学、政治学方面,译作最多,成效最大",② 将西方国家观念、国际观念、法制观念、天赋人权观念、民主民权观念、自由平等观念集中而具体地介绍进中国,对国人"政治上的自觉"产生了广泛而深远的影响。其中,梁启超、严复是卓越的代表。

从1898年到1903年,梁氏先后在《清议报》《新民丛报》上发表了数十篇"输入外来文明"的作品,其中有些作品直接便是对西方政治及政治学的介绍,如《论俄罗斯虚无党》《近世欧洲四大政治学说》《政治学学理摭言》《国家学纲要》《国家思想变迁异同论》等,有些作品虽说属于西方的经济、历史、地理、名人传记、学者介绍,可是都能够体现出梁氏明显的政治意识:《二十世纪之巨灵托辣斯》涉及对西方政治侵略性、垄断性的体认;《雅典小史》的重心是介绍西方的议院制、民主观念;《欧洲地理大势论》介绍西方地理的作品,而所谓"论"是以当时比较流行的"地理环境决定论"来评述西方国家的政治观念。梁氏此一时期的名人传记主要有五——《斯巴达小志》《新英国巨人克林威尔传》《意大利建国三杰传》《匈牙利爱国者噶苏士传》《近世第一女杰罗兰夫人传》,无一例外皆是政治家。即使在介绍西方学者及其学说时,梁氏最为看重的还是这些学者们的政治学说如《亚里斯多德之政治学说》《进化论革命者颉德之学说》《卢

---

① (清)梁启超:《五十年中国进化概论》,引自《饮冰室合集》第5册《饮冰室文集之三十九》,中华书局1989年版,第46页。
② 熊月之:《西学东渐与晚清社会》,上海人民出版社1994年版,第658页。

梭学案》《政治学大家伯伦知理之学说》等。在输入域外文明时具有"政治至上"的倾向是这一时期的一个重要特点,严复译《天演论》亦是把本属自然科学的"物竞天择,适者生存"引入社会进化之中,为当时"救亡图存"的政治要求提供理论依据。

既然在输入域外文明时具有"政治至上"的倾向,我们就不难理解梁启超倡导政治小说时为什么能够一呼百应了。1896年《变法通议》中,梁启超就主张革新小说以服务于维新政治;1897年,梁氏又明确提出要译印政治小说;尤其是1902年《论小说与群治之关系》揭开了"小说界革命"的序幕。在梁启超大力倡导之后,视小说为宣扬政治思想之工具的小说观念极有势力。就是林纾这样算是颇为看重小说艺术性的作家和译者,其最念念不忘的还是"政治":在《黑奴吁天录》的跋中,他强调此篇小说的创作"亦足为振作志气、爱国保种之一助";在《红礁画桨录译余剩语》中,他称赏西方小说"无苟然之作",认为连《格列佛游记》这样"荒渺无稽"的作品"亦必言其政治之得失,用讽其祖国";他还反复呼吁小说的写作要"爱国""救国""有功于社会",声称"纾己年老,报国无日,故日为叫旦之鸡,冀吾同胞警醒。恒于小说序中摅其胸臆",政治激情溢于言表。蔡元培1901年还视小说为小道,在《魏子安墓志铭》中为魏氏"《咄咄集》及《诗话》尤当不朽,而世乃不甚传,独传其所为小说《花月痕》"而深表惋惜,论调与程晋芳"吾为斯人悲,竟以稗官传"简直如出一辙;可在1904年,他自己也已经开始写新小说宣传社会主义的政治思想了。吴趼人、李伯元等本来很看重小说的娱乐性,此时也纷纷表示要"裨国利民""改良社会"了。吴趼人创作历史小说不是指向未来(当时有许多"未来记"小说抒发作者的政治观念),而是指向过去,不是指向域外,而是指向本土(当时历史小说多介绍列强之崛起发展史),似乎颇能独立于时代潮流之外,可是《痛史》第一回就开宗明义地讲:"鸿钧既判,两仪遂分,大地之上,列为五洲,每洲之中,万国并立。'五洲'之说,古时虽未曾发明,然国度是一向有的。既有了国度,就有竞争。优胜劣败,取乱侮亡,自不必说。但是各国之人,苟能各认定其祖国,生为某国之人,即死为某国之鬼,任凭敌人如何强暴,如何笼络,我总不肯昧了良心,忘了根本,去媚外人。"政治意识也是非常强烈。

对于域外小说，新小说倡导者们有一个共识："政治小说"是域外小说的一种极重要的类型，中国缺少这样的小说类型。需要注意的是，这里的类型并非是文体类型而是主题类型。故与其说这些倡导者们强调的是输入"小说"，还不如说是强调输入域外的政治思想。早在1899年8月，尾崎行雄在清议报上发表《论支那之命运》，中间有这么一段话：

> 支那人虽有文学思想，而无政治思想。故其政治上之奏议论策不过是文学上之述作耳。

尾崎行雄的论述是否正确且不去追究，可以确定的是当时国人对他的这段话甚为认同，译者就对此段话大发感慨："凡今日自命政家有言责常建议者，及与我辈同业为报馆主笔者，皆当书此节末数言于座右，每将执笔时则内省之。"人们还普遍认为中国的小说家缺少政治意识，如梁启超就极为武断地声称中国旧小说"述英雄则规划《水浒》，道男女则步武《红楼》，综其大较，不出诲盗诲淫两端"；① 蔡奋亦指责中国小说"其立意则在消闲，故含政治之思想者稀如麟角，甚至遍卷淫词罗列，视之刺目"。②

不过，虽然梁启超等人极为武断地视传统小说为诲淫诲盗的作品，传统小说并不总是遭到否定，有时甚至还能得到较高的评价。但它们之所以得到较高的评价，并不是因为它们是优秀的文学作品，而是因为它们被认为表现出比较进步的政治观念。例如王无生写了《中国历代小说史论》《中国三大小说家论赞》等文大力称赞传统小说中的名著《红楼梦》《水浒传》《金瓶梅》等，认为施耐庵完全可以与"柏拉图、巴枯宁、托尔斯太、迭更司"相抗衡，因为《水浒传》"平等级，均财产，则社会主义之小说也；其复仇怨，贼污吏，则虚无党之小说也；其一切组织，无不完备，则政治小说也"。同样的，对于另一部名著《红楼梦》而言，"必富于哲理思

---

① 梁启超：《译印政治小说序》，引自《饮冰室合集》第1册《饮冰室文集之三》，中华书局1989年版，第34页。

② （清）蔡奋：《小说之势力》，《清议报》第68册，清议报馆1901年发行，见中华书局影印本1991年《中国近代期刊汇刊第二辑：清议报》。

想、种族思想者，始能读此书"。说来说去，还是以政治视角来解读传统小说。王无生在《论小说与改良社会之关系》一文中已说得很明确："抑吾又闻四国协约之后，人人有亡国之惧，以图存救亡为心者，颇不一其人。夫欲救亡图存，非恃一二才士所能为也，必使爱国思想，普及于最大多数之国民而后可。求其能普及而收速效者，莫若小说。"小说的写作技巧、艺术特性在"图存救亡"的政治需要下是顾不上考虑的，所以，不仅写小说力图要表现出"进步"的政治观念，就是在解读传统小说时，也要赋予传统小说以政治"高度"，哪怕这是对原作的一种歪曲。对此，吴趼人已经指出此种解读方式的错误："轻议古人固非是，动辄牵引古人之理想，以阑入今日之理想，亦非是也。吾于今人之论小说，每一见之。如《水浒传》，志盗之书也，而今人每每称其提倡平等主义。吾恐施耐庵当日，断断不能作此理想。不过彼叙此一百八人，聚义梁山泊，恰似一平等社会之现状耳。"① 可在政治激情高涨的时代背景下，"专在借小说家言，以发起国民政治思想，激励起爱国思想"② 的宗旨可以说被普遍认同，吴趼人等的见解反而没能引起社会上的反响。

诚然，此时谈小说者常常以域外小说为参照系，但所称赞的域外小说主要是体现政治意识、经济思想、道德观念、科学理念等的作品。对此，《新世界小说社报》在第6、7期刊登的《读新小说法》表述得比较系统，不妨举出为例：

> 无格致学不可以读吾新小说。
> 无警察学不可以读吾新小说。
> 无生理学不可以读吾新小说。
> 无音律学不可以读吾新小说。
> 无政治学不可以读吾新小说。
> 无论理学不可以读吾新小说。

---

① （清）吴趼人：《杂说》，《月月小说》第8号，1908年。
② 新小说报社《中国唯一之文学报〈新小说〉》，刊于《新民丛报》十四号上广告，光绪二十八年七月十五日，见《中国近代期刊汇刊》第二辑《新民丛报》影印本，中华书局2008年版。

其次，在探讨小说（包括域外小说与本土小说）的文学性时，国人的小说观念基本上还是滞留在传统层面，与之相应，域外小说的输入在文体形式、叙事技巧、审美趣味方面被大大中国化了。

在"小说界革命"时期，翻译、创作小说是文白并存的。1924年，胡适在《林琴南先生的白话诗》中曾经说："五六年前的反动领袖在三十年前也曾做过社会改革的事业。我们这一辈的少年人只认得守旧的林琴南，而不知道当日的维新党林琴南。""维新党林琴南"在1897年曾以活字印行过白话诗《闽中新乐府》，在其家乡福州曾广为传播。在《论古文白话之相消长》一文中，林纾也谈到过自己对白话写作的贡献："忆庚子客杭州，林万里、汪叔明创为白话日报，余为作白话道情，颇风行一时。"关键在于，林纾并不是反对以白话写作，而是反对某些文体不可用白话文。为了回应救亡图存的需求当开民智、鼓民力、新民德时，此时不妨写白话文。官方文书、友人信函等也不必用古文："今官文书及往来函札，何尝尽用古文？一读古文则人人瞠目，此古文一道，已属声消烬灭之秋，何必再用革除之力？"① 可是，如果把小说视为一种文学，在译小说时要表现出小说的"神韵"，林纾认为白话文就不大能够曲情达意了。林纾并不抹杀《水浒传》《红楼梦》的文学成就："白话至《水浒》《红楼》二书，选者亦不为错。然其绘影绘志之笔，真得一'肖'字诀。"他认为，《水浒传》《红楼梦》之所以有这样的文学成就恰恰是因为它们与古文"笔法"有相通之处：

> 但以武松之鸳鸯楼言之：先置朴刀于厨次，此第一路安顿法也；其次登楼，所谓叉开五指向前，右手执刀，即妨楼上知状将物下掷，叉指正所以备之也，此二路之写真；登楼后，见两三枝灯烛，三数处月光，则窗开月入，人倦酒阑，专候二人之捷音，此第三路写法也；既杀三人，洒血书壁，踩扁酒器，然后下楼，于帘影模糊中杀人，刀钝莫入，写向月而视，凛凛有鬼气！及疾趋厨次取朴刀时，则倏忽骇怪，神态如生，此非《史记》而何？试问不读《史记》而作《水浒》，

---

① （清）林纾：《论古文白话之相消长》，许桂亭选注：《铁笔金针——林纾文选》，百花文艺出版社2002年版，第94页。

能状出尔许神情耶？《史记·窦皇后传》叙窦广国兄弟家常琐语，处处入情，而《隋书·独孤氏传》曰苦桃姑云云，何尝非欲跨过《史记》？然不类矣。故冬烘先生言字须有根柢，即所谓古文者，白话之根柢，无古文安有白话？

从中我们恰恰可以看出，林纾分析《水浒传》之文学性时其实是以古文的审美趣味为依归的。在译域外小说时，这样的审美趣味仍然是林纾一以贯之的："纾不能西文，然每听述者叙传中事，往往于伏线、接笋、变调、过脉处，大类吾古文家言"；①"余译既，叹曰：西人文体，何乃甚类我史迁也"；②"史、班叙妇人琐事，已绵细可味矣，顾无长篇可以寻绎……若迭更司此书，种种描摹下等社会，虽哕可鄙之事，一运以佳妙之笔，皆足令人喷饭"；③"左氏之文，在重复中能不自复，马氏之文，在鸿篇巨制中，往往潜用抽换埋伏之笔而人不自觉。迭更司亦然，虽细碎芜蔓，若不可收拾，忽而井井胪列，将全章作一大收束，醒人眼目"；④"哈氏文章，亦恒有伏线处，用法颇同于《史记》"；⑤"余尝谓古文中序事，惟序家常平淡之事最难着笔……今迭更司则专意为家常之言，而又专写下等社会家常事，用意、着笔为尤难"。⑥以古文笔法比附西方小说的叙事技法不无牵强，可其中也能体现出林纾在小说观念方面较"新小说"倡导者们的深刻之处：他是确确实实把域外小说视为一种文学而不仅仅是启蒙、宣传的工具。

"新小说"倡导者们虽然提出"小说为文学之最上乘""东西各国之论文学家者，必以小说家为第一"这样响亮的口号，但在他们心目中所看重的"新小说""域外小说"其实并非是文学而是蕴含其中的"文明"和"思想"。与对小说作者、小说思想的高度评价形成鲜明对比的是，他们心

---

① （清）林纾：《撒克逊劫后英雄略》序，许桂亭选注：《铁笔金针——林纾文选》，百花文艺出版社 2002 年版，第 17 页。
② （清）林纾：《斐洲烟水愁城录》序，同上，第 24 页。
③ （清）林纾：《块肉余生述二题·前编序》，同上，第 67 页。
④ （清）林纾：《冰雪因缘》序，同上，第 77 页。
⑤ （清）林纾：《洪罕女郎传》跋语，同上，第 27 页。
⑥ （清）林纾：《孝女耐儿传·序》，同上，第 63 页。

目中的小说读者却都是些文化程度不高有待启蒙教诲的"愚民"。如康有为所针对的小说读者是"仅识字之人";① 梁启超针对的是"辍学之子""下而兵丁,而市侩,而农氓,而工匠,而车夫马卒,而妇女,而童孺";② 严复、夏曾佑针对的是"妇女与粗人"。③ 故新小说的倡导者们都强调小说要面向"下流社会"。由于他们心目中的小说读者是这样的"愚民","斗小说之心思,炫小说之文章笔力",④ 追求小说的文学效果自然而然就遭到了指责。也正是因为有着"天下有不能识字之人,必无不能说话之人,出之以白话,则吾国所最难通之文理,先去障碍矣"⑤ 的思路,"新小说"倡导者才提出由古语之文学变为俗语之文学是文学进化之一大关键的观点。可以看出,"新小说"倡导者们提倡白话小说还是视小说为启蒙、宣传的工具,小说的文学性仍然被忽略了。

然而,小说毕竟是文学之一种,其自身的文学特性必然还会制约小说作者、译者、读者,哪怕这些作者、译者、读者自己并没有意识到这一点。在这一时期,小说作者、译者、读者的审美趣味主要还是受到传统文学观念的制约,域外小说的文学观念影响极小。林纾以古文大家的身份"以华文之典料,写欧人之性情"自然是在情理之中,大力提倡白话小说的"新小说家"们亦纷纷"参以文言"。例如,1902年梁启超译《十五小豪杰》时,"原拟依《水浒》《红楼》等书体裁,纯用俗话,但翻译之时,甚为困难;参用文言,劳半功倍"。1903年鲁迅译《月界旅行》亦是"初拟用俗语",但是发现"纯用俗语,复嫌冗繁",最终还是"参用文言"。归根结底,长期以诗、文为文学正宗的文学观念并不是一下子能消除的,文言作品的韵味也是这一时期人们包括"新小说"倡导者所深谙的,一旦受到小说文学特性的制约,作者、译者们在潜移默化中形成的"胎息史汉""古朴顽艳"的审美趣味也就流露出来了。不仅译者、作者的情形如

---

① (清)康有为:《日本书目志·小说门》识语,《康有为全集》,上海古籍出版社1992年版,第1212页。
② 梁启超:《译印政治小说序》,引自《饮冰室合集》第1册《饮冰室文集之三》,中华书局1989年版,第34—35页。
③ (清)夏曾佑:《小说原理》,《绣像小说》第3期,1903年。
④ 《论小说之教育》,《新世界小说社报》第4期,1906年。
⑤ 同上。

此，读者也有着更爱读文言作品而非白话作品的倾向：此时最受欢迎的译作是林纾所译《茶花女》；读者们对翻译文学欣赏的还是"雅驯""雅饬"的译笔；高度评价域外小说的文学成就时，比拟的还是"至其文笔旖旎，颇得六朝习气，是亦大可观者"。1908年徐念慈统计小说销量时也不无诧异地发现，"文言小说之销行，较之白话小说为优"。[1]

除了以文言译作为主之外，白话译作常常以章回体的体例改造域外小说。他们割裂域外小说的章节，重新拟之以章回小说的回目。"欲知后事如何，且听下回分解""看官听说""但见"之类章回小说中的套语亦在这些译作中比比皆是。域外小说还常常被节译，如马君武译托尔斯泰的《复活》，三部只译了其中的一部，苏曼殊译雨果的《悲惨世界》，只译了第一部中的第二章，不用说这对全书的结构体例予以了极大改动，以至于国人会产生误解，以为西方小说常常是一书仅叙一人一事且一线到底。[2] 域外小说的肖像描写、环境描写、心理描写常常被删节，代之以章回小说中程式化的描写；同时，域外小说情节的曲折被强化了，与情节无关的描写被视为"闲文"而大量删去。不难发现，章回小说"说—听"机制所强调的故事性和注重情节曲折的审美趣味是其中删改的主要成因。林纾声称："以彼新理，助我行文。"[3]"理"是域外的而"文"还是本土的。天虚我生云："人但知翻译之小说，为欧美名家所著，而不知其全书之中，除事实外，尽为中国小说家之文字也。"[4] 道出了域外小说的输入在审美趣味方面被中国化的事实。

当然，西方小说观念并不是完全没有输入到中国来，前面所提到的黄人、徐念慈、王国维等人就在一定程度上体现出西方的小说观念。不过，这些小说观念的提出并不具备体系化和理论化。

从整体上来讲，新文化运动之前的小说批评形式主要还是印象式、直观式、片断式。金圣叹式的"文法"分析在批评话语中还很常见，"熏"

---

[1] 此段论述请参阅陈平原《二十世纪中国小说史》第二章第二节，北京大学出版社1989年版。
[2] 参见陈平原《二十世纪中国小说史》第二章第四节。
[3] （清）林纾：《洪罕女郎传》跋语，许桂亭选注：《铁笔金针——林纾文选》，百花文艺出版社2002年版，第27页。
[4] （清）天虚我生：《欧美名家短篇小说丛刻序》，（清）周瘦鹃译：《欧美名家短篇小说丛刻》，岳麓书社1987年版，第5页。

"浸""刺""提""雅俗""繁简""蓄泄""虚实""曲折"之类的概念、范畴主要还是以印象式、直观式为主;"凡人之情,莫不惮庄严而喜谐谑",①"若其书之所陈,与口说之语言相近者,则其书易传",②"盖世界之所有者,固为思想之所能到,既世界之所无者,亦不必为思想之所不能到"③之类的表述也谈不上什么理论深度。此时形成了一种新的批评形式——小说话,这种批评形式的建立者对这样的批评形式也是相当自豪的:"谈话体之文学尚矣。此体近三百年来益发达,即最干燥之考据学、金石学往往用此体出之,趣味转增焉。至如诗话、文话、词话等,更汗牛充栋矣。乃至四六话、制义话、楹联话亦有作者……惟小说尚厥如。虽由学士大夫鄙弃不道,抑亦此学幼稚之征证也。余今春航海时,箧中挟《桃花扇》一部,藉以消遣,偶有所触,缀笔记十余条。一昨平子、蜕庵、慧广、均历、曼殊集余所,出示之,佥曰:'是小说丛话也,亦中国前此未有之作。盍多为数十条,成一帙焉?'"④ 可是,即使在这颇为自豪的语气中,我们也可看出小说话与传统诗话、词话、文话、楹联话、四六话等的关系。而且,"谈话体"的方式本身就很难具有体系性与理论性,还是以印象式、直观式、片断式为主。另外,随着印刷术、出版业的发展,报刊杂志等传播媒体也大大发展,小说批评开始出现了单篇论文。梁启超的《小说与群治之关系》在新小说倡导者中算是系统性较强的一篇论文,可那只是在表述时系统性较强而已,还谈不上具有了什么思想体系。就算不必与西方相比,这种批评表述的系统性在中国过去其实已经具备,金圣叹、毛氏父子、张竹坡等人的"读法"完全可视为完整的论文,其系统性就不比《小说与群治之关系》差。所以,虽此时开始出现表述小说观念的单篇论文,从形式上来看确实突破了序跋、读法、凡例、缘起、批语等传统形式,这些单篇论文的批评形式却并不是一种质的变化,不必给予过高的评价。何况,小说批评中的序跋、读法、凡例、缘起、批语等传统形式还被普遍使

---

① 梁启超:《译印政治小说序》,引自《饮冰室合集》第 1 册《饮冰室文集之三》,中华书局 1989 年版,第 34 页。
② (清)严复、夏曾佑:《本馆附印说部缘起》,《国闻报》光绪二十三年十月十六日至十一月十八日。
③ 《论科学之发达可以辟旧小说之荒谬思想》,《新世界小说社报》第 2 期,1906 年。
④ 梁启超:《小说丛话》,《新小说》第 7 号,1903 年,第 165 页。

用,仍然是批评形式的主体。

晚清时期,黄人、徐念慈、王国维等人较为注重小说的文学性,其中,徐念慈、王国维的小说观念在体系化、理论化方面相对而言较为突出。他们能够使用一些较新的理论范畴而较少使用直观式、印象式的概念。如徐氏使用了"具象理想""抽象理想""形象性""绝对观念",王氏使用了"悲剧""喜剧""优美""壮美"等。可是,徐氏对西方美学的接受与阐释颇多误解,如"事物现个性者,愈愈丰富,理想之发现,亦愈愈圆满,故美之究竟,在具象理想,不在于抽象理想"本是征引黑格尔的"典型"理论,可徐氏却把黑格尔的"个性丰富"理解为人物、事件在数量方面的丰富:"西国小说,多述一人一事,中国小说,多述数人数事。论者谓为文野之别,余独不谓然。事迹繁,格局变,人物则忠奸贤愚并立,事迹则巧拙奇正杂陈,其首尾联络,映带起伏,非有大手笔,大结构,雄于文者,不能为此,盖深明乎具象之道,能使人一读再读,即十读百读亦不厌也。而西籍中富此味者实鲜,孰优孰绌,不言可解。"徐氏把"形象性"释为"实体之模仿也。当未开化之社会,一切神仙鬼怪恶魔,莫不为社会所欢迎,而受其迷惑。阿剌伯之《夜谈》,希腊之神话,《西游》《封神》之荒诞,《聊斋》《谐铎》之鬼狐,世乐道之,酒后茶余,闻者色变。亦文化日进,而观《长生殿》《海屋筹》之兴味,不如《茶花女》《迦因小传》之秾郁而亲切矣。一非具形象性,一具形象性,而感情因以不同也",而把"由感兴的实体,于艺术上除去无用分子,发挥其本性之谓也"翻译为"理想化",都显得不伦不类。①

王国维《〈红楼梦〉评论》是真正具有近代意义的小说美学论文,其意义主要有三:一是在功利性小说观念居统治地位的时期能够强调文学的独立价值,一是以《红楼梦》为个案首次发掘了文学中的人学内涵,一是确实对西方哲学、西方美学有着较为深入细致的了解与介绍。其中第一种意义尤为重要。

如前所述,"新小说"倡导者们的小说观念在本质上是一种功利性很强的小说观念,从这个角度而言,与旧的小说观念并没有什么不同,都是

---

① 以上引文见于(清)徐念慈:《小说林缘起》,《小说林》创刊号,1907年。

看重小说的教化功能而否定其独立之价值，只是把教化的内容置换为新"文明"、新思想而已。在当时，视小说为"小道"的小说观念仍很普遍：林纾虽然很看重小说的文学性，但并不认为文学具有独立之价值："盖政教两事，与文章无属，政教即美，宜泽以文章，文章徒美，无益于政教。"① 他称赞曾朴的《孽海花》"非小说也，鼓荡国民英气之书也"，与梁启超说政治小说"固不得专以小说目之"简直如出一辙。章太炎《与人论文书》中从学术史的角度认为上等的小说不过是"上说下教"，这还是强调小说的教化功能。次一等的小说是"曲道人物风俗，学术方伎，史官所不能志，诸子所不能录者，比于拾遗"，这又分明是"补史"小说观念的翻版。他甚至还把文学性较强的唐传奇称为"巫蛊"之言，表现出对小说的轻蔑。他比较称赞的蒲松龄、林纾之书，则根本就没有被视为小说："蒲松龄、林纾之书，得以小说署者，亦犹《大全》《讲义》诸书，傅于六艺儒家也。"在章氏为数不多的白话文之一《论诸子的大概》（刊于1910年《教育今语杂志》第3册）中，有这样一段话谈到"小说家"："大概平等的教训，简要的方志，常行的仪注，会萃的劄记，奇巧的工艺，都该在小说家著录。现在把这几种除了，小说家里面，只剩了许多闲谈奇事。试想这种小说，配得上九流的资格么？"对小说同样是相当轻视。可是，对小说的轻视并不妨碍章太炎为黄小配的《洪秀全演义》作序："夫国家种族之事，闻者愈多，则兴起者愈广。诸葛武侯岳鄂王事，牧猪奴皆知之，正赖演义为之宣昭。今闻次郎为此，其遗事既得之故老，文亦适俗。"究其原因，章氏在这里是把小说视为宣传排满革命的工具，同样不脱功利性的小说观念。另一位国学大师刘师培亦从学术史的角度讲"说部"有三失："汉魏以下，私门著述，党同伐异，彼此各一是非，好恶相攻，传之书策，后人以其时代之相近也，乃据为信史，其失一也。轻薄之徒，喜记啁谑小辨，祖述名士风流，破坏先贤礼法，斯风一开，束发之士，竞为放诞之行，浮华之习既开，谑浪之风遂盛，其失二也。猥鄙细儒，见闻素狭，钞辑芜陋，言无可采，甚至挂漏讹舛，不能自正，亦有取材渊博，摭

---

① （清）林纾：《吟边燕语》序，许桂亭选注：《铁笔金针——林纾文选》，百花文艺出版社2002年版，第13页。

拾丛残,蹉驳不精,言多枝叶,其失三也。"并且说:"有此三失,此唐宋说部之书,所由不能与汉魏子书竞长也。元明以来,更无论也。"对小说也是相当轻视。周桂笙颇以自己译小说为憾:"顾余读书十年,未能有所贡献于社会,而谨为稗贩小说,我负学欤,学负我欤?当亦知我者所同声一叹者矣。"[1]儒冠和尚明确声称自己写作小说是"为糊口计"。[2] 还有很多人把小说视为消闲娱乐的工具,虽然这种观念在政治热情高涨之时暂被抑制,辛亥革命之后,"消闲小说""游戏文学"重新兴盛恰可表明这种观念的根深蒂固。在商业化写作动机的驱使之下产生了相当数量的媚俗小说,降低了小说的品格,使人们对小说的看法颇为不佳。而灌输种种"文明""思想"的"新小说"又文学性很差,颇有"不合小说体裁"之讥。[3]

在这样的时代背景之下,王国维能够强调文学自身的独立价值不用说是相当难得的。在《〈红楼梦〉评论》中,王国维凭着对德国近代哲学、美学,尤其是叔本华、康德学说的了解,大力强调"美术"的非功利性,从而确立了文学自身的独立价值:"吾人之知识与实践之二方面,无往而不与生活之欲相关系,即与苦痛相关系。有兹一物焉,使吾人超然于利害之外,而忘物与我之关系……然物之能使吾人超然于利害之外者,必其物之于吾人,无利害之关系而后可,易言以明之,必其物非实物而后可,然则,非美术何足以当之乎?""优美与壮美皆使吾人离生活之欲而入于纯粹之知识者","其快乐存于使人忘物我之关系","而美术中以诗歌戏曲小说为其顶点,以其目的在描写人生故。吾人于是得一绝大著作曰《红楼梦》"。强调文学的独立价值是王氏美学思想中的重要特点,在《论哲学家与美术家之天职》一文中说得更为明显:"按我国之哲学史,凡哲学家无不欲兼为政治家者,斯可异已……诗人亦然。'自谓颇腾达,立登要路津。致君尧舜上,再使风俗淳',非杜子美之抱负乎?'胡不上书自荐达,坐令四海如虞唐',非韩退之之忠告乎?'寂寞已甘千古笑,驱驰犹望两河平',非陆务观之悲愤乎?如此者,世谓之大诗人矣,至诗人无此抱负者,

---

[1] (清)周桂笙:《新庵笔记·弁言》,陈平原编:《二十世纪中国小说理论资料》(第一卷),北京大学出版社1989年版,第328页。
[2] (清)儒冠和尚:《泡影录·弁言》,同上,第197页。
[3] (清)俞佩兰:《女狱花叙》,陈平原编:《二十世纪中国小说理论资料》(第一卷),北京大学出版社1989年版,第121页。

与夫小说、戏曲、图画、音乐诸家,皆以侏儒倡优自处,世亦以侏儒倡优畜之,所谓'诗外尚有事在''一命为文人便无足观',我国人之金科玉律也。呜呼!美术之无独立之价值也久矣。此无怪乎历代诗人多托于忠君爱国、劝善惩恶之意以自解免,而纯粹美术上之著述,往往受世人之迫害而无人为之昭雪也。此亦我国哲学美术不发达之一源也。"可以看出,王国维强调"美术"之独立价值,又把《红楼梦》视为"美术"中的"绝大著作",这才真正提高了小说的文学地位,具有重大意义。可惜的是,这样的见解在那个时代还难以为人理解接受,此文在当时影响甚微,王氏还曾在《静庵文集续编·自序》中称发表其《红楼梦评论》的《教育杂志》"不行于当世,故鲜知之者"。另外,尽管王国维《〈红楼梦〉评论》是真正具有近代意义的小说美学论文,它毕竟还是西方哲学思想、美学思想的移植,还缺少理论上的创造性。从整体上来看,体系化、理论化较成熟的批评形式在近代还没能建立起来。

第十二章
清代的小说著录

　　从通俗小说的收藏来看，晚清以前，通俗小说基本被排斥在公私藏书目录之外。即使到了晚清，我们亦不能因为某些藏书家收贮通俗小说，便认定通俗小说与藏书界的关系发生了很大的改变。这是因为：其一，藏有通俗小说的藏书家毕竟人数很少，并非普遍现象；与其时流传的通俗小说的数量相比实在微乎其微。其二，这些藏书家收藏通俗小说并不是因为改变了对通俗小说的蔑视态度，他们仍然把通俗小说打入藏书目录的"另册"，仍然视收藏通俗小说为"贻大雅羞"的行为；而皇家、官府、书院、教会、学会等公家藏书机构直到清末都基本上未收藏通俗小说。清代对文言小说的著录大致经过三个阶段：在《四库全书总目》尚未刊行之前，图书分类及著录方式比较多元，既有依四部分类者，又有突破四部分类者，还有不进行分类者。《四库全书总目》对文言小说的著录作了一定程度的统一与整理，如比较注重文言小说的叙事性，文言小说与"杂家"类作品也较少混杂；强调史家的"实录"原则，文言小说与史部作品亦较少纠葛。不过，《四库全书总目》对文言小说的"简古"风格较为强调，致使传奇体小说被排斥于著录之外。另外，由于"惟古是尚"的倾向，著录明清文言小说较少。从《四库全书总目》刊行直到晚清之前，文言小说的著录大多承续这个传统，一直到了晚清，为了容纳新书才突破《四库全书总目》的著录方式，对文言小说的著录趋于多元，但也比较混乱。

一、藏书界对通俗小说的著录

清代的私家藏书目录相当发达，据范凤书《中国私家藏书史》（大象出版社 2001 年版）统计，清代藏书家有文献可征的共 2082 人，超过前代藏书家之总和；现存私家藏书目录共 350 多种，同样超过前代私家藏书目录之总和。因此，要考察清代藏书界对小说的著录，首先要关注私家藏书目录。①

清初，著录有通俗小说的私家藏书目录仅钱曾《也是园书目》1 种，此目设经、史、子、集、三藏、道藏、戏曲小说七部，其中"戏曲小说"部下分"古今杂剧""宋人词话""通俗小说"等 8 小类，著录有《灯花婆婆》等话本小说 16 种，《古今演义三国志》等章回小说 3 种。此目之外，祁理孙《奕庆藏书楼书目》分经、史、子、集、汇五部，下设 39 个类目。其中，"子部"的类目沿袭《汉书·艺文志》分为十家，其第九家则将"小说家"改为"稗乘家"，包括"说汇""说丛""杂笔""演义"4 小类。"演义"一项本来专为著录通俗小说而设，惜乎有类无目，未录一部通俗小说。

钱、祁两目对通俗小说的著录，与他们所处时代通俗小说的兴盛局面极不相称，但是，他们毕竟还在自己的藏书目录中略略展现了通俗小说在其时代的剪影，值得重视。他们之外，公私藏书界基本上无意于著录通俗小说，即使偶有著录，也并非出于自觉意识。如编成于顺治七年（1650）之前的钱谦益《绛云楼书目》之"杂史"类目，以及乾嘉之际陈揆《稽瑞楼书目》之"小橱丛书"，都著录有话本小说《梁公九谏》；王闻远《孝慈堂书目》的"史传记"类也著录有话本小说《宣和遗事》。而从其分类方式即可看出，他们其实并未把这两部作品视为小说。甚至到了晚清，私家藏书界与通俗小说的疏离关系也未发生多少变化。② 有些藏书家明明藏有通俗小说，但并未将其著录于藏书目录之中，或者被打入藏书目录的"另

---

① 除特别注明外，本文所论及的私家藏书目录皆据林夕等编《中国著名藏书家书目汇刊》（明清卷），商务印书馆 2005 年版。

② 晚清是通俗小说的繁荣时期，据陈大康《中国近代小说编年》（华东师范大学出版社 2002 年版）统计，共有通俗小说 1653 种，可是，私家藏书界对这些新作竟然毫无著录。

册"。如晚清著名的藏书家潘祖荫,其滂喜斋收藏有《儒林外史》抄本,还曾将《三侠五义》借给俞樾,①可是,潘祖荫之弟潘祖年所撰《滂喜斋书目》没有著录任何一部通俗小说。②扬州藏书家吴引孙"测海楼"中明明藏有通俗小说82种,③但在光绪十九年(1893)亲手编定的第一份藏书目录中,他将藏书分为经、史、子、集、艺、丛、医、试、说、教、阙11类,并强调:"以上类,仅凭臆见,酌量分门,便于翻检,识者幸勿以有乖四库体例而见诮焉。"④此份书目也一直未公开刊行,故而"说"类是否著录了通俗小说已难以确考。但吴氏将"说"类另设恰恰是将小说打入另册——"小说,本子类之一,然中多鄙俚之作,不登大雅,未便阑入子部,故以说类别之。"⑤吴氏的这种态度直到清末也未发生变化:宣统年间,吴引孙刊出第二份藏书目录——《测海楼书目》,沿用传统的经史子集四部分类法,复仿粤东《广雅书院书目》之例,加"御制敕撰""杂著""丛书"三部。此书目中,"所藏各籍,间有稍涉鄙屑者,删之弗录,无贻大雅羞",故仍未著录小说。观吴氏所分类及其"小说,本子类之一"的言说,此"小说"当为笔记体小说,笔记体小说尚且如此,更遑论通俗小说了。总之,直到清末,收藏、著录通俗小说仍被私家藏书界视为"贻大雅羞"的不光彩行为,故私家藏书界的藏书著录其实不能反映通俗小说的发展情形与小说观念的变化趋势。

公家藏书界的情形也大体如此。⑥明代,通俗小说不仅著录于《晁氏宝文堂书目》《百川书志》《赵定宇书目》《笠泽堂书目》等私家藏书目录,还著录于《文渊阁书目》《秘阁书目》《文华殿书目》等皇家藏书目录之中。而在清代,最重要的皇家藏书机构天禄琳琅主要收藏宋、辽、金、元、明的善本书,《钦定天禄琳琅书目》未著录任何通俗小说;此外,南北七阁各收藏《四库全书》一部,摛藻堂、味腴书屋各收藏《四库全书荟

---

① 参见(清)俞樾《重编七侠五义传序》,光绪十六年(1890)上海广百宋斋排印本。
② 参见江庆柏《试说吴县潘祖荫藏书》,《河南图书馆学刊》1999年第4期。
③ 参见(清)陈乃乾《测海楼旧本书目》,富晋社1932年版。
④ (清)吴引孙:《有福读书堂书目序例》,附录于(清)陈乃乾《测海楼旧本书目》。
⑤ 同上。
⑥ 除特别注明外,本文所论及的公藏书目皆据北京图书馆编《明清以来公藏书目汇刊》,北京图书馆出版社2008年版。

要》一部；内阁收藏故明文献、档案；皇史宬收藏清代实录、玉牒、大清会典等史料……通俗小说在皇家藏书目录中绝无著录。地方官府秉承皇家意旨，亦基本上未在藏书目录中著录通俗小说。

清代公家藏书还包括书院藏书。清初，为了加强政治军事上的控制，规定"不许别创书院，群聚党徒"，书院的发展遭到阻滞。直到雍正十一年（1733），才谕令各省督抚在省会设立书院。此后，各省都设有一两个本省的最高学府，这是史无前例的事情。乾隆时，屡屡下旨关心书院建设，促进了书院的蓬勃发展，不过，乾隆强调书院的教育内容为"予之程课，使贯通于经史"，以科甲登第的比例作为评估书院教育成效的标准，使得士子们沉溺于八股贴括、功名利禄之学，还使得书院沦为科举的附庸。书院藏书主要是经史与八股课艺，通俗小说是不可能被收藏著录的。直到晚清，随着西学新知的输入与救亡图存意识的增强，书院改革的呼声越来越高，光绪二十二年（1896），光绪皇帝下谕"将各省收府厅州县现有之大小书院，一律改为兼习中学西学之学校"，后因变法失败，学校停办。可是，办新式学校的意识已深入人心，书院改革势在必行。光绪二十六年，清政府下令"书院、义塾与学校相辅而行"，次年，又下令将书院改为学堂，到了光绪三十一年，"停科举以广学校"，书院改为学堂达到了高峰。新式学堂多采取"西学为体，中学为用"的办学方针，以"中学"的经史之学与"西学"之应用技术、自然科学以及政治、法学、经济、商务等社会科学为主要教育内容，通俗小说在这些学堂的藏书目录中仍然找不到著录位置。只有极少数书院如上海格致书院才在《格致书院藏书楼书目》（1907年）中设"经""史""子""集""丛书""东西学书"六部，其中"东西学书"设有"小说"之属，只著录了少量以文言译成的域外小说，未著录国内的通俗小说。此书目还著录有报章24种，但连一种小说报章都未著录。

晚清时，藏书界还开始出现了公共藏书楼与图书馆。其中，徐树兰创设的古越藏书楼最得风气之先，此楼告成于光绪二十九年（1903），次年藏书已向公众开放。古越藏书楼曾邀冯一梅编制书目（1904年），将旧籍与新学之书分为以下类目：

学部 24 类：易学、书学、诗学、礼学、春秋学、四书学、孝经学、尔雅学、群经总义学、性理学、生理学、物理学、天文算学、黄老哲学、释迦哲学、墨翟哲学、中外各派哲学、名学、法学、纵横学、考证学、小学、文学上（总集）、文学下（别集）。

政部 24 类：正史兼补表、补志考证、编年史、记事本末、古史、别史、杂史、载记、传记、诏令、奏议、谱录、金石、掌故、典礼、乐律、舆地、外史、外交、教育、军政、法律、农业、工业、美术、稗史。

此书目颇具开拓意义，著名目录学家姚名达在《目录学》一书中称赞道："最早改革分类法以容纳新兴学科的，就是古越藏书楼的书目。"① 此时已是梁启超等倡导"小说界革命"，小说观念发生巨大变化，小说的地位也日益提升的时代了。可尽管如此，此书目中"文学"一类也未著录通俗小说。明代书目有时会把通俗小说著录于"野史""小史"等类目中，可《古越藏书楼书目》之"古史""别史""杂史""稗史"仅著录了一些文言小说与笔记杂著，"稗史"后虽附有"东西洋小说"，但只著录了《巴黎茶花女遗事》《长生术》《露漱格兰小传》《经国美谈》《未来战国志》《卢骚略传》《英女士意色儿离鸾小记》《巴黎四义人录》《迦因小传》《人外境》10 种以文言译成的域外作品，其中《卢骚略传》还不能算是小说。整个《古越藏书楼书目》未设任何类目著录本土通俗小说。

古越藏书楼开办以后，对公众开放的近代图书馆纷纷出现，一时蔚为风气。到了宣统元年（1909），清政府还颁布了《京师及各省图书馆通行章程》，明确规定图书馆"除四库已经著录及四库未经采入者，及乾隆以后所有官私图籍，均应随时采集收藏"，"海外各国图书，凡关涉政治学艺者，均应随时搜采，渐期完备"，打破了"尚古"的收藏观念；京师及各省图书馆也多声称："保存国粹，输入文明"，"首储四部之善本，兼收列国之宝书"，"本末具备，体用兼赅"。② 然而这些图书馆虽声称古今中外图

---

① 姚名达：《目录学》，商务印书馆 1934 年版，第 138 页。
② 分别见于《湖南图书馆暂定章程》《山东巡抚袁树勋奏东省创设图书馆并附设金石保存所折》《山西巡抚宝棻奏山西省建设图书馆折》，录自刘劲松等编《中国古代藏书与近代图书馆史料》，中华书局 1996 年版。

书兼收并蓄,但极少著录通俗小说。

这些图书馆主要以两种方式著录图书:一种以传统的"经史子集"四部为主要分类方式(有的受张之洞《书目答问》影响,在四部之外再加"丛志"部)来著录古今中外之书,一种是以四部著录中国古籍,而以其他分类方式著录外国书与新书。

前一种以江南图书馆为例,江南图书馆号称是清末藏书最多的图书馆,又位于小说传播较活跃的地区,其藏书目录分"经""史""子""集""丛志"五部。其中,中国古籍所隶属的部类基本沿袭《四库全书》,又仿张之洞《书目答问》之例增设"丛志"一部,把外国书与新书纳入旧的图书分类之中:如史部中"载记"一类收入宋育仁撰《泰西各国采风记》,黄遵宪撰《日本国志》,莫维廉撰《大英国志》,高桥二郎撰《法兰西志》等历史著作;于子部之"农家""医家""兵家""法家""天文历算"等类著录国外与近时之医学、农学、政治学、法学、军事学、天文学、数学等学科的著作。子部之"小说家"类未著录古今中外任何一部通俗小说,倒是在"子部"之"英法文各书"一类中著录《军事小说》一本,《炭论小说》一本。

后者以河南图书馆为例。河南图书馆分为"经""史""子""集""丛书""时务"六部,新书、外国书全部收入"时务"部中,此部共分"交涉""商务""变法""公法""宪法""学务""治术""载记""技工""路船""医术""军兵""农圃"13类,文学根本未在关注之列,小说自然也未被著录。"子部"按《四库全书》成例倒是设有"小说家"一类,然而仅著录从《山海经》到北宋司马光的《涑水纪闻》等文言小说与笔记杂著16种,通俗小说无著录。

至于教会与学会的藏书楼、图书馆,一重宗教,一重不包括文学的所谓"时务",也基本上未著录通俗小说。从现有材料来看,一直到辛亥革命之前,公私藏书界唯涵芬楼在宣统三年(1911)编订的《涵芬楼新书分类目录》及《涵芬楼藏书目录》著录了较多的晚清通俗小说与域外小说。但涵芬楼实际上是商务印书馆编译所的图书资料室,与其说《涵芬楼新书分类目录》及《涵芬楼藏书目录》反映的是小说与藏书界的关系,还不如说是小说与出版界的关系。阿英在《晚清小说史》中指出:

"晚清虽为中国小说史上最隆盛的时期,但是著作的小说到底有多少,却从未有正确的统计。在收录最多的图书目录的《涵芬楼新书分类目录》中,文学部门收录有翻译小说近四百篇、创作小说一百二十篇……实际上当时所发行的小说,以知名的作者而言最少就有千篇以上,相当于涵芬楼所藏的三倍。"总而言之,从整体来看,虽经"小说界革命"对通俗小说的大力倡导,晚清公私藏书界均未把通俗小说视为有收藏价值的书籍。

二、通俗小说的其他著录方式

藏书目录只能反映藏书界与小说之间的关系,而能反映晚清对通俗小说的倡导、域外小说的输入及其实际效应的,主要体现于西学、新学的推荐性书目、译书目录以及营业性书目。

直到清末,国人还是这样一种观念:"实学"我不如人,而文学则还是以中国为优。1896 年,梁启超撰《西学书目表》推荐西学书目,分"学""政""杂"三大类,其中"学"类主要是声、光、电、化等自然科学书目,"政"类主要是史志、官志、学制、法制、农政、工政等被视为"实学"的社会科学书目,"杂"类也未著录文学作品。光绪二十三年(1897),康有为的推荐性书目《日本书目志》刊行,分 15 大类,"文学"与"小说"是其中两大类。姚名达认为"小说"不附于"文学","不甚妥恰",[①] 其实,无独有偶,光绪三十年(1904)沈兆祎《新学书目提要》中,"文学"与"小说"亦是同级目录。另外,在康有为之前,光绪十四年(1888)的《西学大成》中有"文学"一类,几乎与《日本书目志》同时的《续西学大成》(1897 年)中亦有"文学"一类,然而这些书目并不能表明时人对域外文学已经开始关注,因为它们著录的主要是有关学校、外文的文法、语法书以及"新学"的初级教材、入门书,另外还有普及传统文化的新式教科书。可以看出,这里的"文学"具有特定的内涵,并不是我们现在所理解的。

---

① 姚名达:《中国目录学史》,上海书店 1984 年版,第 143 页。

"文学"具有与现代不同内涵的现象在晚清相当普遍：如 1896 年出版的《文学兴国策》影响颇大，然而，此书乃日人森有礼结合美国教育制度、教育情况，对日本教育提出的一些建议、观点，译者林乐知还把美国教育部译为"文学部"；1897 年张元济主持的通艺学堂设有"文学门"，所学课程有：舆地志、泰西近史、名学（即辩学）、计学（即理财学）、公法学、理学（即哲学）、政学（西名波立特）、教化学（西名伊特斯）、人种论；窦警凡的《历朝文学史》于 1906 年出版，全书分为六部分："读书偶得序""文字原始""志经""叙史""叙子""叙集"。其中"叙集"部分是现代意义上的"中国文学史"，然而全书约 4 万字，"叙集"部分仅 6400 字左右，所占比例甚小；林传甲《中国文学史》于 1910 年出版，此书按照《奏定京师大学堂章程》之"中国文学门"中的"研究文学之要义"编排章节，主要涉及文字、音韵、训诂之变迁，经学、史学、子学以及集部的文体流变等；1911 年，《涵芬楼新书分类目录》之"文学部"中还设有"文典""修词学""外国语""字贴"等类目……总之，直到清末，"文学"在很多人那里还是一广义范畴，不仅包括具有审美性的现在意义上的文学作品，还包括现在意义上的语言文字、哲学历史、文化教育等类作品。康有为《日本书目志》之"文学门"中除了有"习字本""习字帖小学校用""往来物"类目，又有"文学"一类，著录了《博物馆书目》《博物馆书目解题略》《泰西新闻论》等，可见"文学"亦属广义的范畴。

然而，即使是广义的"文学"范畴，在窦警凡《历朝文学史》、林传甲《中国文学史》中也没把小说置于"文学"中，林传甲书中还有云："日本笹川氏撰《中国文学史》，以中国曾经禁毁之淫书，悉数录之，不知杂剧、院本、传奇之作，不足比于古之《虞初》，若载于风俗史犹可，笹川载于《中国文学史》，彼亦自乱其例耳。况其胪列小说、戏曲，滥及明之汤若士，近世之金圣叹，可见其识见污下，与中国下等社会无异。而近日无识文人，乃译新小说以诲淫盗，有王者起，必将戮其人而火其书乎！"[①] 对日人所著《中国文学史》最为指责的正是把小说视为"文学"。

---

① （清）林传甲：《中国文学史》，吉林人民出版社 2013 年版，第 148 页。

那么，《日本书目志》《新学书目提要》不把"小说"归入"文学"也就不难理解了。这样的著录方式恰恰可以从一个侧面表明，康有为大力倡导"今日急务，其小说乎"①时根本没有着眼于小说的文学性。1899年，黄庆澄撰《中西普通学书目》，为初学者推荐中西学书目，其中，中学设"经学""史学""子学""文学""丛刻"5种类目，在"文学"类目荐有传统集部书籍，然而并未著录小说。西学无文学类目，主要推荐西方应用技术、自然科学以及军事、法律、外交、语言、历史等方面的著作，未设"文学"类目，也未著录小说。1902年以后，小说界革命开始，然而新小说的倡导者们并未为小说专门撰写推荐性书目。

从译书目录来看，王韬《泰西著述考》（1890年）著录了明末至清初来华传教士著译书210种，以宗教书为主，还有一些自然科学、应用技术类书，也未著录任何小说。光绪二十八年（1902）顾光燮的《增版东西学书录》在徐维则《东西学书录》（1899年）的基础上将西学图书分为31类，其中有矿务、工艺、理化等属于应用技术、自然科学的类目8种，史志、政治法律、学校等属于被视为"实学"的社会科学类目19种，又有游记、报章、议论、杂著4种类目，其中"杂著"类目下标注"先杂记，次小说，次琐录，次丛编"，仅著录了《昕夕闲谈》《百年一觉》《长生术》《茶花女遗事》《金钢钻小说》《迦因小传》6种域外小说。所附的《中国人辑著书》中著录了《格致演义》《西国古代史演义》《工程致富演义》3种以"演义"命名的作品。顾光燮于光绪三十年撰成的《译书经眼录》将31个类目简化为25个类目，共著录1902—1904年译书533种。值得关注的是，"小说"类目已从"杂著"中独立出来，成为"杂著"的同级目录，可见此类作品的增多已引起顾氏的注意。然而，此类目也只著录了《泰西历史演义》《万国演义》等20多种晚清小说。阿英《晚清小说史》在统计晚清通俗小说与域外小说单行本时注意到"《东西学书录》仅有三篇，《译书经眼录》较多，但也未超过三十篇。梁启超的《西学书目》不收录小说，而《新学书目提要》仅收录文集"。若据陈大康《中国近代小说编年》

---

① （清）康有为：《日本书目志》卷十四，《康有为全集》，上海古籍出版社1992年版，第1212—1213页。

的著录进行统计，1904年前刊行的晚清通俗小说与域外小说单行本共有247种。可见，上述书目所著录的晚清通俗小说与域外小说单行本相当有限。

周振鹤《晚清营业书目》（上海书店2005年版）将晚清上海、浙江、江苏、安徽、湖北、山东等地各官办书局、民办书庄刊印的刊书、售书目录汇为一编，可使研究者较为方便地梳理出晚清刊书、售书目录对晚清通俗小说、域外小说的著录，反映出晚清通俗小说、域外小说的实际传播情形。从中可以看出，除南洋官书局著录有《第五才子书》《四才子》两种通俗小说外，晚清官书局未刊、售任何通俗小说。而处于小说传播中心的上海，民营出版发行机构刊售通俗小说大致有这样的几个阶段：

19世纪90年代中期以前，通俗小说的刊售数量有限。《晚清营业书目》中，处于这一时期的有《申报馆书目》（1877年）、《申报馆书目续集》（1879年）、《上海扫叶山房发兑石印书籍价目》《上海同文书局石印书画图贴》《上海鸿宝斋分局发兑各种石印书籍》5种书目，除《上海鸿宝斋分局发兑各种石印书籍》著录了十余种通俗小说外，皆未超过10种。

19世纪90年代中期以后，通俗小说的刊售开始明显增多。除《慈母堂经书目录》专门著录天主教书籍、《上海纬文阁发兑石印时务算学新书目录》侧重于"石印时务、洋务、格致、化学家藏、局刻各书"[①] 而未著录通俗小说外，《上海飞鸿阁发兑西学各种石印书籍》著录的通俗小说在50种以上，《上海十万卷楼发兑石印西法算学洋务书目》和《上海申昌书局发兑石印铅板各种书籍》著录的通俗小说在百种左右。

可是，尽管经过小说界革命对通俗小说的倡导，新撰通俗小说以单行本形式进行传播的数量在宣统朝以前相当有限。以《晚清营业书目》1904年《上海书业公所书底挂号》中的57家民营出版发行机构为例，除了科学会编译总发行所、经香阁、兰陵社、何秀记、千顷堂、彪蒙书室、壬林记书庄、支那新书局、震东书局9家外，皆著录了通俗小说。而且，这9家中有5家的出版发行有着较强的针对性：彪蒙书室专门出版发行蒙学书籍，科学会编译总发行所、兰陵社、支那新书局、震东书局专门出版发行

[①] 周振鹤编：《晚清营业书目》，上海书店出版社2005年版，第428页。

学堂教科书。可以看出,此时在通俗小说的传播中心上海,大部分民营出版发行机构皆刊售了一定数量的通俗小说。然而,这些民营出版发行机构著录的新撰通俗小说极少,总共只有《醒世新编》《绘图射雕记》《花月梦》《支那儿女英雄遗事》等不足10种,另外还有《七侠五义》《彭公案》《施公案》等公案侠义小说与《儿女英雄传》的续书。这些小说多采用章回体,无论是形式还是内容都更接近旧小说,与"新小说"的倡导相距甚远。

新撰通俗小说以单行本形式刊售的很少,这种情形直到1907年还表现得很明显。徐念慈《丁未年小说界发行书目调查表》①中著录了1907年上海15家民营出版发行机构的新撰通俗小说与域外小说120部,其中新撰通俗小说只有《中国女侦探》《扫迷帚》《奇狱二》《黄金世界》《冷眼观一》《冷眼观二》《小红儿》《掌中血》《杨翠喜》《美人魂》《冷国复仇记》《六月霜》《徐锡麟》《歼仇记》《女子权》《新女豪》《九尾龟》《秋雨秋风》《新茶花》《无耻奴》《时髦现形记》《家庭现形记》22部,其中发行新撰通俗小说最多的小说林社也不过只有6部。诚如徐念慈在《余之小说观》中所断言的,新出小说"著作者不得十之一二,翻译者十常居八九"。甚至,撰于1908年以后的《上海棋盘街宝善斋书庄发兑各种时务算学策论新书》中,著录的通俗小说约40种,其中新撰通俗小说仅著录了《海国春秋》《蓝桥别墅》两种。从目前材料来看,宣统元年(1909)十月改订的《商务印书馆书目提要》、宣统二年四月印行的《时中书局新书目次》、宣统二年后的《广智书局新书目录》中才著录了较多的新撰通俗小说。不过,新撰通俗小说的数量还是无法与域外小说相比,例如,《商务印书馆书目提要》共著录新撰通俗小说15种,域外小说则有177种;《广智书局新书目录》共著录新撰通俗小说6种,域外小说则有23种。甚至,直到1911年,《创办大声小说社缘起》还声称:"新小说社风起水涌,新小说家云合雾集,顾所出不及千种,而大半均系译本。"

早在19世纪90年代后期,梁启超等人就倡导译印政治小说,可是,《晚清营业书目》中,1904年上海民营出版发行机构仅著录了《昕夕闲谈》

---

① 载张静庐辑:《中国近代出版史料》二编,上海群联出版社1954年版,第265—275页。

《巴黎茶花女遗事》《包探案》3种域外小说，无一种政治小说。徐念慈按1907年小说林社所出书进行统计，指出小说销售情况"记侦探者最佳，约十之七八；记艳情者次之，约十之五六；记社会态度、记滑稽事实者又次之，约十之三四；而专写军事、冒险、科学、立志诸书为最下，十仅得一二也"。①

这种情形在宣统年间也没有发生改变。以商务印书馆著录域外小说的《说部丛书》《袖珍小说》《新译小说》目录与广智书局所著录的域外小说共为例，"记侦探者"在小说总量中所占比例分别为28%、40%、33%、57%，仍是高居榜首。"记艳情者"分别为25%、25%、26%、22%，仍是仅次于"记侦探者"。与之形成鲜明对比的是，4种书目中仅《新译小说》书目与广智书局书目分别著录了1种政治小说，可见宣统年间，政治小说的输入仍然极少。

甚至直到1911年，侗生还在《小说丛话》中指出"侦探小说，最受欢迎，近年出版最多，不乏佳作"，而在列举小说佳作时仍然无一种政治小说。这就难怪梁启超在民国初年时感叹小说界革命并未收到预期效果："还观今之所谓小说文学者何如？呜呼！吾安忍言！吾安忍言！其什九则诲盗与诲淫而已，或则尖酸轻薄，毫无取义之游戏文也。于以煽诱举国青年弟子，使其桀黠者濡染于险诐钩距、作奸犯科，而摹拟某种侦探小说之节目；其柔靡者浸淫于目成魂与逾墙钻穴，而自比于某种艳情小说之主人翁。于是其思想习于污贱龌龊，其行谊习于邪曲放荡，其言论习于诡随尖刻。近十年来，社会风习，一落千丈，何一非所谓新小说者阶之厉。"②

《晚清营业书目》出版之前，被研究者发掘出的清代刊书、售书目录极少，只有昭梿《啸亭杂录续录》所载内府刻书目录、南京李光明庄《书经》刊叶目录、黄丕烈士礼居刊行书目、金山钱氏家刻书目、光绪十六年（1890）《江南书局书目》、光绪十九年（1893）《江苏书局重订核实价目》、光绪二十五年《江苏官书坊各种书核实价目》、宣统年间铅印《山东全省官书局书目》、清末《江苏书局各书价目》、《浙江书局价目》、《湖北官书

---

① （清）觉我：《余之小说观》，《小说林》1908年第9期。
② （清）梁启超：《告小说家》，《中华小说界》1915年第2卷第1期。

处书目》、《镕经铸史斋印行书目》、《淮南书局价目》等刊书、售书目录等。其中，惟黄丕烈士礼居刊行书目著录有通俗小说。此书目载于道光二十五年乌程范锴所著《华笑庼杂笔》卷三："吴郡黄荛圃主政丕烈，藏书甚富，宋元板及影抄旧本，无不精善，尝出示士礼居，其书价册数均注明某书之下，并记付梓之岁，录之备后有观览者。"据此书目可知，黄丕烈曾刊刻通俗小说《宣和遗事》。有"尚古"倾向的藏书家刊刻通俗小说在清代极为罕见，据现有材料，民国初年始有缪荃孙刊刻《京本通俗小说》，叶德辉又在其稍后不久将缪氏因"猥亵"而未收入《京本通俗小说》的《金主亮荒淫》刊行问世。不过，需要注意的是，这些藏书家刊刻通俗小说并非由于他们认同通俗小说的文体价值，而是因为所刊刻的通俗小说是古本，具有较高的版本价值。黄丕烈在《宋本洪氏集验方》的刻书题跋中说："余素不谙医而喜蓄医书，非真好医书也，好医书之为宋元旧刻者。"自然，他刊刻《宣和遗事》也并非真好通俗小说，而是好通俗小说"之为宋元旧刻者"，在《宣和遗事》的刻书题跋中他详审考证的就是自己刻书的底本乃"宋刊"。同样的，缪荃孙之所以刊刻《京本通俗小说》、叶德辉之所以刊刻《金主亮荒淫》也并非对通俗小说本身有什么研究兴趣，主要还是因为二人所判定的"版本价值"：缪氏认为《京本通俗小说》是"影元人写本"，叶氏则认为是"宋本"。《京本通俗小说》与《警世通言》《醒世恒言》的许多篇目大体相同，只是略有字句上的不同，当时与后世的许多研究者一直怀疑《京本通俗小说》是伪书。依缪氏与叶氏在版本、目录上的学术功力，若是对通俗小说的版本、目录较有研究，即使作伪也必不至于出现如此明显的漏洞而授人以柄。可以说，这种现象恰恰彰显出二人对通俗小说本身缺少研究兴趣。

不过，晚清确实有一些学者文人开始对通俗小说产生了研究兴趣，俞樾之与《七侠五义》、黄小田、张文虎、平步青之与《儒林外史》、众多文人学者之与《红楼梦》、"新小说"倡导者们对"旧小说"的论述研究等都是典型的例子，也因此而出现了不少通俗小说的考评性书目。例如，俞樾在其《小浮梅闲话》中著录了通俗小说 11 种，平步青在《霞外攟屑》中著录 42 种，邱炜萲在《菽园赘谈》中著录 46 种。而小说界革命的倡导者们在其报刊文章中更是蕴藏着甚为丰富的考评性通俗小说目录，如新小说报社《中国唯一之文学报〈新小说〉》(《新民丛报》第 14 号，1902 年)、松岑《论写情小说与新社会之关系》(《新小说》第 17 号，1905 年)、黄人《小说小话》(《小说林》1907 年第 1 期)、黄伯耀《学校教育当以小说为钥智之利导》(《中外小说林》1907 年第 8 期)、黄伯耀《小说之支配于世界上纯以情理之真趣为观感》(《中外小说林》1907 年第 15 期)、《觚庵漫笔》(《小说林》第 7 期，1907 年)、天僇生《中国历代小说史论》(《月月小说》1907 年第 11 号)、佚名《读新小说法》(《新世界小说月报》1907 年第 6、7 期)、光翟《淫词惑世与艳情感人之界线》(《中外小说林》1908 年第 17 期)、侗生《小说丛话》(《小说月报》1911 年第 3 期) 等都著录了数目可观的通俗小说。晚清的小说序跋中也有一些通俗小说的考评性书目，其中谢幼衡《驻春园小史》序、我佛山人《两晋演义》序、《最近社会龃龉史》序、披发生《红泪影》序等著录通俗小说皆在十种以上。清代乾嘉以前也有一些学者文人在笔记杂著中著录了一些通俗小说（如康熙年间刘廷玑《在园杂志》中考评了十几种通俗小说），那毕竟还是承袭了明中叶以来学者文人对通俗小说的研究兴趣，乾嘉以降，随着经史之学权威地位的确立、考据学风的盛行，学者文人对通俗小说的研究兴趣大减，除了《西游记》《东周列国志》《红楼梦》《儒林外史》少数作品因其本身性质特点而引发了一些研究之外，通俗小说的研究颇为冷寂，直到晚清才得到了改变。

三、图书分类方式与文言小说著录

从刘歆《七略》开始，"小说"即著录于"诸子略"中。《汉书·艺文志》以正史之尊为"小说家"留有一席之地，而且，《汉书·艺文志》以圣人之言"虽小道，必有可观者焉"把"小道"与"小说"相勾连，从此，文言小说在历代公私各种目录中基本确立了自己的著录地位：不被重视，但总要被著录以聊备一类。问题是，文言小说并不总被著录在"小说"或"小说家"类中，"小说"或"小说家"类中也并不总是著录文言小说，本章主要考察清代公私书目中对文言小说的具体著录情形。

《四库全书总目》刊行（乾隆五十八年，1793）以前，清代对文言小说的著录分类比较多元,既有采用四部分类法者,也有在四部分类法基础上加以改造的,还有突破四部分类法以及未进行分类的。

自《隋书·经籍志》采用"经史子集"四部分类法后,"一千二三百年来,官簿私录,十九沿袭,视为天经地义,未敢推翻另创",① 自然,即使在《四库全书总目》尚未刊行之前,清代采用四部分类法的公私书目也颇多,其著者有《天禄琳琅书目》、黄虞稷《千顷堂书目》《征刻唐宋秘本书目》、徐秉义《培林堂书目》、金檀《文瑞楼书目》等。除《天禄琳琅书目》仅设四部不设二级目录、《征刻唐宋秘本书目》不标类目实按经、史、子、集排列外,采用四部分类法的公私目录一般都在"子部"设有"小说"或"小说家"类,或多或少皆收有文言小说。这些文言小说既有志人、志怪及博物类、杂事类等笔记体小说,亦有《剪灯余话》(《剪灯新话》曾被禁,故公私书目多不著录)、《觅灯因话》、《艳异编》、《续虞初志》等文学性较强的传奇体小说。其中,《千顷堂书目》《文瑞楼书目》著录各种文言小说尤为宏富,如《文瑞楼书目》在"小说家"中还设三级目录"历代小说""唐人小说""宋人小说""元人小说""明人小说""国朝小说";"明人小说"还按年号分为"洪武朝""永乐朝""正统朝"直至"崇祯朝",体现出文言小说在明代的盛行。

再从小说之"实"的角度来看,又与明代书目一样,"小说"类目之外,这些书目在史部与子部的一些类目中著录了文言小说。具体情形如下:

(1) 在史部"传记"类著录文言小说。如黄虞稷《千顷堂书目》、徐秉义《培林堂书目》。金檀《文瑞楼书目》史部设有"史传"类目,与"传记"大略相当,也著录了一些文言小说。(2) 在史部"杂史"类著录文言小说。如徐秉义的《培林堂书目》,黄虞稷《千顷堂书目》的"别史"类目与"杂史"大略相当,也著录了一些文言小说。(3)《千顷堂书目》的"典故"与"故事"大略相当,也著录了一些文言小说。(4) 在史部"地理"类著录文言小说。如《千顷堂书目》中,史部"地理"类之《东岑子》《吴中故语》互见于子部之"小说"类,二书为杂事类文言小说;《培

---

① 姚名达:《中国目录学史》,上海书店1984年版,第94页。

林堂书目》"地理"类也著录了一些文言小说。金檀《文瑞楼书目》史部中无"地理"类目，但在"山水"类目中著录了《山海经》。（5）在史部"实录"类著录文言小说。如《培林堂书目》的"实录"类著录有《穆天子传》《汉武内传》。（6）在子部之"杂家"类著录文言小说。《文瑞楼书目》子部无"杂家"类目，按四部分类设二级目录的公私目录多在"杂家"类目中著录了文言小说，其中几乎都有《博物志》。（7）在子部之"道家"类中著录文言小说。如《千顷堂书目》的"道家"不仅包括道家，还包括道教，它们著录道教书籍时著录有《神仙传》《列仙传》《续仙传》等文言小说。《文瑞楼书目》在子部未设"道家"类目，《老子》《庄子》等道家典籍被著录于"子书"类目中。又设有"仙家"，然只著录《吕纯阳集》《长春真人西游记》（按：非小说《西游记》）两种，未著录文言小说。（8）在子部之"类书"或"类"中著录文言小说，如《千顷堂书目》《文瑞楼书目》。

明代《文渊阁书目》不守四部成规，后来新创部类的书目常常以之作护符。[①] 甚至清初钱谦益《绛云楼书目》、钱曾《读书敏求记》、曹寅《楝亭书目》、王闻远《孝慈堂书目》在四部分类法基础上加以改造的图书著录亦受到影响。

钱谦益《绛云楼书目》无"经""史""子""集"之名，与《文渊阁书目》一样仅设一级目录，从卷一之"经总类"至卷四之"诗话类"大体按四部排列。然从卷四之"本朝制书类"开始又设有"本朝实录""本朝国纪""传记""典故"与"杂记"五类，著录明代史部、子部之书。《绛云楼书目》共设 73 个类目，其中"杂史类"、"史传记类"、"地志类"、"子类家"、[②]"类书类"、"小说类"、"伪书类"类著录了明以前的一些文言小说，"杂记"著录了明代文言小说。另外，虽设有"地理类"，著录的乃是风水堪舆之书；虽设有"故事类"，著录的乃是制度成例之书；虽设有"子道家"，著录的乃是论说之书，皆未著录文言小说。

钱曾《读书敏求记》中有"经""史""子""集"之名，然与《文渊

[①] 参见姚名达《中国目录学史·分类篇》，上海书店 1984 年版。
[②] 《绛云楼书目》未设杂家，其他书目著录入杂家类的典籍多被归入其"子类家"。

阁书目》一样，《读书敏求记》只设一级目录，共40种，"经""史""子""集"是40种一级目录中的4种而已。另外，《读书敏求记》虽未标四部，但共有四卷，分别对应经、史、子、集四部。《读书敏求记》未设"小说"类目，其一级目录"传记""地理舆图""杂家"中著录有文言小说。

曹寅《楝亭书目》与《读书敏求记》相仿，亦不标四部之名，以四卷对应四部。《楝亭书目》还将文集与诗词分开，并多增附录与补遗，这些皆是受到《文渊阁书目》的影响。其中，一级目录"史"之"别史""地舆"与一级目录"子"之补遗部分以及一级目录"说部""杂部"皆著录有文言小说，一级目录"类书"中亦著录了文言小说的汇编本。

王闻远《孝慈堂书目》倒是标出部名，不过，分别为"经总""史总""子总""集总"，且所分子目甚细，共有八十四类，这又是受到《文渊阁书目》的影响。在这八十四类中，"史总"之"杂史""传记""故事""起居注""仙佛"与"子总"之"小说家""野史家""杂家"皆收有文言小说，"子总"之"汇集"类亦著录了文言小说的汇编本。

《四库全书总目》刊行以前，清代突破四部分类法的书目颇多。如钱曾《也是园书目》设经、史、子、集、三藏、道藏、戏曲小说七部，其中在史部之"杂史""故事""传记""仙佛""神""冥异""列女""校书""行役""郡邑杂志"类与子部之"杂家""小说"类中著录文言小说，子部之"类家"类中也著录了文言小说的汇编本；钱曾《述古堂宋板书目》设一级目录34种，"经""史""子"皆是一级目录中的类名而非部名，其中"杂史""传记""子杂"三门收有少量文言小说；《述古堂书目》设一级目录78种，其中"杂史""传记""子杂""小说家""神仙""类书"等著录有文言小说；祁理孙《奕庆藏书楼书目》凡经、史、子、集、四部汇共五部，其中史部之"杂史""传记""旧事"与子部之"稗乘家"著录有文言小说，"四部汇"部之"古今逸史""历代小说"类中著录了文言小说。姚际恒《好古堂书目》中在四部之外还设有"经史子集总"，其史部之"杂史""传记""地理""集古""方物"中，子部之"杂家""类""小说家""道"以及"经史子集总"中著录了文言小说。毛扆《汲古阁珍藏秘本书目》在分类上经史不分，集部为一大类，不分小类，子部则分"小说家""明朝人小说""天文""兵家""医家"五小类；其中史类之《穆天子传》《汉武帝内传》《飞燕外传》《汉杂事秘辛》等是文言小说，子类之"小说家""明朝人小说"收有数量较多的文言小说；《季沧苇藏书目》按版本分为宋版、宋元杂版、崇祯历书总目、经解目录四类，其中宋元杂版又分经部、史部、古文选、韵书、子书、文集、诗集部、类书、杂部、内典、儒书、医书、方舆共13门，其中"史部""杂部"收有一些文言小说；陆漻《佳趣堂书目》不标类目，大致以经、史、子、集、地理、金石、目录、佛道为序，其中，史、子、地理类、佛道等类中收有一些文言小说。

不分类的书目亦颇有一些，如曹溶《静惕堂书目》、朱彝尊《曝书亭书目》《竹垞行笈书目》、陆陇其《三鱼堂书目》、王渔洋《池北书目》，皆或多或少收有文言小说。

《四库全书总目》的完成标志着图书分类的新阶段，文言小说在书目中的著录情形也因之而发生了变化。完成于乾隆初年的《明史·艺文志》正好处于变化的承前启后时期。

《明史·艺文志》系在《千顷堂书目》的基础上改订而成，在文言小说的著录方面所作的改动主要有：(1)《千顷堂书目》中的文言小说汇编皆著录于子部之"类书"类，《明史·艺文志》则著录于"小说家"类。(2)《千顷堂书目》中著录的传奇体小说多被剔除。(3)史部之"杂史""传记""故事"类极少著录文言小说。固然，《明史·艺文志》改著录一代之藏书为著录一代之著述，其"杂史""传记""故事"类书目比《千顷堂书目》要少得多，可是，将《千顷堂书目》中的所著录的明人作品与《明史·艺文志》相比较可以发现，《明史·艺文志》将著录于《千顷堂书目》史部之"杂史""传记""故事"中的文言小说剔除了不少。另外，史部之"地理类"不再与子部"小说家"类的著录互见。

《四库全书总目》对它之前公私书目中的图书分类方式作了整齐、统一的工作，文言小说在其中的著录有以下一些特点：

首先，叙事性成为"小说家"类一条非常重要的著录标准。比较《四库全书总目》与之前的公私书目可以发现，前代公私书目之"小说""说部""小说家"类目所著录的一些非叙事性作品常常被改置于《四库全书总目》的其他类目之中。如《四库全书总目》将杂家类分为六类，其类序云："以立说者谓之杂学；辨证者谓之杂考，议论而兼叙述者谓之杂说，旁究物理、胪陈纤琐者谓之杂品，类辑旧文，途兼众轨者谓之杂纂；合刻诸书，不名一体者谓之杂编。"前代书目中杂家类书极易与小说类混淆，其中最易混淆的就是那些以议论为主、以立说为目的的作品，不少这样的作品都被前代书目著录于"小说家"中，而四库全书则将这些作品置于杂家之"杂学""杂考""杂说""杂品"类目中，而把那些叙事性作品保留在"小说家类"之中。可以说，在《四库全书总目》中，前代书目"小说"与子部之"杂家"的混淆大为改观；再如，前代书目中诗词、图画、箴规、辩订、器物、谱牒、游记、小品文等非叙事性作品可被前代书目著录于"小说"类目中，这些情况在《四库全书总目》中则大大减少。与此相应，由于史家的"实录"原则被强调，① 前代书目中易于与"小说"相混淆的"别史""杂史""传记""地理"等类目在《四库全书总目》中几乎未再著录文言小说。"故事"在《四库全书总目》被归于史部之"政书"类，"起居注"在《四库全书总目》被附于史部之"编年类"，亦皆未著录文言小说。可以说，在《四库全书总目》中，"小说家"与史部的纠葛大为减少。

其次，将文言小说中的传奇体拒斥于"小说家"之外是《四库全书总目》的又一著录特点。纪昀在《〈姑妄听之〉自序》中举出了他心目中的小说典范："陶渊明、刘敬叔、刘义庆，简澹数言，自然妙远。"推崇的是那些叙事简古的小说作品。其批评《聊斋志异》"一书而兼二体"时说："《聊斋志异》盛行一时，然才子之笔，非著书者之笔也。虞初以下，干宝以上，古书多佚矣。其可见完帙者，刘敬叔《异苑》、陶潜《续搜神记》，小说类也；《飞燕外传》《会真记》，传记类也。《太平广记》，事以类聚，故可并收。今一书而兼二体，所未解也……今燕昵之词，媟狎之态，细微曲折，摹绘如生。使出自言，似无此理；使出作者代言，则何从而闻见之？又所未解也。留仙之才，余诚莫逮万一；惟此二事，则夏虫不免疑

---

① 参见王冉冉：《从"文"到"学"——传统小说观念在清中叶的回归与歧变》，《明清小说研究》2005 年第 1 期。

冰。"很明显是把"细微曲折，摹绘如生"视为"才子之笔"，认为"才子之笔"不适于写小说。《四库全书总目》在批评"小说"时常常着眼于其文风的繁冗，如批评《续世说》"冗沓拥肿"，《大唐新语》"繁芜猥琐"，《述异记》"其书文颇冗杂"，《考亭渊源录》"冗杂无绪"，《病逸漫记》"多冗琐之谈"，《闻见录》"序述冗拙"，《博物志补》"猥杂冗滥"……可谓不胜枚举。而难得称赞小说时又往往有这样的说法："（《还冤志》）其文词亦颇古雅，殊异小说之冗滥"，"（《何氏语林》）有简澹隽雅之致"，"（《遂昌杂录》）其言皆笃厚质实，非《辍耕录》诸书掇拾冗杂者可比"，亦是崇尚简古的文风。自然，"篇幅曼长，叙述委曲"的传奇体文言小说难以被著录在"小说家"了。

再次，《四库全书总目》各级子目录的名称与排序有其鲜明的时代特点。因反对空谈心性，故将"兵家类""法家类""农家类""医家类"等"实学"置于子部前列；又因以儒学为主导学说，故强化了"攻乎异端"的倾向，将"释家类""道家类"置于最后。"小说家类"仅列于被视为异端的"释家类""道家类"之前，可见《四库全书总目》对其定位不高。同时，正如梁启超在《近三百年学术概论》中所言，乾嘉学者有着"惟古是尚"的学术倾向，这在《四库全书总目》中"小说家类"的书目采择上表现得尤为明显：明以后所采择的"小说家类"之"杂事"之属仅有《水东日记》《菽园杂记》《先进遗风》《觚不觚录》《何氏语林》5 部，清以后未著录一部，明以前则有 81 部；"异闻"之属止于宋洪迈的《夷坚支志》，"琐语"之属止于宋李石的《续博物志》，明清众多的文言小说皆未被著录。

《四库全书总目》对公私书目影响极大，可以说，《四库全书总目》刊行之后，除少数例外，清代公私各种书目多采用四部分类法，而且各级子目录的分类名称乃至排序也都对《四库全书总目》亦步亦趋。另外，《四库全书总目》撰有提要，著录明细，考证精详，在它之后的清代公私书目多采用了这样的著录方式，与殊甚简略的明代书目著录大为不同。其中，黄丕烈《士礼居藏书题跋记》《荛圃藏书题识》、范懋柱《天一阁书目》、周中孚《郑堂读书记》、张金吾《爱日精庐藏书志》、瞿氏《铁琴铜剑楼藏书目》、杨绍和《楹书隅录》、陆心源《皕宋楼藏书志》、潘祖荫《滂喜斋藏书记》、丁丙《善本书室藏书志》、耿文光《万卷精华楼藏书记》的提要最为精当详明。而常熟大藏书家陈揆的《稽瑞楼书目》是个例外，此书目分"邑中著述""附记各橱""近代地志""小橱丛书"①四部分，并且分别注明了藏书处，但往往只著录书名、卷数，有的书名下著录撰修时间、传本较罕者注明作者，只有少数书才撰有非常简略的提要。缺少提要与分类标准的不统一，在一定程度上减少了《稽瑞楼书目》"辨章学术，考镜源流"的作用，所以考察此书目中文言小说的著录情形必须详细考察具体书目。经过考察可以发现，此书目有"旁嗜说部"的特点，在"小橱丛书"之"传记""诸子杂说"中著录了大量志怪小说、杂事小说。此外，"附记各橱"著录了《穆天子传》《博物志》《太平广记》《顾氏文房小说》《说部精华》等，"邑中著述"著录了《山海经》《神异经》《博物志》等少量文言小说。

《四库全书总目》刊行之后，突破《四库全书总目》分类方式的图书著录在晚清之前屈指可数。孙星衍《孙氏祠堂书目》将图书分为12大类，各大类之下设44小类，虽然突破了《四库全书总目》的图书分类方式，却也把文言小说中的传奇体摒斥于"说部"之外；也以实录原则及"资考证"功能作为评定"说部"价值的重要标准；②同样具有"惟古是尚"的采录特点，收录明以后作品极少。《孙氏祠堂书目》还收入了较多学术笔记与说明性、议论性杂著如《涉史随笔》《刊误》《鼠璞》《云林石谱》《隐居通议》《墨法集要》《古器具名》等。此外，内编"诸子"之"道家""杂家"，"地理"之"总编"，"史学"之"传记"类中著录了文言小说，外编（未设"说部"子目）中基本没有著录文言小说。用现在的眼光来看，就文言小说的著录而言，与《四库全书总目》相比，这甚至可以说是一种倒退。缪荃孙于光绪二十六年（1900）编《艺风堂藏书记》明确宣称效法《孙氏祠堂书目》，其弊亦与之同。

---

① "邑中著述"著录常熟乡邦文献，"附记各橱"收录四部普通书籍，"近代地志"载明代方志130部、清代至嘉庆年间方志267部，"小橱丛书"包括"音训""史籍""传记""宋元地志""诸子杂说""杂家""古集""杂集""谱录"9类。

② （清）孙星衍《孙氏祠堂书目序》云："稗官野史，其传有自，宋以前所载皆有出典，或寓难言之隐，今则矫诬鬼神，凭虚臆造，并失虞初志怪之意。"见（清）孙星衍《孙氏祠堂书目》，《丛书集成初编》本，中华书局1985年版，第1页。

晚清以来，打破《四库全书总目》图书分类方式的公私书目虽然日益增多，却多是为了容纳新书，对于文言小说的著录反而还不如《四库全书总目》整饬。以《申报馆书目》（1877年）为例，其"新奇说部"一类既著录有《夜雨秋灯录》《萤窗异草》《六合内外琐言》等文言小说，还著录有《庸闲斋笔记》这样的笔记杂著，其《异书四种》之《三十六声粉铎图咏》又有这样的提要："盖取昆曲戏三十六出，图画成帙，而是诗皆题画之作也。"可见把题画诗也收入"说部"之中。分类标准如此混乱的例子在晚清的图书著录中相当普遍，直到1926年，上海扫叶山房《五朝小说大观》之丛书子目中，"偏录家"类著录有《东宫旧事》《邺中记》等，"杂传家"类著录有《汝南先贤传》《襄阳耆旧传》《文士传》等，"外乘家"类著录有《荆中记》《风土记》《南越志》等，又将史部之杂史杂传与文言小说混杂在一起；其"琐记家"类著录有《五木经》《茶经》《花经》《酒食谱》《琴曲》等，"品藻家"著录有《诗品》《书品》《古画品录》等，"艺术家"类著录有《相鹤》《相贝》《相牛》《禽经》《龟经》等，又把大量非叙事性作品视为小说。石昌渝在《二十世纪古代小说书目编撰史述略——兼论有关书目体例的几个问题》一文中指出，历代公私书目"小说家"类所著录的书目，以今天的小说观念来看，"既芜杂不堪，又失载太甚"，而今人对文言小说的著录又因文言小说的种种复杂因素而很难妥帖地置放于"预设的类型框架"中。

第十三章
清代的小说禁毁与小说选本

  与明代相比，清代禁毁小说的力度大大增强，对小说观念与小说创作的影响也较大。要认识这一点，选取一个合理的观照系统是非常必要的，而将清代禁毁小说的缘由、具体举措及其实际效果综合起来加以研究有助于达到这样的目的。

  清初，禁毁小说还没有将注意力集中到思想文化控制方面，禁毁对象虽然名义上是"诞妄""淫词"之作，对小说的禁毁主要还是出于政治目的，且尚未指定相应的管理部门，也没有规定具体的惩罚措施。故而虽有明文规定禁毁小说，但"诞妄""淫词"之作依然很多，对小说与小说学影响不大。从康熙朝开始，禁毁小说渐渐转向思想文化控制方面。不过，各朝通过禁毁小说进行思想文化控制的着眼点不同：康、雍、乾时期，禁毁小说着眼于打击、钳制汉人的民族意识，强化忠君观念与皇权观念。所以，尽管屡次重申严禁"淫词"，实际上都没有把"淫词"作为禁书的重点，"淫词"小说在这一时期仍然颇多。不过，从康熙年间开始，理学在思想文化方面的主导地位已经确立，从"严绝非圣之书"、强化正统观念的角度禁毁小说还是取得了一定的成效，影响了小说创作的格局与小说学的具体"导向"。嘉庆以后，文网渐疏，民族意识渐渐不再是禁书重点，而"淫词"小说的禁毁则得到了较切实的执行。尤其是作为小说出版中心的江浙一带，地方政府颁布公告，开列淫书目录，采取有力措施对小说加以禁毁。与地方政府对"诲淫"之作的禁毁相比，康乾盛世之后，由于社会动荡，中央政府更侧重于对"诲盗"小说的禁毁。这些都影响到了小说的创作，也影响了小说学对官方话语的强调与对个人思想的压制。到了危机重重的清末,清政府忙于应付内忧外患,小说禁毁已成虚应故事。

清代小说选本的发展大致可分为三期:第一阶段为康熙、雍正、乾隆、嘉庆四朝,此时期与明代小说选本相比数量锐减;第二阶段为道光、咸丰、同治三朝,小说选本比第一阶段更加萎靡不振;第三阶段为光绪、宣统二朝,小说选本终呈复兴之势。

一、清代禁毁小说的缘由与书目

早在入关之前,皇太极于天聪九年(1635)四月就发布了禁译野史的上谕,中云:"朕观汉文史书,殊多饰词,虽全览无益也……至汉文《通鉴》之外,野史所载,如交战几合,逞施法术之语,皆系诞妄。此等书籍,传至国中,恐无知之人,信以为真,当停其翻译。"[①] 其所谓"交战几合,逞施法术"的"野史"显然包括讲史演义之类,表明此时已对通俗小说颇为警惕。不过,此时满清还未实现军事与政治上的一统天下,其对通俗小说的禁译还是出于军事、政治上的实用目的。皇太极禁毁小说从地理范围而言只限于满人当时的势力范围,对汉人的文化、文学无甚影响。另外,据王嵩儒《掌故拾零》、昭梿《啸亭续录》、俞正燮《癸巳存稿》、魏源《圣武记》、陈康祺《乡下燕脞录》等记载的史料,这样的禁令甚至对《三国演义》这种分明有不少"交战几合,逞施法术"描写的"野史"大开绿灯——在颁布禁令之后的崇德与顺治年间,《三国演义》被作为"兵略""临政规范"之书而被翻译,可见其禁网之松弛。

直到顺治九年(1652)禁刻琐语淫词,才真正影响到汉人的小说刊刻。此一禁令规定:"坊间书贾,止许刊行理学政治有益文业诸书,其他琐语淫词,及一切滥刻窗艺社稿,通行严禁,违者从重究治。"其时,满清的军事征服已基本完成,政治统治则还有待巩固。为了笼络汉人,顺治初年满人就多次祭拜孔子,封孔子后裔为衍圣公、设五经博士等官职皆袭

[①] 以下所引各级禁令如未特别注出,均录自王利器《元明清三代禁毁小说戏曲史料》,上海古籍出版社1981年版。

汉制，顺治二年更国子监孔子神位为"大成至圣文宣先师孔子"，已表现出对于儒家学说的尊崇。此时又规定"坊间书贾，止许刊行理学政治有益文业诸书"，清王朝以程朱理学为官学的思想文化政策已初现端倪。然而，顺治九年的这一律令名义上似属思想文化方面的律令，但从实际效果来看，程朱理学在思想文化方面的主导地位尚未确立，此时之儒学思想还"沿前明王、薛之派"，直到康熙时期的陆陇其、王懋竑等人"始专守朱子"（《清史稿》卷四百八十《儒林传序》），所以，这一禁令在思想文化方面的影响不大，主要还是一种政治功利行为。以李渔《无声戏》的被禁为例，此书中的"琐语淫词"不少，然而遭禁却是因政治上受到张缙彦的牵连。据《贰臣传》载，顺治十七年御史萧震弹劾张缙彦"仕明为尚书，闯贼至京，开门纳款，犹曰事在前朝，已邀上恩赦宥。乃自归诚后，仍不知洗心涤虑。官浙江时，编刊《无声戏》二集，自称'不死英雄'，有'吊死在朝房，为隔壁人救活'云云，冀以假死涂饰其献城之罪，又以不死神奇其未死之身。臣未闻有身为大臣拥戴逆贼、盗窃宗社之英雄，且当日抗贼殉难者有人，阖门俱死者有人，岂以未有隔壁人救活逊彼英雄？虽病狂丧心，亦不敢出此等语，缙彦乃笔之于书，欲使乱臣贼子相慕效乎？"结果"王大臣会鞫，论斩，上命贳死，籍其家，流徙宁古塔。寻死于戍所"（《清史稿》卷二百四十五《张缙彦传》）。此书自然也遭到禁毁。从整体看来，顺治朝对"淫词"的禁毁基本上没有起到多少作用，"淫词"小说在此时刊刻很多。

顺治九年（1652）禁刻琐语淫词的律令于康熙二年（1662）被朝廷重申，而且，在康熙二年之前，禁小说的译、刻并未言及具体的管理部门，康熙二年的禁令则明确责成"内而科道，外而督府"来执行小说的禁毁，使得小说的禁毁不再是统治者笼统、宽泛的意向，而是置有专司，严查小说的禁毁工作。在此之后，禁毁小说的中央律令日趋完善，越来越全面地注意到了小说流通的各个环节，精细并严格地规定了小说禁毁管理部门的职能。如康熙二十六年禁"淫词"，地方上的主管部门由"督抚"进一步细化到"府州县官"；康熙五十三年禁"小说淫词"，主管部门在内为"八旗都统、都察院、顺天府"，在外为"督抚"及其所属"文武官弁"，主管人员既有满人又有汉人，既有文职又有武职。另外还明确规定"该管官不行查出者，初次罚俸六个月，二次罚俸一年，三次降一级调用"，把禁小说的成效作为影响官员职位升迁的重要因素，可以看出对小说禁毁的力度进一步加强了。再看其"将板与书，一并尽行销毁。如仍行造作刻印者，系官革职，军民杖一百，流三千里，市卖者杖一百，徒三年"及"买者杖一百，看者杖一百"的惩治措施，不仅打击了小说的刻印，而且还限制了小说的销售、购买与阅读。康熙五十三年禁毁小说的这些律令相当重要，成为后来禁毁小说的"定例"，甚至还被写入《大清律例》。到了乾隆三年，除了被禁小说的刻印、销售、购买与阅读均有相应惩罚措施外，还规定："其有收存旧本，限文到三月，悉令销毁。如过期不行销毁者，照买看例治罪。其有开铺租赁者，照市卖例治罪。"至此，小说传播的各个环节均被明令阻隔，可说是有清一代最为彻底、完善的小说禁令。另外，乾隆三年对禁毁小说主管人员的职能要求更为严厉，康熙五十三年规定失察三次才降一级调用，此时则规定失察一次就要降二级。

康熙二十六年（1687）禁"淫词"，指出这些作品"鄙俚浅陋，易坏人心"；康熙五十三年禁"小说淫词"，声明禁毁缘由是为了"正人心，厚风俗""崇尚经学，而严绝非圣之书"，这样的话语方式为以后各朝所重复，成为之后各朝共同的禁毁缘由。

康熙朝并未明确规定禁毁小说之目录，不过，从有案可查的文字狱来看，"淫词"并非当时的禁书重点，除了个别地方官府如汤斌在江苏巡抚任上出于"挽颓风"目的而禁"私刻淫邪小说戏文"之外，① 当时的禁书重点还是庄廷鑨《明史》、戴名世《南山集》等牵涉到民族意识的书籍。为期较短的雍正朝也以此作为禁书重点，著名的吕留良、曾静狱便是典型例证。不过，雍正登上帝位诽闻颇多，其本人又忌刻成性，他所兴文字之狱颇多对皇权观念的强调。如汪景祺《西征随笔》语涉旅店狎妓，然而其书被禁并非由此，所拟罪名乃因汪氏被视为年羹尧之党，另外还"作诗讥讪圣祖"。谢济世狱也耐人寻味，此狱之兴起初不过是因顺承郡王锡保因谢济世"注释《大学》，毁谤程朱"而参奏，雍正却认为："意不止毁谤程

---

① 对"淫邪小说戏文"的禁毁力度较小，其惩治措施不过是"将书板立行焚毁""枷号通衢""仍追原工价，勒限另刻古书一部"。

朱。乃用《大学》内见贤而不能举两节，言人君用人之道，藉以抒写其怨望诽谤之私也……至于朕心，并无私好私恶，惟以其人之善恶为好恶，以众论之是非为好恶，何尝预存成见于胸中？……谢济世以应得重罪之人，从宽令其效力。乃仍怀怨望，恣意谤讪，甚为可恶。"很明显，"毁谤程朱"在雍正看来不过是罪之小者，批评君王才是罪莫大焉，正可表明雍正更为强调皇权观念。由此也就容易理解，为什么在雍正六年，雍正因护军参领郎坤奏折中引用了《三国演义》而勃然大怒，但处理此案时重点却放在了追查"查弼纳原系苏努等之党，从前曾拟斩罪，蒙恩赦宥，伊欲自掩其匪党不法之罪，故将他人轻罪，亦从重拟斩（按：兵刑二部拟郎坤应处斩，雍正怀疑是查弼纳从中作祟）"上面，同小说的禁毁几乎无多大关系了。

乾隆朝已经明确规定了禁毁小说的书目。但是，除了乾隆十八年、十九年（1753、1754）两次明令禁毁《水浒传》之外，禁毁小说的书目未被专门开列，只能由四库馆奏准《销毁抽毁书目》、军机处奏准《销毁抽毁书目》、各省奏准违碍书目等钩稽考索。王利器《元明清三代禁毁小说戏曲史料》有《乾隆朝禁毁小说戏曲书目》，开列通俗小说如陆云龙《辽海丹忠录》、无名氏《剿闯小说》《樵史演义》、蓬蒿子《定鼎奇闻》、钱彩《说岳全传》、徐述夔《五色石传奇》六种，文言小说赵南星《笑赞》（在《赵忠毅公全集》中）、张潮《虞初新志》两种。着眼点主要是通俗小说，且其《乾隆朝禁毁小说戏曲书目》中《退庐公案》乃是奏议集，《鸳鸯谱》又名《四六鸳鸯谱》，乃"四六活套之语"，[①] 并非小说戏曲。下面在王利器所列书目的基础上稽考出乾隆朝其他禁毁小说书目：[②]

《归莲梦》。题"苏庵主人编次""白香山居士校正"，章回小说，共十二回，叙白莲教开山祖师白莲大师（莲岸）事迹，写作年代不

[①] 参见王彬主编《清代禁书总述》中《退庐公案》《鸳鸯谱》题解，中国书店1999年版。
[②] 资料来源：《销毁抽毁书目 禁书总目 违碍书目 奏缴咨禁书目》（国学保存会印行 光绪丁未十二月初五日［1907年12月5日］发行）、杨家骆《伪书考五种 清代禁书知见录》（台北世界书局1979年版）、英廉《全毁抽毁书目》（中华书局1985年版）、雷梦辰《清代各省禁书汇考》（书目文献出版社1989年版）、《纂修四库全书档案》（上海古籍出版社1997年版）。

详，约在明代后期。

《精忠传》。据乾隆四十七年江西巡抚郝硕奏缴违碍书目，中有《精忠传》，奏请销毁的缘由中写到："坊间刻本。多有未经敬避字样，及指斥金人之语"。此书还同《说岳全传》紧次相联，《说岳全传》的禁毁缘由亦是："内有指斥金人语。"种种迹象表明，此书当是明末邹元标所撰《岳武穆精忠传》，章回小说。

《镇海春秋》。题"吴门啸客撰"，明末章回小说，共二十回，叙袁崇焕杀毛文龙始末。

《英烈传》。章回体小说，共八十回。叙明开国功臣事迹。现存刊本颇多，其中有一种刊本，扉页题《官板皇明全像英烈传》，书林余君召刊。乾隆四十六年湖南巡抚刘墉奏缴违碍书目所列"君召余应诏刊"《英烈传》即此种。

《九朝谈纂》。未题撰者姓名，被列入四库馆奏准抽毁书目，"多裒集明初说部，编次成书"，可见收有明初文言小说。

《今古钩元》。明诸茂卿辑，被列入四库馆奏准抽毁书目，"采说部各条，分类裒辑"，可见乃收有文言小说的类书。

《广百川学海》。明冯可宾撰，被列入四库馆奏准抽毁书目，"其书用左圭《百川学海》之例，将说部各书汇辑成帙"，系收有大量文言小说的类书。

《双槐岁钞》。明黄瑜撰，笔记。其中"陈御史断狱"条乃《喻世明言》中《陈御史巧勘金钗钿》所本，"木兰复见"条乃《喻世明言》中《李秀卿义结黄贞女》所本，"救溺得子"乃《警世通言》中《吕大郎还金完骨肉》所本，"柳庄相术"为《初刻拍案惊奇》中《袁尚宝相术动名卿，郑舍人阴功叨世爵》所本，还有一些故事是周清源《西湖二集》中《周城隍辨冤断案》的情节来源，可见此笔记中有不少叙事生动曲折，是较为典型的文言传奇小说。

《蓬窗别录》。乾隆四十四年十一月十八日安徽巡抚闵鹗元奏准禁毁书目中题明杨循吉撰《蓬窗别录》，实际上是后来书商抄掇黄暐《蓬轩类记》而成，志怪小说集，曾为《烟霞小说》等所著录。

《吴中往哲记》。杨循吉撰，志人小说，曾为《五朝小说·明人百家小说》《顾氏明朝四十家小说》《续说郛》等所著录。

《听雨纪谈》。乾隆四十四年十一月十八日安徽巡抚闵鄂元奏准禁毁书目中题明杨循吉撰，曾为《烟霞小说》《五朝小说·明人百家小说》《顾氏明朝四十家小说》《续说郛》《说库》等所著录。

《苏谈》。明杨循吉撰，志人小说，曾为《顾氏明朝四十家小说》《五朝小说·明人百家小说》等所著录。

《玉堂丛语》。又名《玉堂丛话》。明焦竑撰，"世说体"志人小说。

《玉镜新谭》。又名《逆珰事迹》，原题"京都浪仙朱长祚永寿编辑"，明末叙魏忠贤事迹的志人小说，全书共十卷，某些叙事段落后附有诗文奏疏。

《九籥集》。明宋懋澄撰。中有《负情侬传》，为《警世通言》中名篇《杜十娘怒沉百宝箱》所本，系文言传奇小说。

《壮悔堂文集》。清初侯方域撰。中有《李姬传》，叙李香君事迹，系文言传奇小说。

一般认为乾隆四十五年（1780）朝廷下令除野史诗文之外，对于演戏的曲本亦要严格审查，将文网扩展到俗文学领域，兼及通俗小说。① 其实，早在《四库全书》开馆后而定下"寓禁于修"文化政策的第二年（乾隆四十年），乾隆就已经颇为注意对于戏曲小说的审查，钦点两江总督高晋、江苏巡抚萨载禁毁《喜逢春》传奇，萨载在奏章中谈到"应毁书籍"包括"诗文杂著以及传奇小说"。② 可以说，从此时开始清朝各级政府已对戏曲小说的禁毁相当重视（以上所列乾隆朝禁毁小说有不少都是在乾隆四十五年之前被收缴的），只不过在乾隆四十五年之前还未明令规定罢了。

清朝以异族定鼎中国，深具"内中国而外夷狄""严华夷之变"观念的明遗民自然是奋起抗争。康、雍、乾时期，在军事征服的基础上，清朝的政治统治地位得到巩固，已有余力加强思想文化方面的控制，其加强思

---

① 参阅黄裳《笔祸史谈丛·清代的禁书》（北京出版社 2004 年版）、王彬主编《清代禁书总述·清代禁书概述》（中国书店 1999 年版）。

② 《纂修四库全书档案》，上海古籍出版社 1997 年版，第 453、465 页。

想文化控制的重点首先便是民族意识。陈垣《旧五代史辑本发覆》中详实揭示出康、雍、乾三朝尤其是乾隆朝的忌字，主要是"虏""戎""胡""夷狄""犬戎""蕃""酋""伪""贼"等对异族及异族政权的蔑称。明人站在明王朝立场对满洲的指斥文字比比皆是，自然是禁毁的重中之重。有些小说在乾隆朝被奏准禁毁时写出了禁毁缘由，如《双槐岁钞》因《建州》一篇，《广百川学海》因《建州考》《夷俗考》《北征录》《北征后录》《北征记》五种，《玉堂丛语》因《献替》一篇，《九龠集》因"书中《东征纪略》以下，语皆诋斥"，侯方域《壮悔堂文集》因"语多失体"而遭禁，归根结底皆因有对满洲的指斥文字。陆云龙《辽海丹忠录》、无名氏《剿闯小说》《樵史演义》、蓬蒿子《定鼎奇闻》、吴门啸客《镇海春秋》、杨循吉《蓬轩别记》《吴中往哲记》《苏谈》、朱长祚《玉镜新谭》虽未被写明禁毁缘由，但考诸书所叙，或斥满清为"逆酋""虏""鞑子"，或赞明军抗满之事迹，或充满对新朝的怨愤，或渲染怀念故明之情绪，其遭禁亦当属此类；满族乃女真后裔，所以有关金人的指斥亦是大忌，《说岳全传》《精忠传》的被禁缘由已说得很清楚。值得注意的是乾隆朝还要求对蒙古族亦需避讳，可见对民族意识控制之严。如乾隆二十年（1755）三月的一条上谕斥责广西巡抚鄂昌："今检其所作《塞上吟》，词句粗陋鄙率，难以言诗。而其背谬之甚者，且至称蒙古为胡儿。夫蒙古自我朝先世，即倾心归附，与满洲本属一体，乃目以胡儿。此与自加诋毁者何异？非忘本而何？"由此，叙有明开国功臣抗元事迹的《英烈传》遭禁便不难理解了。《九朝谈纂》现已难以读到，但四库馆奏称其"多裒集明初说部"，当牵涉到元人事迹，其中"明太祖取天下""用兵之要"等条被抽禁，估计亦是此种原因。诸茂卿《古今钩沉》内容不详，但其与《女直考》《建州考》等同列于四库馆奏准全毁书目，从这些书目的整体特征来看，此书被禁亦当出于民族意识的原因。

至于徐述夔《五色石传奇》，其本身未涉及民族意识，但徐述夔《一柱楼诗》案因"明朝期振翮，一举去清都""大明天子重相见，且把壶儿搁半边"等诗句被定罪为"大逆"，徐氏其他著作也受到牵连，被作为"应毁徐述夔悖妄书目"遭到禁毁，其中就包括《五色石传奇》。《虞初新志》被抽禁亦是受到钱谦益、吴伟业文字狱牵连。乾隆对某些所谓"悖妄"之人的著作加以严禁，以钱谦益为例，不仅其所有作品均需全毁，别人的许多著作在乾隆朝只因引用、提到钱谦益诗文而遭禁毁，甚至出现钱氏姓名字号都要被抽禁。沈德潜本来很受乾隆优宠，其《国朝诗别裁集》却也因以钱氏冠首而招致乾隆不满。乾隆四十四年十一月，还下令各省郡邑志内如著录"悖妄"人诗文者，一概铲除。在此背景下，《虞初新志》中有钱氏与吴伟业（吴伟业的情形同钱谦益类似）的著作自然亦要禁毁。从禁毁缘由来看，钱、吴等人也不是因民族意识而被禁。乾隆四十一年十一月上谕中云："明季诸人书集词意抵触本朝者，如钱谦益等，均不能死节，妄肆狂狺，自应查明毁弃。"还下令把钱氏编入《贰臣传》以示贬斥。倒是对史可法、左光斗、刘宗周、黄道周、熊廷弼、杨涟等忠于明王朝的人士"一体旌谥"，提倡一代之臣当忠于一代之君，可见禁毁缘由主要是对忠君观念的强调。

综上所述，尽管从顺治九年（1652）起各朝均强调严禁"淫词"，康、雍、乾三朝实际上都没有把"淫词"作为禁书的重点，"淫词"在康雍乾三朝仍然颇多。康熙二十六年（1687）刑科给事中刘楷疏请除淫书声称："臣见一二书肆刊单出赁小说，上列一百五十余种，多不经之语，诲淫之词，贩卖于一二小店如此，其余尚不知几何？"康熙五十三年已经有了禁毁"小说淫词"相当完备的惩治条例，可是，康熙五十四年刘廷玑《在园杂志》卷二中仍然能够轻易罗列《灯月缘》《肉蒲团》《野史》《浪史》《快史》《媚史》《河间传》《痴婆子传》《宜春香质》《弁而钗》《龙阳逸史》等淫书十数种，且颇为熟悉，可见要读到这样的小说并不是一件很困难的事情。据王清原等编撰《小说书坊录》（北京图书馆出版社2002年版）、李梦生《中国禁毁小说百话》（上海古籍出版社1994年版）中的著录进行统计，能确定在康熙、雍正朝刊刻的就有《灯月缘》《新镌批评绣像春灯闹奇遇小说》《巫山艳史》《巫梦缘》《梧桐影》《桃花影》《杏花天》《浓情快史》《梦花想》《绣榻野史》《一片情》《五凤吟》《催晓梦》《绣屏缘》《锦香亭》《锦上花》《闹花丛》《隔帘花影》《恋情人》《醉春风》《国色天香》等典型的"淫词"，一贯被视为淫书代表的《金瓶梅》在此时也被大量刊刻，刊刻年代不明的《肉蒲团》《艳芳配》《群佳乐》《浪史》《媚史》《痴婆子传》《风流和尚》《锦绣衣》等也极有可能在康雍年间刊刻，此时正是继明末清初之后刊刻"淫词"小说的又一高潮。可见禁毁"淫词"之实际效果还是有限。

二、清代禁毁小说的举措与效果

从康熙年间开始，理学在思想文化方面的主导地位已经确立，从"严绝非圣之书"、强化忠孝节义之伦常观念的角度禁毁小说还是取得了一定的成效，影响了小说创作的格局：康熙雍正年间最为盛行的是"才子佳人小说"，淫秽描写极少，非常强调情之"贞""正"，行之"忠""信"。另外，乾隆朝的小说观念强调小说中的"实录"与"考证"，可是，此时却出现了历史演义、英雄传奇神魔化的特点，如《飞龙全传》中的赵匡胤简直是半人半神，《异说反唐演义全传》《异说征西演义全传》《说呼全传》《新刻杨家府世代忠勇演义志传》中的"忠烈"们不仅能斗战，而且能斗法……这种现象似乎颇令人困惑。其实，把此时的小说创作放置在当时小说禁毁的文化背景之中便好理解。如前所述，乾隆朝的小说禁毁往往是受到当时文字狱的牵连，而当时的文字狱可谓有清一代最酷烈的时候，评论历史、讥弹时事皆可得罪，形成了"避席畏闻文字狱""万马齐喑究可哀"的局面，而虚幻的神魔世界在一定程度上能逃避严密的文网。另外，这些历史演义、英雄传奇的实质恰恰是对帝王与"忠烈"的神化以及对"叛逆"的魔化，归根结底还是对忠孝节义之伦常观念的强化，正是当时的思想文化政策所鼓励、引导的。与之相应，小说的序跋、评点、杂论也更为强调小说"劝善惩恶"的教化功能，少不了大谈所评小说与"忠孝节义"之关系。

嘉庆以后，文网渐疏，因民族意识在乾隆朝曾被严禁的《说岳全传》《精忠传》已分别于嘉庆三年（1798）、二十四年刊刻。① 尤其在道光以后，还形成了刊刻文字狱禁书如明代忠烈杨涟、左光斗等、贰臣罪臣如钱谦益、吴伟业等著作的风气，② 轰动一时的《南山集》狱也完全解禁，《南山

---

① 据王清原等编撰：《小说书坊录》，北京图书馆出版社 2002 年版。
② 参阅来新夏等著《中国近代图书事业史》第二章，上海人民出版社 2000 年版。

集》于道光三十年（1850）得以重刻。在这样的背景下，民族意识不再是禁书重点，而"淫词"小说的禁毁则得到了较切实的执行：嘉庆十五年，御史伯依保奏禁小说所列书目已基本上是《灯草和尚》《如意君传》《浓情快史》《肉蒲团》等典型的"淫词小说"；道光十七年，应廪生陈龙甲等禀请，苏州设公局禁毁"淫书小说"，次年，江苏按察史裕谦再次宪示"凡一应淫词小说，永远不许刊刻贩卖租赁，及与外来书贾私相兑换销售"，并开列"淫书目单"。此书单除少量戏文、弹词、唱本之外，共查禁小说116种，其中大部分皆是典型的"淫词"小说，甚至连《红楼梦》及其续书《续红楼梦》《后红楼梦》《补红楼梦》《红楼圆梦》《红楼复梦》《绮楼重梦》，连《金石缘》《鸳鸯影》等才子佳人小说，连无甚淫秽内容、不过稍涉香艳的文言小说《艳异编》《姣红传》都被冠以"淫书"之名而禁毁，可见禁"淫词"之严。江苏省查禁淫词小说的文化管理政策对于邻近的浙江影响较大，杭州士绅张鉴首倡浙省仿效江苏设局收购销毁淫词小说，得到了浙江巡抚梁宝常、浙江学政吴钟骏的支持。对此积极响应的还有杭州知府朱煌、湖州知府罗遵殿、仁和县知县杨裕深，查禁声势与范围明显超过江苏。禁毁"淫词"小说在同治年间达到了高潮，同治七年（1868），江苏巡抚丁日昌颁布了《应禁书目》与《续查应禁淫书》，其书目亦是在江苏道光十八年"淫书目单"的基础上加以增订，共268种，数量更多。丁氏在关于查禁淫书的呈稿中说："前此分檄各属严禁，初时江北应者寥寥，旋据江、甘二令搜索五百余部，上元等县续报搜索八百余部，并板片等件，今山阳又复继之，苏、常各属，报缴尤多，或数千数百部不等。"可见禁毁规模也甚大。

从道光年间开始，与地方官府轰轰烈烈禁"淫词"小说相比，中央政府禁毁小说更为强调的是另外一种类型。早在康熙年间，从中央政府的律令来看，小说往往是同戏曲、"邪教"一起被禁的，乾隆三年还明确规定，该管官员放任"淫词小说"收存租赁，明知故纵者，"按禁止邪教不能察辑例，降二级调用"。乾隆十八年禁译《水浒传》还有这样一段："如愚民之惑于邪教，亲近匪人者，概由看此恶书所致，于满洲旧习，所关甚重。"第二年又下令"将《水浒传》毁其书板，禁其扮演"，缘由是"《水浒》实为教诱犯法之书也"。可以看出，尽管"康乾盛世"的政局还比较稳定，可对小说的"诲盗"效果已经颇为重视。嘉庆即位伊始就爆发了全国范围的白莲教起义，道光以后诸朝更是内忧外患不断，中央政府都把小说禁毁的重点放在消除"犯上作乱"观念方面，这从中央政府律令中所声称的"愚民之好勇斗狠者，溺于邪慝，转相慕效，纠伙结盟，肆行淫暴""刑讼之日繁，奸盗之日炽"皆因小说所致等禁毁缘由可以清楚地看到。地方官府对朝廷禁毁小说的此等用心也颇能体会，如上述江浙地区颇具规模的禁淫词小说活动所开列的禁毁小说目录中皆有《水浒传》，丁日昌连收有《水浒传》的《汉宋奇书》都予以禁毁。而且，乾隆朝时，《反唐》小说颇为盛行，并未遭禁，而上述地方官府的禁书目录中都赫然列有《反唐》，可见对载有"犯上作乱"之事的小说更为警惕；《绿牡丹》《清风闸》乃公案小说，并无淫秽描写，它们在上述禁书目录中却都榜上有名（丁日昌还把《龙图公案》列于禁书目录之中），察其禁毁缘由，无非还是因为它们所叙作奸犯科之公案有"诲盗"之嫌。

从明末开始，小说的出版中心就由福建移至江浙一带。从嘉庆、道光、咸丰、同治朝刊刻的"淫词"小说明显减少这一现象看，尽管禁毁"淫词"小说主要局限于江浙地区，禁毁还是颇有实效的，对"淫词"小说的打击力度甚大。从上述有据可考的律令、禁毁小说目录还可看出，康乾盛世之后，由于"犯上作乱"之事频仍，各级政府对小说的"诲盗"更加敏感警惕，对此大加打击，也确实在一定程度上影响到当时小说的创作特点：侠义小说中的男性侠客们不再像唐传奇的侠客那样天马行空、桀骜不驯，而是被纳入朝廷或官府麾下，从个人英雄变为君主或清官们的驯奴；女性侠客也纷纷回到家庭，"相夫教子，持家理纪"。这些小说总是表现出君明臣忠、官清民良的理想政治模式，君与臣、官与民的矛盾被消解。无论是作者还是读者，对专制政体、封建制度下的种种弊病都漠不关心，而是沉浸于侠客们为官府效力、终得封赏的白日梦中。不仅仅是侠义小说，从整体上来看，这一时期的小说创作均缺少具有个人独到见解的作品，数量虽不算少，却多是思想平庸之作，难以再有《红楼梦》《儒林外史》之类的杰作。这些现象在一定程度上可以表明，这一时期清政府对小说的禁毁在思想文化方面确实起到了很大的限制、奴役作用。与之相应，这一时期关于小说的评论与康乾时期相比说教性更强，更不敢越忠孝节义之伦理纲常一步，更千篇一律，像李贽、金圣叹、张竹坡那样个性化、叛逆性的小说学话语已然绝迹。

到了风雨飘摇的清末，清政府面对重重危机已是力不从心，虽说光绪十一年（1885）正月军流以下人犯不准减条款中还包括"造刻淫词小说"，此时也只是对"祖宗法度"的因循申儆而已，从光绪、宣统朝的各级律令来看，清政府已无暇再对"淫词小说"进行大规模的禁毁。以光绪十八年上海县一案为例：《红楼梦》被改名《金玉缘》刊行，遭人告发。此案虽已被县衙受理，可是，上海县衙却将此案注销了事，并声称"仍候重申禁令，不准印售淫书"，对"淫书"之禁毁持观望态度，未采取任何切实措施。而且，在此之后，终光绪、宣统二朝，也再未有对"禁令"的重申。虽说后来还禁过章太炎、邹容、康有为、梁启超等人的著述，那也只是妄想以政治手段对思想文化进行控制，在新学思潮的冲击下已根本起不到多少作用。而且，这些禁书基本上不涉小说。可以说，随着清政府的日薄西山，封建王朝的小说禁毁也走向了穷途末路。

三、清代的小说选本

与前代相比，小说选本在清代并不繁荣，总数仅有100余种，大体可分为三个时段，康熙、雍正、乾隆、嘉庆四朝为一时段，凡158年，小说选本52部；道光、咸丰、同治三朝为一时段，凡54年，小说选本13部；光绪、宣统二朝为一段，凡36年，约30部。其中前两个阶段的小说选本颇为凋敝，因为从中央到地方，统治者屡次采取严厉的禁毁小说政策，小说的生存环境十分恶劣。至晚清，随着清统治的江河日下，朝廷处理军国大事尚自不暇，更无力过问小说的创作和编刊，小说的生存环境相对比较宽松，故而从事小说编选、刊刻的文人书贾增多，小说选本的数量也渐渐多了起来。再加上小说界革命对"新小说"的倡导提高了小说的社会地位，石印和铅印技术的传入也使得诸多书铺、书坊、书局、报馆等纷纷采用新技术印刷图书和报刊，小说选本的数量明显增加。

清代的小说选本大致有如下特色：

首先，由于白话小说的通俗易懂，受商业利益的诱惑，书坊主大量刊刻白话小说选本。这一时期有白话小说选本《今古传奇》《一枕奇》《双剑雪》《补天石》《遍地金》《四巧说》《纸上春台》《飞英声》《再团圆》《幻缘奇遇小说》《警世奇观》《西湖拾遗》《怡园五种》《西湖遗事》《二奇合传》《今古奇闻》《续今古奇观》《欢喜奇观》等约20种。

嘉庆十八年（1813）十月圣谕云："至稗官小说，编造本自无稽，因其词多俚鄙，市井粗解识字之徒，手挟一册，熏染既久，斗狠淫邪之习，皆出于此，实为风俗人心之害，坊肆刊刻售卖，本干例禁，并著实力稽查销毁，勿得视为具文。"① 这里的"稗官小说"主要是指白话小说，"市井粗解识字之徒，手挟一册"，亦可见出其流行之广泛和受欢迎之程度。更有甚者，许多坊肆还对外出租小说，使白话小说的影响愈大。据康熙二十六年刑科给事中刘楷奏疏云："自皇上严诛邪教，异端屏息，但淫词小说，犹流布坊间，有从前曾禁而公然复行者，有刻于禁后而诞妄殊甚者。臣见一二书肆刊单出赁小说，上列一百五十余种，多不经之语，诲淫之书，贩卖于一二小店如此，其余尚不知几何？"② 因此，统治者多次下令禁止开设小说坊肆。

正因白话小说拥有广泛的读者群，很多书坊主为谋取私利，在大量刊刻长篇小说的同时，还将话本集割裂开来，选取一部分改换名目重新出版，招徕读者。如广东坊刊本《一枕奇》《双剑雪》乃是书坊分别选录华阳散人《鸳鸯针》之一、二卷和三、四卷而成，题署、行款与现存《鸳鸯针》刊本全同。《补天石》《遍地金》分别选录《五色石》的后四卷和前四卷而成，并改变了原来的顺序。

有的小说选本则是从被禁毁的话本集中选录而成的，借此蒙混统治者。如步月主人编的《再团圆》选自《古今小说》《拍案惊奇》《警世通言》；撮合生编的《幻缘奇遇小说》选自《欢喜冤家》《古今小说》《初刻拍案惊奇》《二刻拍案惊奇》《贪欣误》；叶岑翁辑的《警世奇观》选自《古今小说》《警世通言》《拍案惊奇》《醒世恒言》《无声戏》《西湖佳话》；《二奇合传》选自《拍案惊奇》《今古奇观》。《欢喜奇观》《三续今古奇观》

---

① 《大清仁宗睿皇帝实录》卷二百七十六，《清实录》第31册，中华书局1986年版，第769页。
② 王利器辑录：《元明清三代禁毁小说戏曲史料》，上海古籍出版社1981年版，第25页。

《艳镜》均是从《欢喜冤家》中选录二十回成书的新选本。

　　白话小说选本的增多与这一时期话本小说创作的衰落密不可分。话本小说继宋元之后，于明末清初再次达到空前的繁荣局面。但是自康熙后期，已露出明显的衰退之势，可大体断为康熙后期创作的话本集已很少。雍正、乾隆时期，更是一落千丈。自雍正四年（1726）出现的《二刻醒世恒言》起，至乾隆五十七年（1792）的《娱目醒心编》止，其间近七十年，却只有《雨花香》《通天乐》两种，不仅数量少，而且思想艺术水平也平庸低下。难怪郑振铎在《明清二代的平话集》中认为，《娱目醒心编》是"创作话本集中的最后的一部。从乾隆五十七年以后，话本的作者，在实际上可以说是绝迹了"。尽管后来又发现了《鬼神传终须报》《俗话倾谈》《玉瓶梅》和《跻春台》等话本集，但除了清代最后一部话本集，即光绪年间编刊的《跻春台》尚具新意，稍有亮色外，余者实不足观。因此，书坊主只有从前人优秀的话本集，尤其是明代的"三言""二拍"中选取篇目，编选新的话本选本，以填补图书市场的空白，满足读者的阅读需求。

　　为了赢利，清代的书坊主还大量翻刻前人优秀的话本选本。如抱瓮老人从"三言""二拍"中选录思想艺术俱佳的优秀篇目编选而成的《今古奇观》，在清代屡次被翻刻。笔者据《西蒂书目》、日本大冢秀高《中国通俗小说书目改定稿》、《辽宁省图书馆馆藏目录》、《北京大学图书馆馆藏目录》、胡士莹《中国通俗小说书目补》、阿英《小说闲谈》、柳存仁《伦敦所见中国小说书目》等书统计，《今古奇观》有清代刊本26种，清初有芥子园刻本，乾隆年间有植桂楼乾隆十年（1745）刻本、尚志堂乾隆二十年（1755）刻本、乾隆乙酉（1765）汗简斋刊本、金阊书业堂乾隆五十年（1785）刻本、会成堂乾隆五十一年（1786）刻本、文盛堂乾隆五十二年刻（1787）《绣像今古奇观》凡六种，嘉庆年间有经文堂刻本、近文堂刻本、大文堂刻本三种，咸丰年间有文德堂刻本、福文堂咸丰六年（1856）刻本两种，同治年间有维经堂同治二年（1863）刻本，光绪年间有聚元堂光绪十二年（1886）刻本、慎思草堂光绪十四年（1888）铅印《今古奇观图咏》、崇正堂光绪十七年（1891）重刻本、益元局光绪二十五年（1899）刻本、光绪三十年（1904）上海书局石印本、上海书局光绪三十四年

(1908)《绘图今古奇观》，凡 6 种。另外，不明翻刻年代的尚有萃精英阁刻本、锦心斋刻四十卷本、积秀堂刻本、广东佛山天宝楼刻三十二卷本、藻思堂刻本、墨憨斋刻《绣像今古奇观》、锦心斋刊《袖珍绣像今古奇观全传》二十回本，凡 7 种。由此可以看出，白话小说选本的编选和翻刻在清代特别盛行。

第二，文言小说选本表现出明显的私人化、娱乐化倾向。所谓私人化、娱乐化是指编者把编选小说选本作为茶余饭后、雨中病时破愁解闷、打发时光的消遣和娱乐，是其兴趣所然，别无他意。这类小说选本有清康熙间张贵胜编选的《遣愁集》、钱德庵编选的《增订解人颐广集》、胡澹庵编选的《增订解人颐新集》、陈树基编辑的《西湖拾遗》、孙洙辑辑录的《排闷录》、萧智汉选辑的《山居闲谈》、卢若腾辑选的《岛居随录》、常谦尊选录的《消闲述异》、独逸窝居士辑录的《笑笑录》、兰月楼主人编选的《解酲语》、牛应之辑录的《雨窗消意录》等。

这种私人化和娱乐化倾向在小说选本的序跋、凡例中也有明确显示。如陈树基《西湖拾遗》卷首自序云："第其间之人物，所见异辞，所闻异辞，所传闻又异辞。显者或仅得大概，微者或昧厥从来。余每当出游，辄怦怦心动。若有不能恝然者。因撮旧时耳目所及，订辑成帙，目之曰拾遗。并绘图卷首。睹斯集者，上下数千年，汇古人之忠孝节义，政事文章，以至仙佛神鬼，幽僻怪幻，相与晤对于一室。……庶几观西湖之秀，不啻揽天下山水之奇，而知钟灵毓异，寄迹栖心者之实非无所自也云尔。"可知是书乃采录与其家乡西湖有关的人物故事而成，其编选目的意在自娱。牛应之《雨窗消意录》卷首自序则云："独居伊郁，百忧撼心，令儿辈诵小说诡异事卧而听之，乐且忘疲，爰录其龙镌贻朋辈共怡悦焉。至于事多荒忽，小说类然。必欲钩考是非，绳批得失，茧蚕自缚，非仆之素心矣。"这种编选态度在清代的小说选本中表现得比较普遍。

第三，小说选本具有严谨的学术品格。这不仅指编者编选态度认真，耗费多年心血，还包括谨严的体例、考证精审的内容，以及补史和为学的编选宗旨。这一切都具有清代朴学的特征，与明代小说选本之粗疏空阔适成鲜明的对照。这类小说选本有李宗孔编纂的《宋稗类钞》与《明稗类钞》，李清辑选的《女世说》，傅燮词编纂的《史异纂》与《有明异丛》，周嘉酋编辑的《南北史捃华》，章抚功辑录的《汉世说》，彭希涑辑录的《二十二史感应录》，褚通经、彦臣辑录的《谈史志奇》，杨家麟编辑的《史余萃览》与《胜国文徵》，张继泳编选的《南北朝世说》，余叟编录的《宋人小说类编》，姚福均辑录的《铸鼎余闻》等。

受政治气候的影响，清代文人普遍埋头经史，潜心学术。很多人博观诸史杂传，于典章制度、鬼神灵怪详加采择，并分门别类，条分缕析，编成小说选本，以之补正史之不足。小说的补史观念由来已久，但通过类编笔记杂传以补史，不能不说是清代小说选本的一大特点。李宗孔在《宋稗类钞》"自序"中云：

> 每读史至唐宋，展卷未数叶，辄欠伸欲睡。《唐书》不好，尚自成体裁。……至《宋史》繁芜庸秽，杂乱无章。……即果具良史才，其于时事必多诬饰讳避，何以信今而垂后哉？迄明三百年，名公巨椽，代不乏人，非不知《宋史》所当急改，而卒无有任其责者。……然则有宋一代典章，措手固难，岂其稗官野史亦不得过而问欤？公余无事，悉取诸家稗编，字栉句比，较其工拙，类而钞之，聊以自怡。……盖稿经数易而后成，爱考《新唐书》载事，文倍于旧者，亦多取小说。兹编于赵宋南北三百余年纪载，正如管中窥豹，略见一斑。

其补史之意甚明。故其取材广泛，态度认真，体例谨严。《宋稗类钞》"凡例"云："有一条之内，窜易四五而后定者，颇费苦心，非止照本誊录也。""事取关维风化，裨益身心。或搜罗遗佚，足补正史；或采择新奇，可助谈资。远及梯航载纪，下自委巷丛谈，其有一技擅长，片言居要，凡耳目所经，俱勤加汇辑，惟恐或遗。""事有非关赵宋，而前后相符，或足备参考，亦间存之。附于每条之下，以往证今，粲然可观。""述而不作，奏功似易。然考较群籍，含英咀华，醇疵可否，斟酌去取，五载于兹，稿经数脱，方始成编，亦云难矣。""凡例"后又附有"宋稗类钞目录"和"宋稗引用书目"。其用力之勤、用心之苦，可见一斑。

即使是从史书中辑录怪异、感应之事，也表现出浓重的学术品味。如徐钪《史异纂序》云编者傅燮诃"博极经史，读书目数行下。每怪斗筲小儒，强执虫见，穿穴训故，无以开拓其心胸而变易其耳目。于是取二十一史及有明一代之书，凡事物之迥异于寻常者，为之州次部居，名曰《史异纂》《有明异丛》"，"是书也，亦欲采集古今之异以为穷理格物之助，于以感人心而维世教，未必无少补也"。编者自己在"凡例"中也说："此编所载则从二十一史中摘出，若注则所以翼史者，亦捃摭无遗。其余一切外传杂说，概置不录，恐启人虚诞之疑。"可见其取材之谨严。并云是书"凡五易寒暑，四易稿本，方克就绪，前后悉出诇一手"，其中甘苦可知。

文人学者纷纷从史书中取材，意在强调材料的真实可信，反映出传统的小说观——实录观念在正统文人头脑中的根深蒂固。其实，这也是乾嘉朴学对小说编选的深刻影响。如彭绍升《二十二史感应录序》云："后之注者，多杂引稗官小说，不足征信于世。兄子希涑阅二十二史，取其事应之显著者，汇而录之，分为二卷，将刊板以行，使人知天人感应之故，不以古今而异其毫发。"彭希涑在"凡例"中亦云："史书所载善者祥，恶者殃，其事不胜录也。兹取天人感应之神异显著者，凡降祥降殃，确知为某善某恶之报，则录之。"彦臣在《谈史志奇序》也说："喜新好奇，固人情所必至。然史册所载奇事，不特确有可据，且寓劝惩之意。"所谓"确知""确有可据"，都体现出编者对所选材料之真实性的考证和判断。

小说选本带有学术著作的特点，还在于小说编者以学问家的眼光要求自己，强调编书的资考证功能。如杨家麟《史余萃览序》云："汉唐宋元边隅之辽阔，时代之变迁，文章政事，风土人情，亦多有可采择者，因复萃成一帙，以备省览。读史之余，于以翻阅，亦足以广闻见，资考稽。"种蕉艺兰生《异闻益智丛录凡例》云："纪始系究本穷源，为学者原始要终之要。""源流合表及历朝建都考，系标明中西年历、古今首善之地，为读史者不可昧列之，以资考证。""杂存者，不名一类，或资考证，或资谈麈，或资警觉，不一而足，汇为一门，亦教学相长之道也。"同时，小说类目的设置也反映出他们的这种编选思想。如《宋人小说类编》设有议论、辩证、考证类，《斯陶说林》和《说部撷华》都有考证类。他们不仅是这么说的，也是这样做的。《异闻益智丛录》"说理不腐，诙谐不粗，述事详明，考证确凿"，乃编者"积十余年搜辑之功"始成。

第四，随着石印和铅印技术的不断传入，诸多书铺、书坊、书局、报馆等纷纷采用新技术印刷图书和报刊，也包括传统的小说和小说选本，这使得光绪、宣统二朝小说选本的数量明显增加。

由于石印具有成本低廉，印刷周期短，用人少，字迹清晰美观等优点，自 1832 年广州设立第一家中国人开办的石印铺后，石印技术迅速崛起。光绪十三年（1887）正月十三日《申报》称："石印书籍肇自泰西。自英商美查在沪上开点石斋，见者悉惊奇赞叹。既而宁、粤各商仿效其法，争相开设。"① 至光绪年间已取代雕版印刷的主导地位，在全国得以普及。光绪年间，仅上海一地，石印所就有 56 家，较铅印业多一倍有余。1889 年 5 月 25 日上海《北华捷报》刊发《上海石印书业之发展》一文，称："上海石印中国书籍正在很快地发展成为一种重要的企业。石印中使用蒸汽机，已能使四五部印刷机同时开印，并且每部机器能够印出更多的页数。因为资本家咸能投资于此种企业，赢利颇丰。印书如此便利，对于一个大家喜欢读书的国家来说，是一件幸事。"②

铅印虽较石印更为便利，但投资较大，因此，主要是外国的教会书馆和官方书局使用铅印。在上海，虽然铅印业的出现比石印业早 20 年，但整个光绪年间，仍以石印为主。各地的民营印书馆，也是石印占优势。③ 因此，铅印的小说选本远不如石印多。

阿英在《晚清小说史》中指出，晚清小说繁荣的首要原因"当然是由于印刷事业的发达，没有前此那样刻书的困难"。同样，光绪、宣统年间小说选本的复兴也与石印和铅印技术的采用、普及是分不开的。如铅印的小说选本有光绪四年（1878）王韬编选的《艳史丛钞》，光绪间申报馆排印的钱徵、蔡尔康编选的《屑玉丛谈》（初集编于光绪四年）等，石印的则有光绪甲午（1894）上海的《续今古奇观》、光绪丙申（1896）上海鸿文书局的《笑林择雅》、宣统元年（1909）上海书局的《绘图今古奇观续集》、光绪庚子（1900）夏江南书局的《异闻益智丛录》、光绪己酉（1909）的《香艳小品》、清末的《绘图古本欢喜奇观》等。

---

① 引自张静庐《中国出版史料补编》，中华书局 1957 年版，第 88 页。
② 同上，第 91 页。
③ 范慕韩：《中国印刷近代史》，印刷工业出版社 1995 年版，第 349 页。

第十四章
清人对"四大奇书"的文本阐释

"四大奇书"对清人来说是"旧名著",可是,他们却建构了与明人不同的"新阐释"。归结起来,清代"四大奇书"文本阐释的首要特色是着重从"寓意"的角度来对作品进行文本阐释,尤其是《金瓶梅》和《西游记》的文本阐释更体现了这一特色。如张竹坡曾明确提出"寓意"说:"稗官者,寓言也。其假捏一人,幻造一事,虽为风影之谈,亦必依山点石,借海扬波。故《金瓶》一部有名人物,不下数百,为之寻端竟委,大半皆属寓言。庶因物有名,托名摭事,以成此一百回曲曲折折之书。"[①] 既然认为"因物有名,托名摭事"是小说的编撰方式,释名自然成了张竹坡探求《金瓶梅》"寓意"的重要方式。在明代"四大奇书"中,清人对《西游记》的文本阐释最为特殊,因为《三国》《水浒》《金瓶梅》在清代都有定评本决定着文本阐释的主流,而《西游记》在清代则众说纷纭,出现了较多的评本,其中较为重要的有康熙年间汪象旭、黄周星的《西游证道书》,乾隆年间张书绅的《新说西游记》,陈士斌的《西游真诠》,以及嘉庆年间刘一明的《西游原旨》、道光年间张含章的《通易西游正旨分章注释》。

一、延续与"颠覆":清人对《水浒传》的文本阐释

从"寓意"的角度来解读文本的方式并非张竹坡首创,金圣叹评点

[①] (清)张竹坡:《金瓶梅寓意说》,刘辉、吴敢辑校:《会评会校金瓶梅(修订本)》,香港天地图书有限公司 2010 年版,第 2103 页。

《水浒传》时已经采取此种方式。如第一回中有这样的总评与夹批："'史'之为言史也,固也,'进'之为言何也?曰:彼固自许,虽稗史,然已进于史也。'史进'之为言进于史,固也;'王进'之为言何也?曰:必如此人,庶几圣人在上,可教而进之于王道也。必如王进,然后可教而进之于王道。然则彼一百八人也者,固王道之所必诛也。"第十四回中又批道:"夫人生世间,以七十年为大凡,亦可谓至暂也。乃此七十年也者,又夜居其半,日仅居其半焉……中间仅仅三十五年,而风雨占之,疾病占之,忧虑占之,饥寒又占之,然则如阮氏所谓'论秤秤金银,成套穿衣服,大碗吃酒,大块吃肉'者,亦有几日乎耶!而又况乎有终其身曾不得一日也者,故作者特于三阮名姓深致叹焉:曰'立地太岁'、曰'活阎罗',中间则曰'短命二郎'","盖'太岁',生方也;'阎罗',死王也,生死相续,中间又是短命,则安得又不著书自娱,以消永日也。"在对小说进行形式批评时,金圣叹的评点也常有这样一种倾向:认为一定的形式特征,尤其是"章法"能够暗示出一定的文本意义。如《水浒传》第一回,先写一百八人还是先写高俅是一种章法,并未对高俅与一百八人作任何评判,可是在金圣叹那里,"不写一百八人,先写高俅"的章法则能暗示出"乱自上作"的文本意义;又如,梁山好汉最后一名上梁山的是皇甫端,这在金圣叹看来也是意味深长:"一百八人而以相马终之,岂非欲令读者得之于牝牡骊黄之外耶?"再如第十三回总评,其中有这样一段文字:"一部书一百八人,声施烂然,而为头是晁盖,先说做下一梦。嗟乎,可以悟矣。夫罗列此一部书一百八人之事迹,岂不有哭,有笑,有赞,有骂,有让,有夺,有成,有败,有俯首受辱,有提刀报仇,然而为头先说是梦,则知无一而非梦也。大地梦国,古今梦影,荣辱梦事,众生梦魂,岂惟一部书一百八人而已,尽大千世界无不同在一局,求其先觉者,自大雄氏以外无闻矣。"第七十回中又说"晁盖七人以梦始,宋江、卢俊义等一百八人以梦终,皆极大章法",金圣叹此处实际上又认为"章法"上的形式特征暗示出一定的文本意义。总之,金圣叹对《水浒传》文本阐释,不是就具体之人事而发,而是通过"释名"以及分析小说的若干"章法"特征予以揭示的。金圣叹说:"《水浒》所叙,叙一百八人,其人不出绿林,其事不出劫杀,失教丧心，诚不可训。"① 在他看来，对人与事作直接、印象式的评判自然便只是"形迹"而非"神理"了。所以，虽然也时不时在评点中称赞李逵、武松、鲁达、林冲、吴用、花荣、阮小七等上上人物，对宋江等人又极尽冷嘲热讽之能事，可是在更多的时候，金圣叹却是把小说视为"寓言"，以超越人、事之"形迹"、探讨小说内在之"寓意"的方式来阐释文本。尽管这样的阐释有着很强的主观性，有时还有过度诠释的弊病，可是，从文本阐释的方法上来看，这却是一种舍表层结构而究内在本质的深层阐释，对小说的文本阐释有着深远的影响。

金圣叹完稿于明末的《水浒传》评本在清代有着巨大影响，此本问世之后基本上成了清代《水浒传》的定本。虽说在金批本之后还有《评论出像水浒传》，除金氏评语之外还有王望如的回末总评，可是王望如在《评论出像水浒传总论》中已明确指出"余不喜阅《水浒》，喜阅圣叹之评《水浒》，为其终以恶梦，有功于圣人不小也"，对于金圣叹的《水浒传》文本阐释非常认同，声称"圣叹评其文，望如评其人"，② 表明自己不过是重新以直接、具体评人论事的方式对金圣叹的评点作了修补工作。

在晚清之前，清人对《水浒传》文本阐释几乎是笼罩在金圣叹的影响之下。除顺治年间王望如重申金氏"不责下而责上，其词盖深绝而痛恶之，其心则悲悯而矜疑之"，"此百八人者，始而夺货，继而杀人，为王法所必诛，为天理所不贷"③ 等观点之外，刘廷玑在康熙年间的《在园杂志》卷二称赞金圣叹"以梁山泊一梦结局，不添蛇足，深得剪裁之妙"；蔡元放乾隆三十五年的《评刻水浒后传叙》中说："以太史公之才，为史家之祖，而为游侠、货殖立传，后之人犹且訾之，独奈何而取绿林暴客御人夺货之行而传之耶！如《水浒》前传之述宋江等一百八人之事，已不可。"这其实就是金圣叹"《水浒》所叙，叙一百八人，其人不出绿林，其事不出劫杀，失教丧心，诚不可训"说法的翻版；嘉庆年间，俞万春（忽来道

---

① （明）金圣叹：《第五才子书水浒传·序三》，（明）施耐庵著：《第五才子书水浒传》，上海古籍出版社 1994 年《古本小说集成》影印金阊叶瑶池梓行本，第 43 页。
② （清）王望如：《五才子水浒序》，陈曦钟、侯忠义、鲁玉川辑校：《水浒传会评本》，北京大学出版社 1981 年版，第 35 页。
③ 同上。

人)进一步强化了金圣叹不以"忠义"许梁山好汉的观念,且把金圣叹评点本结尾中梁山好汉被诛杀一梦的虚写加以"实化",写下了《荡寇志》(《结水浒》)一书——"他这部书既已刊刻行世,在下亦不能禁止他。因想当年宋江,并没有受招安、平方腊的话,只有被张叔夜擒拿正法一句话。如今他既妄造伪言,抹杀真事,我亦何妨提明真事,破他伪言,使天下后世深明盗贼忠义之辨,丝毫不容假借。"① 此书在道光、咸丰、同治年间多次重印,甚至成为镇压农民起义的工具。虽说这不是圣叹之初衷,然而其对农民起义的严厉指责——"彼一百八人也者,固王道之所必诛也"(第一回总评),从客观上确实起到了始作俑的作用。直到光绪年间,颇受新学熏陶的王韬也仍然坦承金圣叹对《水浒传》文本阐释的巨大影响:"其书初犹未甚知名,自经金圣叹品评,置之第五才子之列,而名乃大噪。"他自己对《水浒传》的文本阐释也不过是金圣叹"乱自上作"之说的另一种表达罢了——"试观一百八人中,谁是甘心为盗者,必至于途穷势迫,甚不得已,无可如何,乃出于此。盖于时宋室不纲,政以贿成,君子在野,小人在位,赏善罚恶,倒持其柄,贤人才士,困踬流离。至无地以容其身,其上者隐遁以自全,其下者遂至失身于盗贼。呜呼!谁使之然?当轴者固不得不任其咎!能以此意读《水浒传》,方谓善读《水浒传》者也。"② 总之,金圣叹之后,对《水浒传》进行文本阐释时,目绿林好汉为盗为妖、视农民起义为大逆不道但将批判矛头指向"乱自上作",已成清代的主流观念,与明人有着显著的不同。

在清代,也有少数人与金圣叹的文本阐释不一致。例如陈忱在《水浒后传论略》中说"《后传》为泄愤之书。愤宋江之忠义而见鸩于奸党,故复聚余人而救驾立功,开基创业";赏心居士为《荡平四大寇传》所写的叙中仍把梁山好汉称为"豪杰""英雄",称颂他们"灭寇安民";采虹桥上客在《后水浒序》中对被视为梁山好汉后身的杨幺等人大加称赞:"杨幺之孝义可嘉,马霆之血性难泯,邵元一味直心孙本百般好义,至于何能、袁武、贺云龙,皆抱孙吴之雄才大略。"仍然以"忠义"许绿

---

① (清)忽来道人:《荡寇志引言》,丁锡根编:《中国历代小说序跋集》,人民文学出版社1996年版,第1516—1517页。
② (清)王韬:《水浒传序》,同上,第1502页。

林。不过，在《水浒后传叙》中，陈忱也像金圣叹一样把《水浒传》视为有"寓意"的作品；赏心居士虽说也称颂了梁山好汉，但他亦明确指出，在"荡平四大寇"以前，梁山好汉们"始行不端"，这又与金圣叹的立场一致了；采虹桥上客为杨幺等人作辩护时仍然不出"乱自上作"的思维模式："贺太尉不夺地造阡，则杨幺何由刺配？黑恶不逆首开封，则孙本岂致报仇？邰元之杀人，黄金奸月仙之所致也；谢公墩之被兵，王豹欺配军之所致也。""奈何君王不德，使一体之人，皆成敌国，岂不令人叹息！"而且，就算他们与金圣叹的观念有着本质上的对立，这样的观念亦是寥寥可数，不成气候，难以与居主流地位的金圣叹的文本阐释相抗衡。

真正从本质上颠覆金圣叹对《水浒传》的文本阐释一直要到晚清末年。此时对《水浒传》的文本阐释有两种都很极端的立场：贬之者如梁启超、严复、夏曾佑等人把它说成是"诲盗"的样板，褒之者则把施耐庵吹捧为大思想家。贬《水浒》者并非没有看到《水浒传》的艺术魅力，他们常常以《水浒传》为例谈到小说对民众的巨大影响，可是，他们却又把《水浒传》的巨大影响简单定性为"诲盗"，并未作具体分析，显得相当武断。而褒《水浒传》者又失之牵强。有人称赞《水浒传》是因为"日人有著《世界百杰传》者，以施耐庵与释迦、孔子、华盛顿、拿破仑并列"，"日本诸学校之文学科，有所谓《水浒传讲义》《西厢记讲义》者"，认为《水浒传》中有可与西方"大哲"相媲美的"思想"，所以才会被擅长学习西方的日人定为讲义。① 于是《水浒传》中的"思想"也被拔高到了与所输入的西方思想同等的高度，如王无生、黄人就把《水浒传》称为"社会主义小说"；② 《水浒传》被普遍视为"政治小说"；定一声称《水浒传》"即独立自强而倡民主、民权之萌芽也"，并且还引用古代经典对此加以阐

---

① 参阅楚卿《论文学上小说之位置》（《新小说》第7号，1903年）、亚荛《小说之功用比报纸之影响力为更普及》（《中外小说林》第11期，1907年）、黄伯耀《小说之支配于世界上纯以情理之真趣为观感》（《中外小说林》第15期，1907年）、老棣《学堂宜推广以小说为教书》（《中外小说林》第18期，1907年）、《著〈水浒传〉之施耐庵与施耐庵之著〈水浒传〉》（《中外小说林》第5期，1908年）。

② 参阅王无生《论小说与改良社会之关系》（《月月小说》第9期，1907年）、《中国三大家小说论赞》（《月月小说》第2期，1908年）、黄人《小说林发刊词》（《小说林》第1期，1907年）、《小说小话》（《小说林》第1期，1907年）。

发：" 欲倡民主，何以不言'替民行道'也？不知民，天之子也，故《书》曰：'天听自我民听，天视自我民视。'"① 卧虎浪士、棣、棠、耀公、林纾等人把《水浒传》视为写"义侠"或"武侠"的小说，似乎是以旧式标准评论《水浒传》，可是，其着眼点却是"妇女之改革""尚武精神"和"民族独立"，② 还是以新思想阐释旧文本。

如果说上述诸人对《水浒传》的文本阐释还只是吉光片羽，20世纪初还出现了较系统阐释《水浒传》的单篇论文，其中较有代表性的有刊于1907年《新世界小说社报》第8期的《中国小说大家施耐庵传》与刊于1908年《中外小说林》第8期的《著〈水浒传〉之施耐庵与施耐庵之著〈水浒传〉》。前者叙"施耐庵之事迹"极少，"相传其书成之日，拍案大叫曰'足以亡元矣'"云云还是出之于传说，可作者却说"而耐庵之心事，于此一语，跃跃然如见焉"，归根结底，还是因为要为《水浒传》有戟刺"异族虐政"之主题找一注脚。作者认为，"施耐庵之戟刺"还有一对象是"理学余毒"，其实也只是"异族虐政"的余论："国破矣，家亡矣，林总如此困苦，犬羊如此其凭陵，而士大夫犹原心于秒忽，较理于分寸，则理学之毒也。彼姚枢、许衡辈，何莫非汉人哉？而舞蹈胡廷，蹋天踏地于不公平之名分，醉生梦死于不明白之朝廷，此固林教头之所火并，李大哥之所尿溺也。《水浒》出而理学壁垒一拳洞之，快矣哉！"除了这些被"戟刺"的对象，此文还提出《水浒传》所要表现的三种思想：民权之思想、尚侠之思想、女权之思想。可以看出，这不过是当时以新"思想"对《水浒传》进行文本阐释的较系统、详细的总结而已。《著〈水浒传〉之施耐庵与施耐庵之著〈水浒传〉》更为强化民族独立的主题，甚至认为："观胡元踞有中国之日，蒙古势力，几遍环球。然《水浒传》出世以来，不数十年而有濠泗真人出现。及明鼎虽革，而欲起而独立者，犹不胜书。其有功于社会固如是也。"这些自然都是救亡图存呼声下的"上纲上线"，仍然是以新思想阐释旧文本。

---

① 定一：《小说丛话》，《新小说》第15号，1905年。
② 参阅卧虎浪士《女娲石叙》（1904年）、棣《小说种类之区别实足移易社会之灵魂》（《中外小说林》第13期，1907年）、棠《中国小说家多托言鬼神最阻人群慧力之进步》（《中外小说林》第3期，1908年）、耀公《小说发达足以增长人群学问之进步》（《中外小说林》第1期，1908年）、林纾《鬼山狼侠传叙》（1905年）等。

对《水浒传》文本阐释最为系统详细的要数燕南尚生1908年的《新评水浒传》。此本有《新评水浒传叙》《新评水浒传凡例》《新或问》《新评水浒传命名释义》等系列专论，文中评语悉去金批之"讲文法者"，但金批中"有论事而谈言微中者"与王望如本中"大致不差者"仍保留原处，自己的新批则列于"眉层或文后"。通过上述种种点评形式，燕南尚生把《水浒传》阐释为"祖国第一政治小说""社会小说""政治小说""军事小说""伦理小说""冒险小说"，是"讲公德之权舆也，谈宪政之滥觞也"。对旧文本阐释出的"新思想"真可谓集大成，然而其牵强附会也是显而易见。燕南尚生批评金圣叹的点评"以文法批之""犹恐专制政府，大兴文字狱，罪其赞成宋江也，于是乎痛诋宋江，以粉饰专制政府之耳目"，认为"金人瑞者，奴隶根性太深之人也"（《新或问》），从"思想"上根本颠覆了金氏对《水浒传》的文本阐释。不过，燕南尚生也把《水浒传》视为"寓言"，强调后人应从文本中阐发出"寓意"——"施耐庵生于专制政府之下，痛世界之惨无人理，欲平反之，于是本其思想发为著述，以待后之阅是书者，以待后之阅是书而传播是书者，以待后之阅是书而应用是书、实行是书之学说者"（《新或问》），"恐人之不易知也，撰为通俗之小说，而谓果无可取乎？"（《新评水浒传叙》）而且，阐发"寓意"时采取的一个重要方法也是为《水浒传》"释名"，并且还有《新评水浒传命名释义》一篇专论，对"水浒"一词以及"史进""鲁达""柴进""李逵""关胜""卢俊义""高俅""殷天锡"九个人名予以"新思想"的阐释，这与金氏《水浒传》文本阐释仍然存着内在理路上的一致，这可从另一个侧面看出金圣叹《水浒传》文本阐释的深远影响。

二、一枝独秀：《三国演义》的文本阐释

由于受到金圣叹的影响，毛氏父子也很看重《三国演义》文本的寓意结构，仍然有着通过分析小说"章法"来揭示作品"寓意"的内在理路。

金圣叹批《水浒传》，认为"天下太平起，天下太平结"和"以诗起以诗结"为"绝大章法"，但并未点明这样的章法暗示了怎样的寓意；而

毛氏在批《三国演义》"以词起，以诗结，绝妙章法"时则明确指出："此一篇古风将全部事迹隐括其中，而末二语以一'梦'字、一'空'字结之，正与首卷词中之意相合。"可以说，毛氏更为明确地以章法揭示小说寓意。例如，《读〈三国志〉法》中曾言及全书的"首尾大照应"："首卷以十常侍为起，而末卷有刘禅之宠中贵以结之，此一大照应也。"在第一回夹批与第一百回的总批中又这样说道："桓、灵不用十常侍，则东汉可以不为三国；刘禅不用黄皓，则蜀汉可以不为晋国"，"三国之兴，始于汉祚之衰。而汉祚之衰，则由于阉竖之欺君，与乱臣之窃国也。一部大书，始之以张让、赵忠，而终之以黄皓、岑昏，可为阉竖之戒。首篇之末，结之以张飞之欲杀董卓；终篇之末，结之以孙皓之讥贾充，可为乱臣之戒"。把这些批语联系起来，可以看出，毛氏实际上认为"首尾大照应"的章法特点能够暗示出三国兴亡的历史规律，从中总结出"阉竖之欺君，与乱臣之窃国"的历史教训。毛氏还认为这样的历史规律与历史教训也能从"中间大关锁"的章法特点中体会出来，也即："照应既在首尾，而中间百余回之内若无有与前后相关合者，则不成章法矣。于是有伏完之托黄门寄书、孙亮之察黄门盗蜜以关合前后。"①

毛氏《读三国志法》中对《三国演义》"巧收幻结"的章法也甚为叹赏，值得注意的是他把这样的章法特点看作是"拥刘反曹"主旨在《三国演义》中的一种体现："设令魏而为蜀所并，此人心之所甚愿也。设令蜀亡而魏得一统，此人心之所大不平也。乃彼苍之意不从人心所甚愿，而亦不出于人心之所大不平，特假手于晋以一之，此造物者之幻也……魏以臣弑君，而晋即如其事以报之，可以为戒于天下后世，则使魏而见并于其敌，不若使之见并于其臣之为快也，是造物者之巧也。"所谓"奇峰对插、锦屏对峙"之章法特点在毛氏那里亦成为明"正统"的载体："如昭烈自幼便大，曹操则自幼便奸"；"马腾勤王室而无功，不失为忠；曹操报父仇而不果，不得为孝"；"曹操受汉之九锡，是操之不臣；孙权受魏之九锡，是权之不君"。总之，毛氏阐释《三国演义》之思想较为正统，但

---

① （清）毛氏父子：《读〈三国志〉法》，（明）罗贯中原著，（清）毛宗岗评改：《三国演义》，上海古籍出版社1989年版，第14—15页。

他以章法求索寓意的文本阐释方法却上承金圣叹，下启张竹坡，具有颇为重要的意义。

毛氏批本在理论批评方面直接继承了金圣叹评点《水浒传》的传统，尤其在评点的外在形式和评点笔法上确乎是"仿圣叹笔意为之"，但由于所评对象不同，故而在理论观念上也提出了许多新的见解。如关于小说的虚构与史实的关系问题，《三国志通俗演义》作为一部历史演义，自有其与其他小说不同的创作法则和特性，即其有一个与历史史实的关系问题。一般认为，毛批本倾向于"实录"准则，肯定作品"实叙帝王之事，真而可考"的特性，但仔细分析，其实并非完全如此。

首先，毛批本在对《三国演义》与《水浒传》的比较中，确乎肯定《三国演义》，"读《三国》胜读《水浒传》，《水浒》文字之真，虽较胜《西游》之幻，然无中生有、任意起灭，其匠心不难，终不若《三国》叙一定之事，无容改易而卒能匠心之为难也"①。可见，毛氏所肯定的其实并不是所谓"实录"问题，而是从艺术匠心的角度，即《三国演义》是在历史史实的制约下写出绝妙文章的，故其创作明显难于《水浒》。这个观点毛纶在《第七才子书总论》中也有明确表述："予尝谓《西厢记》题目不及《琵琶记》，因思《水浒传》题目不及《三国志》……《水浒》所写萑苻啸聚之事，不过因《宋史》中一语凭空捏造出来。既是凭空捏造，则其间之曲折变幻，都是作者一时之巧思耳。"②故在毛批本中，批者认为《三国》之妙，关键是在于三国时期历史事件本身之妙，"有此天然妙事，凑成天然妙文"，③"天然有此等波澜，天然有此等层折，以成绝世妙文"。④

其次，毛批本一方面肯定《三国》以"天然妙事"写出"天然妙文"，同时常常以《三国》与"本可任意添设"的"稗官"对举，指责其不能如《三国》那样写出"绝世妙文"。如第二回总评："三大国将兴，先有三小丑

---

① 《读〈三国志〉法》，(明)罗贯中原著，(清)毛宗岗评改：《三国演义》，上海古籍出版社1989年版，第16页。
② 侯百朋编：《琵琶记资料汇编》，书目文献出版社1989年版，第286页。
③ (明)罗贯中原著，(清)毛宗岗评改：《三国演义》，上海古籍出版社1989年版，第617页。
④ 《读〈三国志〉法》，同上，第4页。

为之作引;三小丑既灭,又有众小丑为之余波。从来实事,未尝径遂率直,奈何今之作稗官者,本可任意添设,而反径遂率直耶!"① 不难看出,评者其实并不反对"虚构",只是讥讽那些不能"虚构"出"绝世妙文"的作者。复次,在对作品的具体批改中,评者虽也删去一些"后人捏造之事",但对那些有利于表现人物性格,却明显违背历史史实的内容,如关云长"单刀赴会""千里独行""义释华容道"等照样加以赞美。可见,评者对于虚构内容的增删标准主要还在于艺术价值的高低。在对于《三国演义》情节结构的批评中,毛批本也有许多有价值的见解。如明确以"结构"概念批评《三国演义》,认为《三国》之结构有如"天造地设",而小说的结构艺术乃是从"天地古今自然之文中"悟出(九十四回评语);以"一线贯穿"分析作品的结构特色,认为《三国演义》"头绪繁多,而如一线穿却",艺术结构达到了完美统一。还以"关目"一词评判小说的情节,这"关目"即指小说情节中的主要事件和表现人物时的关键情节,如"前于玄德传中,忽然夹叙曹操,此又于玄德传中,忽然带表孙坚。一为魏太祖,一为吴太祖,三分鼎足之所从来也。分鼎虽属孙权,而伏线则已在此。此全部大关目处";又如"盖阿斗为西川四十余年之帝,则取西川为刘氏大关目,夺阿斗亦刘氏大关目也"。② 在对人物的具体批评中,毛批本在总体上没有金批《水浒》出色,其道德评价多于性格分析,对《三国》人物的类型化倾向也只揭示其特色,而殊少批评,但对人物的把握还是比较准确的。

毛氏批本后仅有李渔批本一种。虽说刊行于毛批本之后,李渔的批语无甚突破,仍是强调"拥刘反曹"的正统观,阐释方法也不像毛批本那样系统,另外仅有眉批,不像毛批本那样还有夹批、回前总评,故其对《三国演义》的文本阐释对后世没有多少影响,倒是李渔为毛批本以及自己批本所写的序有一定的文本阐释意义。

自从李渔在毛批本序中以"四大奇书"称《三国志》《水浒传》《西游记》《金瓶梅》之后,"四大奇书"在清代成为通称,直到现在还为研究者

---

① (明)罗贯中原著,(清)毛宗岗评改:《三国演义》,上海古籍出版社1989年版,第16页。
② 同上,第15—16、788页。

沿用，影响之大不言而喻。与之一致，李渔在毛批本序中着重从"奇书"的角度阐释《三国演义》，云："然野史类多凿空，易于逞长，若《三国演义》则据实指陈，非属臆造，堪与经史相表里，由是观之，奇莫奇于《三国》矣。"又云："三国者，乃古今争天下之一大奇局，演《三国》者，又古今为小说之一大奇手"，称赞《三国演义》"以文章之奇而传其事之奇"。另外还对毛批本予以高度评价："布其锦心，出其绣口，条分句析，揭造物之秘藏，宣古人之义蕴，开卷井井，实获我心。"可以说，毛批本成为《三国演义》的定本，李渔的褒扬起到了很大的作用。在为自己批本所写的序中，李渔很注重"四大奇书"的比较，称："《水浒》文藻虽佳，于世道无所关系，且庸陋之夫读之，不知作者密隐鉴诫深意，多以为果有其事，借口效尤，兴起邪思，致坏心术，是奇而有害于人者也。《西游》辞句虽达，第凿空捏造，人皆知其诞而不经，诡怪幻妄，是奇而灭没圣贤为治之心者也。若夫《金瓶梅》，不过讽刺淫佚，兴败无常，差足赡人情欲，资人谈柄已耳。"而《三国演义》"因陈寿一志，扩而为传，仿佛左氏之传麟经""传中所载孙策父子之豪，二袁父子之阘，刘表父子之愚，曹瞒父子之诈，先主之艰窘，孔明之忠贞，关张之信义，子龙之胆略，以及蜀吴魏人材之盛，智勇之多。司马昭篡禅大位，与曹丕之篡禅，如出一辙，可知天理之循环。诸葛瞻绵竹死节，与孔明大营殒星，父子殉身，具见忠贤之遗裔。汉末以宦竖而始祸，蜀末亦以宦竖而终祸。首尾映带，叙述精详，贯穿联络，缕析条分。事有吻合而不雷同，指归据实而非臆造"。在序跋中对《三国演义》进行文本阐释的还有雍正年间的樨明子、黄叔瑛，乾隆年间的高骞侯，咸丰年间的清溪居士，光绪年间的莼史氏、傅冶山、许时庚等，但其所论皆不出毛氏评点中的文本阐释。"四大奇书"中，惟《三国演义》在清代未出现续书。《后三国志演义》《三国后传石珠演义》徒有虚名，无论是人物还是情节都与原著严重脱节，学界一般不视为《三国演义》之续书。其评点也无对《三国演义》有价值的文本阐释，故不予讨论。另外，清代在笔记杂著中对《三国演义》进行考评者极少，直到晚清时的《菽园赘谈》《觚庵漫笔》等才略有提及。总之，《三国演义》到晚清未有出现像《水浒传》那样有系统的文本阐释，也缺少有影响力的评论，故毛批本的文本阐释在整个清代可谓是"一枝独秀"。

三、从张竹坡到文龙：《金瓶梅》的文本阐释

在对《金瓶梅》的文本阐释中，张竹坡将"释名"的阐释方法加以系统化、精致化。其释名包括人名、地名与物名，有时"数名公同一义"，有时"一人而生数名"。① 在张竹坡看来，对这些"名"的解释可以考察出《金瓶梅》的情节构思，所谓"托名撼事"。他把书中的主要女性形象视为"草木幻影"，以"群芳谱"中的"时候"附会这些女性的命运。② 例如，他把李瓶儿附会为"芙蓉"："瓶与屏通，窥春必于隙底，屏号芙蓉……芙蓉栽以正月，冶艳于中秋，摇落于九月，故瓶儿必生于正月十五，嫁以八月二十五，后病必于重阳，死以十月，总是芙蓉谱内时候。"又这样说道："梅雪不相下，故春梅宠而雪娥辱，春梅正位而雪娥愈辱。月为梅花主人，故永福相逢，必云故主。而吴典恩之事，必用春梅襄事。"③ 这样的文本阐释相当牵强，但其以花名喻女性却影响了后来小说的创作构思，例如，《红楼梦》在塑造女性形象的时候就以不同的花名作象征。又因为"一人而生数名"，除了以"群芳谱"附会女性命运，张竹坡有时还可以这样阐释小说的情节安排："瓶遇猫击，焉能不碎？银瓶坠井，千古伤心。故解衣而瓶儿死，托梦必于何家，银瓶失水矣，竹篮打水，成何益哉？"④ "信乎玉楼为作者寓意之人，盖高踞百尺楼头以骂世人。"⑤ 当然，他最主要的还是把"释名"与小说中的章法结合起来阐释文本。

张竹坡对《金瓶梅》的文本阐释主要有以下几个方面：

其一，把《金瓶梅》定性为"炎凉之书""世情书"，声称："作《金

---

① （清）张竹坡：《金瓶梅寓意说》，刘辉、吴敢辑校：《会评会校金瓶梅（修订本）》，香港天地图书有限公司2010年版。下引张氏、文龙批语均据此书。
② （清）张竹坡《第一奇书非淫书论》："将其一部奸夫淫妇，悉批作草木幻影。"第七十回总批："我今日观之，乃知是一部群芳谱之寓言耳。"
③ （清）张竹坡：《金瓶梅寓意说》。
④ 同上。
⑤ （清）张竹坡《批评第一奇书金瓶梅》第七十二回总批。

瓶梅》者，必曾于患难穷愁，人情世故，一一经历过，入世最深，方能为众脚色摹神也。"① 为了揭示《金瓶梅》这一性质，他以"冷热"表示世态之变幻："富贵热也"，"贫贱冷也"；又以"真假"表示人情之诚伪："天下最真者莫若伦常，最假者莫若财色。然而伦常之中如君臣、朋友、夫妇可合而成，若夫父子兄弟，如水同源，如木同本，流分枝引，莫不天成，乃竟有假父假子假兄假弟之辈。噫，此而可假，孰不可假？"② 而当具体论到"冷热"时，他就常常把释名与小说中的章法结合起来揭示小说的寓意。例如《冷热金针》中这样说道："《金瓶》以冷热二字开讲，抑孰不知此二字，为一部之金钥乎？然于其点睛处，则未之知也。夫点睛处安在？曰：在温秀才韩伙计。何则？韩者冷之别名，温者热之余气，故韩伙计，于加官后即来（按：第三十回），是热中之冷信；而温秀才，自磨镜后方出（按：第五十八回），是冷字之先声。是知祸福倚伏，寒暑盗气，天道有然也。虽然，热与寒为匹，冷与温为匹，盖热者温之极，韩者冷之极也。故韩道国，不出于冷局之后，而出热局之先，见热未极而冷已极。温秀才，不来于热场之中，而来于冷局之首，见冷欲盛而热将尽也。"《批评第一奇书金瓶梅读法》中说："《金瓶》是两半截书，上半截热，下半截冷，上半热中有冷，下半冷中有热。"第五十四回、五十五回、五十六回的总批又云："又韩金钏，韩者，寒也，已是冷信特特透露，接写至爱月，乃岁晚寒深，温气全无矣。""赠歌童者，所重在春鸿春燕四字也。言你正在盛时，岂知春去秋来，又有别人家一番豪华……送鸿迎燕必接写在隔花一戏之后，正见上回，为透露冷字消息。此乃用'送鸿迎匀'四字以点其睛，示炎热有限，繁华不久也。""隔花一戏借韩金钏透出寒字，又借春鸿留春燕死透出春去秋深。此又以水、温二秀才言不热之，渐将冷之，几层层文字。"

其二，由"冷热""真假"引出"色空财空"，又以因果报应的观念表现"色空财空"。张竹坡认为，西门庆虽说在"热"时有"十兄弟"之结拜，又有众多趋炎附势之徒攀亲、投靠，然而《金瓶梅》着力写的却是

---

① （清）张竹坡：《批评第一奇书金瓶梅读法》。
② （清）张竹坡：《竹坡闲话》。

"西门庆许多亲戚，通是假的"，"西门庆孤身一人，无一着己亲"，① 使人领悟到："西门之炎热，危如朝露，飘忽如残花，转眼韶华，顿成幻景。总是为一百回内，第一回中色空财空下一顶门针"。② 西门庆生前谋财谋色，但当他谋到潘金莲时，张竹坡在第五回"西门庆道'我若负了心，就是武大一般'"一语后这样批道："此盖作者于此一篇地狱文字完，特特将七十九回一照，使看官知报应不爽，色欲无益，觉《水浒》用武松杀西门，不如用金莲杀也"；西门庆从李瓶儿、孟玉楼那里既谋到了财又谋到了色，为了谋财而包庇杀主叛逃的苗青，可是，"千金之舍，为官哥也；玉皇庙之谶，为官哥也；王姑子家之经，为官哥也；贲四所印岳庙所舍之经，为官哥也。子虚之帐已勾消一半，至于瓶儿之死，为官哥也。然则瓶儿死后之费，亦在官哥帐上算，实在子虚帐上算也。墙头之物，能存几何哉？至苗青之物，以王六儿处来，即以韩道国去，且加两倍之利。玉楼之物，得之于杨家，失于李氏，屈指算去，不差一丝"。③ "写雪娥以至于为娼，以总张西门之报"，"前半人家的金瓶，被他千方百计弄来，后半自己的梅花，却轻轻的被人弄去"。④ 正如第一回总批中明确指出的："尝看西门死后其败落气象，恰如的的确确的事，亦是天道不深不浅，恰恰好好该是这样报应的。"以上这些都是以因果报应的观念表现"色空财空"。"色空财空"有时也以释名与小说中的章法结合起来的方式加以揭示。如第六十一回"说你会唱四梦八空"后有一夹批："夫一梦一空，已全空矣。况一梦两空，天下安往非梦，亦安往非空。然而不梦亦不空，又不可知。《金瓶》点题，每在曲名小令，是又一大章法。"又在《批评第一奇书金瓶梅读法》中这样说道："《金瓶》以空字起结，我亦批其以空字起结而已。"张竹坡很欣赏《金瓶梅》"起以玉皇庙，终以永福寺"的章法，那是因为他把玉皇庙视为"心"，玉皇庙的主持是吴道士，喻心之"无道"。心既无道，则追财逐色，无不为矣。而"永福寺"又是什么呢？张竹坡释曰："夫永福寺，涌于腹下，此何物也？其内僧人，一曰胡僧，再曰道坚，一

---

① （清）张竹坡：《批评第一奇书金瓶梅读法》。
② 第七回总批。
③ 第五十九回总批。
④ （清）张竹坡：《批评第一奇书金瓶梅读法》。

肖其形,一美其号。永福寺,真生我之门死我户。"在张竹坡看来,永福寺最终断送了人的性命,这样的"结"又是点明"色空"。①

其三,揭示《金瓶梅》广阔的社会批判。张竹坡多次提到书中主要人物是市井人物,又把《金瓶梅》称为"市井的文字",然而他也指出《金瓶梅》"因一人写及一县",②乃至"天下国家"。③且由市井人物写到了官场,写到了自上而下的政治腐败,如在第三十回"奸臣当道,谗佞盈朝"后批道"八字写尽宋末之弊",第三十三回又有这样的一条夹批:"太师之下有翟爷,翟爷之下有西门,西门之下有道国,一班如此'兴利除害'之人,可叹!"另外他又指出,《金瓶梅》不仅批判了世俗化的宗教,④而且也讽刺了堕落的儒林。⑤

其四,将自身的道德理想寓于《金瓶梅》的评点之中。张竹坡提出了所谓的"苦孝说",认为:"《金瓶梅》何为而有此书也哉?曰:此仁人志士,孝子悌弟,不得于时,上不能问诸天,下不能告诸人,悲愤呜唈,而作秽言以泄其愤也。"⑥在寄寓自己道德理想时,张竹坡有时直接点出,如:"我的《金瓶梅》上洗淫乱而存孝弟",⑦"《金瓶》内有一个李安是个孝子,却还有一个王杏庵,是个义士,安童是个义仆,黄通判是个益友,曾御史是忠臣,武二郎是个豪杰悌弟";⑧有时又采用了释名与章法分析相结合的方法。如《金瓶梅》"以孝哥结",张竹坡就认为,这样的章法意味着"惟孝可以消除万恶,惟孝可以永锡尔类","乃是以孝化百恶耳"。可是,"吾之亲父子已荼毒矣,则奈何!吾之亲手足已飘零矣,则奈何!上误吾之君,下辱吾之友,且殃及吾之同类,则奈何!"于是,"呜呼,痛哉!痛之不已,酿成奇酸,海枯石烂,其味深长"。而《金瓶梅》"以玉楼弹阮起,爱姐抱阮结"正是"作者满肚皮倡狂之泪",因为"阮路之哭,

---

① 参见《金瓶梅寓意说》、《批评第一奇书金瓶梅读法》、第一回、第四十九回、第七十一回、第一百回总批。
② (清)张竹坡:《批评第一奇书金瓶梅读法》。
③ 第七十回总批。
④ 参见第三十九、四十、五十七回总批。
⑤ 参见第三十六回总批。
⑥ (清)张竹坡:《竹坡闲话》。
⑦ (清)张竹坡:《第一奇书非淫书论》。
⑧ (清)张竹坡:《批评第一奇书金瓶梅读法》。

千古伤心""一部书皆是阮郎之泪"。① 在阐释《金瓶梅》时,张竹坡也流露出对女性的偏见。他说:"《金瓶》虽有许多好人,却都是男人,并无一个好女人。屈指不二色的,要算月娘一个,然却不知妇道,以礼持家,往往惹出事端。"又说:"妇人阴性,虽岂无贞烈者,然而失守者易,且又在各人家教。"② 这与后来深受《金瓶梅》影响的《红楼梦》中对女性的尊重相比有云泥之别。

张氏《批评第一奇书金瓶梅》是《金瓶梅》在清代的定评本,不过,光绪年间有文龙评点《金瓶梅》,对张竹坡的评点颇不以为然,多次在评点中反驳张竹坡的观念。

文龙与张竹坡阐释《金瓶梅》最为不同者主要集中在对三个人物的评价上:吴月娘、庞春梅与孟玉楼。他对张竹坡"以玉楼为作者自况""深许玉楼而痛恶月娘""高抬春梅"的倾向甚为不满,甚至非常尖刻地把张竹坡相关评点说成是"与春梅掇臀,玉楼舔痔而与月娘作对头"。③ 所以,他用了大量的篇幅与张竹坡进行了针锋相对的辩驳。如张竹坡把月娘说成是"第一恶人罪人",④"乃《金瓶梅》中第一棉里裹针,柔奸之人"。⑤ 他则回护月娘:"一小武官之女,而嫁与市井谋利之破落户,既属继配,又遇人不淑。此而责之以守身以礼,相夫以正,治家以严,又要防患于未萌,虑事于久远,无乃期望太深乎?""妇人之所最重要者节,西门死后,月娘独能守","妇人之所忌者妒,西门生前,月娘独能容";⑥ 张竹坡把玉楼视为"作者特地矜许之人",⑦ 他则批曰"玉楼真正老奸之辣货也";⑧ 张竹坡称赞春梅"心高志大,气象不同",⑨ 他则说:"春梅在西门家中,并非不得时之人,亦非安本分之婢,固由于金莲之纵容,亦由于西门庆之

---

① 参见《竹坡闲话》、《金瓶梅寓意说》、《批评第一奇书金瓶梅读法》、第七回、第六十七回、第一百回总批。
② (清)张竹坡:《批评第一奇书金瓶梅读法》。
③ 第一百回总批。
④ 第八十四回总批。
⑤ 第十四回总批。
⑥ 第十八回总批。
⑦ 第二十七回总批。
⑧ 第二十五回总批。
⑨ (清)张竹坡:《批评第一奇书金瓶梅读法》。

宠爱。论其性情，骄而自负，傲而不驯；论其行为，淫等于金莲，狠同于桂姐。"①

　　文龙的这些评点有其合理的成分，张竹坡对上述三人的某些批语确实也有偏激之处。然而，文龙并不理解张竹坡阐释《金瓶梅》的内在理路，他也没有认识到，自己与张竹坡在对人物进行评判时其实有着不同的着眼点。张竹坡把《金瓶梅》看作寓言，评点的重心乃在阐发《金瓶梅》之"寓意"。由于有着这样的内在理路，张竹坡评判人物时其实是把人物视为表现某些寓意的符号，注重的是人物的抽象意义而非具体人品。例如，他把孟玉楼视为"处此炎凉之方"的象征，不断强调孟玉楼的"含酸抱屈""能忍辱""以理为贵""以理为安""安命待时""守礼远害"，②把孟玉楼称为"乖人""作者寓意之人"；又把庞春梅视为"翻此炎凉之案"的象征，③因愤慨世态炎凉、世人"止知眼前作婢，不知即他日之夫人"。④他是这样分析冬梅的："冬梅为奇寒所迫，至春吐气，故不垂别泪，乃作者一腔炎凉痛恨发于笔端。"⑤由于深受金批影响，张竹坡把金圣叹"首罪"宋江、揭露宋江之虚伪的评点移植于对《金瓶梅》的评点之中，表现出"痛恶月娘"的倾向。

　　文龙评点《金瓶梅》是一种自赏性活动，并未与刊本一起传播而造成影响。可是，尽管是自赏性活动，文龙评点《金瓶梅》时却同时存在两种倾向：教化读者，辩驳批者。他很看重读者阅读《金瓶梅》时的心态，强调要以义愤不平、戒慎恐惧的心态读《金瓶梅》，不应在阅读过程中有羡慕心、妒忌心。⑥而在辩驳批者（主要以张竹坡为靶子）时，他提出了评点的一些原则，强调评点者应当"得其真""求其细"。⑦所谓"得其真"，一方面是指"不存喜怒于其心，自有情理定其案"，⑧即论人时要爱而知其

---

① 第九十回总批。
② 参见《金瓶梅寓意说》、《批评第一奇书金瓶梅读法》、第七回、第八十五回总批。
③ 第七回总批。
④ （清）张竹坡：《批评第一奇书金瓶梅读法》。
⑤ （清）张竹坡：《金瓶梅寓意说》。
⑥ 参见第四、八、九、十八、二十三、二十八、二十九、七十二回总批。
⑦ 参见第二十九回总批。
⑧ 第三十二回总批。

丑，恶而知其善，依据客观的人情物理而不是主观成见；① 另一方面又是指"看书要会看，莫但看面子，要看到骨髓里去；莫但看眼前，要看往脊背后去"，即强调透过事件的表相看出人物的真正面目。例如，虽说"降志辱身，避凶趋吉，此则玉楼之所长也"，且玉楼"非先奸后娶"，但在文龙看来，张竹坡不必因此而"深惜玉楼""深许玉楼"，因为那样的事件不过是表相，不足以体现孟玉楼的真正面目。② 文龙评判人物与张竹坡大相径庭之处就是关注人物的种种具体事件，力图从中揭示出人物的真正面目。而所谓"求其细"，不过就是强调在关注小说中的种种事件时要相当细致。总之，文龙阐释小说文本的着眼点是具体之人和事，他也相当明确地提出"但就时论事，就事论人"的阐释原则，指责张竹坡"颠倒一至于斯，尚可与论人论事乎"。③ 故在他看来，《金瓶梅》无甚寓言结构，写的无非是"一个丧心病狂的匹夫，遇见一群寡廉鲜耻、卖俏迎奸妇女，又有邪财以济其恶，宵小以成其恶，于是无所不为，无所不至，胆愈放而愈大，心益迷而益昏，势愈盛而愈张，罪益积而益重"。④

将两人对《金瓶梅》的文本阐释比较来看，张竹坡的阐释系统、深刻，然而亦有不少牵强附会、过度诠释之处；文龙的阐释平实、细致，然而也有胶柱鼓瑟、支离肤浅之弊。

文龙对《金瓶梅》的文本阐释有个人的特点。因他长期为官，熟谙官场情态，所以常常结合自身的经历、体验，由《金瓶梅》中的人、事引发其对"士大夫""仕途"的反思与批判。其中较为精彩的有："夫惠莲亦何足怪哉！吾甚怪夫今之所谓士大夫者，或十年窗下，或数载劳中，或报效情殷，捐输踊跃。一旦冷铜在手，上宪垂青，立刻气象全非，精神顿长，扬威耀武，眇视同僚，吹毛求疵，指驳前任……劝之不听，讥之不解。其不至于身败名裂也，尚自诩曰：大丈夫不当如是耶？吁嗟乎！此皆惠莲之流也。""金莲闹醋，直闹到无理无情，不知是同情常理也……居然男子汉，俨然士大夫，突然有一得意之人，群然羡慕之；羡慕未已，嫉妒心

---

① 正因为此，他批评张竹坡"有成见而无定见，存爱恶而不酌情理"（第三十二回总批）。
② 参见第二十七回、第十八回总批。
③ 第三十二回总批。
④ 第十八回总批。

生。不必有所得罪，弱者见于色，强者发于声，岂皆曾受金莲之心传乎？"
"请巡抚，遇胡僧，皆西门庆平生极得意之事。虽告之曰：请须破财，遇则丧命，不顾也。亦匪独西门庆为然，遍天下皆是也。官场之中，得大宪多与一言，多看一眼，便欣欣然有喜色，向人乐道之。而况入其门，登其堂，分庭抗礼，共席同杯，其荣幸何如？千金又何足惜哉！"①等等。

晚清接受了新思想的人们对《三国演义》《金瓶梅》的评论都很多，但主要是以它们为例论证小说之于民众的巨大作用，较少涉及对它们的文本阐释，也未有像燕南尚生那样系统阐释文本的评点本。此时对《三国演义》《金瓶梅》的文本阐释往往非常简略，常常是以贴标签的方式把《三国演义》称为"历史小说"，或者一言以蔽之地说《三国演义》"志兵谋也""其寓意尊汉统、排窃据""有通俗伦理学、实验战术学之价值"，② 又千篇一律地把《金瓶梅》称为"社会小说"。总之，《三国演义》《金瓶梅》在晚清未能像《水浒传》那样有着系统、具体的文本阐释，但是从对它们零零碎碎的评论以及简单分类中仍然可以看到新"思想"的折光。

四、"三教"与《西游记》在清代的文本阐释

明人阐释《西游记》主旨时虽说侧重点不同，"三教合一"却是他们共同的视角。这种情形在清代发生了变化，从《西游证道书》开始到《通易西游正旨分章注释》，儒释道"三教"的阐释立场在清人对《西游记》的文本阐释中有着从"合"到"分"的趋势。《西游证道书》声称《西游记》是"仙佛同源之书"，又云"老释原无二道""仙即是佛"，③ 对儒教毫无涉及，从字面上来看已不是以"三教"而主要是以"二教"阐释小说文本。深究起来，《西游证道书》的评点其实主要以道教观念来阐释《西游

---

① 第二十三回总批、第三十一回总批、第四十九回总批。
② 参见（清）严复、夏曾佑《本馆附印说部缘起》（《国闻报》光绪二十三年十月十六日至十一月十八日）、（清）邱炜萲《金圣叹批小说说》（《菽园赘谈》，1897 年）、《小说与民智关系》（《挥麈拾遗》，1901 年）、（清）老棣《文风之变迁与小说将来之位置》（《中外小说林》第 6 期，1907 年）、（清）定一《小说小话》（《小说林》第 8、9 期，1908 年）等。
③ （清）汪象旭、黄周星《西游证道书》第一回批语，上海古籍出版社 1994 年《古本小说集成》影印本。后引《西游证道书》皆引自此本。

记》。对于佛教，除了很表面化地说"彼一百回中，自取经以至正果，首尾皆佛家之事……紫阳真人亦言，如能忘机息虑，即与二乘坐禅相同……须菩提为如来大弟子，神仙中初无此名号，即此可见仙即是佛"①之外，《西游证道书》根本未谈到具体的佛教观念，也未引用佛教典籍。论及道教时则不像明人仅从心性修养的角度把"三教"糅合在一起泛泛而谈，而是明确提出了所谓的"金丹大旨"，又使用了"攒簇五行""颠倒五行"②等道教术语。其多次引用的《参同契》《悟真篇》也是"丹鼎"道派的两大经典，此书的评点者汪象旭、黄周星分别号"残梦道人"与"笑苍道人"，汪象旭还曾著有《吕祖全传》与《保生碎事》，笺注《济阴纲目》，显示出较深厚的道教修养，而且表现出阐发道教的著述意向。明亡之后，他还皈依了道教，另，《西游证道书》伪造了一篇虞集的序，宣称《西游记》的作者为长春子邱处机，这一点对后来影响很大，虽说有纪昀、钱大昕、丁晏、陆以湉等少数学者已经通过考证指出《西游记》应为明人所作，可直到清末，《西游记》还是被多数人看作是邱处机所作。可以看出，把《西游记》的作者说成是邱处机这位内丹道派的大师级人物其实也为汪象旭、黄周星以道教观念阐释此书提供了依据。

如果说《西游证道书》的评点还打着"仙佛同源"的幌子，张书绅则断然宣称："《西游》一书，古人命为证道书，原是证圣贤儒者之道，至谓证仙佛之道，则误矣。"③旗帜鲜明地以儒教来阐释小说文本。且不仅以儒学观念阐释《西游记》，他还把这些阐释系统化、精致化了。

《新说西游记》除了自序之外，还有《总论》与《总批》。如果说自序与《总论》还是大而化之、提要勾玄地点明自己的儒学立场，《总批》其实已是系统性很强的"读法"了。在《总批》中，张书绅明确指出："今《西游记》是把《大学》诚意正心、克己明德之要，竭力备细，写了一尽"；"把一部《西游记》，即当作《孟子》读亦可"。另外，张书绅认为，《西游记》不仅是对儒家原始经典《大学》《孟子》等的阐发，所谓"上追

---

① （清）汪象旭、黄周星《西游证道书》第一回批语，上海古籍出版社1994年《古本小说集成》影印本。
② 同上。
③ （清）张书绅《新说西游记》总批，上海古籍出版社1994年《古本小说集成》影印本。后引《新说西游记》皆据此本。

洙泗之余风";而且还吸收了宋明理学的内容,所谓"下本程朱之正派"。论述《西游记》"上追洙泗之余风"时,张书绅在《总批》中这样说道:"游字即学字,人所易知;西字即是大字,人所罕知。是'西游'二字,实注解'大学'二字,故云《大学》之别名。""三藏真经,盖即明德新民止至善之三纲领也,而云西天者,盖西方属金,言其大而且明,以此为取,其德日进于高明。故名其书曰《西游》,实即《大学》之别名,明德之宗旨。"论述《西游记》"下本程朱之正派"时,张书绅在《总批》中又这样说:"《西游》一书,原本真西山《大学衍义》而来。但西山只讲格致诚正修齐,未及平治两条,《西游》因之而亦如是。"这些论述看似认真细致,实则捕风捉影,论据是相当薄弱的。但张书绅却以非常系统精致的形式阐发自己的论点。在《总批》中,他把《西游记》划分为三大段落:"自第一回起,至第二十六回止,其中二十二个题目,单引圣经一章,发明《大学》诚意正心之要,是一段。又自二十七回起,至九十七回止,其间七十一回,共二十七个题目,杂引经书,以见气禀所拘,人欲所蔽,则有时而昏也,是一段。末自九十八回起,至一百回止,共是三回,总结明新止至善,收换全书之格局,该括一部之大旨,又是一段。"《新说西游记》卷首还附有《经书题目录》,把每一回都比附为儒家经传中的言语,或一回阐一主题,或数回共一题。如第一回为"大学之道",第二回为"在明明德在新民在止于至善",第七回为"知止而后有定",第十八回为"克明德",第二十回、二十一回为"定",第二十二回为"静",第二十四回至二十六回共三回为"知所先后,则近道矣"。在张书绅看来,这些都是阐发"圣经"即《大学》的。从第二十七回起至第九十七回"杂引经书",共计"二十七个题目"。其中被引最多的是《论语》,共13处;其次是《孟子》,共5处;《尚书》与朱熹著作分别被引了4处与3处。引《尚书》的3处张书绅明确注出《书经》,引朱熹著作在"卤莽厌烦者决无有成之理"语下注明引之于《小学》(除了此4处注明出处之外,余者皆示未注出),而在"至于用力之久而一旦豁然贯通焉,则众物之表里精粗无不到,而吾心之全体大用无不明矣","盖人心之灵,莫不有知;而天下之物,莫不有理,惟于理有未穷,故其知有不尽也。是以《大学》始教,必使学者即凡天下之物莫不因其已知之理而益穷之,以还应至乎其极",并未注明，这两条实际上出于朱熹著名的《大学章句·格物补传》。张书绅还引用了《中庸》1处："半途而废"；《大学》1处："生财有大道"。最后三回则以"释明明德""释新民""释止于至善"来"收换全书之格局，该括一部之大旨"。

不仅从整体上对《西游记》进行系统精致的文本阐释，张书绅回前回后皆有批语，又有数量众多的夹批。这些批语除了详细之外，还很注意不同回之间的内在联系。如第一回的回后总批中点明此回的主旨是"大学之道"，又指出："此题是个虚冒，正意全在下文"；第二回回前总批又批道："明德新民止至善，此正大学之道也。上回生出这回，此回实又紧承上回，一部《西游记》，往返十四年，十万八千里，无非此道也。"

总结起来，张书绅以儒学观念阐释《西游记》主要用了以下几种方法：

（1）释名。除举总批对"西游""三藏""妖魔怪物""如来""观音"的释名之外，张书绅还在回前回后总批、回中夹批中对"五行山""八卦炉""行者""福陵山""高老庄""蛇盘山""鹰愁涧"等进行释名。值得注意的是，这些释名有时还被张书绅系统地组合在一起阐释某种观念。例如在他看来，第九回是论述《大学》"物有本末，事有终始"一句，而所释之名组合在一起恰好能表明一定的"本末""终始"。如回中夹批释唐僧乳名"江流"为："江流则日趋于下矣，此所以为玄奘也。"又释唐僧法名："玄乃黑色，以玄为奘，则通身尽黑矣，此即世俗之所骂黑厮，下文之所云黑汉也。"释收养唐僧的"法明"和尚为"此法即明，亦无虑此汉之黑矣"。

（2）通过分析小说"章法"揭示寓意。如第十七回回前总批："大学首重明德，西游却先写一黑怪，正与'明'字相反。夫黑是为学第一病，故怪亦列作西天第一怪。"第三十一回回后总批："此回结尾何以写一奎星？盖奎星临财帛，赶上钱堆。照前正是启后，此下章金角银角有自而来也。"第五十九回回前总批："《西游》每传起落，似与前后上下迥不相关，不知暗里法脉，实相联贯。上传方才写一六耳，此章即紧接写一长舌，盖非此耳无以听此舌，亦非此舌无以入此耳。"

（3）由形相求寓意。前两种方法在其他奇书中亦很常用，由形相求寓意则独在《西游记》的文本阐释中较为多见。张书绅在《总批》中云："钉钯棒杖乃即人心之主杖，故随心变化，任意卷舒。独是八戒之钯，非不利而且美，惟其有勾齿，终不如棒杖之正直，是以贪嘴爱懒，此其所以常想丈人也。"第十九回回后总批中云："头上有箍，棒上有箍，犹恐收之不牢，又授此经，可谓心上有箍矣。"以"有箍"之形相为"收放心"之喻；西梁女国几回在张书绅看来是阐释"饮食之人口腹之害"，① 于是蝎子精所使的兵器"三股钢叉"在夹批中被批为"好一根饮食的利器"。这些都是由形相求寓意的例子。

（4）由字眼附会寓意。如张书绅认为第二回是阐释《大学》中"在明明德在新民在止于至善"一句，此回"在洞中不觉六七年""忽问悟空何在"几句中的"在"字被他以夹批的形式批为"点出'在'字""再点'在'字，其文更醒"，也就是说，被他断章取义地阐释为"在明明德，在新民，在止于至善"中的"在"字，其牵强附会处非常明晰。

陈士斌的《西游真诠》与刘一明的《西游原旨》虽然都有着"知老释之合一，则知与吾儒同原而亦无以异矣"。②"《西游记》者，元初邱真君之所著也。其书阐三教一家之理，传性命双修之道"③ 之类的说法，看似"三教合一"，实际上他们论述的中心还是道教中的"金丹大道"。

陈士斌《西游真诠》虽说与《西游证道书》一样只有每回总批，无夹批、眉批、读法之类，但每回的批语比《西游证道书》要详明得多，既有对每回的整体评点，又有条分缕析的具体例证，这些例证实际上相当于把文中夹批或眉批移置于回后。《西游证道书》以道教观念阐释《西游记》有不少含混夹杂之处，如分析"五行"在书中的配属：

> 此书中师徒四众，并马而五，已明明列为五项矣。若以五项配五行，则心猿主心，行者自应属火无疑。而传中屡以木母、金公分指

---

① （清）张书绅：《新说西游记》第五十五回回前总批，上海古籍出版社1994年《古本小说集成》影印本。
② （清）陈士斌：《西游真诠》第一百回批语，上海古籍出版社1994年《古本小说集成》影印本。后引《西游真诠》皆据此本。
③ （清）刘一明：《西游原旨·序》，上海古籍出版社1994年《古本小说集成》影印本。后引《西游原旨》皆据此本。

能、净,则八戒应属木,沙僧应属金矣。独三藏、龙马,未有专属,而五行中偏少水土二位,宁免缺陷?愚谓土谓万物之本,三藏即称师父,居四众之中央,理应属土;龙马生于海,起于涧,理应属水。如是庶五行和合,不致偏枯乎!若夫心猿应为火,而传中或又指为金……沙僧本配金,而传中或又指为土……似属矛盾。

与《西游证道书》相比,陈士斌《西游真诠》在阐释道教观念时突破了明以来视《西游记》为心性修养寓言的思维模式,强调"用心以修道,非修心即道也"。①《西游证道书》虽然主要是以道教观念阐释《西游记》,但仍然把悟空视为"心"之象征,把悟空由大闹天宫到被压在五行山下、后又拜师取经终成正果的经历视为要达到"此心果能了悟,万法归一"境界的"修心"过程。②而在《西游真诠》中,悟空被释为"水中金",也即"三家"中的一家;"心"则被释为"天地之心""道心",③是化生万物的本体。在陈士斌看来,明以来《西游记》文本阐释所诠解之"心"乃"人心",是把"修心"视为目的。他则强调以"修心"达到"修道"也即"金丹大道""神仙之道"的目的。④可以看出,他把心性修养由目的变成了手段。与之相应,七十二般变化、筋斗云、大闹天宫等在过去常常被阐释为"此心之放",在他那里则都有了新的诠解:"此乃金丹之灵妙,真才实用,变化何止万万,而以七十二候气运概之;筋斗何止万万,而以十万八千之藏数概之。"⑤"能了金液还丹大道,寿与天齐,冲举九天之上,由其出入,天帝亦不得而拘束之也。""大圣自王,而王与天齐名,乃乾之上九,亢龙之象也,阳极必反,自然之理,岂大圣果能反耶,岂天宫果可反之所耶?"⑥

刘一明《西游原旨》是以"内丹"道派观念阐释《西游记》的。刘一明(1734—1821),道号悟元子,别号素朴散人,山西曲沃人,是清代著

---

① 《西游真诠》第二回批语。
② 《西游证道书》第一回批语。
③ 《西游真诠》第一回批语。
④ 参见《西游真诠》第一回、二回、七十八回、八十八回批语。
⑤ 《西游真诠》第二回批语。
⑥ 《西游真诠》第四回、五回批语。

名高道，为全真龙门派第十一代传人。刘一明具有很高的道教修养，曾著《易理阐真》《修真辩难》《神室八法》《象言破疑》《阴符经注》《参同直指》《悟真直指》《九修真要》《悟道录》等多种，后人辑为《道书十二种》。全真龙门派正属内丹道派，刘一明的道教思想在道教史中也被归入内丹道派。①

在内丹道派看来，万物化生与阴阳二气的交感直接有关，阳象征着"生长"的因素，阴象征着"消亡"的因素。如果阳气逐渐强大，"剥尽群阴"，此时便有了"生长"，反之便由"生长"而趋于"消亡"。内丹道派主要以易学中的"卦气说"来演示阴阳的消长。"卦气说"因以气候为象征演示阴阳的消长而得名，从六十四卦中抽取十二卦形成"消息卦"，分别配给春夏秋冬四季：泰、大壮、夬三卦属春，乾、姤、遯三卦属夏，否、观、剥三卦属秋，坤、复、临三卦属冬。在这十二卦中，乾卦之六爻全是阳爻，可谓阳盛到了极点。然而物极必反，下面"姤"卦虽说仍是阳占了优势，共有五个阳爻，但是位于初爻的那个阴爻却预示着阴长阳消的趋势，经历了二阴爻的遯、三阴爻的否、四阴爻的观、五阴爻的剥，最后就是阴盛到了极点的坤卦。剥卦虽说仍是阴占了优势，只有一个阳爻，但这个阳爻却有两种趋势，一种是被群阴所剥而变成纯阴的坤卦，一种则是内丹道派常常提到的"由剥而复"，也即把这一阳爻向着复卦转化。复卦虽说也只有一个阳爻，但这个阳爻却预示着阳长阴消的趋势，经过了二阳爻的临、三阳爻的泰、四阳爻的大壮、五阳爻的夬，最后又变成全是阳爻的乾卦。"内丹"道派认为，必须在"一阴来姤"时"防阴"，又要在"一阳来复"时"养阳"，最后剥尽群阴，炼成"纯乾之体"。这样，就可永不消亡（《西游原旨》第四、五、六回的批语相当细致地演示了"卦气"）。炼成"纯乾之体"的过程如果再以八卦（"卦气"是以六十四卦演示的）演示便是所谓的"取坎填离"，把离卦中间的一个阴爻抽出，而把坎卦中间的那个阳爻填在离卦之中（《西游原旨》在第二回回批中有阐释）。而要达到"取坎填离"的目的，就要"五行攒簇""三五合一"（《西游原旨》批

---

① 参见周永慎编《历代真仙高道传·刘一明》（中国社会科学出版社2003年版）；任继愈主编《中国道教史》第四编（中国社会科学出版社2001年版）；李养正《道教经史论稿·明清道教识略》（华夏出版社1995年版）。

语中多次提到这样的术语),此时内丹道派又以外丹炉火的铅汞反应术语为隐喻了。据说由于惧怕泄露天机而遭天谴,"历代仙师"们总是语焉不详,这些术语究竟隐喻了些什么难为人知,所谓的"真师妙决"自然也就被内丹道派所看重了。刘一明《西游原旨》也未破解"真师妙决",但对"金丹大道"的修炼过程却是阐释得最为系统精致的一个。

在刘一明看来,"金丹大道"的修炼过程是"性命双修"的过程,其《西游原旨序》及《读法》中已明确指出,又在《西游记》各回中作了"分晰层次,贯串一气"的阐释。他把前七回视为总纲,认为八回以后部分"总不出首七回之妙义"。所以,理解他对前七回的文本阐释非常重要。第七回批语云:"了命之后,即是了性之首;有为之终,即是有为之始。"《读法》中又说:"首七回,合说也。自有为而入无为,由修命而至修性",明言"修命"需要"有为","修性"则需"无为"。那么,"修命"需要怎样的"有为"呢?刘一明果然如序言中声称的那样"逐节释出":第一回中,他批道"仙道必自人道始""金丹之道,万劫一传,非大忠大孝之人不能得,非大忠大孝之人不可传",把道德修养视为"修命"的第一步。第二回中,刘一明点明"金丹大道,全在攒簇五行,逆施造化,于杀机中求生气,在死关口运活法","此乃非常之道",个人之力难以"悟彻","先须拜访明师"。从明师那里悟得"性命之理"后不可"以悟为毕事,而在人前说是道非,卖弄精神,打混过日,错过光阴",而要"知之真而行之果""勇猛精进"。第三回主要是论述通过"知之真而行之果""勇猛精进"实现"攒簇五行",第四回接着说"攒簇五行"乃是"金丹之道"中的"还丹"阶段,还应通过"养阳"的方式达到"纯阳无阴,寿与天齐之地",此时即是所谓的"大丹"阶段。"大丹"虽好,可是"金丹有阳火阴符之妙用,当进阳而即进阳,当运阴而即运阴,方能金丹成熟"(第五回批语)。"金丹"成熟后,然而"若不知阴阳变幻消息相因,总金丹到手,必至阳极而阴,乾而姤,姤而遯,遯而否,否而剥,剥而坤。金丹得而复失",所以还要"究明阴阳消息,随时而运用之"(第六回批语)。等到"金丹"终于修成,达到"不为造化所拘,不为幻身所累"的境地,此时已经"了命","有为"也已到了尽头,却还需"自有为而入无为""须当万法俱空,以了真性"(第七回批语)。在这七回之后,各回"或言正,或言邪,或言性,或言命,或言性而兼命,或言命而兼性,或言火候之真,或言拨火候之差"(《西游原旨读法》),每回批语不仅在开头以简明扼要的方式归纳本回大意,而且还对本回与前后的关系进行总结。如第十二回批语:"上回已言善恶报应分明,而人之不可不为善也明矣。然善人不践迹,亦不入于室,若欲脱苦恼,明生死,超凡世,入圣域,以为天人师,非大乘门户不能,故此回由人道而及幽冥,自东土而上西天,以演无上至真之妙道也。"第二十四回:"上回言得丹以后,加以防危虑险,静观密察之功,方能保其原本矣。然而知之不真,用之不当,则原本非可易得,故此回合下二回,劈破诸家傍门之妄,指出修持原本之真,使学者细为认识耳。"第四十九回:"上回言躁性为害之由,此回言脱胎火候之妙。"另外,各回批语都有一首七言四句诗对各回主旨进行概括。可以看出,这样的文本阐释比《西游真诠》系统、精致得多。①

《西游记》虽说以唐僧师徒西天取经为主体,又常引用或提及佛教经典,此书的佛学修养其实甚为薄弱,如"三藏"本是指"经""律""论",却被说成"谈天""说地""度鬼";鲁迅亦曾指出《西游记》"末回至有荒唐无稽之经目";《般若波罗密多心经》的"般若"为梵语"智慧","波罗密"为"到彼岸",不能省为《多心经》,书中对《般若波罗密多心经》的解释亦是道教化的。而且,《西游记》对佛教典籍与名物的道教化可谓比比皆是:柳存仁《全真道和小说西游记》中指出百回本第八回中"试问禅关,参求无数,往往到头虚老。磨砖作镜,积雪为粮,迷了几多年少。毛吞大海,芥纳须弥,金色头陀微笑。悟时超十地三乘,凝滞了四生六道。　谁听得,绝想岩前,无阴树下,杜宇一声春晓。曹溪路险,鹫岭云深,此处故人音杳。千丈冰崖,五叶莲开,古殿帘垂香袅。那时节,识破源流,便见龙王三宝"一词,录自《鸣鹤余音》卷二所收录的冯尊师《苏武慢》;第七十八回唐僧本是回答国王所问"为僧可能不死,向佛可能长生",他所说的"大智闲闲,澹泊在不生之内;真机默默,逍遥于寂灭之中","三界空而百端治,六根净而千种穷。若乃坚诚知觉,须当识心。心

---

① 道光年间张含章的《通易西游正旨分章注释》名为注释,亦有回后批语,所论基本沿袭《西游原旨》"性命双修"之旨,较少己意,且批语不多,形式散乱,影响不大,此处不再赘述。

静则孤明独照，心存则万境皆清。真容无欠亦无余，生前可见；幻相有形终有坏，分外何求""大巧若拙，还知事事无为；善计非筹，直要头头放下。但使一心不动，万行自全""尘尘缘总弃，物物色皆空"，大体录自《鸣鹤余音》卷九所收录的三于真人《心地赋》；《李安纲批评西游记》指出第十四回开卷诗是引自张伯端《悟真性宗直指》中的《即心即佛颂》；第二十九回回首的《西江月》词引自张伯端《悟真篇拾遗》"妄想不须强灭，真如何必希求。本源自性佛齐修，迷悟岂拘先后。　悟则刹那成佛，迷则万劫沦流。若能一念契真修，灭尽恒沙罪垢"；第八十五回中行者所说的四句"颂子"引自明代道教典籍《性命圭旨》中的"佛在灵山莫远求，灵山只在汝心头。人人有个灵山塔，好向灵山塔下修"。笔者还发现，第十二回，唐僧以佛教僧人身份所写的《济孤榜文》却袭用了《鸣鹤余音》卷九冯尊师《上堂文》中的大段文字；第六十四回中，唐僧讲论禅法，所说的"觉中觉了悟中悟，一点灵光全保护。放开烈焰照婆婆，法界纵横独显露"，引自《鸣鹤余音》卷九冯尊师《悟真歌》；"至幽微，更守固，玄关口说谁人度？"亦出自《悟真歌》中的"这些消息至幽微，木人遥指白云归。此个玄关口难说，目前见得便忘归"；"我本元修大觉禅，有缘有志方能悟"，出自《悟真歌》中的"我本元修大觉仙，有缘悟得祖师禅"。尤其是第五十八回中，如来说法时讲到了"不有中有，不无中无。不色中色，不空中空。非有为有，非无为无。非色为色，非空为空。空即是空，色即是色。色无定色，色即是空。空无定空，空即是色。知空不空，知色不色。名为照了，始达妙音"，这很容易让人以为是佛法的表达：一是出于佛祖本人之口，一是"色即是空""空即是色"等说法分明是佛教非常普及、为一般人所熟知的"色空"观。然而此段实际出自道教经典《太上升玄消灾护命经》。既然《西游记》本身具有这样的特点，清代并没有出现以系统详细的佛教观念阐释《西游记》的评点或论著。到了晚清西学大行的时候，以科学思想为参照系阐释《西游记》成了主流，《西游记》或被说成是"阐心理之学"[①] 的作品，或被视为表现出科学的"理想"，[②]

[①]《小说发达足以增长人群学问之进步》，《中外小说林》1908年第1期。
[②]《小说丛话》，《新小说》第19号，1905年。

甚至还有人认为它"暗证医理"、① 颇多科学幻想。② 这些还都是从正面立论，也有人从反面着眼，如梁启超、邱炜萲、棠等人都曾认为《西游记》宣传迷信思想而对它进行了批判。③ 此时，"三教"之观念都已不再是诠解对象，从《西游记》的文本阐释中黯然退出了。

---

① 《小说丛话》，《新小说》第 13 号，1905 年。
② 参见（清）跕《小说丛话》（《新小说》第 19 号，1905 年）、（清）周树奎《神女再世奇缘自序》（《新小说》第 22 号，1905 年）等。
③ （清）参看梁启超《论小说与群治之关系》（《新小说》第 1 号，1902 年）、（清）邱炜萲《小说与民智关系》（《挥麈拾遗》1901 年）、（清）棠《中国小说家向多托言鬼神最阴人群慧力之进步》（《中外小说林》1908 年第 3 期）等。

第十五章
清人对小说"新经典"的多元阐释

　　从整体上考察小说"新经典"在清代的文本阐释，需要注意这样几个问题：其一，晚清之前，虽说出现了众多的评论，篇幅亦颇为可观，但大多无甚价值；罗列这些文本阐释会有较多重复，且由于自身价值较低而难以突显文本阐释的小说学意义。有鉴于此，对于晚清以前的文本阐释，我们更着重揭示制约清代新小说经典文本阐释发展走向的动力系统，看看究竟是哪些因素使得新经典的文本阐释具有较大的小说学意义，又是哪些因素使得文本阐释发展缓慢；故以阐释机制、阐释形式、阐释方法与时代风习为切入点，将小说新经典的文本阐释综合起来进行研究。其二，晚清之后，小说地位空前抬高，言及《红楼梦》《儒林外史》《聊斋志异》者很多，然而像王国维《红楼梦评论》那样划时代的文本阐释绝无仅有，对这些新小说经典的言论与《三国演义》《金瓶梅》《西游记》的情形差不多，亦是被贴上"社会小说""教育小说""政治小说"等标签，被视为新思想的传声筒，充斥着民主、科学、革命、排满、反封建、反礼教、反专制等新名词，在文本阐释方面意义不大。其三，对小说而言，康乾时期也可算是"盛世"，就在这一时期，清人自己的新经典纷纷问世，其中的佼佼者自然要数《儒林外史》《红楼梦》《聊斋志异》《阅微草堂笔记》。但《阅微草堂笔记》长久没能引起研究者的重视，虽然谓《阅微草堂笔记》优于《聊斋志异》者颇多，然从文本阐释的角度来看，称赞《阅微草堂笔记》基本上皆着眼于其"劝戒"意义；[①] 另外，就目前所见材料，《阅微草堂笔

---

① 如盛时彦《阅微草堂笔记序》云："《滦阳消夏录》等五书俶诡奇谲无所不载，洸洋（转下页）

记》在清代的评点本除《纪氏嘉言》得以刊刻流传外，大多是评点者的自赏行为，知者寥寥，就其实际影响而言，与其他几部"新经典"评点本的文本阐释不可同日而语。因此，《阅微草堂笔记》评点本中的文本阐释在第十六章《清代小说评点的衍流与新变》有所涉及，不在本章探讨之列。

一、"新经典"的产生及其文本阐释

清人对新小说经典的文本阐释皆颇为滞后。《聊斋志异》问世以后，当时的文坛盟主王渔洋倒是甚为欣赏，还写过一首题词与一些简要批语，但这并不意味着《聊斋志异》已被时人予以足够的承认：当时甚为风行的是宋荦《筠廊偶笔》、王渔洋《池北偶谈》以及钮琇的《觚剩》。① 另外，且不说纪昀的知心朋友如张笃庆辈力劝他不要把精力投入《聊斋志异》的创作之中，"《志异》付梓时，去公将百年"，② 直到乾隆三十一年（1766）才有青柯亭刻本问世。而且，刻本虽说大大提高了《聊斋志异》的传播范围与知名度，对其颇有微词者亦复不少——"袁简斋议其繁衍，纪晓岚称为才子之笔，而非著述之体"；③《四库全书总目》对《聊斋志异》摒而不收；徐承烈还把《聊斋志异》问世的时期误认为是与《夜谈随录》《新齐谐》相差不远的乾隆末年（徐承烈《听雨轩杂记》自序），可以看出直至乾隆末年人们对《聊斋志异》还缺少了解。本来，嘉庆年间的冯镇峦评点已经盛赞《聊斋志异》的"议论纯正"与"笔端变化"，从内容与形式两个方面都对《聊斋志异》予以高度评价，可惜冯评直到光绪十七年（1891）始有四川合阳喻焜刻本。道光初年有《聊斋志异遗稿》《聊斋志异拾遗》；道光五年（1825）有姑苏步月楼吕湛恩注本、道光十九年有花木

（接上页）恣肆无所不言，而大旨要归于醇正，欲使人知所劝惩，故诲淫导欲之书，以佳人才子相矜者，虽纸贵一时，终渐归湮没，而先生之书，则梨枣屡镌，久而不厌。是则华实不同之明验矣。"梁恭辰《劝戒近录》卷一"纪文达公"条云："盖考据论辨之书至于今而大备，其书非留心学问者多不寓目，而稗官小说、搜神志怪、谈狐说鬼之书则无人不乐观之，故公即于此寓劝戒之意，托之于小说而其书易行，出之以谐谑而其言易入。"

① 参看占骁勇《清代志怪传奇小说集研究》第三章，华中科技大学出版社 2003 年版。
② （清）冯喜赓：《聊斋志异续题》，张友鹤辑校：《聊斋志异（会校会注会评本）》，上海古籍出版社 1986 年版，第 40 页。下引均用此版本。
③ （清）冯镇峦：《读聊斋杂说》，《聊斋志异（会校会注会评本）》，第 9 页。

长容之馆何垠《注释聊斋志异》、道光二十二年有但明伦《聊斋志异新评》问世;嘉庆年间宋永岳的《亦复如是》在道光十年被改题为《续聊斋志异》,此书并无《聊斋志异》之风,却借《聊斋志异》之名,可见此时《聊斋志异》已为人所重。道光二十年《雨窗记所记》言及倡女白棉线喜人说《聊斋志异》,亦可见《聊斋志异》之风行。故一般认为《聊斋志异》在道光年间才被确立为经典。

确立为经典前,对《聊斋志异》的文本阐释主要是吉光片羽的序跋、题词,笔记也偶尔关涉,以及殊甚简略的评点如王渔洋评、手稿本上的无名氏评等。王渔洋评虽说名声很大,但那只是因为王氏在文坛中的地位客观上为《聊斋志异》起到了宣传广告的作用,其评点本身不过是随感性质的片言只语或把小说坐以实事的考证而已。如《喷水》篇后批:"玉叔褫裈失怙,此事恐属传闻之讹";《金陵女子》后批"女子大突兀";《武技》篇批:"此尼亦殊踪迹诡异不可测";《王司马》篇批:"今抚顺东北,哈达城东,插柳以界蒙古,南至朝鲜,西至山海,长亘千里,名'柳条边'。私越者,置重典,著为令。"所批既非名篇,所论又与《聊斋志异》的主旨无涉,故在文本阐释方面价值不大。手稿本上的无名氏评更是如此。渔洋之外,纪昀对《聊斋志异》"才子之笔""一书而兼二体"的定位影响很大,清人高度评价《聊斋志异》几乎都少不了对其"文法""笔法"的探讨。而他们从内容上高度评价《聊斋志异》,又都少不了从纪昀所强调的"有益于劝惩"角度大谈《聊斋志异》的"赏善罚淫"。[1]

程晋芳《怀人诗》云:"《外史》纪儒林,刻画何工妍。"此诗写于乾隆己巳(1749)深秋,也就是说,《儒林外史》至迟在此时已成书。可是,作为吴敬梓挚友的程晋芳也为吴的"竟以稗官传"惋惜,并未把此书看作吴平生一项赖以安身立命的事业,更谈不上对此书的深刻阐释了。程氏在写于乾隆三十五、三十六年(1770、1771)间的《文木先生传》中还表明,《儒林外史》在18世纪70年代初主要还是以抄本流传。金和《儒林外史跋》中说金兆燕作扬州府学教授时(按:乾隆三十三年至四十四年)曾刻《儒林外史》,可惜此种刻本迄今未能发现。《儒林外史》最早刊本是嘉

---

[1] (清)纪昀:《阅微草堂笔记·滦阳消夏录》自序,上海古籍出版社1980年版,第1页。

庆八年（1803）卧闲草堂本，从此本的闲斋老人序与回末总评才开始对《儒林外史》进行了较为深刻的文本阐释，并对后世产生了重要影响。此后，与《儒林外史》本文并行的文本阐释主要有：同治八年（1869）苏州群玉斋本的金和《儒林外史跋》；同治十三年（1874）齐省堂本惺园退士序、例言以及眉批和回末总评；同治十三年（1874）上海申报馆第一次排印本天目山樵识语，光绪七年（1881）上海申报馆第二次排印本天目山樵识语、夹批（简称天一评），光绪十一年（1885）上海宝文阁《儒林外史评》黄安谨序、天目山樵识语、回末总评与夹批（简称天二评）；光绪十二年（1886）以后徐允临（石史）从好斋辑校本中徐允临题跋、华约渔题记、王承基信件；光绪十四年（1888）上海鸿宝斋增补齐省堂本东武惜红生序及增补更订的眉批、回末总评。黄小田评本附于抄本之上，直到1986年才由黄山书社排印，长时间未能刊行于世而获得广泛影响。可是，尽管天一、天二评中只标明黄小田（萍叟）三条评语，天一、天二评其实有许多都由黄评脱化而来，天一、天二评还有不少针对黄评的争鸣。除了上述与《儒林外史》本文并行的文本阐释之外，同治年间苏州潘氏抄本有潘祖荫两条眉批，从好斋辑校本中有华约渔、石史眉批各十几条，对《儒林外史》有零星阐释。

《儒林外史》自卧评本问世以后，对小说的文本阐释便在认同与质疑、沿袭与拓展的相互碰撞中进行了较为深入的切磋、讨论，对小说的文本阐释也不仅仅是各种观念的机械相加，而是能够形成不同声音的"复调"以及不断深化与提升的"阐释场"。例如，卧评本以"功名富贵"概括《儒林外史》的主旨："其书以功名富贵为一篇之骨。有心艳功名富贵而媚人下人者，有倚仗功名富贵而骄人傲人者；有假托无意功名富贵，自以为高，被人看破耻笑者；终乃以辞却功名富贵，品地为最上一层，为中流砥柱。"① "功名富贵四字是全书第一着眼处，故开口即叫破，却只轻轻点逗。以后千变万化，无非从此四字现出地狱变相。可谓一茎草化丈六金身。"② 这些阐释精辟深刻，后来众多论者对此纷纷响应，壮大了这些阐释的声

---

① （清）闲斋老人：《〈儒林外史〉序》，（清）吴敬梓著，李汉秋辑校：《儒林外史（会校会评本）》，上海古籍出版社1984年版，第763页。后批语识语不特别标明出处者，皆是引此本。
② 《儒林外史》第一回卧评。

势。如黄评称功名富贵为"一篇主意",齐评称功名富贵为"全书主脑",天评也同意"其书以功名富贵为一篇之骨"的说法。而且,论者们并非简单接受,机械照搬。如齐评熟谙吏道,在鞭挞官场人物谋求、对待功名富贵的丑恶行径方面更为深入;黄评颇重对"浇风恶俗"的批判,以世人面对功名富贵的"势利"为着眼点揭示了《儒林外史》"嫉世""醒世""救世"方面的深刻内涵;天目山樵则对卧评本"其书以功名富贵为一篇之骨"一句进行了这样的评点:"功名富贵具甘酸苦辣四味,炮制不如法令人病失心疯,来路不正者能杀人,服食家须用淡水浸透,去其腥秽及他味,至极淡无味乃可入药。"① 以吻合《儒林外史》讽刺性基调的调侃语气而对卧评的文本阐释有所深化。

金和《儒林外史跋》中有一个后来影响很大的说法:《儒林外史》中的人物往往实有其人,其中"杜少卿乃先生自况,杜慎卿为青然先生",其他有名有姓者还有吴蒙泉(虞博士)、程廷祚(庄徵君)、冯粹中(马二先生)、樊圣谟(迟衡山)、程文(武书)、年羹尧(平少保)、甘凤池(凤四老爹)、朱草衣(牛布衣)、是镜(权勿用)九人;有姓无名者有"萧云仙之姓江,赵医生之姓宋,随岑庵之姓杨……"等共十七人;又,"沈琼枝即随园老人所称扬州女子,高青邱集即当时戴名世诗案中事";金跋还声称:"若以雍乾间诸家文集细绎而参稽之,往往十得八九。"天目山樵与平步青据此以考据学方法提出:荀玫为卢见曾,向鼎为高宝意,沈琼枝为张宛玉,汤总兵当是杨凯,高翰林为郭长源,太保公为张廷玉,云晴川为杜诏,严贡生为庄有恭,庄濯江为程晋芳,等等。这些考证固然本于金跋,但仍是在质疑、讨论中提出自己的观点,在相互切磋中使得小说的文本阐释更加合理。如天目山樵并不认同金《跋》杜少卿是作者自况的说法,质疑金《跋》所云"荀玫姓荀",认为应是"姓卢,盖用卢令诗意",后来平步青正是在天目山樵此种说法的基础上考出荀玫为卢见曾。而对于以考据学阐释小说的作法,其他评者也并非是全盘接受,而是提出了诘问与商榷,如齐省堂本例言云"空中楼阁正复可观,必欲求其人以实之,则凿矣",黄安谨《儒林外史评》的序文认为小说中的人物及其原型应是一种

---

① 《儒林外史评》天目山樵识语。

"似是而非，似非而或是"的关系，就连比天目山樵考证了更多人物原型的平步青也说："作者本写得支离，啸山（按：即天目山樵）评似粘滞。"

值得注意的是，人物原型的索隐在《儒林外史》的研究史中并没有出现《红》学史中的泛滥局面。对《红楼梦》中人物原型的索隐在清代有好几种说法：周春《阅红楼随笔》认为《红楼梦》"序金陵张侯家事"，陈康祺《燕下乡脞录》认为《红楼梦》"记故相明珠家事。金钗十二，皆纳兰侍御所奉为座上客者也"。还有人认为《红楼梦》乃写和坤家事，众多"故老传说"又都把贾宝玉视为纳兰性德。这些人物索隐直接影响到民国初年王梦阮、沈瓶庵、蔡元培、邓狂言等对《红楼梦》的文本阐释方式，形成了盛极一时的所谓"索隐派"，甚至直到现在也还有不少以索隐方法阐释小说者。其实，从研究思路上来讲，"索隐"把文学作品中的人事与历史实有的人事生硬对应，无视文学作品自身特点，一旦泛滥便真是胡适所讥的"猜笨谜"。"索隐"能够在《儒林外史》的研究史中得到遏制，可以看出，"切磋型"文本阐释机制、复调式"阐释场"起到了重要的作用。

《红楼梦》问世以后，先以抄本流传，直到乾隆五十七年（1792）才被印行。对其文本阐释虽然从数量上看最蔚为大观：不仅仅错综复杂、五花八门的思想观念体现于对《红楼梦》的纷繁评论之中，而且，"四大奇书"在明代未出现过的文本阐释形式在《红楼梦》那里有着集大成的表现。然而，数量并不代表质量，新形式也并不总是意味着新观念。通过考察可以发现，对《红楼梦》较为深刻的文本阐释很晚才开始出现，许多旧观念又恰恰借新形式借尸还魂，其思想价值不高。倒是经过一定时期的酝酿，旧的阐释方法在新经典中焕发出新的生命力，启人深思，值得研究。

从文本阐释的形式来看，阐释《红楼梦》的形式空前繁多，除了序跋、题记、题词、识语、批语、读法、凡例、缘起、书札、续书中言论、笔记中杂谈诸形式之外，还出现了大量《红楼梦》的专论。随着报刊业及印刷术的发展，对"四大奇书"的文本阐释在戊戌变法、庚子国变之后开始有专论出现，此前相当罕见。《儒林外史》除了平步青《霞外攟屑》卷九的一篇是考证的专论之外，也绝无仅有。《红楼梦》则从乾隆五十九年（1794）周春的《阅红楼随笔》开始，出现了大量的专论。这些专论或者是单行本，如周春的《阅红楼随笔》、嘉庆十七年（1812）二知道人的

《红楼梦说梦》、嘉庆二十二年（1817）苕溪渔隐的《痴人说梦》、道光元年（1821）诸联《红楼评梦》、同治八年（1869）江顺怡《读红楼梦杂记》、光绪二年（1876）晶三芦月草舍居士的《红楼梦偶说》、光绪四年（1878）话石主人的《红楼梦精义》、《红楼梦本义约编》、光绪十三年（1887）梦痴学人的《梦痴说梦》、光绪二十八年（1902）青山山农的《红楼梦广义》等，或者附于笔记（如裕瑞的《红楼梦》专论附于《枣窗闲笔》之中，潘德舆《读红楼梦题后》附于《金壶浪墨》之中）、别种抄本（如《红楼梦偶得》附于周春《阅红楼随笔》之中）、刊本（如西园主人《红楼梦论辨》附于《红楼梦本事诗》之中）。与评点相区别，这些专论摆脱了与小说文本的依附关系，自立门户，具有较强的独立性（附于笔记、抄本、刊本中的专论也能单独抽出来而不影响对它们的理解）；与书札、笔记中的杂谈相比，不再是吉光片羽、浮光掠影，而是洋洋洒洒、论证辨析，少则数千字，多则数万字，具有较强的系统性。这两种特性颇接近现代论文或专著的写作方式，是别的小说经典之文本阐释中很难看到的，值得注意。

晚清时更是出现了刊登于报纸杂志之上、对《红楼梦》进行文本阐释的专论，其中尤以王国维《〈红楼梦〉评论》最为特出。此文以西方康德、叔本华的哲学观念、美学观念、悲剧理论乃至基督教的原罪意识、佛教的解脱之说阐释《红楼梦》的命意主旨，认为人生的本质乃是"欲与生活与苦痛，三者一而已矣"，《红楼梦》中之"玉"即"生活之欲之代表而已"；认为开头叙主人公宝玉之来历的一段其实是表明"生活之欲之先人生而存在，而人生不过此欲之发现也"，第一百十七回述宝玉与和尚的一段谈论则是表明"所谓'自己的底里未知者'，未知其生活乃自己一念之误，而此念之所自造也。及一闻和尚之言，始知此不幸之生活由自己之所欲，而其拒绝之也亦不得由自己，是以有还玉之言"。在王国维看来，《红楼梦》"以生活为炉，苦痛为炭，而铸其解脱之鼎"，既有美学上之价值，因为《红楼梦》具有深刻的悲剧精神，属叔本华所说悲剧的第三种——"由于剧中之人物之位置及关系而不得不然者，非必有蛇蝎之性质与意外之变故也，但由普通之人物、普通之境遇逼之不得不如是，彼等明知其害，交施之而交受之，各加以力而各不任其咎"，这就使得《红楼梦》"'壮美'

之部分较多于'优美'之部分,而'眩惑'之原质殆绝焉",从而具有了"离此生活之欲之争斗,而得其暂时之平和"的美学价值;又有伦理价值,因为"世界人生之所以存在,实由吾人类之祖先一时之谬误",《红楼梦》第一回的"神话的解释"便于无意识中暗示了这个道理,且"较之《创世纪》所述人类犯罪之历史尤为有味者也"。而贾宝玉的"解脱"虽然在"普通之道德"看来"绝父子、弃人伦、不忠不孝",但从哲学层面的道德看来,却是对人类原罪的一种救赎,用王国维的话来说就是"知祖父之谬误,而不忍反复之以重其罪,顾得谓之不孝哉?然则宝玉'一子出家,七祖升天'之说,诚有见乎所谓孝者在此不在彼,非徒自辩护而已"。王国维对《红楼梦》的阐释有不少谬误、牵强之处,但他对《红楼梦》悲剧精神的深入发掘、对"普通之道德"的超越、对人生哲学层面的思辨都是前无古人的宏论,具有划时代的意义。可惜,晚清对其他新小说经典的专论都没能达到这样的高度与深度。

明清小说大多有绣像本,《红楼梦》也不例外。绣像主要指人物绣像,但《红楼梦》并不仅此,姚燮《读红楼梦纲领》云:"园中韵事可记者,黛玉葬花冢,梨香院隔墙听曲……作芙蓉诔祭晴雯,紫娟掐花儿,潇湘馆听琴,其他琐事不一,聊摘拾如右,以备画本。"这还只是把《红楼梦》中的"韵事"作为"画本"。归真道人《题画扇》诗(见道光二十年《冰雪堂诗》)前小注云:"扇面画《红楼梦》中黛玉、湘云于凹晶馆联句,妙玉于山石后窃听,一鹤高飞,梧桐月挂。"可以表明《红楼梦》中的"韵事"确实已被绘成图画。而且,从现有材料来看,题咏这些图画的诗词歌赋相当众多。如一粟编《红楼梦》卷,收录了七十余家题咏《红楼梦》的诗词歌赋近千首,为数已相当可观,但也只是其中的一部分。"如果把有关《红楼梦》的续书、戏曲、专著、诗词等等的卷首题词,以及追和《红楼梦》原作的诗词剔除不计,至少还有三千余首。"[①] 如此众多的题咏在别的小说阐释中是见不到的。

《红楼梦》在开卷第一回中便指责才子佳人小说"不过要写出自己的两首情诗艳赋来",己卯本《石头记》第三十七回又有这样一条脂批:"最

---

① 一粟:《红楼梦卷·凡例》,中华书局1982年版。

恨近日小说中，一百美人诗词语气，只得一个艳稿。"然而不幸的是，不仅仅末流小说中的诗词歌赋是"艳稿"，对《红楼梦》这部巨著的题咏竟然也多是"艳稿"。二知道人《红楼梦说梦》中云："览过《红楼梦》后，萦念其珠围翠绕者，钝根人也。"殊不知这样的"钝根人"在题咏《红楼梦》者中不胜其多：明义《题红楼梦》七绝二十首是目前所见最早的题《红》诗，其所表现出的精神意向便是艳羡《红楼梦》中的"风月繁华之盛"；舒元炳《沁园春》词着眼的也是《红楼梦》中"贵族豪华，公子风流，绮罗争妍"，并对"两美难并"表示遗憾；沈谦二十篇《红楼梦赋》几近万言，然而羡慕的不过是"神移玉阙，心醉珠帷"，"飞琼鼓瑟，弄玉吹笙；江妃拊石，毛女弹筝。绛节记竿头之舞，霓裳流花底之声"的"人生行乐"（《贾宝玉梦游太虚幻境赋》），赏玩的不过是"香汗淋淋，春波脉脉，杏子衫轻，桃花扇窄"（《滴翠亭扑蝶赋》），"妆慵素粉，靥晕红潮，影比梅而更瘦，声如燕而尤娇"（《病补孔雀裘赋》），"眼迷秋水，眉晕春山，粉融素颊，丝颤青鬟"，"燕妒莺惭，珠围翠叠，狂或引蜂，慵真化蝶"（《醉眠芍药茵赋》）等佳人们的娇态艳姿；①沈赤然《曹雪芹红楼梦题词四首》前三首对黛玉的不幸命运颇多同情，可是第四首却说："月老红丝只笔间，试磨奚墨为刊删。良缘合让林先薛，国色难分燕与环。万里云霄春得意，一庭玉兰昼长闲。逍遥宝笈琅函侧，同蹑青鸾过海山。"将这四首诗结合起来看就可发现，沈赤然并不是真的同情黛玉之不幸，而是要为男性设计出一幅双美兼得的人生蓝图，而且还要男性在享尽人间艳福之后修炼成仙，跨鹤飞升。此种设计，简直与明代相当低俗的《刘生觅莲记传》《天缘奇遇记》《六一天缘》等中篇艳情小说中所表现出的人生理想并无二致。

当然，探讨《红楼梦》悲剧意蕴的题咏也并非没有，然大多是"罡风不顾痴儿女，吹向空花水月边"；②"情到深于此，竟甘心，为他肠断，为他身死。梦醒红楼人不见，帘影摇风惊起"；③"呆儿痴女愁不醒，日日苦

---

① （清）沈谦《红楼梦赋》，一粟《红楼梦卷》第 2 册卷五，中华书局 1982 年版，第 434、435、441、442 页。
② （清）宋鸣琼：《题红楼梦》，嘉庆刊本《味雪轩诗草》（一卷）。
③ （清）孙荪意：《贺新凉·题红楼梦传奇》，嘉庆十二年（1807）颖粉庵刊本《衍波词》卷二。

将情种";①"堪伤处,是绛珠有泪,顽石无灵。秋窗风雨凄清,问絮果兰因是怎生";②"绛珠有草随缘化,离恨天中不了愁"③ 之类感伤情深情苦、慨叹情缘情幻的作品,且作者多是女性,男性以男性之视角作美女如云、锦上添花的白日梦,对"情"的理解深度反而大大不及闺中弱女子。女性们的《红楼梦》题咏颇能结合自己的身世之感,对《红楼梦》之作为"情书"的一面兴发良多,有一定的文本阐释意义。可是,她们对《红楼梦》之"情"的题咏因其生活环境、教育氛围的拘束多局限于儿女之情的立场,眼界狭小,笔力纤仄,还是不能阐发《红楼梦》深厚的悲剧意蕴。所以,生活于道光年间的范淑以一介女子能够写出颇具胆识的题咏《红楼梦》之作,尤其值得称赞。范淑在《题直侯所评红楼梦传奇》中认为《红楼梦》"别抒悲愤入稗官,先生热泪无倾处","潇湘水上发蘅芜,香草情怀屈大夫","说部可怜谁敢伍,《庄》《骚》《左》《史》同千古",并声称从"繁华馨艳"的角度品评《红楼梦》乃是"买椟还珠可胜慨"。可以看出,范淑已经点出《红楼梦》有着深沉的悲剧意蕴,只不过由于题咏这种特殊文体的限制,她没有论证《红楼梦》的深沉的悲剧意蕴究竟为何。

理学是清代的官方学说,有着深远影响。《红楼梦》题咏亦有道学气息较重的,如潘德舆《红楼梦题词》第十二首云:"莫憎儿女十分愚,佛国仙山总幻途。参透情门无一是,情田请细用功夫。"乍看只知其以正统立场排斥佛老,儒学立场并不明显,然而读其《读红楼梦题后》:"余呼琴沚曰:'使作者之情非失其当,奈何其终也以仙佛之无情为归乎?彼其人万不能为仙佛者,特奇苦极郁至于无所聊生,遂幡然羡仙佛之无情为不可及,是其情必非立乎不得已之分而顺其大常者也。呜呼!以极善言情之文,求之于今,殆亦罕矣,止以用情之不能审其当否而过之,于是终不得以仙佛为大乐,而将持是以救天下人人妄于情者之弊,此仙佛之所以横行于世,而富贵儿女之场皆仙佛之所以收其穷也。'言毕,余与琴沚长叹不能已。余又呼琴沚曰:'作书而善言情,使天下人皆得其情而不过,此其

---

① (清)吴藻:《读红楼梦》,道光十年(1830)刊本《花帘词》(一卷)。
② (清)汪淑娟:《沁园春·题石头记》,咸丰三年(1853)刊本《昙花集》(一卷)。
③ (清)扈斯哈里氏:《观红楼梦有感》,光绪二十二年(1896)刊本《绣余小草》卷二。

人岂徒作《红楼梦》者哉！'因抚几击节，与琴泚歌《关雎》三章而罢。"可以看出，所谓情田功夫正是指儒学"致中和""能中庸"的功夫。潘德舆在诗中强调的还有儒家温柔敦厚的诗教，道学气息相当浓重。值得注意的是还有一些女性也板着道学面孔，更可见出理学在当时的渗透力已达深闺之中。其中较具代表性的可举出张问端的《和次女采芝阁红楼偶作韵》："奇才有意惜风流，真假分明笔自由。色界原空终有尽，情魔不著本无愁。良缘仍照钗分股，妙谛应教石点头。梦短梦长浑是梦，几人如此读《红楼》。"以"母教""母仪"的腔调诫告女儿"色界原空""情魔不著"。

对《红楼梦》的题咏还出现了一些前所未有的体式。如林召棠道光年间的《红楼梦百咏》以五言排律五十韵分咏《红楼梦》中的人物，这些人物不仅包括宝玉、黛玉、宝钗、湘云、凤姐等主要人物，娇杏、傻大姐、真真、国女、秋桐、彩霞等对情节发展、书中寓意起着一定作用的次要人物，连在作品中略一出场便销声匿迹的人物如板儿、村丫头、袭人妹、倩儿、文杏等也是题咏对象。且所有人物"一视同仁"，皆以一句题咏。可想而知，这是一种"形式大于内容"的题咏，倪鸿《桐荫清话》卷三称赞此作"裁对工巧"，《忏玉楼丛书提要》推许此作"咏《红楼》者，斯又别创一格矣"。林召棠是道光三年状元，虽然此作并不高明，却颇有影响。在他之后，潘孚铭《红楼百美诗》以五言排律六十韵分咏《红楼梦》一百三十人。此诗名为"百美"，却又题咏了贾母、邢、王夫人、薛姨妈、李婶娘、刘姥姥等，同治年间的丁嘉琳认为这是"自乱其例"，于是其《红楼梦百美吟》"仅取美者百人"进行题咏。丁氏之后又有光绪年间看云主人的《红楼梦百美合咏》（七言排律）、东香山人《红楼梦百美合咏》（五言排律）。

以组诗形式题咏《红楼梦》者也颇多。其中，黄金台《红楼梦杂咏》共有七绝八十首，卢先骆《红楼梦竹枝词》共有七绝一百首，西园主人《红楼梦本事诗》共有七律一百首，姜祺《红楼梦诗》共有七绝一百四十四首，黄昌麟《红楼二百咏》有七绝二百首，蒋如洵《红楼梦杂咏》共有七绝二百三十八首。从规模上来讲，已属大型组诗，而以大型组诗题咏小说，也是前所未见的体例。

对《红楼梦》的题咏在清代道咸之后还形成了唱和的风气。杨维屏

《红楼梦戏咏》除了自己所作咏宝玉、黛玉、宝钗、湘云、凤姐、探春、李纨、可卿、妙玉、鸳鸯、平儿、香菱、紫鹃、晴雯、袭人七律十五首之外，还收有何大经、杨庆琛、曾元海和作各十五首。这些人的唱和对后来颇有影响，例如，光绪十五年（1889）刊本《红楼诗借》收录了林孝箕、林孝觊、林孝颖、陈海梅、陈培业、陈祖诒、张元奇、林怡八人咏《红楼梦》的唱和之七律共三百六十首；光绪二十六年（1900）《红楼梦分咏绝句》是邱炜菱《菽园丛书》外集第一种，收录了邱炜菱"依金陵正册"自林黛玉至秦可卿七绝十二首、"再咏得二十五人，各二绝句，自贾宝玉至妙玉尼七绝五十首"，以及潘飞声、邱逢甲、邱树甲、黎经等三十五人的唱和之作。邱炜菱在自序中亦提及："昔闽中先辈杨雪椒（庆琛）先生尝以《红楼梦》分咏属人和作，传播艺林，至今犹为佳话。"题咏《红楼梦》的唱和之作以次韵为主，邱炜菱《红楼梦分咏绝句》中的唱和之作则采用了对邱作"题词"的形式，这样的形式还见于小歇脚道人的《红楼新咏》、西园主人《红楼梦本事诗》、朱瓣香《读红楼梦诗》等。对题咏的"题词"已是对题咏的批评，其中不少题咏之作还附有批语，例如潘照的《鸢坡居士红楼梦词》、沈谦的《红楼梦赋》、焕明的《金陵十二钗咏》、姜祺的《红楼梦诗》、周绮《红楼梦题词》、黄昌麟《红楼二百咏》等。然而令人遗憾的是，由于把注意力集中于对偶、用典、词藻、音韵等方面，这些题咏往往言之无物、内容贫乏，在文本阐释方面其实意义不大。

二、传统阐释方法之延续

通过以上论述可以看出，清人对小说新经典的文本阐释出现了一些旧名著所不具备的新形式，可惜，由于新鲜事物毕竟不太成熟，这些新形式并没有充分发挥优势，以新形式所写的文本阐释品质高的不多。倒是从新名著许多重要的文本阐释中，我们可以看到旧阐释方法的强大生命力。有清一代对于小说的文本阐释形成了自金圣叹、毛氏父子到张竹坡等的批评传统，以"释名"和"以章法揭示寓意"为主要的阐释方法。

脂批是《红楼梦》最重要的评点之一，甲辰本第三十回有这样一条夹批："写宝黛无限心曲，假使圣叹见之，正不知批出多少妙处。"对金圣叹的小说评点相当仰慕。金圣叹对脂批的影响十分明显，从脂批对人物个性的重视、对"文法""笔法"（有些术语如"横云断岭法""加一倍法"等都是金圣叹已用过的）的关注均可看出，甚至在措辞语气方面都颇有相似之处。其中"释名""以章法揭示寓意"等阐释方法在脂批中可以大量见到，兹举几例：

第一回中，释"十里街"为"势利街"，"仁清巷"为"人情巷"；释"封肃""本贯大如州人氏"为"托言大概如此之风俗也"；释"英莲"为"应怜"，"霍启"为"祸起"；第四回释"李守中"为"以理自守"；第八回释"秦业"为"情因孽而生"、"营缮郎"为"设云因情孽而缮此一书之意"；第十三回把秦可卿所用丧木——"樯木"释为"樯者，舟具也，所谓人生若泛舟而已，宁不可叹"，把"出在潢海铁网山上"释为"迷津亦堕，尘网难逃"；释十八回中贾妃所点曲名《豪宴》为"中伏贾家之败"，①《乞巧》为"伏元妃之死"，《仙缘》为"伏甄宝玉送玉"，《离魂》为"伏黛玉死"。脂批又云："所点之戏剧伏四事，乃通部书之大过节、大关键。"与张竹坡"《金瓶》点题，每在曲名小令"（《批评第一奇书金瓶梅》第六十一回夹批）的说法一脉相承。与张评不同的是，脂批还很重视《红楼梦》中谜语的"释名"，如第二十二回释贾母谜语为"所谓树倒猢狲散"，元春谜语为"才得侥幸，奈寿不长，可悲哉"，释黛玉谜语为"此黛玉一生愁绪之意"，宝玉谜语为"此宝玉之镜花水月"，宝钗谜语为"此宝钗金玉成空"等。

《红楼梦》第一回有这样一条脂批："用中秋诗起，用中秋诗收，又用起诗社于秋日。所叹者三春也，却用三秋作关键。"第十三回又有一条脂批云："起用葫芦字样，收用葫芦字样，盖云一部书皆系葫芦提之意也，此亦系寓意处。"第十七回"只有宝玉日日思慕感悼，然亦无可如何了"句后又批道："每与此等文后便用此语作结，是板定大章法，亦是此书大旨。"第四十八回批道："一部大书起是梦，宝玉情是梦，贾瑞淫又是梦，秦之（氏）家计长策又是梦，故曰《红缕（楼）梦》也。"第七十三回批

---

① 按：《豪宴》乃《一捧雪》第五出，《豪宴》可照应目前之省亲，然《一捧雪》乃写莫怀古被严世蕃诬陷而遭抄家事，故脂批称"中伏贾家之败"。

道:"一篇奸盗淫邪文字,反以四子、五经、公羊、穀梁、秦汉诸作起,以《太上感应篇》结,彼何心哉?他深见'书中自有黄金屋''书中有女美如玉'等语,误尽天下苍生,而大奸大盗皆从此出,故特作此一起结,为五阴浊世顶门一声棒喝也。"这些又是典型的"以章法揭示寓意。"

不独脂批,很多对《红楼梦》的文本阐释都使用了这两种阐释方法。比如周春《阅红楼梦随笔》的主要论点是《红楼梦》乃叙"金陵张侯家事"之书,主要论证方法就是以"释名"法点出《红楼梦》"于姓氏上著意"之处;二知道人把曹雪芹与汤显祖相比较,认为汤显祖为"飞黄腾达者写照"而写有《邯郸梦》,曹雪芹为"公子风流者写照"而写了《红楼梦》,侧重点不同,但"其归一也",都是以"梦"唤醒世人。所以,要理解《红楼梦》的主旨,最关键的就是要为《红楼梦》释"梦",他的这篇专论题目就叫《红楼梦说梦》;诸联《红楼评梦》声称:《红楼梦》"名姓各有所取义",底下便以"释名"法对《红楼梦》进行文本阐释:"若夫贾母之姓史,则作者以野史自命也。他如秦之为情,邢之为淫,尤之为尤物,薛之为雪,王之为忘,林之为灵,政之为正,琏之为恋,环之为顽……鸳鸯言其不得双飞也,司棋言其厮奇也,莺为出谷,言其得随宝钗也;香菱不在园中,言与香为邻也;岫烟同于就烟,言其无也;凤姐欲壑难盈,故以丰为之辅,平为之概;颦卿善哭,故婢为啼血之鹃,雪中之雁。"晶三芦月草舍居士《红楼梦偶说》云:"浮生若梦,《红楼梦》一书之所以名也","然观象古人霓歌凤览,曰还魂,曰南柯梦,一似逢楼作戏者,而又无戏之非梦矣,楼则仍空矣。故曰名手造楼,总属大观,《红楼梦》一书之所以名也与!"话石主人认为《红楼梦》中戏曲名目与人物命运相照应,其《红楼梦精义》专门设有《戏文照应》,其《红楼梦本义约编》中又释《双官诰》为"应两府全局",省亲时所点四出戏即《豪宴》《乞巧》《离魂》《邯郸梦》为"应元妃全局",其他还有"元宵《八义观灯》写繁华景象","《还魂》《弹词》应秦氏,《托梦》《相约相骂》应定玉背约,宝钗生日《西游》应贾母寿终,《山门》应宝玉出家,《当衣》应凤姐典当"等;梦痴学人《痴人说梦》受清代对《西游记》文本阐释的影响,把《红楼梦》看作"仙佛小说""丹经中奇书",支持其此种观点的阐释方法很多时候还是"释名"——"即如《红楼梦》三字,世俗以闺阁红颜薄命解之,非也。红楼者,肉团心之别名,梦者,幻妄之谓";"《情僧录》者,言为性命之道路也。道即是僧,僧即是道,性命双修,法门不二,仙佛非异"。

解盦居士的《石头臆说》常常被附于《红楼梦》的种种评本之中,它在很多时候都以"释名"法阐释《红楼梦》寓意:把通灵宝玉释为贾宝玉之"心",认为神瑛侍者居于赤霞宫实际上就暗示着对"不失其赤子之真心"的强调。他还把"娇杏"释为"侥幸"、把"英莲"释为"应怜",声称"英莲则为甄士隐之女,娇杏则为贾雨村夫人,可见应怜者是真,侥幸者是假。开卷以此两人相提并论,即全书之旨矣"。在脂批中,宝钗得到的评价很高,可是在解盦居士的《石头臆说》中,对此人的评价极低,其依据主要还是以"释名"法罗列罪名:"宝钗自云从胎里带来热毒,其人可知矣。婢名同喜同贵,谓喜与宝玉同富贵也。莺儿姓黄,谓其巧言如簧也。倩莺儿打络子以络通灵宝玉,明是遣巧言如簧者以笼络宝玉之心出。络玉必以金黑二线者,金势利也,黑暧昧也,欲藉此以笼络宝玉之心也。"这样评价人物,不太令人信服,但是,解盦居士称赞黛玉晴雯、贬低宝钗袭人是对"君子之道消"的真切同情与对小人奸谗的深恶痛绝,这样的感情倾向还是值得肯定的。

金圣叹的小说评点强化"以章法揭示寓意",这一传统被清代的小说批评广泛继承。如二知道人指出《红楼梦》有着独特章法:"小说家之结构,大抵由悲而欢,由离而合,引人入胜。《红楼梦》则由欢而悲也,由合而离也。"认为这样的章法"非图壁垒一新,正欲引人过梦觉关耳"。又如,话石主人《红楼梦本义约编》中归结出《红楼梦》有着"每逢欢场,必有惊恐"的章法特点,认为《红楼梦》以此寓"否泰相循,吉凶倚伏之理"。

护花主人王希廉、太平闲人张新之、大某山民姚燮三家评在光绪年间曾以合评面目行世,影响颇大。如果说金圣叹、张竹坡、毛氏父子诸人对小说进行章法分析时是从大处着眼,关注的乃是"首尾大照应""中间大关锁"等"绝大章法",王、张二人在章法分析方面则都有细致化乃至琐碎化的特点:王希廉把《红楼梦》一百二十回分为二十一段,且"各大段中,尚有小段落",因"总评中不能胪列",王氏还在各回中逐细批明。张新之亦认为:"百二十回大书,若观海然,茫无畔岸矣,而要自有段落可寻。或四回为一段，或三回为一段，至一二回为一段。"他很为自己对《红楼梦》段落的"界划"工作感到自豪，声称"省却阅者多少心目"。①王、张二人以界划段落为主要手段的章法分析确实使得《红楼梦》的情节发展线索显得更为分明，然而情节发展毕竟只是外部事件，过于关注外部事件反而会对《红楼梦》的内在寓意关注不够。不过，从整体上来看，二人揭示《红楼梦》寓意时主要还是采用了传统的阐释方法。如王希廉《红楼梦总评》中认为"于诗酒赏心时，忽叙秋窗风雨，积雪冰寒。又于情深情滥中，忽写无情绝情"的章法特点，其实能够暗示"泰极必否，盛极必衰"的寓意，至于第一回回评中释"情僧"为"情生"、"情僧缘"为"因情生缘"、"《风月宝鉴》"为"因色悟空"，第五回中释"蓉"为"容"、"秦"为"情"，在第二十九回、五十四回又多次诠解戏曲之名目，还是以"释名"的方式表达了自己对《红楼梦》寓意的看法。张新之在《红楼梦读法》中说："《金瓶梅》演冷热，此书亦演冷热；《金瓶梅》演财色，此书亦演财色。"沿袭了张竹坡对《金瓶梅》文本阐释的主要观念。如上一章所述，张竹坡论《金瓶梅》"演冷热""演财色"时主要采用了"释名""以章法揭示寓意"的阐释方法，张新之在沿袭张竹坡观念的同时也顺理成章地沿袭了张竹坡的阐释方法。

姚燮也在《红楼梦总评》中释"秦可卿"为"秦，情也。情可轻而不可倾"，这本是一己之见解，他却声称此乃"全书纲领"。也正因为此，他对司棋与潘又安的私情严厉指责，对司棋的殉情不能理解，释"司棋"为"一着错，满盘输"；他还把贾宝玉视为败家纨绔，释"甄宝玉"为"浪子回头真宝贝"。第一百十六回中他有这样的回评："起于梦，结于梦，不自知其梦也，觉而后知其梦也。"这又是典型的"以章法揭示寓意"。其实，姚燮用的最多的还是与"释名""以章法揭示寓意"相比更传统的阐释方法：评人论事。只不过，在评人论事时，他的观念比较平庸。王希廉、张新之在评人论事时也具有类似特点：王希廉以"福寿才德"四字来评人论事；张新之评人论事不过是机械地贴忠孝节义或淫凶奸恶之标签，对《红

---

① （清）王希廉《红楼梦总评》、（清）张新之《红楼梦读法》，见冯其庸辑校：《八家评批红楼梦》，江西教育出版社 2000 年版。以下所引《红楼梦》评点如不特别注明，皆据此本。

楼梦》中立体化的人物形象根本无法理解。道光二十二年（1842）养余精舍刊本涂瀛的《红楼梦论赞》从名目上看就知是以评人论事为主体，此刊本包括"红楼梦论""红楼梦赞""红楼梦论后"及"红楼梦问答"，虽然并未采取新的文本阐释形式，却能够对《红楼梦》"大旨谈情"之"情"有着较为深刻的阐发。

三、经史之学、考据之学在文本阐释中的渗透

乾嘉以降，经史之学的权威地位被强调，考据学盛行，而这一时期恰恰是清代新小说经典得到阐释的重要阶段，研究新小说经典的文本阐释必须注意到这样的时代背景。

金圣叹、张竹坡的小说阐释并不是没有引用经史，但是，经史中的观念往往被他们加以个性化发挥，是很明显的"我注六经"方式。而在新小说经典的文本阐释中，经史的权威地位被强调，阐释者个人的观点被经史话语所淹没，基本上属"六经注我"方式。

以张新之的《妙复轩评石头记》为例，其《红楼梦读法》声称《红楼梦》"乃演性理之书，祖《大学》而宗《中庸》"，"是书大意阐发《学》《庸》，以《周易》演消长，以《国风》正贞淫，以《春秋》示予夺，《礼经》《乐记》融会其中"，"通部《红楼》，止左氏一言概之曰'讥失教也'"。甚至还说"《周易》《学》《庸》是正传"，《红楼梦》不过是"窃众书而敷衍之"。可以看出，与其说张新之是在阐释《红楼梦》，还不如说是以《红楼梦》为中介阐发经学，《红楼梦》自身的价值被忽视了。照这种观点看来，如果说《红楼梦》是一部好小说，那也只是因为它"敷演"了经学教义。以攀附经史来提高小说价值，张新之又回到了传统小说观念的老思路。

张新之尝言："《红楼梦》脱胎在《西游记》，借径在《金瓶梅》，摄神在《水浒传》。""借径在《金瓶梅》"好理解，张新之《读法》中所说"《金瓶梅》演冷热，此书亦演冷热；《金瓶梅》演财色，此书亦演财色"，正是对此句的注解。可以看出，与其说《红楼梦》"借径在《金瓶梅》"，还不如说张新之评《红楼梦》借径于张竹坡评《金瓶梅》。同样的，与其

说《红楼梦》"脱胎在《西游记》",还不如说张新之评《红楼梦》脱胎于悟一子、悟元子等清人以《易》理演《西游》的文本阐释思路。只不过悟一子、悟元子等人以《易》理阐发"金丹大道",是道教体系中的《易》,张新之的《易》属于儒学体系,用他的话说就是:"心宜向善,不宜向恶。故《易》道贵阳而贱阴,圣人抑阴而扶阳";"《易》曰:'臣弑其君,子弑其父,非一朝一夕之故,其所由来者渐矣。故谨履霜之戒,一部《红楼》,演一'渐'字"。悟一子、悟元子以"象""数"演《易》,这在张新之的评点中也可大量见到。除此种阐释方法之外,张新之常常以《红楼梦》中的只言片语演《易》,如"狗儿之祖,但曰姓王,但曰本地人氏,而无名。本地人氏,坤为地也,地道无成,而代有终,故不名,而名其子为成,亦相继身故也。狗儿一艮,王成亦即艮。艮东北之卦,万物之所成终而所成始,故曰成。东北为春冬之交,故生子名板儿,板文木反,水令退木令反矣。又生一女名青儿,青乃木之色,由北生东,是即老阴生少阳也";第四十一回释刘姥姥醉卧怡红院为"脾主四肢,'扎手舞脚',演畅脾也。脾为阴土,'仰卧'者,乾道覆,坤道仰也";第四十四回回末总评云"荣宁祸败,已基于此,以鲍二演出之。姤之二爻曰'鲍有鱼',故姓鲍,故行二";第五十六回探春说"又剥一层皮","每年归帐,竟归到里头来才好",张新之的夹批竟如此阐释:"更剥一层,则为纯坤,是悉内阴主事,故不许归到外头。'又剥一层'四字为《易》点睛";第六十二回又有这样一段夹批:"一扇,一善也,为《大学》之'明德';一字,为《春秋》之褒贬;一画,为大《易》之奇偶。"可以看出,这样的阐释方法更加牵强,且以三十万言的篇幅附会《易》,所揭示的不过是"贵善贱恶""谨小慎微"之类非常简单的所谓"《易》"理,仿佛《红楼梦》的价值只是以隐词谜语的方式重复了经学话语,其批语真给人以"烧毁一座房屋,只是煮熟一个鸡蛋"之感。

不仅张新之在文本阐释中以攀附经史来提高小说地位,这一传统作法在对新名著的文本阐释中再度泛滥起来。许叶芬光绪五年(1879)之《红楼梦辨》说:"甚或掉弄书袋,每事每人必求合符于经史,小题大做,尤可不必。"把小说阐释中的攀附经史称为"小题大做",见识颇高,可惜的是,乾嘉以降,对小说新名著"必求合符于经史,小题大做"的文本阐释恰恰居于主流。

虽说阐释者从不同角度阐释新经典时所流露出的思想情趣有高下之分，但都忘不了宣称新经典符合"劝善惩恶""伦理纲常"的"圣人之教"、温柔敦厚主文谲谏的"诗教"和长幼有序尊卑有秩的"礼教"。还有许多阐释者像张新之一样直接以经学观念阐释新经典的主题与意蕴。如解盦居士有《红楼梦易理》，此书今虽不可见，但《石头记集评》卷下冰丝仙馆侍史的附记云："二三直友谓侮慢圣经，必不可存。未几，目眚大作，予因举诸君前言以谏，遂惕然火之，目渐愈，嘱予笔之，以志忏悔云尔。"可见此书亦以"圣经"阐《红楼梦》。又如蒙古族哈斯宝译评《红楼梦》，其《新译红楼梦》四十回多次直接引用《礼记》《论语》《孟子》《诗经》《中庸》等，主要是以经学观念阐发《红楼梦》意蕴。《儒林外史》各家评中也或多或少都能找到经学话语。冯镇峦声称"聊斋圣贤路上人，观其议论平允，心地纯正，即以程朱语录比对观之，亦未见其有异也"；[①] 而但明伦评点《聊斋》"引经据典"处更是触目可见。

以经学观念阐释小说新经典，固然有如张新之一样的迂拘；但也应该看到，经学中的某些观念在古代毕竟有着深远影响，形成了源远流长的文化传统，援引这些经学观念来阐释小说在一定程度上也能够起到文化阐释作用。对于现代读者来说，这样的阐释能够加深他们对作品内在意蕴以及文化传统的理解。以《儒林外史》为例，第一回中，诸暨县令持侍生贴子请王冕相见，王冕拒绝，且说："假如我为了事，老爷拿票子传我，我怎敢不去？如今将贴子请，原是不逼迫我的意思了，我不愿去，老爷也可以相谅。"读到这里，只怕许多读者会如书中的翟买办一样有这样的想法："票子传着倒要去，贴子请着倒不去，这不是不识抬举了？"而天目山樵在此处的批语就可帮助读者理解王冕的作法。天目山樵批道："君召之役，则往役；君欲见之，则不往见之。"此批援引的是《孟子》：

> 万章曰："庶人，召之役则往役，君欲见之，召之则不往见之，

[①] （清）冯镇峦：《读聊斋杂说》，张友鹤辑校：《聊斋志异（会校会注会评本）》，上海古籍出版社1986年版，第17页。

何也?"曰:"往役,义也。往见,不义也。且君之欲见之也,何为也哉?"曰:"为其多闻也,为其贤也。"

曰:"为其多闻也,则天子不召师,而况诸侯乎?为其贤也,则吾未闻欲见贤而召之也。缪公亟见于子思,曰:'古千乘之国以友士,何如?'子思不悦,曰:'古之人有言曰:事之云乎?岂曰友之云乎?'子思之不悦也,岂不曰:'以位,则子,君也;我,臣也;何敢与君友也?以德,则子事我者也,奚可以与我友?'……欲见贤人而不以其道,犹欲其入而闭之门也。夫义,路也;礼,门也。"

在孟子看来,"位""德"是两套不同的价值系统,从"位"的角度来说,"士"应当恪守君臣尊卑之礼,所以"召之役则往役";从"德"的角度来说,"士"应当有"以德,则子事我者也,奚可以与我友?"的自信与自尊,"位"在其上者如果"欲见贤人而不以其道",那就犹如"欲其入而闭之门也","士"完全可以拒绝会见以体现"德"高于"位"的尊严。经天目山樵以经学观念对《儒林外史》这么画龙点睛的一批,可以加深读者对《儒林外史》文化意蕴的理解。

又如陈其泰评《红楼梦》人物,乃扬黛玉、晴雯、妙玉诸人而抑宝钗、袭人等,其批语多有指责"世人""俗说"之处。"世人""俗说"既然在阐释《红楼梦》时有借经学观念以压人之风气,陈其泰也不妨"以人之矛攻人之盾",以经学观念反驳"世人""俗说"。如《桐花凤阁评红楼梦》第三回回末总评:"孔子曰:不得中行而与之,必也狂狷乎?又曰:过我门而不入我室,我不憾焉者,其惟乡愿乎,乡愿,德之贼也。夫世安得有中行貌为中行者,皆乡愿耳。《红楼梦》中所传宝玉、黛玉、晴雯、妙玉诸人,虽非中道,而率其天真,皭然泥而不滓。所谓不屑不洁之士者非耶。其不肯同乎流俗,合乎污世,卓然自立,百折不回,不可谓非圣贤之徒也。若宝钗、袭人则乡愿之尤,而厚于宝钗、袭人者无非悦乡愿毁狂狷之庸众耳。王熙凤之为小人,无人而不知之;宝钗之为小人,则无一人知之者,故乡愿之可恶,更甚于邪慝也。读是书而谬以中道许宝钗,以宝玉、黛玉、晴雯、妙玉诸人为怪僻者,吾知其心之陷溺于阉媚也深矣。"

陈其泰如此评人论事有把《红楼梦》中复杂人物形象简单化之弊,但是，其对于"乡愿""狂狷""中道""中行"的一番高论却深中民族劣根性，相当深刻。这种深刻来自对经学观念的个性化阐释，虽说仍然直接使用了经学话语，却在"以中道律书中之人"的陈词滥调之外颇具文化反思、文化批判的品格，在以经学观念阐释小说意蕴的风气之中也因"以人之矛攻人之盾"而更具有说服力。

史学在新小说经典的文本阐释中亦有很明显的渗透，主要表现在如下几个方面：

（1）以作史之法阐释小说。在新小说经典的文本阐释中，几乎都明确提出要探讨小说之"微言""微旨""微意""微辞"及"春秋笔法""皮里阳秋"等，虽用词不一，但都强调"微言大义"的作史之法。这种作史之法用以阐释小说有弊有利，弊者，是作者未必有深心，而评论者却抓住只言片语，捕风捉影地附会出所谓的"大义"，这样的例子不胜枚举，可以说是新小说经典文本阐释中一种不良习气；利者，则显现为如能阐释出小说中的"微言大义"，其实即于细微处见精神，从而帮助读者理解和把握小说中的深刻内涵。如天目山樵在《儒林外史》第一回"王冕看书，心下也着实明白了"处以夹批形式点出"'着实'两字见不是口头说话"，又在"王冕见天色晚了，牵了牛回去"后点出"'牵了牛回去'，冷极。盖王先生不曾听见也，只是牵牛回去"。前者点出王冕辞却功名富贵不是妄言而是力行，后者点出尽管"胖子""瘦子""胡子"大谈功名富贵、艳羡功名富贵之态可掬，他们的言语在心性淡泊的王冕那里不过是过"耳"烟云，如同"不曾听见"一样。第三回于周进在贡院中昏倒在地、众人以为是中恶处批道："何尝非中恶，只是中了几十年，非一时所中"。于范进中举发疯处批道"正与周进直僵僵不省人事同。但一是郁，一是喜，喜亦由于郁也。源同流异，心法相传"，点出周进、范进所受"功名富贵"的毒害；第六回注意到严贡生收赵氏二百两银子时口称"二奶奶"，谋夺家产时则直呼"赵新娘"，从称谓上的微妙变化为读者勾勒出严贡生的丑恶嘴脸；第十一回在杨老六吃醉了酒但听到"娄府"两字也就不敢胡闹处批道"'娄府'两字竟能醒酒，势焰可知"；在杨执中高谈阔论处批道"一番议论大似高人，但既已辞官，报单亦可不贴。看他又全然不呆"，点出连"老阿呆""醉汉"在"功名富贵"前都不再呆、不再醉，更见"功名富贵之移人，大乎哉！"第三十五回在庄绍光笑说"你看这些湖光山色都是我们的了"后批道"与范太太看见家赍什么物都是自己的同此一喜，而有仙凡之别"，点出范进母亲之喜乃是对"功名富贵"的占有欲，是"俗"；而庄绍光之喜乃是辞却"功名富贵"之后的自由感、轻松感，是"仙"。二人说法近似，但有本质不同。第三十七回回末总评云："据金《跋》，雨花台祠凡祀先贤二百三十人。而此独举泰伯者，泰伯青宫家嗣而潜逃避，如弃敝屣，其于功名富贵无介意。《儒林外史》除虞、庄、杜、迟诸人，皆不免切切于此，此番大祭居然系名其间得无文不对题？亦作者寓意所在也。"上述这些批语皆是小中见大，很好地阐发了作品的深刻内涵。

（2）以史评、史论之法阐释小说。从渊源流变来看，小说阐释中的评人论事本身就与史评、史论一脉相承。不过，此处所说史评、史论之法是指小说阐释中的这样一种习气：将小说中虚构的人事与历史实有之人事相模拟、对照来进行评论。如涂瀛《红楼梦论赞》声称贾政"迂疏肤阔，直比宋襄"，把柳五儿的"继晴雯而兴"比作"平王东迁、康王南渡之后"，把尤氏比作夏姬，刘姥姥比作"弹铗之杰"即冯谖，把尤二姐的一失足成千古恨比作"扬雄服事新莽，荀彧辅弼曹瞒"。上述比照还比较零散，其《红楼梦问答》中的比照则非常系统："宝玉古今人孰似？曰：似武陵源百姓。黛玉古今人孰似？曰：似贾长沙。宝钗古今人孰似？曰：似汉高祖。湘云古今人孰似？曰：似虬髯公。探春古今人孰似？曰：似太原公子。宝琴古今人孰似？曰：似藐姑射仙子。平儿古今人孰似？曰：似国大夫。紫娟古今人孰似？曰：似李令伯。妙玉古今人孰似？曰：似阮始平。晴雯古今人孰似？曰：似杨德祖。刘姥姥古今人孰似？曰：似冯谖。凤姐古今人孰似？曰：似曹瞒。袭人古今人孰似？曰：似吕雉。"这些比照，除武陵源百姓出自陶渊明《桃花源记》，虬髯公、太原公子出自唐传奇《虬髯客传》、藐姑射仙子出自《庄子》寓言外，皆是历史实有人物。涂瀛云"古今人孰似"，已把武陵源百姓、虬髯公、太原公子、藐姑射仙子"历史化"了。江顺怡的《读红楼梦杂记》用来比照的也全是历史实有之人物："宝玉似唐明皇；黛玉似李广，又似唐衢；宝钗似王莽，湘云似李太白；探春似汉文帝，宝琴似张绪，平儿似陈平，紫娟似豫让，妙玉似倪云林，晴雯似祢衡，刘姥姥似柳敬亭，凤姐似严嵩，袭人似魏藻德。"能够以国大夫、唐衢、李令伯、张绪、魏藻德等比照《红楼梦》中的人物，评者的史学修养亦可见一斑。然而，从整体上看来，此种评人论事之法其实还是攀附经史以抬高小说地位的一种方式，殊觉不伦。当然，以史评、史论之法阐释小说如果处理得当亦颇具"载之空言，不如见之于行事之深切著明"的功效，通过总结历史经验教训来使小说中的寓意发挥出更加深刻、切实的启示意义。如《聊斋志异》的《种梨》不过讲述了一个"货梨于市"的乡人因吝啬而受道人戏弄的故事，冯镇峦则总结了"明季藩王多拥厚赀，一文不轻以享士。城破，贼尽出之以予狱囚"的历史教训，为读者拓深了此篇小说的主题；又如，涂瀛《红楼梦论赞》中认为"金钏金簪落井之喻，与汉高祖对楚霸王龙驹龙驭之喻相仿佛"，"霸王不杀高祖，而王夫人已杀金钏"，从而得出"喑哑叱咤之雄，尚慈于持斋念佛之妇也"的结论。再联系其"人不可以有才，有才而自恃其才，则杀人必多；人尤不可以无才，无才而妄用其才，则杀人愈多"的议论，读者更能领悟"庸亦能杀人"的深刻道理。

（3）以考史之法阐释小说。主要表现为以历史中实有之人事坐实小说中之人事。此种情形在新小说经典的阐释中极为普遍。如金和、天目山樵、平步青等人对《儒林外史》人物原型的探讨，《红楼梦》的各种"索隐"之说，王渔洋、冯镇峦对《聊斋志异》的许多点评皆属此类。可惜，这些考证多数对于理解小说主旨、内涵帮助不大，在方法论上又不像史学考证那样严谨、科学，而是先验地设定所要阐释的小说是以"隐语廋词"的方式暗示历史中实有之人事。这样的预设无视小说的虚构性，将小说与史学的"实录"等同起来，其本质是考史之法在小说阐释中的畸变。后来以胡适、俞平伯为代表的"考证派"及以周汝昌为代表的"新考证派"对此有所批判，然而还是换汤不换药，因为他们虽说主要以考证作者生平的方式阐释小说，不再从"隐语廋词"入手来"猜笨谜"，却还有着小说乃作者自叙传的预设，把主人公的事迹与作者事迹机械对应，把作者之人生经历与作品所表现的人生体验简单等同，一言以蔽之，还是视小说为"实录"。由此可以看出，畸变的考史之法在小说阐释中具有多么深远的影响。

考据之法在新小说经典的阐释中也有突出表现，主要涉及三方面的内涵：

（1）阐释的注解化。这在脂批中已初见端倪，第八回、十七回、二十八回、四十一回等处，脂批批注了香草、酒器等名物、"砸""唠""晃"等音韵；周春的《阅红楼梦随笔》把自己的评点视为《红楼梦》之"郑笺"；鸳湖痴月子为张新之《妙复轩评石头记》所写的序亦以汉儒注《易》来比拟张评；观闲居士《痴人说梦序》中倡"移笔作笺疏之体"的小说评点；天目山樵、平步青除了考史之外，对小说的考据还表现为注出小说中的本事、典故、出处，如指出张铁臂虚设人头会出自《桂苑丛谈》、杜慎卿厌恶女子之语出自《南史》、郭孝子深山遇怪兽出自《朝野佥载》等；冯镇峦声称考据是其小说评点的"五大例"之一，观其考据，除考史之外，亦不外是注出小说中名物、音韵以及本事、典故、出处，这些注解化的阐释与明代以通俗为目的而对小说的注音释义有很大不同，他们旁征博引，表现出较为深厚的学养，是乾嘉以降考据之风的一个折光。清代新小说经典都具备博大精深之文化小说的品格，这些注解化的阐释正与这样的品格相匹配，有利于读者深入理解小说中的文化现象、文化精神与文化意蕴。当然，这些注解化的阐释也有考据之学的本身所存在的弊病，如支离破碎、胶柱鼓瑟等。

（2）阐释的谱录化。苕溪渔隐嘉庆年间之《痴人说梦》有"槐史编年""胶东余牒""鉴中人影""镌石钉疑"四个组成部分，为《红楼梦》之人物、事件与景点等"列谱牒，次岁月"；姚燮咸丰年间的《读红楼梦纲领》分"人索""事索"与"余索"三部分，亦分门别类地把《红楼梦》中的人、事及对《红楼梦》的研究文献列成谱录，《忏玉楼丛书提要》称"山民评无甚精义，惟年月岁时考证綦详，山民殆谱录家也"；光绪年间寿芝的《红楼梦谱》"将此书之人，溯本穷源，分门别户，编成谱牒，灿若列眉，使人一目了然"。小说阐释谱录化的例子并不多，且主要集中于《红楼梦》阐释之中，但是编列谱录亦是考据方法之一种，在乾嘉考据之风盛行前并没有这样的小说阐释形式，所以，这些为数不多的小说阐释还值得注意，亦是当时的考据之风在小说阐释中的一种体现。其本质是对小说内容分门别类的整理，长处是线索清楚、一目了然。短处是整理的结果不过使读者"知某人隶于某府，某婢系于某房"，[1] 或使读者知道书中人物"投

---

[1] （清）袁祖志：《红楼梦谱序》，（清）寿芝撰：《红楼梦谱》，北京图书馆出版社 2002 年版，第 1 页。

河死""自缢死""以劳怯死""难产死"等形形色色的死法（姚燮《读红楼梦纲领》），确实难免事倍功半之讥。

（3）阐释中重视对小说本文的刊误纠谬。这样的特点还是较多体现于对《红楼梦》的文本阐释之中。可以说，《红楼梦》的大多数文本阐释都在高度评价《红楼梦》之外或多或少地列出此书的误谬之处。其中王希廉的《红楼梦总评》、姚燮的《读红楼梦纲领》、苕溪渔隐的《痴人说梦》、话石主人的《红楼梦精义》等以较长篇幅、较为系统地为《红楼梦》刊误纠谬。天目山樵也多次指出《儒林外史》中的谬误之处。刊误纠谬亦是考据方法之一种，考据盛行以前的小说阐释中并不重视对小说文本的刊误纠谬。具体看来，对新小说经典的刊误纠谬主要有：小说中年月时序、人物年龄的错乱。小说中所叙之事不合礼制、官制等典章制度，如《红楼梦》的许多阐释者都指出，宝琴之身份不应在贾府祭宗祠时列席与礼；天目山樵在第八回王惠开假之后既授任南昌知府处批道："以前并未叙过保荐记名，一开假既得缺，恐无此理，亦是作者疏漏处。"小说因版本问题而出现的脱文、衍文、语误、字误等。另外，还有不少是阐释者自认为小说中的不合情理之处，此类刊误纠谬因阐释者拘守考据往往会出现"点金成铁"的情形。以天目山樵为例，作为晚清的朴学大师，天目山樵自觉不自觉地在《儒林外史》评中渗透了大量的考据，有些发挥了很好的阐释功能，有些则也显示出考据之法的局限性。例如，在《儒林外史》第八回中，王惠被举荐为江西能员，按书中上下文，此时王阳明正主政江西，天目山樵便认为王惠被举荐为江西能员不合情理，批道："阳明先生不闻乎？亦以为能员乎？"这显然是对《儒林外史》作出了错误的指责。平步青对此批得好："王惠事本子虚，此评可删。"

第十六章
清代小说评点的衍流与新变

　　清初（主要指清顺治、康熙朝）的小说评点承晚明而来，实则与晚明小说评点浑然一体，从明天启、崇祯到清顺治、康熙的百来年是古代小说评点最为繁盛的时期。在这百来年中，小说评点不仅数量庞大，已然在小说传播中充当了十分重要的角色；且评点质量有了大幅度提升，可以说，小说评点史上有质量、有价值的评点著作大多是在这一时期完成并公开出版的。清中叶以后，小说评点仍然呈持续发展之态势，但已失去了前一时期的勃勃生机和广泛影响；有研究者甚至认为小说评点在金批《水浒》到张批《金瓶梅》的半个世纪中已"过完了自己的好时光，后来评点派就成为多少带有贬义的名号"了。① 从小说评点的历史地位而言，此说有一定道理，然从小说评点史角度来看，清中叶以后的小说评点仍不容忽视。道光以后，小说评点逐步进入尾声。这百来年的小说评点又呈另一番景象：一方面，传统意义上的小说评点余波不绝，尤其是清中叶以来的《聊斋志异》《红楼梦》《儒林外史》和《阅微草堂笔记》等吸引着大量的文人评点家，小说评点尤其是文人评点仍颇为兴旺。另一方面，大约在19世纪末叶，随着中西方思想文化的交汇，一些思想激进的小说家和小说理论家也大量采用评点这一旧的形式来表现他们的政治理想和现实感慨，这种"旧瓶装新酒"的现象在晚清着实热闹了一番，并随着新兴的报刊杂志在社会上流播广远。小说评点正是在这种热闹但又不伦不类的境况中结束了它的历史使命。另外，清代小说评点受金圣叹的影响至大，尤其是在清初，可

---

① 徐朔方：《金圣叹年谱·引论》，《徐朔方集》第二卷，浙江古籍出版社1993年版，第721页。

以说，从金圣叹、毛氏父子到张竹坡，小说评点无论是形式体制还是批评视角、批评内涵都是一脉相承的。而从评点对象而言，明代"四大奇书"除金圣叹批本《水浒传》成为有清一代之定本外，《三国演义》《西游记》和《金瓶梅》都在清代得到充分的批评；而从清中叶开始，《红楼梦》《儒林外史》《聊斋志异》和《阅微草堂笔》等新的小说名著成了评点之热门。

一、清初小说评点的持续繁盛

清初的小说评点承晚明小说评点之绪而呈发展壮大之势，小说评点进一步走向繁盛，但同时，小说评点也在此时期度过了它的黄金岁月。这一时期小说评点的繁盛有如下标志：

第一，清初是中国古代小说有着较大发展的时期，而此时期的小说评点正是以这一小说创作的背景为依托，共同参与了小说的传播且推动着小说艺术的发展。清初的新创小说虽然没有像明代"四大奇书"那样出色，那么有影响，但小说创作数量庞大，门类齐全。演义小说、神魔小说等传统小说形式进一步延续，而以才子佳人小说为主体的人情小说有了很大的发展。在中国小说传播史上影响最大、流传最广的明代"四大奇书"，除《水浒传》之外也在这一时期最终定型，成为通行的小说读本。与这一繁盛的小说创作现象相一致，此时期的小说评点数量有了大幅度增加，评点质量也有根本性的提高，中国小说评点史上的重要评本几乎都在此时期完成并出版。

第二，清初的小说评点接续晚明之传统，小说评点的商业性和文人性同步发展，且呈合流之态势。小说评点自晚明以来，在社会上引起较大反响，得到了小说刊行者和小说读者的普遍认可，故评点作为一种商业手段已完全进入了小说的传播过程之中。这种小说评点的商业性大致表现在两个方面：一是此时期小说评点受书坊主商业考虑的影响还比较强烈，故大多数的评点者对于评点对象还较少有意识、有目的的选择，小说作品自身的思想艺术价值在大量的小说评本中并未成为重要的选择依据和评判准绳。在清初的小说评点中，这一类评本占最大多数，从而明显地体现出了小说评点的商业意味。二是小说评点的商业手段越来越丰富。除冒用名人之举仍层出不穷外,① 一些正当的商业手段也在不断地引入小说评点领域,如"系列评本""集评"等手段在小说评点中被广泛使用,这说明小说评点也在逐步走向成熟和规范,从而在小说流通中体现重要的传播作用。小说评点的文人性在此时期也有了明显增强,一方面表现在大量的文人加入了小说评点行列,大大改变了以往主要由书坊控制的局面,使小说评点的理论性和思想性都有明显提高。同时,评点者也逐步将小说评点视为其立身之事业和情感表现之载体,这是小说评点进一步走向繁荣和提高其理论品位的重要因素。此时期的小说评点接续李卓吾小说评点之传统,以评点来表达自身的思想情感,这在金圣叹评点中开其端绪,而在毛氏父子、张竹坡等的评点作品中得到了发扬光大。张竹坡在谈到其评点动机时就明确指出,他"迩来为穷愁所迫,炎凉所激",本欲自撰一书,又恐"前后结构甚费经营",故借评点《金瓶梅》"以排遣闷怀",且明确申明:"我自做我之《金瓶梅》,我何暇与人批《金瓶梅》也哉!"② 更值得注意的是,这些文人评点家虽然接续了李卓吾的评点传统,但并未一味沉迷于个体情感的抒写之中。他们的评点笔触更多地伸向了对作品情感内涵的把握和作品艺术技巧的揭示,从而起到一种导读的作用。故在这些小说评本中,情感的认同和艺术的激赏是其从事小说评点的两大动机。于是小说评点的商业传播性又在更高层次上得到了提升,小说评点的文人性和商业性正是在这一意义上趋于融合。

第三,此时期小说评点的繁荣还体现在小说评点整体价值的提高。小说评点价值的三大层面"传播价值""理论价值"和"文本价值"在此时期的小说评点中都达到了前所未有的成就。就"传播价值"而言,评点本的大量增加,评点质量的大幅度提高推动了古代小说的传播。此时期小说评点者对作品的修订增饰也提高了小说的思想艺术价值,除明代"四大奇书"得到评点者的广泛修订外,其他一些小说也程度不同地获得了增补修

---

① 如署李卓吾评点的在清代还有《后三国石珠演义》《混唐后传》等。有的评本更将众多名人集于一书,如上引清代二书,前者署"圣叹外书""李卓吾先生批评";后者署"卓吾评阅""竟陵钟伯敬定",卷首序亦署"竟陵钟伯敬题",然此序实与《隋唐演义》之褚人获序同,仅对数个字作了更改。

② 张竹坡:《竹坡闲话》,朱一玄:《〈金瓶梅〉资料汇编》,南开大学出版社 2012 年版,第 417 页。

订。如崇祯四年（1631）人瑞堂刊刻《隋炀帝艳史》、崇祯六年（1633）剑啸阁刊刻《隋史遗文》，一直到康熙年间四雪堂刊出褚人获改编自评本《隋唐演义》，这一题材的作品经过不断的修订，思想艺术性都有一定的提高，而《隋唐演义》也成为该题材在后世最为流行的读本。此时期评点的理论价值更是达到了古代小说评点史上的高峰。金批《水浒》以后，毛批《三国》的历史演义批评和张批《金瓶梅》的人情小说批评都是同类型小说批评中的代表作品，同时又体现了小说理论的普泛性，理论内涵丰富深刻。《西游证道书》的评点虽以阐明《西游》主旨为归趋，但也表达了一些有价值的理论思想。其他如署名杜濬的李渔小说《无声戏》《十二楼》评点、托名"贯华堂批评"的《金云翘》评点、《女仙外史》评点中的刘廷玑"品题"、褚人获的《隋唐演义》评点等都是值得重视的富于理论思想的评点之作。

清初的小说评点最出色的无疑是对明代"四大奇书"《三国演义》《西游记》《金瓶梅》和《水浒传》的评点。其评点情况如下：《三国演义》有评本三种，依次为：《绘像三国志》（清初遗香堂刊本，无名氏评点）、《四大奇书第一种三国演义》（清康熙十八年醉耕堂刊本，毛氏父子评点）、《李笠翁批阅三国志》（清芥子园刊本）。《水浒传》评本一种：《醉耕堂刊王仕云评论五才子水浒传》（清顺治十四年刊本）。《金瓶梅》评本二种：《新刻绣像批评金瓶梅》[①]、《第一奇书金瓶梅》（清康熙年间刊本，张竹坡评点）。《西游记》评本一种：《西游证道书》（清初刊本，汪象旭、黄周星评点[②]）。

至康熙后期张评本《金瓶梅》出，"四大奇书"经历了百余年的评点历史，已经在社会上产生了深远的影响，而人们对众多评本的取舍也已逐步见出分晓。对此，刘廷玑的一段评述可作为代表，这位对通俗小说情有独钟又颇富鉴赏力的官宦文人对"四大奇书"的评点作出了颇为精彩的分析：

[①] 关于此书的刊刻年代有多种说法，孙楷第、郑振铎认为刊于明崇祯年间，刘辉则认为刊于清初，不早于顺治十五年，评点者为李渔。分别见孙楷第《中国通俗小说书目》、郑振铎《谈〈金瓶梅词话〉》、刘辉《论〈新刻绣像批评金瓶梅〉》（《文学遗产》1987年第3期）。

[②] 关于此书的评点者，参考了黄永年为该书作的《前言》，见黄永年、黄寿成点校：《（黄周星定本西游证道书）西游记》，中华书局1993年版。

金圣叹加以句读字断，分评总批，觉成异样花团锦簇文字，以梁山泊一梦结局，不添蛇足，深得剪裁之妙。(《水浒传》)

杭永年一仿圣叹笔意批之，似属效颦，然亦有开生面处。(《三国演义》)①

汪憺漪从而刻画美人，唐突西子，其批注处大半摸索皮毛，即《通书》之"太极无极"，何能一语道破耶？(《西游记》)

彭城张竹坡为之先总大纲，次则逐卷逐段分注批点，可以继武圣叹。是惩是劝，一目了然。(《金瓶梅》)②

刘廷玑的这一评述带有总结性质，基本概括了"四大奇书"评点本在当时的流传情况，也颇有先见地昭示了这些评点本在后世的流播态势。康熙以后，金批《水浒传》、毛批《三国演义》和张批《金瓶梅》独领风骚，而《西游记》评点则在《西游证道书》的基础上还形成了一次评点热潮。

这一阶段的文言小说评点也有丰硕的成果。③《聊斋志异》《阅微草堂笔记》这两部标志清代文言小说两种风格的重要之作也于这一阶段面世，二书影响力既广且深，作为文言小说的不同标准，受到了后人不尽的仰望和效仿。相对来说，《聊斋志异》的评点本基本集中在本阶段出现，先后登场的评者有王士禛、王金范、王东序、方舒岩、王芑孙、何守奇等。而《阅微草堂笔记》的评点本则要迟至下一阶段才姗姗而来。

除了《聊斋志异》和《阅微草堂笔记》的问世开启了新的时代，这一时期还出现了有清一代文言小说评点的三种新表现。

首先，张潮《虞初新志》、郑澍若《虞初续志》，加上黄承增辑《广虞初新志》，这三部书所代表的清代"虞初体"小说选集及其评点有所新变。"虞初体"以嘉靖时陆采《虞初志》为滥觞，其主要标志有三：多记一人之始终；内容上尚奇述异；文笔上长于描摹。自张潮《虞初新志》始又发展

---

① 毛批本《三国演义》的刻本署"圣叹外书、茂苑毛氏父子序始氏评、声山别集、吴门杭永年资能氏定"，故后人或误认杭永年为《三国演义》的评点者。参阅陈洪：《〈三国〉毛批考辨二则》，《明清小说研究》第三辑，中国文联出版公司1986年版。

② (清)刘廷玑撰：《在园杂志》，中华书局2005年版，第83—84页。

③ 以下内容基本采自谭帆、林莹著《中国小说评点研究新编》下编《文言小说评点的分期与特点》(林莹撰写)的相关论述，华东师范大学出版社2023年版。

出了两个新特点：一是把"奇"向伦理纲常方面拓展，非但将人物的忠孝节义推向极致，还通过动物的诸种极端异况补益人心；二是强调内容的当代性，"事多近代"，"文多时贤"，所收作品皆关涉时贤近事。清代"虞初体"的流变又给评点带来了若干新特点。其一，评点注意到了人物"合传"这种此前不见于"虞初体"的新形式。《虞初新志》中，金棕亭评方苞《孙文正黄石斋两逸事》"望溪文直接史迁，今连缀二事，亦宛然龙门合传之体"。① 这与作者、编者的自觉是相一致的。② 其二，作者、传主、评者、编者关系紧密。《虞初新志》的选编依靠友人投赠和公开征稿，其中一位作者陈鼎，在其自刻于康熙三十七年的文集中便收录了张潮的评语，可见陈、张二人过从甚密。在清代"虞初体"作者群中，此文作者往往又是彼文的传主或评者。杜濬《张侍郎传》的评者陈其年（陈维崧），也是此书多篇文章的作者。可以说，从《虞初新志》开始，清代的"虞初体"在选文题材、作者、评点诸多方面陷入了新的定势。其三，社会功能性增强，肩负着一定的纪实和教化功用；相应地，也产生了内容杂芜化与小说性弱化的倾向。明代《虞初志》被称为"小说家之珍珠船"，旧署汤显祖《续虞初志》和邓乔林《广虞初志》这两部晚明"虞初体"，都不约而同地在序文中强调"小说"概念如何包罗万象，可见在《虞初新志》之前，"虞初体"的文体定位是相当清晰的。然而，清代的"虞初体"究竟属于何种文体，论者几乎莫衷一是。③ 不过，对于作者兼篇末自评者而言，其自署别号仍透露出以创作"野史""外史""街谈巷语"自居的"稗官"心态，如吴肃公《五人传》文末评署"街史氏曰"，吴伟业《柳敬亭传》自评署"旧史氏曰"，张明弼《四氏子传》、余怀《王翠翘传》自评署"外

---

① （清）张潮辑，学谦注译：《虞初新志全注全译》，团结出版社 2020 年版，第 309 页。
② 《虞初续志》收录邵长蘅《侯方域魏禧传》，作者自记"侯方域、魏禧，操行不同。予论次两家文，乃合传之"；《广虞初新志》中《两女将军传》编者注曰"云英事已见毛西河文，而毛文骈体，故并刊"。
③ 如陈文新将《虞初新志》定位为清代传奇小说（《文言小说审美发展史》），吴志达将《虞初新志》中《大铁椎传》等作品称为"传记性文言小说"（《中国文言小说史》），古骁勇认为此类作品是"类似小说的传记文"（《清代志怪传奇小说集研究》），李军均指出清代"虞初"系列选作"界乎文集与说部之间"（《传奇小说文体研究》），陆学松认为《虞初新志》选文大部分是源于史传、强调"纪实性"的"传记文学作品"，还有部分作品内容承继自唐传奇，采用人物传记的写法，属于荒诞离奇的"传记体小说"（《〈虞初新志〉中传记文研究》）。参见李琰《〈虞初新志〉研究》"综述"部分，中国人民大学 2017 年硕士学位论文。

史氏曰"，张总《万夫雄大虎传》自评署"南村野史曰"、黄周星《补张灵崔莹合传》自评署"畸史氏"、徐瑶《太恨生传》自评署"幻史氏曰"等等。

其次，"同事异辞"现象或曰"同题材"写作方式开始浮现，终而贯通了有清一代。此前的"同事异辞"较为偶发，好比袁柳庄善相术一事，明人王兆云《白醉琐言》（原书已佚，见《坚瓠广集》卷五所引"丐儿还金"）、《庚巳编》二书皆录。① 到了清代，这种现象不仅极其常见，评点者也多颇为留心。黄承增《广虞初新志》收录冯景《书明亡九道人事》一文，文末蒋村评曰："……虽见心斋前刻，而文各异，故并录。""心斋前刻"即指张潮《虞初新志》，又黄承增评汪道昆《查八十传》"查八十已见顾黄公所传桂岩公诸客中，而此详于彼，故并录"，评《两女将军传》"云英事已见毛西河文，而毛文骈体，故并刊"等。"同题材"写作的详略、骈散之异，都逃不出评者的细察。同样地，郑澍若的《虞初续志》也多与"前志"即张潮《虞初新志》相对照，其评也常辨析二书"同题材"之异：评邱维屏《述赵希乾事》"此篇与前志少异，故录之"；评蒲松龄《林四娘记》"前志有《林四娘记》，吾闽林西仲先生文也。其中事迹，与此篇迥殊"，"此实陈公任青州道时之事，留仙自当详悉颠末"，"录之以见与前篇传闻之异"，既表明了收录理由，还考辨了两篇记载各自的题材来源。同一时期的方舒岩也注意到这一现象，他为《聊斋志异》卷三《林四娘》撰评曰："按林西仲《嶽音集》云……与此迥异。《聊斋》岂传之非真耶？且陈为林面述，嘱记其事，似较可信"。方氏这类评语，又如评《聊斋志异》卷一《叶生》"此与沙定峰前辈所记侯官老儒事异而情同"，《水莽草》"此与宋射陵所传《鬼孝子》同"。比他稍晚的何守奇，也评价《聊斋志异》的《王者》篇曰："此事累见他书，不无少异，要是剑客之流。"

二、清中叶小说评点之延续

清中叶的小说评点主要集中在乾隆和嘉庆时期。雍正年间仅有《二刻

---

① 见石昌渝《中国古代小说总目·文言卷》，山西教育出版社2004年版，第5页。

醒世恒言》等少数几部，且内容简略，无甚可观。乾隆以来，小说评点又复兴盛，各种评本层出不穷，保持着相当的数量。其中大致可分为两大评点系列：小说名著评点系列和其他小说评点系列。

上文说过，小说名著的评点经明末清初"四大奇书"的广泛评点之后，至此出现了新的迹象：金批《水浒传》、毛批《三国演义》和张批《金瓶梅》已深得读者之喜爱，故此时期仅是对这些评本的重复刊印。"四大奇书"中唯有《西游记》一书仍评本纷出，出现了多种新的《西游记》评本，如张书绅的《新说西游记》（乾隆十三年，1748）、蔡元放重订增评的《西游证道书》（乾隆十五年，1750）、陈士斌评点的《西游真诠》（乾隆四十五年，1780）和刘一明评点的《西游原旨》（嘉庆十三年，1808）。① 这些评本由于评点思路基本承继《西游证道书》的路数，以阐释《西游记》主旨为目的，而忽略了作为小说的《西游记》所应有的艺术价值的分析，评点质量还是不尽人意，故仍未出现与金圣叹、毛氏父子、张竹坡批本相比肩的评点定本。

此时期新出的重要小说是《红楼梦》《聊斋志异》《儒林外史》等，这是中国古代小说史上的名篇巨著。但《红楼梦》在乾隆五十七年（1792）才有刊本出现，现存《聊斋志异》的最早刊本是乾隆三十一年（1766）的青柯亭刻本，而《儒林外史》现在所能看到的最早刊本是嘉庆八年（1803）的卧闲草堂本。故这三书在当时社会上还未引起广泛注目，评点也相对沉寂。乾隆时期对这三部小说名著的评点现在能看到的唯有《红楼梦》抄本的"脂批"和《聊斋志异》青柯亭本的王士禛评点；《儒林外史》未见乾隆刊本，虽然"卧本"闲斋老人序署"乾隆元年春二月"，但实际评点时间和评点流传情况迄无定论。故上述三部名著的评点唯王评《聊斋志异》有一定影响，而"脂批"由于《红楼梦》抄本流传面的相对狭窄，未能引起读者的广泛注意。

相对而言，此时期其他小说的评本系列倒颇引人注目，在这一系列之中，尤以蔡元放评点的《东周列国志》、董孟汾评点的《雪月梅》、水箬散人评阅的《驻春园小史》、许宝善为杜纲小说《娱目醒心编》《北史演义》

---

① 参见王守泉：《〈西游原旨〉成书年代及版本源流考》，《兰州大学学报》1986年第1期。

《南史演义》所作的系列评点等最为出色。如果说，小说名著的评点更重视文人思想意趣的表现，那这一系列的小说评点则在保持文人性的基础上，更强调与小说评点商业传播性的结合。

嘉庆时期的小说评点以《儒林外史》的卧评本为翘楚，这是以后《儒林外史》评点中的唯一祖本。在《儒林外史》的流传史上，卧评几乎已与小说文本融为一体，尤其是卧评对《儒林外史》思想主旨的分析、讽刺特性的揭示和人物形象的赏析在后来的评点者和读者中产生了广泛而又深远的影响。另外，何晴川评点的《白圭志》、素轩评点的《合锦回文传》等，对通俗小说的艺术特性颇多揭示，也有较高的理论价值。

综观清中叶的小说评点，我们不难看到，小说评点在经历了明末清初的繁盛之后，此时期虽评本众多，但已难脱前人之阴影，没能出现与之相比肩的评点家和评点著作；往往表现为在继承前人成果基础上的局部延续，小说评点的模仿痕迹也日益明显。脂砚斋、闲斋老人、蔡元放等是此时期小说评点的佼佼者，但影响已难与金圣叹等相比。

清中叶小说评点的一个重要特色表现为在评点内涵上文人趣味的不断提升，甚至片面发展。这是小说评点在延续时期的一个重要现象，也可视为小说评点逐步走向衰微的一个重要表征。

小说评点文人性的增强经历了这样一个发展历程：李卓吾在《水浒传》评点中灌注的狂傲之性和现实情感开启了小说评点文人性的端绪，这一传统在"容本"和"袁本"《水浒传》评点中得以呈现，并与商业导读性相结合，确立了小说评点的一个基本格局。这种格局经金批《水浒传》、毛批《三国演义》和张批《金瓶梅》的不断强化、固定而推向极致。这是古代小说评点中最富生命力的一脉线索，也是小说评点得以广泛流传并深得文人和普通读者共同喜爱的一个重要原因。金圣叹、毛氏父子和张竹坡的成功对后世的小说评点产生了深远影响，尤其在文人心目中确立了小说评点的重要地位。于是在康熙以后的小说评点中，一些文人评点者片面接受了小说评点中表现文人意趣的传统，但在这种传统的延续中却又逐步抛弃了小说评点所固有的商业导读性，这就在很大程度上切断了小说评点的生命血脉。小说评点于是就在这种文人性的片面提升中逐步走向衰微。

清中叶小说评点文人性的增强约有两种表现方式：

一是表现为小说评点缘于评点家与小说家之间的个人关系。如"脂批"《红楼梦》，这是一种带有个体自赏性的文学批评，这种批评是建立在评点者与作者之间关系非常密切的基础之上，于是"一芹一脂"成了文学史上的一段佳话。《聊斋志异》的王士禛评点亦有一段独特的因缘，"先生毕殚精力，始成是书，初就正于渔洋；渔洋欲以百千市其稿，先生坚不与，因加评骘而还之"。① 此说真假难辨，但王士禛曾评点《聊斋》却是事实，这种在小说稿本上的评骘使小说评点成了一种带有私人性的行为。就古代小说评点史角度而言，评点者与作家之间的关系大致有如下两种形式：或表现为评点者以自身的情感和审美意趣择取作家作品，从而作出主体性的评判。或表现为在商业杠杆的制约下，根本无视作家的存在而纯作旨在推动小说商业流通的鼓吹。清中叶以来的小说评点在这基础上出现的这一新格局无疑是小说评点走向文人自赏性和私人性的一个重要标志。

二是表现为评点者通过一己之阅读纯主观地阐明小说之义理。此举较早见于汪憺漪、黄周星评点的《西游证道书》，而在张书绅的《新说西游记》和陈士斌的《西游真诠》中达到极致。张书绅曰："此书由来已久，读者茫然不知其旨，虽有数家批评，或以为讲禅，或以为谈道，更又以为金丹采炼。多捕风捉影，究非《西游》之正旨。将古人如许之奇文，无边之妙旨，有根有据之学，更目为荒唐无益之谈，良可叹也。"② 于是他们注明旨趣，为之破其迷茫。张书绅认为《西游记》一言以蔽之"只是教人诚心为学，不要退悔"。③ 而陈士斌批注《西游记》则认为该书乃"三教一家之理，性命双修之道"。④ 众说纷纭，各执一词，而离作品之实际内涵越来越远，几乎将评点成为他们炫耀才学、呈露学说的工具。

清中叶小说评点文人性的增强，从正面来看说明了文人对小说的重视，这是小说发展史上一个值得重视的现象。而之所以出现这一现象，一

---

① （清）赵起杲：《青本刻聊斋志异例言》，张友鹤辑校：《〈聊斋志异〉会校会注会评本》，上海古籍出版社 1986 年版，第 27 页。
② （清）张书绅：《新说西游记自序》，（清）张书绅撰：《新说西游记》，上海古籍出版社 1994 年《古本小说集成》影印本，第 1—3 页。
③ （清）张书绅：《西游记总论》，同上，第 2 页。
④ （清）刘一明：《西游原旨序》，（清）刘一明：《西游原旨》，上海古籍出版社 1994 年《古本小说集成》影印湖南常德府护国庵藏板本，第 42—43 页。

方面与明末清初以来小说评点的文人化传统有关,另一方面也与清中叶小说创作的整体背景密切相关。中国古代通俗小说在自身的发展过程中形成了一条由民间性向文人化发展的历史轨迹。但这一演化过程非常缓慢:元末明初《水浒》《三国》的出现是古代通俗小说在宋元话本基础上的第一次文人化提升,对后世小说的发展产生了深远影响。明嘉靖以后,《三国演义》《水浒传》的重新修订出版以及《西游记》《金瓶梅》的出现标志了通俗小说文人化的相对成熟。而至明末清初,一方面是颇富文人色彩的人情小说逐步占据了重要地位,使得通俗小说的创作由"世代累积型"逐渐向"个人独创型"方向演化;同时,小说评点家也对通俗小说作了整体性的修订整理,尤其是明代"四大奇书"的评点更为通俗小说的发展提供了一个成功的艺术范例。故通俗小说的文人化在明末清初又递进了一大步,它为清中叶迎来文人小说的创作高峰奠定了坚实的基础。清中叶小说的文人性程度是空前绝后的,文人独创小说已在很大程度上占据了主导地位,尤其是《红楼梦》《儒林外史》更是中国古代小说史上最富文人意味的小说杰作。清中叶小说评点的文人性正是以这种创作背景为依托,同时也把自身的观念和理论批评融入了这一整体性的小说文人化进程之中。

然而清中叶小说评点的文人性对小说评点发展所产生的负面影响更为强烈。在很大程度上我们可以这样认为:清中叶小说评点文人性的片面发展,局部中断了小说评点业已形成的那种文人性与商业向导性相结合的批评传统。小说评点就其本原而言,它的活泼泼的生命力源于其独特的民间性和通俗性,而文人性的提升只是提高小说评点整体品位的一个重要手段而非终极目的。否则,它给小说评点所带来的只能是生命的枯萎并逐渐趋于衰竭。冯镇峦在嘉庆年间就敏锐地指出了王士禛评《聊斋》以"经史杂家体"的不足,而以"文章小说体"批点《聊斋志异》,[①]其提倡的正是评点向小说本位的回归。而清中叶的《西游记》评点虽评本纷出,但终未出现像金批《水浒传》等那样的评点定本也印证了这一问题。

此时期的文言小说评点在批评文体上有一特点值得关注,即采用骈体

---

① 冯镇峦在《读聊斋杂说》一文中借友人之口表达了这一看法。冯镇峦:《读聊斋杂说》,(清)蒲松龄著,张友鹤辑校:《聊斋志异(会校会注会评本)》,上海古籍出版社1986年版,《各本序跋题辞》第15页。

来撰写文言小说的序跋和评语，这在清代渐次成为一种新的风尚，也是清代文言小说评点的一大特色。康熙朝张贵胜《遣愁集》前附一篇署名顾有孝的骈文序言，而《聊斋志异》书首《聊斋自志》，以及书中《犬奸》《叶生》《赌符》等篇末自评均以骈文书写。这表明，早在清初，骈文序评已间或出现。乾嘉以降，顺着骈文中兴之势，骈体的序评更是蔚然成风。《聊斋剩稿》是文言小说《萤窗异草》的前身，在其乾隆时期稿本当中，署名"外史氏曰"的篇末评皆采用四六句式。《萤窗异草》稍后出场，书中一编卷四《固安尼》所附"余友邵次彭"《解冤经》、二编卷一《酒狂》所附《莺莺灰》、二编卷四《子都》所附戏拟之祭文均为骈文。① 类似地，乐钧《耳食录》成书于乾隆时，其中二编卷三《并蒂莲》的文末评亦为骈体，二编卷八《痴女子》写一痴女子以读《红楼梦》而死，评者更是以骈文之体，长篇敷演《红楼梦》的"真情说"。② 同一时期沈起凤的《谐铎》，书前有韩藻、王昶、马惠等人的骈文序跋，沈氏本人为卷一《兔孕》、卷七《无气官》、卷九《眼前杀报》撰写自评时，也袭用骈体之句式，甚至《无气官》一篇还专门以骈文"戏作广文先生四书文，附录于此，以博一笑"。③ 时至嘉、道两朝，方舒岩评本《聊斋志异》，《影谈》的自评和他评仍然多见骈体评语，《蟫史》《六合内外琐言》《守一斋客窗二笔》《蕉轩摭录》《铁若笔谈》的部分序文，亦同样以骈体撰成。④

三、清后期小说评点之新变

道光以后，小说评点逐步进入尾声了。这百来年的小说评点又呈另一番景象：一方面，传统意义上的小说评点余波不绝，尤其是清中叶以来的《聊斋志异》《红楼梦》《儒林外史》和《阅微草堂笔记》等名著吸引着大量的文人评点家，小说评点尤其是文人评点仍颇为兴旺。另一方面，大约

---

① （清）长白浩歌子著：《萤窗异草》，《笔记小说大观》，广陵古籍刻印社1983年版，第21册。
② （清）乐钧撰：《耳食录》，同上，第27册。
③ （清）沈起凤著：《谐铎》，同上，第21册。
④ 详见谭帆、林莹：《中国小说评点研究新编》下编第一章《文言小说评点的分期与特点》（林莹撰写），华东师范大学出版社2023年版。

在 19 世纪末，随着中西方思想文化的交汇，一些思想激进的小说家和小说理论家也大量采用评点这一旧的形式来表现他们的政治理想和现实感慨，这种"旧瓶装新酒"的现象在晚清着实热闹了一番，并随着新兴的报刊杂志在社会上流播广远。小说评点正是在这种热闹但又不伦不类的境况中完成了它的历史使命。

所谓"传统小说评点"大致有两个涵义：一是指小说评点的对象是在思想内涵和艺术形式上与传统一脉相承的小说作品，以区别于 19 世纪末 20 世纪初的"新小说"。二是指在评点内容和批评思路上仍然以李卓吾、金圣叹等为宗主的评点传统，故而这一类评点可视为传统小说评点之余波。

本时期的传统小说评点在评点对象上较之以往有了明显变化，明代"四大奇书"已经退出了评点的中心位置，而清代的小说名著如《红楼梦》《聊斋志异》《儒林外史》等引起了评点者的广泛注目。其中对于《红楼梦》的评点尤为热闹，在道光年间就有人统计当时的《红楼梦》评本已"不下数十家"。[①] 在这众多的《红楼梦》评本中，王希廉、张新之和姚燮三家评点影响最大，流传最广。而就评点特色而言，陈其泰的抄评本桐花凤阁评《红楼梦》和蒙古族评点家哈斯宝的蒙文评本《新译红楼梦》亦颇有思想深度和理论价值。《儒林外史》在卧评本之后，此时期也形成了一个评点高潮，咸丰同治年间的黄小田抄评本、同治十三年的《齐省堂增订儒林外史》都在小说评点史上有一定影响。尤其是光绪年间的天目山樵张文虎更是集结了一批欣赏和批评《儒林外史》的评点家群体，他们以评点这一手段大大推动了《儒林外史》的传播。《聊斋志异》虽然最早有乾隆年间的王士禛评点和嘉庆十三年（1808）的冯镇峦评点，但真正产生影响的是在这一时期，王士禛评点收入此时期的《聊斋志异》评本中，冯镇峦评点则在光绪十七年（1891）方才问世。而在当时及后世流传最广的《聊斋志异》评本是分别刻于道光三年（1823）和道光二十二年（1842）的何守奇评本和但明伦评本，尤以后者影响更大。此时期的传统小说评点正是以上述三部名著为其评点核心。除此之外，此时期值得注意的还有文龙在

[①] （清）张新之：《妙复轩评石头记自记》（附铭东屏书），朱一玄编：《〈红楼梦〉资料汇编》，南开大学出版社 2001 年版，第 700 页。

光绪五年（1879）、六年（1880）、八年（1882）三次作批的《金瓶梅》评点，这虽然是一部抄评本，手写于在兹堂刊本《第一奇书金瓶梅》之上，但其中蕴含的理论思想非常丰富，也体现了文人自赏这一小说评点的历史传统。余如光绪年间刊刻的《野叟曝言》评本、《青楼梦》评本、《花月痕》评本和清末稿本《莹窗清玩》评点等都是此时期颇有价值的小说评点本。

我们之所以将上述小说评本称为传统小说评点之余波，除了其评点对象的一致外，更重要的是这些小说评点本在批评旨趣、批评功能和批评视角上都体现出了与传统小说评点一脉相承的特色。

在批评视角上，此时期的小说评点继承以往小说评点的传统，仍然以人物品评、章法结构等为其评点之重心。如王希廉评点《红楼梦》，以"福寿才德"为纲品评《红楼》人物，认为："福、寿、才、德四字，人生最难完全。宁、荣二府，只有贾母一人……可称四字兼全。"余者皆有缺失，如黛玉"一味痴情，心地偏窄，德固不美，只有文墨之才"，他并以此为准则评判了众多人物形象。① 对于章法结构的批评也是这时期小说评点的重要对象。如王希廉将《红楼梦》一百二十回"分作二十段看"，并以"宾主""明暗""正反""虚实""真假"等传统观念分析作品的章法结构。又如邹弢评论《花月痕》，认为其"有闲笔、有反笔、有伏笔、有隐笔，无一笔顺接"。② 其评语也均采用传统评点术语。人物品评与章法结构是古代小说评点的基本内涵，已形成了自身独特的术语和品评方法，此时期的小说评点将这一评点传统加以继承，并在《红楼梦》等小说评点中推向了极致。

在批评旨趣上，此时期小说评点的传统意味更为明显。上文说过，中国古代小说评点发源于文人自赏的阅读赏评和旨在推动小说商业传播的书商评点，在明末清初两者得以融合，从而奠定了小说评点的基本格局。但清中叶以来的小说评点片面接受了小说评点表现文人意趣的传统，将小说评点引向了一条偏仄之路。这一传统在此时期的小说评点中又有所发展，使文人性的评点明显成了小说评点之主流。这也有两种表现方式：一是表

---

① （清）王希廉：《红楼梦总评》，冯其庸纂校订定：《重校〈八家评批红楼梦〉》，江西教育出版社2000年版，第4页。

② （清）俞达著，邹弢评：《青楼梦》第十三回评语，上海古籍出版社1994年《古本小说集成》影印光绪十四年文魁堂刊本，第185页。

现为对作品主旨的探究仍然是评点者极感兴趣的课题，并基于个人的情感思想阐释作品的表现内涵。如张新之认为《红楼梦》"乃演性理之书，祖《大学》而宗《中庸》"；"是书大意阐发《学》《庸》，以《周易》演消长，以《国风》正贞淫，以《春秋》示予夺，《礼记》《乐记》融会其中"。①其评点的主体性极为明显，但这种思想却与《红楼梦》基本无涉，故以此为立论依据的张新之评点虽篇幅庞大，然大多是牵强附会的无稽之谈。相对而言，陈其泰对作品的把握则比较真切，陈氏将《红楼梦》与《离骚》《史记》相提并论，谓"《国风》好色而不淫，《小雅》怨悱而不怒，若《离骚》者，可谓兼之，继《离骚》者，其惟《红楼梦》乎"。并认为《离骚》《史记》均为发愤之作，《红楼梦》亦然，"吾不知作者有何感愤抑郁之苦心，乃有此悲愤淋漓之一书也。夫岂可以寻常儿女子之情视之也哉"。②它如《儒林外史》评点和《西游记》评点等亦将对小说情感主旨的分析视为评点之首务，从而体现了小说评点的文人意味。二是小说评点的个体自赏性又有明显增强。这主要表现在如下三个方面：首先是小说评点缘于对作品的深深喜爱和痴迷。王希廉谓："余之于《红楼梦》爱之读之，读之而批之，固有情不自禁者也。"③因而他们将小说评点首先看成为一种个体的消闲和感情的需求，如文龙在《金瓶梅》第六十七回回评附记中就这样说道："姬人夜嗽，使我不得安眠，早起行香，云浓雨细。……看完此本，细数前批，不作人云亦云，却是有点心思。使我志遂买山，正可以以此作消闲也。"④其次，正因为他们将小说评点视为个体的消闲，故此时期的小说评点除了公开出版的评本之外，未刊行的评点稿本越来越多，道光年间"不下数十家"的《红楼梦》评本其中多数即为自赏的稿本，余如《金瓶梅》有文龙评点稿本，《儒林外史》有黄小田评点稿本等。这一现象的大量出现正说明了小说评点逐步进入了文人自赏领域。复次，由于小说评点用以自赏，故其评点并不追求

---

① （清）张新之：《红楼梦读法》，冯其庸纂校订定：《重校〈八家评批红楼梦〉》，江西教育出版社2000年版，第64页。
② （清）陈其泰评点：《红楼梦》第一〇四回评语，（清）陈其泰评，刘操南辑：《桐花凤阁评〈红楼梦〉辑录》，天津人民出版社1981年版，第316页。
③ （清）王希廉：《红楼梦批序》，道光十二年双清馆刊本《新评绣像红楼梦全传》，冯其庸纂校订定：《重校〈八家评批红楼梦〉》，江西教育出版社2000年版，第3页。
④ （清）文龙：《金瓶梅回评》，黄霖编：《〈金瓶梅〉资料汇编》，中华书局1987年版，第480页。

功利性的一蹴而就，而是反复研读，不断批点，常常要花费评点者大量的心血，甚至倾其半生心力，从而在评点过程中获得一种长久的情感满足。如张新之评点《红楼梦》花费三十年功夫；陈其泰批点《红楼梦》亦自十七八岁始，而至四十五岁时终于写定，前后达二十五年之久；文龙评点《金瓶梅》也有不断批评的三年时间；而天目山樵平时好读《儒林外史》，在六十余岁时开始批点，历十余年而不辍。这种长久的批点是此时期小说评点的一个重要现象，充分说明了小说评点的那种自赏特性。

本阶段的文言小说，因有《聊斋志异》和《阅微草堂笔记》的光芒映照而益显晦暗。就《聊斋志异》《阅微草堂笔记》二书的评点而言，前者的评点本继承上一阶段的势头并继续发展，后者的评点本在本阶段也开始陆续推出。道光二十二年（1842）《聊斋志异新评》与光绪十七年（1891）合阳喻氏本《聊斋志异》的刊行，为《聊斋志异》批评史上增添了但明伦、冯镇峦两位重要评者——冯评虽作于嘉庆年间，但直至此书方才首度付梓。大约在同治末年，收藏家、书法家徐康开始为青柯亭本《聊斋志异》撰评，评语涉及语词、思想、笔法意境和篇章结构等等。光绪十年（1884），徐氏挚友赵宗建之侄赵性禾为之过录批语，该过录本还得到了徐氏的亲自校改。《阅微草堂笔记》的评点本包括道光二十七年（1847）徐瑃选评的四卷本《纪氏嘉言》、咸丰年间翁心存评本、同治年间徐时栋批注本、光绪五年（1905）子延氏评本、光绪三十二年（1906）王伯恭评本等。这些评者多数有任官经历，能够理解纪昀的文心。《纪氏嘉言》的选编次序并非悉据原书，选评者徐瑃若非随阅随录，便是批览多次而成。徐评附于篇末，评语主要基于任职地方的亲身经验，因而可对条目所载的内容加以延伸，提供详细的现实记录，具有深刻的社会意义。更不用说与纪昀家庭出身、任官经历和交游周览颇为接近的翁心存了。翁评不仅与纪昀共鸣甚多，也借评语褒抑世态、提出建议，涉及修身、齐家、读书、为官诸方面，与纪氏以小说益世之愿一脉相承。①

除了这两部小说的评点，本阶段其他评点本延续了前一阶段的诸多特

---

① 有关《阅微草堂笔记》评本的内容，参考了胡光明《〈阅微草堂笔记〉版本与评点研究》，北京大学 2011 年硕士学位论文。

点而变化无多，于守成之中逐渐式微。一方面，乾嘉时兴起的骈体序评之风仍在蔓延。道光《闻见异辞》、同治《对山书屋墨余录》、光绪《夜雨秋灯录》《夜雨秋灯续录》等小说序文，以及前述《醉茶志怪》的序作和评语，随处可觅骈文的踪影。另一方面，评者对"同题材"写作现象的关注热情不减。例如，同治年间徐时栋评《阅微草堂笔记》卷十二"乌鲁木齐多狭斜"条曰："不知何处小说记一事与此略同，惟是一羊，非十余豕，亦为人所见。疑同一事而传闻异辞者。"评卷十四"张某瞿某"曰："忆此事他小说亦记之。此人不是作事已甚，只是存心太刻薄耳。"道光时期朱翊清撰有《埋忧集》及《续集》共十二卷，作者自评和读者评语多有"同题异辞"的文本对比。书中卷一《熊太太》文末"外史氏曰：熊太太，余尝得之友人，以为创闻，故特叙而传之。或云此事已见《子不语》，此篇叙事，未知能出其范围否，否则删之可耳"，朱氏对作品独创成分的追求可见一斑。卷六《夫妇重逢》篇末则有朱氏学生蒋季卿的评语："此事余尝见之《熙朝新语》。其间夫人为贼所得一段，则《新语》所未详也，而前后亦间有增损。或谓此先生润色为之耳。然先生多闻，其所据未必皆《新语》所可贱，乃其文则以奇而生色矣。"光绪年间陈彝编录的《谈异》八卷中，卷二《徐文敬公》条末曰："右见方氏《蔗余偶笔》，极与韩尚书能之封公相似"，同卷《周大麻子》条末曰："右一条善书中屡载，今于滇刻《丹桂籍》注见之，因忆周大麻子事，牵连录之。"卷四《假长斋》条末亦曰："记他书中亦有类此者一则。此则近时之事，更足以为劝也。"光绪一朝的同类评点，又见于俞樾《荟蕞编》之《黄洪元》《石哈生、宋石芝》《宋释之》《浦起伦》《孙秀姑》篇末的"曲园居士曰"，曾衍东《小豆棚》之《猴诉》的文末评、《里乘》之《乡场显报》《孙明府》篇末的"里乘子曰"，高继珩《蝶阶外史》之《看鼓楼人》篇末的"外史氏曰"，兹不赘引。直至光绪末年的《中国侦探案》中仍颇常见，《东湖冤妇案》文末"野史氏曰……后阅薛叔耘《庸庵笔记》，亦载此事，惜乎张公之名已佚之矣"，《慈溪冤女案》文末"野史氏曰：此条曾见于某笔记。后阅大令所著《三异笔谈》，亦载此事"云云，亦复如是。①

---

① 以上内容基本采自谭帆、林莹著：《中国小说评点研究新编》下编第一章《文言小说评点的分期与特点》（林莹撰写），华东师范大学出版社2023年版。

通俗小说评点自李卓吾于万历二十年（1592）批点《水浒传》正式发端，至此已历三百余年历史，其中演进过程纷繁复杂、评点风格丰富多样。但颇有意味的是，小说评点从李卓吾自赏性的文人评点开始，至此又以自赏性的文人评点收局，前者开创了小说批评的新貌，而后者则使小说评点趋于终结，正好形成了一个轮回。这一轮回，就其开端而言，有提高通俗小说之地位、开启小说评点之功用，而就其收局而言，则表明了小说评点与业已形成的那种文人性与商业导读性相结合的评点格局的背离，从而使小说评点趋于衰竭。

小说评点大致在19世纪末出现了新的现象：传统意义上的小说评点已趋于衰弱，代之而起的是一种可称之为"变体"的小说评点，这一"变体"在20世纪初终于为小说评点画上了句号。

所谓小说评点的"变体"有这样一些特征：首先是这些评点只采用了评点的外在形态，如总评、眉批和夹批等，但在评点内涵和批评术语上则大多抛弃了传统小说评点的固有特性，尤其是在小说评点中大量表现其政治改良思想，小说评点在内容上可谓一新耳目。其次是这些小说评点本大多出现在新兴的刊物上，并以连载的形式随小说一并刊行，如《新小说》《绣像小说》《月月小说》等均刊行了大量的小说评本。三是这些小说评点主要以"新小说"为评点对象，而这些"新小说"又是以表现当时的政治生活为主体，故而小说评点在很大程度上也充当了改良社会、唤醒民众的工具，而小说评点所固有的那种评判章法结构、分析艺术特性的内涵已付之阙如。

晚清小说评点的这一"变体"主要有两种类型：一是"新小说"的提倡者运用评点这一传统形式为自己的新创小说作评，这一类型的评点者主要有梁启超、吴趼人、李伯元、刘鹗等；二是以评点形式对旧小说作出新的理论评判，这以燕南尚生的《新评水浒传》为代表。[①]

为自己的新创小说作批的主要有梁启超的《新中国未来记》、刘鹗的《老残游记》、吴趼人的《二十年目睹之怪现状》《两晋演义》、李伯元的《文明小史》等，其中又以梁启超的《新中国未来记》最具特色。该书为

[①] 此处概括参阅了康来新《晚清小说理论研究》第二章的内容，大安出版社1986年版。

梁氏的一部未完成之作，思想庞杂，形式混乱，充满了政治的说教。故其评点也成了政治说教的一个组成部分，而全然忘却了评点所应有的艺术评析。如小说第四回述主人公游大连旅顺，倍感为列强瓜分之苦，回末总评曰：

> 瓜分之惨酷，言之者多，而真忧之者少，人情蔽于所不见，燕雀处堂，自以为乐也。此篇述旅顺苦况，借作影子，为国民当头一棒，是煞有关系之文。①

《新中国未来记》的评点大多可作如是观，故就小说评点而言已失去了它应有的本性。梁启超是一位鼓吹"小说界革命"的旗手，在小说史上功不可没，但并不是一个成功的小说家，故其对小说的艺术特性并无深刻的把握，其评点类同说教也在情理之中。倒是那些小说家如刘鹗、吴趼人等在对自己小说的点评有一定的理论价值。如吴趼人在《两晋演义》第一回评语中对历史小说的一段评述：

> 作小说难，作历史小说尤难，作历史小说而欲不失历史之真相尤难，作历史小说不失其真相而欲其有趣味，尤难之又难。其叙事处或稍有参差先后者，取顺笔势，不得已也。或略加附会，以为点染，亦不得已也。他日当于逐处加以眉批指出之，庶可略借趣味以佐阅者，复指出之，使不为所惑也。②

此言历史小说之创作，其观念、术语已与传统小说评点大异其趣，体现了近代文学思想之特质。

光绪三十四年（1908），燕南尚生《新评水浒传》铅印出版，该书封面顶上小字直书"祖国第一政治小说"，以明其评点之宗旨。此书与其说

---

① 梁启超：《新中国未来记》，引自阿英编：《晚清文学丛钞·小说一卷》，中华书局1960年版，第61页。
② （清）吴趼人：《两晋演义》第一回回末评，月月小说社《月月小说》第一号，光绪三十二年（1906），第21—22页。

是评点小说，倒不如说是借小说评点来表现其政治理想。其《叙》云：

> 《水浒传》果无可取乎？平权自由非欧洲方绽之花，世界竞相采取者乎？卢梭、孟德斯鸠、拿破仑、华盛顿、克林威尔、西乡隆盛、黄宗羲、查嗣庭，非海内外之大政治家、思想家乎？而施耐庵者，无师承、无依赖，独能发绝妙政治学于诸贤圣豪杰之先。恐人之不易知也，撰为通俗之小说，而谓果无可取乎？①

他由此认定，《水浒传》是"祖国之第一小说也，施耐庵者，世界小说家之鼻祖也"。而观其所叙之事，则《水浒传》乃"社会小说""政治小说""军事小说""伦理小说""冒险小说"，要之，此书乃"讲公德之权舆也，谈宪政之滥觞也"。基于这种认识，燕南尚生对《水浒传》的所谓"新评"充满了政治说教的色彩。而其对《水浒传》的"命名释义"更可谓登峰造极，如释史进，"史是史记的史，进是进化的进"，言"大行改革，铸成一个宪政的国家，中国的历史，自然就进于文明了"。这种任意比附、牵强附会的所谓"释义"在《新评水浒传》中比比皆是。其实已把小说评点沦为表达个人政见、表现政治理想的工具了。由于此书所表现的思想有一定的代表性，故《新评水浒传》在当时也有较大的影响，在某种程度上或可说这是小说评点史上最后一部"名作"。

清后期的小说评点从整体而言已没有明末清初小说评点那么出色，从李卓吾、金圣叹到毛氏父子、张竹坡、脂砚斋，小说评点确乎已走过了它的黄金时代。此时期的小说评点已成收局之势，"余波"亦好，"变体"也罢，均是这种"收局之势"的重要表征，而由此对小说评点体式的批评无疑也是一个重要的、不应忽视的现象。

对小说评点作出比较集中的反思是在 20 世纪之交，这与当时对小说的推崇和对小说功能的认识密切相关，故其言论中充满了感性的，甚至是脱离实际的色彩：

---

① （清）燕南尚生：《新评水浒传三题·叙》，光绪三十四年直隶官书局及保定大有山房发行，引自阿英编：《晚清文学丛钞·小说戏曲研究卷》，中华书局 1960 年版，第 125 页。

昔金人瑞有言：自此以往，二百年后，凡百经书，均将消灭而无可读，惟变成一小说时代耳。呜呼！金人瑞之言，今日何其验也。此其所以然者，逆料古书糟粕，不可以为转移社会之枢柄，惟小说之鼓舞民气，足以助成新世界之开通，而大浚其智钥耳。①

由对小说的推崇进而对小说的评点及评点者予以高度评价。他们甚至认为："混混世界上，与其得百司马迁，不若得一施耐庵；生百朱熹，不若生一金圣叹。"②并对金圣叹不生于今世大感遗憾："余于圣叹有三恨焉，一恨圣叹不生于今日，俾得读西哲诸书，得见近时世界之现状，则不知圣叹又作何等感情。二恨圣叹未曾自著一小说，倘有之，必能与《水浒》《西厢》相埒。三恨《红楼梦》《茶花女》二书，出现太迟，未能得圣叹之批评。"③显而易见，他们对小说评点的推崇是由于评点者对小说地位的张扬，即在近代高扬小说地位的理论风潮中，人们是将金圣叹等小说评点者视为理论的先驱者加以看待的。邱炜萲即云：

盖以小说之有批评，诚起于明季之年，时当小说风尚为极盛，一倡于好事者之为，而正合于人心之不容已。是天地间一种诙谐至趣文字，虽曰小道，不可废也，特圣叹集其大成耳。前乎圣叹者，不能压其才，后乎圣叹者，不能掩其美。批小说之文原不自圣叹创，批小说之派却又自圣叹开也。④

觚庵则从《三国演义》的传播角度高度评价了毛氏父子的贡献：

《三国演义》一书，其能普及于社会者，不仅文字之力。余谓得

---

① 伯耀：《义侠小说与艳情小说具灌输社会感情之速力》，《中外小说林》第一年第七期（1907），《外书》第五。
② 伯耀：《小说之支配于世界上纯以情理之真趣为观感》，《中外小说林》第一年第十五期（1907）。
③ 平子：《小说丛话》，新小说社《新小说》第8号，光绪二十九年八月十五日（1903），见《晚清小说期刊·新小说》第五至八号，上海书店1980年12月复印本，第172页。
④ 邱炜萲：《菽园赘谈》，1897年刊本。

力于毛氏之批评，能使读者不致如猪八戒之吃人参果，囫囵吞下，绝未注意于篇法、章法、句法，一也。得力于梨园子弟，如《凤仪亭》《空城计》《定军山》《火烧连营》《七擒孟获》等著名之剧，何止数十，袍笏登场，粉墨杂演，描写忠奸，足使当场数百十人，同时感触，而增记忆，二也。得力于评话家柳敬亭一流人，善揣摩社会心理，就书中记载，为之穷形极相，描头添足，令听者眉飞色舞，不肯间断，三也。有是三者，宜乎妇孺皆耳熟能详矣。①

人们甚至还认为，中国传统小说对人心所产生的不良影响，也是由于太缺少金圣叹这样的评点家为人们指出"读法"，故"新小说"的传播要以揭示"读法"为先：

泰西学术，有政治之哲学家，有格致之哲学家，有地理之哲学家，有历史之哲学家。而中国金圣叹氏，实小说之哲学家也。所评诸记，类例、读法数十则，善哉善哉！……有李卓吾而后可以读《西厢》《拜月》，有金人瑞而后可以读《西游》《水浒》。……沉沉支那不受小说之福，而或中小说之毒，无读人耳。小说固所以激刺人之神经，挹注人之脑汁，神经不灵，脑汁不富，欲种善因，翻得恶果，其弊在于不知读法。②

这种饱含感情色彩的言论在近代小说批评中较为普遍，就是对小说评点的贬斥之词也是如此：

《水浒》本不讳盗，《石头》亦不讳淫。李贽、金喟强作解事，所谓买椟还珠者。《石头》诸评，更等诸邻下矣。③
《水浒传》，祖国之第一小说也。施耐庵者，世界小说家之鼻祖

---

① 觚庵：《觚庵漫笔》，《小说林》第十一期，戊申年五月（1908），"评林"第2页。
② 《读新小说法》，《新世界小说社报》，光绪三十三年正月十五日（1907年2月27日）第六期，第1—2页。
③ 摩西：《小说林发刊词》第二页双行小字注，见《小说林》第一期，光绪三十三年正月（1907年2月）。

也。……惜乎继起乏人,有言而不见于行,而又横遭金人瑞小儿之厉劫,任意以文法之起承转合、理弊功效批评之。致文人学士守唐宋八家之文,而不屑分心,贩子村人,惧不通文章,恐或误解,而不敢寓目。遂使纯重民权,发挥公理,而且表扬最早,极易动人之学说,湮没不彰,若存若亡。甘让欧西诸国,莳花而食果,金人瑞能辞其咎欤?①

不难发现,近代人对小说评点之批评从根本上来说并不是为了研究小说评点这一批评体式,而是有着自身功利目的的,其褒与贬均然。褒者,是借传统评点来为其抬高小说地位张目,贬者,乃不满于传统小说评点的思想陈旧。故感性有余而理性不足,难以真正对小说评点作出公正的、富于学理意味的批评。相对而言,一些传统评点家对小说评点方法的揭示倒颇堪玩味,由于他们对小说评点有亲身的实践,对小说评点史的发展又比较熟悉,故对评点的思考和评判更有理论价值和实践意义。如光绪年间的文龙就对小说评点提出了很好的意见:"夫批书当置身事外而设想居中,又当心入书中而神游象外,即评史亦有然者,推之听讼解纷,行兵治病亦何莫不然。不可过刻,亦不可过宽,不可违情,亦不可悖理,总才、学、识不可偏废,而心要平,气要和,神要静,虑要远,人情要透,天理要真,庶乎始可以落笔也。"(第十八回评语)"作书难,看书亦难,批书尤难。未得其真,不求其细,一味乱批,是为酒醉雷公。"(第二十九回评语)②

---

① (清)燕南尚生:《新评水浒传三题·叙》,光绪三十四年直隶官书局及保定大有山房发行,引自阿英编:《晚清文学丛钞·小说戏曲研究卷》,中华书局1960年版,第125—126页。
② (清)文龙:《金瓶梅回评》,引黄霖:《金瓶梅资料汇编》,中华书局1987年版,第427、439页。

结　语
"小说学"何为

　　以上我们以较大的篇幅详细梳理了古代小说学的发展历史，也较为深入地剖析了古代小说学丰富的思想内涵。至此，我们可以尝试回答"'小说学'何为"这一重要问题，用来概括以"小说学"为观照视角对推进小说批评史研究所能作出的实际贡献和理论价值。以"小说学"为观照视角和研究路径，对小说批评史研究究竟有哪些推进呢？以下三个现象可以说明问题。

　　首先，以"小说学"为观照视角扩大了小说批评的研究领域，对小说批评史的研究更为系统和周全；尤其是把小说存在方式作为"小说学"的重要内涵和突出"文本阐释"在"小说学"研究中的地位和分量，都有效解决了小说批评史研究的学科困境问题。从本原来看，我们对"小说学"的理论研究和历史书写本身即缘于对学术史的回顾与检讨，20世纪以来，小说理论批评研究经历了一条从附丽于文学批评史到独立发展的过程，这决定了小说理论批评研究的基本格局和思路；即在整体上它是中国文学批评史研究在小说领域的延伸，故研究格局和思路也是文学批评史研究的"翻版"，都以"理论思想"的揭示和阐释为中心。这一研究格局有一定的合理性，但忽略了理论批评在小说领域的特殊性。实际上，中国古代小说批评中的理论思想相对比较贫乏，对小说创作的实际影响更是甚微，而单纯从理论思想的角度来研究小说批评，常常会感到它与小说发展的实际颇多"间隔"，更与那种重感悟、重单一文本赏读的"评点"方式不相一致。故而小说理论批评研究的新格局应是以文学批评史为背景，以小说史为依托，探寻小说批评在小说史的发展中所做的实际工作及其理论贡献，从而将小说批评研究融入小说史研究的整体构架之中。我们提倡"小说学"的目的就是试图以"小说学"内涵的"宽泛"来调整和改变以往"小说批评"内涵的"偏狭"。

其次，以"小说学"为观照视角拓展了研究者的学术文化视野，使小说批评史研究有效接续与传统文化之间的血脉关系。试以先唐"小说学"为例，如前所述，先唐时期对于小说的研究和评判主要是在史学和哲学领域，小说学呈现一种依附状态。这一状态与小说在先唐时期的生成与发展相一致，故先唐时期的小说学主要体现为总体性的把握和评判，相对缺乏对于小说本体的精深分析。但这种总体性的评判是后世小说学的思想之源，规定和制约了中国小说和小说学的发展进程。典型者如"小道可观"。"小道可观"一语从指称与"大道"相对的思想行为，到与儒家经典相对的诸子百家，再演为对专指诸子百家中特定书籍的评判。这一演变大致在东汉初年完成，其中桓谭和班固所指称的"小说家"，虽与后世的小说颇多差异，但这是后世小说之滥觞。鲁迅评班固所录小说十五家时即谓："大抵或托古人，或记古事，托人者似子而浅薄，记事者近史而悠缪者也。"① "似子而浅薄""近史而悠缪"正是先唐时期小说之基本特性，也是后世小说创作的一脉泉源，故可视为对先秦以来小说创作的实际评价。班固以后，"小道可观"一语成了后世对小说文体的基本评价。如《隋书·经籍志》在论及"小说"时先以"小说者，街谈巷语之说也"为其正名，末即引"虽小道，必有可观者焉，致远恐泥"为其定评。② 宋人曾慥在《类说·序》中亦谓："小道可观，圣人之训也。"③ 并以"资治体，助名教，供谈笑，广见闻"进一步申述"可观"之内涵。由此可见，"小道可观"一词在中国小说史上流播之广，影响之深，可以说，它是中国小说学史上第一个值得重视的理论命题，虽然没有太多的理论内涵可以探究，但它以其论说者的权威性和判断的直接性对中国小说和小说学产生了深远影响，在很大程度上规定了小说在中国文化史上的基本位置。再如先唐"小说学"中对于小说的著录是古代学术文化发展的一个必然产物。这突

---

① 鲁迅著，郭豫适导读：《中国小说史略》，上海古籍出版社2019年版，第3页。
② （唐）魏徵、令狐德棻撰：《隋书》，中华书局1973年版，第1012页。
③ （宋）曾慥：《类说》"序"，文学古籍刊行社1955年影印本，第29页。

出表现在西汉末刘向刘歆父子的《七略》和东汉班固的《汉书·艺文志》对"小说家"的著录,尽管对"小说家"内涵的理解有颇多歧义,但这毕竟是"小说"文本首次进入学术文化的范畴,故在对这种文本的归并、著录及其评价中体现了小说与传统学术文化之间的紧密关系。

复次,以"小说学"为观照视角更清晰地梳理出了小说批评史的独特内涵和自身特质。如小说评点作为"小说学"的重要载体,其独特的体式不仅深深影响了古代小说批评史的发展进程,也对古代小说批评风格和特性的形成有重要的影响。中国古代小说批评以评点为主要体式,而评点的形式特性也会对小说批评特性的形成产生实际的影响。在中国古代,评点的最大特性表现为对文本的依附性,这一特性使得古代小说批评形成了一个以"鉴赏"为中心的批评传统,其主要内涵是结合作品实际来阐释作品的思想艺术,而并不以理论概括为目的。同时,这种以"鉴赏"为中心的批评格局尽管也有理性的概括和评判,但其理论的构建往往是在对具体作品的分析中附带完成的,理论构建其实不是评点的"强项",也非评点之目的。顺着评点的这一批评品性,我们还可以在小说批评史上看到一个独特的现象:小说评点的理论蕴涵与思想品位往往与批评对象的思想艺术水平形成直接的对应关系,评点的质量与所评作品之间表现为一种"水涨船高"的关系。翻检小说评点史,我们不难看到,小说批评史上一些重要理论问题的提出几乎都与历代的小说经典密切相关。如小说的"虚实"问题在《三国演义》的评点本中讨论得最为深入;小说的"寓意"问题在《金瓶梅》的评点中提炼得最为丰富;而关于文言小说叙事特性的讨论基本都蕴含在《聊斋志异》和《阅微草堂笔记》等名作的评点之中。[①] 再如我们强调"小说学"研究要多多关注小说的"文本批评",这也是由小说评点的独特体式特性所决定的,是古代小说批评的主体内涵。但必须强调的是,小说批评史研究强化对小说文本的阐释并不是以降低研究的理论蕴涵为代价的,在"小说学"视野下的文本批评同样要发掘和揭示小说批评中的理论思想,尤其是对经典小说的解读更是如此。以明代《西游记》批评为例,关于《西游记》所蕴涵的哲理,明人的阐释基本一致,都认为《西

---

① 参见陈洪《中国小说理论史》"绪论",安徽文艺出版社 1992 年版。

游记》所蕴涵的哲理是有关心性修养的。此说较早出自陈元之的《西游记序》，经谢肇淛（《五杂组》卷十五《事部》）、袁于令等的发挥（《西游记题辞》）和《李卓吾先生批评西游记》的点评，确认了《西游记》是通过降妖伏魔的情节变化来说明和比附人的心性修炼过程。所谓"求放心"即是对这一哲理内涵的明确表述，"求放心"之说来自孟子，所谓"求放心"之"心"即为"道德心"，而"放心"即是孟子所言的"放其良心"和"失其本心"，故所谓的"求放心"就是要把迷失的本性即"道德心"找回来。需要特别指出的是，孟子认为，人人都有善端，"道德心"是人所固有的，所以"求放心"在于向内做文章，也就是"存性"和"养心"（《孟子·告子上》）。明人以"求放心"之理论评价《西游记》，从心性修养角度解读《西游记》之宗旨及其蕴涵的哲理是较为普遍的。而从《西游记》自身来看，作为一部神魔小说，《西游记》所表现的西天取经故事，确是蕴涵着人对自身信仰、意志、心性的挑战和升华。这一"隐喻"在作品中的存在是显见的，而明人对这一现象的揭示与作品的自身特色确相吻合，故明人对《西游记》的文本阐释开启了一个传统，一个从哲理层面揭示《西游记》"隐喻"内涵的传统，这一传统在有清一代得以延伸和光大。

总体来说，本书对"小说学"的内涵界定和对"小说学史"的历史梳理是一次新的尝试，相对缺乏可资借鉴的研究成果。而既为尝试，则势必会有不尽合理的思想观点和尚未成熟的理论方法，我们敬请读者诸君指谬匡正。

参考书目

1. 《类说》　曾慥编著，文学古籍刊行社 1955 年影印。
2. 《隋书经籍志考证》　姚振宗著，中华书局 1955 年。
3. 《唐宋传奇集》　鲁迅校录，文学古籍刊行社 1956 年。
4. 《插图本中国文学史》　郑振铎著，人民文学出版社 1957 年。
5. 《敦煌变文集》　王重民等辑，人民文学出版社 1957 年。
6. 《宋会要辑稿》　徐松撰，中华书局 1957 年。
7. 《书林清话》　叶德辉著，中华书局 1957 年。
8. 《醉翁谈录》　罗烨著，古典文学出版社 1957 年。
9. 《浦江清文录》　浦江清著，人民文学出版社 1958 年。
10. 《文心雕龙注》　刘勰著，范文澜注，人民文学出版社 1958 年。
11. 《日本东京所见小说书目》　孙楷第编，人民文学出版社 1958 年。
12. 《三国志》　陈寿撰，陈乃乾校点，中华书局 1959 年。
13. 《史记》　司马迁撰，中华书局 1959 年。
14. 《晚清文学丛钞（小说卷）》　阿英编，中华书局 1960 年。
15. 《晚清文学丛钞（小说戏曲研究卷）》　阿英编，中华书局 1960 年。
16. 《太平广记》　李昉编著，中华书局 1961 年。
17. 《庄子集释》　郭庆藩撰，王孝鱼点校，中华书局 1961 年。
18. 《汉书》　班固撰，中华书局 1962 年。
19. 《唐宋传奇选》　张友鹤选注，人民文学出版社 1964 年。
20. 《庄子解》　王夫之著，王孝鱼点校，中华书局 1964 年。
21. 《沧州集》　孙楷第著，中华书局 1965 年。
22. 《后汉书》　范晔撰，李贤等注，中华书局 1965 年。

23.《四库全书总目》 永瑢等撰,中华书局 1965 年。
24.《隋书》 魏徵、令狐德棻撰,中华书局 1973 年。
25.《晋书》 房玄龄等撰,中华书局 1974 年。
26.《旧唐书》 刘昫等撰,中华书局 1975 年。
27.《新唐书》 欧阳修、宋祁撰,中华书局 1975 年。
28.《唐人小说》 汪辟疆校录,上海古籍出版社 1978 年。
29.《元白诗笺证稿》 陈寅恪著,上海古籍出版社 1978 年。
30.《中国小说史》 北京大学中文系编,人民文学出版社 1978 年。
31.《搜神记》 干宝撰,汪绍楹校注,中华书局 1979 年。
32.《戏曲小说丛考》 叶德均著,中华书局 1979 年。
33.《管锥编》 钱锺书著,中华书局 1979 年。
34.《红楼梦研究小史稿》 郭豫适著,上海文艺出版社 1980 年。
35.《红楼梦研究小史稿续稿》 郭豫适著,上海文艺出版社 1980 年。
36.《话本小说概论》 胡士莹著,中华书局 1980 年。
37.《唐代进士行卷与文学》 程千帆著,上海古籍出版社 1980 年。
38.《裴铏传奇》 裴铏撰,周楞伽辑注,上海古籍出版社 1980 年。
39.《曲论初探》 赵景深著,上海文艺出版社 1980 年。
40.《山海经》 袁珂校注,上海古籍出版社 1980 年。
41.《三言二拍资料》 谭正璧编,上海古籍出版社 1980 年。
42.《晚清小说史》 阿英著,人民文学出版社 1980 年。
43.《阅微草堂笔记》 纪昀著,汪贤度校点,上海古籍出版社 1980 年。
44.《中国小说丛考》 赵景深撰,齐鲁书社 1980 年。
45.《红楼梦书录》 一粟编,上海古籍出版社 1981 年。
46.《红楼梦脂批研究》 孙逊著,上海古籍出版社 1981 年。
47.《古小说简目》 程毅中编著,中华书局 1981 年。
48.《剪灯新话(外二种)》 瞿佑等著,周楞伽校注,上海古籍出版社 1981 年。
49.《鲁迅全集》 鲁迅著,人民文学出版社 1981 年。
50.《拾遗记校注》 王嘉撰,萧绮录,齐治平校注,中华书局 1981 年。
51.《说文解字注》 许慎撰,段玉裁注,上海古籍出版社 1981 年版。

52.《元明清三代禁毁小说戏曲史料》 王利器辑,上海古籍出版社1981年。
53.《中国文言小说书目》 袁行霈、侯忠义编,北京大学出版社1981年。
54.《敦煌变文论文录》 周绍良、白化文编,上海古籍出版社1982年。
55.《伦敦所见中国小说书目提要》 柳存仁编著,书目文献出版社1982年。
56.《孽海花研究资料》 魏绍昌编,上海古籍出版社1982年。
57.《唐代传奇研究》 刘瑛著,台湾正中书局1982年。
58.《小说见闻录》 戴不凡著,浙江人民出版社1982年。
59.《中国古代的类书》 胡道静著,中华书局1982年。
60.《中国历代小说论著选》 黄霖、韩同文选注,江西人民出版社1982年。
61.《中国通俗小说书目》 孙楷第编,人民文学出版社1982年。
62.《中国小说美学》 叶朗著,北京大学出版社1982年。
63.《中国小说史料》 孔另境编,上海古籍出版社1982年。
64.《笔记小说大观》 江苏广陵古籍刻印社1983年石印本。
65.《世说新语笺疏》 余嘉锡笺疏,中华书局1983年。
66.《论金瓶梅》 吴晗、郑振铎等著,文化艺术出版社1984年。
67.《儒林外史(会校会评本)》 李汉秋辑校,上海古籍出版社1984年。
68.《世说新语校笺》 徐震堮校笺,中华书局1984年。
69.《唐前志怪小说史》 李剑国著,南开大学出版社1984年。
70.《吴趼人研究资料》 魏绍昌编,上海古籍出版社1984年。
71.《中国古代小说研究——台湾香港论文选辑》 刘世德编,上海古籍出版社1984年。
72.《沧州后集》 孙楷第著,中华书局1985年。
73.《古小说论概观》 黄霖著,上海艺文出版社1985年。
74.《曲论探胜》 齐森华著,华东师范大学出版社1985年。
75.《文史通义校注》 章学诚著,叶瑛校注,中华书局1985年。
76.《文选》 萧统编,李善注,上海古籍出版社1986年。
77.《小说闲谈四种》 阿英著,上海古籍出版社1985年。
78.《中国文言小说参考资料》 侯忠义编,北京大学出版社1985年。

79.《金瓶梅成书与版本研究》 刘辉著,辽宁人民出版社 1986 年。
80.《聊斋志异(会校会注会评本)》 张友鹤辑校,上海古籍出版社 1986 年。
81.《明清小说论稿》 孙逊著,上海古籍出版社 1986 年。
82.《三国演义(会评会校本)》 陈曦钟、侯忠义、鲁玉川编,北京大学出版社 1986 年。
83.《水浒书录》 马蹄疾编,上海古籍出版社 1986 年。
84.《水浒传(会评会校本)》 陈曦钟、侯忠义、鲁玉川编,北京大学出版社 1986 年。
85.《唐前志怪小说辑录》 李剑国辑,上海古籍出版社 1986 年。
86.《晚清小说理论研究》 康来新著,台湾大安出版社 1986 年。
87.《文献通考》 马端临撰,中华书局 1986 年。
88.《中国古典小说导论》 夏志清著,安徽文艺出版社 1986 年。
89.《诸子集成》 上海书店出版社 1986 年。
90.《古本小说丛刊》 《古本小说丛刊》编委会编辑,中华书局 1987—1991 年影印。
91.《孟子正义》 焦循撰,沈文倬点校,中华书局 1987 年。
92.《说苑校证》 刘向撰,向宗鲁校证,中华书局 1987 年。
93.《小说修辞学》 [美] W·C·布什著,华明、胡晓苏、周宪译,北京大学出版社 1987 年。
94.《中国古代小说艺术论发微》 陈洪著,南开大学出版社 1987 年。
95.《中国历代书目丛刊(第一辑)》(《崇文总目》《四库阙书目》《中兴馆阁书目》《直斋书录解题》《瞿本郡斋读书志》《袁本郡斋读书志》《遂初堂书目》) 许逸民、常振国编,现代出版社 1987 年。
96.《中国书史》 郑如斯、肖东发著,书目文献出版社 1987 年。
97.《中国艺术精神》 徐复观著,春风文艺出版社 1987 年。
98.《红楼梦研究文选》 郭豫适编,华东师范大学出版社 1988 年。
99.《明清小说理论批评史》 王先霈、周伟民著,花城出版社 1988 年。
100.《容与堂本水浒传》 施耐庵、罗贯中著,凌庚、恒鹤、刁宁校点,上海古籍出版社 1988 年。

101. 《荀子集解》 王先谦撰，沈啸寰、王星贤点校，中华书局 1988 年。
102. 《中国古代小说艺术论》 鲁德才著，百花文艺出版社 1988 年。
103. 《中国史籍概论》 张志哲著，江苏古籍出版社 1988 年。
104. 《中国小说叙事模式的转变》 陈平原著，上海人民出版社 1988 年。
105. 《敦煌变文集补编》 周绍良等编，北京大学出版社 1989 年。
106. 《宋明理学与文学》 马积高著，湖南师范大学出版社 1989 年。
107. 《叙事学研究》 张寅德编，中国社会科学出版社 1989 年。
108. 《饮冰室合集》 梁启超著，中华书局 1989 年。
109. 《中国白话小说史》 韩南著，浙江古籍出版社 1989 年。
110. 《中国印刷史》 张秀民著，上海人民出版社 1989 年。
111. 《当代叙事学》 [美]华莱士·马丁著，伍晓明译，北京大学出版社 1990 年。
112. 《郡斋读书志校证》 晁公武撰，孙猛校证，上海古籍出版社 1990 年。
113. 《论衡校释（附刘盼遂集解）》 黄晖撰，中华书局 1990 年。
114. 《论语正义》 刘宝楠撰，高流水点校，中华书局 1990 年。
115. 《吴敬梓传》 陈美林著，南京大学出版社 1990 年。
116. 《戏曲小说书录解题》 孙楷第编著，人民文学出版社 1990 年。
117. 《中国通俗小说总目提要》 江苏省社会科学院明清小说研究中心、文学研究所编，中国文联出版公司 1990 年。
118. 《中国小说批评史略》 方正耀著，中国社会科学出版社 1990 年。
119. 《中国文言小说史稿》 侯忠义著，北京大学出版社 1990、1993 年。
120. 《从传统到现代——19 至 20 世纪转折时期的中国小说》 米列娜编，伍晓明译，北京大学出版社 1991 年。
121. 《绿窗新话》 皇都风月主人编，周楞伽笺注，上海古籍出版社 1991 年。
122. 《张竹坡评第一奇书金瓶梅》 王汝梅、李昭恂、于凤树校点，齐鲁书社 1991 年。
123. 《注释学纲要》 汪耀楠著，语文出版社 1991 年。
124. 《珍本禁毁小说大观》 萧相恺著，中州古籍出版社 1992 年版。
125. 《中国古代小说论集》（修订 3 版） 郭豫适著，华东师范大学出版社 1992 年。

126. 《中国古典戏曲小说研究索引》 于曼玲编,广东高等教育出版社 1992 年。
127. 《中国小说理论史》 陈洪著,安徽文艺出版社 1992 年。
128. 《冯梦龙散论》 陆树仑著,上海古籍出版社 1993 年。
129. 《古籍的阐释》 董洪利著,辽宁教育出版社 1993 年。
130. 《(黄周星定本西游证道书)西游记》 黄永年、黄寿成点校,中华书局 1993 年。
131. 《近代文学批评史》 黄霖著,上海古籍出版社 1993 年。
132. 《晚明曲家年谱》 徐朔方著,浙江古籍出版社 1993 年。
133. 《献疑集》 章培恒著,岳麓书社 1993 年。
134. 《中国的神话传说与古小说》 〔日〕小南一郎著,孙昌武译,中华书局 1993 年。
135. 《中国古代小说百科全书》 中国古代小说百科全书编辑委员会编,中国大百科全书出版社 1993 年。
136. 《古本小说集成》 《古本小说集成》编委会编辑,上海古籍出版社 1994 年。
137. 《话本小说史》 欧阳代发著,武汉出版社 1994 年。
138. 《苦恼的叙述者——中国小说的叙述形式与中国文化》 赵毅衡著,北京十月文艺出版社 1994 年。
139. 《儒林外史辞典》 陈美林主编,南京大学出版社 1994 年。
140. 《隋唐五代文学批评史》 王运熙、杨明著,上海古籍出版社 1994 年。
141. 《脂砚斋评批红楼梦》 曹雪芹著,脂砚斋评批,黄霖校点,齐鲁书社 1994 年。
142. 《中国古典小说的文体独立》 董乃斌著,中国社会科学出版社 1994 年。
143. 《中国近代文学大系(文学理论卷)》 徐中玉主编,上海书店 1994 年版。
144. 《中国禁毁小说史百话》 李梦生著,上海古籍出版社 1994 年。
145. 《中国诗学通论》 袁行霈、孟二冬、丁放著,安徽教育出版社 1994 年。
146. 《中国文言小说史》 吴志达著,齐鲁书社 1994 年。

147.《明清善本小说丛刊初编》十八辑《艳情小说专辑》 天一出版社 1995年。
148.《通志》 郑樵撰，王树民点校，中华书局1995年。
149.《中国话本大系》 《中国话本大系》编委会编，江苏古籍出版社 1995年。
150.《中国古典小说史论》 杨义著，中国社会科学出版社1995年。
151.《中国散文学通论》 朱世英、方遒、刘国华著，安徽教育出版社 1995年。
152.《中国戏剧学通论》 赵山林著，安徽教育出版社1995年。
153.《中国小说学通论》 宁宗一主编，安徽教育出版社1995年。
154.《白话文学史》 胡适著，东方出版社1996年。
155.《发迹变泰——宋人小说学论稿》 康来新著，大安出版社1996年。
156.《金圣叹传论》 陈洪著，天津人民出版史1996年。
157.《容斋随笔》 洪迈著，上海古籍出版社1996年。
158.《三国演义版本考》 ［英］魏安著，上海古籍出版社1996年。
159.《宋金元文学批评史》 顾易生、蒋凡、刘明今著，上海古籍出版社 1996年。
160.《云麓漫钞》 赵彦卫撰，傅根清点校，中华书局1996年。
161.《中国历代小说序跋集》 丁锡根编，人民文学出版社1996年。
162.《中国俗文学史》 郑振铎著，东方出版社1996年。
163.《中国文言小说总目提要》 宁稼雨撰，齐鲁书社1996年。
164.《中国叙事学》 ［美］浦安迪讲演，北京大学出版社1996年。
165.《二十世纪中国小说理论资料（第一卷）》 陈平原、夏晓虹编，北京大学出版社1997年。
166.《唐代小说嬗变研究》 程国赋著，广东人民出版社1997年。
167.《晚清小说史》 欧阳健著，浙江古籍出版社1997年。
168.《小说考信编》 徐朔方著，上海古籍出版社1997年。
169.《东京梦华录（外四种）》 孟元老等著，周峰点校，文化艺术出版社1998年。
170.《俭腹抄》 程千帆著，上海文艺出版社1998年。

171.《全唐五代小说》　李时人编,陕西人民出版社1998年。
172.《唐诗杂论》　闻一多著,上海古籍出版社1998年。
173.《庄子诠评》　方勇、陆永品著,巴蜀书社1998年。
174.《汉魏六朝笔记小说大观》　上海古籍出版社编,上海古籍出版社1999年。
175.《明清之际小说评点学之研究》　林岗著,北京大学出版社1999年。
176.《世说新语》　中华书局1999年影印南宋董弅刻本。
177.《宋元小说研究》　程毅中著,江苏古籍出版社1999年。
178.《中国史学史纲》　瞿林东著,北京出版社1999年。
179.《中国文学评点史》　孙琴安著,上海社会科学院出版社1999年。
180.《中国章回小说考证》　胡适著,安徽教育出版社1999年。
181.《重校八家评批红楼梦》　冯其庸辑校,江西教育出版社2000年。
182.《明代小说史》　陈大康著,上海文艺出版社2000年。
183.《宋元小说家话本集》　程毅中辑注,齐鲁书社2000年。
184.《唐五代笔记小说大观》　上海古籍出版社编,上海古籍出版社2000年。
185.《中国文学研究》　郑振铎著,人民文学出版社2000年。
186.《古体小说钞(宋元、明、清)》　程毅中等编,中华书局2001年。
187.《少室山房笔丛》　胡应麟著,上海书店出版社2001年。
188.《宋元笔记小说大观》　上海古籍出版社编,上海古籍出版社2001年。
189.《唐宋传奇总集(唐五代卷)》　袁闾琨、薛洪勣主编,河南人民出版社2001年。
190.《叙述学与小说文体学研究(第二版)》　申丹著,北京大学出版社2001年。
191.《中国小说理论史》　王汝梅、张羽著,浙江古籍出版社版2001年。
192.《中国小说评点研究》　谭帆著,华东师范大学出版社2001年。
193.《明代戏曲评点研究》　朱万曙著,安徽教育出版社2002年。
194.《唐宋传奇总集(南北宋卷)》　袁闾琨、薛洪勣主编,河南人民出版社2002年。
195.《戏曲批评概念史考论》　李惠绵著,里仁书局2002年。
196.《小说书坊录》　王清原等编纂,北京图书馆出版社2002年。

197.《元明中篇传奇小说研究》 陈益源著，华艺出版社 2002 年。
198.《中国古代文学批评方法研究》 张伯伟著，中华书局 2002 年。
199.《金瓶梅资料汇编》 朱一玄、刘毓忱编，南开大学出版社 2003 年。
200.《历代笔记概述》 刘叶秋著，北京出版社 2003 年。
201.《三国演义资料汇编》 朱一玄、刘毓忱编，南开大学出版社 2003 年。
202.《水浒传资料汇编》 朱一玄、刘毓忱编，南开大学出版社 2003 年。
203.《唐代小说史》 程毅中著，人民文学出版社 2003 年。
204.《唐人传奇》 李宗为著，中华书局 2003 年。
205.《西游记资料汇编》 朱一玄、刘毓忱编，南开大学出版社 2003 年。
206.《中国古典小说史论》 [美]夏志清著，胡益民等译，江西人民出版社 2003 年。
207.《中国小说艺术史》 孟昭连、宁宗一著，浙江古籍出版社 2003 年。
208.《明清传奇戏曲文体研究》 郭英德著，商务印书馆 2004 年。
209.《四库提要辨正》 余嘉锡著，云南人民出版社 2004 年。
210.《太平广记版本考述》 张国风著，中华书局 2004 年。
211.《中国古代小说总目》 石昌渝主编，山西教育出版社 2004 年。
212.《中国近代小说的兴起》 [美]韩南著，徐侠译，上海教育出版社 2004 年。
213.《百川书志 古今书刻》 高儒、周弘祖撰，上海古籍出版社 2005 年。
214.《被压抑的现代性——晚清小说新论》 [美]王德威著，宋伟杰译，北京大学出版社 2005 年。
215.《传统小说与小说传统》 陈文新著，武汉大学出版社 2005 年。
216.《竞争的话语：明清小说中的正统性、本真性及所生成之意义》 [美]梅兰著，罗琳译，江苏人民出版社 2005 年。
217.《隋唐五代小说研究资料》 程国赋编著，上海古籍出版社 2005 年。
218.《中国古典词学理论史》 方智范、邓乔彬、周圣伟、高建中著，华东师范大学出版社 2005 年。
219.《中国古典散文理论史》 陈晓芬著，华东师范大学出版社 2005 年。
220.《中国古典诗学理论史》 萧华荣著，华东师范大学出版社 2005 年。
221.《中国古典戏剧理论史》 谭帆、陆炜著，华东师范大学出版社 2005 年。

222. 《中国古典小说理论史》 方正耀著,郭豫适审订,华东师范大学出版社 2005 年。
223. 《中华文化史》 冯天喻等著,上海人民出版社 2005 年。
224. 《中国古代小说书目研究》 潘建国著,上海古籍出版社 2005 年。
225. 《中国现代小说的起点——清末民初小说研究》 陈平原著,北京大学出版社 2005 年。
226. 《话本小说文体研究》 王庆华著,华东师范大学出版社 2006 年。
227. 《明代小说四大奇书》 [美]浦安迪著,沈汉寿译,生活·读书·新知三联书店 2006 年。
228. 《夷坚志》 洪迈撰,何卓点校,中华书局 2006 年。
229. 《礼记正义》 郑玄注,孔颖达正义,吕友仁整理,上海古籍出版社 2007 年。
230. 《传奇小说文体研究》 李军均著,华中科技大学出版社 2007 年。
231. 《明代小说与书坊研究》 程国赋著,中华书局 2007 年。
232. 《明清小说评点叙事概念研究》 张世君著,中国社会科学出版社 2007 年。
233. 《中国古代小说史叙论》 刘勇强著,北京大学出版社 2007 年。
234. 《王国维集》 周锡山编校,中国社会科学出版社 2008 年。
235. 《中国古代禁毁戏剧史论》 丁淑梅著,中国社会科学出版社 2008 年。
236. 《汉唐小说观念论稿》 罗宁著,巴蜀书社 2009 年。
237. 《史通通释》 刘知幾著,浦起龙通释,王煦华整理,上海古籍出版社 2009 年。
238. 《照隅室古典文学论集》 郭绍虞著,上海古籍出版社 2009 年。
239. 《会评会校金瓶梅(修订本)》 刘辉、吴敢辑校,香港天地图书有限公司 2010 年。
240. 《小说神髓》 [日]坪内逍遥著,刘振瀛译,上海译文出版社 2010 年。
241. 《中国史学史》 李宗侗著,中华书局 2010 年。
242. 《中国文学批评史》 郭绍虞著,商务印书馆 2010 年。
243. 《章回小说文体研究》 刘晓军著,华东师范大学出版社 2011 年。
244. 《中国古代文体学研究》 吴承学著,人民出版社 2011 年。

245. 《中国中古文学史讲义》 刘师培著，凤凰出版社 2011 年。
246. 《列子集释》 杨伯峻撰，中华书局 2012 年。
247. 《全唐五代笔记》 陶敏主编，三秦出版社 2012 年。
248. 《中国文学叙事传统研究》 董乃斌著，中华书局 2012 年。
249. 《中国分体文学学丛书》 黄霖主编，山西教育出版社 2013 年。
250. 《中国古代小说文法论研究》 杨志平著，齐鲁书社 2013 年。
251. 《中国古代小说文体文法术语考释》 谭帆等著，上海古籍出版社 2013 年。
252. 《韩昌黎文集校注》 韩愈著，马其昶校注，马茂元整理，上海古籍出版社 2014 年。
253. 《中古文学史论》 王瑶著，北京大学出版社 2014 年。
254. 《直斋书录解题》 陈振孙撰，徐小蛮、顾美华点校，上海古籍出版社 2015 年。
255. 《中国小说源流论（修订版）》 石昌渝著，生活·读书·新知三联书店 2015 年。
256. 《"文学"观念史》 余来明著，人民文学出版社 2016 年。
257. 《中国古代小说发生研究》 廖群著，山东教育出版社 2016 年。
258. 《梦溪笔谈》 沈括撰，金良年点校，中华书局 2017 年。
259. 《唐五代志怪传奇叙录（增订本）》 李剑国著，中华书局 2017 年。
260. 《资治通鉴》 司马光编撰、邬国义校点，上海古籍出版社 2017 年。
261. 《宋代传奇集》 李剑国辑校，中华书局 2018 年。
262. 《宋代志怪传奇叙录（增订本）》 李剑国著，中华书局 2018 年。
263. 《酉阳杂俎》 段成式撰，许逸民、许桁点校，中华书局 2018 年。
264. 《汉唐小说文体研究》 何亮著，中华书局 2019 年。
265. 《中国小说史略》 鲁迅撰，郭豫适导读，上海古籍出版社 2019 年。
266. 《中国早期小说生成史论》 陈洪著，中华书局 2019 年。
267. 《建构"小说"——中国古体小说观念流变》 郝敬著，中华书局 2020 年。
268. 《宋元通俗叙事文体演成论稿》 徐大军著，上海古籍出版社 2020 年。
269. 《中国小说史研究之检讨》 谭帆著，上海古籍出版社 2020 年。

270.《孙逊学术文集》 孙逊著,上海古籍出版社 2021 年。

271.《唐传奇新探》 卞孝萱著,商务印书馆 2021 年。

272.《小说史学面面观》 陈平原著,生活·读书·新知三联书店 2021 年。

273.《西方的中国古典小说研究(1714—1919)》 宋丽娟著,上海古籍出版社 2022 年。

274.《西方早期中国古典小说研究珍稀资料选刊》 宋莉华主编,社会科学文献出版社 2021 年。

275.《中国古典小说在日本江户时期的流播》 周健强著,中国社会科学出版社 2021 年。

276.《中国叙事:批评与理论》 〔美〕浦安迪主编,吴文权译,上海远东出版社 2021 年。

277.《敦煌文学总论(增订版)》 伏俊琏等著,上海古籍出版社 2022 年。

278.《明清通俗小说书坊考辨与综录》 文革红著,凤凰出版社 2022 年。

279.《中国小说理论——一个非西方的叙事体系》 〔美〕顾明栋著,文逸闻译,南京大学出版社 2022 年。

280.《民初上海小说界研究(1912—1923)》 孙超著,上海古籍出版社 2023 年。

281.《文体协商——翻译中的语言、文类与社会》 张丽华著,北京大学出版社 2023 年。

282.《中国小说评点研究新编》 谭帆、林莹著,华东师范大学出版社 2023 年。

283.《中国古代小说文体史》 谭帆等著,谭帆主编《中国古代小说文体研究书系·历史篇》,上海古籍出版社 2023 年。

284.《中国古代小说文体文法术语考释(增订本)》 谭帆等著,谭帆主编《中国古代小说文体研究书系·术语篇》,上海古籍出版社 2023 年。

285.《中国古代小说文体史料系年辑录》 杨志平、李军均、张玄编著,谭帆主编《中国古代小说文体研究书系·资料篇》,上海古籍出版社 2023 年。

后　记

　　本书的撰写缘于 2000 年受聘复旦大学"中国古代文学研究中心"，参与黄霖先生主持的"中国分体文学学史丛书"的工作，负责撰写"小说学"部分。接下任务后，我照例做了两项工作：研究史的清理和"小说学"内涵的考订。发表了《"小说学"论纲——兼谈 20 世纪中国古代小说理论批评研究》(《中国社会科学》2001 年第 4 期)，该文被《新华文摘》2001 年第 10 期转载，获上海市第六届哲学社会科学优秀成果（2000—2001）论文类二等奖，并获《文学评论》2001 年度优秀论文推荐，在学术界产生了一定影响，也为本课题开了一个好头。但"好景"不长，从 2002 年开始，情况有所变化，我在几无前兆的情况下被推举为中文系副主任，分管本科教学；从此诸事杂沓，难以集中精力来完成既定的课题任务。虽然也撰写了《小说学的萌兴——先唐时期小说学发覆》(《文学评论》2004 年第 6 期)等相关论文，但进度缓慢，要想按时完成显然有很大的困难，于是约请本系的王冉冉博士和华中科技大学的李军均博士共同参与。该书初稿完成于 2006 年 7 月，出版则迟至 2013 年 6 月，书名为《中国分体文学学史·小说学卷》，由山西教育出版社出版。如今，距出版时间已逾十年，离开始撰写的时间更有二十余年。在征得黄霖先生同意之后，我们拟出增订本，改名《中国古代小说学史》。

　　本书的增补修订主要有三项工作：

　　首先是结构上的调整与增补。如增加了《前言》，重点梳理了研究史的得失以及小说学历史书写的基本原则。又如把原书的《绪论》改为第一章，标题为《何谓"小说学"》，增加了《结语"小说学"何为》，使全书首尾呼应。并由原来的十二章增加为十六章，其中增出的几章大多是从明清两代"小说存在方式研究"中析出，成为独立的章节，其目的乃有意弥补以往研究的不足。如明代小说"改订"的独立成章，清代小说"著录"的单独析出，其缘由均如此。其次是思想观点的改进与完善。旧稿成书于21世纪初，多年来学术界对小说学研究有一定的进展，而本书作者对此也有不少新的看法，故调整、增改和完善相关理论观点也是修订的重要任务，限于篇幅，不再一一列举。再次，本书的撰写距今已有二十多个年头，现在重读此书，的确发现了不少文字表述上的问题，如文字不够洁净、引文较为芜杂、体例不统一等，对此，我们都作了认真的修订和删改。另外，为了给读者一个完整的书目，本书《参考书目》所引图书的出版时间延续到2023年。

本书由我与华东师范大学中文系的王冉冉博士和华中科技大学人文学院的李军均博士合作完成，我们的分工大致如下：

　　《前言》、第一章《何谓"小说学"》、第二章《先唐小说学》、第五章《明代小说学的基础观念》、第七章《明代的小说选本与小说禁毁》、第八章《明代以降的小说改订及其意义》、第九章《明人对"四大奇书"的文本阐释》、第十章《明代小说评点的兴起与繁盛》、第十六章《清代小说评点的衍流与新变》和《结语"小说学"何为》，由谭帆撰写。

　　第六章《明代的小说著录》、第十一章《清代小说观念之变迁》、第十二章《清代的小说著录》、第十三章《清代的小说禁毁与小说选本》、第十四章《清人对"四大奇书"的文本阐释》、第十五章《清人对小说"新经典"的多元阐释》，由王冉冉撰写，谭帆改定。

　　第三章《唐代小说学》、第四章《宋元小说学》，由李军均撰写，谭帆改定。

全书由我负责设计、统稿和修订，这是一次愉快的合作。需要特别指出的是，本书有关"小说选本"部分参考了我指导的博士论文《中国小说选本研究》（稿本，任明华著），"小说禁毁"部分参考了《中国古代戏曲小说禁毁的历史变迁》（稿本，赵维国著）；书中有关小说评点的部分则是在拙著《中国小说评点研究》（华东师范大学出版社2001年）和《中国小说评点研究新编》（谭帆、林莹著，华东师范大学出版社2023年）相关章节的基础上改写而成。

自2013年以来，我与上海古籍出版社的合作已有十个年头，陆续出版了《中国古代小说文体文法术语考释》（2013年）、《中国小说史研究之检讨》（2020年）、《中国古典戏剧理论史（增订本）》（2021年）、《中国古代小说文体史》（2023年）和这本《中国古代小说学史》。其中还包括独立出版、由我主编的"中国古代小说文体研究书系"，含"术语篇"《中国古代小说文体文法术语考释（增订本）》、"历史篇"《中国古代小说文体史》（三卷本）和"资料篇"《中国古代小说文体史料系年辑录》（两卷本）。多年的合作非常顺利，也非常快乐。对此，感谢原社长高克勤先生、总编奚彤云女士的大力支持，感谢责任编辑钮君怡女史的辛勤付出。

感谢老友承学兄为拙著题写书名，承学文章写得漂亮，书法也清峻瘦硬，有学人气。我还要感谢我的两位学生任其然和付永强同学，他们对引文的核对工作非常辛苦。在撰写和修订过程中，参考了时贤大量的相关论著，这里不再一一列举，谨表深深的谢意。

谭　帆
2024年6月